Du même auteur :

Prince captif :
1. *L'Esclave*
2. *Le Guerrier*
3. *Le Roi*

Prince captif – L'Intégrale

Dark Rise

C. S. Pacat

Prince Captif

Tomes 1 & 2

L'Esclave – Le Guerrier

Traduit de l'anglais (Australie) par Louise Malagoli

Bragelonne

Le présent ouvrage est une réédition en un seul volume
de *L'Esclave* et *Le Guerrier* parus en 2015

Titres originaux :
Captive Prince

Prince's Gambit

ISBN : 979-10-281-2056-6

Bragelonne
60-62, rue d'Hauteville – 75010 Paris

E-mail : info@bragelonne.fr
Site Internet : www.bragelonne.fr

L'Esclave

Prince Captif – tome 1

Traduit de l'anglais (Australie) par Louise Malagoli

Prince Captif *est dédié à tous ceux qui ont lu et apprécié l'histoire sous sa première forme. Ce livre n'aurait pu voir le jour sans vos encouragements et votre enthousiasme inestimables.*

Merci infiniment.

Les Grandes Forêts et les Grandes Steppes Septentrionales
Ver-Kindt
Skarva
Arles
Chastillon
Belloy
Varenne
VASK
Ver-Tan
VÈRE
Barbin
Toutaine
Ver-Vassel
Lys
Marches
Chasteigne
Ladehors
PATRAS
Alier
Arran
Ravenel
Acquitart
Bazal
Fortaine
Marlas
Delpha
(anciennement Delfeur)
Sicyon
Aegina
Dice
AKIELOS
Mellos
Thrace
Voyage de Damen en bateau
N
O
E
S
Kesus
Mer Elloséenne
Ellium
Golfe d'Atros
Ios
Isthima
CARTE D'AKIELOS ET VÈRE

Personnages

AKIELOS
Théomède, roi d'Akielos
Damianos (Damen), fils et héritier de Théomède
Kastor, fils illégitime de Théomède et demi-frère de Damen
Jokaste, dame de la cour akielonienne
Adrastus, gardien des esclaves royaux
Lykaios, femme esclave appartenant à Damianos
Erasmus, homme esclave

VÈRE
Le Régent de Vère
Laurent, héritier du trône de Vère
Radel, surveillant de la maison du prince
Guion, membre du Conseil vérétien et ambassadeur de Vère en Akielos
Audin, membre du Conseil vérétien
Hérode, membre du Conseil vérétien
Jeurre, membre du Conseil vérétien
Chelaut, membre du Conseil vérétien
Nicaise, mignon
Govart, ancien membre de la garde royale
Jord, membre de la garde princière
Orlant, membre de la garde princière

VANNES, courtisane
TALIK, sa favorite
ESTIENNE, courtisan
BÉRENGER, courtisan
ANCEL, son mignon

PATRAS
TORGEIR, roi de Patras
TORVELD, frère cadet de Torgeir et ambassadeur de Patras à Vère

PERSONNAGES DU PASSÉ
ALÉRON, ancien roi de Vère et père de Laurent
AUGUSTE, ancien héritier du trône de Vère et frère aîné de Laurent

Prologue

— Nous avons appris que votre prince possédait son propre harem, dit dame Jokaste. Ces esclaves à eux seuls sont en mesure de satisfaire un traditionaliste, mais j'ai demandé à Adrastus de préparer un petit quelque chose en plus, un cadeau personnel du roi pour votre prince. Un joyau à l'état brut, si j'ose dire.

— Sa Majesté s'est déjà montrée si généreuse ! s'exclama le conseiller Guion, ambassadeur de Vère.

Ils déambulaient le long de la galerie. Guion venait de déguster un délicieux repas de viandes épicées enveloppées dans des feuilles de vigne, tandis que des esclaves attentifs éventaient son corps étendu dans la chaleur de la mi-journée. Il se sentait d'humeur assez clémente pour admettre que ce pays barbare n'était pas dénué de charme. La nourriture était rustique, mais les esclaves, eux, étaient irréprochables. Parfaitement obéissants, entraînés à s'effacer et à devancer le moindre désir, ils n'avaient rien à voir avec les favoris trop gâtés de la cour de Vère.

Une vingtaine d'esclaves alignés enjolivaient la galerie. Ils étaient tous soit nus, soit légèrement vêtus de soie transparente. Au cou, ils portaient des colliers d'or sertis de rubis et de tanzanites, et aux poignets, des menottes dorées. Il ne s'agissait que de bijoux, purement décoratifs. Les esclaves étaient agenouillés en signe de soumission volontaire.

Ils devaient constituer un présent du nouveau roi d'Akielos au régent de Vère ; un présent des plus généreux. L'or, à lui seul, valait une petite fortune, et les esclaves comptaient sans doute parmi les plus précieux d'Akielos. En privé, Guion avait déjà réservé l'un des esclaves à son usage personnel, un jeune homme discret à la taille merveilleusement fine et aux yeux sombres frangés de longs cils.

Lorsqu'ils atteignirent l'extrémité de la galerie, Adrastus, le gardien des esclaves royaux, s'inclina brusquement en joignant les talons de ses bottes de cuir lacées.

—Ah, nous y voici, annonça dame Jokaste avec un sourire.

Ils pénétrèrent dans l'antichambre, et Guion écarquilla les yeux.

Devant lui, entravé et sous bonne garde, se trouvait un esclave mâle tel qu'il n'en avait jamais vu auparavant.

Musculeux et imposant, il n'était pas orné de liens décoratifs à l'instar des esclaves de la galerie ; les siens étaient bien réels. On lui avait attaché les poignets dans le dos, et ceint le torse et les jambes de cordes épaisses. Malgré cela, sa force physique semblait à peine contenue. Ses yeux sombres luisaient d'un éclat furieux au-dessus de son bâillon. Un examen attentif révélait, sous les liens robustes qui le maintenaient, les zébrures rouges qu'il s'était infligées en luttant pour se libérer.

En proie à un sentiment proche de la panique, Guion sentit son pouls s'accélérer. Un joyau à l'état brut ? Cet esclave ressemblait plutôt à un animal sauvage, à mille lieues des vingt-quatre chatons dociles alignés dans la galerie. La puissance formidable de son corps n'était réprimée que de justesse.

Guion se tourna vers Adrastus, qui était demeuré en retrait, comme si la présence de l'esclave le rendait nerveux.

—Tous les nouveaux esclaves sont-ils entravés ? demanda Guion en tentant de reprendre son sang-froid.

—Non, seulement celui-là. Il… comment dire…, hésita Adrastus.

—Oui ?

— Il n'est pas habitué à obéir, reprit Adrastus en glissant un regard gêné à dame Jokaste. Il n'a pas été dressé.

— On dit que le prince aime les défis, intervint dame Jokaste.

Guion s'efforça de masquer son malaise en se retournant vers l'esclave. Il doutait fortement que ce cadeau barbare ait l'heur de plaire au prince, dont les sentiments à l'égard des sauvages d'Akielos n'étaient guère chaleureux.

— A-t-il un nom ? s'enquit Guion.

— Votre prince sera libre de lui donner celui qu'il souhaitera, bien sûr, répondit dame Jokaste. Mais je crois que le roi apprécierait beaucoup qu'il l'appelle « Damen ».

Le regard de Jokaste étincela à ses mots.

— Dame Jokaste…, dit Adrastus d'un ton qui donnait presque à croire qu'il protestait.

Guion les regarda l'un après l'autre. Il s'aperçut qu'ils attendaient un commentaire de sa part.

— C'est sans nul doute… un choix très intéressant, dit-il.

En réalité, il était consterné.

— C'est aussi l'avis du roi, dit dame Jokaste avec un léger sourire.

Ils tuèrent son esclave Lykaios, lui tranchant la gorge d'un coup d'épée. C'était une esclave de cour, incapable de se battre, si douce et obéissante que s'il le lui avait ordonné, elle se serait agenouillée pour offrir son cou à la lame. Elle n'eut pas le loisir d'obéir ou de résister. Elle s'écroula sans un bruit, et sous son corps pâle, figé sur le marbre blanc, le sang forma une flaque qui s'élargit lentement.

— Emparez-vous de lui ! avait commandé l'un des soldats qui pénétraient dans la chambre, un homme aux cheveux bruns, raides et ternes.

Pris au dépourvu, Damen avait failli se laisser faire, mais c'est à cet instant que deux soldats s'étaient saisis de Lykaios et l'avaient décapitée.

À la fin du premier échange, trois des soldats étaient morts, et Damen était en possession d'une épée.

Les hommes restants hésitaient à s'avancer.

— Qui vous envoie ? interrogea Damen.

L'homme aux cheveux bruns répondit :

— Le roi.

— Père ?

Damen faillit baisser son arme.

— Kastor. Votre père est mort. Saisissez-le.

Se battre ne demandait aucun effort à Damen, dont les talents provenaient à la fois de sa force, de ses aptitudes naturelles et de son entraînement intensif. Mais la personne qui lui avait envoyé ces soldats savait tout cela fort bien, et n'avait pas chichement estimé le nombre d'hommes nécessaire pour maîtriser un combattant de son envergure. Submergé, Damen ne pouvait résister indéfiniment et finit par être neutralisé, les bras tordus derrière le dos, une épée contre la gorge.

Naïvement, il s'attendait à mourir. Au lieu de cela, il fut battu, ligoté, puis – lorsqu'il se libéra, infligeant des dégâts plutôt satisfaisants pour un homme désarmé – battu de nouveau.

— Sortez-le d'ici, ordonna le soldat aux cheveux bruns en essuyant d'un revers de main le sang qui coulait sur sa tempe.

Il fut jeté dans un cachot. Son esprit, habitué à suivre des lignes droites et franches, ne parvenait pas à donner un sens à la situation.

— Emmenez-moi voir mon frère, exigea-t-il.

L'un des soldats rit, et un autre lui donna un coup de pied dans l'estomac.

— C'est votre frère qui nous envoie, se moqua l'un d'eux.

— Vous mentez. Kastor n'est pas un traître.

Mais la porte de sa cellule se referma, et le doute s'immisça en lui pour la première fois.

Il s'était montré naïf, se mit à murmurer une voix, il n'avait rien prévu, rien vu… ou peut-être avait-il refusé d'ouvrir les yeux. Il n'avait accordé aucun crédit à ces rumeurs inquiétantes, les jugeant indignes d'un fils au chevet de son père agonisant.

Au matin, ils vinrent le chercher. Comprenant à présent ce qui s'était passé, et souhaitant rencontrer son ennemi avec courage et orgueil, il se laissa bousculer et attacher les mains dans le dos, et avança lorsqu'on le propulsa d'un grand coup entre les omoplates.

Quand il comprit où on l'emmenait, il se débattit de nouveau avec violence.

La pièce était simple, sculptée en marbre blanc. Le sol, de marbre également, descendait en pente douce jusqu'à une rigole discrète. On avait suspendu des fers au plafond, et Damen, malgré ses efforts acharnés, y fut enchaîné, les bras au-dessus de la tête.

Il s'agissait des bains des esclaves.

Damen tira violemment sur ses chaînes. Elles ne cédèrent pas d'un pouce. Ses poignets étaient déjà meurtris. De ce côté de l'eau, des coussins et des serviettes avaient été amassés en un désordre élégant. Des flacons en verre coloré de formes diverses, contenant plusieurs sortes d'huiles, scintillaient comme des bijoux au milieu des coussins.

L'eau était parfumée, laiteuse, décorée de pétales de rose qui sombraient doucement. Rien ne manquait. Damen n'arrivait pas à en croire ses yeux. Son cœur se gonfla de fureur et d'indignation. Au fond de lui naquit une autre émotion, nouvelle, qui lui tordit les entrailles.

L'un des soldats l'immobilisa d'une prise experte dans le dos. L'autre se mit à le déshabiller.

Ses vêtements furent dégrafés et arrachés sans attendre, les lanières de ses sandales coupées. Nu, entravé, Damen sentit sur ses joues la brûlure de l'humiliation, tandis que la touffeur moite des bains lui caressait la peau.

Les soldats reculèrent jusqu'à l'entrée, où une silhouette les congédia. Damen reconnut aisément son beau visage aux traits ciselés.

Adrastus était le gardien des esclaves royaux. Ce poste prestigieux lui avait été conféré par le roi Théomède en personne. Une vague de colère déferla sur Damen, si violente que sa vue se brouilla. Lorsqu'il revint à lui, il remarqua le regard attentif qu'Adrastus posait sur lui.

— Vous n'oseriez pas me toucher, dit Damen.

— J'ai mes ordres, rétorqua Adrastus sans pour autant s'approcher.

— Je vais vous tuer, cracha Damen.

— Peut-être une… une femme…, balbutia Adrastus en reculant d'un pas.

Il murmura à l'oreille d'un des serviteurs, qui s'inclina et quitta la pièce.

Une esclave entra quelques instants plus tard. Choisie avec le plus grand soin, elle correspondait en tous points à ce qu'on savait des préférences de Damen. Sa peau était aussi blanche que le marbre des bains, et ses cheveux blonds étaient simplement relevés, révélant la ligne gracieuse de son cou. Sous sa robe diaphane, on distinguait ses seins gonflés et même le contour rosé de ses mamelons.

Damen la regarda s'approcher avec autant de méfiance que s'il s'agissait d'un adversaire sur le champ de bataille, bien qu'il ait l'habitude de faire appel aux services des esclaves.

Elle porta une main à l'attache sur son épaule et dévoila la courbe d'un sein, puis une taille gracile. La robe glissa sur ses hanches, et plus bas encore. Le vêtement tomba au sol. Alors, elle saisit un récipient.

Nue, elle lava le corps de Damen, savonnant puis rinçant, sans se préoccuper de l'eau qui arrosait sa propre peau et éclaboussait ses seins ronds. Enfin, elle lui mouilla et savonna les cheveux avec soin, et finit en se dressant sur la pointe des pieds pour lui renverser l'eau d'un petit bol sur la tête.

Comme un chien, il s'ébroua. Il chercha Adrastus du regard, mais le gardien des esclaves semblait avoir disparu.

L'esclave prit l'une des fioles colorées et versa quelques gouttes d'huile dans sa paume. Après s'en être recouvert les mains, elle se mit à enduire méthodiquement le corps de Damen, sans oublier un seul endroit. Ses paupières demeurèrent baissées, même lorsqu'elle ralentit délibérément ses mouvements et se pressa contre lui. Damen serra les poings sur ses chaînes.

— Assez, déclara Jokaste.

L'esclave s'écarta brusquement de Damen et se prosterna sur le sol de marbre humide.

Damen, manifestement excité, soutint le regard calme et attentif de Jokaste.

— Je veux voir mon frère, dit-il.

— Tu n'as pas de frère, répliqua Jokaste. Tu n'as pas de famille. Tu n'as ni nom, ni rang, ni position. Tu devrais l'avoir compris, à présent.

— T'attends-tu à ce que je me soumette ? À ce que j'obéisse à… qui ? Adrastus ? Je vais lui arracher les yeux.

— Je te crois sans peine. Mais tu ne serviras pas ici, au palais.

— Où ? interrogea-t-il, menaçant.

Elle se contenta de le dévisager.

— Qu'as-tu fait ? siffla Damen.

— Rien, répondit-elle. Je n'ai fait que choisir entre deux frères.

Leur dernier entretien s'était déroulé dans les appartements de Jokaste, au palais ; elle avait posé une main sur le bras de Damen.

Elle ressemblait à un tableau. Ses boucles étaient enroulées en torsades impeccables, et son visage lisse, au front haut et à la beauté classique, ne trahissait pas le moindre trouble. Contrairement à Adrastus, elle n'hésita pas à s'approcher, posant calmement ses petites sandales sur le marbre humide en direction de Damen.

Il demanda :

— Pourquoi m'avoir gardé en vie ? Quel besoin cela satisfait-il ? Tout concorde, hormis cela. Est-ce que c'est…

Il se mordit les lèvres. Jokaste fit exprès de ne pas comprendre ce qu'il allait dire.

— L'amour d'un frère ? dit-elle. Tu ne le connais vraiment pas, on dirait. La mort, n'est-ce pas l'issue la plus facile, la plus rapide ? Non, tu dois demeurer hanté par l'idée qu'il ne t'a battu qu'une fois, mais que cette fois-là était la seule qui comptait.

Damen sentit son visage se décomposer.

— … Quoi ?

Elle lui effleura hardiment la joue. Ses doigts étaient fuselés, blancs, d'une élégance incomparable.

—Je comprends pourquoi tu préfères les teints pâles, dit-elle. Le tien ne laisse pas voir les marques de blessure.

Après lui avoir passé le collier d'or et les menottes, ils lui peignirent le visage.

La nudité masculine, à Akielos, n'était soumise à aucun tabou ; mais le maquillage était la marque des esclaves. Damen était mortifié. Il crut qu'il n'existait pas de plus grande humiliation que d'être ainsi jeté aux pieds d'Adrastus, mais il découvrit alors l'expression avide qu'arborait celui-ci.

—Vous êtes…, murmura Adrastus en le contemplant.

Les bras de Damen étaient attachés dans son dos, et d'autres liens entravaient ses mouvements, lui permettant tout juste d'avancer. À présent, il était étendu sur le sol devant Adrastus. Il parvint à se mettre à genoux, mais les deux gardes qui l'escortaient l'empêchèrent de se redresser davantage.

—Si vous l'avez fait pour obtenir un poste, dit Damen d'une voix brûlante de haine, vous êtes un imbécile. Vous ne monterez jamais en grade. Il ne peut vous faire confiance. Vous vous êtes déjà montré capable de trahir par intérêt.

Le coup envoya sa tête valser sur le côté. Damen passa la langue sous sa lèvre et sentit le goût du sang.

—Je ne vous ai pas donné la permission de parler, précisa Adrastus.

—Vous frappez comme un giton prépubère, rétorqua Damen.

Adrastus fit un pas en arrière, le visage blême.

—Bâillonnez-le, ordonna-t-il.

Damen lutta en vain, une fois de plus, contre les gardes. On le força d'une main experte à ouvrir la bouche afin d'y enfoncer un morceau de fer enveloppé de plusieurs couches de tissu, qu'on attacha promptement. Il ne pouvait désormais produire qu'un grognement étouffé, mais il darda sur Adrastus un regard de défi.

—Vous ne comprenez toujours pas, reprit Adrastus. Mais cela viendra. Vous comprendrez bientôt que ce qu'on raconte au palais, par les rues et dans les tavernes n'est que pure vérité. Vous êtes un esclave. Vous ne valez rien. Car le prince Damianos est mort !

Chapitre premier

Damen revint à lui petit à petit, son corps engourdi par les drogues pesant lourdement sur les coussins de soie. Les menottes dorées à ses poignets lui paraissaient faites de plomb. Il cligna lentement des yeux. Les sons qu'il entendait lui semblèrent d'abord incongrus : des voix murmuraient en vérétien. Son instinct lui dicta de se lever.

Il rassembla ses forces et se dressa sur ses genoux.

Des Vérétiens ?

Il ne savait que faire de cette information. Son esprit, embrumé, se montrait plus récalcitrant que son corps. Il ne parvint pas aussitôt à se rappeler le moindre événement suivant sa capture, bien qu'il sache qu'un certain temps s'était écoulé depuis. Il se souvenait avoir été drogué. Il fouilla dans sa mémoire. Enfin, celle-ci s'illumina.

Il avait tenté de s'échapper.

Il avait été transporté dans un chariot verrouillé et bien gardé, jusqu'à une maison en bordure de la ville. On l'avait tiré du chariot dans une cour fermée, et… il se souvint des cloches. La cour s'était subitement emplie de bruit, une cacophonie provenant des hauteurs de la ville et résonnant dans l'air tiède du soir.

Les cloches du crépuscule, annonçant un nouveau roi.

Théomède est mort. Vive Kastor.

À ce bruit, le désir de s'échapper avait outrepassé l'attrait de la prudence ou de la ruse, porté par la rage et la douleur qui déferlaient sur lui par vagues. Le sursaut des chevaux lui offrit l'occasion de s'exécuter.

Mais il était désarmé, entouré de soldats, dans une enceinte fermée. Ils l'avaient maîtrisé, non sans brutalité. Ils l'avaient jeté dans un cachot au plus profond de la maison, après quoi ils l'avaient drogué. Les jours s'étaient succédé sans se différencier.

De la suite, il ne se remémorait que quelques bribes, parmi lesquelles – son cœur se serra – le contact cinglant des embruns sur sa peau : il avait été transporté à bord d'un bateau.

Son esprit s'éclaircit, pour la première fois depuis... combien de temps ?

Quand avait-il été capturé ? Quand les cloches avaient-elles résonné ? Depuis combien de temps se laissait-il traiter ainsi ? Un accès de volonté le fit se dresser sur ses jambes. Il devait protéger ses proches, son peuple. Il fit un pas en avant.

Une chaîne cliqueta bruyamment. Il sentit ses pieds glisser sur les dalles, pris de vertiges ; sa vue se brouilla.

Il chercha un soutien et parvint à se maintenir debout, une épaule appuyée contre le mur. Déterminé, il lutta pour ne pas se laisser glisser jusqu'au sol et combattit la sensation de vertige. Où se trouvait-il ? Il commanda à son esprit troublé de faire l'examen de sa personne et de ce qui l'entourait.

Il était vêtu succinctement à la manière des esclaves akieloniens, et propre des pieds à la tête. Il supposa que cela signifiait qu'on avait pris soin de lui, bien qu'il ne puisse en convoquer le moindre souvenir. Il portait toujours le collier et les menottes dorées. Son collier était relié par une chaîne et un verrou à un anneau de fer au sol.

Il faillit éclater d'un rire hystérique : un léger parfum de rose émanait de son corps.

Quant à la pièce, où qu'il pose les yeux, des décorations agressaient son regard. Les murs en étaient surchargés. Les portes étaient aussi fines que des paravents, et sculptées de motifs réguliers qui perçaient le bois par endroits ; à travers, on distinguait les contours flous de ce qui se trouvait de l'autre côté. Les fenêtres étaient recouvertes de panneaux similaires. Même les dalles, au sol, étaient bariolées et disposées pour former un dessin géométrique.

La mise en abîme créée par les motifs reflétait les méandres de l'esprit vérétien. Tout s'éclaira soudain : les voix parlant vérétien, la présentation humiliante au conseiller Guion, *« Tous les nouveaux esclaves sont-ils entravés ? »*, le vaisseau… et sa destination.

Il se trouvait à Vère.

Damen regarda autour de lui, horrifié. Il était au cœur du territoire ennemi, à des centaines de lieues de chez lui.

Cela n'avait aucun sens. Il respirait, possédait encore tous ses membres, et n'avait pas été victime d'un « regrettable accident », comme on aurait pu le craindre. Le peuple vérétien avait d'excellentes raisons de haïr le prince Damianos d'Akielos. Pourquoi était-il encore en vie ?

Il se retourna brusquement vers la porte, au son d'un verrou que l'on repoussait.

Deux hommes pénétrèrent dans la pièce. Damen les étudia avec circonspection et reconnut un geôlier vérétien ayant voyagé avec lui sur le bateau. L'autre homme lui était inconnu ; brun, barbu, il était vêtu à la mode locale, et portait des bagues d'argent à chaque phalange de chaque doigt.

— Est-ce l'esclave qui doit être présenté au prince ? demanda l'homme aux bagues.

Le geôlier hocha la tête.

— Vous dites qu'il est dangereux. Qu'est-ce donc ? Un prisonnier de guerre ? Un criminel ?

Le geôlier haussa les épaules comme pour dire « Qui sait ? », puis conseilla :

— Ne lui retirez pas ses chaînes.

— Ne soyez pas ridicule. Nous ne pouvons pas le garder enchaîné indéfiniment.

Damen sentit le regard de l'homme aux bagues s'attarder sur lui. Lorsque celui-ci reprit la parole, ce fut d'un ton presque admiratif.

— Regardez-le. Même le prince aura fort à faire, avec lui.

—À bord du bateau, lorsqu'il a causé des problèmes, il a été drogué, précisa le geôlier.

—Je vois. (Le regard de l'homme se fit critique.) Bâillonnez-le et raccourcissez la chaîne avant la présentation au prince. Et procurez-lui une escorte convenable. S'il vous cause du souci, faites ce que vous avez à faire.

Il s'exprimait d'un ton dédaigneux, comme si Damen ne revêtait aucune importance pour lui, qu'il n'était au plus qu'une formalité.

Damen commençait à comprendre, malgré les dernières traces de drogue engluant son esprit, que ceux qui le retenaient captif ignoraient tout de son identité. *« Un prisonnier de guerre? Un criminel? »* Il lâcha un soupir discret.

Il devait se tenir tranquille, ne pas se faire remarquer. Il avait recouvré assez de présence d'esprit pour savoir qu'en tant que prince Damianos, il ne survivrait pas une seule nuit à Vère. Il valait mieux, et de loin, passer pour un esclave anonyme.

Il se laissa entraîner. Il avait repéré les issues, et estimé la qualité des gardes de son escorte. Celle-ci était moins inquiétante que celle de ses entraves. Ses bras étaient attachés dans son dos et il était bâillonné ; la chaîne du collier avait été raccourcie à neuf maillons seulement, si bien que même agenouillé, il devait garder la tête baissée et pouvait à peine regarder devant lui.

Deux gardes se postèrent à ses côtés, et deux autres allèrent flanquer la porte face à lui. Il eut le temps, alors, de s'imprégner du silence chargé d'expectatives, et d'écouter son cœur s'affoler dans sa poitrine.

On entendit soudain un remue-ménage de voix et de pas qui s'approchaient.

« La présentation au prince. »

Le régent de Vère régnait au nom de son neveu, le prince héritier. Damen ignorait tout de celui-ci, hormis qu'il était le cadet de deux frères. Son aîné, l'ancien héritier, était mort ; Damen était bien placé pour le savoir.

Une volée de courtisans pénétra dans la pièce.

Ils semblaient tous interchangeables, sauf un : un jeune homme au visage d'une beauté saisissante, un visage qui aurait valu une petite fortune sur le marché aux esclaves d'Akielos. Il captura l'attention de Damen.

Le jeune homme avait les cheveux blonds, les yeux bleus et la peau très blanche. Les habits austères qui enserraient son corps étaient d'un bleu sombre, trop dur pour son teint délicat, et tranchaient sur la décoration surchargée qui l'entourait. Au contraire des courtisans qui se pressaient dans son sillage, il ne portait pas le moindre bijou, pas même une bague.

À son approche, Damen découvrit sur ce beau visage une expression arrogante et désagréable. Il avait déjà rencontré des gens comme lui. Narcissiques et égoïstes, élevés dans l'exagération de leur propre valeur, et la jouissance d'exercer sur les autres une tyrannie mesquine. Gâtés.

— On me dit que le roi d'Akielos m'a fait parvenir un présent, dit le jeune homme.

Il s'agissait de Laurent, le prince de Vère.

— Un Akielonien à genoux… Quel beau symbole, commenta Laurent.

Damen sentait peser sur eux les regards des courtisans, assemblés pour observer la réception de son esclave par le prince. Laurent avait marqué un temps d'arrêt en voyant Damen, et avait blêmi comme s'il venait de recevoir une gifle ou une insulte. Damen, malgré sa vision tronquée par la courte chaîne qui le retenait, n'avait pas manqué sa réaction. Mais très vite, le visage de Laurent était redevenu impassible.

Damen avait deviné qu'il faisait partie d'un convoi d'esclaves plus important, et les murmures des deux courtisans les plus proches le lui confirmèrent. Cela l'irrita davantage. Laurent le passa en revue comme s'il examinait un objet. Damen sentit sa mâchoire se crisper.

Le conseiller Guion prit la parole.

— Il est destiné à la fonction d'esclave de plaisir, mais il n'a pas été formé. Kastor a pensé que vous aimeriez peut-être le mater vous-même.

—Je ne suis pas désespéré au point de me rouler ainsi dans la fange, rétorqua Laurent.

—Oui, votre altesse.

—Servez-vous de la croix pour le briser. Je pense que cela suffira à honorer mes obligations envers le roi d'Akielos.

—Oui, Votre Altesse.

Le soulagement du conseiller Guion était palpable. Sans perdre un instant, il fit signe aux geôliers d'emmener Damen. Celui-ci devina qu'il posait un délicat problème diplomatique : le présent de Kastor était à la fois magnifique et injurieux.

Les courtisans s'apprêtaient à partir. La farce était terminée. Damen vit le geôlier se baisser vers la chaîne qui le clouait au sol. Ils allaient le détacher afin de l'emmener à la croix. Il crispa et décrispa les doigts. Concentré, il ne quittait pas des yeux le geôlier, son unique adversaire.

—Attendez, reprit Laurent.

Le geôlier s'immobilisa et se redressa.

Laurent vint se poster face à Damen et le contempla, une expression indéchiffrable sur le visage.

—Je voudrais lui parler. Enlevez-lui son bâillon.

—Il n'a pas sa langue dans sa poche, prévint le geôlier.

—Votre Altesse, si je puis me permettre..., commença le conseiller Guion.

—Obéissez.

Damen promena sa langue dans sa bouche lorsqu'il fut libéré de son bâillon.

—Comment t'appelles-tu, chéri ? interrogea Laurent non sans une certaine cruauté.

Damen ne répondait pas aux questions posées d'une voix aussi mielleuse. Il leva les yeux sur Laurent. C'était une erreur. Ils se dévisagèrent mutuellement.

—Peut-être a-t-il une tare, suggéra Guion.

Les yeux d'un bleu transparent ne quittèrent pas ceux de Damen. Laurent répéta sa question, lentement, dans la langue d'Akielos.

Les mots franchirent les lèvres de Damen avant qu'il ne puisse les retenir.

— Je parle votre langue mieux que vous ne parlez la mienne, chéri.

Ses paroles, prononcées avec une pointe presque indécelable d'accent akielonien, étaient compréhensibles par tout un chacun. Elles lui valurent un coup de poing violent du geôlier. Pour faire bonne mesure, un garde de son escorte lui plaqua le visage au sol.

— Le roi d'Akielos vous propose, si cela vous agrée, de l'appeler « Damen », précisa le geôlier.

Le sang de Damen se glaça.

Quelques murmures choqués retentirent dans l'assistance ; l'atmosphère, déjà tendue, devint irrespirable.

— Ils ont cru qu'affubler un esclave du nom de leur prince décédé vous amuserait. C'est de mauvais goût. Ce sont des rustres sans raffinement, expliqua le conseiller Guion.

Cette fois, le ton de Laurent demeura égal.

— J'ai entendu dire que le roi d'Akielos pourrait bien épouser sa maîtresse, dame Jokaste. Est-ce vrai ?

— Cela n'a pas été officiellement annoncé, mais ils l'envisagent, en effet.

— Le pays sera donc gouverné par un bâtard et une putain, conclut Laurent. Comme c'est approprié…

Damen réagit d'instinct, se débattant violemment contre ses chaînes. Il surprit l'expression satisfaite sur le visage du prince. Laurent avait parlé assez fort pour être entendu de tous les courtisans présents.

— Dois-je l'emmener à la croix, Votre Altesse ? demanda le geôlier.

— Non, répondit Laurent. Attachez-le ici, dans le harem. Après lui avoir appris les bonnes manières.

Les deux hommes assignés à cette tâche s'exécutèrent avec une cruauté méthodique. Mais ils semblaient répugner à infliger des dégâts irréparables à un bien personnel du prince.

Damen avait entendu l'homme aux bagues lancer une série d'instructions, puis partir. L'esclave devait rester attaché dans le harem. Ordre du prince. Personne ne devait entrer ni sortir de la pièce. Ordre du prince. Deux gardes à la porte en permanence. Ordre du prince. Ne pas lui retirer sa chaîne. Ordre du prince.

Les deux hommes ne partaient pas, mais le passage à tabac semblait terminé. Lentement, Damen se redressa à quatre pattes. Non sans une certaine amertume, il parvint à voir le bon côté de la situation : son esprit était désormais tout à fait clair.

Le pire n'avait pas été les coups, mais la présentation. Elle l'avait bouleversé plus qu'il n'était prêt à l'avouer. Si la chaîne à son cou n'avait pas été si courte et si solide, il se serait peut-être rebellé, malgré ses bonnes résolutions. Il connaissait l'arrogance de cette nation. Il savait ce que les Vérétiens pensaient de son peuple. Ils ne voyaient en eux que des barbares, des esclaves. Damen avait dû rassembler toute sa volonté pour endurer la scène.

Mais le prince, avec ce mélange unique de mesquinerie et de dédain qui le caractérisait, avait été insupportable.

—Il ne ressemble pas vraiment à un mignon, fit remarquer le plus grand des deux hommes.

—Tu les as entendus. C'est un esclave sexuel d'Akielos, répliqua l'autre.

—Tu crois que le prince le baise ? reprit le premier d'un ton sceptique.

—C'est plutôt l'inverse, à mon avis.

—Il ne s'en sort pas mal, pour un esclave…

L'autre lui répondit d'un grognement indifférent, mais l'esprit du plus grand demeurait fixé sur cette idée.

—Imagine-toi ce que ça doit faire, de s'envoyer en l'air avec le prince…

J'imagine que ça revient à coucher avec un serpent venimeux, pensa Damen, mais il se garda d'exprimer son avis à voix haute.

Dès que les hommes furent partis, Damen analysa sa situation : s'échapper était encore impossible pour le moment. On lui avait détaché les mains, et sa chaîne avait été rallongée, mais elle était trop solide pour être arrachée du sol. Il ne pourrait pas non plus ouvrir son collier. Ce dernier était en or, donc théoriquement souple, mais il était aussi trop épais pour être manipulé et pesait lourdement sur sa nuque. Damen songea à quel point il était ridicule de passer un collier d'or à un esclave. Les bracelets, en or également, étaient encore plus absurdes. Ils constitueraient une arme potable, ainsi qu'un moyen de payer le voyage jusqu'en Akielos.

S'il demeurait en éveil tout en feignant la résignation, une opportunité se présenterait. La chaîne était assez longue pour lui permettre de faire environ trois pas autour de lui. Un broc en bois contenant de l'eau avait été posé non loin. Il allait pouvoir s'allonger confortablement sur les coussins et même se soulager dans un pot de chambre en cuivre doré. Il n'avait pas été drogué, ni assommé à force de coups, comme en Akielos. Seulement deux gardes à la porte. Une fenêtre sans verrous.

La liberté était à portée de main. S'il ne pouvait s'échapper dans l'immédiat, il le ferait bientôt.

Il ne pouvait attendre très longtemps. Le temps n'était pas de son côté ; tant qu'il demeurerait emprisonné, Kastor aurait tout loisir de consolider son pouvoir. Ne pas savoir ce qu'il advenait de son pays, de ses partisans et de son peuple était une torture pour Damen.

Et il avait un autre problème.

Personne ne l'avait encore reconnu, mais il pouvait se voir démasqué. Akielos et Vère avaient assez peu communiqué depuis la bataille décisive de Marlas, six ans auparavant. Mais il était sûr qu'au moins une ou deux personnes à Vère connaissaient son visage, ayant visité sa cité par le passé. Kastor l'avait envoyé dans le seul endroit où il connaîtrait un sort plus terrible en tant que prince qu'en tant que simple esclave. Ailleurs, si l'un de ses geôliers avait appris son identité, il l'aurait peut-être aidé ; soit par compassion envers sa situation, soit dans l'espoir d'être récompensé par les partisans de Damen en Akielos. Mais pas à Vère. À Vère, il ne pouvait se permettre de prendre un tel risque.

Il se souvint de ce que lui avait dit son père à la veille de la bataille de Marlas, lui commandant de se battre sans jamais accorder sa confiance, car jamais un Vérétien ne tiendrait sa parole. Les événements du lendemain, sur le champ de bataille, n'avaient fait que confirmer la pertinence de cette affirmation.

Il ne devait pas penser à son père.

Il ferait mieux de se reposer en attendant son heure. Il but donc à la carafe, en regardant les dernières lueurs de l'après-midi quitter doucement la pièce. Lorsque l'obscurité fut totale, il étendit sur les coussins son corps perclus de douleurs, et finit par s'endormir.

Il se réveilla. On tira sur sa chaîne jusqu'à ce qu'il se trouve debout, flanqué par deux de ces gardes interchangeables et anonymes.

La pièce s'illumina à mesure qu'un serviteur plaçait des torches sur les fixations murales. La chambre n'était pas très grande, et à la lumière vacillante des flammes, les motifs qui la décoraient semblaient s'animer en une mosaïque sinueuse et chatoyante.

Au centre de toute cette activité, le scrutant de ses yeux clairs et froids, se tenait Laurent.

Sa sévère tenue bleu sombre enserrait son corps, le couvrant des pieds jusqu'au cou, avec de longues manches jusqu'aux poignets. Elle ne portait aucune ouverture qui ne soit soigneusement lacée, de manière si complexe qu'il fallait sans doute une heure pour défaire le moindre nœud. La lueur douce des torches ne parvenait pas à atténuer l'austérité de son habit.

Damen ne vit aucune raison de revenir sur sa première impression : le prince était gâté, comme un fruit laissé trop longtemps sur la branche. Les paupières lourdes et les lèvres molles de Laurent suggéraient une nuit passée à abuser du vin, en courtisan dissolu.

— J'ai réfléchi à ce que j'allais faire de toi, déclara Laurent. Te briser en te faisant flageller… ou peut-être t'utiliser comme Kastor désirait que je le fasse. Je pense que cela me procurerait beaucoup de plaisir.

Laurent vint se poster à quatre pas de Damen. Cette distance était calculée : Damen estima que s'il tirait sur sa chaîne aussi fort que possible, ils seraient tout juste à deux doigts l'un de l'autre, sans se toucher.

— Tu n'as rien à répondre ? Ne me dis pas que tu es timide, à présent que nous sommes en tête-à-tête.

Le ton suave de Laurent n'était ni rassurant, ni aimable.

— Je croyais que vous ne vouliez pas vous salir avec un barbare, fit remarquer Damen en prenant soin de ne pas élever la voix.

Il entendait battre son cœur dans sa poitrine.

— En effet, reprit Laurent. Mais si je te donnais à un garde, peut-être m'abaisserais-je à regarder.

Damen se crispa et ne parvint pas à cacher son expression horrifiée.

— Tu n'aimes pas cette idée ? poursuivit Laurent. Peut-être pourrais-je trouver autre chose. Viens ici.

Damen sentit grimper sa méfiance et sa répulsion à l'égard de Laurent, mais il se rappela sa situation. En Akielos, il avait lutté contre ses fers, et ceux-ci avaient été renforcés. Dans ce palais, il n'était qu'un esclave ordinaire, et l'occasion de s'échapper finirait par se présenter, s'il ne la gâchait pas en laissant s'exprimer sa colère et son orgueil. Il était capable d'endurer le sadisme puéril de Laurent. Il devait retourner en Akielos, et pour le moment, cela impliquait de se montrer docile.

Il fit un pas en avant, circonspect.

— Non, dit Laurent d'un ton satisfait. Rampe !

« *Rampe* ».

C'était comme si tout s'était arrêté, sous l'effet de ce seul mot. La partie de Damen qui lui dictait de feindre l'obéissance fut noyée sous le flot de sa fierté bafouée.

Mais l'incrédulité hautaine de Damen ne se peignit qu'une demi-seconde sur son visage, avant qu'il se retrouve projeté à quatre pattes par les gardes, sur l'ordre muet de Laurent. Un instant plus tard, après un autre geste du prince, l'un des gardes le frappa à la mâchoire. Et recommença, encore et encore.

Ses oreilles bourdonnaient. Le sang goutta de sa bouche sur le carrelage. Il regarda son sang et s'obligea, au prix d'un grand effort de volonté, à ne pas réagir. Il devait encaisser les coups. Son heure viendrait.

Il fit jouer sa mâchoire. Rien de cassé.

— Tu as fait preuve d'insolence cet après-midi, également. C'est un tic que l'on guérit facilement. À coups de fouet.

Laurent parcourut son corps du regard. La brutalité des gardes avait desserré les vêtements de Damen, découvrant son torse.

— Tu as une cicatrice.

Il en avait deux, mais une seule était visible, juste sous sa clavicule gauche. Damen sentit pour la première fois le parfum du vrai danger, la palpitation de son pouls qui s'affolait.

— J'ai… servi dans l'armée.

Ce n'était pas un mensonge.

— Kastor envoie donc un simple soldat coucher avec un prince. C'est bien cela ?

Damen choisit soigneusement ses mots, regrettant de ne pas posséder le don de son demi-frère pour la tromperie.

— Kastor souhaitait m'humilier. J'imagine que… j'ai dû l'offenser. S'il avait d'autres intentions en m'envoyant ici, j'ignore lesquelles.

— Le Roi Bâtard se débarrasse de ses déchets en les jetant à mes pieds. Est-ce qu'il croit ainsi me faire plaisir ? répliqua Laurent.

— Qui y parviendrait ? lança une voix derrière le prince.

Laurent se retourna.

— Rien ne trouve grâce à vos yeux, ces temps-ci, poursuivit la voix.

— Mon oncle, salua Laurent. Je ne vous avais pas entendu arriver.

« Mon oncle » ? Damen reçut son deuxième choc de la soirée. Si Laurent l'appelait « mon oncle », alors cet homme dont la silhouette imposante emplissait l'ouverture de la porte n'était autre que le régent.

Il n'existait aucune ressemblance physique entre l'homme et son neveu. Le régent était un homme d'une quarantaine d'années, corpulent et large d'épaules, qui respirait l'autorité. Ses cheveux et sa barbe étaient bruns, sans même un reflet pour confirmer sa parenté avec la chevelure blonde de Laurent.

Le régent balaya brièvement Damen du regard.

— L'esclave semble s'être infligé de nombreuses blessures.

— Il m'appartient. J'en ferai ce qu'il me plaira.

— Pas si vous comptez le faire battre à mort. Ce n'est pas un usage convenable du présent du roi Kastor. Nous avons signé un traité avec Akielos, et je ne vous laisserai pas mettre cet accord en péril par vos préjugés mesquins.

— Préjugés mesquins ? répéta Laurent.

— J'attends de vous que vous respectiez nos alliés, ainsi que le traité, comme nous tous.

— Le traité me contraint-il à prendre mon plaisir avec le rebut de l'armée akielonienne ?

— Ne soyez pas puéril. Couchez avec qui vous voulez. Mais ne sous-estimez pas la valeur du présent de Kastor. Vous avez déjà manqué à vos devoirs à la frontière. Vous n'esquiverez pas vos responsabilités à la cour. Trouvez à cet esclave une fonction convenable. C'est l'ordre que je vous donne, et je vous conseille de le suivre.

Il sembla, l'espace d'un instant, que Laurent allait se rebeller. Mais il serra les dents et répondit simplement :

— Oui, mon oncle.

— Bien. Venez avec moi, et mettons cette histoire derrière nous. Heureusement, j'ai été prévenu de vos actions avant qu'elles ne dégénèrent et provoquent trop de dégâts.

— Oui. Quelle chance que vous ayez été informé. J'aurais été navré de vous causer du souci, mon oncle.

Laurent avait parlé d'un ton égal, mais quelque chose couvait sous ses mots.

Le régent s'adressa à lui de la même manière :

— Je suis heureux que nous nous comprenions.

Leur départ aurait dû être un soulagement pour Damen, de même que l'intervention du régent auprès de son neveu. Mais

Damen se souvenait du regard bleu de Laurent, et même une fois seul, sachant qu'il allait avoir l'opportunité de se reposer sans être dérangé, il n'aurait pu dire si le régent venait d'adoucir son sort, ou s'il l'avait empiré.

Chapitre 2

— Le régent est venu ici hier soir ?

L'homme aux bagues ne s'embarrassa d'aucun préambule. Lorsque Damen acquiesça, il fronça les sourcils, faisant apparaître deux rides au milieu de son front.

— Quelle était l'humeur du prince ?

— Délicieuse, répliqua Damen.

L'homme le dévisagea d'un œil sévère, puis se détourna pour donner un ordre bref au serviteur qui débarrassait le repas de Damen. Il reprit la parole.

— Je suis Radel, le surveillant en chef. Je n'ai qu'une chose à t'expliquer. On dit qu'en Akielos, tu as attaqué tes gardes. Si tu recommences ici, tu seras drogué comme à bord du vaisseau, et certains privilèges te seront retirés. As-tu compris ?

— Oui.

Radel le scruta de plus belle, comme si sa réponse lui paraissait suspecte.

— C'est un honneur pour toi d'être rattaché à la maison du prince. Nombreux sont ceux qui rêveraient d'un tel statut. Quelle que soit la disgrâce qui t'a frappé dans ton pays, elle t'a valu ici une position enviée. Tu devrais te prosterner de gratitude devant le prince pour le remercier d'une telle générosité. Ton orgueil devrait être écarté, et les préoccupations insignifiantes de ton ancienne vie, oubliées. Tu n'existes que pour plaire au prince héritier, au nom duquel notre pays est gouverné sous régence, et qui sera un jour notre roi.

— Oui, dit Damen d'une voix qu'il espérait reconnaissante et docile.

En se réveillant, il ne s'était pas demandé où il se trouvait, contrairement à la veille. Ses souvenirs étaient tout à fait clairs. Son corps n'avait pas manqué de lui rappeler les mauvais traitements de Laurent. Néanmoins, après une brève analyse, Damen avait conclu avoir subi pires blessures à l'entraînement et s'était désintéressé du problème.

Par-dessus les paroles de Radel, il entendit au loin un instrument à cordes inconnu, sur lequel on jouait une mélodie vérétienne. Le son voyageait aisément à travers les portes et les fenêtres percées de multiples ouvertures.

L'ironie de la situation était que Radel, en qualifiant Damen de « privilégié », n'avait pas tout à fait tort. Son environnement actuel n'avait rien à voir avec la cellule nauséabonde qu'il avait connue en Akielos, ni avec son séjour embrumé par la drogue à bord du vaisseau. Sa chambre n'était pas un cachot : elle faisait partie des appartements des favoris royaux. Son repas lui avait été servi sur un plateau doré, ciselé de motifs végétaux, et les fenêtres ajourées laissaient passer la brise vespérale, au parfum délicat de jasmin et de frangipanier.

Pourtant, il s'agissait bien d'une prison. Damen portait un collier à chaîne et il était seul, entouré d'ennemis, à des lieues de chez lui.

En guise de « privilège », il fut emmené, les yeux bandés et sous bonne escorte, afin d'être lavé et apprêté. Il connaissait ce rituel, pour l'avoir vu pratiquer en Akielos. Le reste du palais, masqué par son bandeau, demeura un mystère. Le son de l'instrument à cordes se fit un peu plus fort, avant de s'évanouir en un écho à peine perceptible. Une ou deux fois, il entendit des voix, basses et mélodieuses. Un rire, doux et sensuel.

Tandis qu'ils traversaient les appartements des favoris, Damen se souvint qu'il n'était pas le seul Akielonien à avoir été offert en cadeau à Vère, et ressentit une bouffée d'inquiétude à l'égard des autres. Ces esclaves royaux akieloniens étaient sans doute désorientés et vulnérables, n'ayant jamais appris à se défendre. Étaient-ils seulement capables de communiquer avec leurs maîtres ? On leur avait enseigné plusieurs langues, mais il y avait peu de chances que le vérétien en fasse partie. Leurs échanges avec Vère étaient rares et, jusqu'à la visite du conseiller Guion, franchement hostiles. Si Damen maîtrisait cette langue, c'était parce que son père affirmait que pour un prince, il était aussi important de comprendre les paroles de ses ennemis que celles de ses amis.

On lui ôta son bandeau.

Il ne s'habituerait jamais à ces décorations. Depuis le plafond en voûte jusqu'au creux où clapotait l'eau des bains, la pièce était couverte de minuscules carreaux peints, dans des tons éclatants de bleu, de vert et d'or. Les sons se muaient en échos étouffés par l'épaisse vapeur. Les murs étaient percés d'une série d'alcôves arrondies, réservées au badinage amoureux – mais pour l'instant désertes – et assorties de braseros aux formes fantasques. Les portes chantournées étaient faites de métal, et non de bois. L'unique entrave était une sorte de pilori, robuste et imposant. Il ne se fondait pas du tout dans le reste du décor, et Damen tenta de se convaincre qu'il n'avait pas été apporté spécialement pour lui. Il détourna son regard de l'engin et ses yeux tombèrent sur les motifs complexes ornant la porte métallique. Il s'agissait de silhouettes enchevêtrées, toutes masculines. Leurs postures étaient sans équivoque. Il reporta son regard sur les bains.

— C'est de l'eau de source, expliqua Radel comme s'il s'adressait à un enfant. Nous la tirons d'une grande rivière souterraine très chaude.

« Une grande rivière souterraine très chaude »... Damen répliqua :

— En Akielos, nos aqueducs produisent le même résultat.

Radel fronça les sourcils :

— J'imagine que tu te crois très malin.

Il faisait déjà signe à l'un des serviteurs, d'un air presque distrait.

Ils le déshabillèrent et le lavèrent sans l'attacher, et Damen se prêta au jeu avec une docilité exemplaire, résolu à prouver qu'on pouvait sans risque lui accorder une certaine latitude. Peut-être cela fonctionna-t-il, ou peut-être Radel était-il habitué aux esclaves accommodants – il était surveillant, pas geôlier – car il ordonna :

— Dans le bain. Cinq minutes.

Des marches incurvées descendaient dans le bassin. Son escorte se retira hors de la pièce, et on détacha la chaîne de son collier.

Damen s'enfonça dans l'eau, savourant cet instant de liberté, bref et inattendu. La température du bain était à la limite du supportable, et pourtant agréable. La chaleur s'infiltra en lui, apaisant ses membres meurtris et dénouant ses muscles crispés.

Radel avait jeté une substance dans les brasiers avant de sortir, les faisant flamber, puis fumer. Presque aussitôt, la pièce avait été envahie d'un parfum sucré qui se mêlait à la vapeur. Les sens saturés, Damen se détendit encore plus.

Ses pensées dérivèrent jusqu'à Laurent.

« *Tu as une cicatrice.* » Damen fit glisser ses doigts sur son torse nu, frôlant sa clavicule avant de suivre la ligne pâle de sa cicatrice. Un écho du malaise ressenti la veille l'envahit de nouveau.

Cette cicatrice lui avait été infligée par le frère aîné de Laurent, six ans auparavant, durant la bataille de Marlas. Auguste, l'héritier chéri de Vère. Damen se remémora ses cheveux dorés et le blason en étoile qui ornait son bouclier taché de boue et de sang, bosselé et presque méconnaissable, tout comme sa belle armure ouvragée. Il se rappela son propre sentiment de désespoir à cet instant, le choc du métal sur le métal, une respiration hachée qui pouvait bien être la sienne, et l'impression de se battre comme jamais auparavant, de toutes ses forces, défendant sa propre vie.

Il écarta ce souvenir, mais un autre le remplaça aussitôt. Celui-là était plus sombre et plus ancien que le précédent. Quelque part dans les tréfonds de son esprit, un combat en appelait un autre. Damen plongea la main dans l'eau. Son autre cicatrice se situait plus bas. Elle n'avait pas été infligée par Auguste. Ni sur un champ de bataille.

Kastor l'avait transpercé de sa lame le jour de son treizième anniversaire, à l'entraînement.

Il se souvenait parfaitement de ce jour-là. Il venait de battre Kastor pour la première fois. Lorsque Damen avait ôté son casque, grisé par sa victoire, Kastor avait souri et suggéré qu'ils échangent leurs épées de bois contre de vraies armes.

Damen s'était gonflé d'orgueil. Il s'était dit: « j'ai treize ans, je suis un homme, et Kastor se bat avec moi comme il se battrait avec un homme ». Kastor n'avait pas retenu ses coups, et Damen en avait tiré une immense fierté, même alors que le sang jaillissait entre ses doigts. À présent, il revoyait l'éclat noir dans les yeux de Kastor, et s'apercevait qu'il s'était trompé plus d'une fois.

— C'est fini, annonça Radel.

Damen acquiesça. Il plaça ses mains sur le bord du bassin. Le collier et les bracelets d'or ridicules ornaient toujours son cou et ses poignets.

Les braseros avaient été couverts, mais le parfum tenace de l'encens lui donna le vertige. Damen s'ébroua pour faire passer cette faiblesse momentanée et se hissa hors du bain chaud, le corps ruisselant.

Radel l'observa, les yeux écarquillés. Damen se passa une main dans les cheveux et les tordit pour les essorer. Le regard du surveillant s'agrandit encore. Lorsque Damen fit un pas en avant, Radel eut un mouvement de recul involontaire.

— Attachez-le, ordonna-t-il d'une voix légèrement rauque.

— Ce n'est pas…, commença Damen.

Le pilori de bois se referma sur ses poignets. Il était lourd et robuste, aussi inébranlable qu'un roc ou qu'un grand tronc d'arbre. Damen posa son front sur le panneau, les mèches mouillées de ses cheveux assombrissant le bois à leur contact.

— Je n'avais pas l'intention de résister, précisa Damen.

— Je suis ravi de l'entendre, rétorqua Radel.

Il fut séché et enduit d'huile parfumée, dont on essuya l'excédent à l'aide d'un tissu. Ce n'était pas moins supportable que ce qu'il avait enduré en Akielos. Les gestes des serviteurs étaient rapides et indifférents, même alors qu'ils s'occupaient de ses parties intimes. Leurs attentions étaient entièrement dénuées de sensualité, contrairement à la toilette donnée par l'esclave blonde en Akielos. Damen avait connu pire.

L'un des serviteurs se plaça derrière lui et se mit à préparer l'entrée de son corps.

Damen se débattit avec une telle force qu'il fit grincer le bois. Dans son dos, il entendit un flacon d'huile se briser sur le carrelage, et l'un des serviteurs glapir, effrayé.

— Maintenez-le en place, ordonna Radel d'un ton sévère.

Ils le libérèrent lorsque leur travail fut terminé, et cette fois, sa docilité était mêlée d'une sorte d'hébétude. Durant quelques instants, il fut un peu moins conscient de ce qui se passait autour de lui. Il se sentait changé par ce qu'il venait de vivre. Non, ce n'était pas lui qui avait changé, mais sa situation. Il s'aperçut que cet aspect de sa captivité, ce danger, malgré les menaces de Laurent, ne lui avait jusque-là jamais paru réel.

— Pas de fard, disait Radel à l'un des serviteurs. Le prince n'aime pas cela. Non, pas de bijoux. L'or suffit. Oui, ces vêtements-ci. Non, pas de broderies.

On lui serra son bandeau sur les yeux. Un instant plus tard, Damen sentit des doigts couverts de bagues lui soulever le menton, comme si Radel souhaitait simplement admirer le spectacle qu'il offrait, les yeux bandés, les bras attachés derrière le dos.

Radel déclara :

— Oui, cela ira, je pense.

Cette fois, lorsqu'il recouvra la vue, il se trouvait face à deux grandes portes couvertes de dorures, que l'on ouvrait.

La pièce, qui grouillait de courtisans, avait été aménagée pour accueillir un spectacle. Des tribunes garnies de coussins bordaient les quatre murs, formant une sorte d'amphithéâtre drapé de soie, à l'atmosphère oppressante. L'excitation générale était palpable. Les dames et les damoiseaux se penchaient pour se parler dans le creux de l'oreille ou murmurer derrière leurs mains. Des serviteurs passaient d'un courtisan à l'autre, proposant du vin et des rafraîchissements, portant des plateaux chargés de douceurs et de fruits confits. Au centre de la pièce, le sol descendait en un creux circulaire, pourvu de fers enchâssés dans le sol. Damen sentit son estomac se nouer. Il reporta son attention sur les tribunes.

Celles-ci n'accueillaient pas que des courtisans. Des créatures exotiques, vêtues de voiles aux couleurs vives qui révélaient leur corps, évoluaient parmi les seigneurs et les dames aux tenues plus discrètes. Leurs beaux visages étaient couverts de fard. Damen aperçut une jeune femme portant presque autant d'or que lui : deux longs bracelets en forme de serpents lui enserraient les bras. Ailleurs, il découvrit un jeune homme aux cheveux roux d'une beauté éblouissante, coiffé d'un diadème en émeraudes, la taille ceinte d'une fine chaîne d'argent sertie de péridots. On aurait dit que les courtisans affichaient leur richesse par l'intermédiaire de leurs favoris, comme un noble couvrirait de bijoux une demi-mondaine.

Damen remarqua un homme âgé assis auprès d'un jeune garçon, tenant l'enfant d'un geste possessif : sans doute un père venu assister avec son fils à une représentation de leur sport favori. Il respira un parfum sucré qui lui rappela les bains, et vit une dame inhaler la fumée d'une longue pipe, fine et incurvée au bout. Les paupières mi-closes, elle se laissait prodiguer par sa favorite des caresses intimes. Partout dans les tribunes, des mains glissaient sur des corps, commettant une kyrielle de petits actes de débauche.

Il s'agissait de Vère, après tout. Le pays de la volupté et de la décadence, aussi suave que vénéneux. Damen se remémora la dernière nuit à Marlas, juste avant l'aube. Les tentes vérétiennes de l'autre côté du fleuve, leurs somptueux étendards de soie flottant dans la nuit, le son de leurs rires arrogants, et le héraut qui avait craché aux pieds de son père.

Damen s'aperçut qu'il s'était arrêté net sur le seuil lorsqu'il fut tiré en avant par sa chaîne. Il fit un pas, puis un autre. Il préférait marcher que de se laisser traîner.

Il ne sut pas s'il devait être soulagé ou troublé lorsqu'on ne l'emmena pas directement au centre de l'arène, mais plutôt devant un fauteuil drapé de soie bleue arborant l'étoile d'or qu'il connaissait bien, marque du prince héritier. Sa chaîne fut fixée à un anneau enchâssé dans le sol. En levant les yeux, il se trouva face à une jambe élégamment bottée.

Si Laurent avait abusé de la boisson la nuit précédente, son allure n'en laissait rien paraître. La mine fraîche et l'air indifférent, il était beau, ses cheveux dorés resplendissant au-dessus de sa tenue d'un bleu presque noir. Ses yeux bleus avaient l'innocence du ciel; il fallait les examiner avec une grande attention pour y déceler une émotion sincère. L'antipathie, par exemple. Damen aurait pu y voir un signe de rancœur, le désir de lui faire payer sa présence lors de la conversation de Laurent avec son oncle. Mais en réalité, le prince le regardait de cette manière depuis l'instant où il avait posé les yeux sur lui pour la première fois.

—Tu as une coupure à la lèvre. Quelqu'un t'a frappé... Ah, c'est vrai, je m'en souviens! Tu n'as pas fait un geste pour l'en empêcher. As-tu encore mal?

Sobre, il était pire. Damen s'obligea à desserrer les poings, qui s'étaient crispés dans son dos.

—Il faut bien que nous conversions. Tu vois, je me suis enquis de ta santé, et à présent, j'évoque des souvenirs communs. Notre nuit m'a laissé forte impression. As-tu pensé à moi, ce matin?

Il n'y avait pas de bonne réponse à cette question. L'esprit de Damen se tourna malgré lui vers son séjour aux bains: la chaleur de l'eau, le parfum sucré de l'encens, les panaches de vapeur. *« Tu as une cicatrice. »*

—Mon oncle nous a interrompus juste au moment où cela devenait intéressant. J'en suis demeuré intrigué.

Laurent arborait un air de parfaite innocence, mais il s'employait avec méthode à l'agacer, en quête du moindre point sensible.

—Tu as dû faire quelque chose pour que Kastor te haïsse à ce point. De quoi s'agit-il?

—Qu'il me haïsse? répéta Damen en levant les yeux.

Il entendit le trouble dans sa propre voix, malgré sa détermination à ne pas se laisser provoquer. Ces mots l'avaient atteint.

— Pensais-tu qu'il t'avait donné à moi par amour ? se moqua Laurent. Que lui as-tu fait ? L'as-tu battu dans un tournoi ? Ou as-tu baisé sa maîtresse... comment s'appelle-t-elle, déjà... Jokaste ? Ou alors... (Laurent écarquilla légèrement les yeux.) Peut-être l'as-tu trompé après qu'il t'a baisé, lui...

Damen fut si révulsé à cette idée, qui l'avait pris totalement au dépourvu, qu'il sentit la bile remonter dans sa gorge.

— Non !

Les yeux bleus de Laurent étincelèrent.

— C'est donc cela. Kastor monte ses soldats comme les chevaux de son écurie. T'es-tu laissé faire en serrant les dents, parce qu'il était ton roi, ou as-tu aimé cela ? Tu n'as vraiment aucune idée, ajouta Laurent, de combien cette pensée me ravit. C'est parfait : un homme qui te plaque au sol pendant qu'il te baise, avec une queue de la taille d'une amphore, et une barbe comme celle de mon oncle.

Damen s'aperçut qu'il avait littéralement reculé : sa chaîne était tendue à se rompre. Entendre un homme avec un tel visage dire ces choses-là d'un ton désinvolte avait quelque chose d'obscène.

Les horreurs cessèrent à l'approche de quelques courtisans privilégiés, auxquels Laurent présenta un visage angélique. Damen se raidit en reconnaissant le conseiller Guion, vêtu d'épais habits sombres, avec son médaillon de conseiller autour du cou. Des quelques mots dont Laurent les salua, Damen déduisit que la femme à l'allure autoritaire se nommait Vannes, et que l'homme au nez pointu était Estienne.

— Il est si rare de vous voir participer à ces événements, Votre Altesse, fit remarquer Vannes.

— J'étais d'humeur à m'amuser un peu, répliqua Laurent.

— Votre nouveau mignon fait sensation, reprit Vannes en tournant autour de Damen. Il ne ressemble en rien aux esclaves dont Kastor a fait cadeau à votre oncle. Je me demande si Votre Altesse a eu l'occasion de les voir ? Ils sont bien plus...

—Je les ai vus, oui.

—Cela n'a pas l'air de vous faire plaisir…

—Kastor nous envoie deux douzaines d'esclaves s'introduire dans les chambres à coucher des personnages les plus importants du royaume. Je suis enchanté, bien sûr.

—Je ne peux imaginer plus agréable façon d'être espionnée, déclara Vannes en s'installant confortablement. Mais le régent les surveille de très près, paraît-il, et ne consent à les prêter à personne. Quoi qu'il en soit, je doute fort que nous les voyions un jour dans l'arène. Ils n'ont pas la… vigueur nécessaire.

Estienne renifla et serra contre lui son mignon, une créature aussi délicate qu'une fleur, qu'il suffisait sans doute de frôler pour abîmer.

—Tout le monde n'a pas votre goût pour les favoris capables de remporter les compétitions, Vannes. En ce qui me concerne, je suis soulagé d'apprendre que tous les esclaves d'Akielos ne ressemblent pas à celui-ci. C'est bien le cas, n'est-ce pas ? ajouta-t-il d'un ton inquiet.

—Oui, affirma le conseiller Guion d'un ton péremptoire. Aucun d'entre eux ne lui ressemble. Au sein de la noblesse akielonienne, un tempérament dominant est un signe de haut statut. Les esclaves sont tous soumis. Je pense qu'ils ont souhaité vous faire un compliment, Votre Altesse, en laissant entendre que vous étiez capable de briser un esclave si fort…

Non. Il n'en était rien. Kastor avait voulu s'amuser aux dépens des autres parties. Faire vivre un enfer à Damen, et insulter Vère tout en feignant l'amitié.

—… quant à sa provenance, puisqu'ils organisent régulièrement des spectacles d'arène–épée, trident, dague– je présume qu'il s'agissait d'un combattant de parade. Leurs jeux sont véritablement barbares. Ils ne portent presque rien durant les combats à l'épée, et pratiquent la lutte entièrement nus.

—Comme des mignons, s'esclaffa l'un des courtisans.

La conversation se tourna vers les derniers ragots. Damen n'entendit rien qui puisse se révéler utile, mais il est vrai qu'il lui était difficile de se concentrer. L'arène, avec ses promesses d'humiliations et de violence, monopolisait ses pensées. *Le régent surveille donc ses esclaves de près*, pensa-t-il. *J'aurai au moins appris quelque chose.*

—Cette nouvelle alliance avec Akielos doit vous incommoder, Votre Altesse, fit remarquer Estienne. Nous savons tous en quelle estime vous tenez ce pays. Leurs traditions barbares... Et bien sûr, ce qui s'est passé à Marlas...

Un silence de plomb s'abattit sur le petit groupe.

—Mon oncle est régent, répliqua Laurent.

—Vous aurez vingt et un ans au printemps.

—Il me semble, alors, que vous feriez bien d'être aussi prudent en ma présence qu'en celle de mon oncle.

—Oui, Votre Altesse, acquiesça Estienne.

Il s'inclina vivement et s'écarta, comprenant qu'il avait été congédié.

L'arène s'animait.

Deux mignons venaient d'y entrer, et se tenaient à bonne distance l'un de l'autre, à la manière de deux adversaires. L'un était brun, avec des yeux en amande frangés de longs cils. L'autre, vers qui se porta naturellement l'attention de Damen, était blond. Mais ses cheveux n'avaient pas, comme Laurent, la couleur des boutons d'or: ils étaient plus foncés, sablonneux, et ses yeux n'étaient pas bleus mais bruns.

Damen sentit s'accentuer la tension sourde qui l'avait habité depuis les bains... depuis même qu'il s'était réveillé dans cet endroit, sur les coussins de soie.

Dans l'arène, on déshabilla les deux hommes.

—Friandise? proposa Laurent.

Il tenait la sucrerie délicatement, entre son pouce et son index, juste assez loin pour que Damen soit obligé de se dresser sur les genoux s'il voulait la manger. Damen rejeta la tête en arrière.

—Têtu, commenta Laurent d'un ton aimable.

Il porta la confiserie à sa propre bouche et la mangea.

De multiples ustensiles étaient disposés le long de l'arène: de grandes perches dorées, des entraves diverses, des balles couleur or ressemblant à des jouets pour enfants, une petite pile de clochettes en argent, de longs fouets aux manches décorés de rubans et de glands. Manifestement, les spectacles de l'arène étaient aussi variés qu'inventifs.

Mais celui qui se déroulait devant ses yeux en cet instant se révélait très simple : c'était un viol.

Les mignons s'agenouillèrent et se saisirent mutuellement par les épaules. Un serviteur brandit une écharpe rouge, puis la lâcha. Elle voleta jusqu'au sol.

Le beau tableau que formaient les deux hommes se mua soudain en une mêlée hargneuse, sous les cris de la foule. Ils étaient tous deux séduisants et légèrement musclés ; sans pour autant arborer des carrures de lutteurs, ils semblaient plus forts que les beautés sveltes blotties contre leurs maîtres parmi l'assistance. Le brun, plus athlétique que le blond, prit l'avantage.

Damen comprit ce qu'il était en train de voir. Tous les murmures qu'il avait entendus en Akielos, au sujet des dépravations de la cour vérétienne, prenaient soudain vie devant ses yeux.

Le brun se tenait au-dessus du blond et le forçait, du genou, à ouvrir les cuisses. Le blond essayait désespérément de se libérer, en vain. Le brun, maintenant les bras du blond derrière son dos, tâtonna un moment, donnant des coups de reins au hasard. Mais bientôt, il entrait, d'un mouvement aussi fluide que s'il pénétrait une femme, malgré la résistance du blond. Ce dernier avait été…

… préparé…

Le blond poussa un cri et tenta de ruer pour se débarrasser de son agresseur, mais ne parvint qu'à l'accueillir plus profondément encore.

Damen détourna brusquement les yeux, mais contempler l'assistance était presque pire. La favorite de dame Vannes rougissait sous les caresses habiles de sa maîtresse. À la gauche de Damen, le jeune homme aux cheveux roux délaça les vêtements de son maître et referma la main sur ce qu'il y trouva. En Akielos, les esclaves étaient discrets et les spectacles d'un érotisme suggestif. Les charmes d'un esclave devaient être savourés en privé. La cour ne se rassemblait pas pour les regarder forniquer. Dans cet endroit, l'atmosphère était presque orgiaque. Et il était impossible de ne pas remarquer les sons qui s'élevaient dans la salle.

Seul Laurent semblait indifférent. Il était sans doute trop blasé pour se laisser émouvoir par une telle vision. Il était gracieusement affalé sur son fauteuil, un poignet posé en équilibre sur l'accoudoir. On aurait juré qu'il s'apprêtait à examiner ses ongles.

Dans l'arène, le spectacle approchait de son apogée. Car, désormais, il s'agissait bien d'un spectacle. Les deux mignons, habiles, savaient captiver leur public. Les sons qu'émettait le blond avaient changé de timbre, et s'étaient calés sur le rythme des coups de reins de l'autre. Le brun allait l'emmener jusqu'à l'orgasme. Le blond résistait, opiniâtre, se mordant la lèvre pour se retenir. Mais à chaque secousse, il cédait un peu plus, jusqu'à ce qu'enfin il se répande dans un frisson.

Le brun se retira et jouit sans vergogne sur le dos de son partenaire.

Damen savait ce qui allait suivre. Le blond rouvrit les yeux et fut conduit hors de l'arène par un serviteur de son maître. Celui-ci l'entoura aussitôt de toutes les attentions, et lui offrit une longue boucle d'oreille en diamant.

Laurent leva ses doigts fuselés en un signal convenu avec le garde.

Des mains s'abattirent sur les épaules de Damen. Sa chaîne fut détachée de son collier, et puisqu'il ne bondissait pas aussitôt dans l'arène comme un chien lâché sur une proie, on l'y mena sous la menace d'une épée.

— Vous ne cessiez d'insister pour que j'envoie un mignon dans l'arène, disait Laurent à Vannes et aux autres courtisans près de lui. J'ai pensé qu'il était temps de vous satisfaire.

Cela n'avait rien à voir avec une arène d'Akielos, où le combat était une démonstration d'excellence avec l'honneur pour seul trophée. On ôta à Damen ses derniers liens ainsi que ses vêtements, tout sommaires qu'ils soient. Tout cela ne pouvait être réel, c'était impossible. Damen ressentit de nouveau une sorte de nausée et de vertige… Secouant légèrement la tête pour s'éclaircir l'esprit, il leva les yeux.

Et découvrit son adversaire.

Laurent avait menacé de le faire violer. Et face à lui se trouvait l'homme qui exécuterait cette menace.

Une telle brute n'était certainement pas un mignon. Il était plus lourd que Damen. Sa carrure était impressionnante et sa musculature puissante était couverte d'une épaisse couche de chair. Il avait été choisi pour sa taille, et non pour son apparence. Son crâne était surmonté d'un casque terne de cheveux noirs. L'épaisse toison de son torse descendait jusqu'à son entrejambe dénudée. Son nez était plat, cassé : ce n'était visiblement pas la première fois qu'il se battait. Pourtant, il était difficile d'imaginer un individu assez suicidaire pour lui donner un coup de poing en plein visage. Il avait sans doute été traîné hors d'un quelconque camp de mercenaires avec la promesse suivante : bats-toi contre l'Akielonien, baise-le, et tu seras grassement récompensé. L'homme examina froidement Damen de haut en bas.

D'accord, en termes de force brute, il était désavantagé. Dans des circonstances ordinaires, cela ne lui aurait pas causé la moindre inquiétude. La lutte, discipline importante en Akielos, était un art que Damen appréciait et auquel il excellait. Mais il avait été emprisonné plusieurs jours dans des conditions éprouvantes, et la veille, il avait été passé à tabac. Son corps était encore endolori par endroits, et sa peau olivâtre ne cachait pas tous ses bleus : çà et là, des meurtrissures indiqueraient à son adversaire où diriger ses coups.

Il pensa à tout cela. Aux semaines passées depuis sa capture en Akielos. Aux coups. Aux liens. Son orgueil se cabra. Il ne se laisserait pas violer devant une assemblée de courtisans. Ils voulaient voir un barbare dans l'arène ? Eh bien, le barbare savait se battre.

Ils durent s'agenouiller et s'enlacer comme l'avaient fait les deux mignons, une similitude qui écœura Damen. La présence de deux hommes adultes et puissants dans l'arène fit naître parmi la foule quelque chose que n'avaient pu provoquer les deux favoris.

Les quolibets, les paris et les commentaires graveleux résonnèrent dans la pièce. De près, Damen entendait le souffle du mercenaire et sentait son odeur, fétide et virile, par-dessus le parfum fleuri de sa propre peau. L'écharpe rouge s'envola.

La première poussée faillit casser le bras de Damen. L'homme était une véritable montagne, et lorsque Damen lui opposa sa propre force, il s'aperçut avec inquiétude que son vertige ne l'avait pas tout à fait quitté. Ses membres semblaient étrangement… englués.

Il n'avait pas le temps d'y réfléchir. Des pouces apparurent devant ses yeux. Il les esquiva. Il devait protéger ces parties molles et vulnérables du corps qui, selon les règles habituelles du sport, auraient été épargnées : son adversaire était prêt à déchirer et à arracher tout ce qu'il pouvait. Par ailleurs, le corps de Damen, d'ordinaire dur et lisse, était plus fragile là où il avait subi des blessures. L'autre homme le savait, et portait ses coups sur ces points sensibles. Son adversaire était aussi cruel que puissant, et il avait reçu l'ordre de faire du dégât.

Malgré tout, Damen fut le premier à prendre l'avantage. La différence de poids et ce mystérieux vertige ne suffisaient pas à étouffer totalement son savoir-faire. Il parvint à refermer une prise sur son adversaire, mais au moment où il tenta de se servir de sa force pour mettre fin au combat, il se sentit soudain faible et instable. L'air quitta brusquement ses poumons lorsqu'il reçut un coup violent sur le diaphragme. L'homme s'était libéré.

Damen trouva un nouvel angle d'attaque. Il pesa de tout son poids sur le corps de l'homme et le sentit frissonner. Cela lui demanda bien plus d'efforts qu'en temps normal. Son adversaire banda ses muscles, et cette fois, lorsque sa prise fut brisée, Damen ressentit une douleur aiguë à l'épaule. Il entendit son souffle s'accélérer.

Quelque chose n'allait pas. Cette faiblesse n'était pas naturelle. Alors qu'un nouveau vertige le parcourait, il repensa soudain au parfum écœurant des bains, à l'encens dans le brasero… Une drogue, comprit-il avec un haut-le-cœur. Il avait respiré une drogue… Non seulement cela, mais il avait mariné dedans un certain temps. Rien n'avait été laissé au hasard. Laurent avait pris ses dispositions pour s'assurer de l'issue du combat.

Il subit une nouvelle attaque et chancela. Il lui fallut trop longtemps pour recouvrer son équilibre. Il tenta d'attraper l'autre homme, en vain ; pendant quelques instants, aucun des lutteurs ne parvint à affermir son emprise. Le colosse était luisant de sueur, ce qui rendait tout contact glissant. Le corps de Damen, quant à lui, avait été légèrement huilé ; cet onguent d'esclave parfumé lui offrait un avantage inattendu et ironique, protégeant temporairement sa vertu. Il pensa que ce n'était pas le moment de rire nerveusement, et sentit le souffle tiède de l'homme sur son cou.

Une seconde plus tard, il était sur le dos, immobilisé, et l'obscurité menaçait d'envahir son champ de vision. L'homme exerçait une pression écrasante sur sa trachée, au-dessus du collier d'or. Il sentit son adversaire se plaquer contre lui. La clameur de la foule s'intensifia. L'homme essayait de le monter.

Il donna quelques coups de reins contre Damen, la respiration désormais ponctuée de petits grognements. Damen lutta, sans succès, manquant de force pour briser son emprise. Il sentit ses cuisses s'écarter contre son gré. Non ! Il chercha désespérément la moindre faiblesse à exploiter, et n'en trouva aucune.

Tout près de son but, le colosse dut partager son attention entre le maintien de sa prise et ses tentatives de pénétration.

Damen réunit ses dernières forces pour tenter de desserrer l'emprise de son adversaire, et le sentit trembler… assez pour ajuster légèrement leurs positions, trouver un angle d'attaque… libérer un de ses bras…

Il lança son poing depuis le côté et fit s'écraser son lourd bracelet d'or sur la tempe de l'homme, avec le son ignoble d'une barre de fer heurtant la chair et l'os. Un instant plus tard, Damen réitérait d'un coup – sans doute superflu – de son poing droit, envoyant son adversaire, sonné et chancelant, mordre la poussière.

Il s'effondra, sa lourde masse recouvrant en partie le corps de Damen.

Celui-ci parvint à se dégager, cherchant d'instinct à mettre de la distance entre lui et l'homme étendu. Il toussa, la gorge meurtrie. Lorsqu'il parvint à respirer correctement, il entreprit de se dresser sur les genoux, puis se leva lentement. Il n'était pas question de viol. Le petit spectacle avec le mignon blond n'avait été que comédie. Même ces courtisans désabusés ne s'attendaient pas à ce qu'il baise un homme inconscient.

Sauf qu'il ressentait, à présent, le mécontentement de la foule. Personne ne voulait voir un Akielonien triompher d'un Vérétien. Laurent moins que quiconque. Les paroles du conseiller Guion revinrent le hanter, grotesques. *« C'est de mauvais goût. »*

Ce n'était pas terminé. Se battre sous l'emprise de la drogue, et gagner, ne suffisait pas. Gagner était impossible. Il était déjà clair que les instructions du régent n'avaient plus aucune valeur au sein de l'arène. Quoi que Damen doive endurer dans les moments qui suivraient, cela se produirait avec l'approbation du public.

Il savait ce qu'il devait faire. Luttant contre ses pulsions rebelles, il se força à avancer et à se prosterner devant Laurent.

— Je combats en votre nom, Votre Altesse. (Il fouilla sa mémoire pour retrouver les paroles de Radel.) Je n'existe que pour plaire à mon prince. Puisse ma victoire exalter votre gloire.

Il savait qu'il ne devait pas lever les yeux, et s'exprima aussi clairement que possible, dirigeant ses mots vers l'assemblée autant que vers Laurent. Il s'efforça de prendre un air déférent. Épuisé et à genoux, il se dit que cela ne devait pas être trop difficile. Si quelqu'un l'avait frappé à cet instant, il se serait écroulé.

Laurent tendit légèrement l'une de ses jambes parfaites, présentant à Damen le bout de sa botte.

— Embrasse-la, ordonna Laurent.

Tout le corps de Damen se révolta à cette idée. Son estomac se retourna et son cœur tambourina dans sa poitrine. Une humiliation publique se substituait à une autre. Mais il était plus facile d'embrasser un pied que de subir un viol devant une foule de spectateurs… Non ? Damen inclina la tête et posa ses lèvres sur le cuir lisse. Il s'obligea à prendre son temps, respectueux, comme un vassal embrassant la bague de son suzerain. Il ne toucha que la courbe au bout de la botte. En Akielos, un esclave zélé serait peut-être monté plus haut, jusqu'au cou-de-pied de Laurent… et même, avec un peu d'audace, jusqu'au muscle ferme de son mollet.

Il entendit le conseiller Guion s'émerveiller :

— Vous avez fait des miracles. Cet esclave était impossible à contrôler, à bord du vaisseau.

— Il n'est pas de chien qu'on ne puisse dresser, répliqua Laurent.

— Magnifique ! renchérit une voix douce et raffinée, que Damen ne connaissait pas.

— Conseiller Audin, salua Laurent.

Damen reconnut l'homme âgé qu'il avait aperçu dans la foule, quelques instants auparavant, assis près de son fils ou de son neveu. Ses vêtements, bien que sombres comme ceux de Laurent, étaient somptueux. Pas aussi somptueux que ceux d'un prince, bien sûr, mais ils s'en approchaient beaucoup.

— Quelle victoire ! Votre esclave mérite une récompense. Laissez-moi lui en offrir une.

— Une récompense, répéta Laurent d'un ton froid.

— Un combat comme celui-ci… superbe, superbe ! Mais sans apothéose… Permettez-moi de lui offrir un mignon, en remplacement de celui dont il n'a pu profiter. Je pense, ajouta Audin, que nous sommes tous impatients de le voir réellement à l'œuvre !

Le regard de Damen se tourna vers le mignon en question.

Ce n'était pas terminé. « *À l'œuvre* », pensa-t-il avec un haut-le-cœur.

Le jeune garçon n'était pas le fils du vieil homme. Il s'agissait d'un favori, n'ayant pas encore atteint l'adolescence, frêle et bien loin encore de sa poussée de croissance. Manifestement, il avait très peur de Damen. Son petit torse se soulevait au rythme effréné de sa respiration. Il avait tout au plus quatorze ans, mais on lui en aurait volontiers donné douze.

Damen vit ses chances de retourner en Akielos vaciller et s'éteindre comme la flamme d'une bougie, et les portes de la liberté se refermer en claquant. Obéir. Jouer selon leurs règles. Embrasser le soulier du prince. Faire le chien savant. Il s'était cru capable d'y parvenir.

Il rassembla ses dernières forces et déclara :

— Faites-moi ce que vous voulez. Je refuse de violer un enfant.

Quelque chose passa furtivement sur le visage de Laurent.

La riposte fut inattendue :

— Je ne suis pas un enfant.

Le garçon avait parlé d'une voix boudeuse, mais lorsque Damen se tourna vers lui, incrédule, il blêmit et parut terrorisé.

Le regard de Laurent allait de l'enfant à Damen. Il fronçait les sourcils, comme s'il ne comprenait pas, ou qu'il n'était pas satisfait du tour que prenaient les événements.

— Pourquoi pas ? demanda-t-il brusquement.

— *Pourquoi pas ?* rétorqua Damen. *Je n'ai pas, comme vous, l'habitude de m'attaquer lâchement à ceux qui ne peuvent pas se défendre, et je ne prends aucun plaisir à faire du mal aux plus faibles que moi.*

Poussé à bout, il s'était exprimé dans sa propre langue.

Laurent, qui la comprenait, le dévisagea. Damen lui rendit son regard et ne regretta pas ses paroles. Il ne ressentait que de la haine pour cet homme.

— Votre Altesse ? dit Audin, désorienté.

Laurent se retourna enfin vers lui.

— L'esclave affirme que si vous voulez retrouver ce mignon inconscient, coupé en deux, ou mort de peur, vous devrez trouver une autre manière d'y parvenir. Il refuse de vous rendre ce service.

Laurent quitta son fauteuil et faillit bousculer Damen en s'éloignant, sans un regard pour son esclave. Damen l'entendit dire à l'un des serviteurs :

— Faites amener mon cheval dans la cour nord. Je vais sortir me promener.

Et ce fut fini… Enfin, et sans prévenir, cette torture était arrivée à son terme. Audin fronça les sourcils et partit. Son mignon le suivit en trottinant, non sans lancer à Damen un regard indéchiffrable.

Quant à Damen, il n'avait aucune idée de ce qui venait de se passer. En l'absence d'ordres contraires, son escorte le fit habiller et préparer pour le ramener au harem. En regardant autour de lui, il découvrit que l'arène était déserte, bien qu'il n'ait pas vu si le mercenaire avait été emporté ou s'il s'était levé de lui-même. De l'autre côté du cercle, un serviteur à genoux nettoyait une fine traînée de sang. Damen fut conduit à travers une foule dont les visages se confondaient sous ses yeux. L'un d'eux appartenait à dame Vannes qui, étonnamment, s'adressa à lui.

— Tu sembles surpris... Es-tu déçu de n'avoir pas profité de ce garçon, finalement ? Tu ferais mieux de t'y habituer. Le prince a la réputation de ne jamais satisfaire ses mignons.

Son rire, un *glissando* long et grave, se mêla aux voix et aux rires des courtisans qui retournaient, dans un mouvement presque ininterrompu, à leurs passe-temps de l'après-midi.

Chapitre 3

Avant que son bandeau ne soit replacé sur ses yeux, Damen remarqua que les deux hommes qui le ramenaient à ses appartements étaient ceux qui, la veille, l'avaient passé à tabac. Il ignorait le nom du plus grand, mais leurs échanges lui avaient appris que le plus petit se nommait Jord. Deux hommes. Il s'agissait de sa plus petite escorte depuis le début de sa captivité, mais les yeux bandés, bien attaché et bien sûr, épuisé, il n'avait aucun moyen d'en tirer le moindre avantage. Ce n'est qu'une fois dans sa chambre, enchaîné par son collier, qu'il fut libéré de ses liens.

Les gardes ne partirent pas. Jord demeura immobile tandis que l'autre refermait la porte sur eux trois. Damen crut d'abord qu'on leur avait ordonné de réitérer leur performance, mais il comprit bientôt qu'ils s'attardaient de leur propre initiative. C'était peut-être pire encore. Il attendit.

— Alors, tu aimes te battre, commença le plus grand.

En entendant son ton, Damen se prépara mentalement à affronter un nouveau combat.

— Combien d'hommes a-t-il fallu pour te mettre ton collier, en Akielos ?

— Plus de deux, répliqua Damen.

Sa réponse ne fut pas bien reçue. Par le plus grand, en tout cas. Jord prit son partenaire par le bras pour le retenir.

— Laisse, conseilla Jord. On n'est même pas censés être là.

Jord, bien que plus petit, était aussi plus large d'épaules. Après avoir résisté un instant, le grand quitta la pièce. Jord resta et posa sur Damen un regard inquisiteur.

— Merci, dit Damen d'un ton neutre.

Jord soutint son regard, essayant visiblement de décider s'il devait parler ou non.

— Je ne suis pas un ami de Govart, dit-il enfin.

Damen pensa d'abord que « Govart » était l'autre garde, mais il fut détrompé lorsque Jord poursuivit :

— Il faut être suicidaire pour assommer la brute préférée du régent.

— La… quoi ? dit Damen, le ventre soudain noué.

— Govart. Il a été viré de la garde royale parce qu'il se comportait comme un salaud. Le régent le garde près de lui. Aucune idée de comment le prince s'y est pris pour le faire entrer dans l'arène, mais bon, il est prêt à tout pour emmerder son oncle.

En voyant l'expression de Damen, Jord ajouta :

— Quoi, tu ne savais pas qui c'était ?

Non. Il l'ignorait. Il ajusta son opinion de Laurent à la lumière de ses informations, afin de pouvoir le mépriser de manière plus exacte. Apparemment, dans l'éventualité miraculeuse où son esclave drogué l'emporterait dans l'arène, Laurent s'était ménagé un lot de consolation. Damen venait, sans s'en rendre compte, de se faire un nouvel ennemi. Govart. Pire encore, sa victoire contre Govart pourrait être interprétée comme un affront direct par le régent. Laurent, bien sûr, le savait très bien et avait choisi son adversaire avec une cruauté méticuleuse.

Il se trouvait à Vère, se répéta Damen. Certes, Laurent s'exprimait comme s'il avait été élevé par terre dans un bordel, mais il avait l'esprit d'un courtisan vérétien, rompu à la tromperie et à la duplicité. Et ses petites intrigues représentaient un danger pour quelqu'un qui, comme Damen, se trouvait entièrement à sa merci.

Le lendemain, la matinée était déjà bien avancée lorsque Radel fit son entrée. Il venait, une fois encore, surveiller le transport de Damen jusqu'aux bains.

— Tu as remporté une victoire dans l'arène, et tu as même présenté tes hommages au prince de façon respectueuse. C'est excellent. Et je vois que tu n'as frappé personne de toute la matinée : bravo, le félicita Radel.

Damen digéra ce compliment avant de répliquer :

— Quelle drogue avez-vous utilisée pour m'abrutir, avant le combat ?

— Aucune drogue n'a été employée, protesta Radel d'un ton atterré.

— Il y avait bien quelque chose, reprit Damen. Vous l'avez jeté sur les braseros.

— Ce n'était que du *chalis*, un agrément de luxe. Rien que de très inoffensif. Le prince a pensé que cela t'aiderait à te détendre dans le bain.

— Et le prince en a-t-il également spécifié la quantité ? demanda Damen.

— Oui, confirma Radel. Plus que d'ordinaire, au vu de ta taille. Je n'y aurais pas pensé moi-même. Le prince est quelqu'un de très minutieux.

— C'est ce que je suis en train de comprendre, dit Damen.

Il crut que, comme le jour précédent, on l'emmenait aux bains afin de le préparer à une autre de leurs inventions grotesques. Mais après avoir été lavé, il fut simplement ramené dans sa chambre, où on lui présenta son déjeuner sur un plateau. La toilette avait été plus agréable que celle de la veille. Pas de *chalis*, pas d'intrusion dans son intimité ; on lui avait prodigué un délicieux massage, son épaule avait été examinée afin d'éliminer tout risque de blessure, et les bleus qui criblaient encore sa peau avaient été traités avec le plus grand soin.

Tandis que le jour déclinait sans qu'aucun événement remarquable ne se produise, Damen s'aperçut qu'il se sentait étrangement frustré, presque déçu, ce qui n'avait pas de sens. Il valait mieux passer la journée à s'ennuyer sur des coussins de soie que dans l'arène. Peut-être désirait-il seulement une occasion de se battre une nouvelle fois. De préférence contre un insupportable petit prince aux cheveux blonds.

Rien ne se passa le deuxième jour, pas plus que le troisième, le quatrième ou le cinquième jour.

Le passage du temps dans cette prison dorée devint une épreuve en soi ; rien ne venait interrompre les journées, si ce n'étaient les repas à heures régulières, et le bain du matin.

Damen employa ce temps à récolter toutes les informations disponibles. La relève de la garde, à sa porte, avait lieu à des heures délibérément fluctuantes. Les gardes ne se comportaient plus avec lui comme s'il n'était qu'un meuble, et il apprit plusieurs de leurs noms. Le combat dans l'arène avait changé quelque chose. Plus personne n'entrait dans sa chambre sans en avoir reçu l'ordre, mais de temps en temps, l'un de ses gardiens lui parlait brièvement. Quelques mots, ici et là. Damen travaillait à développer ces liens.

Des serviteurs lui apportaient ses repas, vidaient son pot de cuivre, allumaient et éteignaient les torches, faisaient bouffer les coussins, les changeaient, récuraient le sol et aéraient la pièce. Cependant, il était – pour l'instant – impossible de nouer la moindre relation avec eux. Ils se pliaient plus strictement que les gardes à l'ordre de ne pas lui parler ; ou alors, ils avaient davantage peur de lui. Une fois, il était parvenu à récolter un regard effarouché ainsi qu'un rougissement. Cela s'était produit lorsque Damen, assis avec une jambe repliée et la tête reposant contre le mur, avait pris en pitié un jeune garçon qui tentait de faire son travail sans jamais s'éloigner de la porte.

— Ne t'inquiète pas, lui avait-il dit. Cette chaîne est très solide.

Ses tentatives d'extorquer des informations à Radel ne lui avaient valu qu'une série de sermons condescendants.

Govart, affirmait Radel, n'était pas une brute au service du pouvoir. Où donc Damen était-il allé chercher une idée pareille ? Si le régent ne l'avait pas renvoyé, c'était par obligation, sans doute vis-à-vis de la famille de Govart. Pourquoi Damen s'intéressait-il à lui ? Ne se souvenait-il pas que son seul devoir était d'obéir aux ordres ? Poser des questions ne faisait pas partie de ses fonctions. Il n'avait pas à s'interroger sur le palais et ses habitants. Il ferait mieux de purger son esprit de toute pensée, à l'exception d'une seule : il devait plaire au prince qui, dans dix mois, deviendrait roi.

Désormais, Damen connaissait ce discours par cœur.

Lorsque arriva le sixième jour, le trajet jusqu'aux bains était devenu routinier, et Damen n'y prêtait aucune attention particulière. Sauf que ce jour-là, la routine changea. Son bandeau lui fut retiré à l'extérieur des bains plutôt qu'à l'intérieur. Radel posait sur lui un regard critique, comme s'il examinait un objet : était-il en bon état ? Oui, il l'était.

Damen sentit qu'on le libérait de ses liens. Là, à l'extérieur.

—Aujourd'hui, dans les bains, tu vas travailler, expliqua succinctement Radel.

—Travailler ? répéta Damen.

Ce mot lui évoquait les alcôves arrondies, et leur fonction, ainsi que les gravures représentant des silhouettes enchevêtrées.

Il n'eut pas le temps de s'habituer à cette idée, ou de poser des questions. Tout comme il avait été jeté dans l'arène, il fut poussé dans les bains. Les gardes fermèrent les portes et se postèrent à l'extérieur. Ils devinrent des ombres à demi visibles derrière les battants de métal ajouré.

Damen n'était pas sûr de ce à quoi il s'attendait. Peut-être à un spectacle de débauche, comme celui qu'il avait découvert dans les tribunes autour de l'arène. Peut-être des mignons alanguis un peu partout, nus et nimbés de vapeur. Peut-être une scène animée, des corps déjà mouvants, de petits bruits, ou des éclaboussures d'eau.

En réalité, les bains étaient déserts, à l'exception d'une seule personne.

Pour l'instant parfaitement sèche, habillée des pieds jusqu'au cou, et debout à l'endroit où les esclaves étaient lavés avant d'entrer dans le bain. Lorsque Damen vit de qui il s'agissait, il porta instinctivement la main à son collier d'or, n'arrivant pas à croire qu'il n'était pas entravé, et qu'ils étaient seuls.

Laurent s'adossa au mur carrelé, les épaules à plat. Il observa Damen d'un air à présent familier, une antipathie frangée de cils dorés.

—Mon esclave se montre donc timide dans l'arène. On ne baise pas les jeunes garçons, en Akielos ?

—Je suis un homme raffiné. Quand je viole quelqu'un, je vérifie d'abord que sa voix a mué.

Laurent sourit.

—As-tu combattu à Marlas ?

Damen ne réagit pas à son sourire, qui n'était pas sincère. Il se savait sur le fil du rasoir.

—Oui, répondit Damen.

—Combien d'hommes as-tu tués ?

—Je l'ignore.

—Tu as perdu le compte ? suggéra Laurent d'un ton aimable, comme s'ils discutaient du temps. Le barbare ne baise pas les petits garçons, il préfère attendre quelques années et se servir d'une épée plutôt que de sa queue.

Damen rougit.

—C'était une bataille. Il y a eu des morts des deux côtés.

—Oh, oui. Nous avons tué quelques-uns des tiens, également. J'aurais aimé en tuer davantage, mais mon oncle fait montre d'une clémence incompréhensible envers la racaille. Tu l'as déjà rencontré.

Laurent ressemblait aux silhouettes de la gravure, sauf qu'il était peint de blanc et d'or plutôt que d'argent. Damen le dévisagea et pensa : *C'est ici que tu m'as fait droguer.*

—Est-ce pour me parler de votre oncle que vous avez attendu six jours ? interrogea Damen.

Laurent bougea contre le mur afin d'adopter une position encore plus indolente que la précédente.

—Mon oncle est parti à Chastillon. Il chasse le sanglier. La traque lui plaît. La mise à mort aussi. C'est à un jour de cheval, après quoi lui et son cortège séjourneront cinq nuits dans le vieux fort. Ses sujets savent qu'ils ne doivent pas l'ennuyer en lui écrivant depuis le palais. J'ai attendu six jours afin de me retrouver seul avec toi.

Ses yeux bleus et suaves étaient rivés sur Damen. C'était, si l'on passait outre le ton mielleux de Laurent, une menace.

— Seuls, derrière des portes gardées par vos hommes, rectifia Damen.

— Vas-tu encore te plaindre de ne pas pouvoir rendre les coups ? dit Laurent d'une voix plus sucrée encore. Ne t'inquiète pas, je ne te frapperai que si j'ai une bonne raison de le faire.

— Vous ai-je paru inquiet ? riposta Damen.

— Tu avais l'air un peu agité, dans l'arène. Ce que j'ai préféré, c'est quand tu t'es retrouvé à quatre pattes. Chien ! Crois-tu que je vais tolérer ton insolence ? Mais je t'en prie, mets ma patience à l'épreuve.

Damen resta muet. Il sentait la vapeur, à présent, en volutes chaudes contre sa peau. Il sentait également le danger. Il s'entendait parler. Aucun soldat ne se serait adressé à un prince de cette façon. Un esclave serait tombé à genoux à la seconde où il aurait découvert que Laurent se trouvait dans la pièce.

— Veux-tu que je te dise ce que toi, tu as préféré ? poursuivit Laurent.

— Je n'ai rien apprécié de ce qui s'est passé.

— Tu mens. Tu as aimé mettre cet homme à terre, et tu as aimé qu'il ne se relève pas. Tu aimerais me faire du mal, n'est-ce pas ? Dois-tu faire des efforts pour te maîtriser ? Ton petit discours sur l'art de se battre loyalement m'a convaincu à peu près autant que ton simulacre d'obéissance. Grâce au peu d'intelligence avec lequel tu es né, tu as compris que paraître à la fois civilisé et loyal servait tes intérêts. Mais ce qui t'excite, c'est de te battre.

— Avez-vous décidé de me provoquer jusqu'à ce que je me batte avec vous ? dit Damen, d'une voix nouvelle qui semblait provenir des tréfonds de son corps.

Laurent se détacha du mur.

— Je ne me roule pas dans la fange avec les pourceaux, répondit-il froidement. Je suis venu pour me baigner. Est-ce si incroyable ? Viens ici.

Il fallut un moment à Damen pour se résoudre à obéir. À l'instant où il était entré dans la pièce, il avait envisagé la possibilité de maîtriser Laurent physiquement, et l'avait écartée. Il ne sortirait pas vivant du palais s'il blessait ou tuait le prince héritier de Vère. Cette conclusion n'était pas dénuée de regrets.

Il alla se poster à deux pas du prince. Il fut surpris de découvrir que le regard de Laurent n'était pas seulement haineux, mais aussi analytique, et quelque peu suffisant. Il s'était attendu à y distinguer une lueur bravache. Certes, des gardes étaient postés derrière la porte, prêts à se ruer dans la pièce l'épée au clair au premier cri de leur prince, mais rien ne permettait d'affirmer que Damen ne tuerait pas Laurent avant qu'ils puissent intervenir. Un autre l'aurait peut-être fait. Un autre aurait pu penser que le prix à payer – sans doute une exécution publique, que l'on terminerait en plantant sa tête sur une pique – n'était rien comparé au plaisir de tordre le cou de Laurent.

— Déshabille-toi, ordonna Laurent.

La nudité ne l'avait jamais dérangé. Il savait désormais qu'elle était proscrite au sein de l'aristocratie vérétienne. Mais même si les coutumes vérétiennes avaient revêtu la moindre importance à ses yeux, tout ce qu'il y avait à voir l'avait déjà été, publiquement. Il dégrafa son vêtement et le laissa tomber au sol. Il n'était pas sûr de savoir à quoi tout cela rimait. À moins que ce dernier sentiment soit précisément l'effet escompté.

— Déshabille-moi, poursuivit Laurent.

Le sentiment s'intensifia. Damen passa outre et fit un pas en avant.

Il marqua une pause face à ces vêtements étrangers. Laurent leva une main, paume vers le ciel, et désigna d'un geste froid et péremptoire l'endroit où il fallait commencer. Les petits lacets, sous le poignet de Laurent, montaient jusqu'à la moitié de son bras environ. Ils étaient du même bleu sombre que le reste de ses vêtements. Il fallut à Damen plusieurs minutes pour les délacer: les liens étaient minuscules, serrés et complexes, et il dut les tirer un à un à travers leurs trous, sentant les lacets frotter contre les œillets.

Laurent baissa le bras où pendaient désormais les liens, et leva l'autre.

En Akielos, les habits étaient simples et sommaires, conçus pour sublimer la beauté du corps. Les vêtements vérétiens, par comparaison, étaient très couvrants et paraissaient destinés à engendrer la frustration et l'inconfort. Leur complexité semblait n'avoir pour but que de gêner le déshabillage. En se pliant au rituel méthodique du délaçage, Damen se demanda dédaigneusement si les amants vérétiens avaient l'habitude de suspendre leur passion durant une demi-heure afin de se dévêtir. Tout dans ce pays était-il froid et délibéré, même l'amour? Mais non, il se souvenait de l'atmosphère sensuelle qui régnait autour de l'arène. Les mignons portaient d'autres vêtements, favorisant l'accès à leurs corps, et le favori aux cheveux roux n'avait délacé l'habit de son maître qu'à l'endroit crucial.

Lorsque tous les laçages furent défaits, Damen retira l'habit de Laurent. Il s'avéra n'être qu'une première couche: en dessous, Laurent portait une simple chemise blanche, lacée également, qui n'était pas visible auparavant. Chemise, pantalon, bottes. Damen hésita.

Haussement de sourcils dorés.

—Vais-je devoir me soumettre à la pudeur d'un domestique?

Il s'agenouilla donc. Les bottes d'abord, puis le pantalon. Damen recula lorsque ce fut fait. La chemise, à présent délacée, avait glissé, découvrant une épaule. Laurent passa un bras dans son dos et l'ôta. Il ne portait rien d'autre.

La solide antipathie de Damen envers Laurent surmonta sa réaction normale à un corps bien formé. Si ce n'avait pas été le cas, il aurait pu se trouver dans une posture délicate.

Car Laurent était d'un seul tenant: son corps dégageait la même grâce surnaturelle que son visage. Il était plus svelte que Damen, mais n'avait rien d'enfantin. Non, sa musculature aux proportions parfaites était celle d'un jeune homme atteignant tout juste l'âge adulte, celle d'un athlète... ou d'une statue. Et sa peau était pâle, aussi blanche que celle d'une jeune fille, lisse et immaculée, rehaussée d'une traînée d'or qui descendait de son nombril.

Au sein de cette société qui prônait l'habillement excessif, Damen aurait pu s'attendre à ce que Laurent fasse montre d'une certaine gêne. Mais il arborait la même arrogance froide envers sa nudité qu'envers tout le reste. Il ressemblait à un jeune dieu auquel un prêtre s'apprêtait à présenter une offrande.

— Lave-moi.

Damen n'avait jamais effectué une tâche servile de toute sa vie, mais il supposa que son orgueil comme son intelligence s'accommoderaient de celle-ci. À présent, il connaissait bien le rituel des bains. Cependant, il décela une sorte de satisfaction subtile émanant de Laurent, et une résistance instinctive au fond de lui-même. Il s'agissait d'une forme de service particulièrement intime ; il n'était pas entravé, et ils étaient seuls, un homme à la solde d'un autre.

Tous les accessoires avaient été soigneusement disposés : un broc d'argent rebondi, des linges moelleux, et des flacons d'huiles et de savon moussant en verre soufflé, coiffés de bouchons argentés. Celui que choisit Damen représentait une vigne chargée de raisin. Il sentit ses contours sous ses doigts tandis qu'il débouchait la petite bouteille, avec un bruit de succion. Il remplit le broc d'argent. Laurent lui présenta son dos.

La peau délicate de Laurent, lorsque Damen y versa de l'eau, prit l'éclat de la nacre. Son corps, sous la nappe glissante du savon, ne se révéla ni tendre ni souple, mais ferme et tendu comme un arc aux lignes élégantes. Damen supposa que Laurent s'adonnait à ces sports raffinés dont les courtisans étaient friands, et auxquels les autres participants lui permettaient toujours – puisqu'il était leur prince – de gagner.

Il progressa des épaules jusqu'au bas du dos. L'eau éclaboussa son propre torse et ses cuisses, où elle courut en petits ruisseaux, laissant derrière elle des gouttelettes suspendues, étincelantes, menaçant de couler à tout moment. L'eau était chaude lorsqu'elle était extraite du sol, et chaude lorsqu'il la versait du broc d'argent. L'air lui-même était torride.

Il en était conscient. Il était aussi conscient du souffle qui gonflait son torse, et de bien d'autres choses. Il se souvint qu'en Akielos, il avait été lavé par une esclave aux cheveux blonds. Son teint était si proche de celui de Laurent qu'ils auraient pu être jumeaux. Elle s'était montrée bien moins désagréable que lui. L'esclave avait réduit l'intervalle qui les séparait et pressé son corps contre le sien. Il se souvint de ses doigts se refermant sur lui, ses mamelons tendres comme des fruits trop mûrs contre son torse. Il sentit son pouls battre dans son cou.

Le moment était mal choisi pour perdre le contrôle de ses pensées. Il avait si bien progressé dans sa tâche qu'il rencontrait à présent des courbes. Elles étaient fermes sous ses mains, et le savon les rendait glissantes. Il baissa les yeux, et le mouvement du linge de toilette ralentit. L'atmosphère étouffante des bains ne faisait que décupler la sensualité du moment, et malgré lui, Damen se sentit durcir entre ses jambes.

Il y eut un changement dans l'air, son désir soudain tangible dans la touffeur moite de la pièce.

—Ne sois pas présomptueux, dit froidement Laurent.

—Trop tard, chéri, rétorqua Damen.

Laurent se tourna, et avec une précision tranquille, esquissa un revers dont la force était suffisante pour lui fendre la lèvre. Mais Damen en avait plus qu'assez d'encaisser les coups, et il immobilisa le poignet de Laurent avant que l'impact ne l'atteigne.

Ils demeurèrent figés ainsi un moment. Damen contempla le visage de Laurent, sa peau pâle légèrement colorée par la chaleur, ses cheveux blonds humides aux pointes, et sous ses cils dorés, ses yeux d'un bleu glacé. Lorsque Laurent tenta brusquement de se libérer, Damen resserra son emprise sur son poignet.

Damen laissa son regard s'égarer plus bas, sur le torse et le ventre trempés, et plus bas encore. Il était décidément très, très beau, mais son indignation glaciale était sincère. Laurent était à mille lieues de tout émoi sensuel, remarqua Damen ; cette partie-là de son corps, aussi délicieusement formée que le reste, dormait toujours.

Il sentit Laurent se crisper, bien que son ton demeure presque aussi nonchalant qu'à l'ordinaire.

— Mais ma voix a mué. C'est bien la seule condition, n'est-ce pas ?

Damen lâcha son poignet comme s'il l'avait brûlé. Un instant plus tard, le coup qu'il avait interrompu porta, plus puissant qu'il n'aurait pu l'imaginer, heurtant violemment sa bouche.

— Faites-le sortir d'ici, cracha Laurent.

Il n'avait même pas haussé la voix, mais les portes s'ouvrirent aussitôt. Les gardes entendaient tout. Damen sentit qu'on l'empoignait pour le tirer brutalement en arrière.

— Mettez-le sur la croix. Attendez mon arrivée.

— Votre Altesse, concernant cet esclave, les ordres du régent…

— Vous pouvez obéir, ou y aller à sa place. Choisissez. Maintenant.

Cela n'avait rien d'un choix, le régent se trouvant loin, à Chastillon. *« J'ai attendu six jours afin de me retrouver seul avec toi. »*

Il n'y eut pas d'autre dérobade.

— Bien, Votre Altesse.

Par inattention, ils omirent de lui bander les yeux.

Le palace se révéla un véritable labyrinthe, où les couloirs donnaient sur d'autres couloirs, et les voûtes sur une infinité de vues différentes : pièces de formes diverses, escaliers de marbre décoré, courettes dallées ou emplies de verdure. Certaines sorties, fermées par des portes treillissées, n'offraient pas de vues, mais des suggestions voilées. Damen fut mené de passage en chambre et de chambre en passage. Ils traversèrent une petite cour pourvue de deux fontaines, et il entendit gazouiller les oiseaux.

Il prit soin de mémoriser l'itinéraire. Hormis ceux qui l'accompagnaient, il ne vit pas le moindre garde.

Il avait pensé que des sentinelles seraient postées tout autour du harem, mais lorsqu'ils s'arrêtèrent dans une vaste pièce, il s'aperçut qu'ils avaient dépassé ce périmètre, et qu'il n'avait même pas distingué ses limites.

Il vit – son pouls s'accéléra – qu'une voûte à l'autre bout de la pièce donnait sur une autre cour, et que celle-ci n'était pas aussi soignée que les autres. Elle contenait des détritus et une kyrielle d'objets divers : quelques blocs de pierre non taillée, une brouette... Dans un coin, un pilier brisé était adossé au mur, formant une sorte d'échelle menant jusqu'au toit. Un toit alambiqué, jalonné de courbes obscures, de saillies, de niches et de sculptures. Face à lui, clair comme le jour, se trouvait le chemin de la liberté.

Afin d'éviter de le contempler longuement comme un illuminé, Damen reporta son attention sur la pièce où il se trouvait. Le sol était tapissé de sciure. Il s'agissait d'une sorte de champ d'entraînement. Les décorations demeuraient extravagantes. Si les meubles paraissaient plus vieux et un peu moins luxueux que ceux qui garnissaient le harem, la pièce n'aurait pas détonné au sein de celui-ci. Il était probable que tout, à Vère, ressemblait à un harem.

La croix, avait dit Laurent. Elle se trouvait à l'autre extrémité de la pièce. Le poteau central avait été taillé d'une pièce dans le tronc d'un très grand arbre. L'autre morceau, horizontal, était moins épais mais sans doute tout aussi solide. Le poteau vertical était recouvert d'un épais tissu matelassé. Un serviteur resserrait les liens qui maintenaient le tissu sur le poteau, et les lacets rappelèrent à Damen les vêtements de Laurent.

Le serviteur mit à l'épreuve la solidité de la croix en s'y jetant de tout son poids. Elle ne bougea pas.

La croix, l'avait-il appelée. C'était un poteau de flagellation.

Damen avait commandé ses premiers hommes à l'âge de dix-sept ans, et la flagellation faisait partie du système disciplinaire de l'armée. En tant que commandant et en tant que prince, il n'en avait pas fait personnellement l'expérience, mais il n'entretenait pas non plus une peur disproportionnée à cet égard. Il s'agissait pour lui d'une sanction familière mais éprouvante, que les hommes enduraient, non sans mal.

Pourtant, il savait que des hommes forts avaient été brisés par le fouet. Que des hommes mouraient sous le fouet. Même à dix-sept ans, cependant, il n'aurait pas permis qu'une telle chose se produise sous son commandement. Si un homme ne pouvait accepter de se soumettre à une autorité raisonnable et aux rigueurs de la discipline quotidienne–et que la faute ne pouvait en être imputée à ses supérieurs–, il était renvoyé. Un tel homme n'aurait jamais dû être recruté.

Il était peu probable que Damen meure sous les coups de fouet. Cela serait simplement très douloureux. Le gros de sa colère était dirigé contre lui-même. Il s'était efforcé de résister aux provocations précisément pour éviter ce type de représailles. Et à présent, il se trouvait là. Pour la simple raison que Laurent, dont le corps était agréablement modelé, avait cessé de parler assez longtemps pour faire oublier à Damen son insupportable caractère.

Damen fut sanglé face au poteau, les bras tendus et attachés par des fers à la partie horizontale de la croix. Ses jambes n'étaient pas liées. Il avait assez de marge de manœuvre pour se tortiller sur place, ce qu'il n'avait pas l'intention de faire. Les gardes tirèrent sur ses bras et sur ses entraves pour s'assurer de leur solidité, firent bouger son corps, lui écartèrent même les jambes à coups de pied. Il dut se forcer à ne pas se débattre. Ce n'était pas facile.

Il n'aurait su dire combien de temps s'était écoulé lorsque Laurent fit enfin son entrée. Le temps qu'il fallait pour que le prince se sèche, s'habille, et noue ses centaines de lacets.

Tandis que Laurent s'avançait, l'un des hommes se mit à tendre le fouet entre ses mains, calmement, comme ils avaient contrôlé les autres accessoires. L'expression de Laurent était celle d'un homme mû par une froide détermination. Il prit place contre le mur, devant Damen. De ce point de vue, il ne pourrait regarder le fouet s'abattre sur sa peau, mais il verrait le visage de Damen. Ce dernier eut un haut-le-cœur.

Damen sentit ses poignets s'engourdir et s'aperçut qu'il avait commencé à lutter, inconsciemment, contre ses fers. Il s'obligea à cesser.

Un homme se trouvait près de lui, avec un objet entre les doigts. Il le leva jusqu'au visage de Damen.

— Ouvre la bouche.

Damen prit l'objet entre ses lèvres avant de découvrir de quoi il s'agissait. C'était un morceau de bois couvert de cuir, brun et souple. L'objet n'avait rien à voir avec les bâillons ou les mors qu'il avait connus depuis le début de sa captivité. C'était, au contraire, le genre de chose que l'on fait mordre à un homme pour l'aider à supporter la douleur. L'homme noua les liens derrière la tête de Damen.

Tandis que l'homme au fouet venait se poster derrière lui, il tenta de se préparer à ce qui allait suivre.

— Combien de coups ? demanda l'homme.

— Je n'en suis pas encore sûr, dit Laurent. Mais je finirai certainement par me décider. Allez-y.

Le son arriva d'abord : un murmure dans l'air, puis le claquement du fouet contre la peau, une fraction de seconde avant qu'une douleur cuisante transperce Damen. Il se débattit contre les fers à l'instant où le fouet heurta ses épaules, annihilant toute autre pensée. L'accès de douleur brûlante s'était à peine estompé que déjà, un deuxième coup de fouet lui lacérait cruellement la peau.

Le rythme était d'une efficacité redoutable. Encore et encore, le fouet tomba sur le dos de Damen, avec pour seule variation l'endroit de l'impact. Cependant, cette différence infime devint de plus en plus critique, l'esprit de Damen s'accrochant à l'espoir que la douleur soit un peu moins forte. Ses muscles se crispèrent, et sa respiration changea.

Damen se mit à réagir, non plus seulement à la douleur, mais à la cadence des coups, à l'attente cruelle qui les séparait, tentant de se cuirasser contre eux, et atteignant un point – tandis que le fouet s'abattait encore en encore sur les mêmes entailles – où c'était impossible.

Il pressa son front contre le bois du poteau, alors, et... se laissa faire. Son corps frémissait contre la croix. Chaque nerf, chaque fibre de son corps souffrait, la douleur irradiant de son dos et consumant tout son être, jusqu'à son esprit, où il ne restait plus de barrière, plus de paravent derrière lequel se cacher. Il oublia où il se trouvait, et qui le regardait. Il ne pouvait plus penser, ni rien ressentir que la douleur.

Enfin, les coups s'arrêtèrent.

Damen mit un moment à s'en rendre compte. Quelqu'un détachait le bâillon et libérait sa bouche. Après cela, il reprit conscience de son corps par vagues, découvrant que son torse se soulevait par saccades et que ses cheveux étaient trempés. Il dénoua ses muscles et fit jouer ceux de son dos. La souffrance qui déferla sur lui le convainquit qu'il valait mieux rester immobile.

Il pensa que si on libérait ses poignets de leurs entraves, il s'effondrerait à quatre pattes devant Laurent. Il lutta contre la faiblesse que trahissait cette pensée. Laurent. Il reprit conscience de l'existence de Laurent au moment même où celui-ci venait se poster à un pas de lui pour le scruter, le visage vierge de toute expression.

Damen se souvint de Jokaste, pressant ses doigts frais contre sa joue meurtrie.

— J'aurais dû te faire cela dès le jour de ton arrivée, dit Laurent. C'est exactement ce que tu mérites.

— Pourquoi ne l'avez-vous pas fait ? répliqua Damen.

Les mots franchirent ses lèvres, un peu râpeux. Il ne restait rien pour les retenir. Il se sentait à vif, comme si une carapace protectrice venait de lui être ôtée ; le problème était qu'en dessous, ce n'était pas un cœur vulnérable qui apparaissait au grand jour, mais un noyau de métal pur.

— Vous êtes froid et dépourvu d'honneur. Pourquoi quelqu'un comme vous se serait-il retenu ?

Ce n'était pas ce qu'il fallait dire.

— Je n'en suis pas sûr, reprit Laurent d'un ton détaché. J'étais curieux de découvrir quel genre d'homme tu étais. Je vois que nous nous sommes arrêtés trop tôt. Recommençons.

Damen tenta de se préparer à subir un nouvel assaut du cuir, et quelque chose dans son esprit se brisa lorsque le coup, pour l'instant, ne vint pas.

— Votre Altesse, je ne suis pas sûr qu'il survivra à une deuxième série.

— Je pense que si. Pourquoi ne parions-nous pas là-dessus ? proposa Laurent de la même voix froide et sèche. Une pièce d'or qu'il survivra. Si vous voulez me la prendre, vous allez devoir vous donner du mal.

Aveuglé par la douleur, Damen n'aurait su dire pendant combien de temps l'homme se donna du mal, seulement qu'il le fit. Lorsque cela fut fini, il était bien loin de toute velléité d'impertinence. L'obscurité menaçait d'envahir son champ de vision, et il lui fallut mobiliser toutes ses forces pour la repousser. Il mit un certain temps à s'apercevoir que Laurent avait parlé, et une éternité s'écoula encore avant que cette voix imperturbable ne devienne compréhensible.

— J'étais à la bataille de Marlas, dit Laurent.

À mesure qu'il assimilait le sens des mots, Damen sentit le monde reprendre forme autour de lui.

— Ils ne m'ont pas laissé m'approcher du front. Je n'ai pas eu l'occasion de lui faire face. Je me suis longtemps demandé ce que je lui dirais, si je le rencontrais. Ce que je ferais. Comment l'un des tiens ose-t-il prononcer le mot « honneur » ? Je vous connais. Un Vérétien qui traite honorablement avec un Akielonien se verra éventré par sa propre épée. C'est ton compatriote qui me l'a appris. Tu peux le remercier pour cette leçon.

— Remercier qui ?

Damen parvint à articuler ces mots, malgré la douleur, mais il savait. Il savait.

— Damianos, le prince mort d'Akielos, répondit Laurent. L'homme qui a tué mon frère.

Chapitre 4

— Aïe, siffla Damen entre ses dents serrées.

— Tiens-toi tranquille, recommanda le médecin.

— *Tu es aussi empoté qu'horripilant*, lança Damen dans sa propre langue.

— Et tais-toi. C'est un baume médicinal, dit l'homme.

Damen détestait les médecins royaux. Durant les dernières semaines de la maladie de son père, sa chambre en était envahie. Ils avaient psalmodié, marmotté des diagnostics, jeté en l'air des os divinatoires et administré divers remèdes, mais l'état de son père n'avait fait qu'empirer. Damen avait une opinion différente des chirurgiens pragmatiques qui travaillaient sans relâche auprès de l'armée en campagne. Celui qui s'était occupé de lui à Marlas lui avait recousu l'épaule sans faire trop d'histoires, limitant sa protestation à un froncement de sourcils lorsque Damen était monté à cheval cinq minutes plus tard.

Les médecins vérétiens n'étaient pas du même acabit. Ils lui interdisaient de bouger, multipliaient les recommandations et passaient leur temps à changer ses bandages. Celui-là portait une robe qui descendait jusqu'au sol, et un chapeau en forme de miche de pain. Le baume ne semblait avoir aucun effet sur son dos, bien qu'il répande un agréable parfum de cannelle.

Trois jours avaient passé depuis la flagellation. Damen ne se rappelait pas vraiment avoir été détaché de la croix et ramené dans sa chambre. Une poignée de souvenirs flous lui indiquaient au moins qu'il s'était tenu debout. Pour la plus grande partie du trajet, en tout cas.

Il se souvenait tout de même avoir été soutenu par deux gardes, dans cette chambre, tandis que Radel contemplait son dos d'un air horrifié.

— Le prince a vraiment… fait cela.

— Qui d'autre ? avait lancé Damen.

Radel s'était avancé et avait giflé Damen. Le coup était violent, et l'homme portait trois bagues à chaque doigt.

— Que lui as-tu fait ? avait voulu savoir Radel.

Damen avait trouvé cette question assez drôle. Cela avait dû se voir à son expression, car une gifle encore plus violente avait succédé à la première. La brûlure avait chassé l'obscurité qui rongeait son champ de vision ; Damen s'était saisi de cet accès de clarté et ne l'avait plus lâché. Il ne s'était jamais évanoui auparavant, mais c'était le jour des premières fois, et il préférait ne pas prendre de risques.

— Ne le laissez pas mourir pour le moment.

Telles avaient été les dernières paroles de Laurent. La parole du prince faisait loi. Aussi, moyennant le prix raisonnable de la peau de son dos, un certain nombre d'aménagements furent apportés à la captivité de Damen. Les visites incessantes du médecin constituaient le plus discutable de ces privilèges.

Un lit remplaça les coussins posés à même le sol, afin qu'il puisse s'étendre confortablement sur le ventre ; pour épargner son dos. On lui procura également des couvertures et de nombreux draps de soie colorée, dont il ne devait recouvrir que la partie inférieure de son corps ; pour épargner son dos. La chaîne demeura, mais on la fixait à l'un de ses bracelets plutôt qu'à son collier ; pour épargner son dos. Leur sollicitude envers son dos était un autre détail que Damen trouvait assez drôle.

Il était lavé fréquemment, à l'éponge, avec de l'eau puisée dans une cuve. Ensuite, les serviteurs jetaient l'eau. Le premier jour, elle était rouge.

Le changement le plus remarquable ne concernait pas ses accessoires ou ses habitudes, mais le comportement des domestiques et des hommes qui le surveillaient. Damen n'aurait pas été surpris qu'ils réagissent comme Radel, avec animosité et indignation. Mais les serviteurs lui témoignèrent de la compassion, et – plus surprenant encore – les gardes se mirent à le traiter avec camaraderie. Si le combat dans l'arène avait posé Damen en combattant, son dos déchiré sous les coups de fouet du prince semblait avoir fait de lui leur frère. Même le plus grand des gardes, Orlant, qui avait menacé Damen après le combat contre Govart, paraissait s'être adouci. Après avoir inspecté ses plaies, Orlant avait – non sans fierté – qualifié le prince de « belle petite salope » et gratifié Damen d'une bonne claque sur l'épaule, le faisant blêmir.

De son côté, Damen prenait garde de ne pas poser des questions susceptibles d'attiser les soupçons. Il préféra s'employer à combler le fossé entre les cultures.

Était-il vrai qu'en Akielos, on crevait les yeux de ceux qui osaient regarder le harem du roi ? Non. Était-il vrai que les femmes akieloniennes se promenaient seins nus en été ? Oui. Et la lutte se pratiquait dans le plus simple appareil ? Oui. Et les esclaves se promenaient nus également ? Oui. Akielos avait peut-être un bâtard pour roi et une putain pour reine, mais aux yeux d'Orlant, cela ressemblait au paradis. Rires.

Un bâtard pour roi et une putain pour reine… Damen découvrit alors que la plaisanterie grossière de Laurent était passée dans le langage courant.

Damen desserra les dents et laissa le temps faire son ouvrage. Le dispositif de sécurité qui l'entourait se relâchait petit à petit, et il connaissait désormais un moyen de sortir du palais. Il tenta, dans un effort d'objectivité, de considérer que c'était un juste paiement de sa flagellation… de ses deux flagellations, lui rappela son dos endolori.

Il refusa de s'attarder plus avant sur les sensations de son dos, pensant à autre chose, n'importe quoi d'autre.

Les hommes qui le surveillaient appartenaient à la garde princière, et n'avaient aucun lien avec le régent. Leur loyauté envers le prince surprit Damen, ainsi que la diligence dont ils faisaient preuve pour le servir. Ils ne formulaient aucune des plaintes et des récriminations qu'avait escomptées Damen, au vu de la personnalité exécrable de Laurent. Ils le soutenaient de tout cœur dans la guerre qu'il livrait à son oncle ; apparemment, de profondes rivalités opposaient la garde princière à la garde du régent.

La beauté de Laurent devait être la raison d'une allégeance aussi totale, et non Laurent lui-même. Les remarques les plus irrespectueuses des gardes se limitaient à des commentaires grivois sur l'apparence de Laurent. Leur loyauté n'avait apparemment pas empêché leur fantasme de baiser avec le prince de prendre des proportions inouïes.

Était-il vrai, demanda Jord, que les hommes de la noblesse akielonienne employaient des esclaves féminines, et que les dames baisaient avec des hommes ?

— Ce n'est pas le cas à Vère ?

Damen se souvint qu'autour de l'arène comme ailleurs, il n'avait été témoin que d'unions homosexuelles. Sa connaissance de la culture vérétienne n'incluait pas les pratiques intimes.

— Pourquoi ? demanda-t-il.

— Les gens bien nés ne s'exposent pas à l'ignominie de la bâtardise, déclara simplement Jord.

Les favorites servaient les dames, et les mignons, les seigneurs.

— Tu veux dire que les hommes et les femmes… ne…

Jamais. Pas dans la noblesse. Enfin, parfois, s'ils étaient un peu pervers. C'était tabou. Les bâtards étaient un fléau, affirma Jord. Même dans la garde, si on baisait des femmes, on ne le criait pas sur les toits. Si on mettait une femme enceinte et qu'on ne l'épousait pas, on pouvait dire adieu à son travail. Il valait mieux ne pas prendre de risques, suivre l'exemple des nobles, et baiser avec des hommes. Jord préférait les hommes. Pas Damen ? On savait ce qu'on faisait, avec les hommes. Et on pouvait gicler sans crainte.

Damen gardait volontairement le silence. Lui-même préférait les femmes, mais il lui parut plus sage de n'en rien dire. Les rares fois où Damen avait pris son plaisir avec des hommes, c'était parce qu'ils l'attiraient en tant qu'hommes, pas parce qu'il voulait éviter les femmes ou les remplacer. Les Vérétiens, pensa Damen, avaient l'art de se compliquer la vie.

Çà et là, il récolta des informations utiles. Les favoris n'étaient pas surveillés, ce qui expliquait l'absence de gardes le long des contours du harem. Les mignons allaient et venaient à leur gré. Damen était l'exception. Cela signifiait qu'une fois son escorte derrière lui, il avait peu de chances de rencontrer d'autres gardes.

De temps en temps, Laurent surgissait dans la conversation.

— Est-ce que tu as… ? demanda Jord à Damen, en esquissant lentement un sourire.

— Entre le combat dans l'arène et les coups de fouet ? rétorqua Damen d'un ton aigre. Non.

— On dit qu'il est frigide.

Damen le dévisagea.

— Quoi ? Pourquoi ?

— Eh bien, dit Jord, parce qu'il ne…

— Je voulais dire : pourquoi l'est-il ? reprit Damen, coupant court à l'explication prosaïque de Jord.

— Pourquoi la neige est-elle froide ? répliqua Jord en haussant les épaules.

Damen fronça les sourcils et changea de sujet. Il ne s'intéressait pas aux bizarreries de Laurent. Depuis l'épisode de la croix, l'antipathie mêlée d'agacement qu'il éprouvait à l'égard du prince s'était muée en un sentiment dur et implacable.

Ce fut Orlant qui, enfin, posa la question qu'ils attendaient tous.

— Comment t'es-tu retrouvé là, alors ?

— Je me suis montré imprudent, répondit Damen. Je me suis attiré les foudres du roi.

— Kastor ? Il faudrait que quelqu'un s'occupe de son cas, à celui-là. Il n'y a qu'un pays de barbares bas du front pour mettre un bâtard sur le trône, déclara Orlant. Sans vouloir t'offenser.

— Pas de problème, le rassura Damen.

Le septième jour, le régent revint de Chastillon.

Damen le devina lorsque des gardes qu'il ne connaissait pas firent irruption dans sa chambre. Ils ne portaient pas la livrée du prince. Vêtus de capes rouges, ils avançaient en rangs disciplinés. Leurs visages lui étaient inconnus. À leur arrivée, une discussion houleuse s'engagea entre un autre homme, inconnu également, et le médecin du prince.

— Il ne devrait pas bouger, protesta le médecin du prince en fronçant les sourcils sous sa miche de pain. Ses plaies peuvent encore se rouvrir.

— Elles m'ont l'air fermées, contra l'autre. Il peut se lever.

— Je peux me lever, renchérit Damen.

Il fit la démonstration de cette remarquable faculté. Il pensait savoir ce qui se passait. Hormis Laurent, une seule personne avait le pouvoir de congédier les gardes du prince.

Le régent fit son entrée en grande pompe, flanqué par sa garde personnelle en cape rouge, ses serviteurs en livrée et deux hommes de haut rang. Il congédia les deux médecins, qui firent la révérence et s'éclipsèrent. Il renvoya enfin tous les autres, à l'exception des deux hommes qui étaient entrés avec lui. Son entourage réduit n'enlevait rien à son pouvoir. Bien qu'il ne règne en théorie que par intérim, et que la cour l'appelle, comme Laurent, « Altesse royale », cet homme avait la stature et la prestance d'un roi.

Damen s'agenouilla devant lui. Il ne répéterait pas auprès du régent l'erreur qu'il avait faite avec Laurent. Il savait qu'il avait récemment offensé le régent en battant Govart dans l'arène, suite aux machinations du prince. Ses sentiments à l'égard de ce dernier resurgirent brièvement. Sur le sol, devant lui, sa chaîne s'enroula en une flaque métallique. Si quelqu'un lui avait dit, six mois auparavant, qu'il s'agenouillerait de son propre gré devant un aristocrate vérétien, il lui aurait ri au nez.

Damen reconnut les deux hommes qui accompagnaient le régent : il s'agissait des conseillers Guion et Audin. Ils portaient le même gros médaillon au bout d'une lourde chaîne, signe de leur fonction.

— Voyez vous-même, déclara le régent.

— C'est le présent de Kastor au prince. L'esclave akielonien, s'exclama Audin d'un ton surpris.

Un instant plus tard, il sortit un carré de soie et le porta à son nez, comme pour protéger sa sensibilité outragée.

— Qu'est-il arrivé à son dos ? poursuivit-il. Quelle barbarie !

C'était la première fois, se dit Damen, qu'ils employaient ce terme pour désigner autre chose que lui-même ou son pays.

— Voilà en quelle estime Laurent tient nos efforts pour négocier avec Akielos, dit le régent. Je lui ai ordonné de faire preuve de respect envers le présent de Kastor. Il a préféré faire fouetter l'esclave, presque jusqu'à la mort.

— Je savais que le prince était une forte tête. Mais je ne l'aurais jamais cru si violent, si bestial ! reprit Audin d'une voix abasourdie, étouffée par la soie.

— Il n'y a rien de bestial là-dedans. Il s'agit d'un acte de provocation délibérée, dirigée contre moi, et contre Akielos. Laurent n'aimerait rien tant que de mettre fin au traité avec Kastor. Il débite des platitudes en public, et en privé… voyez donc.

— Voyez, Audin, intervint Guion. Le régent nous avait avertis.

— Le vice est profondément ancré dans la nature de Laurent. Je pensais qu'il changerait en grandissant, mais il ne fait au contraire qu'empirer. Nous devons agir pour le remettre dans le droit chemin.

— Ces actes sont inacceptables, acquiesça Audin. Mais que faire ? On ne peut changer la nature d'un homme en l'espace de dix mois.

— Laurent a désobéi à mes ordres. Cet esclave est bien placé pour le savoir. Peut-être devrions-nous lui demander ce qu'il faut faire, concernant mon neveu.

Damen était loin d'imaginer qu'il parlait sérieusement. Cependant, le régent vint se poster juste devant lui.

— Lève les yeux, esclave, exigea-t-il.

Damen leva la tête. Il vit une nouvelle fois les cheveux bruns et l'air autoritaire du régent, de même que l'expression soucieuse qu'il semblait revêtir à la simple mention de Laurent. Damen se souvint avoir pensé qu'il n'y avait pas la moindre ressemblance familiale entre le régent et son neveu, mais il s'aperçut alors que ce n'était pas tout à fait vrai. Certes, le régent avait les cheveux sombres et grisonnants aux tempes, mais ses yeux étaient bleus.

— On dit que tu as été soldat, autrefois, dit le régent. Quand un homme désobéissait aux ordres, dans l'armée akielonienne, comment était-il puni ?

— Il était fouetté en public et renvoyé, répondit Damen.

— Une flagellation publique…, dit le régent en se retournant vers les deux hommes. C'est impossible. Mais Laurent est devenu si difficile, ces dernières années, que j'ignore comment l'aider. Quel dommage que les soldats et les princes soient traités de façon si différente.

— Dix mois avant son ascension au trône… Pensez-vous que le moment soit bien choisi pour réprimander votre neveu ? fit remarquer Audin sous son carré de soie.

— Dois-je donc le laisser faire tout ce qu'il souhaite, mettre des alliances en péril, détruire des vies ? Inciter à la guerre ? Tout cela est ma faute. Je me suis montré trop laxiste.

— Vous avez tout mon soutien, assura Guion.

Audin hochait lentement la tête.

— Le Conseil se rangera de votre côté, lorsqu'ils sauront ce qui s'est passé. Mais peut-être pourrions-nous en discuter ailleurs ?

Damen les regarda s'éloigner. Le régent était manifestement prêt à travailler sans relâche pour instaurer une paix durable avec Akielos. La partie de Damen qui ne désirait pas raser la croix, l'arène, et le palais qui les contenait reconnut de mauvais gré que c'était un objectif admirable.

Le médecin revint et s'affaira autour de lui. Les serviteurs s'assurèrent du confort de Damen avant de repartir. Il se retrouva seul dans sa chambre, aux prises avec le passé.

L'issue de la bataille de Marlas, six ans auparavant, avait été décidée par deux victoires akieloniennes, jumelles et sanglantes. Une flèche akielonienne, une flèche perdue portée par le vent et la chance, avait transpercé la gorge du roi de Vère. Et Damen avait tué le prince héritier, Auguste, en combat singulier sur le front nord.

La bataille avait tourné à la mort d'Auguste. Les troupes vérétiennes, ébranlées et démoralisées par la chute de leur prince, avaient sombré dans la confusion. Auguste était un chef bien-aimé, un combattant exceptionnel et le symbole de l'orgueil vérétien. Il avait rallié ses hommes après la mort du roi et mené la charge qui avait décimé le flanc nord de l'armée akielonienne. Il avait été le roc contre lequel les vagues successives de soldats akieloniens s'écrasaient, impuissants.

— Père, je peux le battre, avait dit Damen.

Ayant reçu la bénédiction de son père, il avait quitté les lignes arrière et s'était lancé au galop vers le plus grand combat de sa vie.

Damen ignorait alors que le cadet d'Auguste assistait à la bataille. Six ans auparavant, Damen avait dix-neuf ans. Laurent devait en avoir… treize ou quatorze. Il était trop jeune pour participer à une telle bataille.

Trop jeune pour hériter, également. C'est pourquoi, le roi de Vère et son prince héritier étant morts, le frère du roi était devenu régent. Son premier acte avait été d'entrer en pourparlers avec l'ennemi. Il avait accepté les termes de reddition et cédé à Akielos les terres contestées de Delpha, que les Vérétiens appelaient Delfeur.

C'était la décision raisonnable d'un homme plein de bon sens. En personne, le régent faisait montre de la même pondération, bien qu'il soit affligé du plus insupportable des neveux.

Damen ignorait pourquoi ses pensées revenaient à la présence de Laurent sur le champ de bataille, ce jour-là. Il ne courait pas le risque d'être découvert : cela faisait six ans, et Laurent était alors un enfant, qui de son propre aveu n'avait même pas approché le front. De toute façon, la bataille avait été chaotique. S'il avait aperçu Damen, cela n'avait pu être qu'au début de l'affrontement, alors qu'il portait une armure complète assortie d'un casque. Et si par un hasard inouï il l'avait entrevu plus tard, alors que Damen avait perdu casque et bouclier, il aurait alors été méconnaissable sous la boue et le sang, luttant pour rester en vie, comme tous les autres.

Mais si quelqu'un le reconnaissait… Il n'était ni homme ni femme, à Vère, qui ne connaisse le nom de Damianos, tueur de prince. Damen savait quel danger il courrait si son identité était révélée, mais il ignorait jusqu'alors à quel point il était passé près d'être découvert. Et ce, par la personne au monde qui désirait le plus ardemment sa mort. Une raison de plus de s'échapper de ce palais à la première occasion.

« Tu as une cicatrice », avait dit Laurent.

—Qu'as-tu dit au régent ? voulut savoir Radel.

La dernière fois que Radel l'avait regardé de cette manière, il avait levé la main et frappé Damen, violemment.

—Tu m'as entendu. Que lui as-tu dit au sujet des coups de fouet ?

—Qu'aurais-je dû lui dire ? répliqua Damen en le dévisageant calmement.

—Tu aurais dû faire preuve de loyauté envers ton prince, dit Radel. Dans dix mois…

—… il sera roi, compléta Damen. Jusqu'à ce jour, ne sommes-nous pas les sujets de son oncle ?

Il y eut un silence, long et froid.

—Il ne t'a pas fallu longtemps pour apprendre à te débrouiller ici, dit enfin Radel.

—Que s'est-il passé ? demanda Damen.

—Tu as été convoqué à la cour, lui révéla Radel. J'espère que tu es capable de marcher.

À ces mots, un cortège de serviteurs entra dans la pièce. Les préparatifs qu'ils entamèrent éclipsèrent tous ceux dont Damen avait fait l'expérience auparavant, y compris ceux qui avaient précédé le spectacle de l'arène.

Il fut lavé, pomponné, pommadé et parfumé. Ils évitèrent soigneusement son dos meurtri, mais enduisirent le reste de son corps d'une huile contenant des pigments d'or. À la lueur des torches, ses membres scintillaient comme ceux d'une statue dorée.

Un serviteur s'approcha, portant trois petits bols et un pinceau fin, et vint se placer tout près du visage de Damen. Il examina ses traits d'un air concentré, brandissant son pinceau. Les bols contenaient du fard pour son visage. Il n'avait pas eu à endurer l'humiliation du maquillage depuis qu'il avait quitté Akielos. Le domestique promena sur sa peau le pinceau enduit de fard, commençant par souligner ses yeux d'or. Damen sentit la matière visqueuse et froide recouvrir ses cils, ses joues et ses lèvres.

Cette fois, Radel ne dit pas «pas de bijoux», et on apporta quatre coffrets d'argent émaillé. De leur contenu étincelant, Radel tira plusieurs pièces. D'abord, une série de chaînettes très fines, presque invisibles, ornées à intervalles réguliers de minuscules rubis. On les mêla à la chevelure de Damen. Puis de l'or pour son front, et de l'or pour sa taille. Puis une laisse, attachée à son collier. C'était une fine chaîne, d'or également, terminée par un manche doré destiné au geôlier, au bout duquel un chat sculpté tenait un grenat dans sa gueule. Il n'en faudrait pas beaucoup plus pour que Damen tintinnabule à chaque pas.

Mais ce n'était pas fini. Le dernier bijou était une autre chaînette d'or, garnie à chaque extrémité d'un petit objet inconnu. Damen ne comprit pas de quoi il s'agissait jusqu'à ce qu'un serviteur s'avance pour fixer les pinces à ses mamelons.

Il eut un mouvement de recul… trop tard, sans compter qu'il suffisait d'un coup dans le dos pour le faire tomber à genoux. Lorsque son torse se souleva, la petite chaîne se balança doucement.

—Le fard s'est estompé, dit Radel à l'un des serviteurs après avoir examiné le corps et le visage de Damen. Ici, et là. Arrangez-moi cela.

—Je croyais que le prince n'aimait pas le fard, dit Damen.

—C'est exact, dit Radel.

La coutume voulait que les nobles vérétiens s'habillent avec une élégance dépouillée, se distinguant ainsi de l'éclat criard des favoris, dont ils se servaient pour faire étalage de leurs richesses. Cela signifiait que Damen, couvert d'or et entrant par les doubles portes au bout d'une laisse, ne pouvait passer inaperçu. Dans cette pièce bondée, il crevait les yeux.

Laurent aussi. Sa tête blonde était instantanément reconnaissable. Damen riva son regard sur lui. Tout autour de lui, les courtisans se turent et firent un pas en arrière, dégageant un chemin vers le trône.

Un tapis rouge montait depuis les portes jusqu'à l'estrade, brodé de scènes de chasse et de pommiers, avec au bord une frise d'acanthes. Des tapisseries couvraient les murs, du même rouge vif que le tapis. Des tentures de cette couleur étaient drapées autour du trône.

Rouge, rouge, rouge. Laurent détonnait.

Damen sentit ses pensées dériver. Il devait se concentrer pour rester debout. Une douleur lancinante irradiait de son dos.

Il se força à détacher son regard de Laurent, et le tourna vers le maître de cette étrange cérémonie. Au bout du long tapis, le régent était assis sur son trône. De sa main gauche, posée sur son genou, il tenait un sceptre d'or symbolisant sa fonction. Et derrière lui, vêtus de leurs tenues officielles, se trouvaient les membres du Conseil vérétien.

Le Conseil constituait le noyau du pouvoir. Du temps du roi Aléron, le Conseil avait pour rôle de donner son avis sur les affaires d'État. Désormais, le régent et le Conseil gouvernaient conjointement le pays en l'attente de l'ascension de Laurent au trône. Composé de cinq hommes, et aucune femme, le Conseil était aligné en une rangée impressionnante sur l'estrade. Damen reconnut Audin et Guion. L'âge avancé d'un troisième homme lui permit de deviner qu'il s'agissait du conseiller Hérode. Les autres devaient donc être Jeurre et Chelaut, mais Damen n'aurait pu les distinguer l'un de l'autre. Tous les cinq portaient le médaillon indiquant leur statut.

Sur l'estrade, légèrement en retrait, se tenait également le mignon du conseiller Audin, l'enfant, maquillé de façon plus extravagante encore que Damen. Si ce dernier arborait une quantité plus importante de fard, ce n'était que parce que sa taille, deux ou trois fois supérieure à celle de l'enfant, offrait bien plus de surface au pinceau de l'artiste.

Un héraut annonça le nom de Laurent, ainsi que tous ses titres.

Le prince s'avança, rejoignant Damen et son garde sur leur chemin. Damen commençait à considérer la traversée du tapis rouge comme une épreuve d'endurance, et pas seulement à cause de Laurent. La série de révérences obligatoires à effectuer devant le trône semblait avoir été spécialement conçue pour saboter une semaine de guérison. Enfin, ce fut terminé.

Damen s'agenouilla, et Laurent ploya légèrement le genou, comme indiqué en de telles circonstances.

De la foule des courtisans s'élevèrent quelques murmures au sujet du dos de Damen. Il supposa que par contraste avec le fard doré, les plaies devaient sembler particulièrement épouvantables. Soudain, il comprit que c'était le but recherché.

Le régent souhaitait punir son neveu, et, avec l'approbation du Conseil, avait décidé de le faire en public.

« Une flagellation publique », avait recommandé Damen.

— Mon oncle, salua Laurent.

Il se redressa, adoptant une posture décontractée. Son visage exprimait l'indifférence, mais sa manière de carrer les épaules, presque imperceptiblement, parut familière à Damen. Il ressemblait à un homme qui se préparait à se battre.

— Mon neveu, répondit le régent. Je pense que vous savez pourquoi nous sommes là.

— Un esclave a posé la main sur moi, et je l'ai fait fouetter pour cet outrage, énonça calmement Laurent.

— Deux fois, précisa le régent. Contre mon ordre. La seconde fois, après avoir été averti qu'il risquait d'en mourir. Ce qui a failli se produire.

—Il est vivant. Ces craintes n'étaient pas fondées, répliqua Laurent du même ton posé.

—On vous a également rappelé mes ordres: en mon absence, nul ne devait porter la main sur l'esclave, poursuivit le régent. Fouillez dans votre mémoire, et vous verrez que c'était l'exacte vérité. Pourtant, vous avez aussi fait fi de ce conseil.

—Je ne pensais pas que cela vous dérangerait. Je sais que votre obséquiosité à l'égard d'Akielos n'irait pas jusqu'à vous dissuader de punir l'esclave, simplement parce qu'il est un présent de Kastor.

Le visage aux yeux bleus demeurait parfaitement impassible. Laurent, pensa Damen avec mépris, était beau parleur. Il se demanda si le régent regrettait d'avoir organisé ce petit spectacle. Mais celui-ci ne semblait pas troublé, ni même surpris. Il avait manifestement l'habitude d'affronter Laurent.

—Les raisons de ne pas battre presque à mort le présent d'un roi, immédiatement après la signature d'un traité, sont légion. L'une d'elles est que je l'avais interdit. Vous prétendez avoir administré une juste punition, mais la vérité est tout autre.

Le régent esquissa un geste, et un homme fit un pas en avant.

—Le prince m'a promis une pièce d'or, si je parvenais à fouetter l'esclave à mort.

C'est à ce moment que Laurent perdit le soutien de l'assistance. Celui-ci, qui s'en était aperçu, ouvrit la bouche pour parler, mais le régent l'interrompit.

—Non. Vous avez eu tout le temps de faire amende honorable, ou de vous justifier. Vous avez préféré faire l'arrogant, sans témoigner le moindre repentir. Vous n'avez pas encore le droit de cracher au visage des rois. À votre âge, votre frère commandait des armées et couvrait son pays de gloire. Qu'avez-vous accompli, durant ce temps? Lorsque vous vous êtes dérobé devant vos responsabilités à la cour, je n'ai rien dit. Lorsque vous avez refusé de faire votre devoir en patrouillant à la frontière de Delfeur, je vous ai laissé faire. Mais cette fois, votre désobéissance met en péril un accord entre deux nations. Le Conseil et moi nous sommes concertés, et avons décidé qu'il était temps d'agir.

La voix du régent résonnait dans toute la pièce, avec un accent d'autorité auquel il était impossible de se soustraire.

—Vos terres de Varenne et de Marche vous sont confisquées, de même que les troupes et les fonds qui les accompagnent. Seul Acquitart demeure votre propriété. Durant les dix prochains mois, vos revenus seront réduits et votre suite restreinte. Vous solliciterez ma permission avant d'effectuer toute dépense. Soyez-nous reconnaissant de vous laisser Acquitart, et de n'avoir pas poussé plus loin notre décret.

L'onde de choc provoquée par ces sanctions parcourut la foule. Certains visages exprimaient l'indignation. Mais bien d'autres trahissaient une satisfaction discrète, dénuée de remords. En cet instant, il était aisé de distinguer quels courtisans formaient les rangs du régent, et lesquels soutenaient Laurent. Les partisans de Laurent étaient moins nombreux.

—Reconnaissant de conserver Acquitart, rétorqua Laurent, que la loi vous interdit de me prendre, qui n'est assorti d'aucune troupe et dont l'importance stratégique est presque négligeable ?

—Croyez-vous qu'il me plaît de punir mon propre neveu ? Un oncle ne peut prendre une telle décision de gaieté de cœur. Endossez vos responsabilités : chevauchez jusqu'à la frontière de Delfeur, montrez-moi que vous possédez une seule goutte du sang de votre frère, et je serai heureux de revenir sur cette punition.

—Il me semble qu'un vieil intendant demeure à Acquitart. Souhaitez-vous que je me rende à la frontière à ses côtés ? Nous pourrions nous partager une armure.

—Ne soyez pas de mauvaise foi. Si vous acceptiez de faire votre devoir, vous ne manqueriez pas d'hommes.

—Pourquoi perdrais-je mon temps à la frontière lorsqu'un caprice de Kastor suffit à vous faire ployer ?

Pour la première fois, le régent parut se mettre en colère.

—Vous prétendez être mû par l'amour de la patrie, mais vous refusez de lever le petit doigt pour servir votre pays. La vérité est que vous avez agi par mesquinerie, et qu'à présent vous tentez d'esquiver votre châtiment. Tout ceci est votre œuvre. Embrassez l'esclave pour vous excuser, et nous en aurons terminé.

Embrasser l'esclave ?

L'excitation des courtisans monta d'un cran.

Le garde qui escortait Damen le fit se lever. Damen s'attendait à ce que Laurent se dérobe à l'ordre de son oncle, mais le prince, après un long regard au régent, s'approcha de lui d'un pas gracieux et docile. D'un doigt, il saisit la chaînette qui barrait le torse de Damen et le tira à lui. Damen, sentant la tension jumelle qui s'exerçait sur son corps, s'avança sans résistance. D'un air détaché, Laurent passa les doigts parmi les rubis et fit se pencher la tête de Damen, assez près pour l'embrasser sur la joue. Le baiser fut imperceptible : pas un seul pigment de fard doré ne vint se déposer sur les lèvres de Laurent.

— Tu ressembles à une pute.

Les mots firent à peine vibrer l'air près de l'oreille de Damen, inaudibles pour qui que ce soit d'autre.

— Petite salope maquillée, murmura encore Laurent. Est-ce que tu as ouvert les cuisses pour mon oncle, comme tu l'as fait pour Kastor ?

Damen eut un spasme de dégoût, maculant de fard le visage de Laurent, et recula. Il dévisagea Laurent de loin, révulsé.

Laurent porta le dos de sa main à sa joue, désormais zébrée d'or, et se tourna vers le régent en ouvrant de grands yeux innocents.

— Voyez par vous-même comment se conduit cet esclave. Mon oncle, vous commettez envers moi la plus cruelle des injustices. La punition de cet esclave sur la croix était méritée : vous êtes témoin de son arrogance et de son insubordination. Pourquoi vous attaquez-vous à un homme de votre propre sang, alors que la faute repose entièrement sur Akielos ?

Attaque… et contre-attaque. Il était dangereux de régler ses comptes en public. D'ailleurs, la foule paraissait quelque peu ébranlée par l'argument de Laurent.

— Vous affirmez que l'esclave était en tort, et méritait sa punition. Très bien. Il l'a reçue. À présent, c'est à votre tour. Vous-même devez vous soumettre à l'autorité du régent et du Conseil. Ayez la grâce de l'accepter.

Laurent baissa ses yeux bleus d'un air de martyr.

— Oui, mon oncle.

Il était machiavélique. Peut-être était-ce ainsi qu'il avait remporté l'allégeance de sa garde princière : en les manipulant. Sur l'estrade, le visage du vieux conseiller Hérode s'était assombri, on lisait la compassion dans le regard troublé qu'il posait sur Laurent.

Le régent mit fin à la cérémonie, se leva et partit, sans doute à destination d'un divertissement quelconque. Les conseillers lui emboîtèrent le pas. La symétrie de la pièce fut brisée lorsque les courtisans quittèrent leurs postes de part et d'autre du tapis rouge pour déambuler librement.

— Vous pouvez me donner la laisse, indiqua plaisamment une voix tout près de Damen.

Damen rencontra un regard d'un bleu translucide. À côté de lui, le garde hésitait.

— Qu'attendez-vous ? insista Laurent en tendant la main, souriant. L'esclave et moi nous sommes embrassés. Nous sommes tout à fait réconciliés.

Le garde lui céda la laisse. Aussitôt, Laurent tira sur le lien.

— Viens avec moi, ordonna-t-il.

Chapitre 5

S'il avait cru pouvoir s'éclipser sans encombre de cette pièce, où la foule s'était rassemblée pour assister à un spectacle dont il était l'acteur principal, Laurent se trompait.

Damen, au bout de sa laisse, vit les courtisans s'interposer tour à tour entre le prince et la sortie, dans leur hâte de lui témoigner leur sympathie. C'était un défilé perpétuel de soie, de batiste et de sollicitude. Damen ne savoura pas ce court sursis. Il sentait à chaque instant l'emprise de Laurent sur la laisse, comme une promesse. La tension que Damen éprouvait n'avait rien à voir avec la peur. Dans d'autres circonstances, sans gardes ni témoins, il aurait pu se réjouir de se retrouver seul avec Laurent.

Laurent était décidément très éloquent. Il recevait avec élégance les démonstrations de soutien et expliquait rationnellement son point de vue, coupant court à la conversation dès que quelqu'un se montrait dangereusement critique à l'égard de son oncle. Il ne disait rien qui puisse être interprété comme un affront délibéré envers la régence. Pourtant, chacun de ses interlocuteurs repartait avec la conviction que le régent, au mieux, se trompait et au pire, faisait acte de trahison.

Cependant, même Damen, dont la connaissance des intrigues de cette cour était limitée, savait que le départ des cinq conseillers dans le sillage du régent n'avait rien d'anodin. C'était le symbole de l'autorité supérieure du régent : il possédait le soutien unanime du Conseil. Les partisans de Laurent, réduits à maugréer entre eux dans la salle d'audience, n'aimaient pas cela. Qu'ils n'aiment pas cela n'y changeait rien. Ils ne pouvaient rien y faire.

Par conséquent, le moment était venu pour Laurent de travailler à consolider sa position auprès de ceux qui le soutenaient, pas de disparaître afin de se retrouver en tête-à-tête avec son esclave.

Ils quittèrent pourtant la salle d'audience, et s'aventurèrent dans un chapelet de cours intérieures assez grandes pour accueillir des arbres, des sculptures végétales, des fontaines et des allées sinueuses. Derrière les haies, on apercevait le signe des réjouissances habituelles ; le balancement des arbres révélait, par moments, les vives lueurs d'une fête.

Ils n'étaient pas seuls. Deux gardes les suivaient à distance respectable afin d'assurer la sécurité de Laurent. Comme toujours. Et le jardin lui-même n'était pas désert. Plus d'une fois, ils croisèrent des couples en promenade le long des allées, et Damen aperçut un mignon et un courtisan enlacés sur un banc, s'embrassant passionnément.

Laurent les conduisit jusqu'à une tonnelle chargée de vigne, près d'une fontaine et d'un long bassin couvert de nénuphars. Il attacha la laisse de Damen à l'armature métallique de la tonnelle, comme il aurait attaché un cheval à un poteau. Pour ce faire, il dut se tenir tout près de Damen, mais ne parut pas troublé par cette promiscuité. Le nœud n'avait d'autre utilité que d'insulter Damen, qui, n'étant pas un animal, était parfaitement capable de détacher la laisse. Ce n'était pas celle-ci qui le clouait sur place, mais les gardes en livrée, et le fait que la moitié de la cour – outre de nombreux hommes d'armes – se dressait entre lui et la liberté.

Laurent s'éloigna de quelques pas. Damen le vit porter la main à sa propre nuque, comme pour apaiser sa tension. Il le regarda ne rien faire pendant quelque temps, hormis respirer, en silence, l'air frais que parfumaient les fleurs nocturnes. Damen se dit alors, pour la première fois, que Laurent avait peut-être ses propres raisons de fuir les regards.

La tension refit surface, palpable, lorsque Laurent se retourna vers lui.

—Ton instinct de survie n'est pas très développé, n'est-ce pas, petit mignon ? Tu as fait une erreur en allant pleurnicher dans le giron de mon oncle, dit Laurent.

—Parce que vous vous êtes fait taper sur les doigts ? répliqua Damen.

—Non, parce que cela ne va pas plaire à tous ces gardes que tu as eu tant de mal à séduire, répondit Laurent. Ils n'aiment pas beaucoup les serviteurs qui placent leur intérêt personnel au-dessus de leur loyauté.

Damen, qui s'attendait à un assaut frontal, n'était pas préparé à cette attaque sournoise, de biais. Il serra les dents et se laissa aller à parcourir du regard la silhouette de Laurent, de haut en bas.

—Vous ne pouvez rien contre votre oncle, alors vous vous défoulez par vos propres moyens. Je n'ai pas peur de vous. Si vous voulez me faire quelque chose, faites-le.

—Pauvre animal déboussolé que tu es, se moqua Laurent. Où donc es-tu allé chercher l'idée que j'étais venu ici pour toi ?

Damen cilla.

—Mais finalement, reprit Laurent, peut-être ai-je tout de même besoin de toi.

Il enroula la fine laisse autour de son propre poignet, puis, d'un mouvement brusque, la brisa. Les deux extrémités glissèrent de son poignet et se balancèrent, pendantes. Laurent fit un pas en arrière. Damen regarda sans comprendre la chaîne cassée.

—Votre Altesse, dit une voix.

Laurent répondit :

—Conseiller Hérode.

—Merci d'avoir accepté de me voir, commença Hérode.

C'est alors qu'il découvrit Damen et marqua un temps d'arrêt.

—Pardonnez-moi. J'ai… pensé que vous seriez seul.

—Vous pardonner ?

Un silence suivit les mots de Laurent, et dans ce silence, leur signification changea.

— Je…

Hérode s'interrompit et regarda Damen, alarmé.

— N'est-ce pas dangereux ? Il a brisé sa laisse. Gardes !

Damen entendit le son aigu d'une épée sortant de son fourreau. Deux épées. Les gardes accoururent jusqu'à la tonnelle pour s'interposer entre Damen et Hérode. Bien sûr.

— Je reconnais mon erreur, déclara Hérode en observant Damen d'un œil méfiant. Je n'avais pas remarqué le tempérament rétif de cet esclave. Dans l'arène, on aurait juré que vous le maîtrisiez parfaitement. Et les esclaves offerts à votre oncle sont si obéissants… Si vous vous rendez à la fête un peu plus tard, vous le verrez vous-même.

— Je les ai déjà vus, dit Laurent.

Il y eut un court silence.

— Vous savez à quel point j'étais proche de votre père, reprit Hérode. Depuis sa mort, je me suis montré d'une loyauté indéfectible envers votre oncle. J'ai peur que dans ce cas précis, cela m'ait conduit à commettre une erreur de jugement…

— Si vous craignez que les injustices commises à mon encontre ne me reviennent en mémoire dans dix mois, l'interrompit Laurent, il est inutile de vous inquiéter. Je suis sûr que vous parviendrez à me convaincre que vous vous êtes trompé en toute bonne foi.

— Pourquoi ne nous promènerions-nous pas un peu dans les jardins ? suggéra Hérode. L'esclave pourrait en profiter pour s'asseoir et reposer son dos blessé.

— Comme c'est prévenant de votre part, conseiller, répliqua Laurent.

Se tournant vers Damen, il dit d'une voix mielleuse :

— Ton dos doit te faire affreusement souffrir.

— Je vais bien, rétorqua Damen.

— À genoux, dans ce cas.

Une poigne solide sur son épaule le força à se baisser, et dès que ses genoux touchèrent le sol, une épée fut pressée contre sa gorge afin de le dissuader de se lever. Hérode et Laurent s'éloignaient de conserve, ajoutant au nombre des couples flânant sur les allées parfumées du jardin.

La fête qui battait son plein de l'autre côté des haies déborda bientôt sur le jardin. Les promeneurs se firent de plus en plus nombreux. On accrocha des lanternes, et des serviteurs se mirent à déambuler parmi les arbres, proposant des rafraîchissements. L'endroit où Damen était agenouillé demeurait relativement isolé, mais de temps en temps, des courtisans passaient devant lui et s'écriaient : « Regardez, voilà l'esclave barbare du prince ».

La frustration grimpait en lui, comme un fouet impatient de claquer. Il était une fois de plus entravé. Le garde avait fait preuve de moins de désinvolture que Laurent. Il était enchaîné à la tonnelle par son collier, et il s'agissait cette fois d'une vraie chaîne, pas d'une chaînette aisément brisée.

« Petit mignon », pensa Damen avec dégoût. De l'échange tendu entre Hérode et Laurent, il retira une seule information pertinente : quelque part dans le palais, tout près de là, se trouvaient les autres esclaves akieloniens.

L'esprit de Damen se tourna vers eux. Il s'inquiétait toujours de leur bien-être, mais leur proximité soulevait d'autres questions. D'où provenaient ces esclaves ? S'agissait-il d'esclaves royaux, formés par Adrastus, et amenés comme Damen depuis la capitale ? Enfermé dans une cellule isolée sur le vaisseau, Damen ne les avait pas vus, et eux ne l'avaient pas vu non plus. Mais s'il s'agissait d'esclaves royaux, choisis parmi ceux qui servaient la maison régnante d'Akielos, il existait un risque qu'ils le reconnaissent.

Dans le silence qui s'installait, il entendit tinter de petites clochettes.

Puisqu'il était enchaîné dans un coin sombre du jardin, loin des réjouissances de la cour, il fallait qu'il joue de malchance pour qu'un de ces esclaves soit conduit jusqu'à lui.

Au bout d'une laisse, mené par un mignon vérétien. L'esclave portait une version plus petite du collier et des bracelets d'or de Damen. Le mignon était la source du tintement. Il portait les clochettes autour du cou, comme un chat. Il était outrageusement fardé. Et il ne lui était pas inconnu.

C'était le mignon du conseiller Audin, l'enfant.

Damen supposa tristement que pour qui était friand de petits garçons, ce mignon devait être doté de tous les charmes. Sous le maquillage, sa peau avait la pureté radieuse de l'enfance. Si ses traits avaient appartenu à une fille du même âge, ils auraient auguré l'apparition, une demi-douzaine d'années plus tard, d'une femme à la beauté exceptionnelle. Une grâce étudiée compensait presque entièrement la fragilité de ses membres encore immatures. Comme ceux de Damen, ses cheveux étaient parsemés de brillants, des perles minuscules qui étincelaient comme des étoiles sur ses boucles brunes. Son attribut le plus frappant était son magnifique regard bleu, dont Damen n'avait jamais vu l'égal, à l'exception de celui où ses yeux plongeaient encore quelques instants auparavant.

Les jolies lèvres du garçon prirent la forme d'un cœur, et il cracha en plein sur le visage de Damen.

—Mon nom est Nicaise, dit-il. Tu n'es pas assez important pour me dédaigner. Ton maître vient de perdre tout son argent et ses terres. Et même sans cela, tu n'es qu'un esclave. Le régent m'a envoyé chercher le prince. Où est-il ?

—Il est retourné dans la salle d'audience, affirma Damen.

Dire que Nicaise l'avait pris au dépourvu était un euphémisme. Le mensonge était sorti tout seul.

Nicaise le dévisagea. Puis il tira brutalement sur la laisse de l'esclave akielonien. Celui-ci fut projeté en avant et faillit perdre l'équilibre, comme un poulain sur ses jambes trop longues.

—Je ne vais pas te traîner derrière moi toute la soirée. Attends-moi ici.

Nicaise jeta la laisse au sol et tourna les talons, faisant tinter ses clochettes.

Damen porta la main à son visage mouillé. Aussitôt, l'esclave s'agenouilla et saisit doucement son poignet pour l'en écarter.

—Je t'en prie, laisse-moi faire. Tu risques d'abîmer ton maquillage.

L'esclave le regardait droit dans les yeux. Damen n'eut pas l'impression qu'il le reconnaissait. L'esclave leva simplement l'ourlet de sa tunique et s'en servit pour tamponner délicatement la joue de Damen.

Damen se détendit. Il pensa, un peu contrit, qu'il avait été arrogant de croire que l'esclave le reconnaîtrait. Il ne devait pas beaucoup ressembler à un prince, avec ses fers et son fard dorés, enchaîné à une tonnelle au milieu d'un jardin vérétien.

Il était sûr, également, que cet esclave ne provenait pas du palais d'Akielos ; Damen l'aurait certainement remarqué. Le teint de l'esclave attirait l'œil. Sa peau était pâle et des reflets dorés rehaussaient le châtain de ses cheveux bouclés. Il représentait exactement le type d'homme que Damen aurait invité dans son lit et avec lequel il aurait passé quelques heures des plus charmantes.

L'esclave frôla son visage de ses doigts. L'espace d'un instant, Damen se sentit étrangement coupable d'avoir lancé Nicaise sur une fausse piste. Mais il était aussi heureux de ce tête-à-tête inattendu avec un esclave de son pays.

— Comment t'appelles-tu ? demanda doucement Damen.

— Erasmus.

— Erasmus, c'est bon de parler à un autre Akielonien.

Il était sincère. Le contraste entre cet esclave, doux et réservé, et le perfide Nicaise lui faisait regretter la simplicité honnête de son pays. Cependant, Damen ressentit une bouffée d'inquiétude à l'égard des esclaves akieloniens. Leur aimable docilité ne représentait pas un avantage lorsqu'il s'agissait de survivre dans ce palais. Erasmus devait avoir dix-huit ou dix-neuf ans, mais Nicaise, du haut de ses treize ans, serait capable de le manger tout cru. Sans parler de Laurent.

— Il y avait un esclave que l'on droguait et qui demeurait attaché, sur le bateau, dit Erasmus d'une voix timide.

Depuis le début, il parlait akielonien.

— On dit qu'il a été donné au prince…, ajouta-t-il.

Damen acquiesça lentement, répondant à son interrogation muette. Sous ses boucles châtain, les yeux noisette de l'esclave étaient les plus ingénus que Damen ait jamais vus.

—Quel joli tableau, dit une voix de femme.

Erasmus s'écarta précipitamment de Damen et se prosterna, pressant son front contre le sol. Damen ne bougea pas. Agenouillé et entravé, il faisait montre d'une soumission suffisante.

La femme était Vannes. Elle flânait dans le jardin en compagnie de deux autres nobles. L'un des hommes était flanqué d'un mignon, un jeune homme roux que Damen se souvint vaguement avoir vu près de l'arène.

—Ne vous arrêtez pas pour nous, lança le mignon d'un ton aigre.

Damen adressa un regard en coin à Erasmus, qui demeurait immobile. Il était peu probable qu'il parle vérétien.

Son maître rit:

—À une ou deux minutes près, nous les aurions sans doute surpris en train de s'embrasser.

—Je me demande si le prince accepterait que son esclave se produise en spectacle avec les autres? dit Vannes. Ce n'est pas souvent que l'on voit un homme de sa mesure à l'œuvre. Quel dommage qu'il ait été retiré de l'arène avant d'avoir monté qui que ce soit!

—Je ne suis pas sûr que j'aurais envie d'assister à cela, après ce que nous avons vu ce soir, rétorqua le maître du jeune homme roux.

—Je trouve que c'est encore plus excitant, à présent que nous savons qu'il est vraiment dangereux, déclara le mignon.

—Il est regrettable que son dos ait été gâté, mais le devant est superbe, dit Vannes. Nous en avons vu davantage dans l'arène, bien sûr. Quant au danger… Le conseiller Guion affirme qu'il n'a pas été formé au plaisir. Mais la formation ne fait pas tout. Il a peut-être des talents innés.

Damen restait muet. Il aurait été fou de réagir aux plaisanteries de ces courtisans; il ne pouvait que se taire et espérer qu'ils finiraient par se lasser. Il s'y employait donc, avec détermination, lorsque se produisit la chose qui ne manquait jamais d'empirer toute situation.

— Des talents innés ? répéta Laurent.

Il rejoignit nonchalamment la petite assemblée. Les courtisans s'inclinèrent respectueusement, et Vannes se chargea de lui résumer l'objet du débat. Laurent se tourna vers Damen.

— Eh bien ? dit-il. Es-tu capable de t'accoupler correctement, ou te contentes-tu de frapper très fort ?

Damen songea qu'entre le fouet et une conversation avec Laurent, il choisirait sans doute le fouet.

— Il n'est pas très bavard, commenta Vannes.

— Cela va, cela vient, dit Laurent.

— Je serais ravi de me produire avec lui.

Le mignon aux cheveux roux s'adressait ostensiblement à son maître, mais ses paroles avaient porté.

— Ancel, non ! Il pourrait te blesser.

— Cela vous plairait-il ? susurra le mignon en enlaçant le cou de son maître.

Juste avant de parler, il avait lancé un regard en coin à Laurent.

— Non, pas du tout, rétorqua son maître.

Il était évident, cependant, que la cible de la question provocatrice d'Ancel n'était pas son maître, mais Laurent. Le garçon cherchait à attirer l'attention du prince. Damen fut pris de nausée : ce giton était prêt à souffrir, dans l'espoir que cela suffirait à charmer Laurent. Puis il réfléchit à ce qu'il connaissait de Laurent, et son malaise s'accentua, car tout bien considéré, le garçon avait sans doute raison.

— Qu'en dites-vous, Votre Altesse ? demanda Ancel.

— J'en dis que ton maître préférerait ne pas te mettre en danger, répondit Laurent, impassible.

— Vous pourriez attacher l'esclave, insista Ancel.

L'habileté exquise du mignon lui permettait de déguiser sa proposition en badinage charmant, quand il s'agissait plutôt d'une tentative désespérée d'attirer un prince dans ses filets.

Cela faillit échouer. Laurent semblait insensible aux coquetteries d'Ancel ; elles paraissaient même l'ennuyer. Il avait jeté Damen dans l'arène, mais l'atmosphère éminemment sexuelle des tribunes n'avait pas semblé l'émouvoir. Il s'était montré singulièrement indifférent à la sensualité de ce que les Vérétiens appelaient « le spectacle », et avait été le seul courtisan à ne pas recevoir les caresses d'un favori.

« On dit qu'il est frigide », avait dit Jord.

— Pourquoi pas une petite représentation rapide, afin de nous divertir jusqu'au véritable spectacle ? suggéra Vannes. Après tout, n'est-il pas temps que l'esclave comprenne où se trouve sa place ?

Damen regarda Laurent digérer ces paroles. Il le vit prendre le temps d'envisager l'idée en profondeur, pesant le pour et le contre.

Et il le vit arrêter sa décision, lorsque ses lèvres s'incurvèrent et que son expression se durcit.

— Pourquoi pas ? dit Laurent.

— Non ! protesta Damen.

La rage monta brusquement en lui. Il sentit des mains le retenir. S'engager dans un véritable combat contre des gardes armés, devant témoins et au milieu d'un jardin grouillant de courtisans avait quelque chose de suicidaire. Mais son esprit et son corps se rebellaient, tirant instinctivement sur ses chaînes.

Deux bancs d'amoureux en demi-cercle se faisaient face sous la tonnelle. Les courtisans s'y installèrent confortablement, occupant l'un des sièges. Vannes demanda du vin, et l'on alla chercher un serviteur muni d'un plateau. Quelques autres courtisans, en flânant, se joignirent au petit groupe, et Vannes se mit à discuter avec l'un d'eux de l'ambassadeur de Patras, qui devait arriver quelques jours plus tard.

Damen fut attaché à l'autre siège, face à eux.

La situation avait quelque chose d'irréel. Le maître d'Ancel édictait les règles du spectacle. L'esclave serait attaché, et Ancel se servirait de sa bouche. Vannes argua que puisqu'il était si rare que le prince se prête à ces jeux, il serait judicieux d'en profiter autant que possible. Le maître d'Ancel refusa de céder.

Damen n'arrivait pas à y croire. Il empoigna l'armature de la tonnelle, où ses poignets avaient été menottés au-dessus de sa tête.

Il allait être caressé devant un public de Vérétiens. Il n'était sans doute qu'un divertissement parmi tant d'autres, survenant à chaque détour du jardin.

Le regard de Damen se braqua sur Ancel. Il faillit se dire que la faute ne reposait pas sur le mignon, mais il savait que c'était en grande partie faux.

Ancel s'agenouilla et écarta les vêtements sommaires de Damen. Celui-ci l'observa sans éprouver une once de désir. Même en d'autres circonstances, Ancel, avec ses yeux verts et ses cheveux roux, n'aurait pas été son type. Il avait l'air d'avoir environ dix-neuf ans, et bien qu'il n'arbore pas la jeunesse indécente de Nicaise, son corps avait quelque chose de puéril. Sa beauté n'était, en réalité, qu'une joliesse entretenue et narcissique.

Mignon, pensa Damen. Le terme lui allait bien. Ancel écarta ses longs cheveux de son visage, et se mit à l'œuvre sans plus de formalités. Bien entraîné, il manipulait Damen d'une main et d'une bouche expertes. Damen se demanda s'il devait se sentir coupable, ou au contraire se réjouir de ne pas offrir à Ancel son heure de gloire : toujours flasque malgré les efforts du mignon, Damen doutait fortement de pouvoir jouir pour le plaisir du public. S'il y avait quelque chose à voir, c'était plutôt son absence totale d'enthousiasme.

Il y eut un léger bruissement. Aussi froid que l'eau sous les nénuphars, Laurent vint s'asseoir près de lui.

— Je pense que nous pouvons faire mieux, déclara Laurent. Arrête.

Ancel interrompit ses efforts et releva la tête, les lèvres humides.

— Si l'on veut remporter la partie, il vaut mieux ne pas révéler toute sa main au premier tour, expliqua Laurent. Recommence, plus lentement.

En entendant Laurent, Damen se crispa malgré lui. Ancel était si près que Damen sentait son souffle, un nuage brûlant qui tourbillonnait sur place, un murmure sur sa peau sensible.

— Comme ceci ? demanda Ancel.

Sa bouche à un pouce de sa destination, il fit glisser ses mains le long des cuisses de Damen. Il entrouvrit légèrement ses lèvres moites. Damen ne put s'empêcher de réagir.

— En effet, confirma Laurent.

— Et maintenant… ? dit Ancel en se penchant en avant.

— Ne te sers pas encore de ta bouche, conseilla Laurent. La langue seulement.

Ancel obéit. Il lécha le gland, en une caresse furtive, presque imperceptible. Pas assez de pression. Laurent scrutait le visage de Damen avec la même concentration que s'il tentait de résoudre un dilemme stratégique. Ancel pressa sa langue contre la petite fente.

— Il aime ça. Recommence, plus fort, commanda Laurent.

Damen jura, d'un seul mot, en akielonien. Incapable de résister aux effleurements délicieux qui parcouraient sa chair, son corps s'éveillait et commençait à s'impatienter. Ancel enroula paresseusement sa langue autour de son gland.

— À présent, lèche-le. Sur toute sa longueur.

À la froideur de ces paroles succéda une langue chaude et mouillée, courant de la base au bout de son sexe. Damen sentit ses cuisses se crisper, puis s'écarter très légèrement, tandis que son souffle s'accélérait. Il voulait briser ses liens. Un bruit métallique retentit lorsqu'il tira sur ses menottes, les poings serrés. Il se tourna vers Laurent.

C'était une erreur de le regarder. Même dans la pénombre du soir, Damen distinguait la posture nonchalante de Laurent, la perfection marmoréenne de ses traits, et la calme indifférence avec laquelle il contemplait Damen, sans même prendre la peine de baisser les yeux sur la tête d'Ancel.

À en croire la garde princière, Laurent était une citadelle inexpugnable, qui ne prenait jamais d'amants. En cet instant, son esprit semblait pleinement engagé dans l'acte, mais son corps demeurait distant, dénué de toute passion. L'hypothèse scabreuse de ses gardes paraissait plausible.

D'un autre côté, le chaste et inaccessible Laurent donnait en ce moment même un cours magistral de fellation.

Et Ancel obéissait, reproduisant de sa bouche toutes ses recommandations. Laurent prodiguait ses instructions avec lenteur et désinvolture, et il possédait cet art raffiné d'interrompre tous les gestes à l'instant où ils devenaient intéressants. Damen était habitué à prendre son plaisir comme il le voulait, à toucher tout ce qu'il souhaitait toucher, et à contrôler les sensations de ses partenaires. Sa frustration grimpa à mesure que son plaisir lui était refusé, implacablement. Chaque fibre de son corps vibrait de passion contrariée, l'air frais léchant sa peau brûlante, la tête entre ses jambes ne représentant qu'une fraction d'un tout, qui comprenait l'endroit où il se trouvait et la personne assise près de lui.

— Vas-y, prends-le, dit Laurent.

Damen sentit son souffle s'échapper laborieusement de sa poitrine au premier glissement, lent et mouillé, le long de sa queue. Ancel ne pouvait le prendre en entier, bien qu'il ait été consciencieusement entraîné à passer outre son réflexe de rejet. L'ordre suivant claqua comme une tape sur les doigts, et Ancel se retira docilement, se limitant de nouveau à sucer le gland.

Le bruit de sa propre respiration résonnait aux oreilles de Damen, malgré la clameur de sa chair enfiévrée. Même en l'absence de stimulation rythmée, son plaisir diffus commençait à se fondre en un appel plus impérieux. Il sentit ce changement, sentit son corps se diriger vers l'orgasme.

Laurent décroisa les jambes et se leva.

— Finissons-en, ordonna Laurent.

Il s'éloigna nonchalamment et sans un regard en arrière, rejoignant les autres courtisans pour faire quelques commentaires sur l'objet de leur conversation, comme s'il ne ressentait aucun besoin d'assister à la conclusion, désormais inévitable, du spectacle.

L'image d'Ancel avalant son érection se mêla, dans l'esprit confus de Damen, à son désir brutal de poser les mains sur le corps de Laurent pour exercer sa vengeance. Non seulement pour ses actes, mais aussi pour son départ éhonté. L'orgasme déferla sur lui comme un feu de forêt, faisant jaillir une semence qui fut, très professionnellement, avalée.

— Un peu lent au début, mais quel beau final, commenta Vannes.

Damen fut détaché du banc et poussé à s'agenouiller de nouveau. Laurent était assis en face de lui, les jambes croisées. Les yeux de Damen étaient rivés sur lui, et personne d'autre ; sa respiration était encore bruyante, et son pouls frénétique, mais la colère produisait les mêmes effets.

Le son mélodieux des clochettes vint déranger la petite assemblée ; Nicaise les interrompit sans le moindre signe de déférence envers ces personnages de rang supérieur.

— Je dois parler au prince, déclara Nicaise.

Laurent leva très légèrement la main, ce que Vannes, Ancel et les autres interprétèrent comme l'ordre de se retirer après une brève révérence.

Nicaise vint se poster devant le banc et darda sur Laurent un regard hostile. Laurent, l'air détendu, avait posé un bras sur le dossier du siège.

— Votre oncle veut vous voir.

— Tiens donc ? Faisons-le un peu attendre.

Deux paires d'yeux bleus à l'éclat antipathique s'affrontèrent. Nicaise s'assit.

— Ça ne me dérange pas. Plus vous attendez, plus vous aggravez votre cas.

— Eh bien, tant que cela ne te dérange pas…, répliqua Laurent d'un ton amusé.

Nicaise leva le menton.

— Je vais lui dire que vous avez fait exprès d'être en retard.

— Si tu le souhaites. Je présumais qu'il le devinerait tout seul, mais tu peux lui épargner cet effort. Puisque nous attendons, que dirais-tu d'un rafraîchissement ?

Il fit signe au dernier serviteur restant, qui interrompit sa retraite pour s'approcher d'eux.

— Bois-tu du vin, ou es-tu encore trop jeune ?

— J'ai treize ans. Je bois ce que je veux.

Nicaise, dédaigneux, repoussa le plateau si fort qu'il faillit le renverser.

— Je ne vais pas boire avec vous. Nous n'avons pas besoin de feindre les bonnes manières.

— Ah ? Très bien : n'est-ce pas plutôt quatorze ans, désormais ?

Nicaise rougit violemment, sous son fard.

— C'est bien ce qu'il me semblait, reprit Laurent. As-tu réfléchi à ce que tu allais faire, ensuite ? À moins que je ne me trompe sur les goûts de ton maître, il te reste un an, tout au plus. À ton âge, le corps commence à se trahir.

En réaction à l'expression du garçon, Laurent ajouta :

— Ou bien… cela aurait-il déjà commencé ?

Le rouge vira à l'écarlate.

— Cela ne vous regarde pas, siffla Nicaise.

— C'est vrai, tu as raison, répliqua Laurent.

Nicaise ouvrit la bouche, mais Laurent poursuivit sans lui laisser le temps de parler.

— Je ferai une offre sur toi, si tu veux. Lorsque ce jour viendra. Je ne voudrais pas de toi dans mon lit, mais tu disposerais des mêmes privilèges. Ce sera sans doute plus agréable pour toi. Je suis prêt à faire cette offre.

Nicaise cilla, puis afficha un rictus méprisant.

— Avec quel argent ?

Laurent eut un soupir amusé.

— C'est vrai. S'il me reste le moindre lopin de terre, je devrai peut-être le vendre pour acheter du pain, sans parler de mignons. Nous allons tous deux devoir marcher sur des œufs au cours des dix prochains mois.

— Je n'ai pas besoin de vous. Il a promis. Il ne va pas m'abandonner, affirma Nicaise d'un ton suffisant.

— Il les abandonne tous, le contredit Laurent. Que tu sois plus hardi que les autres n'y changera rien.

— Il m'aime plus que les autres. (Nicaise eut un petit rire hautain.) Vous êtes jaloux.

Alors, ce fut au tour de Nicaise de réagir à l'expression de Laurent. Le garçon murmura, d'un ton horrifié que Damen ne comprit pas :

— Vous allez lui dire que vous me voulez !

— Oh…, dit Laurent. Non. Nicaise… non. Cela t'anéantirait. Je ne ferais pas une chose pareille. (Sa voix se fit presque lasse.) Peut-être qu'il vaut mieux que tu croies que c'est mon intention. Il faut que tu aies l'esprit d'un fin stratège, pour avoir envisagé cette possibilité. Peut-être parviendras-tu à le garder plus longtemps que les autres.

L'espace d'un instant, Damen crut que Laurent allait ajouter autre chose, mais il finit par se lever et tendre la main au garçon.

— Viens. Allons-y. Tu vas pouvoir regarder mon oncle me réprimander.

Chapitre 6

— Ton maître a l'air gentil, dit Erasmus.

— Gentil ? répéta Damen.

Il eut du mal à articuler ce mot, qui lui brûla la gorge en passant. Il lança à Erasmus un regard perplexe. Nicaise s'était éloigné main dans la main avec Laurent, laissant l'esclave derrière lui. La laisse gisait à terre, oubliée. Une douce brise agita les boucles mordorées de l'esclave, et au-dessus d'eux, le feuillage ondula comme un auvent de soie noire.

— Il s'occupe de ton plaisir, expliqua Erasmus.

Il fallut un moment à Damen pour relier ces mots à leur sens véritable, et lorsqu'il y parvint, il ne put retenir un petit rire. Les instructions précises de Laurent, et leur inéluctable résultat, n'avaient pas été prodiguées par gentillesse, bien au contraire. Il aurait été impossible de décrire à l'esclave les mécanismes de l'esprit calculateur de Laurent, aussi Damen ne s'y essaya pas.

— Qu'y a-t-il ?

— Rien. Dis-moi… J'espérais avoir des nouvelles de toi et des autres. Comment vous portez-vous, si loin de chez nous ? Vos maîtres vous traitent-ils correctement ? Je me demandais aussi si vous compreniez leur langue.

Erasmus secoua la tête en réponse à sa dernière question.

— Je… possède quelques notions de patrasien et des dialectes du Nord. Certains mots se ressemblent.

D'un ton hésitant, il en égrena quelques-uns. Le vérétien d'Erasmus n'était pas trop mauvais ; ce n'est pas son accent qui fit s'assombrir le visage de Damen. Les mots qu'Erasmus avait réussi à déchiffrer, à partir de ce que les Vérétiens lui avaient dit, étaient : « silence », « à genoux » et « ne bouge pas ».

—Ai-je fait une erreur ? demanda Erasmus sans comprendre.

—Non, ta prononciation est excellente, le rassura Damen.

Mais sa consternation demeurait. Il n'aimait pas ces mots. Il n'aimait pas l'idée qu'Erasmus et les autres se trouvaient doublement impuissants, de par leur incapacité à parler ainsi qu'à comprendre ce qui se disait autour d'eux.

—Tu… n'as pas les manières d'un esclave de cour, fit remarquer timidement Erasmus.

C'était peu dire. Personne, en Akielos, n'aurait pris Damen pour un esclave de plaisir : il n'en avait ni les manières, ni l'apparence. Pensif, Damen dévisagea Erasmus. Il se demandait ce qu'il devait lui révéler.

—Je n'étais pas esclave, en Akielos. Kastor m'a envoyé ici pour me punir, dit-il enfin.

Il était inutile de mentir à ce sujet.

—Une punition, dit Erasmus.

Il baissa les yeux. Sa contenance changea du tout au tout.

Damen l'interrogea :

—Mais tu as été entraîné au palais ? Combien de temps y as-tu passé ?

Il ne pouvait s'expliquer le fait qu'il n'avait jamais vu cet esclave auparavant.

Erasmus se força à sourire, écartant les pensées qui l'avaient abattu.

—Oui. Mais… je n'ai jamais vu la partie principale du palais. Je portais encore les voiles d'entraînement lorsque le gardien m'a choisi pour me faire venir ici. Et ma formation en Akielos était très stricte. Il était prévu… C'est-à-dire…

—C'est-à-dire ? insista Damen.

Erasmus rougit et poursuivit d'une petite voix :

— Pour le cas où il m'aurait trouvé à son goût, on me destinait au prince d'Akielos.

— Vraiment ? dit Damen avec intérêt.

— À cause de mon apparence. On ne le voit pas sous cette lumière, mais en plein jour, mes cheveux sont presque blonds.

— Je le vois même sous cette lumière, dit Damen.

Il entendit l'approbation qui gonflait sa propre voix, et sentit changer leur relation. Il aurait aussi bien pu dire : « bon garçon ! »

Erasmus réagit à ses paroles comme une fleur se tournant vers le soleil. Il importait peu que Damen et lui soient, en théorie, égaux en rang ; Erasmus avait été formé à reconnaître la force, à la désirer et à s'y soumettre. Sa posture se modifia légèrement, ses joues se colorèrent et il baissa les yeux. Son corps se mua en supplique. Une boucle tombée sur son front voleta dans la brise, irrésistible.

De la voix la plus douce qui soit, il murmura :

— Cet esclave est indigne de ton attention.

En Akielos, la soumission était un art, et l'esclave en était l'artisan. À présent qu'il faisait montre de ses talents, il devenait évident qu'Erasmus était le joyau des nouveaux esclaves du régent. Et il était traîné par le cou, comme un animal rétif… ridicule ! Cela revenait à posséder un instrument merveilleusement précis, et à l'utiliser pour briser des coquillages. C'était ignorer sa valeur.

Il aurait dû se trouver en Akielos, où sa virtuosité aurait été reconnue et applaudie. Mais Damen s'aperçut soudain qu'Erasmus avait peut-être eu de la chance, en étant sélectionné parmi les cadeaux du régent. De la chance de ne jamais avoir attiré le regard du prince Damianos. Damen savait quel sort avait frappé ses plus proches esclaves. Ils avaient été tués.

Il refoula ce souvenir hors de ses pensées, et reporta son attention sur l'esclave qui lui faisait face. Il demanda :

— Et ton maître, est-il gentil ?

— L'esclave vit pour servir, répondit Erasmus.

Il s'agissait d'une phrase toute faite, qui ne révélait rien. Le comportement des esclaves était dicté par des règles très strictes, ce qui signifiait que leurs silences étaient souvent plus importants que leurs paroles. Damen fronçait déjà les sourcils lorsque son regard dériva un peu plus bas.

Erasmus avait froissé sa tunique en s'en servant pour essuyer la joue de Laurent, et il n'avait pas eu l'occasion de la lisser. L'ourlet avait monté jusqu'à révéler le haut de sa cuisse. Erasmus, surprenant le regard de Damen, se hâta d'empoigner le tissu pour se couvrir, tirant sur l'étoffe aussi fort que possible.

— Qu'est-il arrivé à ta jambe ? interrogea Damen.

Erasmus était devenu blanc comme un linge. Il ne voulait pas répondre, mais il s'y obligerait, car on lui avait posé une question directe.

— Qu'y a-t-il ? dit Damen.

Erasmus répondit d'une voix à peine audible, les doigts serrés sur l'ourlet de sa tunique.

— J'ai honte.

— Montre-moi, le pria Damen.

Erasmus desserra ses doigts tremblants, et souleva lentement le tissu. Damen vit ce qu'on lui avait fait. Ce qu'on lui avait infligé, trois fois.

— Est-ce l'œuvre du régent ? Parle sans crainte.

— Non. Le jour de notre arrivée, nous avons été soumis à une épreuve d'obéissance. Je… J'ai échoué.

— Et c'est ainsi qu'ils t'ont puni ?

— Non, cela constituait l'épreuve. J'avais reçu l'ordre de ne pas émettre un seul son.

Damen avait été témoin de l'arrogance des Vérétiens, de leur cruauté. Il avait enduré leurs insultes, la morsure du fouet et la violence de l'arène. Mais jusqu'à cet instant, il ignorait ce qu'était la vraie colère.

— Tu n'as pas échoué, le contredit Damen. Le simple fait que tu aies essayé fait foi de ton courage. Ce qu'on t'a demandé était impossible. Il n'y a aucune raison d'avoir honte.

On ne pouvait en dire autant de ceux qui l'avaient torturé. La honte et la disgrâce les souillaient tous jusqu'au dernier, et Damen les forcerait à répondre de leurs actes.

Damen demanda :

— Raconte-moi tout ce qui s'est passé depuis ton départ d'Akielos.

Erasmus s'exprima franchement. L'histoire était dérangeante. Les esclaves avaient été transportés dans des cages, sous le pont du vaisseau. Les geôliers comme les marins ne s'étaient pas gênés pour profiter d'eux. L'une des femmes, s'inquiétant de ne pas avoir accès aux méthodes habituelles pour éviter de tomber enceinte, s'en était confiée aux gardes vérétiens, ignorant qu'ils considéraient les naissances illégitimes comme la pire des ignominies. La perspective de livrer au régent une esclave portant le bâtard d'un marin suscita la panique parmi les gardes. Le médecin du bateau lui avait fait avaler une concoction provoquant des suées et des nausées. Craignant que cela ne suffise pas, ils lui avaient martelé le ventre à coups de pierres. Tout ceci s'était produit avant qu'ils atteignent le port.

À Vère, le problème était la négligence. Le régent n'avait invité aucun des esclaves dans son lit. Il était la plupart du temps absent, occupé aux affaires de l'État et servi par des mignons de son choix. Les esclaves étaient abandonnés à leurs geôliers, et aux caprices des courtisans oisifs. Damen comprit à demi-mot qu'ils étaient traités comme des animaux, dont on exploitait l'obéissance pour amuser la galerie. Les « épreuves » imaginées par cette cour sophistiquée, et auxquelles les esclaves se pliaient tant bien que mal, relevaient pour certaines du sadisme pur et simple. Comme celle qu'avait subie Erasmus. Damen eut la nausée.

— Tu dois désirer ta liberté plus ardemment encore que moi, dit Damen.

Il avait honte de lui-même face au courage de l'esclave.

— Ma liberté ? s'écria Erasmus d'un ton qui, pour la première fois, exprimait la peur. Pourquoi la désirerais-je ? Je ne peux pas… Je suis fait pour avoir un maître.

— Tu es fait pour de meilleurs maîtres que ceux-ci. Tu mérites quelqu'un qui apprécierait ta valeur.

Erasmus rougit et ne dit rien.

— Je te promets, dit Damen, que je vais trouver un moyen de t'aider.

— Si seulement..., commença Erasmus.

— Si seulement ?

— Si seulement je pouvais te croire, déclara Erasmus. Tu parles comme un maître. Mais tu es un esclave, comme moi.

Avant que Damen ait pu réagir, un bruit retentit dans les allées. Comme il l'avait fait auparavant, Erasmus se prosterna, s'attendant à voir arriver d'autres courtisans.

Des voix s'élevèrent dans l'allée :

— Où est l'esclave du régent ?

— Là-bas.

Puis, dans le tournant :

— Ah, te voilà.

Et enfin :

— Mais regardez qui d'autre on a laissé sortir !

Ce n'était pas un courtisan. Ce n'était pas le frêle, le malveillant, le délicat Nicaise. C'était un homme aux traits grossiers et au nez cassé. Govart.

Il s'adressait à Damen, qui l'avait vu pour la dernière fois dans l'arène, alors qu'ils tentaient désespérément de s'agripper et de se maîtriser mutuellement.

Govart se saisit négligemment du collier d'or d'Erasmus et le souleva ainsi, comme un maître cruel ramasserait son chien par la peau du cou. Erasmus, qui était un garçon et non un chien, suffoqua lorsque le collier cisailla la peau tendre de sa gorge, juste sous son menton, au-dessus de sa pomme d'Adam.

— Silence !

Govart, irrité par sa quinte de toux, frappa Erasmus en plein visage.

Damen perçut la tension de ses chaînes, qui l'empêchaient d'aller plus loin, et leur cliquetis métallique, avant même de prendre conscience que c'était lui qui les mettait à l'épreuve.

— Laisse-le, cracha Damen.

— C'est ça que tu veux ?

Govart ponctua ses paroles en lâchant et rattrapant frénétiquement Erasmus par son collier. L'esclave, qui avait compris

« silence », avait les larmes aux yeux suite à sa suffocation, mais n'émettait plus un bruit.

—Non, ça ne me dit rien. On m'a dit de le ramener. Personne ne m'a interdit de m'amuser un peu.

Damen rétorqua :

—Si tu veux ta revanche, tu n'as qu'un pas à faire.

Il serait plus que ravi de frapper Govart.

—Je préférerais me taper ton petit copain, dit Govart. À ce qu'il me semble, c'est à mon tour, maintenant.

En parlant, Govart souleva la tunique de l'esclave, révélant ses courbes. Erasmus ne se débattit pas lorsque Govart lui écarta les chevilles à coups de pied et lui leva les bras. Il se laissa malmener, puis conserva la position, penchée et inconfortable, qui lui était imposée.

Damen, en voyant que Govart s'apprêtait à baiser Erasmus sur-le-champ, devant lui, fut saisi de la même impression surréaliste que face à Ancel. Tout ceci était impossible ; cette cour ne pouvait être assez dépravée pour qu'un mercenaire viole un esclave royal à quelques pas de l'assemblée des courtisans. Il n'y avait personne à portée de voix, à l'exception du garde, indifférent. Erasmus, rouge d'humiliation, avait délibérément détourné son visage de Damen.

—À ce qu'il me semble…

Govart répéta cette tournure.

—… Ton maître nous a baisés tous les deux. C'est lui qui devrait prendre, normalement. Mais dans le noir, un blond en vaut bien un autre. C'est même mieux comme ça, déclara Govart. Tu fourres cette salope frigide, il te gèle la queue. Mais celui-là, il aime ça.

Il fit quelque chose avec sa main, sous les plis de la tunique. Erasmus émit un son. Damen se débattit brutalement, et cette fois, l'antique tonnelle métallique protesta bruyamment, indiquant qu'elle s'apprêtait à céder.

Entendant ce vacarme, le garde quitta enfin son poste.

—Il y a un problème ?

—Il n'est pas content que je baise son petit copain esclave, répondit Govart.

Erasmus, mortifié, se décomposait en silence.

— Va le baiser ailleurs, dans ce cas, dit le garde.

Govart sourit. Puis il frappa violemment Erasmus, en bas du dos.

— Très bien.

Poussant Erasmus devant lui, il disparut dans les allées, et Damen ne put rien faire pour l'arrêter.

La nuit laissa place à l'aube. Le jardin se vida. Damen fut déposé dans sa chambre, propre, soigné, enchaîné et impuissant.

La prédiction de Laurent, concernant les garde – et les serviteurs, ainsi que tous les membres de sa suite – se révéla douloureusement exacte. L'entourage de Laurent répondit à sa collaboration avec le régent par la colère et l'inimitié. Les liens fragiles que Damen était parvenu à nouer s'étaient brisés.

Le moment n'aurait pu être plus mal choisi. Il avait fallu que ce changement survienne à cet instant précis, alors que ces relations auraient pu lui valoir quelques nouvelles, ou lui permettre d'améliorer un tant soit peu la situation des esclaves akieloniens.

Il ne se souciait pas de sa propre liberté, ne ressentant que la tension constante qu'exerçaient sur lui l'inquiétude et le devoir. S'échapper seul aurait été un acte égoïste, une trahison. Il ne pouvait partir, pas si cela l'obligeait à abandonner les autres à leur sort. Cependant, il n'avait pas le pouvoir de soulager leur malheur.

Erasmus avait raison. Ses promesses n'avaient aucune valeur.

Hors de sa chambre, plusieurs événements importants eurent lieu. Tout d'abord, en accord avec l'édit du régent, la maison du prince souffrit plusieurs restrictions. Ses terres – et les revenus qui y étaient associés – ayant été confisquées à Laurent, celui-ci vit sa suite réduite et ses dépenses restreintes. Entre autres changements, la chambre de Damen fut déménagée depuis les appartements des mignons royaux jusqu'à l'aile du palais réservée à Laurent.

Il n'en tira aucun bénéfice. Sa nouvelle chambre était pourvue du même nombre de gardes, du même grabat, des mêmes draps de soie et des mêmes coussins, ainsi que du même anneau de fer au sol, quoique celui-ci semblât avoir été fraîchement installé. Ses fonds limités n'avaient pas convaincu Laurent d'économiser sur les entraves de son prisonnier akielonien. Malheureusement.

Des bribes de conversation surprises çà et là apprirent à Damen que la délégation de Patras était arrivée afin de négocier des accords commerciaux avec Vère. Patras possédait une frontière commune avec Akielos, et leurs deux cultures étaient assez similaires ; ce n'était pas un allié historique de Vère. Ces échanges inquiétaient Damen. La délégation était-elle venue simplement pour parler de commerce, ou s'agissait-il d'une évolution plus importante au sein du paysage politique ?

Il rencontra autant de succès en tentant d'identifier les desseins de la délégation patrasienne qu'en essayant d'aider les esclaves akieloniens, c'est-à-dire aucun.

Il devait bien pouvoir faire quelque chose !

Il ne pouvait rien faire.

Il ne supportait pas son impuissance. À aucun moment, depuis sa capture, il ne s'était considéré comme un véritable esclave. Il avait joué le jeu, rien de plus. Les punitions n'avaient été que des écueils de moindre importance, car sa situation était, dans son esprit, temporaire. Il avait cru que s'échapper faisait partie de son destin. Il le croyait encore.

Il voulait être libre. Rentrer chez lui. Retrouver la capitale, dressée sur ses piliers de marbre, et admirer les nuances vertes et bleues des montagnes et de l'océan. Il voulait faire face à Kastor, son frère, et lui demander, d'homme à homme, pourquoi il avait agi ainsi. Mais la vie en Akielos continuait sans Damianos. Ces esclaves, eux, ne pouvaient compter que sur lui.

Et que signifiait être un prince, s'il ne luttait pas pour protéger les plus faibles que lui ?

Le soleil, en descendant dans le ciel, illumina la pièce à travers les fenêtres grillagées.

Lorsque Radel entra, Damen le supplia de lui obtenir une audience avec le prince.

Radel prit un plaisir manifeste à refuser. Le prince, affirma-t-il, n'avait aucune envie de s'occuper d'un esclave akielonien qui l'avait trahi. Des affaires plus importantes l'appelaient. Ce soir-là, un banquet était organisé en l'honneur de l'ambassadeur patrasien. Dix-huit plats seraient servis, et les favoris les plus talentueux danseraient, participeraient à des jeux, et se donneraient en spectacle. Connaissant la culture patrasienne, Damen imaginait sans mal la réaction de la délégation aux divertissements exotiques de la cour vérétienne, mais il garda le silence tandis que Radel décrivait le faste de la table, et chaque plat en détail, ainsi que les vins : vin de mûrier, vin aux fruits, sinopel… Damen n'était pas digne d'une telle fête. Il n'était même pas digne de manger les reliefs du festin. Radel, lorsqu'il jugea s'être suffisamment appesanti sur le sujet, s'en alla.

Damen attendit. Il savait que Radel était tenu de transmettre sa requête à Laurent.

Damen ne se faisait aucune illusion quant à sa propre importance au sein de la maison du prince. Cependant, le rôle qu'il avait joué malgré lui dans la lutte de pouvoir qui opposait Laurent à son oncle signifiait que sa demande ne serait pas mise de côté. Probablement pas, en tout cas. Il s'installa confortablement, sachant que le prince le ferait attendre. Sans doute pas plus d'un jour ou deux, pensait-il.

Telles étaient ses pensées. Aussi, à la nuit tombée, il se coucha.

Il se réveilla dans une mer de coussins écrasés et de soie froissée, et découvrit le regard bleu et froid de Laurent, posé sur lui.

Les torches avaient été allumées, et les serviteurs se retiraient déjà. Damen bougea ; la soie, tiédie par son corps, s'étala en flaque sur les coussins lorsqu'il s'assit. Laurent n'y prêta aucune attention. Damen se souvint que ce n'était pas la première fois que Laurent l'arrachait au sommeil.

La nuit était plus près de l'aube que du crépuscule. Laurent était paré de ses vêtements de cour. Il avait probablement attendu que le dix-huitième plat soit desservi, et que les diverses festivités soient terminées, pour lui rendre visite. Sobre, cette fois.

Damen avait cru devoir endurer une attente interminable. La chaîne serpenta lentement entre les coussins, suivant ses mouvements. Il pensa à ce qu'il devait faire, et pourquoi.

Avec une lenteur délibérée, il s'agenouilla, inclina la tête, et riva son regard au sol. Pendant un moment, le silence fut si complet qu'il entendit les torches crépiter dans l'air.

— C'est nouveau, commenta Laurent.

— Je voudrais vous demander quelque chose, dit Damen.

— Me demander quelque chose, répéta Laurent en articulant soigneusement.

Il savait que ce ne serait pas facile. Même avec quelqu'un d'autre, plutôt que ce prince froid et désagréable, cela n'aurait pas été facile.

— Vous obtiendrez quelque chose en retour, dit Damen.

Il serra les dents lorsque Laurent se mit à marcher autour de lui, comme s'il désirait simplement l'observer sous tous les angles. Laurent enjamba d'un geste maniéré la chaîne qui gisait à terre, terminant son petit tour.

— Es-tu idiot au point d'essayer de marchander avec moi ? Que penses-tu donc avoir à m'offrir ?

— Mon obéissance, répondit Damen.

Il sentit que Laurent assimilait cette idée. Son intérêt était discret, mais indéniable. Damen tenta de ne pas penser trop longtemps à ce qu'il proposait, à ce que cette promesse signifiait pour lui. Il affronterait cette épreuve le moment venu.

— Vous voulez que je me soumette. Je le ferai. Vous voulez que je montre, en public, à quel point je mérite les châtiments que votre oncle refuse de vous laisser m'infliger ? Quel que soit le numéro que vous voudrez me faire jouer, je m'y plierai. Je me sacrifierai. En échange d'une seule chose.

— Laisse-moi deviner. Tu veux que je te retire tes chaînes. Ou que je réduise ton escorte. Ou que je t'installe dans une chambre dont les portes et les fenêtres ne sont pas barrées. Inutile de perdre ton temps.

Damen ravala sa colère. Le plus important était de se faire comprendre.

—Je ne pense pas que les esclaves qu'a reçus votre oncle soient bien traités. Aidez-les, et votre part du marché sera remplie.

—Les esclaves ? dit Laurent, après un bref silence.

Puis il reprit, d'une voix traînante où pointait de nouveau le mépris :

—T'attends-tu à ce que je croie que tu t'intéresses à leur bien-être ? Comment seraient-ils donc traités, en Akielos ? C'est ta société barbare qui les a réduits en esclavage, pas la mienne. Je n'aurais pas cru possible de dresser des hommes jusqu'à les priver de leur volonté, mais vous y êtes parvenus. Félicitations. Ta prétendue compassion me laisse froid.

Damen rétorqua :

—L'un des geôliers s'est servi d'un tisonnier brûlant pour découvrir si l'esclave obéirait à l'ordre de ne pas faire un bruit alors qu'il l'utilisait. J'ignore si ces pratiques sont chose courante ici, mais les hommes dignes de ce nom ne torturent pas les esclaves en Akielos. Les esclaves sont formés à obéir aux ordres, mais leur soumission a un prix : ils renoncent à leur libre arbitre, à la condition d'être traités avec tous les égards. Maltraiter quelqu'un qui ne peut se défendre… n'est-ce pas monstrueux ?

» S'il vous plaît. Ils ne sont pas comme moi. Ce ne sont pas des soldats. Ils n'ont tué personne. Ils sont innocents. Ils vous serviront de leur plein gré. Et moi aussi, si vous intervenez en leur faveur.

Il y eut un long silence. L'expression de Laurent demeurait inchangée.

Enfin, le prince dit :

—Tu surestimes mon influence auprès de mon oncle.

Damen voulut parler, mais Laurent l'interrompit.

—Non. Je…

Les sourcils dorés de Laurent s'étaient légèrement rapprochés, comme s'il se trouvait face à un paradoxe incompréhensible.

—Tu serais vraiment prêt à sacrifier ton orgueil, au profit d'une poignée d'esclaves ?

Près de l'arène, il avait revêtu la même expression. Il regardait Damen comme s'il cherchait la solution d'un problème particulièrement incongru.

— Pourquoi ?

Damen ne put empêcher sa colère et sa frustration d'exploser.

— Parce que je suis coincé ici, dans cette cage, et que je n'ai aucun autre moyen de les aider !

Il entendit la rage vibrer dans sa voix, et tenta de se maîtriser, sans grand succès. Sa respiration était saccadée.

Laurent le dévisageait. Le froncement de ses sourcils dorés s'accentua.

Au bout d'un moment, il adressa un geste au garde à la porte, et Radel fut convoqué. Il accourut peu de temps après.

Sans détacher son regard de Damen, Laurent interrogea :

— Quelqu'un est-il entré dans cette chambre ?

— Personne d'autre que vos serviteurs, Votre Altesse. Comme vous l'avez ordonné.

— Quels serviteurs ?

Radel récita une liste de noms. Laurent reprit :

— Je voudrais m'entretenir avec les gardes qui surveillaient l'esclave dans les jardins.

— Je me charge personnellement de vous les amener, promit Radel avant de sortir.

— Vous pensez que c'est une ruse, comprit Damen.

Il lut dans le regard inquisiteur de Laurent qu'il avait raison. Un rire amer franchit ses lèvres, malgré lui.

— Quelque chose t'amuse ? dit Laurent.

— Qu'aurais-je à gagner en… (Damen s'interrompit.) J'ignore comment vous convaincre. Vous ne faites jamais rien sans une dizaine d'arrière-pensées. Vous mentez même à votre oncle. Nous sommes au pays de la perfidie et du mensonge.

— Tandis qu'en Akielos, le pays parfait, la fourberie n'existe pas ? L'héritier meurt le même soir que le roi, simplement parce que la chance sourit à Kastor ? susurra Laurent. Tu devrais embrasser le sol, lorsque tu me demandes une faveur.

Il n'était pas surprenant que Laurent mentionne Kastor. Ils avaient beaucoup en commun. Damen se rappela, à contrecœur, ce qu'il faisait là.

—Je vous prie de m'excuser. Je n'aurais pas dû dire cela, lâcha-t-il entre ses dents serrées.

Laurent l'avertit :

—Si tout ceci n'est qu'un stratagème… Si je découvre que tu as conspiré avec des émissaires de mon oncle…

—Ce n'est pas le cas, assura Damen.

Le garde mit un peu plus de temps à se réveiller que Radel – Damen soupçonnait ce dernier de ne pas dormir du tout – mais ils ne se firent pas trop attendre. L'homme était en livrée et semblait assez alerte, plutôt que, comme on aurait pu s'y attendre, ensommeillé et drapé dans sa couverture.

—Je veux savoir qui a parlé avec l'esclave, la nuit où tu l'as surveillé dans les jardins, dit Laurent. Je suis au courant pour Nicaise et Vannes.

—C'est tout, répondit le garde. Il n'y a eu personne d'autre.

Mais il ajouta, nouant les entrailles de Damen :

—Non, attendez…

—Ah ?

—Après votre départ, déclara le garde, il a reçu la visite de Govart.

Laurent se retourna vers Damen, ses yeux bleus luisant d'un éclat glacial.

—Non ! dit Damen, sachant que Laurent était désormais persuadé qu'il s'agissait d'une ruse de son oncle. Ce n'est pas ce que vous croyez.

Mais il était trop tard.

—Faites-le taire, ordonna Laurent. Essayez de ne pas laisser de marques, cette fois. Il m'a déjà causé assez de problèmes.

Chapitre 7

Ne voyant pas la moindre raison de se laisser faire, Damen se leva.

L'effet produit sur le garde fut intéressant : il s'arrêta net et tourna vers Laurent un regard interrogateur. Radel se trouvait aussi dans la pièce, et deux hommes gardaient la porte.

Laurent plissa les yeux face à ce problème, mais n'offrit pas de solution.

Damen suggéra :

—Vous pourriez appeler des renforts.

Derrière lui, les coussins et les draps de soie gisaient en désordre sur le sol, de même que la chaîne attachée à son bracelet, qui ne gênait son mouvement en aucune manière.

—Tu as vraiment décidé de jouer avec le feu, ce soir, fit remarquer Laurent.

—Ah bon ? Je croyais que j'en appelais à vos bons sentiments. Infligez-moi la punition que vous souhaitez, planté au bout de cette chaîne, comme un lâche. Govart et vous, vous faites la paire.

Ce n'est pas Laurent, mais le garde qui réagit, dans un éclat d'acier tiré de son fourreau.

—Attention à ce que tu dis.

Il était en livrée, pas en armure. Ses menaces étaient risibles. Damen regarda son épée dégainée d'un air moqueur.

— Vous n'êtes pas mieux. Vous avez vu ce que faisait Govart. Vous n'avez rien fait pour l'en empêcher.

Laurent leva la main, arrêtant le garde qui s'avançait, furieux.

— Que faisait-il ? voulut savoir Laurent.

Le garde recula et haussa les épaules.

— Il violait un des esclaves.

Il y eut un silence, mais si ces mots avaient affecté Laurent, il n'en donna aucun signe. Le prince se retourna vers Damen et demanda d'un ton aimable :

— Et cela te dérange ? Si je me souviens bien, tu t'es permis quelques libertés avec tes mains, il n'y a pas si longtemps…

— C'était…

Damen rougit. Il voulait nier, mais il se rappela, sans le moindre doute possible, que c'était vrai.

— Je vous promets que Govart a fait bien pire que de profiter de la vue.

— Mais c'était un esclave, contra Laurent. La garde princière n'intervient pas dans les affaires de la régence. Govart peut fourrer tout ce qu'il veut, tant que cela appartient à mon oncle.

Damen émit un grognement dégoûté.

— Avec votre bénédiction ?

— Pourquoi pas ? répliqua Laurent d'une voix mielleuse. Après tout, il avait ma bénédiction quand il s'agissait de te sauter, mais il s'est avéré qu'il préférait se laisser assommer. Décevant, mais je ne peux pas lui en vouloir. Néanmoins, peut-être que si tu avais écarté les cuisses dans l'arène, Govart n'aurait pas été si empressé de s'en prendre à ton ami.

Damen insista :

— Ce n'est pas une ruse de votre oncle. Je ne reçois pas d'ordres des hommes comme Govart. Vous vous trompez.

— Je me trompe, dit Laurent. Quelle chance j'ai d'avoir des serviteurs pour me signaler mes erreurs ! Qu'est-ce qui te fait croire que je vais tolérer tout ceci, même si j'adhérais à la vérité de tes dires ?

— Le fait que vous pourriez mettre fin à cette conversation à n'importe quel moment.

Au vu des enjeux considérables de leur échange, Damen ne supportait plus ce mode de dialogue ; celui que Laurent préférait, et appréciait, et pour lequel il était doué. Jouer sur les mots, pour le plaisir ; ces mots qui cachaient des pièges. Cela ne menait à rien.

— Tu as raison. Je le peux. Dehors, dit Laurent.

Il regardait Damen en prononçant ces mots, mais ce fut Radel et les gardes qui s'inclinèrent et sortirent.

— Très bien. Étudions la situation. Tu t'inquiètes pour le bien-être des autres esclaves ? Pourquoi m'offrir un tel avantage ?

— Un avantage ? répéta Damen.

— Lorsque quelqu'un ne t'apprécie pas beaucoup, ce n'est pas une bonne idée de lui apprendre que quelque chose te tient à cœur.

Damen se sentit blêmir, tandis qu'il digérait la menace.

— Souffrirais-tu davantage que sous les coups de fouet, si je faisais exécuter quelqu'un que tu aimes ?

Damen garda le silence. « Pourquoi nous détestez-vous autant ? » faillit-il demander. Mais il connaissait déjà la réponse à cette question.

— Je ne pense pas avoir besoin d'appeler des renforts, déclara Laurent. Je pense qu'il me suffit de t'ordonner de te soumettre, et tu le feras. Sans que j'aie besoin de lever le petit doigt pour aider qui que ce soit.

— En effet, dit Damen.

— Tu dis que je peux mettre fin à tout cela à tout moment ? reprit Laurent. Mais je n'ai pas encore commencé.

— Ordres du prince, déclara-t-on à Damen le lendemain.

Il fut déshabillé et rhabillé, et lorsqu'il demanda la cause de ces préparatifs, on lui répondit que ce soir-là, il servirait le prince à la table d'honneur.

Radel, manifestement irrité de voir Damen invité en haut lieu, lui prodigua un sermon ambulant, parcourant en long et en large ses appartements. Peu de mignons étaient invités à servir leurs maîtres à la table d'honneur. Pour lui témoigner une telle faveur, le prince devait voir quelque chose chez Damen qui dépassait l'entendement de Radel. Il aurait été vain d'essayer d'enseigner à quelqu'un comme Damen les rudiments de l'étiquette, mais il devrait faire de son mieux pour garder le silence, obéir au prince, et se retenir de frapper ou d'attenter à la pudeur de qui que ce soit.

D'après l'expérience de Damen, lorsque Laurent l'envoyait chercher dans sa chambre, les choses ne tournaient jamais bien. Ses trois excursions avaient été l'arène, les jardins et les bains, avec un détour par le poteau de flagellation.

Son dos était presque entièrement guéri, mais cela n'avait aucune importance ; la prochaine fois que Laurent frapperait, Damen ne serait pas directement visé.

Damen n'avait presque aucun pouvoir, mais il existait une faille, au beau milieu de cette cour. Si Laurent refusait de se laisser émouvoir, Damen devrait se tourner vers la faction du régent.

Par habitude, il évalua le dispositif de sécurité aux alentours de sa chambre. Ils se trouvaient au deuxième étage du palais, et le passage qu'ils traversaient comptait de nombreuses fenêtres grillagées, donnant sur un à-pic peu engageant. Ils croisèrent également un grand nombre d'hommes armés, portant la livrée de la garde princière. C'était là que se trouvaient les gardes absents des résidences des mignons. Leur nombre était surprenant : il était impossible qu'ils lui soient tous destinés. Laurent s'entourait-il en permanence d'un tel arsenal ?

Ils franchirent des portes de bronze ouvragé, et Damen s'aperçut qu'il avait été conduit jusque dans les appartements de Laurent lui-même.

Il parcourut d'un œil moqueur l'intérieur des pièces. Elles correspondaient exactement à l'idée qu'il se faisait du logis d'un petit prince gâté, couvert de richesses extravagantes, impensables, grotesques. Les décorations saturaient le regard. Les dalles étaient ornées de motifs, les murs délicatement ciselés. La vue était exquise ; ces appartements, situés au deuxième étage, étaient pourvus d'une loggia percée d'arcades, surplombant les jardins. Derrière une voûte, Damen aperçut la chambre à coucher. Le lit était encadré de somptueuses tentures, d'ornements sophistiqués et de bois sculpté.

Il ne manquait qu'une série de vêtements froissés, gisant en une traînée parfumée sur le sol, et un mignon alangui sur l'une des soieries qui tapissaient la moindre surface.

Mais il n'y avait aucun indice de ce genre. En réalité, au sein de toute cette opulence, les effets personnels étaient extrêmement rares. Près de Damen, un livre ouvert était posé sur une méridienne. Ses pages étaient couvertes d'enluminures et de mots calligraphiés, étincelants d'or. La laisse que Damen avait portée dans le jardin gisait également sur la méridienne, comme jetée là par hasard.

Laurent émergea de la chambre. Il n'avait pas encore fermé le col de sa chemise, et les lacets blancs pendaient, révélant le creux en bas de sa gorge. Voyant que Damen était arrivé, il s'arrêta sous la voûte.

— Laissez-nous, dit-il aux gardes qui lui avaient amené Damen.

Ils délivrèrent ce dernier de ses entraves et disparurent.

— Debout, ordonna Laurent.

Damen se leva. Il était plus grand que Laurent, et plus fort, et il n'était pas attaché. Ils étaient seuls, comme ils l'avaient été la veille au soir, et dans les bains. Mais quelque chose avait changé. Damen prit conscience qu'il percevait désormais le fait de se trouver seul avec le prince comme un danger.

Laurent s'éloigna de la voûte. Alors qu'il s'approchait de Damen, son visage se rembrunit et son regard se durcit.

Il déclara :

— Il n'y a pas d'accord entre nous. Un prince ne marchande pas avec les esclaves et les insectes. Tes promesses n'ont pas plus de valeur pour moi qu'une poignée de terre. Me suis-je bien fait comprendre ?

— Absolument, répondit Damen.

Laurent le dévisagea froidement.

— Torveld de Patras pourrait demander à ce que les esclaves partent avec lui à Bazal, au nom de l'accord de commerce qu'il négocie avec mon oncle.

Damen fronça les sourcils. Il ne pouvait croire à ce qu'il entendait.

— Si Torveld se montre assez insistant, je pense que mon oncle accepterait de conclure un… prêt, ou plutôt une cession permanente déguisée en prêt, afin de ne pas offenser nos alliés akieloniens. J'ai cru comprendre que les traditions patrasiennes, en ce qui concerne le traitement des esclaves, étaient similaires aux vôtres.

— En effet.

— J'ai passé l'après-midi à cultiver cette idée dans l'esprit de Torveld. L'accord sera conclu ce soir. Tu vas m'accompagner au banquet. Mon oncle a pour habitude de négocier dans un environnement décontracté, révéla Laurent.

— Mais…

— Mais ? dit Laurent, glacial.

Damen abandonna cette approche.

Il examina l'information qu'il venait de recevoir. Et il recommença. Il l'étudia sous tous les angles.

— Pourquoi avez-vous changé d'avis ? demanda-t-il prudemment.

Laurent ne répondit pas. Il se contenta de le dévisager, le regard hostile.

— Ne parle pas, à moins qu'on te pose une question. Ne t'avise surtout pas de me contredire. Voilà les règles. Si tu les enfreins, je serai ravi d'abandonner tes compatriotes à leur sort.

Puis :

— Apporte-moi la laisse.

Le manche auquel était fixée la laisse avait le poids de l'or massif. La fine chaîne était intacte : elle avait été réparée, ou changée. Damen la ramassa, sans se presser.

— Je ne suis pas sûr de croire à ce que vous venez de me dire, dit Damen.

— As-tu le choix ?

— Non.

Laurent avait noué les lacets de sa chemise, et son apparence était désormais impeccable.

— Eh bien ? Mets-la, s'impatienta-t-il.

Il parlait de la laisse.

Torveld de Patras était venu au palais pour négocier un accord commercial. Cela, au moins, était vrai. Damen en avait reçu la confirmation de plusieurs sources différentes. Il se souvint que Vannes avait parlé de la délégation patrasienne, plusieurs jours auparavant, dans le jardin. La culture patrasienne était similaire à celle d'Akielos ; c'était également vrai. Peut-être le reste l'était-il aussi. Si un groupe d'esclaves lui était proposé, Torveld serait sans doute prêt à offrir quelque chose en échange, connaissant leur valeur. C'était une possibilité.

Peut-être. Sans doute. C'était possible.

Laurent ne prétendait pas avoir changé du tout au tout, pas plus qu'il ne feignait l'amitié. Le mur de mépris qu'il avait dressé entre eux tenait bon ; il semblait même plus haut encore qu'auparavant, comme si cet acte bienveillant avait fait remonter toute son antipathie à la surface. La nécessité de gagner Laurent à sa cause avait laissé place à un sentiment préoccupant. Celui d'avoir remis le destin des esclaves entre les mains d'un individu cruel et inconstant, à qui il ne faisait pas confiance et dont il ne pouvait ni prédire ni comprendre les actes.

Il n'éprouvait pas pour Laurent une affection nouvelle. Il ne croyait pas que les coups de poignard donnés d'une main pouvaient être absous par les caresses de l'autre… s'il s'agissait même d'une caresse. Il n'était pas non plus assez naïf pour penser que Laurent était mû par une pulsion altruiste. Laurent avait certainement ses propres raisons tordues d'agir ainsi.

Si c'était vrai.

Lorsque la laisse fut fixée, le prince s'empara du manche et annonça :

— En tant que mon mignon, tu es d'un rang supérieur aux autres. Tu ne réponds aux ordres de personne, hormis les miens et ceux de mon oncle. Si tu cours lui répéter ce dont nous venons de discuter, il sera très, très mécontent après moi, ce qui te plaira sans doute, mais tu n'aimeras pas les représailles que j'exercerai sur toi. Le choix t'appartient, bien entendu.

Bien entendu.

Laurent s'arrêta sur le seuil.

— Dernière chose, dit-il.

Ils se tenaient sous une grande arche, dont l'ombre projetée sur le visage de Laurent masquait son expression. Il mit un moment à reprendre la parole.

— Fais attention à Nicaise, le mignon que tu as vu avec le conseiller Audin. Tu l'as dédaigné dans l'arène, et il n'oubliera pas de sitôt cet affront.

— Le mignon du conseiller Audin ? L'enfant ? questionna Damen, incrédule.

— Ne le sous-estime pas à cause de son âge. Il a vécu des choses que bien des adultes ne connaîtront jamais, et son esprit n'est plus celui d'un enfant. De plus, même un enfant peut apprendre à manipuler les adultes. Et tu te trompes : le conseiller Audin n'est pas son maître. Nicaise est dangereux.

— Il a treize ans, dit Damen.

Laurent le dévisagea sous ses paupières mi-closes.

— Y a-t-il quelqu'un dans cette cour qui ne soit pas mon ennemi ? ajouta Damen.

— Pas si j'ai mon mot à dire là-dessus, répondit Laurent.

— Il est apprivoisé, s'émerveilla Estienne.

Il tendit une main hésitante, comme pour caresser un animal sauvage.

L'animal n'était pas près de se laisser caresser n'importe où, cependant. Damen lui tapa sur les doigts. Estienne glapit et retira vivement sa main, qu'il plaqua contre sa poitrine.

— Pas à ce point, commenta Laurent.

Il ne réprimanda pas Damen. Il ne semblait pas se formaliser de son comportement de barbare, tant qu'il n'était pas dirigé contre lui. Comme d'aucuns se délectent de posséder un animal qui griffe cruellement les étrangers, mais leur mange sagement dans la main, Laurent faisait preuve d'une grande tolérance envers son mignon.

En conséquence, les courtisans se méfiaient de Damen, et évitaient de s'approcher de lui. Laurent tira avantage de cette situation, exploitant la propension des courtisans à s'éloigner de Damen pour mettre fin aux conversations sans paraître impoli.

Lorsque ce phénomène se produisit pour la troisième fois, Damen demanda :

— Voulez-vous que je prenne un air méchant devant ceux que vous n'aimez pas, ou mon apparence barbare suffit-elle ?

— Tais-toi, répondit calmement Laurent.

On disait que l'impératrice de Vask avait deux léopards attachés près de son trône. Damen tenta de ne pas se comparer à l'un d'eux.

Avant les négociations, il y aurait des spectacles ; avant les spectacles, un banquet ; et avant le banquet, cette réception. Les favoris n'étaient pas aussi nombreux qu'autour de l'arène, mais Damen reconnut un ou deux visages. De l'autre côté de la pièce, il vit flamboyer des cheveux roux et rencontra une paire d'yeux émeraude : Ancel s'extirpa des bras de son maître, pressa ses doigts contre sa bouche, et envoya un baiser à Damen.

La délégation patrasienne, lorsqu'elle fit son entrée, fut aisément reconnaissable de par ses vêtements. Laurent salua Torveld comme son égal, ce qu'il était… ou presque.

Lorsque les négociations étaient importantes, il était courant d'envoyer un homme de haute naissance faire office d'ambassadeur. Torveld était le prince Torveld, frère cadet du roi Torgeir de Patras, quoique dans son cas, « cadet » ne signifie pas « jeune ». Torveld était un bel homme d'une quarantaine d'années, presque deux fois plus vieux que Damen. Sa barbe brune était soigneusement taillée, dans le style patrasien, et ses mèches brunes presque entièrement dépourvues de cheveux blancs.

Les échanges entre Akielos et Patras étaient fréquents et cordiaux, mais le prince Torveld n'avait jamais rencontré le prince Damianos. Torveld avait passé le plus gros des derniers dix-huit ans à la frontière nord de Patras, afin de traiter avec l'Empire vaskien. Damen le connaissait de réputation. Tout le monde avait entendu parler de lui. Il s'était distingué durant les campagnes septentrionales, lorsque Damen n'était encore qu'un nourrisson.

Il était cinquième dans l'ordre de succession, après les enfants du roi : trois fils et une fille.

Les yeux bruns de Torveld se firent sensiblement plus chaleureux et approbateurs lorsqu'ils se posèrent sur Laurent.

— Torveld, dit Laurent. J'ai peur que mon oncle ait été retardé. Tandis que nous l'attendons, pourquoi ne viendriez-vous pas prendre l'air sur le balcon avec mon mignon et moi ?

Damen songea que l'oncle de Laurent n'avait sans doute pas été retardé. Il se prépara à écouter Laurent proférer divers mensonges au cours de la soirée, sur tous les sujets.

— J'en serais ravi, s'exclama Torveld avec un plaisir non feint.

D'un signe, il invita l'un de ses serviteurs à les accompagner. Ainsi assemblés, ils se mirent en chemin, Laurent et Torveld ouvrant la marche, Damen et le serviteur quelques pas derrière eux.

Le balcon était pourvu d'un banc permettant aux courtisans de se reposer, et d'une alcôve plongée dans la pénombre, où leurs serviteurs pouvaient se retirer par discrétion. Damen, dont le corps était bâti pour le combat, n'était pas doué pour se faire oublier. Mais si Laurent tenait à le traîner partout où il allait, il supporterait sa présence ou trouverait un balcon avec une plus grande alcôve. La nuit était chaude, et l'air embaumé du parfum des jardins. Les deux hommes engagèrent aisément la conversation, bien qu'ils n'aient sans doute rien en commun. Bien sûr, parler était la spécialité de Laurent.

— Quelles sont les nouvelles d'Akielos ? demanda Laurent au bout d'un certain temps. Vous vous êtes rendu là-bas récemment.

Damen le regarda, stupéfait. Puisqu'il s'agissait de Laurent, le sujet n'arrivait pas par hasard. De la part d'un autre, il aurait pu croire à un acte de gentillesse. Il ne put empêcher son cœur de battre plus vite à la mention de son pays.

— Avez-vous déjà visité Ios, la capitale ? s'enquit Torveld.

Laurent secoua la tête.

— Elle est magnifique. Le palais est blanc, et dressé en haut des falaises afin d'offrir une vue imprenable sur l'océan. Par temps clair, on distingue Isthima, de l'autre côté de l'eau. Mais lorsque j'y suis allé, la cité était comme plongée dans l'obscurité. Toute la ville portait encore le deuil du vieux roi et de son fils. Quelle histoire terrible… Et des querelles avaient éclaté au sein des kyroi. Les prémices d'un conflit, d'une dissension.

— Théomède était parvenu à les fédérer, fit remarquer Laurent. Vous ne pensez pas que Kastor en soit capable ?

— Je l'ignore. Sa légitimité pose question. Du sang royal coule dans les veines de certains kyroi. Pas autant que dans celles de Kastor, mais le leur provient d'un lit conjugal. Cette situation attise le mécontentement.

— Quelle a été votre impression de Kastor ? interrogea Laurent.

— C'est un homme compliqué, dit Torveld. Né dans l'ombre d'un trône. Mais il est doté d'un certain nombre des qualités nécessaires à un roi. La force. Le discernement. L'ambition.

— Faut-il qu'un roi soit ambitieux ? demanda Laurent. Ou faut-il qu'il le soit pour devenir roi ?

Après un silence, Torveld répondit :

— J'ai entendu ces rumeurs, moi aussi. Celles qui affirment que la mort de Damianos n'avait rien d'un accident. Mais je n'y accorde pas crédit. J'ai vu Kastor pleurer ses morts. Il était sincère. Cela n'a pas dû être facile, pour lui. Souffrir une telle perte et un tel gain, en l'espace d'un instant.

— Tel est le sort de tous les princes destinés au trône, dit Laurent.

Torveld gratifia Laurent d'un de ces longs regards admiratifs dont la fréquence commençait à irriter Damen. Celui-ci se rembrunit. Laurent était un nid de scorpions dans le corps d'un jeune homme. Torveld, en le regardant, voyait un bouton d'or.

Apprendre qu'Akielos était affaibli fut aussi douloureux que Laurent l'espérait sans doute. Les querelles entre factions obsédaient Damen. Si des troubles éclataient, cela serait d'abord dans les provinces du Nord. Sicyon, peut-être. Et Delpha.

Torveld ouvrit la bouche, mais l'arrivée d'un serviteur, qui s'efforçait de ne pas montrer qu'il était essoufflé, mit fin à la conversation.

— Votre Altesse, veuillez excuser mon interruption. Le régent vous fait dire qu'il vous attend à l'intérieur.

— Je vous ai retenu trop longtemps, dit Laurent.

— Je regrette que nous ne puissions passer davantage de temps ensemble, répliqua Torveld.

Il ne semblait pas impatient de se lever.

Le visage du régent, lorsqu'il vit les deux princes pénétrer dans la pièce côte à côte, n'était que lignes dures et fermées. Il salua cependant Torveld avec chaleur, et égrena toutes les politesses d'usage. Le serviteur de Torveld s'inclina et prit congé. C'était le comportement que dictait l'étiquette, mais Damen n'aurait pu l'imiter sans arracher brutalement sa laisse des mains de Laurent.

Les formalités passées, le régent demanda :

— Puis-je vous abandonner un instant pour m'entretenir avec mon neveu ?

Son regard s'arrêta sur Laurent, pesant. Torveld se retira de bonne grâce. Damen supposa qu'il devrait faire de même, mais il sentit Laurent resserrer légèrement son emprise sur sa laisse.

— Neveu. Vous n'étiez pas invité à participer à ces discussions.

— Et cependant, je suis là. Agaçant, n'est-ce pas ? rétorqua Laurent.

— Il s'agit d'affaires sérieuses, entre hommes. Vos jeux puérils n'ont pas leur place ici.

— Il me semble me souvenir, cependant, que vous m'aviez conseillé d'endosser davantage de responsabilités, contra Laurent. Vous l'avez dit en public, avec beaucoup de cérémonie. Si vous l'avez oublié, consultez vos registres. Vous en êtes ressorti plus riche de deux domaines, et d'assez de revenus pour faire paver d'or toutes les routes de ce pays.

— Si je pensais que vous étiez venu pour honorer vos responsabilités, je vous accueillerais à bras ouverts. Les négociations commerciales ne vous intéressent pas. De toute votre vie, vous ne vous êtes jamais sérieusement appliqué à quoi que ce soit.

— Vraiment ? Dans ce cas, tout ceci n'a pas d'importance, mon oncle. Vous n'avez rien à craindre.

Damen vit s'étrécir les yeux du régent. Cette expression lui rappela Laurent. Mais le régent se contenta d'ordonner :

— Comportez-vous correctement.

Il leur tourna alors le dos pour se joindre aux festivités, faisant montre d'une patience que Laurent ne méritait pas le moins du monde. Laurent ne lui emboîta pas aussitôt le pas, mais ses yeux demeurèrent rivés sur son oncle.

— Votre vie serait bien plus facile si vous cessiez de le provoquer, dit Damen.

D'une voix froide et coupante, cette fois, Laurent rétorqua :

— Je t'ai dit de te taire.

Chapitre 8

Damen s'attendait, en tant qu'esclave, à être placé en retrait des autres. Il fut donc surpris de se retrouver aux côtés de Laurent. Cependant, huit bons pouces de distance glacée les séparaient ; il n'était pas quasiment vautré sur ses genoux, comme Ancel sur son maître, de l'autre côté de la table.

Laurent était assis très droit. Il était vêtu sévèrement, comme toujours, quoique avec un luxe seyant à son rang. Il ne portait pas de bijoux, à l'exception d'un fin cercle d'or sur son front, que cachaient presque entièrement ses cheveux dorés. Lorsqu'ils s'installèrent, il détacha la laisse de Damen et l'enroula autour du manche, qu'il lança à un serviteur. Celui-ci l'attrapa, maladroitement.

La table était longue. Torveld était assis de l'autre côté de Laurent, ce qui constituait une petite victoire pour le prince. De l'autre côté de Damen se trouvait Nicaise. Il n'était pas impossible qu'il s'agisse d'une deuxième victoire de Laurent. Nicaise était séparé du conseiller Audin, qui était assis plus loin, près du régent ; Nicaise ne semblait pas avoir de maître près de lui, ce soir-là.

La présence de Nicaise à la table d'honneur ressemblait à une violation de l'étiquette, surtout au vu des mentalités patrasiennes. Mais Nicaise était vêtu de façon respectable, et ne portait que très peu de fard. L'unique vestige de ses tenues criardes de mignon était une boucle à son oreille gauche ; deux longs saphirs y étaient suspendus, frôlant presque son épaule, trop lourds pour son visage d'enfant. Ce détail mis à part, il pouvait passer pour un membre de la noblesse. Aucun Patrasien n'imaginerait qu'un enfant giton était assis à table auprès de la famille royale ; Torveld ferait certainement la même erreur que Damen avant lui, supposant que Nicaise était le fils ou le neveu de quelqu'un. Malgré la boucle d'oreille.

Nicaise se tenait également bien droit sur son siège. Sa beauté, de près, était éblouissante. De même que sa jeunesse. Sa voix, lorsqu'il parlait, était d'une clarté parfaite. Ce son, pur et flûté, ressemblait à celui d'un verre de cristal que l'on frappe avec un couteau, sans la moindre fêlure.

— Je ne veux pas être assis à côté de toi, maugréa Nicaise. Va te faire foutre.

Instinctivement, Damen regarda autour de lui de peur qu'un membre de la délégation patrasienne l'ait entendu, mais ce n'était pas le cas. Le premier plat de viande venait d'arriver, et l'attention générale était focalisée sur la nourriture. Nicaise s'était saisi d'une fourchette dorée à trois dents, mais avait choisi de parler plutôt que de prendre une bouchée. La peur qu'il avait éprouvée à l'égard de Damen, dans l'arène, ne semblait pas avoir disparu. Ses doigts, serrés sur la fourchette, étaient blancs aux jointures.

— C'est bon, dit Damen aussi gentiment que possible. Je ne vais pas te faire de mal.

Nicaise lui rendit son regard. Ses immenses yeux bleus étaient frangés comme ceux d'une putain, ou d'une biche. Autour d'eux, la table formait comme un mur coloré de voix et de rires, les courtisans étant trop occupés à s'amuser pour leur prêter attention.

— Tant mieux, déclara Nicaise avant de donner à Damen un violent coup de fourchette dans la cuisse, sous la table.

Même à travers une couche de tissu, cela suffit à faire tressaillir Damen. Il empoigna par réflexe la fourchette, alors que trois gouttes de sang apparaissaient sur sa jambe.

— Excusez-moi un instant, dit Laurent d'un ton courtois.

Il se détourna de Torveld pour faire face à Nicaise.

— J'ai fait sursauter votre mignon, affirma l'enfant d'un ton hautain.

— En effet, constata Laurent sans une once de déplaisir.

— Quoi que vous prévoyiez, cela ne va pas marcher.

— Je pense que si, au contraire. Je vous parie votre boucle d'oreille là-dessus.

— Si je gagne, vous devrez la porter, contra Nicaise.

Laurent leva immédiatement son verre et l'inclina en direction de Nicaise pour sceller leur accord. Damen tenta d'écarter l'impression étrange qu'ils s'amusaient tous les deux.

Nicaise fit signe à l'un des serviteurs de s'approcher et demanda une nouvelle fourchette.

Sans maître à divertir, Nicaise était libre de titiller Damen. Il commença par une série d'insultes et d'hypothèses salaces concernant les pratiques sexuelles de Damen, d'une voix trop basse pour être entendu de quelqu'un d'autre. Lorsque au bout d'un moment, il vit que Damen ne mordait pas à l'hameçon, il dirigea ses commentaires vers le propriétaire de Damen.

— Tu crois que cela signifie quelque chose, qu'il t'ait fait asseoir près de lui à la table d'honneur ? Ce n'est pas le cas. Il ne te baisera pas. Il est frigide.

Damen fut presque soulagé qu'il aborde ce sujet. Tout grossier que puisse se montrer le garçon, il ne pourrait rien dire sur les habitudes de Laurent que Damen n'avait pas déjà entendu, longuement et en termes vulgaires, de la bouche des gardes qui s'ennuyaient en le surveillant.

— Je ne pense pas qu'il en soit capable. Je pense qu'il ne fonctionne pas, son engin. Lorsque j'étais petit, je croyais qu'il l'avait fait couper. Qu'en penses-tu ? L'as-tu déjà vu ?

Lorsqu'il était petit ?

— Il ne l'a pas fait couper, annonça Damen.

Nicaise plissa les yeux.

— Depuis combien de temps es-tu mignon à la cour ? interrogea Damen.

— Trois ans, dit Nicaise.

Le ton employé signifiait : « toi, tu ne dureras même pas trois minutes ».

Damen le dévisagea et regretta d'avoir posé la question. Qu'il possède ou non « l'esprit d'un enfant », physiquement, Nicaise n'était pas encore un adolescent. Il n'était pas pubère. De tous les autres mignons que Damen avait pu voir à la cour, aucun ne paraissait aussi jeune que Nicaise, et tous avaient dépassé la puberté. Trois ans...

La délégation patrasienne semblait toujours aussi insouciante qu'auparavant. Auprès de Torveld, Laurent se montrait plus charmant que jamais. Il avait, en apparence – et aussi incroyable que cela puisse paraître – abandonné toute malveillance, ainsi que le langage grossier qui lui était coutumier. Il conversait avec intelligence de politique, de commerce, et si parfois ses mots se faisaient un peu plus tranchants, cela sonnait toujours comme un simple trait d'esprit. Il ne cherchait pas à blesser, simplement à dire : « Voyez : je suis à la hauteur ».

Torveld paraissait de moins en moins désireux de se tourner vers un autre convive. Damen avait l'impression de regarder un homme sourire en se laissant emporter par l'océan.

Heureusement, le repas ne s'éternisa pas. Avec une retenue qui tenait du miracle, les Vérétiens s'en tinrent à neuf plats, ornés de rubans et disposés artistiquement sur des plateaux incrustés de pierres précieuses, servis par de beaux pages. Les mignons eux-mêmes ne « servirent » personne. Pelotonnés contre leurs maîtres, certains recevaient la becquée. D'autres se permettaient même de piocher eux-mêmes dans la nourriture, fauchant les meilleurs morceaux d'un air mutin, comme des petits chiens gâtés qui auraient compris que quoi qu'ils fassent, leurs propriétaires émerveillés les trouveraient charmants.

— Quel dommage que je n'aie pas pu m'arranger pour vous présenter les esclaves, dit Laurent tandis que les pages couvraient la table de friandises.

— C'est inutile. Nous avons vu des esclaves de cour en Akielos. Je ne crois pas avoir déjà admiré des esclaves de cette qualité, même à Bazal. Et je me fie à votre bon goût, bien sûr.

— J'en suis heureux, dit Laurent.

Damen savait que près de lui, Nicaise avait commencé à écouter attentivement la conversation.

— Je suis sûr que mon oncle acceptera l'échange, si vous insistez suffisamment, assura Laurent.

— Si c'est le cas, c'est à vous que je le devrai, affirma Torveld.

Nicaise quitta la table.

Damen franchit les huit pouces d'air gelé dès que l'occasion se présenta.

— Que faites-vous ? C'est vous qui m'avez averti du danger que représentait Nicaise, dit-il à voix basse.

Laurent se figea brusquement, puis se tourna délibérément et se pencha vers lui. Ses lèvres frôlaient presque l'oreille de Damen.

— Je crois que je suis hors de portée de fourchette ; ses bras sont plutôt courts. Ou peut-être tentera-t-il de me lancer une prune confite ? Il faudrait bien viser. Et si j'esquive, il risque de toucher Torveld.

Damen grinça des dents.

— Vous savez ce que je veux dire. Il vous a entendu. Il va agir. Ne pouvez-vous faire quelque chose pour l'en empêcher ?

— Je suis occupé.

— Dans ce cas, laissez-moi le faire.

— Tu vas lui saigner dessus ?

Damen ouvrit la bouche pour répondre, mais ses mots se bloquèrent dans sa gorge lorsque Laurent lui effleura les lèvres, un pouce caressant la ligne de sa mâchoire. C'était le genre de cajolerie distraite que n'importe quel maître, à table, aurait pu prodiguer à son mignon. Mais à en juger par le choc qui parcourut les nobles assis autour d'eux, ce geste était très rare de la part de Laurent. Pour ne pas dire inédit.

— Mon mignon se sentait abandonné, s'excusa Laurent auprès de Torveld.

— S'agit-il du prisonnier que Kastor vous a envoyé afin que vous le dressiez ? demanda Torveld d'un air curieux. N'est-il pas… dangereux ?

— Il paraît rétif, mais en réalité, il est extrêmement docile et affectueux, assura Laurent. Comme un petit chien.

— Un petit chien, répéta Torveld.

Afin de prouver ses dires, Laurent saisit une pâtisserie aux noix et au miel, et la tendit à Damen comme il l'avait fait près de l'arène, entre son pouce et son index.

— Friandise ? proposa Laurent.

Durant les interminables secondes qui suivirent, Damen envisagea sérieusement de le tuer.

Damen se pencha. La confiserie était trop sucrée, écœurante. Il ne laissa pas ses lèvres toucher les doigts de Laurent. De nombreux regards étaient rivés sur eux. Le prince se lava soigneusement les mains dans un petit bol doré lorsqu'il eut terminé, et les essuya à l'aide d'un délicat carré de soie.

Torveld les observait fixement. À Patras, les esclaves donnaient la nourriture à leurs maîtres, épluchant les fruits et servant les boissons. Pas l'inverse. C'était également le cas en Akielos. La conversation reprit après cette courte pause, et s'orienta vers des sujets légers. Autour d'eux, les créations de sucre et d'épices, et les pâtisseries glacées aux formes sophistiquées disparaissaient lentement mais sûrement.

Damen chercha Nicaise des yeux, mais le garçon s'était envolé.

Dans l'atmosphère décontractée de la fin du repas, avant le début des spectacles, Damen fut autorisé à déambuler parmi les convives. Il se mit en quête de Nicaise. Laurent était occupé, et pour la première fois, Damen n'était pas flanqué de deux gardes surveillant son moindre geste. Il aurait pu partir. Il aurait pu sortir par la grande porte du palais, et s'aventurer dans la cité d'Arles, qui l'entourait. Sauf qu'il ne pouvait pas s'enfuir avant que la délégation de Torveld ne quitte la ville avec les esclaves, ce qui, bien sûr, représentait l'unique motif de sa liberté.

Il n'alla pas bien loin. Il n'avait plus d'escorte, certes, mais la caresse de Laurent avait attiré l'attention sur lui d'une autre manière.

— J'avais prédit, lorsque le prince l'a fait venir dans l'arène, qu'il deviendrait très populaire, disait Vannes à la courtisane près d'elle. Je l'ai vu se produire en spectacle dans les jardins, mais c'était presque gâcher son talent. Le prince n'a pas voulu qu'il joue un rôle actif.

Damen tenta de prendre congé, mais Vannes n'accorda pas le moindre poids à ses prières.

— Non, ne pars pas tout de suite. Talik souhaitait te rencontrer, dit Vannes.

Elle ajouta, à l'intention de l'aristocrate qui l'accompagnait :

— Bien sûr, nous autres ne pouvons employer des mâles ; ce serait grotesque. Mais si nous le pouvions... ne croyez-vous pas que Talik et lui feraient un bon couple de favoris ? Ah ! La voici. Nous allons vous laisser discuter, tous les deux.

Les deux femmes s'éloignèrent.

— Je suis Talik, annonça la favorite.

Elle s'exprimait avec un fort accent de Ver-Tan, la province orientale de Vask.

Damen se souvint avoir entendu dire que Vannes aimait les favorites capables de gagner dans l'arène. Talik était presque aussi grande que Damen, et ses bras étaient musclés. Il y avait quelque chose de prédateur dans son regard, sa grande bouche et l'arc de ses sourcils. Damen avait supposé que les favoris, comme les esclaves, adoptaient un rôle soumis dans leurs relations sexuelles avec leur maître, ainsi que le dictait la tradition akielonienne. Mais il n'était pas très difficile d'imaginer les rapports qu'entretenaient Vannes et cette femme dans la chambre à coucher.

Elle poursuivit :

— Je pense qu'un guerrier de Ver-Tan tuerait sans difficulté un guerrier d'Akielos.

— Je pense que cela dépendrait du guerrier, dit-il.

Elle parut l'examiner autant que sa réponse, et, enfin, les juger tous deux acceptables.

Elle dit :

— Nous attendons. Ancel va se produire. Il est populaire, « à la mode ». Tu l'as connu. (Elle n'attendit pas qu'il confirme cette affirmation.) Comment était-il ?

Bien dirigé. L'esprit de Damen lui souffla cette réponse, sournoisement, comme un murmure à son oreille. Son visage se ferma. Il répliqua :

— Correct.

Talik dit :

— Son contrat avec le seigneur Bérenger se terminera bientôt. Ancel va se mettre en quête d'un nouveau contrat, faire jouer les enchères. Il veut de l'argent, un haut statut. Il est idiot. Le seigneur Bérenger ne lui offre peut-être pas autant d'argent que certains, mais il est bon, et n'envoie jamais ses favoris dans l'arène. Ancel s'est fait beaucoup d'ennemis. Dans l'arène, quelqu'un crèvera ses yeux verts, « accidentellement ».

Ses paroles éveillèrent l'intérêt de Damen, contre son gré.

— C'est pour cela qu'il tente d'attirer l'attention de la famille royale ? Il espère que le prince… (Il s'essaya à ce vocabulaire étranger.) Que le prince fera une offre sur lui ?

— Le prince ? reprit Talik d'un ton dédaigneux. Tout le monde sait que le prince n'a pas de mignons.

— Aucun ? dit Damen.

— À part toi, rectifia-t-elle. (Elle le balaya du regard.) Peut-être le prince préfère-t-il les hommes à ces garçons vérétiens maquillés qui couinent quand on les pince.

Son ton indiquait qu'elle approuvait cette idée, par principe.

— Nicaise, dit Damen puisqu'ils abordaient le sujet des garçons maquillés. Je cherchais Nicaise. L'as-tu vu ?

— Là-bas, répondit Talik.

De l'autre côté de la pièce, Nicaise avait réapparu. Il parlait à l'oreille d'Ancel, qui avait dû se plier en deux pour se mettre au niveau du petit garçon. Lorsqu'il eut terminé, Nicaise se dirigea droit sur Damen.

— Le prince t'a envoyé ? Tu arrives trop tard, affirma Nicaise.

« Trop tard pour quoi ? » aurait été la réponse dans n'importe quelle cour, sauf celle-ci.

Damen l'avertit :

— Si tu leur as fait du mal…

— Que feras-tu ? l'interrompit Nicaise avec un rictus moqueur. Rien. Tu n'auras pas le temps. Le régent veut te voir. Il m'a envoyé te le dire. Tu devrais te dépêcher. Tu es en train de le faire attendre. (Il sourit de nouveau.) Ça fait bien longtemps qu'il m'a envoyé.

Damen le dévisagea sans rien dire.

— Eh bien ? Vas-y, dit Nicaise.

Il pouvait s'agir d'un mensonge, mais Damen ne pouvait prendre le risque d'un tel affront si ce n'était pas le cas. Il se mit en route.

Nicaise avait dit vrai. Le régent l'avait convoqué, et lorsqu'il arriva, le régent congédia tous ceux qui l'entouraient. Damen se trouva seul devant son fauteuil. Au bout de la grande salle, sous cette lumière feutrée, il s'agissait d'une audience privée.

Autour d'eux, la cour gorgée de nourriture et de vin produisait un brouhaha continu, jovial et désinvolte. Damen présenta au régent toutes les politesses d'usage. L'homme prit la parole.

— J'imagine qu'il est excitant, pour un esclave, de piller les trésors d'un prince. As-tu pris mon neveu ?

Damen se tint parfaitement immobile. Il tenta de ne pas déranger l'air en respirant.

— Non, Votre Altesse.

— C'est l'inverse, peut-être.

— Non.

— Et cependant, tu lui manges dans la main. La dernière fois que nous nous sommes entretenus, tu aurais aimé le voir fouetté. Quelle autre explication peut-il y avoir à ce changement ?

« Tu n'aimeras pas les représailles que j'exercerai sur toi », avait dit Laurent.

Damen répondit, prudemment :

— Je suis à son service. J'ai cette leçon gravée dans le dos.

Le régent le dévisagea un moment.

— Je suis presque déçu, si ce n'est que cela. Laurent aurait bien besoin d'être poussé dans la bonne direction, de quelqu'un dans son entourage qui aurait ses intérêts à cœur. Un homme plein de bon sens, capable de le guider sans se laisser influencer.

— Se laisser influencer ?

— Mon neveu peut se montrer charmant, lorsqu'il le souhaite. Son frère était un meneur-né, qui inspirait chez ses hommes une loyauté indéfectible. Laurent possède une version superficielle des dons de son frère, qu'il emploie pour obtenir ce qu'il désire. Si quelqu'un peut faire manger un homme dans la main qui l'a frappé, c'est mon neveu, conclut le régent. Où se situe ton allégeance ?

Et Damen comprit qu'il ne lui posait pas seulement une question. Il lui offrait un choix.

Damen mourait d'envie d'enjamber le fossé qui séparait les deux factions de cette cour : de l'autre côté se tenait cet homme, qui avait gagné son respect depuis longtemps. Il lui fut très douloureux de s'avouer qu'un tel acte n'était pas dans sa nature ; pas alors que Laurent intervenait en sa faveur. Si Laurent intervenait bien en sa faveur… Même si c'était le cas, Damen ne supportait plus l'interminable partie d'échecs qui se jouait ce soir-là. Et cependant…

— Je ne suis pas l'homme que vous cherchez, dit-il. Je n'ai aucune influence sur lui. Nous ne sommes pas proches. Il n'éprouve aucune tendresse à l'égard d'Akielos, ou de son peuple.

Le régent le gratifia d'un autre regard inquisiteur.

— Tu es honnête. Cela me plaît. Quant au reste, nous verrons. Cela suffira pour le moment, déclara le régent. Va me chercher mon neveu. Je préfère qu'il ne demeure pas seul avec Torveld.

— Oui, Votre Altesse.

Il n'était pas sûr de savoir pourquoi il se sentait en sursis, mais c'était le cas.

Damen posa quelques questions aux autres serviteurs, et apprit que Laurent et Torveld s'étaient retirés une deuxième fois sur l'un des balcons, fuyant l'atmosphère étouffante de la fête.

En atteignant le balcon, Damen ralentit. Il entendait le son de leurs voix. Il se retourna vers la salle bondée ; il était hors de vue du régent. Si Laurent et Torveld s'entretenaient de l'accord commercial, il serait préférable de ne pas les interrompre immédiatement. Ils avaient peut-être besoin d'un peu plus de temps.

— … dit à mes conseillers que j'avais passé l'âge d'être distrait par les beaux jeunes hommes, entendit Damen.

Il fut soudain très clair qu'ils ne débattaient pas des termes de l'accord.

C'était une surprise, mais en y réfléchissant, Damen s'aperçut que cela couvait depuis le début de la soirée. Qu'un homme de réputation honorable, comme Torveld, décide de faire de Laurent l'objet de son affection était difficile à avaler… mais peut-être Torveld admirait-il les reptiles. Sa curiosité s'éveilla. Aucun sujet n'engendrait plus de spéculations que celui-ci, parmi les courtisans comme au sein de la garde princière. Damen s'immobilisa, et écouta.

— Et puis je vous ai rencontré, poursuivit Torveld, et j'ai passé une heure en votre compagnie.

— Plus d'une heure, corrigea Laurent. Moins d'une journée. Je pense que vous vous laissez distraire plus aisément que vous ne voulez l'avouer.

— Et vous, pas du tout ?

Un court silence s'immisça au milieu de leur échange.

— Vous… avez entendu les rumeurs.

— Confirmez-vous qu'elles sont vraies ?

— On dit que je suis… difficile à séduire. Cela ne doit pas être la pire chose que vous ayez entendue à mon sujet.

— De mon point de vue, c'est de loin la pire, répliqua Torveld.

C'était dit avec chaleur, et lui valut un léger soupir amusé de la part de Laurent.

La voix de Torveld changea, comme s'ils se tenaient plus près l'un de l'autre.

— J'ai entendu bien des rumeurs à votre sujet, mais je préfère juger sur ce que je vois de mes yeux.

Laurent repartit, de la même voix feutrée :

— Et que voyez-vous ?

Damen s'avança d'un pas décidé.

L'entendant approcher, Torveld tressaillit et regarda autour de lui. À Patras, les affaires de cœur – ou de corps – demeuraient en général privées. Laurent, élégamment adossé à la balustrade, n'eut d'autre réaction que de poser son regard sur Damen. Ils se tenaient effectivement assez près l'un de l'autre. Pas tout à fait assez près pour s'embrasser.

— Votre Altesse, votre oncle vous demande, annonça Damen.

— Encore une fois, soupira Torveld en fronçant les sourcils.

Laurent se redressa.

— Il est très protecteur, dit-il.

Le visage de Torveld se détendit lorsqu'il regarda Laurent.

— Tu as pris ton temps, murmura Laurent en croisant Damen.

Celui-ci se retrouva seul avec Torveld. L'atmosphère était paisible, sur ce balcon. Les bruits de la cour étaient assourdis, comme provenant de très loin. Les sons plus intimes des insectes dans le jardin, en contrebas, et du lent bruissement des végétaux emplissaient l'air. Damen finit par se rendre compte qu'il aurait dû baisser les yeux.

Mais l'attention de Torveld était ancrée ailleurs.

— C'est un vrai trésor, dit Torveld d'un ton plein de chaleur. Je suis sûr que tu n'aurais jamais cru qu'un prince pouvait être jaloux d'un esclave. En cet instant, j'échangerais ma place contre la tienne sans hésiter.

Vous ne le connaissez pas, pensa Damen. *Vous ne savez rien de lui. Vous ne l'avez connu que le temps d'une soirée.*

— Il me semble que les spectacles vont bientôt commencer, dit Damen.

— Oui, bien sûr, acquiesça Torveld.

Ils suivirent Laurent dans la salle.

Au cours de sa vie, Damen avait été contraint d'assister à de nombreux spectacles. À Vère, les « divertissements » étaient de tout autre nature. Lorsque Ancel s'avança, un long bâton à la main, Damen se prépara à voir s'évanouir la délégation patrasienne. Alors, Ancel toucha de chaque bout du bâton une torche fixée au mur, et les extrémités s'enflammèrent.

Il s'agissait d'une sorte de danse du feu, durant laquelle le bâton était lancé en l'air, et la flamme tourbillonnante dessinait des formes sinueuses, des cercles et des motifs mouvants. Les cheveux roux d'Ancel offraient un superbe contraste avec le rouge et l'orange du feu. Outre le mouvement hypnotique des flammes, la danse était captivante, ses difficultés exécutées sans effort apparent, l'aspect physique d'Ancel lui conférant un érotisme délicat. Damen considéra celui-ci avec un respect nouveau. Cette performance nécessitait de l'entraînement, de la discipline et du talent, ce qu'admirait Damen. C'était la première fois qu'il voyait les favoris vérétiens faire montre de la moindre compétence, hormis celles de porter des vêtements et de monter les uns sur les autres.

L'atmosphère était détendue. Damen portait de nouveau sa laisse, et servait à présent, selon toute probabilité, de chaperon. Les manières de Laurent s'étaient faites résolument impersonnelles, comme celles de quelqu'un qui souhaite décourager poliment un prétendant tenace. Damen pensa, non sans amusement, qu'il avait été piégé par ses propres ruses. Sous les yeux de Damen, le serviteur de Torveld saisit une pêche, puis un couteau, et coupa une tranche du fruit sur l'ordre de Torveld, pour l'offrir à Laurent. Celui-ci l'accepta sans émotion. Lorsqu'il eut terminé de manger, le serviteur sortit un morceau de tissu de sa manche d'un geste pompeux et l'offrit à Laurent pour qu'il y essuie ses doigts immaculés. Il s'agissait d'un carré de soie transparente, bordée de fil d'or. Laurent le rendit froissé.

—J'apprécie le spectacle, commenta Damen sans pouvoir s'en empêcher.

—Le serviteur de Torveld est mieux équipé que toi, répliqua simplement Laurent.

—Je n'ai pas de manches où ranger des mouchoirs, riposta Damen. Mais je serais ravi de recevoir un couteau.

— Ou une fourchette ? dit Laurent.

Une vague d'applaudissements, ainsi qu'un accès d'agitation, devança la réponse de Damen. La danse enflammée était terminée, et un événement venait d'avoir lieu à l'autre extrémité de la pièce.

Regimbant comme un poulain sous la bride, Erasmus était traîné vers la foule par un geôlier vérétien.

Damen entendit une voix flûtée s'élever :

— Puisque vous les aimez tant, j'ai pensé que nous pourrions admirer l'un des esclaves akieloniens à l'œuvre.

C'était Nicaise, venu défendre ses intérêts quant à une certaine boucle d'oreille.

Torveld secouait la tête, avec amitié.

— Laurent, soupira-t-il. Vous vous êtes laissé abuser par le roi d'Akielos. Ce n'est pas un esclave de cour. Il n'en a pas l'attitude. Il n'est même pas capable de se tenir immobile. Je pense que Kastor a déguisé une poignée de jeunes domestiques et vous les a envoyés. Quoiqu'il soit joli, admit Torveld.

Il ajouta, d'une voix légèrement différente :

— Très joli.

Il était effectivement très beau. Exceptionnel au sein d'un groupe d'esclaves eux-mêmes exceptionnels, sélectionné pour être offert à un prince. Sauf qu'il se montrait gauche, disgracieux, et n'arborait aucun signe de sa formation. Il avait fini par tomber à genoux, mais semblait y avoir été contraint par ses membres ankylosés. Ses poings étaient serrés, comme figés par les crampes.

— Jolis ou non, je ne peux pas emmener deux douzaines d'esclaves non formés avec moi à Bazal, regrettait Torveld.

Damen saisit Nicaise par le poignet :

— Qu'as-tu fait ?

— Lâche-moi ! Je n'ai rien fait, protesta Nicaise.

Il se frotta le poignet lorsque Damen le lâcha, et interrogea Laurent :

— Vous le laissez parler ainsi à ses supérieurs ?

— À ses supérieurs, non, dit Laurent.

Ces mots firent rougir Nicaise. Ancel faisait toujours tournoyer son bâton embrasé. Les flammes vacillantes répandaient une lueur orange. La chaleur, lorsque Ancel s'approcha, se révéla d'une intensité surprenante. Erasmus avait blêmi, comme s'il s'apprêtait à vomir sous les yeux de la foule.

— Faites cesser ceci, dit Damen à Laurent. C'est cruel. Ce garçon a été gravement brûlé. Il a peur du feu.

— Brûlé ? releva Torveld.

Nicaise le reprit vivement :

— Pas brûlé, marqué au fer rouge. Il en porte les cicatrices sur la jambe. C'est affreusement laid.

Torveld observait Erasmus, dont les yeux vitreux trahissaient une sorte de résignation hagarde. Sachant ce qu'il pensait être sur le point de subir, il était difficile de croire qu'il attendait son châtiment à genoux.

Torveld demanda :

— Faites éteindre le feu.

Brusquement, l'odeur âcre de la fumée couvrit les parfums des Vérétiens. Les flammes avaient été mouchées. Quand Erasmus fut appelé à s'approcher, il exécuta une révérence un peu plus convenable, et parut se calmer encore plus en présence de Laurent. Damen se souvint alors qu'Erasmus jugeait Laurent « gentil ».

Torveld posa plusieurs questions à Erasmus, auxquelles ce dernier répondit en patrasien, avec une attitude timide mais de plus en plus conforme à sa fonction. Après cela, les doigts de Torveld trouvèrent le chemin de la tête d'Erasmus, où sa main reposa un moment, protectrice. Et Torveld demanda à Erasmus de s'asseoir près de lui durant les négociations commerciales.

Erasmus embrassa l'orteil de Torveld, puis sa cheville, ses boucles caressant le mollet ferme du prince patrasien.

Damen regarda Laurent, qui s'était contenté de laisser la situation évoluer sans rien faire. Damen savait ce qui avait incité Torveld à changer l'objet de ses affections. En surface, le prince et l'esclave se ressemblaient. La peau claire et les cheveux mordorés d'Erasmus étaient ce qui, dans cette pièce, se rapprochait le plus du teint ivoire et de la chevelure d'or de Laurent. Mais Erasmus dégageait quelque chose qui manquait à Laurent : une fragilité, un besoin d'être protégé, et un désir presque tangible d'être dominé. Laurent ne recélait qu'une froideur patricienne, et si la pureté de son profil attirait le regard, les cicatrices de Damen prouvaient qu'on pouvait regarder, mais pas toucher.

— Vous aviez tout prévu ! siffla Nicaise à voix basse. Vous vouliez qu'il voie… Vous m'avez piégé !

Il avait parlé du ton dont un amant dirait : « Comment as-tu pu me faire cela ? » Sauf que sa voix était mêlée de colère, et de dépit.

— Tu avais le choix, fit remarquer Laurent. Tu n'étais pas obligé de me montrer tes griffes.

— Vous m'avez piégé, répéta Nicaise. Je vais le dire…

— Dis-le-lui, l'interrompit Laurent. Raconte-lui tout ce que j'ai fait, et le rôle que tu as joué. Comment penses-tu qu'il réagira ? Aimerais-tu le savoir ? Allons-y ensemble.

Nicaise lança à Laurent un regard désespéré, haineux, et calculateur.

— Oh, vas-tu cesser… Ça suffit, assena Laurent. Ça suffit. Tu es encore en train d'apprendre. Ce ne sera pas si facile, la prochaine fois.

— Je vous le promets, acquiesça Nicaise d'un ton venimeux.

Lorsqu'il s'éloigna, Damen constata qu'il n'avait pas donné sa boucle d'oreille à Laurent.

Nourrie, abreuvée et divertie, la cour se dispersa. Le Conseil et le régent s'assirent pour entamer les négociations. Lorsque le régent demanda du vin, ce fut Ancel qui le servit. Et une fois sa tâche terminée, Ancel fut invité à prendre place auprès du régent, ce qu'il fit, très gracieusement, une expression satisfaite sur le visage.

Damen ne put s'empêcher de sourire. Il supposa qu'il ne pouvait reprocher à Ancel d'être ambitieux. Et ce qu'il avait accompli n'était pas un mince exploit, pour un garçon de dix-huit ans. De nombreux courtisans, dans le pays de Damen, auraient considéré qu'entrer dans le lit d'un roi était la plus grande prouesse à laquelle il était possible d'aspirer. D'autant plus si cette position, une fois acquise, l'était durablement.

Ancel n'était pas le seul à avoir obtenu ce qu'il souhaitait, ce soir-là. Laurent avait octroyé à Damen tout ce qu'il lui avait demandé, sur un plateau d'argent. En l'espace d'une journée. Si l'on mettait tout le reste de côté, on ne pouvait qu'admirer son sens de l'organisation.

Si l'on ne mettait pas tout le reste de côté, on se souvenait qu'il s'agissait de Laurent, et qu'il avait menti et triché pour arriver à ses fins ; on pensait à Erasmus, endurant une soirée de cauchemar, et à ce que cela signifiait, pour un adulte, de piéger et d'utiliser un enfant qui – tout en l'ayant amplement mérité – n'avait néanmoins que treize ans.

— C'est fait, déclara Laurent.

Il était venu se tenir près de Damen et semblait, étrangement, de bonne humeur. Il appuya négligemment son épaule contre le mur. Sa voix n'était pas vraiment chaleureuse, mais la glace qui y pointait n'était pas assez aiguë pour blesser.

— Je me suis arrangé pour que Torveld te rencontre, plus tard, afin de discuter du mode de transport des esclaves. Sais-tu que Kastor nous les a envoyés sans leur adjoindre le moindre geôlier akielonien ?

— Je pensais que Torveld et vous auriez d'autres projets.

Ces mots étaient sortis tout seuls.

Laurent répondit :

— Non.

Damen s'aperçut qu'il mettait la bonne humeur de Laurent à rude épreuve. Aussi dit-il, non sans difficulté :

— J'ignore pourquoi vous avez fait tout ceci, mais je pense que les autres seront bien traités, à Bazal. Merci.

— Tu es dégoûté de nous à vie, n'est-ce pas ? dit Laurent.

Puis, avant que Damen ait ouvert la bouche :

— Ne réponds pas à cette question. Quelque chose t'a fait sourire, tout à l'heure. De quoi s'agit-il ?

— Ce n'est rien. Ancel, répondit Damen. Il a enfin trouvé le mécène royal dont il rêvait.

Laurent suivit son regard. Il observa calmement la façon dont Ancel se penchait pour servir le vin, et celle dont le régent levait sa main baguée pour lui caresser la joue.

—Non, affirma Laurent d'un air indifférent. Ceci n'est destiné qu'à sauver les apparences. Je pense que certaines pratiques de cette cour ne récolteraient pas l'approbation de la délégation de Torveld.

—Que voulez-vous dire ?

Laurent détacha son regard du régent et le tourna vers Damen, ses yeux bleus n'exprimant ni son hostilité habituelle, ni l'arrogance, ni le mépris, mais plutôt quelque chose que Damen ne put identifier.

—Je t'ai dit de te méfier de Nicaise car il n'est pas le mignon du conseiller Audin. N'as-tu pas encore deviné qui il servait ? interrogea Laurent.

Lorsque Damen ne répondit pas, il conclut :

—Ancel est trop vieux pour intéresser mon oncle.

Chapitre 9

Il fut emmené voir Torveld tôt le lendemain matin, après un long entretien avec deux serviteurs patrasiens, pour lesquels il exhuma toutes ses connaissances concernant les esclaves akieloniens. Certaines questions ne lui évoquaient pas l'ombre d'une réponse. D'autres étaient plus faciles : étaient-ils formés au protocole patrasien, et quels invités étaient-ils en mesure de servir ? Oui, ils avaient reçu des leçons de protocole et de langue patrasiens, ainsi que vaskiens, bien qu'ils ne maîtrisent peut-être pas tous les dialectes régionaux. Et bien sûr, ils savaient tout ce qu'il y avait à savoir sur Akielos et Isthima. Pas Vère, s'entendit-il déclarer. Personne n'avait jamais envisagé l'éventualité d'un traité, ni d'un échange.

Les appartements de Torveld ressemblaient à ceux de Laurent, quoique plus petits. Lorsque Torveld sortit de la chambre à coucher, il semblait bien reposé, ne portant qu'un pantalon et une robe de chambre. Celle-ci tombait jusqu'au sol, de chaque côté de son corps, révélant un torse bien dessiné et ombré d'une légère toison.

De l'autre côté de la voûte, Damen entrevit le corps d'un blanc laiteux étendu sur le lit, et la tête aux cheveux mordorés. L'espace d'un instant, il se remémora la cour qu'avait faite Torveld à Laurent sur le balcon, mais la chevelure était un peu trop sombre, et bouclée.

— Il dort, expliqua Torveld.

Il parlait à voix basse, pour ne pas déranger Erasmus. Il désigna une table, autour de laquelle ils s'assirent tous les deux. La soie épaisse de la robe de chambre de Torveld s'amassa en plis autour de lui.

— Nous n'avons pas encore..., dit Torveld.

Un silence s'ensuivit. Damen s'était si bien accoutumé au langage cru des Vérétiens qu'il attendit, longuement, que Torveld achève sa pensée. Il lui fallut un moment pour comprendre que ce silence était suffisamment explicite, pour un Patrasien.

Torveld reprit :

— Il est... plus que consentant, mais je soupçonne qu'il ait été maltraité, en sus du marquage au fer rouge. Je t'ai fait venir pour te demander l'étendue de ces sévices. J'ai peur de... sans le vouloir...

Nouveau silence. Le regard de Torveld était sombre.

— Je pense qu'il serait préférable que je sache.

Damen songea qu'ils se trouvaient à Vère, et qu'il était impossible de décrire en termes délicats, à la patrasienne, les choses qui avaient lieu dans ce palais.

— Il était formé pour servir en tant qu'esclave personnel du prince d'Akielos, révéla Damen. Il est probable qu'il était vierge avant d'arriver à Vère. Mais pas après.

— Je vois.

— J'ignore l'étendue des sévices, avoua Damen.

— Tu n'as pas besoin d'en dire plus. C'est bien ce que je craignais, dit Torveld. Eh bien, merci pour ta franchise, et pour ton travail de ce matin. J'ai cru comprendre que selon l'usage, on offrait un présent aux mignons lorsqu'ils avaient rendu service. (Torveld l'observa attentivement.) Tu n'as pas l'air d'être le type d'homme à qui on offre des bijoux.

Damen, avec un petit sourire, répondit :

— Non, en effet. Merci.

— Y a-t-il quelque chose d'autre que je puisse t'offrir ?

Damen réfléchit. Il y avait bien quelque chose qu'il désirait, ardemment. Il était dangereux de le demander. Le bois de la table était sombre, et seul le bord était sculpté ; le reste était parfaitement lisse.

— Vous vous êtes rendu en Akielos. Après les cérémonies funéraires, c'est bien cela ?

— Oui, c'est exact.

— Qu'est-il arrivé à l'entourage du prince… après sa mort ?

— J'imagine qu'ils ont été congédiés. J'ai tout de même entendu dire que ses esclaves personnels s'étaient tranché la gorge, de chagrin. Je n'en sais pas plus.

— De chagrin, dit Damen.

Il se remémora le son des épées, et sa propre surprise. La surprise qui signifiait qu'il n'avait pu comprendre ce qui se passait avant qu'il soit trop tard.

— Kastor était furieux. Le gardien des esclaves royaux a été exécuté pour les avoir laissés faire. Ainsi que plusieurs gardes.

Oui. Damen avait prévenu Adrastus : Kastor voudrait effacer toute preuve de ses actes. Adrastus, les gardes, sans doute même l'esclave aux cheveux blonds qui s'était occupée de lui, dans les bains. Tous ceux qui connaissaient la vérité avaient été tués, l'un après l'autre.

Presque tout le monde. Damen inspira profondément. Chaque fibre de son corps crispé savait qu'il ne devait pas se laisser aller à poser cette question, et cependant, il ne put résister à la tentation.

— Et Jokaste ?

Il prononça son nom comme il l'aurait fait pour s'adresser à elle, sans titre. Torveld le scruta d'un air curieux.

— La maîtresse de Kastor ? Elle était en bonne santé. La grossesse se poursuit sans encombre… Tu l'ignorais ? Elle porte l'enfant de Kastor. L'éventualité d'un mariage est encore en discussion, mais c'est sans nul doute dans l'intérêt de Kastor de garantir la succession. Il donne tous les signes de vouloir élever l'enfant comme…

— Son héritier, compléta Damen.

C'était sans nul doute le prix qu'avait fixé Jokaste. Il se souvenait de chaque torsade impeccable de ses cheveux, enroulés en méandres de soie. Il referma la porte sur ce souvenir.

Damen leva les yeux. Et soudain, il fut conscient, en voyant la manière dont Torveld le regardait, qu'il s'était attardé trop longtemps sur ce sujet.

—Sais-tu, dit lentement Torveld, que tu ressembles un peu à Kastor ? Il y a quelque chose dans tes yeux, dans la forme de ton visage. Plus je te regarde...

Non.

—... plus c'est évident. Quelqu'un t'a-t-il déjà...

Non.

—... fait cette remarque ? Je suis sûr que Laurent...

—Non ! s'exclama Damen. Je...

Il avait parlé trop fort, trop précipitamment. Son cœur tambourinait dans sa poitrine, et il fut arraché aux pensées de son pays, ramené brutalement à cette... mascarade. Il savait que la seule chose qui l'empêchait d'être découvert sur-le-champ était l'audace incroyable dont Kastor avait fait preuve. Un homme droit, comme Torveld, n'était pas capable d'imaginer une perfidie si inventive, si effrontée.

—Pardonnez-moi. Je voulais simplement dire... J'espère que vous ne parlerez pas au prince de la ressemblance que vous voyez entre Kastor et moi. Il n'apprécierait pas du tout cette comparaison.

Ce n'était pas un mensonge. Laurent n'aurait aucun mal à passer de l'indice à la vérité. Il était déjà bien près de la deviner par lui-même.

—Il ne porte pas la famille royale d'Akielos dans son cœur, compléta Damen.

Il aurait dû dire qu'il était flatté de s'entendre comparé à Kastor, mais il savait qu'il ne parviendrait pas à prononcer ces mots.

Pour le moment, au moins, cela suffit à distraire Torveld.

—Les sentiments de Laurent à l'égard d'Akielos ne sont que trop connus, dit Torveld d'un air inquiet. J'ai essayé de lui en parler. Je ne suis pas surpris qu'il ait voulu que ces esclaves quittent le palais. Si j'étais Laurent, je me méfierais de tout présent d'Akielos. Avec ces conflits qui couvent au sein des kyroi, la dernière chose que puisse se permettre Kastor est un voisin hostile à la frontière septentrionale. Le régent est favorable à l'amitié avec Akielos, mais Laurent… Kastor aurait tout intérêt à l'empêcher d'accéder au trône.

Imaginer Kastor complotant contre Laurent revenait à imaginer un loup complotant contre un serpent.

—Je pense que le prince est capable de se défendre, répliqua Damen d'un ton impassible.

—Oui. Tu as peut-être raison. Il est doté d'un esprit hors du commun.

Torveld se leva tout en parlant, indiquant que l'entretien était terminé. Au même instant, Damen surprit un mouvement du côté du lit.

—J'attends avec impatience d'entamer une nouvelle relation avec Vère, lorsqu'il sera sur le trône.

Parce qu'il vous a ensorcelé, pensa Damen. *Parce que vous êtes ébloui, et que vous n'avez aucune idée de sa nature réelle.*

—Tu peux lui répéter ce que je viens de dire, si tu en as envie. Oh, et dis-lui que j'ai hâte de le coiffer au poteau, tout à l'heure, ajouta Torveld avec un sourire alors que Damen s'éloignait.

Damen, heureusement pour lui, n'eut pas l'occasion de répéter ces paroles à Laurent. On le fit changer de vêtements à la hâte. Il devait sortir accompagner le prince. Damen n'eut pas besoin de demander : « L'accompagner où ? » C'était le dernier jour de la visite de Torveld, et ce dernier était connu pour son amour de la chasse.

Le vrai terrain de chasse se trouvait à Chastillon, mais c'était trop loin pour s'y rendre en un jour, et il existait quelques pistes de qualité raisonnable dans les bois clairsemés qui entouraient Arles. Aussi, la moitié de la cour – malgré ses excès de la veille – se rassembla en milieu de matinée et sortit du palais.

Damen était transporté sur une litière, de façon parfaitement ridicule, à l'instar d'Erasmus et de quelques favoris parmi les plus frêles. Leur rôle n'était pas de participer, mais de servir leurs maîtres une fois la partie de chasse terminée. Damen et Erasmus se dirigeaient tous deux vers la tente royale. Tant que la délégation patrasienne ne serait pas partie, Damen ne pouvait tenter une évasion. Il ne pouvait même pas tirer profit de cette excursion en observant la cité d'Arles et ses alentours. La litière était couverte. Il bénéficiait cependant d'une vue imprenable sur de nombreuses silhouettes en plein coït, brodées à l'intérieur de la tenture de soie.

La noblesse chassait le porc sauvage, que les Vérétiens appelaient sanglier ; il s'agissait d'une race septentrionale plus imposante, et dotée pour les mâles de défenses plus longues. Une foule de serviteurs, levés avant l'aurore – s'ils n'avaient pas travaillé toute la nuit – avaient transporté toute l'opulence du palais à l'extérieur, érigeant des pavillons de tissu, richement bariolés et couverts de fanions et de bannières. De jolis pages servaient des rafraîchissements en abondance. Les chevaux avaient été ornés de rubans, et leurs selles incrustées de pierres précieuses. Dans ce pays, pour pratiquer la chasse, il fallait que chaque pièce de cuir soit méticuleusement cirée, chaque coussin rembourré, et chaque désir exaucé. Mais en dépit de tout ce luxe, la chasse au sanglier demeurait un sport dangereux. Les sangliers étaient plus intelligents que les cerfs ou même les lièvres, qui couraient jusqu'à s'échapper ou tomber. Le sanglier, redoutable, furieux et agressif, pouvait se retourner et charger.

Ils arrivèrent à destination, se reposèrent et mangèrent. Les chasseurs se mirent en selle. Les rabatteurs se déployèrent. À la surprise de Damen, les cavaliers comptaient quelques favoris dans leurs rangs ; il aperçut Talik, chevauchant aux côtés de Vannes. Bien droit sur un joli rouan, Ancel accompagnait son maître, Bérenger.

À l'intérieur de la tente, il n'y avait aucun signe de Nicaise. Le régent participait à la chasse, mais l'enfant mignon avait été abandonné au palais.

Les paroles de Laurent, la veille au soir, avaient choqué Damen. Il lui était difficile de concilier ces nouvelles informations avec l'allure et les manières de l'homme. Le régent n'arborait pas le moindre signe de ses… goûts. Damen aurait presque pu croire que Laurent mentait. Sauf qu'il voyait, à travers les actes de Nicaise, combien c'était vrai. Qui, sinon le mignon du régent, se serait comporté avec autant d'effronterie en compagnie des princes ?

Au vu de l'allégeance de Nicaise, il était étrange que Laurent paraisse s'intéresser à lui. Qu'il semble même éprouver de la sympathie pour lui. Mais qui savait ce que recélait ce labyrinthe qui lui servait d'esprit ?

Il n'y avait rien d'autre à faire que de regarder les cavaliers se mettre en selle, et attendre le premier signe de gibier. Damen s'aventura jusqu'à l'entrée de la tente et contempla le spectacle.

L'équipage illuminé par le soleil s'étendait sur la colline, étincelant de bijoux et de cuir verni. Les deux princes se tenaient côte à côte sur leurs montures, non loin de la tente. Torveld avait l'allure d'un homme puissant et compétent. Laurent, vêtu d'une tenue de chasse en cuir noir, semblait plus austère encore qu'à l'ordinaire. Il montait une jument baie. Celle-ci était magnifique, parfaitement proportionnée, avec une longueur de croupe qui la destinait à la chasse. Elle était néanmoins grincheuse et difficile, déjà couverte d'une fine pellicule de sueur. Cela permettait à Laurent, qui lui laissait la bride longue, de faire valoir son assiette, au demeurant excellente. Mais cette esbroufe n'avait aucune valeur réelle. La chasse, comme l'art de la guerre, nécessitait force, endurance, et habileté à manier une arme ; cependant, rien de tout cela n'était aussi important qu'un cheval calme.

Les chiens se faufilèrent entre les jambes des chevaux. Ils étaient dressés à ne pas se laisser impressionner par les grands animaux, et à passer outre lièvres, renards et cerfs pour ne s'intéresser qu'aux sangliers.

La jument capricieuse de Laurent s'agita de nouveau, et il se pencha sur la selle, murmurant quelque chose en lui flattant l'encolure avec une douceur qui ne lui ressemblait pas. Puis il leva les yeux vers Damen.

La nature avait gaspillé ses talents en conférant une telle apparence à un être aussi odieux. Le teint pâle et les yeux bleus de Laurent étaient une combinaison rare à Patras, encore plus rare en Akielos, et pour laquelle Damen nourrissait une faiblesse prononcée. Les cheveux dorés ne faisaient qu'accentuer le tout.

—Vous ne pouvez pas vous offrir un bon cheval ? commenta Damen.

—Essayez de me suivre, dit Laurent.

Il s'était adressé à Torveld, après un regard glacial à Damen. Au premier frôlement de ses talons, sa monture s'élança comme s'ils ne faisaient qu'un. Torveld, souriant, l'imita.

Au loin, un cor retentit, annonçant le gibier. Les cavaliers talonnèrent leurs montures et le cortège se mit en branle en direction du son. Le tonnerre des sabots succéda aux aboiements des chiens. Les arbres étaient peu nombreux, dispersés ici et là, permettant à un groupe de cette taille de galoper sans encombre. Damen distinguait encore les chiens et les cavaliers de tête, qui s'approchaient d'une zone plus densément boisée. Le sanglier se cachait quelque part sous les frondaisons. Bientôt, le cortège fut hors de vue, de l'autre côté des arbres, par-delà le sommet d'une colline.

Sous la tente royale, des serviteurs débarrassaient les restes du déjeuner, que les courtisans avaient mangé couchés sur des coussins éparpillés, repoussant d'un air amusé les chiens qui tentaient parfois de leur disputer la nourriture.

Erasmus ressemblait à un bijou exotique, agenouillé sagement sur un coussin de la couleur des pommes jaunes. Au déjeuner, il avait servi Torveld avec une discrétion admirable, dont il avait également fait preuve lorsqu'il lui avait présenté sa tenue de chasse. Il portait une courte tunique de style patrasien, qui découvrait ses bras et ses jambes, mais dissimulait malgré tout ses cicatrices. Une fois rentré dans la tente, Damen ne put détacher son regard de lui.

Erasmus baissa les yeux et s'efforça de ne pas sourire, se contentant de rougir, lentement mais sûrement.

—Bonjour, salua Damen.

—Je sais que c'est toi qui as fait tout cela, dit Erasmus.

Il était incapable de masquer son émotion, et rayonnait d'un bonheur mêlé d'embarras.

— Tu as honoré ta promesse. Toi, et ton maître. Je t'avais dit qu'il était gentil.

— En effet, tu l'avais dit, acquiesça Damen.

Voir Erasmus heureux lui faisait plaisir. Quoi qu'il s'imagine sur le compte de Laurent, Damen n'avait pas l'intention de le détromper.

— Il est encore plus gentil en tête-à-tête. Sais-tu qu'il est venu me parler ? demanda Erasmus.

— … Ah ?

Damen avait du mal à visualiser la scène.

— Il m'a demandé de lui parler de… ce qui s'est passé dans les jardins. Et puis il m'a averti. Pour hier soir.

— Il t'a averti, répéta Damen.

— Il m'a dit que Nicaise me forcerait à me produire devant la cour et que ce serait terrible, mais que si je me montrais courageux, cela pourrait bien se terminer. (Erasmus lui adressa un regard curieux.) Pourquoi as-tu l'air surpris ?

— Je ne sais pas. Je ne devrais pas m'en étonner. Il aime prévoir les choses à l'avance, dit Damen.

— Il n'aurait jamais su que j'existais, si tu ne lui avais pas demandé de m'aider, reprit Erasmus. C'est un prince, il est important, et beaucoup de gens doivent lui demander des services. Je suis heureux d'avoir cette occasion de te remercier. S'il existe une manière de te récompenser, je la trouverai. Je le jure.

— C'est inutile. Ton bonheur est une récompense suffisante.

— Et toi ? s'inquiéta Erasmus. Ne vas-tu pas t'ennuyer, tout seul ?

— J'ai un maître très gentil, répondit Damen.

Il pouvait se féliciter d'avoir articulé ces mots avec un tel naturel. Erasmus se mordit la lèvre, et toutes ses boucles mordorées lui retombèrent sur le front.

— Tu es… amoureux de lui ? interrogea-t-il.

— Pas vraiment, non.

Il y eut un instant de silence. Ce fut Erasmus qui le brisa.

— On… m'a toujours appris que le devoir d'un esclave était sacré, que nous honorions nos maîtres en nous soumettant et qu'ils nous honoraient en retour. Et c'est ce que je croyais. Mais quand tu as dit qu'on t'avait envoyé ici pour te punir, j'ai compris que pour les hommes d'ici, il n'y a pas de gloire à obéir, et qu'être esclave est une honte. Peut-être avais-je déjà commencé à le comprendre... même avant de parler avec toi. J'essayais de me convaincre que c'était un degré supérieur de soumission que de n'être rien, de n'avoir plus de valeur, mais... je n'arrivais pas à... Je crois qu'il est dans ma nature de me soumettre, contrairement à toi, mais j'ai besoin de quelqu'un... à qui appartenir.

— Tu as quelqu'un, lui rappela Damen. Les Patrasiens accordent beaucoup de valeur aux esclaves, et Torveld est fou de toi.

— Je l'aime bien, révéla timidement Erasmus. (Il rougit.) J'aime ses yeux. Je le trouve beau.

Et il rougit de plus belle, de sa propre audace.

— Plus beau que le prince d'Akielos ? le taquina Damen.

— Eh bien, je ne l'ai jamais vu, mais je ne pense vraiment pas qu'il puisse être plus séduisant que mon maître, affirma Erasmus.

— Torveld ne te dirait jamais ceci lui-même, mais c'est un grand homme, déclara Damen en souriant. Même parmi les princes. Il a passé la plus grande partie de sa vie dans le Nord, à combattre à la frontière, contre Vask. C'est lui qui a fini par négocier le traité de paix entre Patras et Vask. Il est le plus loyal serviteur du roi Torgeir, en plus d'être son frère.

— Un autre royaume... En Akielos, aucun de nous ne pensait jamais quitter le palais.

— Je suis désolé que tu doives être déraciné encore une fois. Mais ce ne sera pas comme la dernière fois. Tu verras que le voyage sera agréable.

— Oui. Enfin, je... J'aurai un peu peur, mais je serai très obéissant, lui assura Erasmus.

Et il rougit de nouveau.

Les premiers à revenir furent les chasseurs à pied et les maîtres-chiens de la première étape, qui ramenaient une meute épuisée, ayant lâché un deuxième groupe d'animaux frais au passage des cavaliers. C'était aussi à eux que revenait la tâche d'achever les chiens trop grièvement blessés par les défenses acérées du sanglier.

Une atmosphère étrange flottait autour d'eux, qui n'était pas seulement due à la fatigue pesante des chiens à la langue pendante. Quelque chose creusait les visages des hommes. Damen sentit un malaise s'élever en lui. La chasse au sanglier était un sport dangereux. À l'entrée de la tente, il interpella l'un des hommes.

— Est-il arrivé quelque chose ?

Le maître-chien répondit :

— Fais attention à toi. Ton maître est de méchante humeur.

Eh bien, l'ordre des choses était restauré.

— Laissez-moi deviner... Quelqu'un d'autre a abattu le sanglier ?

— Non, c'était lui, répliqua le maître-chien d'une voix aigre. Il a tué sa jument pour y parvenir... Elle n'avait pas la moindre chance de s'en sortir. Même avant qu'il la lance dans le combat qui lui a brisé un postérieur, elle n'était que sang du flanc à l'épaule, sous ses éperons. (Il désigna le dos de Damen du menton.) Tu dois en savoir quelque chose.

Damen le dévisagea, soudain atteint d'une vague nausée.

— Elle était courageuse, la petite, poursuivit l'homme. L'autre, le prince Auguste, il savait y faire avec les chevaux. Il avait aidé à la débourrer quand ce n'était encore qu'une pouliche.

Il s'agissait des critiques les plus virulentes qu'un homme de sa condition oserait formuler à l'égard d'un prince.

L'un des autres hommes, qui les observait, s'approcha quelques instants plus tard.

— Ne fais pas attention à Jean. Il est de mauvais poil. C'est lui qui a dû égorger la jument à l'épée, pour l'achever. Le prince lui a passé un savon parce qu'il n'allait pas assez vite.

Lorsque les cavaliers réapparurent, Laurent montait un hongre gris musculeux, ce qui signifiait que quelque part dans le cortège, deux courtisans chevauchaient l'un derrière l'autre.

Le régent entra le premier dans la tente en tirant sur ses gants. Un serviteur le débarrassa de son arme.

À l'extérieur, on entendit japper; le sanglier était arrivé et on avait sans doute commencé à l'éventrer pour le vider de ses organes et jeter les abats aux chiens.

—Neveu, interpella le régent.

Laurent était entré d'un pas gracieux dans la tente. Son regard froid était vide, stérile, dépourvu de toute émotion. Il était très clair que qualifier son humeur de «méchante» était un euphémisme.

Le régent déclara:

—Votre frère n'a jamais eu de difficulté à abattre une proie sans tuer son cheval. Mais nous n'allons pas parler de cela.

—Vraiment? rétorqua Laurent.

—Nicaise me dit que vous avez poussé Torveld à réclamer les esclaves. Pourquoi l'avoir fait en secret? dit le régent.

Il balaya Laurent d'un regard lent et inquisiteur.

—La véritable question est sans doute: pourquoi l'avoir fait? reprit-il.

—J'ai pensé qu'il était terriblement injuste de votre part, rétorqua Laurent d'une voix traînante, de brûler la peau de vos esclaves alors que vous refusiez de me laisser donner quelques coups de fouet au mien.

Damen sentit son souffle quitter son corps brusquement.

L'expression du régent changea.

—Je vois qu'on ne peut discuter avec vous. Je ne m'abaisserai pas à mettre votre mauvaise humeur au défi. Les caprices sont laids de la part d'un enfant, pires de la part d'un homme. Si vous cassez vos jouets, vous ne pouvez vous en prendre qu'à vous-même.

Le régent franchit l'entrée de la tente, dont les pans avaient été repliés et attachés à l'aide de cordes de soie rouge. À l'extérieur, ils entendirent des voix, le tintement de la sellerie et le brouhaha ordinaire d'une partie de chasse, et plus près, le bruit des pans de la tente claquant dans le vent. Les yeux bleus de Laurent étaient rivés sur Damen.

— Tu as quelque chose à dire ? questionna Laurent.

— J'ai entendu dire que vous avez tué votre cheval.

— Ce n'est qu'un cheval, rétorqua Laurent. J'en demanderai un autre à mon oncle.

Ces mots parurent l'amuser follement ; il y avait quelque chose d'intime et de déchiré dans sa voix. Damen pensa : *Demain matin, Torveld s'en ira, et je serai de nouveau libre d'essayer de fuir cet endroit malsain, pervers et immodéré à la première occasion.*

Celle-ci se présenta deux nuits plus tard, mais elle ne ressemblait en rien à l'idée qu'il s'en faisait auparavant.

Il fut réveillé au beau milieu de la nuit, sous la lumière aveuglante des torches, alors que les portes de sa chambre s'ouvraient avec fracas. Il s'attendait à voir Laurent – ces visites nocturnes, ces réveils brutaux étaient jusque-là sa marque de fabrique – mais ne vit que deux hommes en livrée, la livrée du prince. Il ne reconnut pas ces hommes.

— On t'envoie chercher, dit l'un d'eux.

Il décrocha sa chaîne du sol et tira pour le faire bouger.

— Pour aller où ?

— Le prince, dit l'homme, te veut dans son lit.

— Quoi ? dit Damen en se figeant, faisant se tendre la chaîne devant lui.

Il se sentit poussé par-derrière.

— Bouge-toi. On ne va pas le faire attendre.

— Mais...

Il tint bon, malgré la poussée.

— Bouge !

Il fit un pas en avant, toujours de mauvais gré. Puis un autre. Le voyage allait être long.

L'homme derrière lui jura.

— La moitié de la garde rêve de le baiser. On pourrait croire que ça t'exciterait un peu plus.

— Le prince ne veut pas que je le « baise », protesta Damen.

— Tu vas bouger, oui ? insista l'homme derrière lui.

Damen sentit la pointe d'un couteau dans son dos, et se laissa traîner hors de la chambre.

Chapitre 10

Damen avait survécu aux convocations de Laurent par le passé. Il n'avait aucune raison de ressentir cette tension dans les épaules, cette anxiété au fond du ventre, nouée et brûlante.

Son trajet se déroula sans témoins, donnant l'impression – fausse – qu'il se rendait à un rendez-vous secret. Mais quelles que soient les apparences, quelles que soient les sensations de Damen… quoi qu'on ait pu lui dire… ce n'était pas la vérité. S'il y réfléchissait un peu trop, il se mettrait à rire nerveusement : Laurent n'était pas du genre à faire entrer clandestinement des hommes dans ses appartements, en pleine nuit, à des fins romantiques.

Ce n'était pas de cela qu'il s'agissait.

Rien n'avait de sens, mais il était impossible d'interpréter les actes de Laurent. Damen parcourut le couloir des yeux, et releva une incohérence supplémentaire. Où se trouvaient les gardes qui jalonnaient ces lieux, la dernière fois que Damen les avait traversés ? Quittaient-ils leurs postes à la nuit tombée ? Ou avaient-ils été écartés pour une raison précise ?

— A-t-il employé ces mots-là ? Parlé de son lit ? Qu'a-t-il dit d'autre ? demanda Damen.

Il ne reçut pas de réponse.

La lame dans son dos l'aiguillonnait. Il ne pouvait rien faire d'autre que de continuer à avancer. À chacun de ses pas, la tension s'accentuait, le malaise augmentait. Les fenêtres grillagées, le long du passage, projetaient un clair de lune en damier sur les visages des hommes qui l'escortaient. Il n'y avait d'autre bruit que celui de leurs pas.

Un rai de lumière filtrait sous les portes de la chambre de Laurent.

Un seul garde était posté devant, un homme aux cheveux bruns portant la livrée du prince et, à son côté, une épée. Il hocha la tête à l'intention de ses deux compagnons et déclara, laconique :

— Il est à l'intérieur.

Ils s'arrêtèrent sur le seuil afin de détacher Damen, le délivrant entièrement. La chaîne tomba lourdement, et fut laissée là, au sol. Peut-être avait-il déjà compris, à ce moment-là.

Ils ouvrirent les portes.

Laurent se trouvait sur la méridienne, ses pieds ramassés sous lui dans une posture décontractée, juvénile. Un livre aux pages enluminées était ouvert devant lui. Un verre à pied, posé sur la petite table. À un moment ou à un autre de la soirée, un serviteur avait dû passer la demi-heure requise à délacer ses vêtements, car Laurent ne portait qu'un pantalon et une chemise blanche, dont le tissu était si fin qu'aucune broderie n'était nécessaire pour signifier son prix. La pièce était éclairée par une lampe. Le corps de Laurent se révélait en une série de lignes gracieuses, sous les plis souples de la chemise. Damen leva les yeux vers la colonne blanche de son cou, et plus haut, sur les cheveux dorés, s'écartant pour laisser passer le coquillage d'une oreille dénuée de boucles. L'image semblait damasquinée, martelée dans l'or. Il lisait.

Il leva les yeux lorsque les portes s'ouvrirent.

Et il cilla, comme si ses yeux bleus peinaient à s'adapter. Damen regarda de nouveau le verre et se souvint que par le passé, il avait été témoin des effets de l'alcool sur l'esprit de Laurent.

Cela aurait pu prolonger de quelques secondes l'illusion du rendez-vous galant, car un Laurent ivre était indubitablement capable de formuler des demandes insensées et de se comporter de manière imprévisible. Sauf qu'il était évident, depuis le moment où il avait levé les yeux, que le prince n'attendait pas de visite. Et qu'il ne reconnaissait pas non plus les gardes.

Laurent ferma soigneusement le livre.

Et se leva.

— Tu n'arrivais pas à dormir ? interrogea Laurent.

En parlant, il alla se poster devant la voûte ouverte de la loggia. Damen n'était pas sûr qu'un vide de deux étages donnant sur des jardins obscurs constituait une issue viable. Mais par ailleurs, les trois petites marches menant à l'endroit où se tenait Laurent, la petite table finement sculptée et les bibelots formaient une série d'obstacles. D'un point de vue tactique, il s'agissait du meilleur emplacement de la pièce.

Laurent savait ce qui se tramait. Damen, qui avait vu le long couloir vide, sombre, silencieux, désert, le savait également. Le garde à la porte était entré à leur suite ; les hommes étaient trois, tous armés.

— Je ne pense pas que l'humeur du prince soit à la bagatelle, fit remarquer Damen d'un ton neutre.

— Il me faut un moment pour m'échauffer, dit Laurent.

Et puis tout s'enchaîna. Comme en réponse à un signal muet, le son d'une épée sortant de son fourreau retentit à la gauche de Damen.

Plus tard, il se demanderait ce qui l'avait poussé à réagir ainsi. Il ne portait pas Laurent dans son cœur. S'il avait eu le temps de réfléchir, il aurait sans doute clamé, d'une voix dure, que les intrigues politiques de Vère ne le regardaient pas, et que si Laurent s'attirait des représailles, elles étaient amplement méritées.

Peut-être éprouvait-il une sorte de compassion, car il avait traversé une épreuve similaire ; la trahison, la violence dans un lieu qu'il croyait sûr. Peut-être était-ce un moyen pour lui de revivre ces moments, de réparer ses erreurs, car il n'avait pas réagi aussi vite qu'il l'aurait dû, alors.

Cela devait être cela. Cela devait être l'écho de cette nuit-là, tout le chaos et toute l'émotion qu'il avait barricadés derrière une porte verrouillée.

Les trois hommes se répartirent la tâche : deux d'entre eux se dirigèrent vers Laurent, tandis que le troisième restait, armé d'un poignard, près de Damen. Il ne s'attendait manifestement pas à rencontrer de résistance. Il tenait sa lame d'une main lâche, désinvolte.

Après des jours, des semaines passés à attendre l'occasion de frapper, il était agréable d'en trouver une, et de la saisir. De sentir l'impact, lourd et satisfaisant, de la chair sur la chair, dans le coup qui engourdit le bras de l'homme et lui fit lâcher son arme.

Ce dernier portait une livrée, et non une armure. Grossière erreur. Son corps tout entier se replia sur le poing que Damen enfonça dans son abdomen, et il émit un son guttural, mi-étranglé, mi-plaintif.

Le second des trois hommes se retourna avec un juron, décidant sans doute qu'un seul homme suffirait à neutraliser le prince, et qu'il était plus urgent d'aider à maîtriser la menace imprévue que représentait le barbare.

Malheureusement pour lui, il crut qu'il lui suffirait de brandir son épée. Il accourut, plutôt que de s'approcher prudemment. Son épée à deux mains, avec sa grande poignée, pouvait trancher dans le flanc d'un homme jusqu'à presque le couper en deux. Mais Damen avait déjà franchi sa garde et se trouvait assez près pour l'empoigner.

Il y eut un fracas de l'autre côté de la pièce, mais Damen ne l'entendit que distraitement, concentré sur sa tâche d'immobilisation du deuxième assaillant. Il ne pouvait se permettre de songer au troisième homme et à Laurent.

Le garde qu'il avait colleté souffla :

— C'est le chien du prince. Tue-le !

C'était tout l'avertissement dont Damen avait besoin pour bouger. Il se jeta de tout son poids contre son assaillant, inversant leurs positions.

Et le coup de poignard qui lui était destiné atteignit le torse non protégé du garde.

L'homme au poignard s'était relevé et avait ramassé son arme ; agile, balafré d'une longue cicatrice sous sa barbe, c'était un vétéran. Pas le genre d'homme que Damen laissait lui tourner autour avec un poignard. Il ne lui permit pas de tirer sa lame de son fourreau macabre, mais donna au corps une vigoureuse poussée en avant, afin que l'homme recule en chancelant et ouvre les doigts. Damen l'empoigna alors par l'épaule et la hanche, et propulsa son corps contre le mur.

Cela suffit à l'étourdir. Ses traits s'affaissèrent, et il ne put résister lorsque Damen l'immobilisa d'une prise.

Lorsque ce fut fait, Damen leva les yeux, s'attendant plus ou moins à voir Laurent en mauvaise posture, ou neutralisé. Il fut surpris de découvrir que celui-ci était sain et sauf, avait tué son assaillant, et, penché sur le corps du troisième homme, arrachait un poignard à ses doigts crispés.

Il supposa que Laurent avait fait preuve, à tout le moins, d'assez de présence d'esprit pour tirer parti de son environnement.

Le regard de Damen s'arrêta sur le poignard.

Il baissa les yeux sur le cadavre du premier homme, et l'autre poignard planté dans sa poitrine. Une lame en dents de scie, dont la garde ciselée était ornée du symbole caractéristique de Sicyon, l'une des provinces septentrionales d'Akielos.

Le poignard que tenait Laurent était décoré du même motif. Il était couvert de sang jusqu'à la garde, remarqua Damen tandis que Laurent descendait les petites marches. L'arme semblait incongrue dans sa main, d'autant que sa belle chemise blanche émergeait de la lutte parfaitement immaculée, et la lueur des lampes n'était pas moins flatteuse qu'auparavant.

Damen reconnut l'expression froide et déterminée de Laurent. Il n'enviait pas l'homme qu'il tenait toujours dans son emprise, pour l'interrogatoire qu'il s'apprêtait à subir.

— Que voulez-vous que je fasse de lui ?

— Maintiens-le en place, dit Laurent.

Il s'avança. Damen lui obéit. Il sentit que l'homme tentait encore de se libérer et resserra l'étau de ses mains, mettant fin à cette courte rébellion.

Laurent leva le poignard dentelé, et, avec un calme de boucher, trancha la gorge barbue de l'homme.

Damen entendit le bruit étranglé, et sentit les spasmes du corps qu'il tenait. Il le lâcha, un peu par surprise, et l'homme porta les mains à son propre cou en un geste instinctif et désespéré. Trop tard. Le fin croissant rouge dessiné sur sa peau s'élargit. L'homme s'effondra.

Damen ne réfléchit même pas avant de réagir : lorsque Laurent lui glissa un regard en biais et que son emprise sur le poignard changea légèrement, il bougea d'instinct pour neutraliser la menace.

Leurs deux corps se heurtèrent violemment. Damen referma la main sur le poignet délié de Laurent, mais au lieu de prendre aussitôt l'avantage, il fut surpris de rencontrer une résistance musclée. Il accentua sa pression. Il sentit le corps de Laurent atteindre ses limites, alors qu'il était lui-même encore loin des siennes.

— Lâche mon bras, ordonna Laurent d'une voix où vibrait une colère contenue.

— Lâchez ce poignard, rétorqua Damen.

— Si tu ne me lâches pas, insista Laurent, les choses ne finiront pas bien pour toi.

Damen augmenta légèrement sa pression, et sentit la résistance de Laurent vaciller et céder ; le poignard tomba bruyamment au sol. Aussitôt, il libéra Laurent. Dans le même mouvement, Damen recula pour se mettre hors de portée. Au lieu de le suivre, Laurent fit également deux pas en arrière, creusant la distance qui les séparait.

Ils se dévisagèrent mutuellement par-dessus la chambre dévastée.

Le poignard gisait entre eux. L'homme à la gorge tranchée était mort ou mourant, le corps figé, la tête tournée sur le côté. Le sang avait imprégné sa livrée, tachant le blason en étoile, or sur bleu.

La lutte de Laurent n'avait pas été aussi élégante que celle de Damen ; la table était renversée, les morceaux d'un bibelot en porcelaine éparpillés au sol, et le verre roulait sur le carrelage. Une tapisserie avait été partiellement déchirée. Et il y avait beaucoup de sang. Laurent avait tué sa première victime de manière encore plus salissante que la seconde.

Le prince, épuisé, avait le souffle court. Damen aussi. En cet instant tendu et circonspect, Laurent dit d'un ton calme :

— Tu sembles osciller sans cesse entre le désir de m'aider et de m'attaquer. As-tu fait ton choix ?

— Je ne suis pas surpris que vous ayez motivé trois hommes à tenter de vous assassiner. Je suis simplement étonné qu'ils aient été les seuls, déclara Damen avec franchise.

— Ils ne l'étaient pas, répliqua Laurent. Seuls.

Comprenant ce qu'il voulait dire, Damen rougit.

— Je ne me suis pas porté volontaire. On m'a amené ici. J'ignore pourquoi.

— Pour que tu coopères.

— Que je coopère ? s'exclama Damen, révulsé. Vous étiez désarmé.

Damen se souvint de la manière décontractée dont l'homme tenait son poignard, face à lui. Ils s'attendaient bien à ce qu'il coopère, ou du moins, qu'il les laisse faire. Il se rembrunit en scrutant le visage crispé de l'un des hommes. Il détestait l'idée que quelqu'un, quelque part, le croie capable d'occire un homme désarmé, à quatre contre un. Même si cet homme était Laurent.

Ce dernier l'observait fixement.

— Comme l'homme que vous venez de tuer, accusa Damen en lui rendant son regard.

— De mon côté du combat, les ennemis n'avaient pas la politesse de s'entre-tuer, riposta Laurent.

Damen ouvrit la bouche. Avant qu'il ait pu parler, un bruit retentit dans le couloir. D'instinct, ils se tournèrent vers la porte, sur la défensive. Le son se mua en un fracas d'armures et d'armes légères, et des soldats portant la livrée du régent affluèrent dans la pièce. Deux… cinq… sept… leurs chances s'amenuisaient de seconde en seconde. Mais…

— Votre Altesse, êtes-vous blessé ?

— Non, répondit Laurent.

Le commandant indiqua à ses hommes de sécuriser la pièce, puis de fouiller les trois cadavres.

— Un domestique a trouvé deux de vos gardes, morts, en bordure de vos appartements. Il a couru prévenir la garde du régent. Vos propres hommes n'ont pas encore été prévenus.

— Je m'en suis rendu compte, dit Laurent.

Ils ne firent pas montre de la même politesse envers Damen, l'immobilisant brutalement comme d'autres l'avaient fait, durant les premiers jours de sa captivité. Il ne se débattit pas. À quoi bon ? Il sentit qu'on lui joignait les mains derrière le dos. Une poigne puissante lui enserra la nuque.

— Emmenez-le, ordonna le soldat.

Laurent prit la parole, très calmement :

— Puis-je vous demander pourquoi vous arrêtez mon serviteur ?

Le commandant lui adressa un regard perplexe.

— Votre Altesse… Il y a eu une attaque…

— Pas par lui.

— Les armes sont akieloniennes, annonça l'un des soldats.

— Votre Altesse, si vous avez été attaqué par des Akieloniens, vous pouvez être sûr que celui-ci était complice.

C'était bien trop commode. Damen comprit que c'était pour cette raison que les assaillants l'avaient amené jusqu'à cette chambre : pour rejeter la faute sur lui. Bien sûr, ils pensaient survivre à l'agression, mais leurs intentions demeuraient. Et Laurent, qui passait chaque instant de sa vie à chercher de nouvelles manières d'humilier, de blesser ou de tuer Damen, venait de recevoir le prétexte dont il rêvait sur un plateau d'argent.

Il voyait – sentait – que Laurent le savait. Il devinait à quel point Laurent était tenté, tenté de doubler à la fois Damen et son oncle. Il regretta amèrement la pulsion qui l'avait conduit à sauver la vie de Laurent.

— Vous êtes mal informés, déclara ce dernier.

À l'entendre, on aurait cru qu'il était en train de mâcher quelque chose d'immonde.

— Ce n'était pas moi qui étais visé. Ces trois hommes ont attaqué l'esclave, invoquant une quelconque querelle entre barbares.

Damen cilla.

— Ils ont attaqué… l'esclave ? répéta le soldat.

Il semblait avoir autant de mal que Damen à digérer cette information.

— Relâchez-le, soldat, exigea Laurent.

Mais l'étau qui maintenait Damen ne se desserra pas. Les hommes du régent ne prenaient pas d'ordres de Laurent. D'ailleurs, le commandant secoua très légèrement la tête à l'intention de l'homme qui tenait Damen, contredisant le prince.

— Pardonnez-moi, Votre Altesse, mais tant que nous ne pouvons être certains que vous êtes en sécurité, il serait négligent de ma part de…

— Vous avez été négligent, l'interrompit Laurent.

Cette affirmation, énoncée posément, provoqua un silence que le commandant endura vaillamment, presque sans broncher. C'est probablement pour cette raison qu'il avait accédé à ce poste. L'homme qui maintenait Damen desserra sensiblement son emprise.

Laurent poursuivit :

— Vous êtes arrivés trop tard et avez malmené ce qui m'appartient. Mais je vous en prie, aggravez donc votre cas en arrêtant le cadeau d'amitié du roi d'Akielos. Contre mon ordre.

Damen fut soudain libre. Laurent n'attendit pas que le commandant lui signifie son accord.

— J'ai besoin d'un moment d'intimité. Vous pouvez employer le temps restant jusqu'à l'aube pour quitter mes appartements et informer mes propres hommes de cette attaque. J'enverrai chercher l'un d'eux lorsque je serai prêt.

— Oui, Votre Altesse, acquiesça le commandant. Comme vous voudrez. Nous allons vous laisser.

Lorsque les soldats commencèrent à s'éloigner, Laurent demanda :

— J'imagine qu'il me revient de traîner ces trois déchets hors d'ici ?

Le commandant rougit.

— Nous allons vous en débarrasser, bien sûr. Y a-t-il autre chose que nous puissions faire pour vous ?

— Vous hâter, rétorqua Laurent.

Les hommes s'exécutèrent. Bientôt, la table fut redressée, le verre posé à sa place. Les morceaux de porcelaine délicate furent balayés et laissés en une petite pile. Les corps furent emportés et le sang épongé, sans grand succès.

C'était la première fois que Damen voyait une demi-douzaine de soldats s'atteler docilement à des tâches ménagères, et ce par la seule force de l'arrogance d'un homme. C'en était presque édifiant.

Lorsque leur corvée fut à moitié terminée, Laurent recula pour s'adosser au mur.

Enfin, les hommes prirent congé.

La pièce avait été sommairement remise en ordre, mais elle n'avait pas pour autant recouvré sa beauté sereine. Elle ressemblait à un sanctuaire profané, et non seulement parce que son atmosphère avait été corrompue ; de nombreuses taches, bien visibles, la défiguraient encore. Ces hommes étaient des soldats, pas des domestiques. Leur travail n'avait rien d'irréprochable.

Damen sentait battre son propre cœur, mais il ne parvenait pas à décrypter ses sentiments, pas plus que les événements de la nuit. L'agression, les morts et les mensonges étranges qui avaient suivi étaient survenus trop brutalement. Il balaya l'endroit du regard, évaluant l'étendue des dégâts.

Ses yeux s'arrêtèrent sur Laurent, qui l'observait lui aussi d'un air assez méfiant.

Sa demande d'être laissé tranquille pour le restant de la nuit n'avait pas de sens.

Rien de ce qui venait de se passer n'avait de sens, mais alors que les soldats s'acquittaient de leur tâche, Damen s'était peu à peu rendu compte de quelque chose. La posture de Laurent était peut-être un peu exagérée, en comparaison avec sa nonchalance habituelle. Damen pencha la tête sur le côté et examina Laurent, longuement, descendant jusqu'à ses bottes avant de remonter.

— Vous êtes blessé.

— Non.

Damen ne détourna pas le regard. Un autre que Laurent aurait rougi, ou baissé les yeux, ou indiqué d'une manière ou d'une autre qu'il mentait. Damen s'était un peu attendu à assister à une telle réaction, même de la part de Laurent.

Le prince lui rendit son regard, y ajoutant une bonne dose de défi.

— À moins de compter ta tentative de me casser le bras, précisa-t-il.

— Sans compter ma tentative de vous casser le bras, dit Damen.

Laurent n'était pas, comme Damen l'avait cru au départ, ivre. Mais à bien le regarder, on voyait qu'il respirait prudemment, et qu'au fond de ses yeux luisait un éclat fébrile.

Damen fit un pas en avant. Il s'arrêta en heurtant un regard bleu en forme de mur.

— Je préférerais que tu te tiennes un peu plus loin, lança Laurent.

Chacun de ses mots était finement ciselé, comme gravé dans le marbre.

Damen se tourna vers le verre qui avait été renversé durant le combat, de même que son contenu ; les hommes du régent, sans réfléchir, l'avaient replacé sur la table. En relevant le regard, il sut à l'expression de Laurent qu'il avait raison.

— Pas blessé. Empoisonné, dit Damen.

— Tu peux contenir ton allégresse. Je ne vais pas en mourir.

— Comment le savez-vous ?

Mais Laurent lui décocha un regard assassin, refusant de s'expliquer.

Damen se dit, avec un étrange sentiment de détachement, que ce n'était que justice : il se souvenait parfaitement avoir été engourdi à l'aide d'une drogue, puis jeté dans l'arène. Il se demanda si Laurent avait ingéré du *chalis*. Pouvait-on le boire plutôt que de l'inhaler ? Cela expliquerait pourquoi les hommes avaient été si sûrs de ne rencontrer aucune difficulté.

Cela ajoutait également aux soupçons qui pesaient sur lui, comprit Damen. L'idée qu'il avait voulu se venger de Laurent en employant les mêmes tactiques que son ennemi était tristement crédible.

Cet endroit lui donnait la nausée. Partout ailleurs, on tuait son ennemi à l'aide d'une épée. Ou on l'empoisonnait, si l'on était mû par les instincts déloyaux d'un assassin. En ces lieux, ce n'était qu'un entrelacs de machinations complexes, noires, suaves et sordides. Il aurait cru que Laurent lui-même avait tout manigancé, s'il n'avait pas été la victime évidente des événements de la nuit.

Que se passait-il vraiment ?

Damen marcha jusqu'au verre et le souleva. Il contenait encore un très léger fond de liquide. C'était de l'eau, étonnamment, et non du vin. C'est pourquoi le résidu de couleur rosée, à l'intérieur du récipient, était bien visible. C'était la marque distinctive d'une drogue que Damen connaissait bien.

—C'est une drogue akielonienne, annonça Damen. Elle est donnée aux esclaves de plaisir, durant leur formation. Elle les rend…

—Je suis bien conscient des effets de cette drogue, l'interrompit Laurent d'une voix tranchante.

Damen posa sur lui un regard nouveau. La drogue, dans son propre pays, était connue et controversée. Il l'avait essayée lui-même, une fois, poussé par la curiosité de ses seize ans. Il n'avait pris qu'une infime partie de la dose ordinaire, et s'était trouvé encombré d'un excès de virilité pendant plusieurs heures, au cours desquelles il avait épuisé trois partenaires ravies. Il n'avait pas désiré renouveler l'expérience par la suite. Une dose plus forte transformait la virilité en abandon. Pour que le verre en porte encore les traces, la dose avait dû être généreuse, même si Laurent n'en avait ingéré qu'une gorgée.

Laurent ne semblait pas prêt à s'abandonner. Il ne s'exprimait pas avec sa nonchalance habituelle, et son souffle était court, mais il ne présentait aucun autre signe de son état.

Damen s'aperçut, brusquement, qu'il assistait à une impressionnante démonstration de maîtrise de soi, portée par une volonté d'acier.

— Les effets finissent par se dissiper, précisa Damen.

Et il ajouta, ne pouvant s'empêcher de mettre la vérité au service de ses pulsions sadiques :

— Au bout de quelques heures.

Il lut dans le regard que lui lança Laurent qu'il aurait préféré se couper le bras plutôt que de mettre quiconque au courant de sa condition ; et en outre, que Damen était la dernière personne à qui il l'aurait révélée, ainsi que la dernière personne avec laquelle il souhaitait se trouver seul. Il ne put s'empêcher de savourer également cette information.

— Vous pensez que je vais tirer parti de cette situation ? demanda Damen.

Car une seule chose était claire, dans cet enchevêtrement incompréhensible de complots vérétiens auquel il s'était trouvé mêlé : il était libre de toute entrave, délivré de ses obligations, et non surveillé pour la première fois depuis son arrivée dans ce pays.

— C'est le cas. Merci beaucoup d'avoir renvoyé les soldats, poursuivit Damen. J'ai cru que je n'aurais jamais l'occasion de m'enfuir d'ici.

Il se retourna. Derrière lui, Laurent jura. Damen se trouvait à mi-distance de la porte avant que la voix de Laurent ne lui fasse tourner les talons.

— Attends, intima Laurent.

On aurait dit qu'il avait lutté pour prononcer ce mot, et détestait avoir à le faire.

— C'est trop dangereux. Si tu partais maintenant, cela reviendrait à avouer ta culpabilité. La garde du régent n'hésiterait pas à te faire tuer. Je ne pourrais… te protéger, comme je le fais maintenant.

— Me protéger, répéta Damen d'une voix incrédule.

— Je sais bien que tu m'as sauvé la vie.

Damen le dévisagea sans rien dire.

Laurent reprit :

— T'être redevable ne me rend pas heureux. Tu peux te fier à cela, si tu es incapable de me faire confiance.

—Vous faire confiance? s'exclama Damen. Vous m'avez arraché la peau du dos. Je ne vous ai jamais vu que tricher, et mentir à toutes les personnes que vous rencontrez. Vous vous servez de tout et de tout le monde pour atteindre vos objectifs. Vous êtes la dernière personne à qui je pourrais faire confiance.

Laurent appuya la tête contre le mur. Ses paupières s'étaient alourdies, et ses yeux mi-clos n'étaient plus que deux fentes frangées de cils dorés, observant Damen. Celui-ci pensait l'entendre nier, ou riposter. Mais la seule réponse de Laurent fut un petit rire bref et las, ce qui signifiait, peut-être plus que tout le reste, à quel point il était près de perdre le contrôle.

—Vas-y, dans ce cas.

Damen regarda de nouveau la porte.

Les hommes du régent étant en alerte, le danger était bien réel, mais toute évasion comportait une énorme part de risque. S'il s'abstenait, et qu'il attendait qu'une autre opportunité se présente… S'il parvenait à se libérer de ses éternelles entraves, s'il tuait ses gardes ou trouvait une autre manière de leur échapper…

Pour le moment, les appartements de Laurent étaient vides. Il avait une longueur d'avance. Il savait comment sortir du palais. Une occasion comme celle-ci pouvait ne pas se représenter avant plusieurs semaines, ou des mois, ou ne jamais revenir.

Laurent demeurerait seul et vulnérable, alors qu'on venait tout juste d'attenter à ses jours.

Mais le danger immédiat était passé, et Laurent y avait survécu. D'autres, non. Damen avait tué ce soir-là, et avait vu tuer. Il serra les dents. S'il avait une dette envers Laurent, elle était désormais payée. Il se dit : *Je ne lui dois rien.*

La porte s'ouvrit sous ses doigts, et le couloir était désert.

Il partit.

Chapitre 11

Il ne connaissait qu'une seule issue valable : la cour adjacente au champ d'entraînement, au premier étage.

Il s'obligea à marcher calmement, d'un air décidé, comme un serviteur que son maître aurait envoyé s'acquitter d'une commission. Son esprit était empli de gorges tranchées, de combat rapproché et de poignards. Il repoussa ces pensées et réfléchit plutôt à l'itinéraire qu'il emprunterait pour traverser le palais. La voie était libre, pour l'instant.

Passer devant sa propre chambre lui fit une impression étrange. Il avait été surpris de constater, depuis le moment où il avait été installé là, à quel point ses quartiers étaient proches de ceux de Laurent, adossés aux appartements princiers. La porte était entrouverte, comme les trois hommes à présent morts l'avaient laissée. La pièce paraissait… vide, et donnait la sensation que quelque chose clochait. Poussé par un instinct inexplicable, peut-être le désir de masquer tout signe de son évasion, Damen s'arrêta pour fermer la porte. Lorsqu'il se retourna, quelqu'un l'observait.

Nicaise se tenait au milieu du couloir, comme figé sur sa route en direction des appartements de Laurent.

Loin au fond de Damen, une envie de rire s'associa à une bouffée de panique, nerveuse et absurde. Si Nicaise atteignait la chambre… S'il sonnait l'alerte…

Damen s'était préparé à combattre des hommes, pas des petits garçons en peignoir de soie à dentelles, passé par-dessus une chemise de nuit.

—Que fais-tu là ? demanda Damen puisque l'un d'eux devait bien poser la question.

—Je dormais. Quelqu'un est venu nous réveiller. On a dit au régent qu'une attaque avait eu lieu, répondit Nicaise.

« *Nous* », pensa Damen avec dégoût.

Nicaise fit un pas en avant. Damen sentit ses entrailles se serrer et vint se placer au milieu du couloir, lui barrant le passage. Il se sentait ridicule. Il dit :

—Il a chassé tout le monde de ses appartements. Je n'essaierais pas de le voir, si j'étais toi.

—Pourquoi pas ? interrogea Nicaise en coulant un regard vers la chambre de Laurent. Que s'est-il passé ? Est-ce qu'il va bien ?

Damen réfléchit à l'argument le plus dissuasif qu'il pouvait lui opposer.

—Il est de mauvaise humeur, déclara-t-il simplement.

C'était la vérité, au moins.

—Oh, fit Nicaise.

Puis il reprit :

—Je m'en fiche. Je voulais juste…

Mais il s'interrompit dans un silence étrange, dévisageant Damen sans tenter de le dépasser. Que faisait-il là ? Chaque moment que Damen passait en compagnie de Nicaise était une occasion de plus pour Laurent d'émerger de sa chambre, ou pour la garde de revenir. Il sentit les secondes de sa vie s'égrener.

Nicaise leva le menton et déclara :

—Je m'en fiche. Je retourne me coucher.

Sauf qu'il resta là, boucles brunes et yeux bleus, brillants sous la lueur des torches qui embrasait, vacillante, les lignes parfaites de son visage.

—Eh bien ? Vas-y, l'encouragea Damen.

Le silence s'étira. Manifestement, quelque chose tracassait Nicaise, et il ne partirait pas avant de l'avoir dit. Enfin, le garçon lâcha :

— Ne lui dis pas que je suis venu.

— D'accord, acquiesça Damen tout à fait sincèrement.

Une fois sorti du palais, il n'avait pas l'intention de revoir Laurent.

Il y eut un nouveau silence. Nicaise fronça les sourcils. Enfin, il se retourna et disparut au bout du couloir.

Puis…

— Toi, ordonna une voix. Arrête-toi.

Damen se figea. Laurent avait exigé que l'on quitte ses quartiers, mais Damen en avait atteint les limites, à présent, et se trouvait face à la garde du régent.

Il expliqua, aussi calmement que possible :

— Le prince m'a envoyé chercher deux de ses hommes pour les conduire à lui. J'imagine qu'ils ont été prévenus.

Il y avait tant de risques différents. Même s'ils ne l'empêchaient pas de poursuivre sa route, ils pouvaient le faire escorter. L'ombre d'un soupçon suffirait.

— Nos ordres sont de ne laisser entrer ni sortir personne.

— Vous pouvez le dire au prince vous-mêmes, suggéra Damen. Après l'avoir informé que vous aviez laissé passer le mignon du régent.

Ces mots provoquèrent un éclair de panique. Invoquer le mauvais caractère de Laurent revenait à utiliser une clé magique, capable de déverrouiller les portes les plus tenaces.

— Dépêche-toi, dit le garde.

Damen acquiesça, et s'éloigna d'un pas tranquille, sentant leurs regards dans son dos. Il ne parvint pas à se détendre, même lorsqu'il fut hors de vue. Il était conscient en permanence de l'activité du palais autour de lui, tandis qu'il cheminait. Il croisa deux domestiques, qui ne lui accordèrent aucune attention. Il pria pour que le champ d'entraînement soit conforme à ses souvenirs : isolé, non surveillé, et désert.

C'était le cas. Il ressentit une bouffée de soulagement en le voyant, avec ses vieux meubles, et son sol tapissé de sciure. Au centre se dressait la croix, sombre et intimidante. Damen répugnait à s'en approcher et désirait ardemment longer les parois de la pièce, plutôt que de la traverser en ligne droite.

Haïssant sa propre réaction, il prit délibérément le temps de marcher jusqu'à la croix et de placer une main sur l'énorme poteau central. Il sentit le bois inébranlable sous ses doigts. Confusément, il s'était attendu à y trouver le tissu matelassé, assombri par la sueur ou le sang, en signe de ce qui s'était passé… mais il n'y avait rien. Il regarda l'endroit où Laurent s'était posté pour l'observer.

Il n'y avait aucune raison de verser cette drogue, et non une autre, dans le verre de Laurent si l'idée était simplement de le neutraliser. Le viol, par conséquent, devait précéder le meurtre. Damen ignorait s'ils avaient prévu qu'il participe ou qu'il assiste seulement à la scène. Les deux possibilités le révulsaient. Son propre sort, en tant que coupable supposé, aurait probablement été plus terrible encore que celui de Laurent : on l'aurait exécuté lentement, interminablement, sous les yeux de centaines de spectateurs.

De la drogue, et un trio d'assaillants. Un bouc émissaire, prêt à être sacrifié. Un serviteur courant informer la garde du régent, exactement au bon moment. C'était un plan bien huilé, dont la faille avait été la réaction imprévisible de Damen. Et la volonté à toute épreuve de Laurent face aux effets de la drogue.

Et la complexité excessive du stratagème, mais c'était un défaut caractéristique de l'esprit vérétien.

Damen se persuada que la situation actuelle de Laurent n'était pas si terrible. Dans une cour comme celle-ci, Laurent pouvait très bien demander à un mignon de l'aider à dissiper son état de tension. S'il s'en abstenait, ce serait par obstination.

Damen n'avait pas le temps d'y penser.

Il s'éloigna de la croix. Au bord du champ d'entraînement, près d'un banc, gisaient quelques pièces d'armures disparates et de vieux vêtements abandonnés. Il se réjouit de les trouver là, comme dans ses souvenirs, car à l'extérieur du palais, il ne passerait pas inaperçu dans sa tenue légère d'esclave. Grâce à la leçon particulière reçue dans les bains, il connaissait les particularités des vêtements vérétiens et parvint à s'habiller rapidement. Le pantalon était très vieux, et le tissu couleur fauve était si élimé qu'il en devenait transparent par endroits, mais il était à sa taille. Les lacets étaient deux longues et fines lanières de cuir souple. Il baissa les yeux pour les serrer et les nouer rapidement ; ils servaient à la fois à fermer le « V » du tissu et à former sur l'entrejambe des croisillons décoratifs.

La chemise était trop petite. Mais puisqu'elle était plus abîmée encore que le pantalon et déjà décousue à l'épaule, il n'eut aucun mal à arracher promptement les deux manches, puis à déchirer le col jusqu'à parvenir à l'enfiler. De coupe lâche, elle masquait tout de même son dos couvert de cicatrices. Il cacha ses habits d'esclave sous le banc. Les pièces d'armure étaient toutes parfaitement inutiles, puisqu'il ne s'agissait que d'un heaume, d'un plastron rouillé, d'une unique épaulière et de quelques ceintures et sangles. Des brassards en cuir auraient pu lui servir à dissimuler ses bracelets d'or. Dommage. Dommage, aussi, qu'il n'y ait pas d'arme en vue.

Il ne pouvait se permettre de fouiller davantage : il avait déjà perdu trop de temps. Il se dirigea vers le toit.

Le palais ne lui facilitait pas la tâche.

Il n'y avait pas d'issue facile et rapide, qui lui aurait permis de sauter, sans trop de difficulté, du premier étage. La cour était entourée d'édifices plus hauts qu'il allait devoir escalader.

Cependant, il avait de la chance de ne pas se trouver au palais d'Ios, ou dans n'importe quelle autre forteresse akielonienne. Ios était fortifiée, bâtie sur une falaise, conçue pour repousser les envahisseurs. Il n'y avait aucune issue non gardée, à l'exception d'un à-pic vertical de pierre blanche et lisse.

Le palais vérétien, tout saupoudré d'ornements, n'était pas conçu pour être défendu. Les parapets étaient surmontés de pics spiralés, inutiles mais décoratifs. Les dômes glissants que contournait Damen auraient représenté un vrai cauchemar en cas d'attaque, masquant l'autre côté du toit. Une fois, Damen s'accrocha à un mâchicoulis, mais celui-ci ne semblait remplir qu'une fonction esthétique. Il s'agissait d'un lieu de résidence, et non d'un fort ou d'un château bâti pour résister aux attaques. Vère avait mené son lot de guerres, redéfinissant sans cesse ses frontières, mais depuis deux siècles, aucune armée étrangère n'avait marché sur la capitale. Le vieux fort de Chastillon avait été remplacé ; la cour était partie s'installer plus au nord, dans ce nouveau nid somptueux.

En entendant des voix, Damen se plaqua contre un parapet. Il estima qu'ils n'étaient que deux, à en croire le son de leurs paroles et de leurs pas. Deux hommes ne devraient pas parvenir à l'arrêter, s'il agissait en silence, s'ils ne sonnaient pas l'alerte. Son pouls s'accéléra. Ils discutaient d'un ton désinvolte, comme si leur présence était due à la routine et non à une battue organisée pour capturer un prisonnier évadé. Damen attendit, tendu, et leurs voix s'éloignèrent.

La lune s'était levée. À droite, il distinguait un fleuve, la Seraine, ce qui lui indiqua qu'il s'agissait de l'ouest. La ville était un ensemble de formes sombres, dont les contours luisaient au clair de lune ; toits et pignons inclinés, balcons et gouttières se confondaient en un entrelacs désordonné. Derrière lui, une étendue obscure, sans doute les grandes forêts septentrionales. Et au sud… au sud, derrière les contours sombres de la ville, au-delà des collines boisées et des riches provinces centrales de Vère, se trouvait la frontière, jalonnée de vrais châteaux : Ravenel, Fortaine, Marlas… et de l'autre côté, Delpha, et son pays.

Son pays.

Sa patrie, quoique l'Akielos qu'il avait laissé derrière lui ne soit pas l'Akielos qu'il retrouverait. Le règne de son père était terminé, et c'était Kastor qui, en ce moment même, dormait dans la chambre du roi, Jokaste à ses côtés, si elle n'avait pas encore commencé à accoucher. Jokaste, dont la taille était gonflée de l'enfant de Kastor.

Il inspira profondément. La chance était toujours de son côté. Il n'y avait pas le moindre signe d'agitation du côté du palais, pas de battue sur le toit ou dans les rues. Son évasion n'avait pas été remarquée. Et devant lui se trouvait une issue, à condition d'être prêt à faire quelques acrobaties.

Il lui serait agréable de mettre son corps à l'épreuve, de s'attaquer à un défi ardu. Lorsqu'il était arrivé à Vère, il était au sommet de sa forme, et se maintenir en état de combattre avait été une priorité pour lui, durant ces longues heures de captivité qu'il n'aurait de toute façon pas pu employer à autre chose. Mais les semaines de lente récupération, à la suite des coups de fouet, l'avaient affaibli. Se battre contre deux hommes mal entraînés était une chose, descendre un mur à mains nues en était une autre. Une prouesse d'endurance qui mobilisait en permanence les muscles des bras et du dos.

Son dos, sa faiblesse, tout juste guéri et qu'il n'avait pas encore remis au travail. Il ignorait combien de temps il tiendrait avant que ses forces l'abandonnent. Il n'y avait qu'un seul moyen de le découvrir.

L'obscurité dissimulerait sa descente, mais après cela… La nuit n'était pas le meilleur moment pour traverser une ville. Peut-être avait-on imposé un couvre-feu, ou peut-être était-ce simplement ce que dictait la tradition, mais les rues d'Arles semblaient désertes et silencieuses. Un homme rôdant à travers la cité attirerait l'attention. Par comparaison, l'aube aux lueurs grises, avec son inévitable remue-ménage, représentait l'opportunité parfaite pour s'échapper de la ville. Peut-être pourrait-il même se mettre en route un peu plus tôt. Toutes les villes commençaient à s'animer environ une heure avant l'aube.

Mais il devait d'abord effectuer la descente. Après cela, un coin sombre de la cité – une ruelle ou, si son dos le lui permettait, un toit – constituerait une cachette idéale jusqu'au réveil des habitants. Il s'estima heureux que les hommes qu'il avait entendus sur les toits soient partis, et que les patrouilles ne soient pas encore de sortie.

Les patrouilles étaient de sortie.

Les gardes du régent se précipitèrent hors du palais, montés et portant des torches, quelques minutes seulement après que les pieds de Damen eurent touché terre. Une vingtaine d'hommes à cheval, séparés en deux groupes : exactement ce qu'il fallait pour réveiller une ville. Les sabots martelèrent le pavé, les lampes s'allumèrent, les volets s'ouvrirent en claquant. Des exclamations réprobatrices fusèrent. Des visages apparurent aux fenêtres, grommelèrent d'un air ensommeillé, et disparurent.

Damen se demanda qui, finalement, avait sonné l'alarme. Nicaise avait-il fini par comprendre ce qui se passait ? Laurent, émergeant de sa torpeur artificielle, avait-il décidé qu'il préférait conserver son mignon ? Ou bien était-ce la garde du régent ?

Cela importait peu. Les patrouilles étaient là, mais elles étaient bruyantes et faciles à éviter. Il ne fallut pas longtemps à Damen pour s'installer sur un toit, bien caché entre la pente couverte de tuiles et la cheminée.

Il regarda le ciel et estima que la nuit ne durerait plus qu'une heure environ.

L'heure s'écoula. L'une des patrouilles était trop loin pour que Damen la voie ou l'entende, et l'autre se trouvait à quelques rues de là, mais s'éloignait.

L'aube commençait à poindre à l'horizon ; le ciel n'était plus d'un noir profond. Damen ne pouvait rester là où il était, accroupi comme une gargouille, à attendre que la lumière le révèle peu à peu, comme un rideau se levant sur une scène incongrue. Autour de lui, la ville se réveillait. Il était temps de descendre.

La ruelle était plus sombre que le toit. Il distingua plusieurs portes de formes diverses, en bois vermoulu, et des parois de pierre en mauvais état. Hormis cela, le petit espace n'offrait qu'une impasse, encombrée d'ordures. Il préférait en sortir.

L'une des portes s'ouvrit. Damen sentit une bouffée de parfum et de bière éventée. Une femme se tenait dans l'embrasure. Elle avait les cheveux bruns frisés, un assez joli visage pour ce que

Damen en voyait dans la pénombre, et une poitrine généreuse, en partie découverte.

Damen cilla. Derrière elle, il aperçut la silhouette obscure d'un homme, et derrière lui, une lumière chaude et rouge, une atmosphère particulière, et des sons étouffés, caractéristiques.

Un bordel. On n'aurait pu le deviner de l'extérieur : la lumière ne filtrait même pas à travers les volets fermés, mais si l'acte était socialement tabou entre un homme et une femme, il était compréhensible qu'un bordel soit discret, soustrait à la vue du public.

L'individu ne semblait pas le moins du monde embarrassé par sa situation, et arborait en sortant les manières sans équivoque d'un homme qui venait d'être satisfait, remontant son pantalon. Lorsqu'il vit Damen, il marqua un temps d'arrêt et lui adressa un regard territorial, mais impersonnel. Puis il s'arrêta complètement, et son regard changea.

Et la chance, qui jusque-là demeurait du côté de Damen, s'envola brusquement.

Govart dit :

— Laisse-moi deviner. J'ai baisé un des tiens, alors tu es venu ici pour baiser une des miennes.

Le bruit lointain des sabots sur le pavé fut suivi d'éclats de voix provenant de la même direction, ces cris qui avaient dérangé la cité une heure entière avant son horaire habituel.

— Ou alors…, reprit Govart de la voix lente de celui qui va, inévitablement, finir par comprendre. Est-ce que ce serait pour toi que la garde est de sortie ?

Damen esquiva le premier coup, puis le deuxième. Il prit garde de maintenir une certaine distance entre eux, se remémorant les empoignades puissantes de Govart. La nuit ressemblait de plus en plus à une course d'obstacles, jalonnée de défis quasi impossibles. Empêcher un assassinat. Descendre un mur à mains nues. Combattre Govart. Que lui demanderait-on ensuite ?

La femme, armée de son impressionnante capacité pulmonaire, ouvrit la bouche et hurla.

Après cela, tout s'enchaîna très rapidement.

À trois rues de là, on entendit des cris et un fracas de sabots : la patrouille la plus proche se retournait et accourait à fond de train. Le seul espoir de Damen était qu'ils manquent l'entrée de la ruelle. La femme le savait également, aussi cria-t-elle de plus belle avant de se réfugier à l'intérieur du bordel, de claquer la porte et de pousser les verrous.

L'allée était étroite, et ne pouvait accueillir confortablement trois chevaux côte à côte. Mais deux suffisaient. En plus de ses montures et de ses torches, la patrouille était munie d'arbalètes. Damen ne pouvait résister, s'il ne voulait pas mourir.

À côté de lui, Govart affichait un air suffisant. Il n'avait peut-être pas remarqué que si les gardes tiraient sur Damen, il tomberait avec lui.

Derrière les deux chevaux, un homme mit pied à terre et s'avança. Il s'agissait du soldat qui commandait la garde dans les appartements de Laurent. Suffisant, lui aussi. À en juger par son expression, il trouvait extrêmement gratifiant de récolter la preuve qu'il avait raison au sujet de Damen.

— À genoux, ordonna le commandant.

Allaient-ils le tuer là ? Le cas échéant, il se battrait, même s'il connaissait déjà l'issue d'un combat contre un tel nombre d'hommes armés d'arbalètes. Derrière le commandant, l'entrée de la ruelle était hérissée de carreaux pointés sur lui. Que ce soit ou non leur intention initiale, ils n'hésiteraient pas à l'exécuter sur-le-champ s'il leur en offrait le moindre prétexte.

Damen s'agenouilla, lentement.

L'aube était là. L'air était figé, translucide, comme toujours au lever du soleil, même en pleine ville. Damen regarda autour de lui. Ce n'était pas un endroit très agréable. Les chevaux, plus délicats que les habitants de la ruelle, ne l'aimaient pas. Damen poussa un soupir.

— Je t'arrête pour haute trahison, déclara le soldat, en raison de ta participation à un attentat contre la vie du prince héritier. Tu le paieras de ta vie. Le Conseil a parlé.

Il avait saisi sa chance, et c'était là qu'elle l'avait mené. Il n'éprouvait aucune peur, mais la sensation, quelque part entre ses côtes, d'avoir presque touché la liberté du doigt, avant de se la voir arrachée à la dernière seconde. Ce qui le tourmentait le plus était que Laurent avait dit vrai.

—Liez-lui les mains, ordonna le commandant en lançant une cordelette à Govart.

Il vint se poster sur le flanc de Damen, ouvrant la vue aux arbalétriers, et pressa la pointe de son épée contre son cou.

—Si tu bouges, tu meurs, prévint le commandant.

C'était un bon résumé.

Govart attrapa la cordelette. Si Damen voulait se battre, il devait le faire sur-le-champ, avant d'avoir les mains liées. Il le savait, même alors que son esprit, entraîné au combat, voyait l'angle de visée parfait des arbalètes et les douze hommes montés, et ne lui offrait pas la moindre tactique susceptible de provoquer plus qu'un peu de remue-ménage et de dégâts. Peut-être beaucoup de dégâts.

—Le châtiment pour trahison est la mort, déclara le soldat.

À l'instant où il soulevait son arme, juste avant que Damen ne s'ébranle, avant que le dernier acte ne se joue, avec l'énergie du désespoir, dans cette ruelle sordide, il y eut un nouveau tonnerre de sabots. Damen dut se retenir d'éclater d'un rire incrédule, en se souvenant de la seconde moitié de la patrouille. Arrivant à cet instant, dans une apothéose théâtrale et inutile. Fichtre, même Kastor ne lui avait pas envoyé un nombre d'hommes aussi impressionnant.

—Attendez ! cria une voix.

Et dans la lumière de l'aube, il vit que les hommes qui serraient la bride à leurs chevaux ne portaient pas les capes rouges de la garde du régent, mais arboraient des livrées bleu et or.

—Voilà les chiens de la chienne, cracha le commandant avec mépris.

Trois des gardes princiers avaient franchi à cheval la barricade improvisée, et étaient entrés dans l'espace exigu de la ruelle. Damen en reconnut même deux : Jord, en tête, sur un hongre bai, et derrière lui la silhouette plus imposante d'Orlant.

— Vous avez quelque chose qui nous appartient, dit Jord.

— Le traître ? répliqua le commandant. Vous n'avez aucune autorité ici. Partez immédiatement, et je vous laisserai regagner tranquillement le palais.

— On n'est pas du genre tranquille, riposta Jord.

Il avait dégainé son épée.

— On ne part pas sans l'esclave, ajouta-t-il.

— Vous braveriez les ordres du Conseil ? interrogea le commandant.

Il se trouvait dans la position peu enviable de l'homme à pied face à trois cavaliers. L'allée était étroite. Et Jord avait dégainé. Derrière lui, les rouges et les bleus étaient à peu près égaux en nombre. Mais le commandant ne paraissait pas troublé.

Il déclara :

— Tirer l'épée face à la garde du régent est un acte de trahison.

En réponse, avec une insolence dédaigneuse, Orlant tira son épée. Aussitôt, des éclairs de métal apparurent dans les rangs derrière eux. Les arbalètes étaient brandies des deux côtés. Personne ne respirait.

Jord reprit :

— Le prince se trouve face au Conseil en ce moment. Vos ordres datent d'il y a une heure. Tuez l'esclave, et la prochaine tête à tomber sera la vôtre.

— Vous mentez, rétorqua le commandant.

Jord sortit quelque chose d'un pli de son uniforme et le brandit devant lui. C'était un médaillon de conseiller. Il se balança au bout de sa chaîne, dans la lueur des torches, étincelant d'or comme une étoile. Jord brisa le silence :

— On parie ?

— Tu dois être le coup du siècle, maugréa Orlant juste avant de pousser Damen dans la salle d'audience.

Laurent s'y tenait, seul, face au régent et au Conseil.

Ils formaient le même tableau que la dernière fois : le régent sur son trône, et le Conseil en habits de cérémonie, alignés en une rangée impressionnante à ses côtés. Sauf que la salle ne grouillait pas de courtisans. Il n'y avait que Laurent, seul face à eux tous. Damen chercha aussitôt des yeux le conseiller sans médaillon. C'était Hérode.

Damen fut de nouveau poussé. Il tomba à genoux sur le tapis, rouge comme les capes de la garde du régent. Il se trouvait tout près d'une tapisserie où un sanglier était transpercé d'une lance, sous un arbre chargé de grenades.

Damen leva les yeux.

— Mon neveu t'a défendu de manière fort convaincante, commença le régent.

Puis, en un curieux écho des paroles d'Orlant :

— Tu dois avoir des charmes cachés. Ou est-ce ton apparence qui l'attire tant ? Peut-être as-tu d'autres talents ?

La voix froide et calme de Laurent s'éleva :

— Êtes-vous en train d'insinuer que j'ai invité l'esclave dans mon lit ? Quelle idée répugnante… Ce n'est qu'une brute, un rebut de l'armée de Kastor.

Laurent avait recouvré son insupportable sang-froid, et revêtu une tenue adaptée à une audience officielle. Il n'était pas, comme la dernière fois que Damen l'avait vu, languide et somnolent, appuyé contre un mur. La poignée d'heures qui s'étaient écoulées depuis l'évasion de Damen avait laissé le temps à la drogue de quitter son organisme. Sans doute. Mais bien sûr, Damen n'avait aucun moyen de savoir depuis combien de temps Laurent se trouvait dans cette pièce, à argumenter auprès du Conseil.

— Un simple soldat ? Et pourtant, vous nous avez décrit une scène extraordinaire : trois hommes auraient fait irruption dans vos appartements pour s'en prendre à lui, rappela le régent. (Il jeta un bref regard à Damen.) S'il ne couche pas à vos côtés, que faisait-il dans votre chambre à cette heure de la nuit ?

La température, déjà plutôt fraîche, devint glaciale.

— Je ne m'étends pas dans la sueur immonde des hommes akieloniens, rétorqua Laurent.

— Laurent. Si vous avez été visé par Akielos, et que vous nous le dissimulez pour une raison qui vous est propre, nous devons le savoir et nous finirons par l'apprendre. Il s'agit d'une affaire sérieuse.

— Ma réponse l'est également. J'ignore pourquoi l'interrogatoire s'oriente désormais vers mon lit. Puis-je vous demander où il est susceptible de s'égarer par la suite ?

Les plis lourds de sa robe de cérémonie étaient drapés sur le trône du régent. D'un doigt courbé, il caressa la ligne de sa joue barbue. Il observa de nouveau Damen, avant de reporter son attention sur son neveu.

— Vous ne seriez pas le premier jeune homme à qui une tendre inclination, grisante de nouveauté, ferait tourner la tête. L'inexpérience pousse parfois à confondre les plaisirs de la chair avec l'amour véritable. L'esclave a pu vous convaincre de nous mentir, après avoir abusé de votre innocence.

— Abusé de mon innocence, répéta Laurent.

— Nous vous avons tous vu lui témoigner de la faveur. L'asseoir près de vous à table, le nourrir de votre main. À la vérité, on vous a à peine aperçu sans lui, ces derniers jours.

— Hier, je le brutalisais. Aujourd'hui, je me pâme entre ses bras. Je préférerais que les accusations formulées à mon encontre conservent une certaine cohérence. Choisissez l'une ou l'autre.

— Je n'en ai pas besoin, neveu ; vous faites montre d'un grand nombre de vices, et l'inconstance les surpasse tous.

— Oui, j'ai apparemment couché avec mon ennemi, intrigué contre mes intérêts, et fomenté mon propre assassinat. J'ai hâte de découvrir quelles autres prouesses je m'apprête à accomplir.

Ce n'était qu'en observant les conseillers que l'on devinait que cet entretien avait duré un certain temps. Ces hommes d'âge avancé, tirés de leurs lits, portaient tous les traces de la fatigue.

— Et cependant, l'esclave s'est enfui.

— En sommes-nous de nouveau là ? soupira Laurent. Je n'ai été la cible d'aucune attaque. Si j'avais été assailli par quatre hommes armés, croyez-vous vraiment que j'aurais survécu en tuant trois d'entre eux ? La raison pour laquelle l'esclave s'est sauvé n'a rien de mystérieux : il est rétif et difficile. Il me semble vous avoir fait part de sa nature rebelle, à vous tous, par le passé. Vous aviez également choisi de ne pas me croire cette fois-là.

— Vous croire ou non n'est pas la question. Votre défense de l'esclave me trouble. Elle ne vous ressemble pas. Elle révèle un attachement inhabituel. Si celui-ci vous a conduit à fraterniser avec des forces étrangères à votre pays…

— Fraterniser avec Akielos ?

Le mépris glacé avec lequel Laurent avait prononcé ces mots était plus convaincant que mille protestations indignées. Certains conseillers parurent ébranlés.

Hérode intervint, mal à l'aise :

— Je ne crois pas que le prince puisse être accusé d'une telle chose, alors que son père… et son frère…

— Personne, reprit Laurent, n'a plus de raisons de s'opposer à Akielos que moi. Si l'esclave offert par Kastor m'avait attaqué, cela suffirait à déclarer la guerre. Je serais enchanté. Une seule chose me pousse à vous tenir tête : la vérité. Vous l'avez entendue. Je ne me défendrai pas davantage. L'esclave est coupable, ou il est innocent. Décidez donc.

— Avant que nous ne prenions notre décision, répliqua le régent, vous allez répondre à une dernière question : si votre inimitié à l'égard d'Akielos est sincère, s'il n'existe aucun complot, pourquoi refusez-vous toujours de servir à la frontière de Delfeur ? Je pense que si vous étiez aussi loyal que vous l'affirmez, vous saisiriez votre épée, rassembleriez ce qui vous reste d'honneur, et accompliriez votre devoir.

— Je…, dit Laurent.

Le régent s'assit plus profondément sur son trône, posa ses paumes sur le bois sombre des accoudoirs sculptés, et attendit.

— Je… ne vois pas en quoi cela…

Ce fut Audin qui déclara :

— C'est en effet contradictoire.

— Mais cette contradiction pourrait être aisément résolue, argua Guion.

Derrière lui, quelques murmures d'approbation s'élevèrent. Le conseiller Hérode acquiesça lentement.

Laurent balaya du regard les membres du Conseil.

Quiconque assisterait à la scène, en cet instant, comprendrait à quel point la situation était précaire. Les conseillers étaient lassés de ce débat, et prêts à accepter la moindre solution offerte par le régent, tout artificielle qu'elle fut.

Laurent n'avait que deux possibilités : s'attirer leur courroux en prolongeant cette querelle perdue d'avance, entachée par les multiples accusations à son encontre, ou accepter de se rendre à la frontière et obtenir ce qu'il souhaitait.

En outre, il se faisait tard, et la nature humaine étant ce qu'elle était, si Laurent n'accédait pas à la demande de son oncle, les conseillers pourraient se retourner contre lui au simple motif qu'il les retenait là plus longtemps. Sans compter le fait que la loyauté de Laurent avait été remise en question.

Laurent répondit :

— Vous avez raison, mon oncle. En me soustrayant à mes responsabilités, je vous ai conduit à douter de ma parole, et je vous comprends. Je chevaucherai jusqu'à Delfeur et accomplirai mon devoir à la frontière. L'idée que ma loyauté puisse être mise en doute me déplaît fortement.

Le régent écarta les mains en un geste de satisfaction.

— Je suis sûr que cette réponse nous agrée à tous, dit-il.

Il reçut l'approbation du Conseil, cinq affirmations verbales, données l'une après l'autre, après quoi il regarda Damen et déclara :

— Je pense que nous pouvons acquitter l'esclave, sans plus de doutes quant à son allégeance.

— Je me soumets humblement à votre jugement, mon oncle, dit Laurent, ainsi qu'à celui du Conseil.

— Libérez l'esclave, ordonna le régent.

Damen sentit des mains sur ses poignets, dénouant ses liens. C'était Orlant, qui s'était tenu à ses côtés tout du long. Ses gestes étaient brusques.

— Voilà. C'est fait. Venez, intima le régent à Laurent en tendant sa main droite.

À son petit doigt brillait la bague symbolisant sa charge, dorée et coiffée d'une pierre rouge, un rubis ou un grenat.

Laurent s'avança et se prosterna gracieusement devant lui, posant un seul genou à terre.

— Embrassez-la, dit le régent.

Laurent baissa docilement la tête pour poser ses lèvres sur la chevalière de son oncle.

Ses mouvements étaient calmes et respectueux, et ses cheveux blonds masquaient son expression. Il frôla des lèvres le joyau rouge sans se hâter, puis s'en écarta. Il ne se leva pas. Le régent le contempla.

Au bout d'un moment, Damen vit le régent lever la main pour la poser sur les cheveux de Laurent et les caresser lentement, avec affection. Laurent demeura immobile, tête baissée, tandis que le régent, de ses doigts chargés de bagues, écartait de son visage les mèches d'or pur.

— Laurent. Pourquoi faut-il toujours que vous me désobéissiez ? Je déteste que nous soyons fâchés, et pourtant, vous me forcez à vous gronder. Vous semblez déterminé à détruire tout ce qui se trouve sur votre chemin. Lorsque vous recevez des cadeaux, vous les abîmez ; lorsqu'on vous présente des opportunités, vous les gâchez. Je suis triste de vous voir grandir ainsi, regretta le régent, alors que vous étiez un si bon petit garçon.

Chapitre 12

Ce rare moment d'affection avunculaire conclut l'entretien. Le régent et le Conseil quittèrent la salle. Laurent se leva et demeura en place, regardant son oncle et les conseillers s'éloigner. Orlant, qui avait reculé en s'inclinant après avoir libéré Damen, n'était nulle part en vue. Ils étaient seuls.

Damen se leva sans réfléchir. Il se souvint au bout d'une seconde ou deux qu'il aurait dû attendre un ordre de Laurent, mais c'était trop tard : il était debout, et les mots franchissaient ses lèvres.

— Vous avez menti à votre oncle pour me protéger, dit-il.

Six pieds de tapis brodé les séparaient. Damen n'avait pas voulu donner à ses paroles le sens que suggérait son intonation. Ou peut-être que si, en fin de compte. Laurent plissa les yeux.

— Ai-je une fois de plus offensé tes beaux principes ? Peut-être as-tu une tactique plus honorable à me suggérer. Il me semblait t'avoir dit de ne pas t'éloigner.

Damen avait l'impression d'entendre de très loin le ton stupéfait de sa propre voix.

— Je ne comprends pas pourquoi vous feriez une telle chose pour m'aider, alors que dire la vérité vous aurait été bien plus facile.

— Si cela ne te gêne pas, je préférerais ne pas entendre davantage de commentaires sur ma personnalité, ce soir. Ou dois-je également me défendre contre toi ? Je suis prêt à le faire.

— Non, je… Je ne voulais pas dire…

Que voulait-il dire? Il savait ce qu'il était censé exprimer: la gratitude de l'esclave sauvé. Ce n'était pas ce qu'il ressentait. Il était passé si près de la réussite. S'il avait été découvert, ce n'était qu'à cause de Govart, qui sans Laurent n'aurait pas été son ennemi. Le remercier, c'était le remercier d'avoir été ramené, enchaîné et coincé dans ce palais, cette cage. Une fois de plus.

Et cependant, Laurent lui avait indéniablement sauvé la vie. Laurent et son oncle étaient presque à égalité en termes de cruauté verbale. Damen était épuisé, rien qu'à les écouter. Il se demanda combien de temps Laurent avait lutté, avant son arrivée.

«Je ne pourrais te protéger comme je le fais maintenant», avait dit Laurent. Damen n'avait pas réfléchi à ce qu'impliquait cette protection, mais jamais il n'aurait imaginé que Laurent s'engagerait dans l'arène pour le défendre. Et qu'il y resterait.

—Je voulais dire… que j'étais reconnaiss…

Laurent l'interrompit:

—Il n'y a plus rien entre nous, et certainement pas des remerciements. N'attends pas d'autres faveurs de ma part. Nos dettes sont payées.

Mais l'expression légèrement agacée sur le visage de Laurent n'exprimait pas tout à fait l'hostilité; elle s'accompagnait d'un long regard scrutateur. Après un moment, Laurent ajouta:

—J'étais sincère lorsque je disais que je n'aimais pas t'être redevable. (Il marqua une pause.) Tu avais bien moins de raisons de me porter secours, que moi de t'aider.

—Oui, c'est exact.

—Tu ne t'embarrasses jamais de fioritures, n'est-ce pas? répliqua Laurent, fronçant toujours les sourcils. Un homme plus rusé le ferait. Un homme plus rusé ne se serait pas enfui, et aurait récolté de nombreux avantages en entretenant le sentiment de devoir et de culpabilité chez son maître.

—J'ignorais que vous pouviez ressentir de la culpabilité, avoua franchement Damen.

Une virgule apparut à un coin de la bouche de Laurent. Il s'éloigna de quelques pas, effleurant du bout des doigts l'accoudoir sculpté du trône. Puis, en un mouvement désinvolte, il s'affala sur le siège.

—Eh bien, réjouis-toi. Je pars à Delfeur, et nous allons être débarrassés l'un de l'autre.

—Pourquoi l'idée de patrouiller à la frontière vous dérange-t-elle à ce point ?

—Je suis un lâche, tu l'avais oublié ?

Damen y réfléchit.

—L'êtes-vous vraiment ? Je ne crois pas vous avoir déjà vu vous soustraire à un combat. C'est plutôt l'inverse.

La virgule s'accentua.

—En effet.

—Dans ce cas…

—Cela ne te regarde pas, l'interrompit Laurent.

Il y eut un nouveau silence. La posture du prince sur le trône lui donnait des airs de poupée de chiffon, et Damen se demanda, tandis que celui-ci continuait à le dévisager, si la drogue courait toujours dans ses veines. Lorsqu'il reprit la parole, ce fut du ton de la conversation.

—Jusqu'où es-tu allé ?

—Pas très loin. Un bordel, quelque part dans le quartier sud.

—Cela fait-il si longtemps, depuis Ancel ?

Le regard de Laurent s'était fait paresseux. Damen rougit.

—Je n'y étais pas pour le plaisir. J'avais deux ou trois autres choses en tête.

—Dommage, soupira Laurent d'un ton indulgent. Tu aurais dû prendre ton plaisir lorsque tu en avais l'occasion. Je vais te cloîtrer si bien que tu n'arriveras même plus à respirer, sans parler de m'attirer de nouveau des problèmes.

—Bien sûr, répliqua Damen d'une voix changée.

—Je t'avais dit qu'il ne fallait pas me remercier, lui rappela Laurent.

Ils le ramenèrent donc dans la chambre exiguë et trop décorée qu'il connaissait bien.

La nuit avait été longue, il n'avait pris aucun repos et disposait d'une paillasse et de coussins où s'allonger, mais une sensation dans sa poitrine l'empêchait de dormir. Lorsqu'il balaya la pièce du regard, sa gêne s'intensifia. Deux fenêtres voûtées perçaient le mur à sa gauche, pourvues de rebords bas et larges et couvertes de grilles à motifs. Elles surplombaient les mêmes jardins que la loggia de Laurent, ce qu'il déduisait de la position respective de leurs appartements, et non parce qu'il avait pu s'en assurer. Sa chaîne n'était pas assez longue pour lui permettre de regarder par la fenêtre. Il pouvait imaginer l'eau jaillissante et les parasols de verdure caractéristiques des cours intérieures vérétiennes. Mais il ne pouvait les contempler.

Ce qu'il pouvait voir, il le connaissait. Il connaissait chaque recoin de cette pièce, chaque moulure au plafond, chaque feuille spiralée des grilles aux fenêtres. Il connaissait le mur qui lui faisait face. Il connaissait l'anneau de fer au sol, inébranlable, et la tension de la chaîne, et son poids. Il connaissait la douzième dalle, qui marquait la limite de son mouvement lorsqu'il tirait sur la chaîne. Rien n'avait changé, jour après jour, depuis son arrivée, à l'exception de la couleur des coussins, qu'on ne cessait de remplacer comme si le palais en possédait une réserve inépuisable.

Au milieu de la matinée, un domestique entra, portant le petit déjeuner. Il le lui laissa et repartit précipitamment. La porte se referma.

Il était seul. Sur le plateau ciselé, on avait disposé des fromages, des pains feuilletés encore chauds, une poignée de cerises sauvages sur une soucoupe en argent, une pâtisserie artistement façonnée. Chaque aliment était étudié, conçu pour que le plateau de nourriture, comme tout le reste, soit beau.

Il le jeta à travers la pièce dans un brusque accès de rage et d'impuissance.

Il regretta son geste presque aussitôt. Lorsque le domestique revint un peu plus tard et se mit à raser les murs, blême de terreur, pour ramasser les morceaux de fromage, Damen se sentit ridicule.

Et puis, bien sûr, il fallut que Radel fasse son apparition et découvre le désordre. Il darda sur Damen un regard familier.

—Jette ta nourriture si cela t'amuse. Rien ne va changer. Pendant tout le séjour du prince à la frontière, tu demeureras dans cette chambre. Ordres du prince. Tu te laveras ici, t'habilleras ici, et resteras ici. Les excursions dont tu as profité jusqu'ici – les banquets, les parties de chasse, les bains – sont terminées. Jamais ta chaîne ne te sera retirée.

Pendant tout le séjour du prince à la frontière. Damen ferma brièvement les yeux.

—Quand part-il ?

—Dans deux jours.

—Et combien de temps passera-t-il là-bas ?

—Plusieurs mois.

Cette information était insignifiante pour Radel, qui prononça ces mots sans s'apercevoir de l'effet qu'ils produisaient sur Damen. Radel laissa tomber une petite pile de vêtements sur le sol.

—Change-toi.

Le visage de Damen dut refléter sa surprise, car Radel expliqua :

—Le prince n'aime pas te voir porter des vêtements vérétiens. Il a exigé que l'on répare cet outrage. Ces vêtements sont réservés aux personnes civilisées.

Damen s'exécuta. Il ramassa les habits que Radel avait laissés, pliés, au sol. Non qu'il y ait beaucoup de tissu à plier. Il retrouvait sa tenue d'esclave. Les vêtements vérétiens dans lesquels il s'était échappé furent emportés par les serviteurs, et ce fut comme s'ils n'avaient jamais existé.

Le temps passa, péniblement.

Ce bref instant de liberté lui faisait désirer plus ardemment que jamais de revoir le monde en dehors de ce palais. Il était également rongé par un sentiment irrationnel de frustration : il avait cru que son évasion se solderait, soit par sa mort, soit par sa liberté, mais que quoi qu'il arrive, quelque chose changerait. Sauf qu'à présent, il était revenu au point de départ.

Comment était-il possible que les événements fantasmagoriques de la nuit précédente n'aient strictement rien changé à son sort ?

À l'idée de rester enfermé dans cette pièce pendant plusieurs mois…

Peut-être était-il normal que, piégé comme une mouche dans cette toile aux fils délicats, son esprit ne cesse de retourner à Laurent, avec son cerveau d'araignée sous ses cheveux blonds. La veille, Damen n'avait pas beaucoup songé à Laurent et aux intrigues dont il était la pièce centrale. Son évasion avait monopolisé ses pensées ; il n'avait eu ni le temps, ni l'envie de s'interroger sur les complots des Vérétiens.

Mais à présent, il était seul, sans autre préoccupation que cette attaque étrange et sanglante.

Ainsi, tandis que le soleil progressait du matin vers l'après-midi, il se surprit à repenser aux trois hommes, avec leurs voix vérétiennes et leurs poignards akieloniens. *« Ces trois hommes ont attaqué l'esclave »*, avait prétendu Laurent. Ce dernier n'avait pas besoin d'une raison valable pour mentir ; mais pourquoi nier avoir été attaqué ? Cela ne faisait que rendre service au commanditaire de l'attaque.

Il se souvint de l'entaille précise de Laurent, avec le poignard, et de la lutte, ensuite, du corps de Laurent se tendant pour lui résister, de son souffle raccourci par la drogue. Il y avait des façons plus simples de tuer un prince.

Trois hommes, armés de poignards de Sicyon. L'esclave akielonien, qui devait porter le blâme. La drogue, le viol prévu. Et Laurent qui papillonnait tout en parlant. En mentant. En tuant.

Il comprit.

Il eut l'impression, l'espace d'un instant, que le sol glissait sous ses pieds, que le monde se réarrangeait selon un ordre nouveau.

C'était simple et évident. C'était quelque chose qu'il aurait dû voir dès le début ; qu'il aurait dû voir, s'il n'avait été aveuglé par le désir de s'échapper. C'était là, sous ses yeux, sombre et sophistiqué, autant par la conception que par l'intention.

Il n'avait aucun moyen de quitter cette chambre. Il dut donc attendre, et attendre, et attendre, jusqu'au prochain superbe plateau.

Il fut infiniment reconnaissant de voir que le serviteur muet était accompagné de Radel.

Il dit :

— Je dois parler au prince.

La dernière fois qu'il avait formulé une requête comme celle-ci, Laurent était apparu sans tarder, en habits de cour, les cheveux brossés. Damen n'en attendait pas moins à présent, dans des circonstances aussi pressantes, et il quitta en hâte sa paillasse lorsque la porte s'ouvrit moins d'une heure plus tard.

Dans sa chambre, seul, congédiant les gardes, entra le régent.

Il s'avança du pas lent et tranquille d'un seigneur inspectant ses terres. Cette fois, il n'y avait ni conseillers, ni courtisans, ni cérémonie. Le régent conservait son aura de puissante autorité ; il était physiquement imposant, et sa robe d'apparat seyait à ses larges épaules. L'argent qui striait ses cheveux et sa barbe bruns rappelait son expérience. Il n'était pas Laurent, négligemment affalé sur le trône. Il ressemblait à son neveu comme un cheval de guerre ressemble à un poney de parade.

Damen fit la révérence.

— Votre Altesse, dit-il.

— Tu es un homme. Lève-toi, ordonna le régent.

Damen obéit, lentement.

— Tu dois être soulagé que mon neveu s'en aille, dit le régent.

Il n'était pas facile de répondre à une telle phrase.

— Je suis sûr qu'il fera honneur à son pays, dit Damen.

Le régent le dévisagea.

— Tu es bien diplomate. Pour un soldat.

Damen inspira profondément. En altitude, l'air se raréfiait.

— Votre Altesse, répéta-t-il d'un ton soumis.

— J'attends une vraie réponse, insista le régent.

Damen s'y essaya.

— Je suis… heureux qu'il s'acquitte de son devoir. Un prince doit apprendre à mener les hommes avant de devenir roi.

Le régent pesa ses mots.

—Mon neveu est un cas difficile. La plupart des hommes pensent que la faculté de commander coule naturellement dans les veines de l'héritier d'un roi… que ce n'est pas quelque chose qu'on doit lui apprendre de force, à contre-courant de sa nature viciée. Mais il faut dire que Laurent est un fils cadet.

Vous l'êtes aussi, pensa Damen spontanément. Comparé au régent, Laurent faisait figure de simple échauffement. Le régent n'était pas venu échanger des vues, quelles que soient les apparences. Le fait qu'un homme de son rang rende visite à un esclave était incongru et étrange.

—Pourquoi ne me raconterais-tu pas ce qui s'est passé, hier soir ? suggéra le régent.

—Votre Altesse. Vous avez déjà entendu toute l'histoire de la bouche de votre neveu.

—Peut-être, dans la confusion, mon neveu a-t-il mal compris ou oublié un détail. Il n'est pas habitué à se battre, comme toi.

Damen garda le silence, bien que l'envie de parler monte en lui comme une déferlante.

—Je sais que ton instinct te dicte de dire la vérité, affirma le régent. Tu ne seras pas puni pour l'avoir fait.

—Je…, commença Damen.

Il y eut un mouvement dans l'embrasure de la porte. Damen faillit tressaillir d'un air coupable et détourna son regard du régent.

—Mon oncle, dit Laurent.

—Laurent, salua le régent.

—Aviez-vous des affaires à régler avec mon esclave ?

—Pas des affaires, non. J'étais simplement curieux.

Laurent s'avança comme un chat, avec une détermination mêlée d'indifférence. Il était impossible de savoir ce qu'il avait entendu.

—Il n'est pas mon amant, déclara Laurent.

—Je ne suis pas curieux d'apprendre ce que vous faites au lit, rectifia le régent. Je suis curieux de découvrir ce qui s'est passé dans vos appartements la nuit dernière.

—N'avions-nous pas déjà réglé la question ?

—À demi. Nous n'avons jamais entendu le récit de l'esclave.

—Mais, contra Laurent, je suis sûr que vous n'accorderiez pas plus de valeur à la parole d'un esclave qu'à la mienne.

—Vous croyez cela ? répliqua le régent. Même votre ton surpris n'est qu'une façade. On pouvait faire confiance à votre frère, oui. Votre parole à vous n'est qu'un torchon souillé. Mais vous pouvez dormir tranquille. Le récit de l'esclave est conforme au vôtre, et aussi peu satisfaisant.

—Pensiez-vous qu'une intrigue de plus grande ampleur était à l'œuvre ? dit Laurent.

Ils s'affrontèrent du regard. Le régent reprit :

—J'espère que votre séjour à la frontière fera de vous un meilleur homme, aux priorités plus saines. J'espère que vous apprendrez ce que vous avez besoin d'apprendre en commandant d'autres hommes. J'ignore ce que je peux vous enseigner d'autre.

—Vous passez votre temps à m'offrir toutes ces opportunités de m'améliorer, dit Laurent. Enseignez-moi la manière de vous remercier.

Damen s'attendait à une réponse du régent, mais celui-ci garda le silence, le regard rivé sur son neveu.

Laurent demanda :

—Viendrez-vous me souhaiter bon voyage demain, mon oncle ?

—Laurent. Vous savez bien que oui, répondit le régent.

—Eh bien ? interrogea Laurent lorsque son oncle fut parti.

Son regard bleu et calme était posé sur Damen.

—Si tu me demandes d'aller chercher un chaton dans un arbre, je vais refuser, ajouta Laurent.

—Je n'ai rien à vous demander. Je voulais seulement m'entretenir avec vous.

—Pour me dire au revoir, des larmes dans la voix ?

—Je sais ce qui s'est passé hier soir, annonça Damen.

—Vraiment ?

Laurent avait parlé du ton qu'il employait pour s'adresser à son oncle. Damen inspira profondément.

— Vous aussi. Vous avez tué le survivant avant qu'il ne puisse être interrogé, rétorqua Damen.

Laurent marcha jusqu'à la fenêtre et s'assit confortablement sur le rebord, en amazone. Il fit glisser une main sur la grille délicatement ajourée qui recouvrait la fenêtre. Les derniers rayons du soleil se posèrent sur ses cheveux et son visage, comme des pièces d'or découpées par les motifs de la grille. Il regarda Damen.

— Oui, dit Laurent.

— Vous l'avez tué pour qu'il ne soit pas interrogé. Vous saviez ce qu'il allait dire. Vous ne vouliez pas qu'il le dise.

Après un instant, Laurent répondit :

— Oui.

— J'imagine qu'il devait dire que Kastor l'avait envoyé.

Le bouc émissaire était akielonien, et les armes également : chaque détail avait été minutieusement étudié pour orienter les soupçons vers le sud. Par souci de réalisme, les assassins eux-mêmes avaient sans doute été convaincus qu'ils travaillaient pour le compte d'Akielos.

— Mieux pour Kastor d'avoir oncle ami sur le trône, que neveu prince qui déteste Akielos, se moqua Laurent.

— Sauf que Kastor ne peut se permettre de faire la guerre pour le moment, pas alors que des dissensions agitent les kyroi. S'il voulait vous faire tuer, il l'aurait fait en secret. Il n'enverrait jamais des assassins comme ceux-ci : grossièrement munis d'armes akieloniennes, annonçant leur provenance. Kastor n'a pas engagé ces hommes.

— Non, acquiesça Laurent.

Il le savait, mais l'entendre était tout à fait différent, et un choc le parcourut à cette confirmation. Dans la tiédeur de la fin d'après-midi, il sentit son sang se glacer.

— Alors… provoquer une guerre était l'objectif, dit-il. Une confession comme celle-ci… Si votre oncle l'entendait, il n'aurait d'autre choix que de riposter. Si vous aviez été trouvé…

Violé par un esclave akielonien. Assassiné à l'aide de lames akieloniennes.

— Quelqu'un tente de déclencher une guerre entre Akielos et Vère, résuma Damen.

— Cela force l'admiration, dit Laurent d'une voix détachée. C'est le moment parfait d'attaquer Akielos. Kastor est préoccupé par les querelles de faction entre les kyroi. Damianos, qui avait fait tourner la bataille de Marlas en faveur d'Akielos, est mort. Et tout Vère est prêt à se soulever contre un bâtard, surtout un bâtard qui aurait assassiné un prince vérétien. Si seulement ma mort n'en était pas l'élément déclencheur, c'est un plan que je soutiendrais du fond du cœur.

Damen le dévisagea, l'estomac retourné par ses paroles désinvoltes. Il les refoula, chassa de son esprit son ton mielleux et empli de regret.

Car Laurent avait raison : le moment était parfaitement choisi. Il suffisait de lancer une Vère galvanisée à l'assaut d'un Akielos divisé et fragmenté, et son pays tomberait. Pire, les provinces instables étaient celles du Nord : Delpha, Sicyon. Les provinces les plus proches de la frontière vérétienne. Akielos était une grande puissance militaire lorsque les kyroi étaient unis sous la bannière de leur roi, mais si ces liens se brisaient, il ne s'agissait que d'un ensemble de cités-États assorties d'armées provinciales, dont aucune ne pourrait repousser un assaut vérétien.

En esprit, il entrevit l'avenir : le long cortège de troupes vérétiennes se dirigeant vers le sud, les provinces akieloniennes cédant l'une après l'autre. Il voyait les soldats vérétiens envahir le palais, à Ios. Il entendait les voix vérétiennes résonner dans la grande salle de son père.

Il regarda Laurent.

— Votre vie est en danger. Cette seule raison ne suffit-elle pas à vous convaincre de mettre fin à cette machination ?

— J'y ai mis fin, dit Laurent.

Son regard bleu et dur était rivé sur Damen.

— Je voulais dire, précisa Damen, ne pourriez-vous pas mettre de côté les querelles familiales qui vous opposent à votre oncle, et lui parler sincèrement ?

Il sentit la surprise de Laurent flotter dans l'air jusqu'à lui. À l'extérieur, la lumière commençait à tourner à l'orange. Le beau visage demeurait inchangé.

— Je ne crois pas que ce serait sage, répondit Laurent.

— Pourquoi donc ?

— Parce que, dit Laurent, mon oncle est le commanditaire.

Chapitre 13

— Mais… Si c'est vrai…, commença Damen.

C'était vrai. D'une certaine manière, il n'était même pas surpris, comme si la vérité rôdait depuis un moment aux frontières de sa conscience, et qu'elle venait simplement d'être mise en lumière. Il pensa : *Deux trônes pour le prix de quelques mercenaires et d'une dose de drogue du plaisir.* Il se souvint de Nicaise, apparaissant dans le couloir avec ses immenses yeux bleus, en chemise de nuit.

— Vous ne pouvez pas vous rendre à Delfeur, s'écria Damen. C'est un piège mortel.

Au moment où il prononça ces mots, il comprit que Laurent l'avait toujours su. Il se souvint que celui-ci s'était soustrait à son devoir à la frontière, encore et encore.

— Pardonne-moi de ne pas recevoir de conseils stratégiques de la part d'un esclave, quelques instants après qu'il a été ramené de force suite à une évasion ratée.

— Vous ne pouvez pas y aller. C'est une question de vie ou de mort. Vous abandonnerez le trône à l'instant même où vous poserez un pied hors de la ville. Votre oncle tiendra la capitale. Il a déjà…

Ramenant son esprit aux actes du régent, Damen découvrit une série de coups ayant engendré la situation actuelle, joués avec une extrême minutie, et prévus bien à l'avance.

— Il a déjà coupé vos lignes d'approvisionnement de Varenne et de Marche. Vous n'avez ni fonds, ni troupes.

En parlant, il comprenait ce qu'il disait. Il savait, à présent, pourquoi Laurent avait lutté pour innocenter son esclave et nier la réalité de l'attaque. Si la guerre était déclarée, l'espérance de vie de Laurent était plus courte encore que s'il se rendait à Delfeur. Néanmoins, se rendre à la frontière en compagnie des soldats de son oncle était une pure folie.

— Pourquoi faites-vous cela ? Y êtes-vous forcé ? Ne pouvez-vous pas imaginer une autre solution ? (Damen scruta le visage de Laurent.) Avez-vous si piètre réputation que vous pensez que le Conseil choisira de mettre votre oncle sur le trône, à moins que vous ne prouviez votre valeur ?

— Tu approches des limites de ce que je suis prêt à te laisser dire, avertit Laurent.

— Emmenez-moi avec vous à Delfeur, implora Damen.

— Non.

— Akielos est mon pays. Pensez-vous que je souhaite le voir succomber aux troupes de votre oncle ? Je ferai tout ce qui est en mon pouvoir pour éviter la guerre. Emmenez-moi avec vous. Vous aurez besoin de quelqu'un à qui vous pouvez faire confiance.

En prononçant ces mots, il faillit grimacer. Il les regrettait déjà. Laurent lui avait demandé de lui faire confiance, la veille, et il lui avait ri au nez. Il allait recevoir la monnaie de sa pièce.

Le prince se contenta de lui adresser un regard de curiosité lasse.

— Pourquoi donc aurais-je besoin de cela ?

Damen le dévisagea, soudain conscient que s'il demandait : « pensez-vous être capable, tout seul, de jongler entre les tentatives d'assassinat, vos devoirs militaires et les pièges de votre oncle ? », la réponse serait : « oui ».

— J'aurais cru, reprit Laurent, qu'un soldat comme toi serait plutôt heureux de voir Kastor détrôné, après tout ce qu'il t'a fait. Pourquoi ne pas prendre le parti de la régence contre lui… et contre moi ? Je suis sûr que mon oncle t'a proposé de m'espionner pour lui, et que son offre était très généreuse.

—En effet, confirma Damen en se remémorant le banquet. Il m'a demandé de coucher avec vous, puis de lui faire mon rapport, avoua-t-il franchement. Pas sous ces termes.

—Et ta réponse ?

Ces mots provoquèrent chez Damen un agacement irrationnel.

—Si j'avais couché avec vous, vous le sauriez.

Il y eut un silence dangereux, un regard bleu plissé. Enfin :

—Oui. Ton style, qui consiste à empoigner ton partenaire et à lui écarter les jambes, est tout à fait inoubliable.

—Ce n'est pas…

Damen serra les dents. Il n'était pas d'humeur à se laisser entraîner dans l'un de ces dialogues exaspérants dont Laurent avait le secret.

—Je suis un atout. Je connais la région. Je suis prêt à faire le nécessaire pour arrêter votre oncle. (Il plongea son regard dans le sien, bleu et froid.) Je vous ai aidé, par le passé. Je peux recommencer. Servez-vous de moi comme vous l'entendez. Mais… emmenez-moi avec vous.

—C'est m'aider qui t'intéresse à ce point ? Le fait que nous chevauchions vers Akielos n'a aucune espèce d'importance ?

Damen rougit.

—Une personne de plus se dressera entre vous et votre oncle. N'est-ce pas ce que vous désirez ?

—Ma chère petite brute, répliqua Laurent. Ce que je désire, c'est te laisser pourrir ici.

Damen entendit le bruit métallique de la chaîne avant de s'apercevoir qu'il avait tiré violemment sur ses propres entraves. Il venait d'entendre les paroles d'adieu de Laurent, prononcées avec délectation. Laurent se tourna vers la porte.

—Vous ne pouvez pas me laisser ici alors que vous foncez droit dans le piège de votre oncle ! Il n'y a pas que votre vie en jeu, protesta-t-il d'une voix durcie par la frustration.

Cela n'eut aucun effet ; il ne pouvait empêcher Laurent de partir. Damen jura.

— Êtes-vous donc si sûr de vous ? l'interpella Damen. Je pense que si vous pouviez battre votre oncle par vous-même, vous l'auriez déjà fait.

Laurent se figea dans l'embrasure de la porte. Damen vit la couronne blonde de sa tête, la ligne droite de son dos et de ses épaules. Mais Laurent ne se retourna pas pour lui faire face ; son hésitation ne dura qu'un instant, avant qu'il ne franchisse la porte.

Damen ne put que tirer sur ses chaînes, douloureusement, une fois de plus. Seul.

Les quartiers de Laurent étaient emplis du brouhaha des préparatifs, les couloirs encombrés, les hommes allant et venant dans les jardins en contrebas. Il n'était pas tâche aisée d'organiser une expédition militaire en deux jours. Partout, l'agitation régnait.

Partout sauf dans cette pièce, la chambre de Damen, où les bruits qui lui parvenaient constituaient les seules informations concernant la mission.

Laurent partait le lendemain. Laurent, l'exaspérant, l'insupportable Laurent, avait choisi la pire des solutions possibles, et Damen ne pouvait rien faire pour l'arrêter.

Il était impossible de déchiffrer les manigances du régent. En toute honnêteté, Damen ignorait pourquoi il avait attendu si longtemps avant de s'attaquer à son neveu. Laurent avait-il simplement bénéficié du fait que l'ambition du régent ne s'arrêtait pas à son propre royaume ? Le régent aurait pu se débarrasser de son neveu des années auparavant, sans problème. Il était plus facile de déguiser la mort d'un enfant en accident que celle d'un jeune homme à l'aube de son couronnement. Damen ne comprenait pas comment le petit Laurent avait pu échapper à ce sort-là. Peut-être sa loyauté envers sa famille avait-elle retenu le régent… et puis Laurent avait grandi, et s'était révélé sournois, venimeux et indigne de régner. Si c'était le cas, Damen ressentait une certaine compassion à l'égard de cet homme : Laurent était capable d'inspirer des pulsions meurtrières rien qu'en respirant.

C'était une famille de vipères. Kastor, pensa Damen, n'avait aucune idée de ce qui se tramait de l'autre côté de la frontière. Kastor s'estimait chanceux d'avoir conclu une alliance avec Vère. Il était vulnérable, mal préparé pour la guerre, et les liens qui maintenaient l'unité de son pays s'effilochaient : les puissances étrangères n'avaient plus qu'à tirer dessus.

Le régent devait être arrêté, Akielos devait être unifié, et pour cela, Laurent devait survivre. C'était impossible. Coincé dans cette pièce, Damen était impuissant. Et tout rusé qu'il était, l'arrogance de Laurent l'empêchait de voir l'avantage qu'il offrait à son oncle, en quittant la capitale pour aller gambader dans la campagne.

Laurent croyait-il vraiment pouvoir s'en sortir seul ? Il avait besoin de toutes les armes à sa disposition, s'il voulait survivre. Et cependant, Damen n'avait pu l'en convaincre. Il constatait, une fois de plus, son incapacité fondamentale à communiquer avec Laurent. Le problème n'était pas seulement la barrière de la langue ; on aurait dit que Laurent n'appartenait pas à la même espèce que lui. Damen ne pouvait que s'accrocher au fol espoir que Laurent changerait d'avis.

Le soleil chemina lentement à travers le ciel, et dans la chambre verrouillée de Damen, les ombres que projetaient les meubles décrivirent un demi-cercle paresseux.

Cela se produisit dans les heures précédant l'aurore, le lendemain matin. Il se réveilla face à des serviteurs, ainsi qu'à Radel, le surveillant insomniaque.

— Qu'y a-t-il ? De nouveaux ordres du prince ?

Il se redressa en s'appuyant sur un bras, le poing serré sur les draps de soie. Il fut empoigné sans ménagement avant d'avoir pu se lever, sentit les mains des serviteurs sur lui, et il faillit les repousser d'instinct, avant de s'apercevoir qu'ils déverrouillaient ses entraves. La chaîne tomba avec un cliquetis étouffé sur les coussins.

— Oui. Change-toi, ordonna Radel.

Sans cérémonie, il jeta une pile d'habits au sol près de Damen, comme il l'avait fait la veille.

Le cœur de Damen fit un bond dans sa poitrine lorsqu'il les regarda.

Des vêtements vérétiens.

Le message était clair. Mais la longue, l'interminable journée de frustration qu'il avait dû endurer l'empêchait presque de l'appréhender, de s'y fier. Il se pencha lentement pour ramasser les vêtements. Le pantalon ressemblait à celui qu'il avait trouvé sur le champ d'entraînement, mais il était très doux et fin, d'une qualité bien supérieure à celle du vêtement élimé qu'il avait enfilé à la hâte, ce soir-là. La chemise était à sa taille. Les chaussures ressemblaient à des bottes de cheval.

Il regarda Radel.

— Eh bien ? Change-toi, s'impatienta celui-ci.

Damen porta une main à sa ceinture, et sentit ses lèvres s'incurver lorsque Radel détourna le regard d'un air gêné.

Radel ne l'interrompit qu'une fois :

— Non, pas comme cela.

Il écarta les mains de Damen et fit signe à un serviteur de venir attacher correctement l'un de ces laçages imbéciles.

— Est-ce…, commença Damen tandis que les liens étaient noués conformément aux désirs de Radel.

— Le prince désire que tu sois amené dans la cour, en tenue de cheval. On t'aidera à mettre le reste là-bas.

— Le reste ? répéta Damen d'un ton neutre.

Il s'examina. Il portait déjà plus de vêtements que jamais depuis sa capture en Akielos.

Radel ne répondit pas. D'un geste brusque, il lui fit signe de le suivre.

Après un instant, Damen s'exécuta. L'absence de toute entrave lui procurait une sensation étrange.

« Le reste ? », avait-il demandé. Il n'y réfléchit pas beaucoup, tandis qu'ils cheminaient à travers le palais jusqu'à une cour extérieure, près des écuries. Même s'il l'avait fait, il n'aurait pas deviné la réponse à cette question. C'était si improbable que la pensée ne l'avait même pas traversé, jusqu'à ce qu'il en soit témoin

de ses propres yeux ; et même alors, il eut du mal à y croire. Il faillit éclater de rire. Le serviteur qui s'avança à leur rencontre avait les bras chargés de cuir, de sangles et de boucles, et de pièces plus grandes, plus dures, dont une était conçue pour épouser la forme du torse.

C'était une armure.

La cour, près des écuries, grouillait de serviteurs et d'armuriers, de valets et de pages ; elle résonnait d'ordres et du cliquetis de la sellerie. Tout cela était ponctué par le souffle quittant régulièrement les naseaux des chevaux, et de temps en temps, le claquement d'un sabot sur le pavé.

Damen reconnut plusieurs visages. Ceux des hommes qui l'avaient surveillé, par paires à la mine fermée, tout au long de sa captivité. Celui du médecin qui avait soigné son dos, et qui avait troqué sa longue robe pour une tenue de cheval. Celui de Jord qui avait brandi le médaillon d'Hérode dans la ruelle, lui sauvant la vie. Il vit un serviteur à la figure familière passer avec témérité sous le ventre d'un cheval pour aller s'acquitter d'une commission quelconque, et de l'autre côté de la cour, il aperçut un homme à la moustache noire dont il savait, depuis la partie de chasse, qu'il s'agissait d'un palefrenier.

La nuit, juste avant l'aurore, était encore fraîche, mais l'air ne tarderait pas à se réchauffer. Le printemps était sur le point de laisser place à l'été : le moment était bien choisi pour partir en campagne. Au sud, bien sûr, la température grimperait. Damen crispa et décrispa les doigts, puis se redressa délibérément, laissant la sensation de liberté l'envahir, puissante, physique. Il n'envisageait pas particulièrement de s'échapper. Après tout, il allait chevaucher au milieu d'un contingent d'hommes lourdement armés, et par ailleurs, il avait d'autres priorités. Pour le moment, il s'estimait heureux d'avoir été délivré de ses entraves, de se trouver à l'air libre, de savoir que le soleil allait se lever, réchauffant le cuir et la peau, et qu'ils allaient se mettre en selle, et partir.

L'armure était légère, adaptée à l'équitation, et ornée d'assez de décorations pour convaincre Damen qu'il s'agissait d'une armure d'apparat. Le serviteur acquiesça : oui, ils s'équiperaient convenablement à Chastillon. On l'aida à revêtir l'armure près de la porte de l'écurie, à côté d'une pompe à eau.

La dernière sangle fut serrée. Puis, à sa grande surprise, on lui tendit une ceinture pourvue d'un fourreau. Et, à sa plus grande surprise encore, une épée pour l'y glisser.

C'était une bonne épée. Sous ses décorations, l'armure était également correcte, bien que différente de celles auxquelles il était habitué. Elle était… étrangère. Il effleura le blason en étoile sur son épaule. Il portait les couleurs de Laurent, ainsi que son insigne. Cela lui procura un sentiment étrange. Il n'aurait jamais cru qu'il chevaucherait un jour sous une bannière vérétienne.

Radel, qui était parti s'acquitter d'une mission quelconque, revint pour égrener la liste de ses devoirs.

Damen l'écouta d'une oreille distraite. Il serait un membre à part entière de la compagnie, sous les ordres de son supérieur, qui lui-même dépendait du capitaine de la garde, qui à son tour était aux ordres du prince. Il devrait servir et obéir, comme tous les autres. Il s'acquitterait en plus de la charge de serviteur. En cette qualité, il serait sous les ordres directs du prince. Les fonctions que décrivit Radel semblaient mêler celles d'un soldat, d'un adjudant et d'un esclave de plaisir : assurer la sécurité du prince, son confort, coucher sous sa tente… Damen reporta toute son attention sur Radel.

— Coucher sous sa tente ?

— Où donc voudrais-tu coucher ?

Damen se passa une main sur le visage. Laurent avait-il vraiment donné son accord à ce sujet ?

La liste continua. Coucher sous sa tente, porter ses messages, s'assurer qu'il ne manque de rien. Il allait payer sa liberté relative par une proximité forcée avec Laurent.

Tout en écoutant, Damen étudiait les allées et venues dans la cour. Ils n'étaient pas bien nombreux. Lorsqu'on faisait fi de tout le remue-ménage, il était clair que l'équipement était prévu pour cinquante hommes, armés jusqu'aux dents. Au maximum, soixante-quinze hommes plus légèrement pourvus.

Ceux qu'il reconnaissait appartenaient à la garde princière. La plupart d'entre eux feraient preuve de loyauté. Pas tous. Ils étaient à Vère. Damen inspira profondément et expira lentement, scrutant tous les visages, se demandant lesquels avaient été convaincus ou forcés de travailler pour le régent.

Le vice qui imprégnait cet endroit l'avait pénétré, lui aussi : il était certain qu'une trahison viendrait. Il ignorait simplement son origine.

Il se demanda, d'un point de vue logistique, comment il faudrait procéder pour tendre une embuscade mortelle à un tel groupe. Ce ne serait pas discret, mais ce ne serait pas non plus difficile. Pas difficile du tout.

— Tout le monde n'est pas arrivé, tout de même..., soupira Damen.

Il s'adressa à Jord, qui était venu asperger son visage d'eau à la pompe. C'était sa principale inquiétude : trop peu d'hommes.

— Non, en effet. Nous allons à Chastillon pour rejoindre les hommes du régent qui y sont stationnés, expliqua Jord.

Il ajouta :

— Ne te fais pas d'illusions : ils ne sont pas beaucoup plus nombreux.

— Pas assez pour faire la différence dans une vraie bataille. Assez pour que les hommes du régent surpassent en nombre, et de loin, ceux du prince, devina Damen.

— Oui, répondit simplement Jord.

Damen observa le visage dégoulinant de Jord, ses épaules carrées. Il se demanda si la garde du prince savait ce qui l'attendait : au pire, un guet-apens, et au mieux, des mois passés sur la route, à la botte des soldats du régent. La bouche pincée de Jord suggérait que oui.

Damen reprit la parole :

— Je te dois des remerciements, pour l'autre nuit.

Jord le dévisagea fixement.

— J'exécutais mes ordres. Le prince te voulait vivant, tout comme il te veut ici. J'espère simplement qu'il sait ce qu'il fait, et qu'il n'est pas, comme l'affirme le régent, sous le charme de la première queue qu'il goûte.

Après un long moment, Damen répliqua :

— Quoi que tu puisses penser, je ne partage pas son lit.

L'insinuation n'était pas nouvelle. Damen ne savait pas pourquoi elle l'irrita tant, cette fois-là. Peut-être à cause de la vitesse à laquelle les spéculations du régent avaient voyagé de la salle d'audience jusqu'aux gardes. La formulation était signée Orlant.

— Je ne sais pas comment tu t'y es pris pour lui tourner la tête, mais il nous a envoyés droit sur toi.

— Je préfère ne pas savoir comment il savait où me trouver.

— Je ne les ai pas envoyés droit sur toi, annonça une voix à la froideur familière. Je les ai envoyés trouver la garde du régent, qui faisait assez de vacarme pour réveiller les morts, les ivrognes et les sourds.

— Votre Altesse, salua Jord, le visage écarlate.

Damen se retourna.

— Si j'avais voulu les mener à toi, précisa Laurent, je leur aurais dit que tu étais sorti par la seule issue que tu connaissais : la cour intérieure adjacente au champ d'entraînement nord. N'est-ce pas ?

— Oui, répondit Damen.

Les premières lueurs de l'aube donnaient aux cheveux dorés de Laurent une nuance plus pâle, plus fine ; l'ossature de son visage semblait aussi délicate que le calame d'une plume. Il était appuyé nonchalamment contre l'encadrement de la porte de l'écurie, comme s'il se trouvait là depuis un bon moment, ce qui expliquait la couleur des joues de Jord. Il avait dû arriver, non pas du palais, mais du fond des écuries où il réglait sans doute d'autres détails. Il était vêtu pour la journée d'une tenue d'équitation en cuir, dont l'austérité annulait implacablement les effets de la douce lumière.

Damen s'attendait à moitié à le voir arriver en costume d'apparat grotesque, mais Laurent s'était toujours distingué par son opposition à l'opulence de la cour. Et il n'avait pas besoin de dorures pour paraître majestueux ; seulement la clarté de sa chevelure découverte.

Le prince s'avança. À son tour, il balaya Damen du regard avec une expression de profond dégoût. Le voir en armure semblait faire remonter en lui une sensation désagréable.

— Trop civilisé ? suggéra Damen.

— Loin de là, répliqua Laurent.

Alors qu'il s'apprêtait à rétorquer, Damen aperçut la silhouette familière de Govart. Aussitôt, il se raidit.

— Que fait-il là ?

— Il a été nommé capitaine de la garde.

— Quoi ? s'exclama Damen.

— Oui, c'est un choix intéressant, n'est-ce pas ? commenta Laurent.

— Vous devriez lui donner un mignon en pâture, pour l'éloigner des hommes, dit Jord.

— Non, conclut Laurent au bout d'un long moment, d'un ton pensif.

— Je vais dire aux serviteurs de dormir les cuisses bien serrées, reprit Jord.

— Et à Aimeric, compléta Laurent.

Jord ricana. Damen, qui ne connaissait pas l'homme en question, suivit le regard de Jord jusqu'à un soldat de l'autre côté de la cour. Il avait les cheveux bruns et était plutôt jeune et beau. Aimeric.

— Quand on parle de mignons…, dit Laurent d'un ton différent.

Jord inclina la tête et s'éloigna, n'ayant plus rien à faire là. Laurent avait repéré la petite silhouette, en marge de l'effervescence de la cour. Nicaise, vêtu d'une simple tunique blanche, le visage dépourvu de fard, était sorti du palais. Ses bras et ses jambes étaient nus, ses pieds dans des sandales. Il se faufila jusqu'à eux, se posta face à Laurent, et resta là, levant les yeux. Ses cheveux étaient ébouriffés. Sous ses yeux se dessinaient les marques d'une nuit blanche.

Laurent demanda :

— Tu es venu me dire adieu ?

— Non, rétorqua Nicaise.

Il tendit quelque chose à Laurent, d'un geste autoritaire et plein de répugnance.

— Je n'en veux plus. Elle me fait penser à vous.

Deux saphirs jumeaux, bleus, limpides, se balançaient sous ses doigts. C'était la boucle d'oreille qu'il portait au banquet. Et qu'il avait perdue, de façon spectaculaire, suite à un pari. Nicaise la tenait à bout de bras comme s'il s'agissait d'un déchet.

Laurent s'en saisit en silence. Il la glissa soigneusement dans un pli de sa tenue. Puis, après un instant, il tendit la main et frôla du doigt le menton de Nicaise.

— Tu es plus beau sans ton maquillage, dit Laurent.

C'était vrai. Sans le fard, la beauté de Nicaise faisait l'effet d'une flèche en plein cœur. Il avait cela de commun avec Laurent, mais ce dernier irradiait le charme confiant et épanoui d'un jeune homme dans la fleur de l'âge, tandis que Nicaise arborait la beauté efféminée réservée aux garçons d'un âge bien précis, éphémère, qui ne survivait pas souvent à l'adolescence.

— Pensez-vous qu'un compliment va m'impressionner ? déclara Nicaise. Ce n'est pas le cas. On m'en fait sans arrêt.

— Je le sais bien, dit Laurent.

— Je me souviens de l'offre que vous m'avez faite. Tout ce que vous avez dit n'était que mensonges. Je le savais bien, dit Nicaise. Vous partez.

— Je reviendrai, promit Laurent.

— Vous croyez cela ?

Damen sentit sa peau se couvrir de chair de poule. Il se remémora Nicaise, dans le couloir, après l'attentat à la vie de Laurent. Il résista avec effort à la tentation de casser Nicaise en deux pour le vider de tous ses secrets.

— Je reviendrai, insista Laurent.

— Pour faire de moi votre mignon ? se moqua Nicaise. Vous aimeriez ça. Que je sois votre serviteur.

L'aube se déversa sur la cour. Les couleurs changèrent. Un moineau vint se poser sur un poteau, non loin de là, mais s'envola lorsqu'un homme laissa tomber les articles de sellerie qu'il portait.

—Jamais je ne te demanderais de faire quelque chose qui te déplaît, affirma Laurent.

—Vous regarder me déplaît, lança Nicaise.

Il n'y eut pas d'adieux déchirants entre l'oncle et son neveu. Simplement une cérémonie de séparation, publique et impersonnelle.

C'était un spectacle. Le régent portait sa grande tenue officielle, et les hommes de Laurent affichaient une discipline parfaite. Alignés, impeccables, ils se tenaient en formation dans la cour, tandis que le régent, en haut d'un grand escalier, recevait son neveu. C'était une matinée chaude, étouffante. Le régent accrocha une sorte d'insigne orné de pierreries à l'épaule de Laurent, puis l'invita à se lever et l'embrassa calmement sur les deux joues. Lorsque Laurent se retourna vers ses hommes, l'insigne étincela au soleil. Damen, avec un vertige, fut assailli d'un lointain souvenir : Auguste portait ce même insigne, sur le champ de bataille.

Laurent se mit en selle. Des bannières flottaient tout autour de lui, de multiples étoiles, bleu et or. Les trompettes retentirent et le cheval de Govart fit un écart, malgré son dressage. Les courtisans n'étaient pas les seuls à assister à la scène ; des roturiers se pressaient au portail. Des dizaines de personnes venues admirer leur prince s'éleva une clameur approbatrice. Damen n'était pas surpris que Laurent remporte le soutien du peuple. Il présentait bien, avec sa chevelure éclatante et son profil à la beauté saisissante. Il était facile d'aimer un prince doré, tant qu'on n'était pas forcé de le regarder arracher les ailes des mouches. Droit et désinvolte sur sa selle, il possédait une assiette remarquable, lorsqu'il ne s'employait pas à tuer son cheval.

Damen, qui avait reçu une monture de qualité comparable à celle de son épée et une place proche de Laurent dans la formation, suivit les autres sans se faire remarquer. Mais au moment où ils dépassèrent la première enceinte, il ne put s'empêcher de se retourner sur sa selle pour contempler le palais qui avait été sa prison.

Il était splendide, avec ses grandes portes, ses dômes et ses tourelles, et ses innombrables motifs entrelacés, gravés dans la pierre laiteuse. Luisants de marbre et de métal poli, montant vers le ciel comme des flèches, il vit les pics spiralés derrière lesquels il s'était caché des gardes, lors de sa tentative d'évasion.

Il n'était pas insensible à l'ironie de sa situation. Il partait protéger l'homme qui avait fait tout ce qu'il pouvait pour l'écraser sous sa botte. Laurent était son geôlier, dangereux et malveillant. Le prince était aussi susceptible que son oncle de refermer ses griffes sur Akielos. Rien de tout cela ne surpassait la nécessité de mettre un terme aux machinations du régent. Si c'était la seule manière de prévenir une guerre, ou de la retarder, alors Damen ferait de son mieux pour protéger Laurent, coûte que coûte. Il n'avait pas menti.

Mais lorsqu'ils eurent franchi les murs du palais vérétien, une autre certitude lui apparut. Quoi qu'il ait pu promettre, il laissait ce palais derrière lui, et il n'avait pas l'intention d'y revenir. Jamais.

Il reporta son regard sur la route, et la première partie du voyage. Vers le sud. Vers son pays.

Remerciements

Ce livre est né d'une série de conversations téléphoniques du lundi soir avec Kate Ramsay, qui a dit un jour : « Je crois que cette histoire va s'avérer plus importante que tu ne l'imagines ». Merci, Kate, d'avoir été une formidable amie quand j'en avais le plus besoin. Je me souviendrai toujours de la sonnerie de ce vieux téléphone déglingué, dans mon petit appartement de Tokyo.

Je suis infiniment redevable à Kirstie Innes-Will, ma merveilleuse amie et éditrice, qui a lu je ne sais combien de versions de l'histoire et passé d'innombrables heures à l'améliorer. Je ne trouve pas les mots pour exprimer ma reconnaissance.

Anna Cowan est l'un de mes écrivains préférés, et m'a apporté une aide précieuse en discutant avec moi et en m'offrant ses observations très pertinentes. Merci du fond du cœur, Anna ; cette histoire ne serait pas ce qu'elle est aujourd'hui, sans ton aide.

Tous mes remerciements aux membres de mon groupe d'écriture : Isilya, Kaneko et Tevere, pour vos idées, vos remarques, vos suggestions et votre soutien. J'ai une chance incroyable d'avoir de merveilleux amis auteurs comme vous.

Enfin, à tous ceux qui ont participé à faire vivre *Prince captif* sur Internet, merci pour votre générosité et votre enthousiasme, et pour m'avoir permis de publier un livre comme celui-ci.

Le Guerrier

Prince Captif – tome 2

Traduit de l'anglais (Australie) par Louise Malagoli

Prince Captif *est dédié à tous ceux qui ont lu et apprécié l'histoire sous sa première forme. L'histoire n'aurait pu continuer sans vous.*

Merci infiniment.

Personnages

AKIELOS
KASTOR, roi d'Akielos
DAMIANOS (Damen), héritier du trône d'Akielos
JOKASTE, dame de la cour akielonienne
NIKANDROS, kyros de Delpha
MAKEDON, commandant
NAOS, soldat

VÈRE
La cour
LE RÉGENT de Vère
LAURENT, héritier du trône de Vère
NICAISE, mignon du régent
GUION, seigneur de Fortaine, membre du Conseil vérétien et ancien ambassadeur de Vère en Akielos
VANNES, ambassadrice de Vask à Vère
ANCEL, mignon

Les hommes du prince
GOVART, capitaine de la garde princière
JORD
ORLANT
ROCHERT

Huet
Aimeric
Lazar, l'un des mercenaires du régent, combattant désormais aux côtés du prince
Paschal, médecin

À Nesson
Charls, marchand
Volo, escroc

À Acquitart
Arnoul, intendant

À Ravenel
Touars, seigneur de Ravenel
Thévenin, son fils
Enguerran, capitaine des troupes de Ravenel

À Breteau
Adric, membre de la petite noblesse
Charron, membre de la petite noblesse

PATRAS
Torgeir, roi de Patras
Torveld, frère cadet de Torgeir et ambassadeur de Patras à Vère
Erasmus, son esclave

VASK
Halvik, chef de clan
Kashel, femme de son clan

PERSONNAGES DU PASSÉ
Théomède, ancien roi d'Akielos et père de Damen
Égéria, ancienne reine d'Akielos et mère de Damen

HYPERMENESTRA, ancienne maîtresse de Théomède et mère de Kastor

EUANDROS, ancien roi d'Akielos, fondateur de la dynastie de Théomède

ALÉRON, ancien roi de Vère et père de Laurent

AUGUSTE, ancien héritier du trône de Vère et frère aîné de Laurent

Chapitre premier

Les ombres s'allongeaient sous le soleil couchant lorsqu'ils arrivèrent, et l'horizon était rouge. Chastillon n'était fait que d'une grosse tour ronde, dont la silhouette sombre se découpait sur le ciel. Énorme et très ancien, comme les châteaux du Sud, Ravenel et Fortaine, le fort avait été bâti pour soutenir les sièges. Damen contempla la vue, mal à l'aise. Il ne parvenait pas à s'approcher sans voir le château de Marlas, cette tour lointaine flanquée de longs champs rouges.

— C'est un terrain de chasse, commenta Orlant en se trompant sur la signification de son regard. Vas-y, essaie de te sauver, pour voir.

Il ne dit rien. Il n'était pas là pour s'enfuir. C'était très étrange, de se trouver là, sans entraves, à chevaucher parmi des soldats vérétiens de son plein gré.

Un jour de cheval – même au rythme lent des chariots, dans une campagne pittoresque, à la fin du printemps – suffisait à juger la qualité d'une compagnie. Govart ne faisait pas grand-chose, hormis se tenir droit, forme impersonnelle au-dessus de la queue mouvante de son cheval musculeux. Mais la personne qui avait commandé ces hommes avant lui leur avait appris à conserver une formation impeccable, tout au long d'une chevauchée. Leur discipline étonnait un peu Damen. Il se demanda s'ils étaient capables de tenir une position, en combat.

Si c'était le cas, tout espoir n'était pas perdu. Mais en vérité, Damen devait plutôt sa bonne humeur aux grands espaces qui l'entouraient, aux rayons du soleil et à l'illusion de liberté que lui procuraient sa monture et son épée. Même le poids de son collier et de ses bracelets d'or, à son cou et sur ses poignets, ne parvenait pas à l'amenuiser.

Les serviteurs du fort s'étaient alignés pour les recevoir, comme ils le feraient pour accueillir tout groupe de quelque importance. Les hommes du régent, supposément stationnés à Chastillon en attendant l'arrivée du prince, n'étaient nulle part en vue.

Il y avait cinquante chevaux à faire entrer dans les écuries, cinquante armures et selles à détacher, et cinquante lits à préparer dans la caserne ; et cela sans compter, en plus des hommes d'armes, les serviteurs et les chariots. Mais au milieu de l'énorme cour, l'équipage du prince semblait minuscule, dérisoire. Chastillon était suffisamment grand pour engloutir cinquante hommes comme si leur nombre était insignifiant.

Personne ne montait de tentes : les hommes dormiraient dans la caserne, et Laurent dans le fort.

Laurent mit pied à terre, ôta ses gants de cheval qu'il coinça sous sa ceinture, et se tourna vers le châtelain. Govart aboya quelques ordres, et Damen s'occupa de son armure et de son cheval.

De l'autre côté de la cour, deux molosses bondirent au bas de l'escalier de pierre pour se jeter avec délices sur Laurent, qui gratifia l'un d'eux d'une caresse derrière les oreilles, provoquant chez l'autre un spasme de jalousie.

Orlant arracha Damen à ses pensées.

— Le médecin veut te voir, dit-il.

Il désigna du menton un auvent à l'extrémité de la cour, sous lequel Damen aperçut une tête grise bien reconnaissable. Il posa le plastron qu'il portait, et s'y rendit.

— Assieds-toi, ordonna le médecin.

Damen s'exécuta de mauvaise grâce, prenant place sur le seul siège disponible, un petit trépied. Le médecin déboucla un sac de cuir.

— Montre-moi ton dos.

—Je n'ai rien.

—Après une journée de cheval ? En armure ? s'exclama le médecin.

—Je n'ai rien, répéta Damen.

Le médecin insista :

—Retire ta chemise.

Son regard était implacable. Au bout d'un long moment, Damen passa un bras dans son dos et ôta sa chemise, dévoilant ses épaules au médecin.

Il allait bien. Son dos avait suffisamment guéri pour n'arborer que des cicatrices toutes fraîches, plutôt que des plaies. Damen tourna la tête pour y jeter un coup d'œil, mais n'étant pas une chouette, ne distingua presque rien. Il s'arrêta avant d'attraper un torticolis.

Le médecin fourragea dans son sac et en sortit l'un de ses éternels onguents.

—Un massage ?

—Il s'agit d'un baume cicatrisant. Il faudrait l'appliquer chaque soir. Cela aidera à atténuer les cicatrices, petit à petit.

C'était grotesque.

—Pour l'esthétique, vous voulez dire ?

Le médecin soupira :

—On m'avait bien dit que tu te montrerais rétif. Très bien. Mieux cela guérira, moins tu risqueras d'avoir le dos raide, aussi bien aujourd'hui que plus tard dans ta vie. Ainsi, tu seras plus à même d'agiter ton épée dans tous les sens et de tuer beaucoup de gens. On m'a dit que tu serais réceptif à cet argument.

—Le prince, comprit Damen.

Bien sûr. Tous ces soins tendrement prodigués à son dos, comme on apaise d'un baiser la joue qu'on vient de gifler.

Mais tout exaspérant qu'il était, il avait raison. Damen devait pouvoir combattre correctement.

L'onguent était frais, parfumé, et il soulagea les effets de la longue chevauchée. Un par un, les muscles de Damen se dénouèrent. Il baissa la tête, et ses cheveux tombèrent sur son front. Sa respiration ralentit. Le médecin travaillait d'une main neutre, professionnelle.

—Je ne connais pas votre nom, avoua Damen.

—Tu l'as oublié. Tu passais ton temps à t'évanouir, la nuit où nous nous sommes rencontrés. Un ou deux coups de fouet en plus, et tu ne te serais peut-être jamais réveillé.

Damen ricana.

—Ce n'était pas si terrible.

Le médecin lui adressa un regard étrange.

—Mon nom est Paschal, dit-il simplement.

—Paschal, répéta Damen. Est-ce la première fois que vous accompagnez des troupes en campagne?

—Non. J'étais le médecin du roi. J'étais chargé de m'occuper des soldats tombés à Marlas, ainsi qu'à Sanpelier.

Il y eut un silence. Damen avait eu l'intention de demander à Paschal ce qu'il savait des hommes du régent, mais il se tut, serrant sa chemise entre ses mains. Le médecin poursuivit son massage, lent et méthodique.

—J'ai combattu à Marlas, dit Damen.

—Je m'en doutais, oui.

Nouveau silence. Damen observa le sol sous l'auvent, constitué de terre battue et non de pierre. Il examina une trace de pas, le contour déchiré d'une feuille morte. Enfin, les mains du médecin quittèrent son dos. Il avait terminé.

La cour se vidait peu à peu; les hommes de Laurent étaient efficaces. Damen se leva et secoua sa chemise.

—Si vous serviez le roi, interrogea Damen, comment se fait-il que vous vous retrouviez affecté à la maison du prince, et non à celle de son oncle?

—Les hommes se retrouvent là où ils se mettent eux-mêmes, répondit Paschal.

Il referma son sac avec un déclic.

De retour dans la cour, Damen ne put prendre ses ordres de Govart, qui avait disparu; mais il trouva Jord, occupé à orienter les hommes.

—Tu sais lire et écrire? demanda Jord.

— Oui, bien sûr, répondit Damen.

Puis il se mordit la langue.

Jord ne remarqua rien.

— Presque rien n'a été fait pour préparer notre départ, demain. Le prince a dit qu'on ne partirait pas sans un arsenal complet. Il a dit aussi qu'on ne reporterait pas notre départ. Va dans l'armurerie, à l'ouest, dresse un inventaire, et donne-le à cet homme. (Il pointa un soldat du doigt.) Rochert.

Puisque dresser l'inventaire complet aurait pris toute la nuit, Damen supposa qu'il était censé vérifier l'inventaire existant, qu'il trouva sous la forme d'une pile de livres reliés de cuir. Il ouvrit le premier volume pour chercher la bonne page. Une sensation étrange l'envahit lorsqu'il s'aperçut qu'il avait sous les yeux une liste, vieille de sept ans, d'armes de chasse destinées au prince héritier Auguste.

« Préparés pour Son Altesse le prince héritier Auguste, un ensemble de couteaux de chasse, une hampe, huit fers de lance, un arc et des cordes. »

Il n'était pas seul dans l'armurerie. Quelque part derrière les étagères, il perçut la voix raffinée d'un courtisan, qui dit :

— Vous avez entendu vos ordres. Ils viennent directement du prince.

— Pourquoi est-ce que je devrais te croire ? T'es son mignon ? rétorqua une voix plus fruste.

Et une autre :

— Je paierais pour voir ça.

Encore une autre :

— Le prince, il a de la glace dans les veines. Il ne baise pas. On prendra nos ordres quand le capitaine viendra nous les donner lui-même.

— Comment osez-vous parler ainsi de votre prince ? Choisissez votre arme. J'ai dit : choisissez votre arme. Tout de suite.

— Il va t'arriver des bricoles, mon petit chiot.

— Si vous êtes trop lâche pour…, commença le courtisan.

Avant même qu'il ait terminé sa phrase, Damen refermait la main sur la garde d'une épée et quittait son poste.

Il arriva au tournant juste au moment où l'un des soldats, qui portaient la livrée du régent, levait le poing et frappait violemment le courtisan en plein visage.

Le courtisan n'en était pas un. C'était le jeune soldat dont Laurent avait mentionné le nom, en passant, à Jord. *« Je vais dire aux serviteurs de dormir les cuisses bien serrées. Et à Aimeric. »*

Aimeric recula d'un pas chancelant et heurta le mur, puis glissa lentement au sol en battant des paupières, l'air stupéfait. Du sang jaillit de son nez.

Les trois hommes avaient repéré Damen.

— Ça l'a fait taire, fit remarquer Damen d'un ton impartial. Pourquoi ne pas en rester là ? Je vais le ramener à la caserne.

Ce n'est pas la stature de Damen qui les arrêta, pas plus que l'épée qu'il tenait. Si ces hommes souhaitaient déclencher une vraie bagarre, il y avait suffisamment d'armes, de lourdes pièces d'armure et d'étagères branlantes autour d'eux pour se battre un bon moment. Ce n'est que lorsque leur chef posa les yeux sur le collier d'or de Damen qu'il leva le bras pour retenir ses compagnons.

Et Damen comprit, à cet instant, comment les choses allaient se passer durant cette campagne : les hommes du régent tiendraient le haut du pavé. Aimeric et les hommes du prince étaient des cibles faciles car ils n'avaient personne à qui se plaindre, hormis Govart, qui leur répondrait d'une taloche. Govart, la brute préférée du régent, envoyé pour garder un œil sur les hommes du prince. Mais Damen était différent. Damen était intouchable, car il pouvait s'adresser directement au prince.

Il attendit. Les soldats, réticents à défier ouvertement le prince, prirent le parti de la discrétion ; l'homme qui avait frappé Aimeric hocha lentement la tête, et tous trois s'éloignèrent. Damen les regarda partir.

Il se tourna vers Aimeric, remarquant sa peau lisse et ses poignets élégants. Il n'était pas rare que des fils cadets de haute naissance s'engagent parmi les gardes royaux, dans l'espoir de se faire un nom par ce biais. Mais à en juger par ce qu'avait constaté Damen, les hommes de Laurent étaient plutôt d'origine populaire. Parmi eux, Aimeric avait sans doute du mal à trouver sa place.

Damen tendit la main. Aimeric fit mine de ne pas la voir et se hissa sur ses pieds.

— Quel âge avez-vous ? Dix-huit ans ?

— Dix-neuf, répondit Aimeric.

Autour de son nez écrasé, il avait des traits fins d'aristocrate, d'élégants sourcils noirs et de longs cils. Il était plus beau de près. On remarquait, par exemple, sa jolie bouche, même lorsqu'elle dégoulinait de sang.

Damen dit :

— Ce n'est jamais une bonne idée de déclencher une bagarre. Surtout contre trois hommes, quand on est du genre à s'écrouler après un seul coup de poing.

— Lorsque je m'écroule, je me relève. Je n'ai pas peur de recevoir des coups, se défendit Aimeric.

— Eh bien tant mieux, parce que si vous continuez à provoquer les hommes du régent, ça n'est pas près de s'arrêter. Penchez la tête en arrière.

Aimeric le dévisagea, une main plaquée sur son nez, le sang coulant entre ses doigts.

— Tu es le mignon du prince. J'ai beaucoup entendu parler de toi.

Damen dit :

— Si vous ne voulez pas pencher la tête en arrière, pourquoi n'irions-nous pas voir Paschal ? Il vous donnera un onguent parfumé.

Aimeric ne bougea pas.

— Tu n'as pas pu supporter le fouet comme un homme. Il a fallu que tu ailles pleurer dans le giron du régent. Tu as posé les mains sur lui. Tu as souillé sa réputation. Puis tu as essayé de t'enfuir, et il est tout de même intervenu en ta faveur, car il n'abandonnerait jamais un membre de sa maison seul face à la régence. Même pas quelqu'un comme toi.

Damen s'était figé. Il contempla le visage juvénile et sanguinolent du jeune homme, et se rappela qu'Aimeric était prêt à se laisser passer à tabac pour défendre l'honneur de son prince. Il aurait cru à une passion d'adolescent mal placée, s'il n'avait pas entrevu un sentiment similaire chez Jord, chez Orlant et même, à sa manière discrète, chez Paschal.

Damen songea au coffret d'ivoire et d'or renfermant une créature fourbe, égoïste et indigne de confiance.

— Vous lui êtes très loyal. Pourquoi ?

— Je ne suis pas un traître de chien akielonien, cracha Aimeric.

Damen livra l'inventaire à Rochert, et la garde princière commença à préparer les armes, les armures et les chariots en vue du départ prévu le lendemain matin. Ce travail aurait dû avoir été effectué avant leur arrivée, par les hommes du régent. Mais des cent cinquante soldats du régent qui devaient accompagner le prince, moins d'une vingtaine s'étaient présentés pour les aider.

Damen se joignit à l'effort. Il était le seul parmi eux à répandre une odeur raffinée d'onguent et de cannelle. La seule tension qui demeurait dans le dos de Damen était due au fait que le châtelain lui avait demandé de venir prendre ses ordres au fort, lorsqu'il aurait terminé.

Au bout d'une heure environ, Jord s'approcha de lui.

— Aimeric est jeune. Il dit que ça ne se reproduira plus, déclara Jord.

Cela se reproduira, et lorsque les deux factions de ce camp commenceront à échanger des représailles, votre campagne sera finie, ne dit pas Damen. Il dit :

— Où est le capitaine ?

— Le capitaine est dans une stalle, enfoncé jusqu'à la taille dans le valet d'écurie, déclara Jord. Le prince l'attend depuis un moment à la caserne. D'ailleurs… on m'a demandé de t'envoyer le chercher.

— Dans l'écurie, dit Damen en adressant à Jord un regard incrédule.

— Je préfère que ce soit toi que moi, répliqua Jord. Il doit être au fond. Oh, et quand tu auras fini, tu iras au fort.

La route était longue de la caserne aux écuries, et traversait deux cours intérieures. Damen espérait que Govart aurait terminé à son arrivée, mais bien sûr, ce n'était pas le cas. Dans les écuries s'élevaient tous les bruits paisibles que produisent les chevaux la nuit, mais malgré cela, Damen entendit ce qu'il faisait avant de le voir : de petits sons rythmés, provenant, comme Jord l'avait prédit, du fond.

Damen compara la réaction de Govart s'il l'interrompait à celle de Laurent s'il le laissait attendre. Il ouvrit la porte de la stalle.

À l'intérieur, Govart baisait sans vergogne le valet d'écurie contre le mur du fond. Le pantalon du garçon gisait en boule sur la paille, non loin des pieds de Damen. Ses jambes nues étaient largement écartées, et sa chemise remontée sur son dos. Son visage était pressé contre le bois rugueux de la paroi et maintenu en place par le poing de Govart, serré sur ses cheveux. Govart était habillé. Il n'avait délacé son propre pantalon qu'à l'endroit nécessaire pour sortir son sexe.

Govart s'arrêta de bouger assez longtemps pour jeter un regard de côté et dire :

— Quoi ?

Puis il reprit ses coups de reins, délibérément. Le garçon d'écurie, en voyant Damen, se mit en revanche à se tortiller.

— Arrêtez, dit-il. Arrêtez. Pas devant quelqu'un…

— Calme-toi. C'est juste le mignon du prince.

Govart tira la tête du valet en arrière pour appuyer ses propos.

— Le prince veut vous voir, dit Damen.

— Il peut bien attendre, répliqua Govart.

— Non. Il ne peut pas.

— Il m'ordonne de me retirer ? Il veut que j'aille le voir avec la queue dure ? (Govart découvrit ses dents en un rictus mauvais.) Tu crois que toute cette attitude de je-suis-trop-bien-pour-baiser, ce n'est qu'une comédie, et qu'en vrai c'est un allumeur qui veut juste se faire foutre ?

Damen sentit la colère s'installer en lui, pesante. Il éprouva cette même sorte d'impuissance qu'avait dû ressentir Aimeric dans l'armurerie, sauf qu'il n'était pas un bleu de dix-neuf ans qui n'avait jamais combattu. Il balaya d'un regard impassible le corps à demi nu du valet. Il comprit que dans un instant, dans cette petite stalle poussiéreuse, il allait rendre à Govart tout ce qu'il lui devait depuis le viol d'Erasmus.

Il rappela :

— Votre prince vous a donné un ordre.

Govart le devança, repoussant le valet d'un geste agacé.

— Putain, impossible de jouir tranquille avec tout ça...

Il se rajusta. Le garçon fit quelques pas chancelants, reprenant son souffle.

— À la caserne, dit Damen.

Il encaissa le coup d'épaule de Govart lorsque celui-ci le dépassa.

Le valet d'écurie regarda Damen, le souffle court. Il s'appuyait au mur d'une main ; l'autre était plaquée entre ses jambes, avec une pudeur rageuse. Sans rien dire, Damen ramassa le pantalon du garçon et le lui lança.

— Il devait me payer un sol de cuivre, se plaignit le valet d'un ton boudeur.

Damen répliqua :

— Je vais voir ça avec le prince.

Ce fut l'heure d'aller prendre ses ordres auprès du châtelain, qui le fit monter l'escalier jusqu'à la chambre à coucher.

Elle n'était pas aussi richement décorée que celles du palais, à Arles. Les murs étaient en pierre taillée, les fenêtres à croisillons en verre dépoli ; puisqu'il faisait nuit, elles n'offraient aucune vue, mais reflétaient les ombres de la pièce. Une frise de branches de vigne entrelacées courait le long du mur. Il y avait une cheminée sculptée, un feu couvert ; et des lampes, des tentures, ainsi que les coussins et les draps de soie d'une paillasse d'esclave séparée, remarqua Damen avec soulagement. Le lit, énorme et majestueux, dominait la pièce.

Les parois entourant le lit étaient lambrissées de bois sombre, gravées d'une scène de chasse montrant un sanglier dont le cou était percé d'une lance. Il n'y avait aucun signe du blason étoilé, bleu et or. Les tentures étaient rouge sang.

— Ce sont les appartements du régent, commenta Damen.

Il éprouvait un sentiment désagréable de transgression à l'idée de dormir dans la chambre de l'oncle de Laurent.

— Le prince séjourne-t-il souvent ici ? demanda-t-il.

Le châtelain crut qu'il voulait parler du fort, et non de la chambre.

— Non, pas souvent. Son oncle et lui venaient souvent ici ensemble, pendant les années qui ont suivi Marlas. En grandissant, le prince a perdu le goût des parties de chasse. Il est rare, désormais, de le voir à Chastillon.

Sur l'ordre du châtelain, des serviteurs lui apportèrent du pain et de la viande, qu'il mangea. Ils débarrassèrent les plats et les remplacèrent par un très beau pichet et des verres, lui laissant aussi, peut-être par accident, son couteau. Damen observa le couteau et songea à ce qu'il aurait donné pour un oubli comme celui-ci, lorsqu'il était cloîtré à Arles : un couteau qui aurait pu lui servir à s'enfuir du palais.

Il s'assit et attendit.

Sur la table, devant lui, se trouvait une carte détaillée de Vère et d'Akielos, où chaque colline, chaque montagne, chaque ville et chaque fort étaient minutieusement dépeints. La Seraine serpentait vers le sud, mais il savait déjà qu'ils n'allaient pas suivre le lit du fleuve. Il posa un doigt sur Chastillon et traça un itinéraire possible vers Delpha, à travers Vère, jusqu'à atteindre la ligne qui marquait la frontière de son pays. Les noms de lieux transcrits en vérétien l'irritèrent : « Achelos », « Delfeur ».

À Arles, le régent avait envoyé des assassins tuer son neveu. La mort provenait du fond d'un verre empoisonné, de la pointe d'une épée dégainée. Ce n'était pas ce qui se passait dans le cas présent. Rassemblez deux compagnies ennemies, placez-les sous le commandement d'un capitaine mesquin et partisan, et confiez le résultat à un prince-commandant inexpérimenté. Ces hommes allaient s'écharper mutuellement.

Et il était probable que Damen ne puisse rien faire pour l'empêcher. La chevauchée allait ronger le moral des troupes ; l'embuscade qui les attendait sans doute à la frontière dévasterait une compagnie déjà au bord de la déroute, gangrenée par les querelles intestines et un commandement négligent. Laurent était le seul à faire contrepoids au régent, et Damen ferait tout – comme il l'avait promis – pour le maintenir en vie, mais la triste vérité était que ce voyage vers la frontière ressemblait au dernier coup d'une partie perdue d'avance.

Laurent demeura occupé avec Govart jusque tard dans la nuit. Les bruits du fort se turent peu à peu ; le vacillement des flammes dans l'âtre devint audible.

Damen attendit, assis, les mains indolemment jointes. La liberté – l'illusion de la liberté – avivait en lui des sentiments étranges. Il pensa à Jord, à Aimeric et à tous les hommes de Laurent, travaillant toute la nuit pour préparer le départ. Des serviteurs résidaient dans le fort, et il n'était pas impatient de voir arriver Laurent. Mais en l'attendant dans cette pièce vide, tandis que les flammes dansaient dans l'âtre et qu'il laissait courir son regard sur les traits minutieux de la carte, il eut la sensation, plus que jamais depuis le début de sa captivité, d'être seul.

Laurent entra, et Damen quitta sa chaise. Il entrevit Orlant dans l'embrasure, derrière le prince.

—Allez-y. Je n'ai pas besoin d'un garde à la porte, déclara Laurent.

Orlant acquiesça. La porte se referma.

Laurent annonça :

—Je t'ai gardé pour la fin.

—Vous devez un sol de cuivre au valet d'écurie, l'informa Damen.

—Le valet d'écurie devrait apprendre à demander son paiement avant d'écarter les cuisses.

Laurent s'empara calmement d'un verre et du pichet pour se servir à boire. Damen ne put s'empêcher de lancer un regard au verre, se remémorant la dernière fois qu'ils s'étaient trouvés seuls dans la chambre de Laurent.

Les sourcils pâles s'arquèrent légèrement.

—Inutile de craindre pour ta vertu. Ce n'est que de l'eau… Je pense.

Laurent prit une gorgée, puis baissa son verre, qu'il tenait d'une main élégante. Il jeta un coup d'œil à la chaise, comme un hôte inviterait son convive à s'asseoir, et dit, comme si ces paroles l'amusaient :

—Mets-toi à l'aise. Tu vas passer la nuit ici.

—Pas d'entraves ? interrogea Damen. Vous ne craignez pas que j'essaie de m'enfuir, après vous avoir tué au passage ?

—Pas tant que nous serons si loin de la frontière, répondit Laurent.

Il soutint le regard de Damen. Il n'y avait d'autre son que le crépitement de l'âtre.

—C'est donc vrai que vous avez de la glace dans les veines, dit Damen.

Laurent reposa soigneusement le verre sur la table, et ramassa le couteau.

C'était une lame aiguisée, prévue pour couper la viande. Damen sentit son pouls s'accélérer lorsque Laurent s'avança. Quelques nuits auparavant seulement, il avait regardé Laurent trancher la gorge d'un homme, faisant jaillir du sang aussi rouge que la soie qui couvrait ce lit. Un choc le parcourut lorsque Laurent frôla ses doigts des siens, puis glissa la garde de l'arme dans sa main. Laurent saisit le poignet de Damen, sous le bracelet d'or, raffermit sa prise, et tira le couteau à lui jusqu'à l'orienter vers son propre ventre. La pointe de la lame s'enfonça très légèrement dans le tissu bleu sombre de son habit princier.

—Tu m'as entendu dire à Orlant de partir, rappela Laurent.

Laurent fit glisser sa main du poignet de Damen à ses doigts, et resserra son emprise.

Il ajouta :

— Je n'ai pas l'intention de perdre mon temps en postures et en menaces. Ceci devrait dissiper les derniers doutes concernant tes intentions.

Le couteau était bien placé, juste sous la cage thoracique. Il aurait suffi de l'enfoncer, puis de le faire remonter.

Laurent était d'une suffisance odieuse, sachant que son argument avait porté. Damen sentit le désir déferler sur lui : pas vraiment une pulsion violente, mais plutôt une envie d'enfoncer le couteau dans le masque impassible de Laurent, de le forcer à exprimer autre chose qu'une indifférence glacée.

Il rétorqua :

— Je suis sûr que certains domestiques sont encore debout. Comment pourrais-je être sûr que vous ne crierez pas ?

— Suis-je du genre à crier, d'après toi ?

— Je ne vais pas me servir de cette arme, admit Damen. Mais le fait que vous soyez prêt à me la fourrer dans la main montre que vous sous-estimez mon envie de le faire.

— Non, réfuta Laurent. Je sais exactement ce que c'est que d'avoir envie de tuer un homme, et d'attendre son heure.

Damen recula et baissa le couteau. Il le tenait toujours d'une main crispée. Ils se dévisagèrent mutuellement.

Laurent dit :

— Quand cette campagne sera finie, je pense – si tu es un homme et non un vermisseau – que tu tenteras de te venger pour ce qui t'est arrivé. Je m'y attends. Ce jour-là, nous jetterons les dés et nous verrons le résultat. Jusqu'à ce jour, tu es mon serviteur. Permets-moi, par conséquent, de t'expliquer quelque chose : j'attends de toi que tu m'obéisses. Tu es sous mes ordres. Si l'un de ces ordres te déplaît, je suis prêt à écouter tout argument raisonnable en privé, mais si tu désobéis à une instruction que je t'ai donnée, je te renverrai au poteau de flagellation.

— Ai-je désobéi à l'un de vos ordres ? demanda Damen.

Laurent lui adressa l'un de ses regards étranges et scrutateurs.

— Non, dit-il. Tu as traîné Govart hors de l'écurie pour qu'il fasse son devoir, et tu as porté secours à Aimeric avant qu'il ne soit battu comme plâtre.

— Vous avez ordonné à tous les autres de travailler jusqu'à l'aube pour préparer notre départ. Que fais-je ici ? interrogea Damen.

Il y eut un nouveau silence, puis Laurent lui désigna de nouveau la chaise. Cette fois, Damen céda et s'assit. Laurent prit place en face de lui. Entre eux, déroulée sur la table, se trouvait la carte si parfaitement détaillée.

— Tu as affirmé connaître la région, dit Laurent.

Chapitre 2

Longtemps avant qu'ils ne se mettent en route le lendemain matin, il devint évident que le régent avait sélectionné les pires soldats qu'il avait trouvés pour accompagner son neveu. Il était également manifeste qu'ils avaient été stationnés à Chastillon afin de cacher leur piètre qualité à la cour. Il ne s'agissait même pas de soldats entraînés : ce n'étaient que des mercenaires, des combattants médiocres ou mauvais, pour la plupart.

Avec une racaille pareille, le joli visage de Laurent n'améliorait en rien la situation. Damen dut entendre une bonne dizaine d'insultes et de sous-entendus perfides avant même de seller sa monture. Il n'était pas étonnant qu'Aimeric ait perdu son sang-froid : même Damen, qu'en toute franchise les injures à l'égard de Laurent ne dérangeaient pas, finit par s'en irriter. Il était irrespectueux de parler en ces termes de son commandant. « Il a pas encore trouvé la queue qui le dégèlera », entendit-il. Il tira trop fort sur la sangle de son cheval.

Peut-être était-il simplement fatigué. Il avait passé une nuit étrange, assis face à Laurent, à répondre à ses questions.

Le feu couvert brûlait doucement dans l'âtre, incandescent. *« Tu as affirmé connaître la région »*, avait dit Laurent, et Damen s'était retrouvé à transmettre des informations stratégiques à un ennemi qu'il affronterait peut-être un jour, patrie contre patrie, roi contre roi.

Et ce n'était que l'issue la plus favorable : cela supposait que Laurent l'emporterait contre son oncle, et que Damen retournerait en Akielos pour reconquérir son trône.

« Cela te pose-t-il un problème ? » avait demandé Laurent.

Damen avait inspiré profondément. Plus Laurent était fort, plus le régent était faible, et si Vère était distraite par une querelle de succession, cela ne pouvait qu'être utile à Akielos. Que Laurent et son oncle s'affrontent donc.

Lentement, prudemment, il avait commencé à parler.

Ils avaient discuté de la région frontalière, et de l'itinéraire qu'ils emprunteraient pour y parvenir. Ils ne voyageraient pas en ligne droite vers le sud. Ils chemineraient plutôt vers le sud-est, à travers les provinces vérétiennes de Varenne et d'Alier, en un voyage de deux semaines le long de la frontière montagneuse de Vask. Ils changeraient ainsi le trajet plus direct prévu par le régent, et Laurent avait déjà envoyé des cavaliers prévenir les forteresses. Laurent, pensa Damen, tentait de gagner du temps en rallongeant le voyage autant qu'il était possible de le faire sans attirer les soupçons.

Ils avaient parlé des mérites comparés de Ravenel et de Fortaine, en matière de défenses. Laurent n'avait pas semblé souhaiter dormir. Pas une fois il n'avait posé son regard sur le lit.

Au fil de la nuit, le prince avait abandonné ses manières étudiées pour une attitude plus détendue, plus juvénile, pliant un genou contre sa poitrine et y passant son bras. Damen s'était surpris à contempler la grâce naturelle de sa posture, son poignet en équilibre sur son genou, ses membres longs et ses articulations délicates. Il avait éprouvé une tension diffuse mais grandissante, la sensation d'attendre… d'attendre quelque chose, sans savoir de quoi il s'agissait. Il avait l'impression de se trouver seul dans une fosse avec un serpent : le serpent pouvait se détendre, mais lui, non.

Environ une heure avant l'aube, Laurent s'était levé.

— Nous en avons terminé pour cette nuit, avait-il décrété.

Puis, à la surprise de Damen, il était parti entamer les préparatifs de la matinée. Damen avait été sommairement informé qu'il serait convoqué en cas de besoin.

Le châtelain ne l'avait fait appeler que plusieurs heures plus tard. Damen en avait profité pour dormir un peu, s'installant sur sa paillasse et fermant résolument les yeux. Lorsqu'il avait revu Laurent, celui-ci se trouvait dans la cour, changé, en armure, prêt à se mettre en selle et froid comme à son habitude. Si Laurent avait dormi, ce n'était pas dans le lit du régent.

Ils prirent moins de retard que ne l'avait escompté Damen. L'arrivée de Laurent avant l'aube et les remarques acerbes qu'il avait certainement proférées – aiguisées par sa nuit blanche – avaient suffi à tirer les hommes du régent de leurs lits et à leur faire adopter un semblant de formation.

Ils partirent.

Aucune catastrophe ne se produisit dans l'immédiat.

Ils traversèrent de vastes champs de verdure qu'embaumaient des fleurs blanches et jaunes. Govart, fruste et autoritaire, ouvrait la marche sur son cheval de guerre. À ses côtés, jeune, élégant et doré, chevauchait le prince. Laurent ressemblait à une figure de proue, magnifique et inutile. Govart n'avait pas reçu la moindre réprimande, suite à son retard pour cause de garçon d'écurie, pas plus que les hommes du régent pour leur refus de se mettre au travail la veille au soir.

Ils étaient au total deux cents hommes, suivis de domestiques, de chariots, de provisions et de chevaux supplémentaires. Ils n'emmenaient pas de bétail, comme l'aurait fait une plus grande armée en campagne. Leur nombre ne l'exigeait pas, et par ailleurs, ils avaient la chance de pouvoir s'arrêter plusieurs fois pour se réapprovisionner au cours du voyage. Ils n'étaient pas suivis par des prostitués, comme l'étaient souvent les armées.

Cependant, ils s'étiraient sur près de mille cinq cents pieds, par la faute des traînards. Govart envoya des cavaliers de l'avant descendre toute la colonne pour leur hurler de s'activer, ce qui provoqua un début de panique chez les chevaux, mais aucune amélioration tangible de leur vitesse. Laurent observa tout cela, mais ne fit rien pour y remédier.

Il leur fallut plusieurs heures pour monter le camp, ce qui était trop long. Le temps perdu représentait du temps de sommeil en moins, alors que les hommes du prince avaient déjà passé la moitié de la nuit précédente à travailler. Govart donna une poignée d'instructions sommaires, mais ne s'embarrassa ni des subtilités, ni des détails. Au sein de la garde princière, Jord endossa le plus gros des responsabilités du capitaine, comme il l'avait fait la veille, et Damen reçut ses ordres de lui.

Certains des hommes du régent travaillaient dur simplement parce que c'était nécessaire, mais c'était un réflexe dû à leur propre nature plutôt qu'encouragé par une atmosphère disciplinée ou des directives précises. Il n'y avait que très peu d'ordre dans leurs rangs, et aucune trace de hiérarchie, si bien qu'un homme pouvait tirer au flanc sans autre conséquence que la rancœur grandissante de ceux qui l'entouraient.

Cela allait durer quinze jours, et une bataille couronnerait le tout. Damen serra les dents, baissa la tête et s'attela au travail qui lui avait été assigné. Il s'occupa de son cheval et de son armure, monta la tente du prince, déplaça des provisions, alla chercher de l'eau et du bois. Il se lava avec les autres. Mangea. La nourriture était bonne. Certaines choses, au moins, furent bien faites. Les sentinelles se postèrent sans tarder, de même que les guetteurs à cheval, qui gagnèrent leurs positions avec le même professionnalisme que les gardes qui l'avaient surveillé au palais. L'emplacement de la halte était bien choisi.

Il traversait le camp pour rejoindre Paschal lorsqu'il entendit, de l'autre côté d'une toile de tente :

— Vous devriez me dire qui c'était, pour que nous puissions faire quelque chose, dit Orlant.

— Cela n'a aucune importance. C'était ma faute, je vous l'ai dit.

La voix têtue d'Aimeric était reconnaissable entre toutes.

— Rochert a vu trois hommes du régent sortir de l'armurerie. Il dit que l'un d'eux était Lazar.

— C'était ma faute. J'ai provoqué l'attaque. Lazar a insulté le prince…

Damen soupira, tourna les talons et alla trouver Jord.

—Tu devrais aller voir Orlant, lui dit-il.

—Pourquoi donc ?

—Parce que je t'ai vu le dissuader de se battre, par le passé.

Lorsque Jord fut parti, l'homme à qui il était en train de parler adressa à Damen un regard mauvais.

—On m'avait prévenu que tu étais du genre mouchard. Et qu'est-ce que tu vas faire, toi, pendant que Jord empêche une bagarre ?

—Me faire masser, répondit sommairement Damen.

Il partit subir les soins ridicules de Paschal, puis dut aller prendre ses ordres de Laurent.

La tente était très vaste. Assez pour que Damen, qui était grand, puisse déambuler librement à l'intérieur sans avoir à baisser la tête de peur de se cogner. Les parois de tissu étaient couvertes de tentures bleu roi et crème, filetées d'or. Au-dessus de lui, des plis festonnés de serge de soie formaient un plafond suspendu.

Laurent était assis à l'entrée, qui avait été pourvue, en cas de visite, de chaises et d'une table, comme un pavillon de camp retranché. Il parlait armement avec l'un des serviteurs les plus débraillés. Sauf qu'il ne parlait pas beaucoup ; il écoutait surtout. Il fit signe à Damen d'entrer et d'attendre.

La tente était chauffée par des braseros, et illuminée par des bougies. Laurent poursuivait sa conversation avec le domestique. Au fond de la tente, masquée par un paravent, se trouvait la chambre, encombrée de coussins, de soieries et de draps amassés formant un lit. Damen y vit également, ostensiblement séparée, sa propre paillasse d'esclave.

Le serviteur fut congédié, et Laurent se leva. Damen reporta son regard du lit vers le prince, et ne trouva qu'un long silence, durant lequel Laurent le toisa de ses yeux bleu glacé.

—Eh bien ? Mets-toi au travail, s'impatienta Laurent.

—Au travail, répéta Damen.

Il s'imprégna peu à peu de ce mot. Il ressentait la même chose que dans le champ d'entraînement, lorsqu'il avait répugné à s'approcher de la croix.

—As-tu oublié comment t'y prendre ? lança Laurent.

Damen dit :

—La dernière fois, cela ne s'est pas très bien terminé.

—Alors je te suggère de mieux te comporter.

Laurent tourna calmement le dos à Damen, et attendit. Le laçage de la tenue en brocart de Laurent commençait sur la nuque, et descendait en ligne droite jusqu'en bas de son dos. Il était ridicule d'avoir... peur de ceci. Damen s'avança.

Afin de commencer à délacer l'habit, il dut écarter de ses doigts les mèches de cheveux dorés, aussi doux qu'une fourrure de renard. En le sentant faire, Laurent inclina légèrement la tête pour lui faciliter la tâche.

Habiller et déshabiller son maître était une tâche ordinaire pour un serviteur. Laurent recevait ce service avec l'indifférence d'un individu qui s'y était habitué depuis bien longtemps. L'ouverture du vêtement s'élargit, révélant le blanc d'une chemise tiédie par le corps contre lequel elle était plaquée, non seulement par l'habit de brocart, mais aussi par l'armure de Laurent. La peau de ce dernier et la chemise étaient de la même nuance délicate. Damen repoussa le vêtement sur les épaules de son maître et l'espace d'un instant, il sentit sous ses doigts la tension du dos noué de Laurent.

—Cela ira, dit Laurent en s'écartant et en mettant lui-même le vêtement de côté. Va t'asseoir à la table.

Sur celle-ci s'étalait la carte désormais familière, les coins lestés par trois oranges et une coupe. Laurent s'installa dans le siège face à Damen, simplement vêtu de son pantalon et de sa chemise, ramassa l'une des oranges et se mit à l'éplucher. Le coin de la carte s'enroula sur lui-même.

—Lorsque Vère a affronté Akielos à Sanpelier, l'armée akielonienne a effectué une manœuvre qui lui a permis de franchir notre flanc est. Explique-moi comment, ordonna Laurent.

Au matin, le camp s'éveilla tôt, et Jord intima à Damen de les rejoindre sur un champ d'entraînement improvisé près de la tente d'armurerie.

C'était, en théorie, une bonne idée. Damen et les soldats vérétiens pratiquaient des styles de combat différents, et ils avaient beaucoup à s'apprendre mutuellement. Damen appréciait l'idée de reprendre un protocole d'entraînement régulier, et si Govart n'organisait pas de manœuvres, les rassemblements informels feraient l'affaire.

Lorsque Damen arriva près de la tente d'armurerie, il prit un moment pour étudier le champ. Les hommes du prince s'entraînaient à l'épée, et son regard s'arrêta sur Jord et Orlant, puis sur Aimeric. Peu d'hommes du régent se trouvaient avec eux, mais Damen en remarqua quelques-uns, notamment Lazar.

Il n'y avait pas eu d'agitation la veille au soir, et Orlant et Lazar se tenaient à moins de cent pas l'un de l'autre sans arborer de blessures visibles. Mais cela signifiait qu'Orlant n'avait pu exprimer sa contrariété. Lorsque le soldat cessa ce qu'il faisait et se dirigea vers Damen, celui-ci se trouva face à un défi qu'il aurait dû anticiper.

Par réflexe, il attrapa l'épée de bois que lui lança Orlant.

—Tu es bon?

—Oui, répondit Damen.

Il lisait ses intentions dans les yeux d'Orlant. Peu à peu, les autres soldats remarquèrent ce qui se passait et abandonnèrent leur propre entraînement.

—Ce n'est pas une bonne idée, objecta Damen.

—C'est vrai. Tu n'aimes pas les bagarres, rétorqua Orlant. Tu préfères parler dans le dos des gens.

L'épée était une arme d'entraînement, en bois de la pointe au pommeau, avec une garde recouverte de cuir permettant de la tenir plus facilement. Damen en sentit le poids dans sa main.

—Ça te fait peur d'échanger quelques passes?

—Non, répondit Damen.

—Alors quoi? Tu ne sais pas te battre? le provoqua Orlant. Tu es juste venu pour baiser avec le prince?

Damen s'élança. Orlant para son coup, et ils furent aussitôt engagés dans le va-et-vient d'un affrontement furieux. Les épées de bois avaient peu de chances de tuer, mais elles pouvaient provoquer des ecchymoses et des fractures. Orlant se battait dans cet esprit; il ne retenait pas ses coups. Damen, qui avait amorcé le combat, se trouva forcé de céder du terrain.

Ils se battaient comme sur un champ de bataille, et non comme des duellistes, dont les premiers échanges auraient été prospectifs, prudents et analytiques, surtout face à un adversaire inconnu. Là, leurs épées se heurtaient violemment, et le déluge de coups ne cessait que pour un instant, çà et là, pour reprendre presque aussitôt.

Orlant était bon. Il faisait partie des meilleurs combattants présents, une distinction qu'il partageait avec Lazar, Jord, et un ou deux autres membres de la garde princière, que Damen reconnaissait du temps de sa captivité. Damen se dit qu'il devrait se sentir flatté que Laurent ait assigné ses meilleurs épéistes à sa surveillance, au palais.

Cela faisait plus d'un mois que Damen n'avait pas touché une épée. Il avait l'impression que ce jour remontait à des siècles, ce jour, en Akielos, où il avait été assez naïf pour demander à voir son frère. Un mois, mais il était habitué à s'entraîner quotidiennement durant des heures, selon un protocole draconien qui remontait loin dans l'enfance, et au sein duquel une pause d'un mois ne signifiait rien. Cela n'avait même pas suffi à adoucir ses mains calleuses.

Se battre lui avait manqué. Le combat assouvissait chez lui un désir profond de s'ancrer dans la réalité physique, de se concentrer sur un seul art, sur une seule personne, d'enchaîner attaques et ripostes à une vitesse qui transformait toute pensée en instinct. Cependant, les différences de l'escrime vérétienne signifiaient que ses mouvements ne pouvaient être purement automatiques, et Damen éprouva un sentiment qui tenait à la fois de la libération et du simple plaisir, dont il refrénait en grande partie l'ardeur.

Quelques minutes plus tard, Orlant recula en pestant.

— Tu vas te battre, oui ou non?

— Tu disais qu'on ne faisait qu'échanger quelques passes, répliqua Damen d'un ton neutre.

Orlant jeta son épée au sol, s'éloigna de deux pas vers l'un des spectateurs, et sortit de son fourreau trente pouces d'acier poli. Sans préambule, il pivota et frappa, orientant cette épée vers le cou de Damen à une vitesse mortelle.

Il n'eut pas le temps de réfléchir. Pas le temps de se demander si Orlant avait l'intention de retenir son coup, ou s'il désirait vraiment trancher Damen en deux. La lame ne pouvait être parée. Avec le poids d'Orlant et l'élan qui la portaient, elle passerait à travers l'épée de bois comme elle traverserait une motte de beurre.

Plus rapide que l'arme, Damen se déplaça, se mettant à portée d'Orlant. La seconde suivante, le dos d'Orlant heurtait la poussière, son souffle quittait brusquement ses poumons, et Damen tenait la pointe de son épée contre sa gorge.

Autour d'eux, le silence s'abattit sur le champ d'entraînement.

Damen fit un pas en arrière. Orlant, lentement, se leva. Son épée gisait à terre.

Personne ne parla. Le regard d'Orlant passa de son épée au sol à Damen, puis revint à l'épée, mais il ne bougea pas. Damen sentit Jord lui empoigner l'épaule, et il détacha son regard d'Orlant pour se tourner dans la direction qu'indiqua Jord d'un coup de menton.

Laurent était venu au champ d'entraînement et se tenait non loin de là, près de la tente d'armurerie, à les observer.

— Il te cherchait, dit Jord.

Damen se débarrassa de son épée de bois et partit voir Laurent.

Il marcha dans les broussailles. Laurent ne prit pas la peine de venir à sa rencontre, mais se contenta de l'attendre. Une brise s'était levée. Les pans de la tente claquaient bruyamment.

— Vous me cherchiez ?

Laurent ne répondit pas, et Damen ne parvint pas à interpréter son expression.

— Qu'y a-t-il ? demanda Damen.

— Tu es meilleur que moi.

Damen ne put s'empêcher de lâcher un soupir amusé, ni de balayer lentement Laurent du regard, de la tête aux pieds et des pieds à la tête, ce qui était sans doute un peu insultant. Mais tout de même…

Laurent rougit. Ses joues s'empourprèrent violemment, et un muscle se crispa le long de sa mâchoire tandis qu'il réprimait une émotion inconnue. Sa réaction surpassait toutes celles que Damen lui avait connues jusque-là, mais il ne put résister à la tentation de le provoquer encore un peu.

— Pourquoi ? Vous voulez que nous échangions quelques passes d'armes ? En toute amitié, proposa Damen.

— Non.

Quoi qu'il eût pu se passer entre eux après cela, Jord l'interrompit en s'approchant d'eux par-derrière, accompagné d'Aimeric.

— Votre Altesse. Toutes mes excuses, si vous avez besoin d'un peu plus de temps avec…

— Non, l'interrompit Laurent. Je vais m'entretenir avec vous, plutôt. Suivez-moi jusqu'au camp principal.

Ils s'éloignèrent de conserve, laissant Damen avec Aimeric.

— Il te déteste, commenta Aimeric d'un ton joyeux.

À la fin de leur journée de voyage, Jord vint le trouver.

Il aimait bien Jord. Il aimait son pragmatisme et le sentiment de responsabilité qu'il éprouvait à l'égard de ses hommes. Quel qu'ait été son milieu d'origine, il portait la marque d'un bon chef. Malgré toutes les tâches supplémentaires qu'il avait endossées, il avait tout de même pris le temps de venir le voir.

— Je veux que tu saches, dit Jord, que quand je t'ai demandé de nous rejoindre ce matin, ce n'était pas pour permettre à Orlant de…

— Je sais, dit Damen.

Jord acquiesça lentement.

— Si jamais tu veux t'entraîner, je serais honoré de me battre un peu avec toi. Je suis bien meilleur qu'Orlant.

— Je le sais aussi.

Pour la première fois, il reçut ce qui s'approchait le plus d'un sourire, venant de Jord.

—Tu n'étais pas aussi bon quand tu as combattu Govart.

—Quand j'ai combattu Govart, révéla Damen, j'avais les poumons pleins de *chalis*.

Jord hocha de nouveau la tête.

—Je ne sais pas comment ça se passe en Akielos, dit Jord, mais… tu ne devrais pas prendre ce genre de chose avant un combat. Ça engourdit les réflexes. Ça sape la force. Conseil d'ami.

—Merci, répondit Damen après un très long silence.

Lorsque cela arriva, c'était de nouveau Lazar, et Aimeric.

C'était la troisième nuit de leur voyage, et ils campaient au fort de Bailleux, un bâtiment en ruine malgré son nom pompeux. Les chambres qu'il contenait étaient si miteuses que les hommes dédaignèrent la caserne, et même Laurent demeura dans sa tente aux allures de pâtisserie plutôt que de passer la nuit à l'intérieur. Mais le fort comptait quelques domestiques, et faisait partie des étapes qui leur permettaient de se réapprovisionner.

De quelque manière que la bagarre ait commencé, lorsque quelqu'un s'en aperçut, Aimeric était au sol et Lazar se tenait debout au-dessus de lui. Il y avait beaucoup de poussière, mais pas de sang, cette fois. La malchance voulut que ce soit Govart qui intervienne, ce qu'il fit en saisissant Aimeric par le col et en le frappant en plein visage pour le punir d'avoir causé des problèmes. Govart était l'un des premiers arrivés, mais lorsque Aimeric se leva en se frottant la joue, une foule de bonne taille s'était amassée autour d'eux, attirée par le bruit.

Par malchance encore, cela se produisit en fin de soirée, alors que le plus gros du travail était terminé et que les hommes étaient libres de venir assister au spectacle.

Jord dut retenir Orlant par la force, et Govart n'améliora pas la situation en lui conseillant de mieux surveiller ses hommes. Aimeric ne méritait aucun traitement de faveur, déclara Govart, et si quelqu'un décidait de se venger sur Lazar, il serait fouetté. L'hostilité parcourut les hommes comme une mèche enflammée, et si Lazar avait esquissé le moindre geste agressif, ils auraient explosé.

Mais il fit un pas en arrière, et eut la bonne grâce–ou l'intelligence–de paraître troublé par l'annonce de Govart, plutôt que satisfait.

Par miracle, Jord parvint à maintenir le calme. Mais lorsque les hommes se dispersèrent, il renia superbement l'ordre hiérarchique et se dirigea droit vers la tente de Laurent.

Damen attendit de le voir en ressortir. Puis il inspira profondément, et y entra à son tour.

Quand il pénétra dans la tente, Laurent dit :

—Tu penses que je devrais renvoyer Lazar. J'ai déjà reçu ce conseil de Jord.

Damen répliqua :

—Lazar se bat plutôt bien, et il est l'un des rares soldats de votre oncle qui acceptent de travailler. Je pense que vous devriez renvoyer Aimeric.

—Quoi ? dit Laurent.

—Il est trop jeune. Trop séduisant. Il déclenche des bagarres. Ce n'est pas pour parler de lui que je suis venu vous voir, mais puisque vous m'avez demandé mon avis… Aimeric cause des problèmes, et le jour viendra bientôt où il cessera de vous faire les yeux doux et laissera l'un des hommes le sauter, et les problèmes ne feront qu'empirer.

Laurent digéra ses paroles. Mais…

—Je ne peux pas le renvoyer, déclara-t-il. C'est le fils du conseiller Guion. L'ambassadeur de Vère en Akielos.

Damen le dévisagea. Il revit Aimeric défendant Laurent dans l'armurerie, avec son nez sanguinolent. Il dit, d'un ton calme :

—Et de quel château à la frontière son père est-il le seigneur ?

—Fortaine, répliqua Laurent du même ton.

—Vous vous servez d'un jeune garçon pour influencer son père ?

—Aimeric n'est pas un enfant que j'ai appâté avec des friandises. Il est le quatrième fils de Guion. Il sait que sa présence ici écorne la loyauté de son père. C'est en partie pour cette raison qu'il m'a rejoint. Il souhaite attirer son attention, expliqua

Laurent. Si tu n'es pas venu pour me parler d'Aimeric, que fais-tu là ?

— Vous m'avez dit que si quelque chose m'inquiétait ou me dérangeait, vous écouteriez mes arguments en privé, rappela Damen. Je suis venu vous parler de Govart.

Laurent hocha lentement la tête.

Damen passa intérieurement en revue ces journées durant lesquelles la discipline avait laissé à désirer. La bagarre de ce soir-là aurait été l'occasion parfaite, pour un capitaine, d'intervenir et de reprendre le contrôle du camp, en assignant des punitions rigoureusement équitables et en affirmant clairement que les agressions, qu'elles viennent de l'une ou l'autre faction, ne seraient pas tolérées. Au lieu de cela, la situation s'était aggravée. Il se montra franc.

— Je sais que, pour une raison mystérieuse, vous avez lâché la bride à Govart. Peut-être espérez-vous que ses propres erreurs provoqueront sa perte, ou que plus il causera de difficultés, plus il sera facile de le congédier. Mais cela ne fonctionne pas comme cela. Pour le moment, les hommes lui en veulent ; mais demain matin, c'est à vous qu'ils en voudront de ne pas l'avoir maté. Il doit être soumis le plus tôt possible à votre autorité, et réprimandé pour n'avoir pas obéi aux ordres.

— Mais il obéit aux ordres, contredit Laurent.

En voyant la réaction de Damen, il ajouta :

— Pas les miens.

Damen l'avait bien deviné, même s'il ignorait quelles instructions le régent avait pu donner à Govart. « Fais ce que tu veux et n'écoute pas mon neveu » ? Damen songea qu'il n'était sans doute pas loin de la vérité.

— Je sais que vous êtes capable de mettre Govart au pas sans pour autant paraître défier l'autorité de votre oncle. Je ne peux pas croire que vous ayez peur de Govart. Si c'était le cas, vous ne m'auriez jamais envoyé le combattre dans l'arène. Si vous avez peur de…

— Cela suffit, l'interrompit Laurent.

Damen serra les dents.

—Plus cela continuera, et plus il sera difficile de gagner le respect des soldats de votre oncle. Ils parlent déjà de vous comme...

—J'ai dit : cela suffit, répéta Laurent.

Damen se tut, au prix d'un effort non négligeable. Laurent le scrutait, le visage fermé.

—Pourquoi me donnes-tu de bons conseils ? demanda Laurent.

N'est-ce pas pour cette raison que vous m'avez amené avec vous ? Au lieu de prononcer ces mots à voix haute, Damen répliqua :

—Pourquoi refusez-vous de les suivre ?

—Govart est capitaine, et il a réglé les problèmes d'une manière que je juge satisfaisante, affirma Laurent.

Mais son visage était toujours aussi grave, et son regard opaque, comme s'il était absorbé par ses propres pensées.

—J'ai des affaires à régler à l'extérieur. Je n'aurai pas besoin de tes services ce soir. Tu as la permission de te retirer.

Damen regarda Laurent sortir, et une partie seulement de son esprit brûla de briser quelque chose. Il savait désormais que Laurent n'agissait jamais précipitamment, mais préférait s'isoler et se laisser le temps de réfléchir. Damen n'avait plus qu'à attendre, et espérer.

Chapitre 3

Damen ne s'endormit pas aussitôt, bien que son lit surpasse en confort ceux de tous les autres soldats du camp. Sa paillasse d'esclave était moelleuse, et les draps de soie caressaient sa peau.

Il était éveillé lorsque Laurent revint, et il se redressa légèrement, ne sachant pas si le jeune homme aurait besoin de lui. Celui-ci ne lui prêta aucune attention. La nuit, une fois leurs conversations terminées, le prince lui accordait à peu près autant d'attention qu'à un meuble. Ce soir-là, Laurent s'assit à la table et écrivit une dépêche à la lueur d'une bougie. Lorsqu'il eut fini, il plia et scella la missive à l'aide de cire rouge et d'une chevalière qu'il ne portait pas au doigt, mais conservait dans un pli de ses vêtements.

Après cela, il demeura assis un moment. Sur son visage se peignait la même expression absorbée que plus tôt dans la soirée. Enfin, Laurent se leva, moucha la bougie de ses doigts, et dans la semi-pénombre qu'atténuaient les braseros, se prépara à se coucher.

La matinée commença plutôt bien.

Damen se leva et accomplit ses tâches quotidiennes. Les feux furent éteints, les tentes démontées et chargées dans les chariots, et les hommes se préparèrent à repartir. La dépêche que Laurent avait rédigée la veille au soir fila vers l'est entre les mains d'un cavalier.

Les insultes qui s'élevaient ici et là demeurèrent bon enfant et personne ne fut plaqué à terre, ce qui était le mieux qu'on puisse attendre de ce groupe, pensa Damen en préparant son harnachement.

Il aperçut Laurent en marge de son champ de vision, avec ses cheveux pâles et sa tenue de cheval en cuir. Il n'était pas le seul à regarder Laurent. Plus d'une tête s'était tournée dans sa direction, et quelques hommes s'étaient déjà rassemblés pour l'observer. Laurent se trouvait face à Lazar et Aimeric. Avec une bouffée d'anxiété dont il ne put identifier l'origine, Damen posa l'équipement qu'il tenait et marcha jusqu'à eux.

Aimeric, dont le visage était un livre ouvert, posait sur Laurent un regard d'adoration mêlée de honte. Il était évident que devoir répondre à son prince de sa mauvaise conduite le faisait atrocement souffrir. L'expression de Lazar était plus difficile à déchiffrer.

— Votre Altesse… Je vous présente mes excuses. C'était ma faute. Cela ne se reproduira plus, entendit Damen en s'approchant.

Aimeric. Bien sûr.

— Qu'est-ce qui vous a poussé à agir ainsi ? demanda Laurent sur le ton de la conversation.

Ce n'est qu'à ce moment qu'Aimeric parut se rendre compte qu'il se trouvait sur un terrain glissant.

— Cela n'a pas d'importance. Ce qui importe est que j'avais tort.

— Cela n'a pas d'importance ? répéta Laurent.

Il savait, il ne pouvait que savoir. Il posa sur Lazar un regard bleu à la douceur trompeuse.

Lazar garda le silence. Sa rancœur et sa colère bouillonnaient sous la surface. Mais elles refluèrent, contraintes et forcées, et il baissa les yeux d'un air maussade. En regardant Laurent intimider Lazar, Damen comprit soudain qu'il avait l'intention de régler cela au vu et au su de tout le monde. Damen jeta un coup d'œil discret aux alentours. Trop d'hommes assistaient déjà à la scène.

Il ne pouvait qu'espérer que Laurent savait ce qu'il faisait.

— Où est le capitaine ? demanda Laurent.

Le capitaine n'était nulle part en vue. Orlant fut envoyé le chercher, et mit si longtemps à revenir que Damen, se remémorant l'écurie, lui adressa silencieusement ses condoléances, malgré leur différend.

Laurent, calmement, attendit.

Et il attendit. La situation commença à dégénérer. Un rire muet se déclencha parmi les spectateurs et se répandit d'un bout à l'autre du camp. Le prince souhaitait s'entretenir en public avec le capitaine. Le capitaine obligeait le prince à attendre son bon plaisir. L'un des deux allait être remis à sa place, et dans un cas comme dans l'autre, ce serait amusant. Cela l'était déjà.

Damen sentit le contact froid d'un atroce pressentiment. Ce n'était pas ce qu'il voulait obtenir de Laurent lorsqu'il l'avait conseillé la veille. Plus Laurent était contraint d'attendre, plus son autorité s'émoussait, en public.

Lorsque Govart arriva enfin, il s'approcha de Laurent d'un pas nonchalant, rajustant encore sa ceinture, comme s'il ne voyait aucun inconvénient à afficher la nature charnelle de ses occupations.

Le moment était venu pour Laurent d'asseoir son autorité, et de réprimander Govart, calmement et sans trahir ses préjugés. Au lieu de cela…

— Ai-je interrompu votre coucherie ? attaqua Laurent.

— Non. J'ai terminé. Qu'est-ce que vous voulez ? rétorqua Govart avec un désintérêt cinglant.

Et il fut soudain évident qu'il se jouait bien davantage, entre Laurent et Govart, que Damen ne l'avait cru ; et que la perspective d'un esclandre laissait Govart parfaitement indifférent, confiant comme il l'était en la puissance du régent.

Avant que Laurent ne puisse répondre, Orlant arriva. Il tenait par le bras une femme aux longs cheveux bouclés et à la jupe pesante. Voilà donc ce qui avait retardé Govart. Il y eut une vague de surprise parmi les hommes.

— Vous m'avez fait attendre, dit Laurent, pendant que vous faisiez un bâtard à l'une des femmes du fort ?

— Les hommes, ça baise, riposta Govart.

Cela n'allait pas. Cela n'allait pas du tout. C'était une discussion mesquine et personnelle, et passer un savon à Govart ne servait à rien. Il s'en fichait, tout simplement.

— Les hommes, ça baise, répéta Laurent.

— Je l'ai baisée par la bouche, pas par le con. Votre problème…, commença Govart.

Et ce n'est qu'à cet instant que Damen comprit la gravité de la situation, la confiance de Govart en sa propre autorité, et la profondeur de son antipathie à l'égard de Laurent.

— … c'est que le seul homme qui vous ait jamais fait bander, c'était votre fr…

Et si Damen nourrissait encore le maigre espoir que Laurent reprenne le contrôle de la scène, il se brisa lorsque le visage de Laurent se ferma, que son regard se glaça, et que dans un sifflement métallique, il tira son épée de son fourreau.

— Dégainez, ordonna Laurent.

Non, non, non. Par réflexe, Damen fit un pas en avant, mais s'arrêta aussitôt. Il serra les poings, impuissant.

Il regarda Govart. Il ne l'avait jamais vu manier une épée, mais savait depuis l'arène que c'était un vétéran. Laurent était un prince de cour qui s'était soustrait toute sa vie à ses devoirs à la frontière et qui n'affrontait jamais un adversaire de face, s'il pouvait l'attaquer de biais.

Pire. Govart avait pour lui le soutien du régent ; et bien qu'il soit peu probable que les hommes assistant à la scène le sachent, il avait sans doute été autorisé à éliminer le neveu, si l'opportunité se présentait.

Govart dégaina.

L'impensable allait se produire : le capitaine de la garde, défié en duel d'honneur, allait sous les yeux de la troupe tuer l'héritier du trône.

Laurent était apparemment assez arrogant pour se battre sans armure. De toute évidence, il ne croyait pas pouvoir perdre, pas s'il était prêt à se donner ainsi en spectacle devant tous les soldats du camp. Il n'avait pas les idées claires. Laurent, avec son corps dénué de cicatrices et sa belle peau bien soignée, ne connaissait que les combats du palais, où Damen était certain que ses adversaires, par politesse, le laissaient toujours l'emporter.

Il va se faire tuer, pensa Damen, qui à cet instant, entrevit l'avenir avec une clarté aveuglante.

Govart attaqua avec une aisance nonchalante. L'acier gratta l'acier, les épées des deux hommes se heurtant avec une violence inouïe. Le cœur de Damen vint se coincer dans sa gorge – il n'avait pas voulu provoquer cela, pas voulu que cela se finisse ainsi – et lorsque les deux hommes s'écartèrent, il entendit sa surprise marteler sa poitrine : à la fin du premier échange, Laurent était encore en vie.

À la fin du deuxième également.

À la fin du troisième, il était, obstinément et contre toute attente, encore en vie. Il observait son adversaire d'un œil calme, analytique.

C'était insupportable pour Govart : tant que Laurent demeurait indemne, son embarras ne ferait qu'augmenter, car il était après tout plus fort, plus grand, plus vieux, et un soldat. Alors, Govart attaqua sans laisser de répit à Laurent, faisant pleuvoir sur lui un déluge de coups de taille et d'estoc.

Laurent tourna cet assaut à son avantage, compensant les chocs infligés à ses poignets délicats par sa technique irréprochable, qui exploitait la fougue de son adversaire plutôt que de la combattre. Damen cessa de grimacer, et commença à l'admirer.

Laurent se battait comme il parlait. Le danger venait de l'usage qu'il faisait de son esprit : il ne faisait rien sans l'avoir planifié à l'avance. Et cependant, il n'était pas prévisible, car en combat comme partout, ses intentions étaient multiples, et par moments les mouvements attendus se transformaient du tout au tout. Damen reconnaissait les signes des ruses complexes de Laurent. Pas Govart. Ce dernier, se voyant incapable de l'emporter aussi facilement qu'il l'avait prévu, fit la chose que Damen lui aurait recommandé, par-dessus tout autre conseil, de ne pas faire. Il s'énerva. C'était une erreur. S'il y avait une chose pour laquelle Laurent était doué, c'était provoquer quelqu'un jusqu'à le faire enrager et se servir ensuite de ses émotions.

Laurent repoussa le nouvel assaut de Govart avec une aisance gracieuse et une série de parades éminemment vérétienne, qui éveilla en Damen l'envie de prendre à son tour une épée.

À présent, la colère et l'incrédulité desservaient réellement Govart. Il commettait des erreurs élémentaires, gaspillant son énergie et attaquant au mauvais endroit. Laurent n'avait pas assez de force brute pour encaisser les frappes puissantes de Govart en les arrêtant avec son épée ; il devait les esquiver ou les contrer de façon sophistiquée, en les parant de biais ou en retournant l'élan de Govart contre lui. Les coups auraient été mortels, si Govart était parvenu à le toucher.

Mais il n'y parvenait pas. Sous les yeux de Damen, Govart frappa et manqua, furieux. Il n'allait pas remporter ce duel alors que la colère lui faisait commettre des fautes stupides. Tous les spectateurs en étaient désormais conscients.

Quelque chose d'autre devenait de plus en plus clair.

Laurent, doté du genre de proportions qui lui conférait un équilibre et une coordination innés, n'avait pas – comme le prétendait son oncle – gâché ses dons. Bien sûr, il disposait sans doute des meilleurs maîtres d'armes, de la meilleure éducation. Mais pour atteindre un tel niveau de maîtrise, il avait dû s'entraîner de longues heures, avec une rigueur extrême, depuis son plus jeune âge.

Le combat était tout sauf équitable. C'était un cours magistral d'humiliation publique. Mais celui qui menait la leçon, celui qui surpassait sans effort son adversaire, n'était pas Govart.

— Ramassez-la, ordonna Laurent la première fois que Govart perdit son arme.

Une longue ligne rouge zébrait le bras droit de Govart. Il avait cédé six pas de terrain, et on pouvait voir son torse se soulever à chaque respiration. Il ramassa lentement son épée, sans quitter Laurent des yeux.

Il n'y eut plus d'assauts motivés par la colère, plus d'attaques du mauvais pied ou de frappes hasardeuses. Govart fut forcé de reconnaître la valeur de Laurent, et de lui opposer ses meilleurs coups. Cette fois, lorsqu'ils se rencontrèrent, Govart se battit avec sérieux. Cela n'eut aucun effet. Laurent se battait avec une détermination froide et implacable, et il y avait quelque chose d'inéluctable dans ce combat, dans l'estafilade qui apparut cette fois sur la jambe de Govart, dans son épée gisant une fois de plus dans l'herbe.

— Ramassez-la, ordonna de nouveau Laurent.

Damen se remémora Auguste, cette force qui avait permis au front de tenir heure après heure, ce mur contre lequel des vagues de soldats étaient venues s'écraser. Il contemplait à présent son frère cadet.

— Je croyais que c'était une lavette, commenta l'un des hommes du régent.

— Tu crois qu'il va le tuer ? demanda un autre.

Damen connaissait la réponse à cette question. Laurent n'allait pas le tuer. Il allait le briser. Là, devant tous les autres.

Peut-être Govart devina-t-il l'intention de Laurent, car lorsqu'il perdit son épée pour la troisième fois, son esprit céda. Violer les conventions du duel était préférable à l'humiliation de cette interminable défaite ; il abandonna son épée et se contenta de charger. Cette fois, c'était simple : s'il parvenait à imposer un combat au sol, il gagnerait. Personne n'aurait le temps d'intervenir. Mais quand on jouissait de réflexes aussi affûtés que ceux de Laurent, on avait le temps de faire un choix.

Laurent leva sa lame et l'enfonça dans le corps de Govart ; non pas dans l'abdomen ou le torse, mais dans l'épaule. Une entaille ou une égratignure n'aurait pas suffi à arrêter Govart, aussi Laurent appuya-t-il le pommeau de son épée contre sa propre épaule, pesant de tout son poids sur la lame pour l'enfoncer plus profondément et couper court à la charge. C'était une manœuvre employée à la chasse au sanglier, où la lance blessait, mais ne tuait pas : appuyer le bout de la lance contre son épaule, et maintenir le sanglier empalé hors de portée.

Parfois, un sanglier se libérait, ou brisait la hampe de la lance, mais Govart était un homme avec une épée au travers du corps, et il tomba à genoux. On put voir l'effort gonfler les muscles de Laurent lorsqu'il retira l'épée.

— Déshabillez-le, ordonna-t-il. Confisquez-lui son cheval et ses biens. Jetez-le hors du fort. Il y a un village, situé une lieue à l'ouest. S'il en a la volonté, il survivra au voyage.

Il avait parlé calmement, brisant le silence, à deux hommes du régent. Ces derniers s'exécutèrent sans une seconde d'hésitation. Personne d'autre ne bougea.

Personne d'autre. Avec l'impression de sortir d'une sorte de torpeur, Damen balaya l'assemblée du regard. Il observa d'abord les hommes du prince, croyant voir sur leurs visages le reflet de sa propre réaction, mais découvrit à la place une satisfaction entièrement dépourvue de surprise. Aucun d'entre eux n'avait eu peur que Laurent soit vaincu, comprit-il.

Les hommes du régent, eux, affichaient des expressions diverses. On y décelait des signes de plaisir et d'amusement ; peut-être avaient-ils apprécié le spectacle, admiré cette démonstration virtuose. Quelque chose d'autre flottait sur leur visage, et Damen savait que ces hommes associaient l'autorité à la force. Peut-être voyaient-ils leur prince et son joli visage d'un autre œil, à présent qu'il avait fait ses preuves.

Ce fut Lazar qui mit fin à l'immobilité générale, en lançant un chiffon à Laurent. Celui-ci l'attrapa et s'en servit pour essuyer son épée, comme un aide de cuisine essuierait un couteau à découper. Puis il rengaina, abandonnant le chiffon, désormais rouge vif.

S'adressant aux hommes d'une voix forte, Laurent déclara :

— Ces trois jours de commandement médiocre ont culminé en un affront à l'honneur de ma famille. Mon oncle ne pouvait savoir ce que cachait le cœur du capitaine qu'il a nommé. S'il l'avait su, il l'aurait mis au pilori, plutôt que de lui confier la responsabilité d'une compagnie. Demain matin, il y aura des changements. Aujourd'hui, nous allons chevaucher sans répit pour rattraper le temps perdu.

Un brouhaha s'éleva peu à peu, tandis que les hommes se remettaient à marcher et à parler. Laurent se détourna pour retourner à ses responsabilités, s'arrêtant auprès de Jord pour lui transférer le poste de capitaine. Il posa une main sur le bras de Jord et lui murmura quelque chose, trop bas pour que Damen l'entende, après quoi Jord hocha la tête et se mit à donner des ordres.

Et c'était terminé. Le sang jaillissait de l'épaule de Govart, rougissant sa chemise, qui lui fut retirée. La sentence impitoyable de Laurent fut appliquée.

Lazar, qui avait lancé le chiffon à Laurent, ne semblait pas près de recommencer à le brocarder. D'ailleurs, le nouveau regard qu'il posait sur Laurent rappela à Damen, sans aucun doute possible, celui de Torveld. Damen se renfrogna.

Lui-même se sentait quelque peu ébranlé. C'était si... inattendu. Il ignorait ce pan de la personnalité de Laurent, ignorait qu'il était si bien entraîné, si compétent. Sans savoir pourquoi, il avait la sensation que quelque chose de fondamental avait changé.

La femme aux cheveux bruns rassembla sa lourde jupe, marcha jusqu'à Govart, et cracha au sol près de lui. Damen se renfrogna de plus belle.

Les conseils de son père lui revinrent en mémoire : ne jamais quitter des yeux un sanglier blessé ; une fois qu'on avait attaqué un animal à la chasse, on devait le combattre jusqu'à la fin, et un sanglier blessé devenait le plus dangereux de tous les animaux.

Cette pensée le tenaillait.

Laurent envoya quatre cavaliers galoper jusqu'à Arles pour transmettre la nouvelle. Deux des hommes appartenaient à sa propre garde, l'un était un homme du régent, et le dernier un domestique du fort de Bailleux. Les quatre avaient été témoins des événements de la matinée : Govart avait insulté la famille royale.

Le prince, dans son infinie bonté, lui avait fait l'honneur de le défier en duel. Govart, après avoir été désarmé selon les règles du combat loyal, avait violé celles-ci et attaqué le prince dans l'intention de le blesser, un acte abject de trahison. Govart avait été justement puni.

En d'autres termes, le régent devait être informé que son capitaine avait été renvoyé, d'une manière qui ne pouvait être déguisée en rébellion contre la régence, ou en désobéissance princière, ou en incompétence. Un point pour Laurent.

Ils chevauchèrent dans la direction de la frontière orientale, une chaîne montagneuse séparant Vère de Vask. Ils s'arrêteraient le long des contreforts, dans un fort appelé Nesson, et après cela, entameraient leur trajet sinueux vers le sud. Les effets combinés de la violence cathartique du duel et des ordres pragmatiques de Jord se répercutaient déjà à travers la troupe. Personne ne traînait en queue de cortège.

Ils durent se hâter pour gagner Nesson, après leur départ tardif, mais les hommes se plièrent de bonne grâce à ce changement d'allure. Lorsqu'ils atteignirent le fort, les couleurs du crépuscule commençaient tout juste à s'affadir dans le ciel.

En prenant ses ordres de Jord, Damen se trouva engagé dans une conversation à laquelle il n'était pas préparé.

—Je l'ai vu à ton visage : tu ne savais pas qu'il était capable de se battre.

—Non, confirma Damen. En effet.

—Il a ça dans le sang.

—Les hommes du régent ont eu l'air aussi surpris que moi.

—Il est discret à ce sujet. Tu as vu son champ d'entraînement personnel, dans le palais. Il s'entraînait avec certains de ses gardes, de temps en temps. Avec Orlant, avec moi… Il m'a estourbi plusieurs fois. Il n'est pas aussi bon que son frère, mais il suffit d'être à moitié aussi bon qu'Auguste pour être dix fois meilleur que tous les autres.

« Dans le sang »… Ce n'était pas tout à fait vrai. Il y avait autant de différences que de similitudes entre les deux frères : Laurent était moins puissant, et son style était fondé sur la grâce et l'intelligence. Il était le vif-argent, tandis qu'Auguste était l'or.

Nesson se révéla différent de Bailleux, à deux points de vue. D'abord, le fort était rattaché à une ville de taille respectable, construite près d'un des rares cols praticables dans les montagnes, et qui commerçait durant l'été avec la province vaskienne de Ver-Vassel. D'autre part, le fort était – tout juste – assez bien entretenu pour que les hommes puissent coucher dans la caserne, et Laurent dans le fort.

Damen franchit la petite porte de la chambre à coucher. Laurent était à l'extérieur, toujours en selle, réglant quelques détails concernant les guetteurs à cheval. Damen avait reçu l'ordre, en tant que serviteur, d'allumer les bougies et le feu. Il s'exécuta, l'esprit occupé ailleurs. Au cours de la longue chevauchée, il avait eu beaucoup de temps pour réfléchir. Il s'était d'abord contenté de repasser dans sa mémoire le duel dont il avait été témoin.

À présent, il songeait à la première fois qu'il avait vu le régent faire acte de discipline envers Laurent, lui retirant ses terres. Il aurait pu lui décerner cette punition en privé, mais le régent l'avait transformée en représentation publique. *« Embrassez l'esclave »*, avait ordonné le régent en conclusion : c'était un geste gratuit, une fioriture, une humiliation superflue.

Il repensa à l'arène, le lieu où la cour se réunissait pour assister à des actes intimes, des humiliations et des viols simulés transformés en spectacle afin d'amuser les courtisans.

Puis il pensa à Laurent. Le soir du banquet, durant lequel Laurent avait orchestré le don des esclaves, avait été une longue bataille publique avec son oncle, soigneusement planifiée, et exécutée avec précision. Damen se remémora Nicaise, assis près de lui à la table d'honneur, et Erasmus, prévenu à l'avance.

« Le prince est quelqu'un de très minutieux », avait dit Radel.

Damen terminait de s'occuper du feu lorsque Laurent entra dans la pièce, toujours en tenue de voyage. Il semblait frais et dispos, comme si se battre en duel, transpercer son capitaine de sa lame et chevaucher ensuite toute la journée n'avait pas eu le moindre effet sur lui.

Désormais, Damen le connaissait trop bien pour se laisser impressionner. Il voyait clair dans son jeu.

Il demanda :

— Avez-vous payé cette femme pour qu'elle se fasse trousser par Govart ?

Laurent, qui retirait ses gants, se figea un instant, puis reprit son geste d'un air décidé. Il tira le cuir au bout de chaque doigt, un à un. D'une voix posée, il répondit :

— Je l'ai payée pour qu'elle lui fasse des avances. Je ne lui ai pas fourré sa queue dans la bouche.

Damen pensa qu'il lui avait demandé d'interrompre Govart dans l'écurie, et que ce camp n'était pas accompagné de prostitués.

Laurent dit :

— Il avait le choix.

— Non, rétorqua Damen. Vous lui avez simplement donné l'illusion qu'il avait le choix.

Laurent lui adressa le même regard froid dont il avait gratifié Govart.

— Tu protestes ? Pourtant, tu avais raison. Il fallait que cela se produise au plus vite. J'attendais qu'une confrontation se déclenche spontanément, mais cela prenait trop longtemps.

Damen le dévisagea. Faire des hypothèses était une chose, mais l'entendre prononcer ces mots à voix haute en était une autre.

— « Raison » ? Je ne voulais pas dire…

Il s'interrompit.

— Vas-y, dis-le, ordonna Laurent.

— Vous avez brisé un homme, aujourd'hui. Cela ne vous affecte-t-il pas du tout ? Ce sont de vies qu'il s'agit, pas des pions d'une partie d'échecs avec votre oncle.

— Tu te trompes. Nous nous trouvons sur l'échiquier de mon oncle, et ces hommes sont tous ses pions.

— Dans ce cas, chaque fois que vous en bougez un, vous pouvez vous féliciter de lui ressembler trait pour trait.

C'était sorti tout seul. Il était encore ébranlé par la confirmation de ses conjectures. Il ne s'attendait pas, en tout cas, à ce que ses paroles produisent un tel effet sur Laurent. Elles l'arrêtèrent net. Damen ne pensait pas avoir déjà vu Laurent bouche bée auparavant, et puisqu'il ne pouvait croire que cet événement rarissime durerait bien longtemps, il se hâta de profiter de sa chance.

— Si vous remportez le soutien de vos hommes par la tromperie, comment pourrez-vous jamais leur faire confiance ? Vous avez des qualités qu'ils apprendront à connaître et à admirer. Pourquoi ne pas gagner leur confiance petit à petit, et de cette manière…

— Je n'ai pas le temps, tonna Laurent.

Sans crier gare, il était sorti de son étrange mutisme pour prononcer ces mots avec une force peu commune.

— Je n'ai pas le temps, répéta-t-il. Il ne me reste que deux semaines avant que nous atteignions la frontière. Ne fais pas semblant de croire que je pourrais séduire ces hommes en travaillant dur et en distribuant des sourires charmeurs. Je ne suis pas le poulain inexpérimenté que décrit mon oncle. J'ai combattu à Marlas et à Sanpelier. Je ne suis pas venu échanger des mondanités. Je n'ai pas l'intention de regarder mes hommes se faire tuer parce qu'ils refusent d'obéir aux ordres, ou parce qu'ils ne savent pas tenir une formation. J'ai l'intention de survivre, j'ai l'intention de vaincre mon oncle, et je me battrai avec toutes les armes à ma disposition.

— Vous êtes sincère.

— Je veux gagner. Pensais-tu que j'étais là pour me sacrifier dans un grand geste dramatique ?

Damen se força à faire face au problème, écartant l'impossible, ne considérant que les possibilités réalistes.

— Deux semaines, ce n'est pas assez long, dit-il. Vous auriez plutôt besoin d'un mois pour tirer quelque chose de ces hommes, et même dans ce cas, il faudra vous délester des pires d'entre eux.

— D'accord, dit Laurent. Y a-t-il autre chose ?

— Oui.

— Alors parle franchement, soupira Laurent. Non que tu te sois jamais retenu de le faire.

—Je vais vous aider autant qu'il m'est possible, mais nous n'aurons pas le temps de prendre un instant de répit, et vous allez devoir tout réussir à la perfection.

Laurent leva le menton et répliqua avec toute l'arrogance, froide et exaspérante, dont il était capable :

—C'est entendu.

Chapitre 4

À tout juste vingt ans, Laurent, qui était doté d'un esprit brillant et calculateur, le détacha des intrigues frivoles de la cour et le mit au service d'une entreprise plus vaste : son premier commandement.

Damen en fut témoin. Cela commença quand, après une longue nuit passée à parler stratégie, Laurent adressa à la troupe la liste de leurs défauts. Monté sur son cheval, il parla d'une voix claire qui portait jusqu'au dernier rang de l'assemblée. Il avait écouté tout ce que Damen lui avait dit au cours de la nuit, mais pas seulement. Certaines parties de son discours contenaient des informations qu'il n'avait pu obtenir que des domestiques, des armuriers et des soldats, qu'il avait également écoutés au cours des trois jours précédents.

Il présenta les choses de manière aussi fine que cinglante. Il termina cependant en leur offrant une échappatoire : peut-être avaient-ils été desservis par l'incompétence de leur capitaine. Par conséquent, ils allaient demeurer là, à Nesson, durant quinze jours, afin de s'accoutumer à l'autorité de leur nouveau capitaine. Laurent leur prodiguerait personnellement un entraînement qui les éprouverait, les bonifierait et les transformerait en une compagnie à peu près digne de ce nom. S'ils tenaient la cadence qu'il leur imposerait, bien sûr.

Mais d'abord, ajouta Laurent d'une voix suave, ils déchargeraient les chariots et dresseraient de nouveau le camp, des cuisines aux tentes jusqu'aux enclos des chevaux. En moins de deux heures.

Les hommes ne protestèrent pas. Ils l'auraient fait si Laurent n'avait pas affronté et battu leur chef à plate couture, le jour précédent. D'ailleurs, outre le duel, ils auraient aussi pu rechigner si l'ordre était venu d'un supérieur indolent ; mais depuis le premier jour, Laurent travaillait dur sans protester ni se plaindre. Cela, comme le reste, avait été calculé à la perfection.

Ils se mirent donc au travail. Ils déchargèrent les tentes, plantèrent les poteaux et les piquets, dessellèrent les chevaux. Jord donnait des ordres brefs et pragmatiques. Les tentes furent alignées en rangs bien droits pour la première fois depuis leur départ.

Et cela fut fini. En deux heures. C'était encore trop long, mais c'était préférable au désordre interminable qu'ils avaient connu les jours précédents.

Le premier ordre, ensuite, fut de se remettre en selle. Il fut suivi d'une série de manœuvres montées, conçues pour être faciles pour les chevaux et très difficiles pour les hommes. Damen et Laurent avaient planifié ces manœuvres ensemble la veille au soir, avec quelques suggestions de Jord, qui les avait rejoints au petit matin. En toute honnêteté, Damen ne s'attendait pas à ce que Laurent participe lui-même aux manœuvres, mais il le fit, montrant l'exemple.

Serrant la bride à son cheval pour se placer à côté de Damen, Laurent annonça :

— Tu as tes deux semaines supplémentaires. Voyons ce que nous pouvons faire de ces hommes.

Dans l'après-midi, ils passèrent au travail des formations. Des formations qui se brisèrent, encore, et encore, et encore, jusqu'à ce qu'enfin, elles tiennent, parce que tout le monde était trop épuisé pour faire quoi que ce soit d'autre qu'obéir aux ordres sans réfléchir. Même pour Damen, les manœuvres n'avaient rien d'une promenade de santé, et lorsqu'elles furent terminées, il eut la sensation, pour la première fois depuis longtemps, d'avoir accompli quelque chose.

Les hommes retournèrent au camp las, sans plus d'énergie pour se plaindre de leur commandant, ce maudit sadique aux yeux bleus et aux cheveux blonds. Damen vit Aimeric étendu près d'un feu de camp, les yeux fermés, comme un homme exténué après une course à pied. L'opiniâtreté qui avait poussé Aimeric à chercher des noises aux hommes plus forts que lui lui avait aussi permis de suivre le rythme des manœuvres, dépassant sa douleur et sa fatigue. Au moins, il ne pourrait causer de problèmes dans cet état. Personne ne se battrait : ils n'en avaient plus la force.

Tandis que Damen l'observait, Aimeric ouvrit les yeux et contempla le feu de camp, le regard vide.

Malgré les complications que provoquait Aimeric au sein de la troupe, Damen ressentit une bouffée de compassion à son égard. Il n'avait que dix-neuf ans, et il s'agissait manifestement de sa première campagne. Il avait l'air perdu et esseulé. Damen fit un détour vers lui.

—C'est la première fois que vous faites partie d'une compagnie ?

—Je suis capable de tenir le rythme, protesta Aimeric.

—J'ai vu ça, dit Damen. Je suis sûr que votre capitaine s'en est rendu compte aussi. Vous avez bien travaillé, aujourd'hui.

Aimeric ne réagit pas.

—Nous allons conserver ce rythme au cours des semaines à venir, et il s'écoulera un mois avant que nous n'atteignions la frontière. Vous n'êtes pas obligé de vous épuiser dès le premier jour.

Il avait parlé d'un ton plutôt amical, mais Aimeric rétorqua avec raideur :

—Je suis capable de tenir.

Damen soupira et se leva. Il avait fait deux pas en direction de la tente de Laurent lorsque la voix d'Aimeric l'interpella ; il se retourna.

—Attends, dit Aimeric. Tu crois vraiment que Jord l'a remarqué ?

Puis il rougit, comme s'il avait révélé quelque chose sans le vouloir.

Lorsqu'il poussa le pan de la tente, Damen fut accueilli par un regard bleu et froid qui, par contraste avec celui d'Aimeric, ne révélait rien du tout. Jord se trouvait déjà à l'intérieur, et Laurent fit signe à Damen de les rejoindre.

— L'autopsie, maintenant, déclara Laurent.

Les événements du jour furent disséqués. On demanda son opinion sincère à Damen, qui la donna : les hommes n'étaient pas des cas désespérés. Ils n'allaient pas se transformer en une compagnie parfaitement entraînée en l'espace d'un mois. Mais on pouvait leur enseigner des choses. Comment tenir une position et comment résister à une embuscade. Des manœuvres simples. Damen décrivit les objectifs qu'il pensait réalistes. Jord acquiesça, et ajouta quelques suggestions.

Deux mois, déclara Jord avec franchise, seraient quand même beaucoup plus commodes qu'un seul.

— Malheureusement, dit Laurent, mon oncle nous a confié la tâche de patrouiller à la frontière. Croyez bien que je le regrette amèrement, mais nous allons devoir nous y présenter un jour ou l'autre.

Jord ricana. Ils parlèrent de certains soldats, et modifièrent certains détails des manœuvres. Jord avait un don pour identifier les sources des problèmes du camp. Il semblait tenir pour acquis que Damen participait à la discussion.

Lorsqu'ils eurent terminé, Laurent congédia Jord et s'assit dans la tiédeur que répandaient les braseros, observant Damen d'un air décontracté.

— Il faut que j'examine mon armure avant de me coucher, dit celui-ci, à moins que vous ayez besoin de moi pour quelque chose.

— Amène-la ici, répliqua Laurent.

Damen s'exécuta. Il s'assit et vérifia chaque boucle, chaque sangle et chaque pièce de son armure, méthodiquement. Cette habitude lui avait été inculquée dès l'enfance.

Laurent dit :

— Que penses-tu de Jord ?

—Je l'aime bien, dit Damen. Vous devriez être content de lui. C'était l'homme parfait pour endosser le rôle de capitaine.

Une pause paisible interrompit la conversation. À l'exception du bruit que fit Damen en ramassant un brassard, le silence régnait dans la tente.

—Non, dit Laurent. C'était toi.

—Quoi ?

Damen adressa à Laurent un regard estomaqué, et fut encore plus surpris lorsque Laurent soutint calmement son regard.

—Aucun homme ici n'accepterait de prendre ses ordres d'un Akielonien, assura Damen.

—Je le sais. C'est l'une des deux raisons pour lesquelles j'ai choisi Jord. Les hommes ne t'auraient pas accepté tout de suite ; il aurait fallu que tu prouves ta valeur d'abord. Même avec les deux semaines supplémentaires, nous n'avions pas le temps d'attendre que tout cela suive son cours. Je me sens frustré de ne pouvoir exploiter tout ton potentiel.

Damen, qui ne s'était jamais considéré comme un candidat envisageable au poste de capitaine, fut un peu chagriné par son propre orgueil en s'apercevant que c'était parce qu'il s'imaginait instinctivement à la place de Laurent, ou nulle part. L'idée qu'il pourrait être promu au rang supérieur, comme un simple soldat, ne lui avait même pas traversé l'esprit.

—C'est la dernière chose que je m'attendais à vous entendre dire, avoua-t-il non sans une certaine ironie.

—Croyais-tu que j'étais trop fier pour m'en rendre compte ? Je peux t'assurer que l'orgueil que j'ai investi dans mon désir de vaincre mon oncle surpasse de loin tout sentiment que je puisse éprouver par ailleurs.

—Vous m'avez simplement surpris, dit Damen. Parfois, j'ai l'impression de vous comprendre, et à d'autres moments il me semble que je ne vous connais pas du tout.

—Crois-moi, c'est réciproque.

—Vous avez parlé de deux raisons, rappela Damen. Quelle est la seconde ?

—Les hommes pensent que tu m'écartes les cuisses dans cette tente, déclara Laurent.

Il prononça ces paroles du même ton calme dont il était coutumier. Damen manipula maladroitement le brassard.

—Cela risquerait d'émousser mon autorité. L'autorité que j'ai cultivée avec tant de soin. Voilà, maintenant, je t'ai vraiment surpris. Ce serait peut-être différent si tu n'étais pas plus grand que moi de dix pouces, ni si large d'épaules.

—C'est bien moins de dix pouces, corrigea Damen.

—Ah? s'étonna Laurent. Ce n'est pas l'impression que j'ai, lorsque tu me contredis sur ma conception de l'honneur.

—Je veux que vous sachiez, dit Damen prudemment, que je n'ai rien fait pour encourager l'idée que je... que vous et moi...

—Si je pensais que tu l'avais fait, je te ferais attacher à un poteau et fouetter jusqu'à ce que l'avant ressemble à l'arrière.

Il y eut un long silence. À l'extérieur régnait l'atmosphère sereine d'un camp endormi et fourbu, aussi n'entendait-on que le claquement de la tente et quelques bruits de mouvement indéterminés. Damen avait les doigts crispés sur le métal du brassard, jusqu'à ce qu'il les desserre délibérément.

Laurent quitta sa chaise et laissa traîner ses doigts sur le dossier.

—Laisse cela. Viens m'aider, ordonna Laurent.

Damen se leva. C'était une tâche gênante, et il était irrité. Le vêtement que portait Laurent ce jour-là était lacé sur la poitrine, et non dans le dos. Damen le délaça rapidement.

L'habit s'ouvrit sous ses mains. Il passa derrière Laurent pour le lui ôter. Il ouvrit la bouche dans l'idée de lui demander: «Dois-je continuer?», après avoir rangé le vêtement. Il avait envie de le provoquer un peu, car c'était en général tout le service que Laurent lui demandait d'effectuer, et qu'il aurait pu sans le moindre effort retirer son premier habit tout seul.

Sauf que quand Damen se retourna vers lui, Laurent avait porté une main à sa propre épaule et la massait, y sentant manifestement une légère raideur. Ses cils étaient baissés. Sous la chemise, son corps était amolli, languide. Il était épuisé, comprit Damen.

Damen n'éprouva aucune compassion à son égard. Contre toute raison, il se sentit au contraire plus irrité que jamais. La façon dont Laurent passait d'un geste lent une main dans ses cheveux dorés lui rappela, sans qu'il sache pourquoi, que sa captivité et sa punition étaient l'œuvre d'un seul être de chair et de sang.

Il tint sa langue. Il lui restait à passer deux semaines dans ce fort, deux semaines de voyage jusqu'à la frontière, à s'assurer que Laurent était en sécurité, et il en aurait terminé.

Au matin, ils recommencèrent.

Et recommencèrent de nouveau. Convaincre les hommes d'obéir à des ordres conçus pour mettre leurs forces à l'épreuve était une gageure. Certains de ces hommes appréciaient la rigueur du travail, ou comprenaient simplement qu'ils devaient souffrir pour s'améliorer, mais pas tous.

Laurent accomplit cet exploit.

Ce jour-là, la troupe fut pétrie, façonnée et sculptée en vue de son objectif, parfois, semblait-il, par la seule force de la volonté. Il n'y avait aucune camaraderie entre Laurent et les hommes, aucun signe de l'amour puissant et chaleureux que les armées akielonienne éprouvaient autrefois pour le père de Damen. Laurent n'était pas aimé. Il n'était pas apprécié. Même ses propres soldats, qui l'auraient suivi jusqu'au bout du monde, s'accordaient à le considérer comme – selon la formule d'Orlant – « une sacrée petite salope », qu'il valait mieux ne pas incommoder lorsqu'il était de mauvaise humeur, et qui n'était jamais de bonne humeur.

Cela n'avait pas d'importance. Laurent donnait les ordres, et ils étaient exécutés. Les soldats tentés de se rebeller s'apercevaient qu'ils en étaient incapables. Damen, qui avait été manipulé jusqu'à embrasser le pied de Laurent et lui manger des friandises dans la main, entre autres, comprenait le mécanisme qui les contraignait à agir ainsi, profondément ancré dans chaque situation spécifique.

Et, peut-être pour cette raison, un semblant de respect avait commencé à se développer à son égard. La raison pour laquelle le régent avait tenu Laurent loin de toute position de pouvoir devenait évidente : il était doué pour commander. Il rivait son regard sur ses objectifs et était prêt à tout mettre en œuvre pour les accomplir. Il affrontait les défis avec lucidité. Il anticipait les problèmes et s'arrangeait pour y parer ou pour les éviter. Et quelque chose en lui se plaisait à soumettre ces hommes endurcis à son autorité.

Damen savait qu'il assistait à la naissance d'un roi, aux premiers exercices de pouvoir d'un prince né pour régner, quoique la sorte d'autorité que pratiquait Laurent – mi-exemplaire, mi-dérangeante – n'ait rien à voir avec la sienne.

Inévitablement, certains des hommes se rebellèrent tout de même. Un incident éclata cet après-midi-là, lorsque l'un des mercenaires du régent refusa de suivre les ordres de Jord. Quelques autres accueillirent avec sympathie ses doléances, et des murmures mécontents saluèrent l'arrivée de Laurent. Le mercenaire avait gagné assez de soutien chez ses camarades pour que Laurent risque l'insurrection s'il le faisait fouetter. Une foule s'amassa autour d'eux.

Laurent ne le fit pas fouetter.

Il le fouetta lui-même, verbalement.

C'était très différent de son échange avec Govart. Il se montra froid, vulgaire, effroyable, et parvint à dominer cet homme sous les yeux de la troupe aussi sûrement que s'il lui avait passé son épée au travers du corps.

Les hommes se remirent aussitôt au travail.

Damen entendit l'un d'eux dire, d'un ton d'admiration subjuguée :

— Je n'ai jamais entendu quelqu'un d'aussi grossier que ce petit-là.

Ils revinrent au camp, ce soir-là, pour s'apercevoir qu'il avait disparu : les domestiques de Nesson l'avaient entièrement démantelé. Sur les ordres de Laurent. Il avait décidé de se montrer généreux, dit-il ; cette fois, ils disposaient d'une heure et demie pour le remonter.

Ils s'entraînèrent durant presque quinze jours, campant dans les champs de Nesson. S'il était clair que la troupe ne se transformerait jamais en instrument de précision, elle se mua en un outil sommaire mais correct. Ils étaient capables de chevaucher ensemble, de combattre ensemble et de tenir une position ensemble. Ils exécutaient des ordres simples.

Ils pouvaient se permettre de s'épuiser, et Laurent en profita au maximum. Ce n'était pas à Nesson qu'ils risquaient de subir une embuscade. L'endroit était sûr. Si loin de la frontière sud, il serait impossible de rejeter les soupçons sur Akielos, et si près de la frontière vaskienne, une attaque pourrait conduire à une catastrophe diplomatique. Si Akielos était l'objectif du régent, il n'avait aucune raison de provoquer l'Empire vaskien.

De plus, Laurent les avait menés si loin de l'itinéraire que le régent leur avait assigné à l'origine que s'il avait tendu des pièges sur leur passage, ils attendraient en vain une compagnie qui n'arriverait jamais.

Damen en vint à se demander si la sensation de progrès et de réussite gratifiante qui gagnait peu à peu la troupe l'affectait lui aussi, car le dixième jour, en voyant les hommes s'entraîner d'une manière qui laissait croire à leur survie en cas d'embuscade, il avait entrevu au fond de lui une petite lueur d'espoir.

Ce soir-là, lors d'un rare moment d'oisiveté, Jord lui fit signe de le rejoindre près d'un feu de camp, où il s'était assis seul pour voler un instant de tranquillité. Il lui offrit du vin dans un gobelet en étain cabossé.

Damen l'accepta, et s'assit sur le siège improvisé que formait une bûche arrondie. Tous deux fatigués, ils n'éprouvèrent pas le besoin de briser le silence. Le vin était atroce. Damen le fit rouler sur sa langue et l'avala. Une chaleur agréable émanait du feu. Au bout d'un moment, Damen s'aperçut que le regard de Jord s'était arrêté sur quelque chose, à l'autre extrémité du camp.

Aimeric entretenait son armure devant une tente, ce qui révélait qu'il avait acquis quelques bonnes habitudes. Ce n'était sans doute pas pour cela que Jord l'observait.

—Aimeric, dit Damen en haussant les sourcils.

—Eh, tu l'as regardé ? rétorqua Jord avec un petit sourire.

—Je l'ai regardé, oui. La semaine dernière, il semait la zizanie parmi la troupe.

—C'est un bon gars, dit Jord. C'est juste qu'il est bien né, et qu'il n'a pas l'habitude de se trouver en compagnie de gens plus simples. Il agit correctement selon ses principes, mais les règles sont différentes ici. C'est un peu comme pour toi.

Cela fit réfléchir Damen. Il avala une nouvelle gorgée de mauvais vin.

—Tu es un bon capitaine. Ça pourrait être bien pire pour lui, déclara Damen.

—Il y a de sacrés vauriens dans cette compagnie, je ne te le fais pas dire, dit Jord.

—Je pense qu'après quelques jours comme aujourd'hui, les pires d'entre eux abandonneront.

—Après quelques minutes comme aujourd'hui, rectifia Jord.

Damen lâcha un soupir amusé. Le vacillement du feu de camp était hypnotique, sauf si l'on avait quelque chose de mieux à regarder. Les yeux de Jord se rivèrent de nouveau sur Aimeric.

—Tu sais, fit remarquer Damen, il va finir par dire oui à quelqu'un. Il vaudrait mieux que ce soit toi, à mon avis.

Il y eut un long silence, puis Jord reprit, d'une voix étrangement timide :

—Je n'ai jamais couché avec un noble. C'est différent ?

Damen rougit lorsqu'il comprit ce que Jord présumait.

—Il... On ne le fait pas. Il ne le fait pas. À ce que j'en sais, il ne le fait avec personne.

—Personne ne sait, répliqua Jord. S'il n'avait pas cette bouche de pute à soldats, je penserais qu'il est puceau.

Damen se tut. Il vida son gobelet, et se renfrogna un peu. Toutes ces conjectures ne l'intéressaient pas. Il se fichait de savoir avec qui Laurent couchait.

Ce fut Aimeric qui le dispensa de répondre. Son sauveur inattendu avait apporté quelques pièces d'armure avec lui, et s'apprêtait à s'asseoir de l'autre côté du feu. Il portait une chemise légère, en partie délacée.

— Je ne vous dérange pas, j'espère ? J'y verrai plus clair près du feu.

— Pourquoi ne pas vous joindre à nous ? proposa Damen.

Il posa son gobelet et prit garde de ne pas croiser le regard de Jord.

Aimeric ne portait pas Damen dans son cœur, mais Jord et Damen étaient les deux membres les plus haut placés de la compagnie, chacun à leur manière. Il était délicat de refuser cette invitation. Aimeric hocha la tête.

— J'espère que ce que je vais dire n'est pas trop déplacé…, commença Aimeric.

Soit les coups de poing sur le nez lui avaient enseigné la prudence, soit il faisait simplement preuve d'une déférence accrue en présence de Jord.

— Mais j'ai grandi à Fortaine. J'y ai passé la plus grande partie de ma vie. Je sais que depuis la bataille de Marlas, les patrouilles à la frontière ne sont qu'une formalité. Cependant… le prince nous entraîne à nous battre réellement.

— Il préfère simplement ne pas prendre de risques, expliqua Jord. S'il doit combattre, il veut pouvoir compter sur ses hommes.

— J'en suis ravi, approuva vivement Aimeric. Je veux dire que je préfère faire partie d'une troupe capable de se battre. Je suis un quatrième fils. J'ai le goût du travail bien fait, de même que… j'admire les hommes capables de s'élever au-dessus de leur condition.

Il regardait Jord en prononçant ces derniers mots. Damen jugea préférable de prendre congé, les laissant seuls tous les deux.

Lorsqu'il entra dans la tente, Laurent était plongé dans ses pensées, assis face à la carte. Il leva les yeux en l'entendant arriver, puis se rassit plus profondément sur son siège, et fit signe à Damen de s'asseoir également.

— Étant donné que nous avons deux cents hommes à cheval, et non deux mille soldats à pied, je pense que le nombre est moins important que la qualité des hommes. Je suis sûr que toi et Jord avez en tête une liste de soldats dont vous pensez qu'ils doivent être remerciés. Je veux la tienne avant demain.

—Elle ne comptera pas plus de dix noms, affirma Damen.

Il en était le premier surpris. Avant Nesson, il aurait estimé ce nombre à environ cinquante. Laurent hocha la tête. Après un moment, Damen reprit la parole :

—En parlant d'hommes difficiles, j'aimerais vous poser une question.

—Vas-y.

—Pourquoi avez-vous épargné la vie de Govart ?

—Pourquoi pas ?

—Vous le savez bien.

Laurent ne répondit pas aussitôt. Il saisit le pichet posé à côté de la carte et se servit un verre. Ce n'était pas la piquette bon marché que buvait Jord, remarqua Damen, mais de l'eau.

—J'ai préféré ne pas offrir à mon oncle l'occasion de s'écrier que j'avais outrepassé mes prérogatives.

—Vous en aviez parfaitement le droit après que Govart vous a chargé. Et les témoins ne manquaient pas. Il y a autre chose.

—Il y a autre chose, confirma Laurent en soutenant le regard de Damen.

En parlant, il leva son verre pour en boire une gorgée.

Très bien.

—C'était un combat impressionnant.

—Oui, je sais, dit Laurent.

Il ne souriait pas lorsqu'il disait ce genre de choses. Détendu, il laissa pendre son verre entre ses longs doigts fins, et rendit son regard à Damen, calmement.

—Vous avez dû passer beaucoup de temps à vous entraîner, avança Damen.

Laurent le surprit en répondant sérieusement :

—Je n'ai jamais été un combattant. C'est Auguste qui l'était. Mais après Marlas, j'étais obsédé par…

Laurent s'interrompit. Damen vit le moment où il décida de poursuivre, délibérément. Son regard plongea dans celui de Damen, et son ton changea légèrement.

— Damianos d'Akielos commandait des troupes depuis l'âge de dix-sept ans. À dix-neuf ans, il a traversé le champ de bataille, s'est frayé un chemin parmi nos meilleurs soldats, et a tué mon frère. On dit – on disait – qu'il était le meilleur combattant en Akielos. J'ai pensé que si je voulais tuer quelqu'un comme lui, je devais devenir très, très bon.

Damen garda le silence, après cela. Son envie de parler vacilla et s'éteignit, comme une bougie juste avant qu'on ne la mouche, comme la chaleur agonisante des braseros.

Le soir suivant, il se trouva plongé dans une conversation avec Paschal.

La tente du médecin, comme celle de Laurent ainsi que les cuisines, était assez spacieuse pour permettre à un homme grand d'y marcher sans se baisser. Paschal disposait de tout l'équipement dont il pouvait avoir besoin, et sur les ordres de Laurent, tout avait été soigneusement rangé. Damen, en tant que son unique patient, s'amusait de ce vaste étalage de fournitures médicales. Il ne rirait plus lorsqu'ils quitteraient Nesson et commenceraient à se battre. Un médecin pour deux cents hommes : le ratio n'était raisonnable qu'en dehors des batailles.

— Voyez-vous une grande différence entre une campagne sous l'autorité du prince et une campagne sous l'autorité de son frère ?

Paschal répondit :

— Je dirais que tout ce qui était instinctif pour l'aîné ne l'est pas pour le cadet.

— Parlez-moi d'Auguste, le pria Damen.

— Le prince ? Que peut-on dire ? Il était l'étoile dorée, répondit Paschal en désignant le blason du prince héritier.

— Laurent semble lui accorder plus d'éclat, dans son esprit, qu'à son propre père.

Il y eut un silence, durant lequel Paschal reposa les flacons de verre sur leur étagère, et Damen ramassa sa chemise.

—Il faut que tu comprennes quelque chose. Auguste était destiné à faire la fierté de n'importe quel père. Ce n'est pas que Laurent et le roi ne s'entendaient pas. Mais… le roi adorait Auguste, et ne consacrait pas beaucoup de temps à son fils cadet. À bien des points de vue, le roi était un homme simple. L'excellence sur le champ de bataille était quelque chose qu'il comprenait. Laurent était doué pour les choses de l'esprit, pour réfléchir, pour résoudre les énigmes. Auguste était un être simple : un champion, l'héritier, né pour régner. Tu peux imaginer ce que Laurent éprouvait à son égard.

—Il l'enviait, répondit Damen.

Paschal lui lança un regard étrange.

—Non, il l'aimait. Il le vénérait, comme les garçons intellectuels vénèrent parfois les garçons plus âgés qui excellent dans les disciplines physiques. C'était réciproque, chez ces deux-là. Ils étaient dévoués l'un à l'autre. Auguste était le protecteur. Il aurait fait n'importe quoi pour son petit frère.

Damen songea en son for intérieur que les princes avaient besoin de s'aguerrir, pas d'être protégés. Laurent en particulier.

Il avait vu Laurent proférer des horreurs à faire blêmir une poissonnière. Il l'avait vu brandir un poignard et, de sang-froid, égorger un homme sans un battement de ses cils dorés. Laurent n'avait pas besoin d'être protégé de quoi que ce soit.

Chapitre 5

Damen ne le repéra pas aussitôt, mais il remarqua la réaction de Laurent, le vit tirer la bride à son cheval et se rapprocher de Jord en un seul mouvement souple.

— Ramenez les hommes au camp, ordonna Laurent. Nous en avons fini pour aujourd'hui. L'esclave reste avec moi.

Il lança un bref regard à Damen.

L'après-midi touchait à sa fin. Leurs manœuvres les avaient éloignés pour la journée du fort de Nesson, et la ville de Nesson-Eloy, blottie contre la colline, était visible de là où ils se trouvaient. La chevauchée était longue de là jusqu'au camp, sur les flancs bosselés des collines herbeuses, jalonnées çà et là de granit. Mais même dans ces conditions, il était encore tôt pour repartir.

La troupe tourna bride sur l'ordre de Jord. Ils ressemblaient à un tout, à une entité fonctionnelle, plutôt qu'à une somme médiocre de parties disparates. C'était le résultat de quinze jours de dur labeur. La sensation de réussite se mêlait de regret, lorsque Damen pensait à ce que cette troupe aurait pu devenir s'ils avaient disposé de plus de temps, ou de meilleurs combattants. Damen vint placer son cheval à côté de Laurent.

À présent, il l'avait vu également. Un cheval sans cavalier, à l'orée des arbres clairsemés qui leur prodiguaient une légère couverture.

Damen scruta les alentours, tendu. Rien. Il ne se détendit pas. En voyant un cheval isolé au loin, son premier réflexe n'aurait pas été de séparer Laurent de la troupe. Plutôt l'inverse.

— Reste près de moi, ordonna Laurent en talonnant son cheval.

Damen n'eut d'autre choix que de le suivre. Laurent ralentit de nouveau lorsqu'ils furent assez près pour examiner le cheval. Celui-ci ne prit pas peur à leur approche, mais continua de paître calmement. Il était manifestement habitué à la compagnie des hommes et des autres chevaux. À la compagnie de ces hommes et de ces chevaux en particulier.

En deux semaines, il avait perdu sa selle et sa bride, mais le cheval était marqué de l'insigne du prince.

D'ailleurs, Damen reconnut non seulement l'insigne, mais le cheval, un pie à la robe inhabituelle. Laurent avait envoyé un messager sur ce cheval, au matin de son duel avec Govart. Avant le duel, et non après. Ce n'était pas l'un des chevaux qu'il avait envoyés à Arles pour informer le régent du renvoi de Govart. Le problème n'était pas là.

Mais cela faisait presque deux semaines, et le messager était parti de Bailleux, pas de Nesson.

Damen sentit ses entrailles se serrer douloureusement. Le hongre valait au moins deux cents lei d'argent. Toutes les fermes entre Bailleux et Nesson auraient dû le convoiter, soit pour le rendre dans l'espoir d'une récompense, soit pour lui apposer leur marque par-dessus celle de Laurent. Il était inconcevable qu'il ait erré de lui-même jusqu'à rejoindre la compagnie, indemne.

— Quelqu'un veut vous faire comprendre que votre messager n'est jamais arrivé à destination, commenta Damen.

— Prends le cheval, ordonna Laurent. Retourne au camp, et dis à Jord que je serai de retour demain matin.

— Quoi ? s'écria Damen. Mais…

— J'ai quelque chose à faire en ville.

Instinctivement, Damen mena son cheval en travers de son chemin.

—Non. La manière la plus aisée pour votre oncle de se débarrasser de vous est de vous séparer de vos hommes, et vous le savez. Vous ne pouvez pas vous rendre seul en ville, et le simple fait de vous trouver là vous met en danger. Nous devons rejoindre la troupe. Tout de suite.

Laurent jeta un regard alentour, et déclara:

—Ce n'est pas un bon emplacement pour une embuscade.

—Mais la ville, si, contra Damen.

Pour faire bonne mesure, il empoigna les rênes de Laurent.

—Étudiez tous vos choix. Ne pourriez-vous pas envoyer quelqu'un d'autre?

—Non, assena Laurent.

Il avait parlé d'un ton calme mais péremptoire. Damen refoula son agacement, se souvenant que Laurent jouissait d'un esprit affûté, et que par conséquent, son «Non» cachait autre chose que de l'opiniâtreté pure et simple. Sans doute.

—Dans ce cas, prenez des précautions. Retournez avec moi au camp, et attendez la tombée de la nuit. Alors, éclipsez-vous sous couvert d'anonymat, avec un garde. Vous ne réfléchissez pas en chef. Vous êtes trop habitué à tout faire par vous-même.

—Lâche mes rênes, exigea Laurent.

Damen obéit. Il y eut un silence durant lequel Laurent scruta le cheval isolé, puis étudia la position du soleil à l'horizon, et enfin regarda Damen.

—C'est toi qui vas m'accompagner, dit Laurent, plutôt qu'un garde. Et nous partons au crépuscule. Je n'accepterai aucun autre compromis à ce sujet. Si tu protestes une nouvelle fois, tu ne seras pas bien reçu.

—Très bien, dit Damen.

—Très bien, dit Laurent après un silence.

Ils ramenèrent le cheval à l'aide d'un licol que Laurent avait confectionné en détachant les rênes de son propre cheval pour en faire une boucle, et en passant cette boucle sur l'encolure du pie. Damen se chargea de tirer sur le licol, tandis que Laurent s'employait à conduire sa propre monture sans bride.

Laurent ne lui divulgua pas davantage d'informations sur ce qu'il comptait faire à Nesson-Eloy, et quoique Damen ne soit pas ravi de ce silence, il n'était pas assez fou pour le questionner.

Au camp, Damen s'occupa des chevaux. Lorsqu'il regagna la tente, Laurent portait une version plus luxueuse de sa tenue de cheval, et d'autres vêtements étaient étalés sur le lit.

— Mets-les, ordonna Laurent.

Les vêtements, que Damen ramassa sur le lit, étaient doux au toucher, sombres comme ceux que portait la noblesse, et de qualité équivalente.

Il se changea. Cela lui prit un certain temps, comme toujours avec les vêtements vérétiens, bien qu'au moins ceux-ci soient destinés à l'équitation et non à la vie de cour. Il s'agissait néanmoins des habits les plus compliqués que Damen ait jamais portés, et de loin les plus somptueux qu'on lui ait donnés depuis son arrivée à Vère. Ce n'était pas une tenue de soldat, mais des atours d'aristocrate.

Il était, découvrit-il, bien plus difficile de faire ses lacets lorsqu'on portait soi-même les vêtements que lorsqu'on s'en chargeait pour quelqu'un d'autre. Son laçage terminé, il se sentit engoncé et mal à l'aise. Même les formes créées par l'habit étaient différentes. Elles le transformaient en étranger, en quelqu'un qu'il n'aurait jamais imaginé devenir. Cela n'avait rien à voir avec son armure, ou avec les vêtements grossiers de soldat qu'il portait jusque-là.

— Cela ne me va pas, dit-il.

Il voulait dire qu'il n'aimait pas porter ces vêtements.

— Non, en effet, répliqua Laurent. Tu ressembles à l'un d'entre nous.

Il scruta Damen de ses yeux bleus et hostiles.

— C'est le crépuscule. Va dire à Jord d'attendre mon retour en milieu de matinée, et de suivre la routine habituelle en mon absence. Puis retrouve-moi près des chevaux. Nous partirons dès que ce sera fait.

Le problème, avec les tentes, était qu'on ne pouvait pas frapper. Damen s'appuya contre l'un des poteaux et appela.

Il dut attendre un bon moment. Enfin, Jord apparut, ses larges épaules nues, sans chemise. Plutôt que de perdre du temps à nouer les lacets, il maintenait son pantalon d'une main désinvolte.

Le pan levé de la tente révélait la source de son retard. Son corps pâle entortillé dans les draps, Aimeric s'était dressé sur un coude, rougissant de la poitrine jusqu'au visage.

— Le prince a des choses à régler hors du camp, annonça Damen. Il prévoit de revenir en milieu de matinée. Il veut que tu commandes la troupe comme d'habitude pendant son absence.

— Comme il voudra. Combien d'hommes emmène-t-il avec lui ?

— Un, répondit Damen.

— Bonne chance, dit simplement Jord.

La chevauchée jusqu'à Nesson-Eloy n'était ni longue ni difficile, mais lorsqu'ils atteignirent les confins de la ville, ils durent abandonner les chevaux.

Ils les attachèrent à l'écart de la route, sachant qu'ils avaient peu de chances de les retrouver au matin, la nature humaine étant la même partout. C'était nécessaire. Si les fermes autour du fort de Nesson avaient dépéri et disparu, la ville de Nesson-Eloy, plus proche du col praticable à travers les montagnes, s'était développée. C'était un enchevêtrement de maisons serrées les unes contre les autres et de rues dallées, et le bruit des sabots sur les pavés ronds suffiraient à réveiller toute la ville. Laurent tenait à ce qu'ils se montrent silencieux et discrets.

Laurent affirma connaître la ville, car le fort voisin était une étape courante du voyage entre Arles et Acquitart. Il semblait sûr de son itinéraire, n'empruntant que de petites rues, de préférence non éclairées.

Il s'avéra que ces précautions étaient insuffisantes.

— Nous sommes suivis, annonça Damen.

Ils cheminaient le long d'une étroite ruelle, à l'ombre des balcons et des façades saillantes de pierre et de bois qui surplombaient la rue et parfois, la traversaient.

Laurent déclara :

— S'ils nous suivent, c'est qu'ils ne savent pas où nous allons.

Il les fit tourner dans un boyau en partie masqué par les saillies, puis tourna une nouvelle fois.

Ce n'était pas vraiment une poursuite, car les hommes derrière eux gardaient leurs distances et ne se trahissaient que par le son de leurs pas, de temps en temps. En plein jour, le jeu aurait été plus complexe, au milieu de la foule et des distractions diverses, dans la ville grouillante d'activité, bruyante et enfumée par les feux de bois. La nuit, tout devenait flagrant. Les rues obscures étaient presque désertes, et ils avaient été remarqués.

Les hommes qui les suivaient – ils étaient plusieurs – n'avaient aucun mal à les pister, malgré les détours qu'empruntait Laurent. Ils ne parvenaient pas à les semer.

— Cela devient agaçant, soupira le prince.

Il s'était arrêté devant une porte peinte d'un symbole circulaire.

— Nous n'avons pas le temps de jouer au chat et à la souris. Je vais m'essayer à ton stratagème.

— Mon stratagème ? répéta Damen.

La dernière fois que Damen avait vu un tel symbole sur une porte, elle s'était ouverte et Govart était apparu.

Laurent leva le poing et en frappa la porte. Puis il se tourna vers Damen.

— C'est bien ainsi qu'il faut faire ? Je n'ai aucune idée de la manière dont on procède habituellement. C'est ton domaine, pas le mien.

Une fente s'ouvrit sur le battant. Laurent brandit une pièce d'or. La fente se referma brusquement et fut suivie d'un bruit de verrous tirés à la hâte. Une bouffée de parfum s'échappa de l'embrasure. Une jeune femme apparut, ses cheveux bruns brossés jusqu'à luire de mille feux. Elle examina la pièce d'or de Laurent, puis toisa Damen, et interrompit sa remarque sur la taille de ce dernier pour annoncer de mauvaise grâce qu'elle allait chercher la Maîtresse. Ils franchirent le seuil et pénétrèrent dans l'atmosphère parfumée du bordel.

— Ce n'est pas mon « domaine », grommela Damen.

Des lampes en cuivre étaient suspendues au plafond par de fines chaînettes, et des tentures de soie décoraient les murs. L'odeur provenait de la fumée, épaisse et sucrée, de l'encens, mêlée à de légères traces de *chalis*. Le sol était couvert d'épais tapis où leurs pieds s'enfoncèrent. La pièce où ils furent conduits n'était pas meublée de matelas plats couverts de coussins à la vérétienne, mais bordée de méridiennes sculptées en bois sombre.

Deux des méridiennes étaient occupées, non pas – heureusement – par des couples en pleine action, mais par trois des femmes de la maison. Laurent s'avança et s'appropria l'une des méridiennes libres, où il s'installa dans une posture nonchalante. Damen s'assit, plus raide, au bout de la banquette. Il était encore préoccupé par leurs poursuivants, qui opteraient soit pour les attendre dans la rue, soit pour faire irruption dans le bordel, ce qui pouvait arriver à tout moment. Des scènes grotesques défilaient dans son esprit.

Laurent observait les femmes. Il n'avait pas les yeux exorbités, loin de là, mais son regard luisait d'un éclat particulier. Pour Laurent, comprit soudain Damen, c'était une expérience inédite et hautement illicite. Son impression de profond ridicule s'accentua lorsqu'il s'aperçut qu'il accompagnait le chaste prince héritier lors de sa première visite d'un bordel.

Quelque part dans la maison, on distinguait les sons caractéristiques du sexe.

Des trois femmes, l'une, aux cheveux brillants, était celle qui les avait accueillis à la porte. La deuxième était une brune occupée à caresser négligemment la troisième, une blonde dont la robe était presque entièrement délacée. Le mamelon découvert de la blonde avait rosi et gonflé sous les doigts indolents de la brune.

— Vous êtes assis trop loin, déplora la blonde.

— Alors lève-toi, répliqua Laurent.

Elle se leva. La brune l'imita, et se dirigea vers Laurent. La blonde vint s'asseoir près de Damen. Celui-ci, qui distinguait la brune en marge de son champ de vision, se demanda avec une curiosité amusée quel accueil Laurent réserverait à ses avances. Mais il eut lui-même bientôt les mains pleines… pour ainsi dire. La blonde avait les lèvres très roses, le nez saupoudré de taches de son, et sa robe était ouverte du cou jusqu'au nombril, les lacets pendants. Ses seins découverts étaient ronds et blancs, plus blancs que tout le reste de son corps, sauf à l'endroit où pointaient ses deux jolis mamelons. Leur couleur rose était exactement identique à celle de ses lèvres. Ils étaient fardés.

Elle dit :

— Seigneur, y a-t-il quelque chose que je puisse faire pour vous aider à patienter ?

Damen ouvrit la bouche pour répondre que non, inquiet de leur situation précaire, pensant à leurs poursuivants et à Laurent assis non loin de là. Il était douloureusement conscient du temps écoulé depuis qu'il avait touché une femme pour la dernière fois.

— Délace sa veste, ordonna Laurent.

Le regard de la blonde passa de Damen à Laurent. Damen se tourna lui aussi vers lui. Laurent avait renvoyé sa propre compagne sans un mot, peut-être d'un geste négligent de la main. Élégant et détendu, il les observait sans impatience.

La scène était familière. Damen sentit son pouls s'affoler en se remémorant le banc sous la tonnelle, et la voix froide de Laurent prodiguant des instructions indécentes : *« Lèche-le »*. *« Prends-le. »*

Damen attrapa le poignet de la blonde. Il n'allait pas lui offrir un nouveau « spectacle ». La jeune femme avait déjà desserré ses lacets, découvrant, sous le tissu sombre et coûteux de sa veste, le collier d'or.

— Vous êtes… son mignon ? demanda-t-elle.

— Je peux fermer la porte, si tel est votre souhait, déclara une voix de femme plus âgée au léger accent vaskien. Ainsi, vous pourrez profiter de mes filles en toute intimité.

— Vous êtes la Maîtresse ? demanda Laurent.

Elle répondit :

— Je dirige cette modeste maison.

Laurent quitta la méridienne.

— Si je paie en or, c'est moi qui commande, déclara-t-il.

La femme s'inclina en une profonde révérence, les yeux rivés au sol.

— Vos désirs sont des ordres… (elle hésita un court instant)… Votre Altesse. Et la discrétion sera de mise, bien entendu.

Les cheveux dorés, les beaux vêtements, et ce visage… Bien sûr, il avait été reconnu. Toute la ville savait sans doute qui avait installé son camp près du fort voisin. Les paroles de la Maîtresse avaient provoqué le hoquet de surprise d'une des femmes ; elle n'avait pas effectué la même déduction que la Maîtresse, pas plus que les autres. Damen regarda, médusé, les putains de Nesson-Eloy se prosterner presque jusqu'à s'aplatir au sol devant leur prince héritier.

— Mon esclave et moi requérons une chambre privée, décréta Laurent. À l'arrière du bâtiment. Pourvue d'un lit, d'un verrou à la porte, et d'une fenêtre. Nous préférons être seuls. Si vous tentez de m'envoyer l'une de vos filles, vous apprendrez à vos dépens que je ne suis pas partageur.

— Bien, Votre Altesse, acquiesça la Maîtresse.

Elle les guida à la lueur d'une bougie au travers de la vieille maison, jusqu'à l'arrière. Damen s'attendait à ce qu'elle chasse un autre client en faveur de Laurent, mais une chambre correspondant aux exigences de Laurent était libre. Elle était meublée simplement, d'un coffre bas couvert de coussins, d'un lit à tentures et de deux lampes. Les coussins étaient rouges, en velours ciselé. La Maîtresse ferma la porte, les laissant seuls.

Damen poussa le verrou et, pour faire bonne mesure, déplaça le coffre devant la porte.

Il y avait, effectivement, une fenêtre. Elle était minuscule, et couverte d'un grillage riveté au plâtre du mur.

Laurent la scruta, désappointé.

— Ce n'est pas ce que j'avais en tête.

— C'est du vieux plâtre, affirma Damen. Regardez.

Il empoigna le grillage et le tira. Des miettes de plâtre se mirent à pleuvoir de l'encadrement de la fenêtre, mais cela ne suffit pas à détacher le grillage. Il ajusta sa prise, prit appui sur ses pieds et força sur son épaule.

À sa troisième tentative, le grillage se détacha de la fenêtre. Il était plus lourd que Damen ne l'avait cru. Il le posa doucement au sol. L'épais tapis étouffa le son, comme lorsque Damen avait déplacé le coffre.

— Après vous, dit-il à Laurent, qui l'observait fixement.

Laurent sembla d'abord sur le point de parler, puis se contenta d'acquiescer. Il se glissa par la fenêtre et sauta sans un bruit dans la ruelle derrière le bordel. Damen l'imita.

Ils traversèrent la ruelle à l'ombre des avant-toits, et dénichèrent un espace propice entre deux maisons, où ils se faufilèrent. Ils descendirent ensuite une courte série de marches. Le son à peine audible de leurs pas n'avait pas d'écho. Leurs poursuivants n'avaient pas contourné la maison.

Ils les avaient semés.

— Tiens. Prends ceci, dit Laurent lorsqu'ils eurent traversé la moitié de la ville.

Il lui lança sa bourse.

— Il vaut mieux que nous ne soyons pas reconnus. Et tu devrais refermer le col de ta veste.

— Ce n'est pas moi qui dois éviter d'être reconnu, objecta Damen tout en nouant obligeamment les lacets de sa veste pour cacher son collier d'or. Les prostituées ne sont pas les seules personnes à savoir que vous séjournez près du fort. N'importe qui voyant un jeune homme blond de haute naissance devinera que c'est vous.

— J'ai apporté un déguisement, révéla Laurent.

— Un déguisement, répéta Damen.

Ils avaient gagné une auberge dont Laurent affirmait qu'elle était leur destination, et se tenaient sous la saillie du premier étage, à deux pas de la porte. Il n'avait pas la place de se changer pour revêtir un déguisement, et de plus, Damen ne voyait pas comment il dissimulerait ses cheveux blonds caractéristiques. Par ailleurs, Laurent avait les mains vides.

Jusqu'à ce qu'il tire un objet délicat et scintillant d'un pli de son habit. Damen le dévisagea.

Laurent dit :

— Après toi.

Damen ouvrit la bouche. Puis la referma. Il posa la main sur la porte de la taverne, et poussa le battant.

Laurent le suivit, après un instant passé à fixer les longs saphirs de la boucle d'oreille de Nicaise à son propre lobe.

Le brouhaha des voix et de la musique, associé à l'odeur du chevreuil rôti et à la fumée des bougies, donnaient une première impression de l'endroit. Damen balaya du regard la vaste pièce. Les tables sur tréteaux étaient pourvues d'assiettes et de pichets, et au bout de la pièce, un feu surmonté d'une broche flambait dans la cheminée. L'auberge comptait plusieurs clients, hommes et femmes. Aucun n'était vêtu aussi richement que Damen, ou que Laurent. Sur un côté, un escalier en bois montait vers une mezzanine, où l'on apercevait les portes des chambres. Un aubergiste aux manches relevées se dirigeait vers eux.

S'étant vite désintéressé de Laurent, l'aubergiste accorda toute son attention à Damen et le salua respectueusement.

— Bienvenue, messire. Désirez-vous loger ici pour la nuit, avec votre mignon ?

Chapitre 6

— Je veux votre meilleure chambre, exigea Laurent, avec un grand lit et une baignoire, et si vous nous envoyez votre garçon, vous apprendrez à vos dépens que je ne suis pas partageur.

Il adressa à l'aubergiste un long regard hautain.

— Il est cher, expliqua Damen à l'aubergiste d'un ton d'excuse.

Il vit alors l'aubergiste jauger la qualité des vêtements de Laurent, sa boucle d'oreille en saphir – cadeau royal pour un favori – ainsi que le prix de Laurent lui-même : son visage, son corps. Damen comprit qu'il allait tout payer trois fois plus cher que la normale.

Il décida avec bonne humeur qu'il ne voyait aucun inconvénient à dépenser sans compter l'argent de Laurent.

— Pourquoi n'irais-tu pas nous trouver une table, mignon ?

Il se délecta de ce moment, et de ce sobriquet.

Laurent s'exécuta. Damen prit le temps de payer généreusement la chambre, en remerciant l'aubergiste.

Il conserva un œil sur Laurent, qui, même dans ses bons jours, pouvait se montrer imprévisible. Celui-ci se dirigea droit vers la meilleure table, assez proche du feu pour profiter de sa chaleur, mais suffisamment éloignée pour ne pas être incommodé par l'odeur du chevreuil rôti. La table, étant la meilleure, se trouvait donc occupée. Laurent la fit libérer d'un regard, ou peut-être d'un mot, ou encore par sa seule approche.

La boucle d'oreille ne constituait pas un déguisement discret. Tous les hommes que comptait la salle commune contemplaient attentivement Laurent. Un mignon. Le regard arrogant de Laurent annonçait que personne n'était autorisé à le toucher. La boucle d'oreille, elle, précisait qu'un seul homme en avait le droit. Elle le rendait exclusif plutôt qu'inaccessible, un plaisir de grand luxe que personne dans cette salle n'aurait pu s'offrir.

Mais c'était une illusion. Damen prit place face à Laurent, sur l'un des longs bancs qui flanquaient la table.

— Et maintenant ? interrogea-t-il.

— Maintenant, nous attendons, répondit Laurent.

Il se leva alors pour contourner la table et s'asseoir tout près de Damen, comme un amant.

— Que faites-vous ?

— Question de vraisemblance, rétorqua Laurent.

La boucle d'oreille étincela sous les yeux de Damen.

— Je suis heureux de t'avoir amené avec moi. Je ne m'attendais pas à devoir arracher des grilles aux murs. Fréquentes-tu souvent les bordels ?

— Non, répondit Damen.

— Pas les bordels. Les prostitués à soldats ? tenta Laurent. Non… Les esclaves.

Puis il ajouta, après un silence satisfait :

— Akielos, le jardin des délices. Tu apprécies donc l'esclavage des autres. Pas seulement le tien.

Damen se tourna sur le banc pour le regarder.

— Ne réfléchis pas trop, tu vas te fatiguer, dit Laurent.

— Vous parlez davantage, fit remarquer Damen, quand vous êtes mal à l'aise.

— Messire, appela l'aubergiste.

Damen se retourna. Pas Laurent.

— Votre chambre sera bientôt prête. C'est la troisième porte en haut de l'escalier. Jehan va vous apporter du vin et quelque chose à manger, pendant que vous patientez.

— Nous allons tenter de nous divertir. Qui est-ce ? demanda Laurent.

Il regardait un homme d'âge mûr de l'autre côté de la pièce, dont le chapeau en laine crasseuse laissait apparaître une touffe de cheveux rêches comme de la paille. Attablé dans un coin sombre, il mélangeait des cartes comme si, bien qu'écornées et graisseuses, elles étaient son bien le plus précieux.

— C'est Volo. Ne jouez pas contre lui. C'est un soiffard. Il ne lui faudra pas plus d'une nuit pour engloutir votre argent, vos bijoux et votre veste.

Sur ces conseils, l'aubergiste s'éloigna.

Laurent observait Volo avec la même expression que lorsqu'il contemplait les femmes dans le bordel. Volo tenta de persuader le garçon d'auberge de lui offrir du vin, puis de lui offrir quelque chose de tout à fait différent. Le garçon ne parut pas impressionné lorsque Volo exécuta un tour de passe-passe, tenant dans sa main une cuillère en bois puis la faisant disparaître comme par magie.

— Très bien. Donne-moi de l'argent. Je voudrais jouer aux cartes avec cet homme.

Laurent se leva et s'appuya des mains contre la table. Damen tendit la main vers la bourse, puis s'immobilisa.

— N'êtes-vous pas censé mériter vos présents en me servant d'abord ?

— Pourquoi, y a-t-il quelque chose que tu désires ? roucoula Laurent.

Sa voix était pleine de promesses, et son regard aussi fixe que celui d'un chat.

Damen, qui préférait éviter d'être découpé en rondelles, lança la bourse à Laurent. Celui-ci l'attrapa d'une main et y puisa une poignée de pièces de cuivre et d'argent. Il rendit la bourse à Damen et traversa l'auberge pour s'asseoir en face de Volo.

Ils jouèrent. Laurent paria des pièces d'argent. Volo paria son chapeau de laine. Damen les regarda depuis sa table pendant quelques minutes. Il se détourna ensuite vers les autres clients, afin de déterminer si l'un d'eux s'approchait assez de sa condition pour qu'il soit plausible qu'il l'invite à sa table.

Le plus respectable d'entre eux portait des vêtements dorés et avait suspendu à sa chaise une cape doublée de fourrure. Sans doute un marchand. Damen le fit convier à le rejoindre, ce que l'homme fit volontiers, masquant sans grand succès sa curiosité à l'endroit de Damen par des politesses de bonimenteur. L'homme se nommait Charls, était effectivement commerçant et issu d'une grande famille marchande. Oui, ils vendaient principalement du tissu, en effet. Damen se présenta sous un nom obscur et prétendit venir de Patras.

—Ah, Patras ! Oui, vous avez l'accent, s'écria Charls.

Ils parlèrent de commerce et de politique, ce qui était naturel pour un marchand. Damen ne put obtenir la moindre nouvelle d'Akielos. Charls n'approuvait pas cette alliance. Il faisait davantage confiance au prince, pour négocier fermement avec le roi bâtard d'Akielos, qu'il ne se fiait à l'oncle régent. Le prince héritier était stationné à Nesson en ce moment même, en route vers la frontière pour tenir tête à Akielos. C'était un jeune homme qui prenait ses responsabilités très au sérieux, assura Charls. Damen dut faire un effort pour ne pas lancer un regard à Laurent, absorbé par un jeu d'argent, en entendant les paroles du marchand.

La nourriture arriva. Les plats et le pain étaient de bonne qualité. Charls lorgna la viande en s'apercevant que l'aubergiste avait réservé à Damen tous les meilleurs morceaux.

Les clients de la salle commune se faisaient de moins en moins nombreux. Charls prit congé peu de temps après et se dirigea vers la deuxième meilleure chambre de l'établissement.

Lorsqu'il reporta son regard sur le jeu de cartes, Damen vit que Laurent avait perdu tout son argent, mais avait gagné le vieux chapeau. Volo sourit, gratifia Laurent d'une claque compatissante sur l'épaule, et lui offrit un verre. Puis il s'offrit un verre. Enfin, il s'offrit le garçon d'auberge, dont les prix défiaient toute concurrence – un sou pour une passe, trois sous pour la nuit – et qui s'était considérablement adouci à l'égard de Volo, à présent que tout l'argent de Laurent était entassé devant lui.

Laurent prit son verre et se faufila à travers la pièce jusqu'à Damen, devant lequel il posa le verre de vin encore plein.

— Je te laisse récolter le fruit de la victoire d'un autre.

Quoique l'auberge soit en train de se vider, deux clients assis près du feu se trouvaient peut-être à portée de voix. Damen commenta :

— Si tu désirais à ce point un verre de vin et un vieux chapeau, tu aurais pu les lui acheter. Moins cher, et plus rapide.

— C'est le jeu qui me plaît, répliqua Laurent.

Il tendit la main et puisa une autre pièce dans la bourse que portait Damen, puis referma son poing sur l'écu.

— Regarde, j'ai appris un nouveau tour.

Lorsqu'il ouvrit la main, sa paume était vide, comme par magie. Une seconde plus tard, la pièce tomba de sa manche sur le sol. Laurent l'observa, les sourcils froncés.

— Enfin, je ne l'ai pas encore tout à fait maîtrisé.

— Si le tour consiste à faire disparaître de l'argent, je trouve que tu t'en sors très bien, au contraire.

— Comment est la nourriture ? demanda Laurent en considérant la table.

Damen déchira un morceau de pain et le lui tendit, comme une friandise à un chaton.

— Goûte, proposa-t-il.

Laurent regarda le pain, puis les hommes assis près du feu, puis Damen. Son regard glacé aurait été difficile à soutenir, si Damen n'avait pas eu tant de temps pour s'y exercer.

Il répondit enfin :

— D'accord.

Il fallut un moment à Damen pour appréhender le sens de ces mots. Lorsqu'il y parvint, Laurent s'était installé près de lui sur le banc, à califourchon, face à Damen.

Laurent allait vraiment s'exécuter.

Les mignons vérétiens faisaient de ce geste un art suggestif, minaudant et cajolant la main de leur maître. Laurent, lorsque Damen porta la bouchée de pain à ses lèvres, ne fit rien de tout cela.

Il demeura, comme en toute chose, méticuleux. Leur échange n'avait presque rien pour rappeler un mignon et son maître, sauf quand Damen sentit, l'espace d'un bref instant, le souffle tiède de Laurent contre ses doigts.

Question de vraisemblance, pensa Damen.

Son regard tomba sur les lèvres de Laurent. Lorsqu'il se força à lever les yeux, il s'arrêta sur la boucle d'oreille. Le lobe de l'oreille de Laurent était transpercé par le bijou de l'enfant-amant de son oncle. La boucle lui allait bien, dans le sens le plus trivial du terme : elle convenait à son teint. Mais d'un autre point de vue, elle semblait aussi incongrue que l'idée de déchirer une autre bouchée de pain, et de la lui tendre.

Laurent mangea. Damen avait l'impression de nourrir un prédateur ; la sensation était la même. Laurent était si proche que Damen aurait aisément pu poser une main sur sa nuque et l'attirer à lui. Il se souvint du contact des cheveux de Laurent, de sa peau, et réprima le désir de presser ses doigts contre la bouche du prince.

C'était la boucle d'oreille. Laurent était toujours si austère. Le bijou le changeait. Il lui donnait un côté sensuel, sophistiqué et subtil.

Mais cette sensualité n'existait pas. L'éclat des saphirs était dangereux, tout comme Nicaise. À Vère, les apparences étaient toujours trompeuses.

Damen déchira un nouveau morceau de pain. Il sentit les lèvres de Laurent frôler ses doigts. Ce fut bref et doux. Ce n'était pas ce qu'avait cru provoquer Damen lorsqu'il lui avait présenté du pain. Il avait l'impression que son plan avait été déjoué, que Laurent savait exactement ce qu'il faisait. Le contact de sa bouche ressemblait au début d'un de ces baisers sensuels qui commencent par une série de baisers plus brefs, pour se faire de plus en plus passionnés. Damen sentit sa respiration changer.

Il se força à se souvenir de qui il s'agissait. Laurent, son geôlier. Il tenta de se remémorer la morsure du fouet sur son dos, mais son cerveau échoua misérablement et lui présenta le souvenir de

Laurent, mouillé, dans les bains, de son corps aux proportions aussi parfaites qu'une épée de maître.

Laurent termina sa bouchée, puis posa une main sur la cuisse de Damen et la fit remonter doucement.

— Maîtrise-toi, conseilla-t-il.

Et il s'approcha jusqu'à ce que tous deux, assis en travers du banc, se trouvent presque torse contre torse. Les cheveux de Laurent chatouillèrent la joue de Damen lorsqu'il vint placer sa bouche près de son oreille.

— Nous sommes presque les derniers, dans cette pièce, murmura Laurent.

— Et alors ?

Le murmure suivant coula doucement dans l'oreille de Damen, et il perçut la forme de chaque mot, fait de lèvres et de souffle.

— Et alors, emmène-moi à l'étage, dit Laurent. Nous avons attendu assez longtemps, tu ne crois pas ?

Ce fut Laurent qui ouvrit la voie, montant gracieusement l'escalier, Damen sur ses talons. Chaque marche lui pesa. Son pouls cognait contre sa peau, affolé.

« La troisième porte en haut de l'escalier. » La pièce était chauffée par un âtre minutieusement construit dans une vaste cheminée. Les murs, enduits de plâtre, étaient épais, et la fenêtre donnait sur un petit balcon. Le lit, d'apparence confortable, était pourvu d'une robuste tête de lit en bois sombre, délicatement sculptée de losanges enchevêtrés. Un coffre bas et un fauteuil près de la porte complétaient l'ensemble.

Un homme d'environ trente ans, à la barbe sombre et bien taillée, était assis sur le lit. Il en bondit pour mettre un genou à terre dès qu'il aperçut Laurent.

Damen s'effondra pesamment sur le siège près de la porte.

— Votre Altesse, salua l'homme agenouillé.

— Levez-vous, dit Laurent. Je suis heureux de vous voir. Vous avez dû venir ici chaque soir, bien après que la date à laquelle vous deviez recevoir une réponse fut passée.

— Puisque vous étiez stationné à Nesson, j'ai pensé qu'il y avait une chance que votre messager arrive, expliqua l'homme en se levant.

— Il a été retenu. Nous avons été suivis depuis le fort jusqu'au quartier est. Je pense que les routes entrant et sortant de la ville vont être surveillées.

— Je connais un passage. Je peux partir dès que nous aurons terminé.

L'homme sortit un parchemin scellé de sa veste. Laurent le prit, le décacheta et le lut. Lentement. Pour ce qu'en aperçut Damen, le message semblait chiffré. Lorsque Laurent eut achevé sa lecture, il jeta le parchemin dans le feu, où il se racornit et devint noir.

Le prince sortit sa chevalière et la pressa dans la paume de l'homme.

— Donnez-lui ceci, commanda-t-il. Et dites-lui que je l'attendrai à Ravenel.

L'homme s'inclina. Il franchit la porte et sortit de l'auberge endormie. C'était terminé.

Damen se leva et adressa un long regard à Laurent.

— Vous avez l'air satisfait.

— Je suis du genre à me satisfaire de petites victoires, répliqua Laurent.

— Vous n'étiez pas sûr qu'il serait là.

— Je ne pensais pas le trouver. Deux semaines d'attente, c'est très long. (Laurent décrocha sa boucle d'oreille.) Je pense que nous ne rencontrerons pas d'embûches sur la route, demain matin. Les hommes qui nous suivaient semblaient vouloir le trouver, lui, plutôt que de me faire du mal. Ils ne nous ont pas attaqués lorsqu'ils en ont eu l'occasion, ce soir.

Il ajouta ensuite :

— Cette porte mène-t-elle à la salle de bains ?

Et une fois à mi-chemin de la porte :

— Ne t'inquiète pas, je n'ai pas besoin de tes services.

Le prince parti, Damen tira en silence quelques couvertures du lit et alla les poser au sol, près du feu.

Puis il n'eut plus rien à faire. Il descendit au rez-de-chaussée. Les deux clients restants n'étaient que Volo et le garçon, qui ne faisaient attention à personne d'autre qu'eux-mêmes. Les cheveux sablonneux du garçon étaient ébouriffés.

Il sortit de l'auberge et demeura immobile un moment. L'air frais de la nuit le calma. La rue était vide. Le messager, parti. Il était très tard.

L'atmosphère était paisible. Mais il ne pouvait rester là toute la nuit. Se souvenant que Laurent n'avait mangé que quelques maigres bouchées, il s'arrêta aux cuisines et demanda un plateau de pain et de viande.

Lorsqu'il pénétra dans la chambre, Laurent, sorti du bain, était à moitié habillé, et séchait ses cheveux près du feu, occupant la plus grande partie du lit improvisé de Damen.

— Tenez, dit Damen en lui donnant le plateau.

— Merci, dit Laurent en cillant face au plateau. Le bain est libre. Si cela t'intéresse.

Damen se lava. Laurent lui avait laissé de l'eau propre. Les serviettes posées sur le rebord de la bassine en cuivre étaient tièdes et moelleuses. Il se sécha. Il choisit de remettre son pantalon plutôt que de s'envelopper dans une serviette. Il tenta de se convaincre que tout ceci n'était pas différent de la vingtaine de nuits qu'ils avaient passées ensemble dans une tente au milieu d'un camp.

Lorsqu'il sortit, Laurent avait mangé exactement la moitié du contenu du plateau, et l'avait posé sur le coffre, où Damen pourrait le reprendre s'il le souhaitait. Damen, qui avait mangé à sa faim dans la salle commune et qui ne pensait pas que Laurent était en droit de s'approprier son lit tout en dédaignant le confort bien supérieur du sien, ne s'intéressa pas au plateau et vint s'installer à côté de Laurent, sur les couvertures, face à la cheminée.

— Je croyais que Volo était votre contact, révéla Damen.

— Je voulais juste jouer aux cartes avec lui.

Le feu répandait une douce chaleur. Damen en savoura la sensation sur la peau nue de son torse.

Au bout d'un moment, Laurent déclara :

— Je ne pense pas que je serais arrivé jusqu'ici sans ton aide, du moins sans être suivi. Je suis content que tu sois venu, et je suis sincère. Tu avais raison. Je ne suis pas habitué à…

Il s'interrompit.

Il avait repoussé en arrière ses cheveux humides, révélant les traits élégants de son visage. Damen l'observa.

— Vous êtes d'une humeur étrange, fit-il remarquer. Plus étrange que d'habitude.

— Je dirais que je suis de bonne humeur.

— De bonne humeur…

— Enfin, pas d'aussi bonne humeur que Volo, précisa Laurent. Mais la nourriture est correcte, le feu est bien chaud, et personne n'a essayé de me tuer au cours des trois dernières heures. Pourquoi pas ?

— Je pensais que vous aviez des goûts plus sophistiqués, dit Damen.

— Ah ?

— J'ai vu votre cour, lui rappela doucement Damen.

— Tu as vu la cour de mon oncle, rectifia Laurent.

La vôtre serait-elle différente ? Il ne posa pas la question à haute voix. Peut-être n'avait-il pas besoin de connaître la réponse. Le roi que deviendrait Laurent était en train de se construire jour après jour, mais l'avenir appartenait à une autre vie. Laurent, alors, ne s'étendrait plus paresseusement, la tête appuyée sur les mains, pour se sécher les cheveux devant une cheminée d'auberge, ni ne sortirait des bordels par la fenêtre. Pas plus que Damen.

— J'aimerais savoir quelque chose, dit Laurent.

Il brisait ainsi un long silence, qui étonnamment n'avait rien eu de pesant. Damen se tourna vers lui.

— Que s'est-il réellement passé, pour que Kastor t'envoie ici ? Je sais que ce n'était pas une querelle d'amoureux.

Alors que la chaleur douillette du foyer se transformait en une bise glacée, Damen sut qu'il devait mentir. Il était plus que dangereux de discuter de tout cela avec Laurent. Il le savait. Mais il ne savait pas pourquoi son passé lui semblait soudain si récent. Il ravala les mots qui lui montaient aux lèvres.

Comme il avait tout ravalé, depuis ce soir-là.

Je ne sais pas. Je ne sais pas pourquoi.

Je ne sais ce que j'ai fait pour qu'il me haïsse à ce point. Pourquoi nous ne pouvions pas aller tous deux, en frères, pleurer…

… notre père…

—Vous aviez à demi raison, s'entendit-il dire de très loin. J'avais des sentiments pour… Il y avait une femme.

—Jokaste, dit Laurent d'un ton amusé.

Damen garda le silence. Sa réponse lui étreignit la gorge, douloureuse.

—Non, vraiment ? Tu es tombé amoureux de la maîtresse du roi ?

—Il n'était pas roi, à l'époque. Et elle n'était pas sa maîtresse. Ou si elle l'était, tout le monde l'ignorait, répondit Damen.

Une fois que les mots eurent commencé à sortir, il ne parvint plus à les arrêter.

—Elle était intelligente, cultivée, belle. Elle était tout ce que je rêvais de trouver chez une femme. Mais c'était une intrigante. Elle briguait le pouvoir. Elle a dû penser que sa seule manière d'accéder au trône était de séduire Kastor.

—Mon honorable barbare… Ce n'est pas ainsi que je m'imaginais ton type.

—Mon type ?

—Un joli visage, un esprit déviant et une âme impitoyable.

—Non. Ce n'est pas… J'ignorais qu'elle était… J'ignorais ce qu'elle était.

—En es-tu certain ? insista Laurent.

—Peut-être que je… Je savais qu'elle était gouvernée par son esprit, et non par son cœur. Je savais qu'elle était ambitieuse, et qu'elle pouvait parfois se montrer impitoyable, en effet. J'avoue que cela… m'attirait. Mais je n'aurais jamais deviné qu'elle me trahirait au profit de Kastor. Cela, je l'ai compris trop tard.

—Auguste était comme toi, dit Laurent. Il ne possédait pas le moindre penchant pour la tromperie. Cela le rendait incapable de la déceler chez les autres.

— Et vous ? demanda Damen après avoir pris une profonde inspiration.

— J'ai un penchant très développé pour la tromperie.

— Non, je voulais dire…

— Je sais ce que tu voulais dire.

Damen avait tenté de détourner l'interrogatoire vers Laurent. N'importe quoi, tant qu'il pouvait refermer la porte de ses souvenirs. Et après une nuit de boucles d'oreilles et de bordels, il s'était dit… Pourquoi ne pas lui poser la question ? Laurent ne paraissait pas mal à l'aise. Sa posture était décontractée, paresseuse. Ses lèvres douces, qu'il pinçait si souvent, réprimant leur sensualité, n'exprimaient en cet instant rien de plus dangereux qu'une légère curiosité. Il soutenait tranquillement le regard de Damen. Mais il n'avait pas répondu.

— Timide ? demanda Damen.

— Si tu veux une réponse, tu vas devoir poser la question, esquiva Laurent.

— La moitié des soldats de votre compagnie est convaincue que vous êtes vierge.

— Est-ce une question ?

— Oui.

— J'ai vingt ans, dit Laurent. Et je reçois des propositions depuis… presque aussi loin que remontent mes souvenirs.

— Est-ce une réponse ?

— Je ne suis pas vierge.

— Je me demandais, risqua prudemment Damen, si vous réserviez votre amour pour les femmes.

— Non, je…

Laurent semblait surpris. Puis il parut s'apercevoir que sa surprise révélait une information cruciale, et il détourna le regard en pestant dans un souffle. Lorsqu'il se retourna vers Damen, un sourire ironique flottait sur ses lèvres, mais il répondit calmement :

— Non.

— Vous ai-je offensé ? Je n'essayais pas de…

— Non. C'est une théorie plausible, bienveillante et simple. Elle ne m'étonne pas de toi.

— Ce n'est pas ma faute si personne, dans votre pays, n'est capable de penser simplement, rétorqua Damen d'un air un peu vexé.

— Je vais te dire pourquoi Jokaste a choisi Kastor, dit Laurent.

Damen contempla le foyer. Il observa la bûche à demi consumée, les flammes lui léchant les flancs, les braises à sa base.

— Il était prince, dit Damen. Il était prince et je n'étais...

Il ne put poursuivre. Ses épaules étaient si crispées qu'elles lui faisaient mal. Son passé lui revenait en plein visage ; il ne voulait pas le voir. Mentir signifiait avouer qu'en vérité, il ne savait pas. Il ignorait ce qu'il avait fait pour provoquer, non pas une, mais deux trahisons : celle de sa bien-aimée, et celle de son frère.

— Ce n'est pas la vraie raison. Elle l'aurait choisi même si du sang royal coulait dans tes veines, même si tu étais du même sang que Kastor. Tu ne comprends pas comment fonctionne un esprit comme le sien. Moi, si. Si j'étais Jokaste, et que j'étais une intrigante, j'aurais choisi Kastor plutôt que toi, moi aussi.

— Et vous allez vous faire un plaisir de m'expliquer pourquoi, dit Damen.

Il sentit ses poings se serrer, entendit l'amertume dans sa propre voix.

— Parce qu'une intrigante choisirait toujours l'homme le plus faible. Plus il est faible, plus il sera facile à manipuler.

La stupéfaction envahit Damen, et il se retourna vers Laurent, qui le regardait sans malice. Le silence s'installa. Ce n'était pas... Ce n'était pas ce qu'il attendait de sa part. Tandis qu'il le dévisageait, ses paroles le traversèrent d'une manière inattendue. Il les sentit toucher quelque chose de dur et tranchant en lui, sentit que très doucement, ces mots faisaient bouger en lui ce qui y était cruellement, profondément enfoncé, et qu'il avait cru jusqu'à présent inébranlable. Il demanda :

— Qu'est-ce qui vous fait croire que Kastor est plus faible que moi ? Vous ne le connaissez pas.

— Mais je commence à te connaître, toi, dit Laurent.

Chapitre 7

Damen était assis dos au mur, sur les couvertures qu'il avait amassées près de la cheminée. Les sons du foyer se faisaient de plus en plus rares ; cela faisait longtemps qu'il s'était réduit à une poignée de braises incandescentes. Il régnait dans la chambre une atmosphère ensommeillée, tiède et paisible. Damen avait les yeux grands ouverts.

Laurent dormait sur le lit.

Damen distinguait sa silhouette, même dans la pénombre. Le clair de lune qui s'infiltrait par les fentes des volets illuminaient ses cheveux pâles étalés sur l'oreiller. Laurent dormait comme si la présence de Damen dans la pièce était insignifiante, comme si Damen n'était pas plus dangereux pour lui qu'un meuble.

Ce n'était pas par confiance. C'était le résultat d'une analyse rationnelle des intentions de Damen, assortie de la certitude arrogante qu'il ne pouvait pas se tromper : Damen avait plus d'intérêt à maintenir Laurent en vie qu'à lui faire du mal. Pour le moment. C'était déjà le cas lorsque Laurent lui avait tendu un couteau. C'était déjà le cas lorsque Laurent l'avait fait amener dans les bains, au palais, et s'était déshabillé. Tout était calculé. Laurent ne faisait confiance à personne.

Damen ne parvenait pas à le comprendre. Il ne comprenait pas pourquoi Laurent avait prononcé ces paroles, pas plus qu'il ne comprenait l'effet que ces mots avaient produit sur lui. Le passé pesait lourdement sur son cœur. Dans le silence de cette chambre obscure, rien ne pouvait l'en distraire. Il ne pouvait que penser, ressentir, et se souvenir.

Son frère Kastor, le fils illégitime de la maîtresse royale Hypermenestra, avait été durant les neuf premières années de sa vie élevé comme le prince héritier. Après d'innombrables fausses couches, il était considéré comme acquis que la reine Égéria était incapable d'enfanter. Mais alors, était survenue la grossesse qui, tout en enlevant la vie à la reine, avait engendré dans ses dernières heures un héritier mâle légitime.

Il avait grandi en admirant Kastor, en luttant pour le surpasser parce qu'il l'admirait tant, et parce qu'il était conscient de la fierté immense qu'éprouvait son père dans les moments où il y parvenait.

Nikandros l'avait fait sortir de la chambre où agonisait son père et lui avait dit, à voix basse : « *Kastor a toujours pensé que le trône lui revenait. Que tu le lui avais volé. Il est incapable de reconnaître ses fautes, quelles qu'elles soient ; il préfère toujours prétendre qu'il a échoué parce qu'on ne lui a jamais 'donné sa chance'. Tout ce dont il avait besoin, c'était que quelqu'un lui murmure à l'oreille qu'il devait la saisir lui-même.* »

Il avait refusé tout net d'y croire. Il ne pouvait entendre de telles paroles au sujet de son frère. Son père, en se mourant, avait appelé Kastor à son chevet, et lui avait dit tout son amour pour lui, son amour pour Hypermenestra. L'émotion de Kastor avait semblé aussi sincère que son serment de servir l'héritier, Damianos.

Torveld avait dit : « *J'ai vu Kastor pleurer ses morts. Il était sincère.* » Damen l'avait cru, aussi. À l'époque.

Il se souvint de la première fois qu'il avait détaché les cheveux de Jokaste, leur pluie entre ses doigts, et le souvenir déclencha en lui un frisson de désir… qui se mua en choc, un instant plus tard, lorsqu'il se mit à confondre cheveux bruns et cheveux blonds et qu'il se souvint du moment, dans la salle commune, où Laurent s'était approché jusqu'à presque s'asseoir sur ses genoux.

Cette image s'évanouit quand il entendit, étouffés par les murs et la distance, des coups frappés à la porte de l'auberge.

Le danger le fit bondir sur ses pieds, écartant par son urgence toute autre pensée. Il enfila sa chemise et sa veste et s'assit au bord du lit. Doucement, il posa une main sur l'épaule de Laurent.

Le corps de Laurent était tiédi par le sommeil et les couvertures. Il s'éveilla aussitôt au contact de la main de Damen, quoiqu'il ne trahisse aucun accès de surprise ou de panique.

—Nous devons partir, dit Damen.

Des bruits s'élevèrent de nouveau du rez-de-chaussée : l'aubergiste, réveillé, déverrouillait la porte.

—Cela devient une habitude, fit remarquer Laurent.

Mais il se redressait déjà. Pendant que Damen ouvrait en grand les volets du balcon, Laurent enfila sa propre chemise et sa veste. Il n'eut pas le temps d'en nouer les lacets. Les vêtements vérétiens n'étaient vraiment pas adaptés aux situations d'urgence.

L'ouverture des volets révéla une légère brise nocturne, et deux étages de distance jusqu'au sol.

Cela n'allait pas être aussi facile que pour le bordel. Sauter était impossible. La chute jusqu'à la rue ne serait pas nécessairement fatale, mais assez importante pour causer quelques fractures. Des voix retentirent, peut-être dans l'escalier. Ils levèrent tous deux les yeux. Le mur extérieur de l'auberge était enduit de plâtre, et ne comportait pas la moindre prise. Damen balaya l'endroit du regard, cherchant un moyen de grimper. Ils le virent au même moment : près du balcon suivant, le plâtre s'était détaché d'un pan de mur. Les pierres apparentes offraient des appuis qui permettraient sans problème de monter jusqu'au toit.

Sauf que le balcon suivant se trouvait à environ huit pieds de distance, trop loin pour sauter sans danger, d'autant qu'ils devraient l'exécuter sans le moindre élan. Laurent jaugeait déjà la distance d'un regard calme.

—Vous en êtes capable ? demanda Damen.

—Probablement, répondit Laurent.

Ils enjambèrent tous deux la balustrade. Damen s'élança en premier. Il était plus grand, ce qui lui offrait un avantage, et la distance ne lui faisait pas peur. Il bondit et atterrit sans encombre, empoignant la balustrade de l'autre balcon. Il demeura immobile le temps de s'assurer qu'il n'avait pas été entendu par l'occupant de la chambre, avant d'enjamber le garde-fou pour gagner le balcon en lui-même.

Il se mouvait aussi silencieusement que possible. Les volets de ce balcon étaient fermés, mais ils laissaient passer les sons : Damen, qui s'était attendu aux ronflements de Charls le marchand, entendit à la place le bruit étouffé mais bien reconnaissable des services que s'était offerts Volo.

Il se retourna. Laurent était en train de gaspiller de précieuses secondes à réévaluer la distance. Damen comprit soudain que « probablement » ne signifiait pas « absolument », et qu'en répondant à sa question, Laurent lui avait donné une estimation raisonnable de ses capacités. Damen sentit son sang se glacer.

Laurent sauta ; la distance n'était pas négligeable, et la taille revêtait une certaine importance, de même que la propulsion fournie par les muscles.

Sa réception fut mauvaise. Par réflexe, Damen l'empoigna et sentit que Laurent reportait son poids sur lui, l'agrippant de toutes ses forces. Son choc contre la balustrade lui avait coupé le souffle. Il ne résista pas lorsque Damen le hissa à lui par-dessus le garde-fou, et il ne s'écarta pas non plus immédiatement, haletant entre les bras de Damen. Celui-ci avait les mains sur la taille de Laurent. Son cœur tambourinait dans sa poitrine. Ils se figèrent, trop tard.

Les bruits provenant de la chambre avaient cessé.

— J'ai entendu quelque chose, annonça distinctement le garçon d'auberge. Sur le balcon.

— C'est le vent, le rassura Volo. Je vais te réchauffer.

— Non, j'ai entendu quelque chose, insista le garçon. Va donc voir…

Il y eut un bruit de draps qu'on repousse, et le lit émit un grincement.

Cette fois, ce fut Damen qui eut le souffle coupé lorsque Laurent le poussa, violemment. Son dos heurta le mur, à côté de la fenêtre aux volets fermés. Le choc de l'impact l'ébranla moins, cependant, que le choc de sentir Laurent pressé contre lui, le plaquant fermement contre la paroi.

Il avait agi juste au bon moment. Les volets s'ouvrirent brusquement, les piégeant dans l'étroit triangle entre le mur et le battant du volet. Ils étaient aussi bien cachés qu'un cocu derrière une porte ouverte. Aucun des deux ne bougea. Aucun des deux ne respira. Si Laurent reculait d'un quart de pouce seulement, il heurterait le volet. Pour l'éviter, il se tenait pressé contre Damen, si intimement que ce dernier sentait jusqu'au moindre pli de ses vêtements, et à travers ceux-ci, la chaleur de son corps.

—Il n'y a personne, déclara Volo.

—J'étais sûr d'avoir entendu quelque chose, insista le garçon.

Les cheveux de Laurent chatouillèrent le cou de Damen, qui s'obligea à rester stoïque. Volo allait entendre son cœur, qui tambourinait furieusement ; il était surpris qu'il ne fasse pas déjà trembler les murs du bâtiment.

—Un chat, peut-être. Tu vas bien trouver un moyen de te faire pardonner, conclut Volo.

—Hmm, d'accord, concéda le garçon. Reviens te coucher.

Volo se détourna du balcon. Mais bien sûr, la farce n'était pas terminée. Dans sa hâte de reprendre ses activités, Volo avait omis de refermer les volets. Ils étaient piégés.

Damen réprima un grognement. Le corps de Laurent était collé au sien de tout son long, cuisses contre cuisses, torse contre torse. Il avait du mal à respirer. Damen avait besoin, de plus en plus impérieusement, de s'écarter de lui, de le repousser, mais c'était impossible. Laurent, ne se rendant compte de rien, bougea légèrement pour regarder derrière lui à quelle distance se trouvait le volet. *Arrêtez de gigoter*, faillit dire Damen. Seul un fragile réflexe de survie le dissuada d'ouvrir la bouche. Laurent bougea – encore ! – ayant vu, comme Damen, qu'ils ne pourraient pas s'extirper de leur cachette sans attirer aussitôt l'attention. Puis il articula, d'une voix très basse et très prudente :

—La situation est… problématique.

C'était un euphémisme. Ils étaient cachés aux yeux de Volo, mais pouvaient être vus très clairement de l'autre balcon, et les hommes qui les cherchaient se trouvaient désormais quelque part dans l'auberge. Et ce n'était pas tout le problème.

Damen murmura :

— Levez les yeux. Si vous arrivez à grimper, nous pourrons partir par là.

— Attends qu'ils commencent à baiser, murmura Laurent.

Il avait parlé d'une voix plus basse encore, inaudible en dehors du creux de l'épaule de Damen.

— Ils seront moins attentifs, compléta Laurent.

Le mot « baiser » transperça Damen, tandis que le garçon à l'intérieur de la chambre émettait un gémissement sans équivoque, « Oui, oui, vas-y, mets-la-moi… », et il était temps, il était grand temps qu'ils partent…

Et la porte de la chambre de Volo s'ouvrit avec fracas.

— Ils sont là ! cria une voix inconnue.

Il y eut un moment de confusion totale, un glapissement indigné du garçon d'auberge, une protestation de Volo : « Hé, lâchez-le ! » ; Damen ne put interpréter ces sons qu'en comprenant ce qui devait arriver à un homme envoyé sur les traces de Laurent, à qui on avait décrit le prince, mais qui ne l'avait jamais vu.

— Ne t'en mêle pas, vieil homme. Ce ne sont pas tes affaires. Il s'agit du prince de Vère.

— Mais… Je ne l'ai payé que trois sous, protesta Volo, décontenancé.

— Et vous devriez peut-être enfiler un pantalon… Votre Altesse, ajouta l'homme d'un ton gêné.

— Hein ? fit le garçon.

Damen sentit Laurent trembler contre lui, et s'aperçut que, silencieusement, sans pouvoir s'arrêter, il riait.

Les pas de deux autres hommes, au moins, résonnèrent dans la chambre. Le premier leur annonça :

— Le voilà. Nous l'avons trouvé en train de baiser ce moins que rien. Il se faisait passer pour le prostitué de l'auberge.

— *C'est* le prostitué de l'auberge. Abruti ! Le prince de Vère est tellement chaste que je ne suis pas sûr qu'il se touche lui-même plus d'une fois par décennie. Hé, toi ! Nous recherchons deux hommes. L'un est un soldat barbare, un énorme bestiau. L'autre est blond. Pas comme celui-là. Très beau.

— J'ai bien vu le mignon d'un seigneur, en bas, déclara Volo. Sot comme un panier et facile à duper. Ça m'étonnerait que ce soit le prince.

— Je n'aurais pas dit « blond ». Plutôt châtain terne. Et il n'était pas si beau que ça, bougonna le garçon d'auberge.

Les tremblements, peu à peu, s'étaient accentués.

— Arrêtez de vous amuser, murmura Damen. Nous allons nous faire tuer d'une minute à l'autre.

— « Énorme bestiau », souffla Laurent.

— Ça suffit.

À l'intérieur :

— Vérifiez les autres chambres. Ils sont là, c'est sûr.

Les pas s'éloignèrent.

— Peux-tu me faire la courte échelle ? suggéra Laurent. Il faut que nous quittions ce balcon.

Damen mit ses mains en coupe, et Laurent se haussa jusqu'à la première prise. Plus léger que Damen, mais doté de bras musclés grâce à sa pratique de l'épée, Laurent grimpa rapidement et silencieusement. Damen, après s'être prudemment retourné pour faire face au mur, l'imita sans tarder.

La montée n'était pas difficile, et une minute plus tard, il se hissait sur le toit. La ville de Nesson-Eloy s'étirait sous ses yeux, et le ciel au-dessus de sa tête était criblé d'étoiles. Il lâcha un petit rire essoufflé, et vit son expression reflétée sur le visage de Laurent. Une lueur espiègle avait empli son regard bleu.

— Je pense que nous sommes en sécurité, soupira Damen. Par miracle, personne ne nous a vus.

— Mais je te l'ai dit. Ce qui me plaît, c'est le jeu, déclara Laurent.

Et du bout de sa botte, il poussa délibérément une tuile descellée, qui glissa jusqu'à se fracasser dans la rue en contrebas.

— Ils sont sur le toit ! s'écria une voix.

Cette fois, ce fut une vraie poursuite. Ils volèrent au-dessus des toits, louvoyant entre les cheminées. C'était un mélange entre le jeu d'adresse et la course d'obstacles. Les tuiles apparaissaient et disparaissaient sous leurs pieds, laissant apparaître d'étroites ruelles qu'il fallait traverser d'un bond. La visibilité était très mauvaise. Les niveaux ne cessaient de changer. Ils grimpèrent en haut d'un toit pentu et, en glissant, descendirent de l'autre côté.

Plus bas, leurs poursuivants couraient eux aussi, dans des rues lisses, sans tuiles pour les faire trébucher ou tomber. Ils espéraient les prendre en tenaille. Laurent envoya une autre tuile s'écraser dans la rue, en visant, cette fois. Ils entendirent un cri de surprise. Lorsqu'ils atterrirent sur un autre balcon afin de traverser une énième ruelle, Damen renversa un pot de fleurs. À côté de lui, Laurent décrocha du linge qui séchait et le lâcha ; ils virent une silhouette s'empêtrer dans un drap, en contrebas, et se transformer en fantôme affolé. Ils reprirent leur course.

Ils sautèrent d'un rebord sur un balcon, et traversèrent en courant une saillie qui surplombait une rue, formant une passerelle. Cette poursuite effrénée à travers les toits faisait appel aux ressources que Damen cultivait en lui depuis toujours : réflexes, vitesse, endurance. Laurent, léger et agile, n'avait aucune difficulté à suivre le rythme. Au-dessus d'eux, le ciel s'éclairait. En dessous d'eux, la ville se réveillait.

Ils ne pouvaient rester sur les toits indéfiniment : ils risquaient de se briser un membre, de tomber sur un guet-apens ou une impasse. Aussi, dès qu'ils eurent gagné une minute d'avance, ils l'employèrent à glisser à l'aide d'une gouttière jusque dans la rue.

Il n'y avait personne en vue lorsque leurs pieds touchèrent les pavés. Ils se mirent à courir. Laurent, qui connaissait la ville, prit la tête, et deux tournants plus tard, ils avaient changé de quartier. Laurent les conduisit dans un passage étroit et recourbé entre deux maisons, et ils s'y arrêtèrent un moment pour reprendre leur souffle. Damen vit que la rue où menait le passage était une des artères principales de la cité, déjà pleine de monde. Ces heures grises du petit matin correspondaient à un pic d'activité dans toutes les villes.

Il appuya sa paume contre un mur, haletant. Près de lui, Laurent était encore essoufflé, et rosi par la course.

— Par là, indiqua Laurent en se dirigeant vers la rue.

Damen s'aperçut qu'il avait attrapé Laurent par le bras, et le retenait.

— Attendez. Nous serions à découvert dans cette rue. Vous vous faites remarquer, sous cette lumière. Vos cheveux châtain terne sont un vrai phare.

Sans rien dire, Laurent tira le chapeau de Volo de sa ceinture.

C'est alors que Damen le ressentit, le premier vertige d'une émotion nouvelle. Sentant le danger comme un homme au bord du précipice, il lâcha Laurent ; cependant, rien ne pouvait l'en protéger.

Il déclara :

— Nous ne pouvons pas faire cela. N'avez-vous pas entendu leurs pas, tout à l'heure ? Ils se sont séparés.

— Que veux-tu dire ?

— Je veux dire que si l'idée est de les entraîner à nos trousses dans toute la ville afin d'éviter qu'ils poursuivent votre messager, cela ne fonctionnera pas. Ils se sont partagé le travail.

— Je…, dit Laurent en regardant fixement Damen. Tu as l'ouïe très fine.

— Vous devriez partir, dit Damen. Je peux m'en occuper seul.

— Non, rétorqua Laurent.

— Si j'avais voulu m'échapper, souligna Damen, j'aurais pu le faire tout à l'heure. Pendant que vous vous laviez. Pendant que vous dormiez.

— Je le sais bien.

— Vous ne pouvez pas être à deux endroits au même moment, insista Damen. Nous devons nous séparer.

— C'est trop important, s'entêta Laurent.

— Faites-moi confiance.

Laurent le dévisagea longuement, sans parler.

— Nous t'attendrons une journée à Nesson, finit-il par déclarer. Après cela, débrouille-toi pour nous rattraper.

Damen acquiesça, et s'écarta du mur tandis que Laurent sortait dans la grande rue, les lacets de sa veste encore dénoués, ses cheveux blonds cachés sous le vieux chapeau crasseux. Damen le regarda jusqu'à ce qu'il disparaisse hors de sa vue. Puis il se retourna, et se mit à retracer leurs pas dans l'autre sens.

Il n'eut aucune difficulté à retourner jusqu'à l'auberge.

Il ne s'inquiétait pas pour Laurent. Il était tout à fait certain que les deux hommes qui le poursuivaient s'essouffleraient en vain jusqu'en milieu de matinée, suivant laborieusement l'itinéraire que l'esprit tordu de Laurent inventerait pour les semer.

Le problème, comme Laurent l'avait implicitement reconnu, était que les autres poursuivants avaient pu s'éloigner pour tenter d'éliminer le messager de Laurent. Un messager porteur du sceau du prince. Un messager assez important pour que Laurent ait risqué sa propre vie dans l'espoir qu'il l'attendrait encore, deux semaines plus tard, sur les lieux d'un rendez-vous raté.

Un messager qui portait une barbe soigneusement taillée, à la patrasienne.

Damen sentait à présent ce qu'il n'avait fait que deviner lorsqu'il se trouvait au palais : le mécanisme inexorable des projets du régent. Pour la première fois, il comprenait l'étendue des efforts et des ruses qu'il fallait déployer pour s'opposer à lui. L'idée que Laurent, tout calculateur qu'il soit, constitue la seule barrière entre le régent et Akielos lui faisait froid dans le dos. Le pays de Damen était vulnérable, et il savait que son propre retour l'affaiblirait encore, temporairement.

Il s'approcha de l'auberge avec circonspection, mais tout semblait tranquille, de l'extérieur du moins. Il aperçut alors le visage familier de Charls, levé à l'heure des marchands, qui se dirigeait vers l'écurie afin de parler à un valet.

— Messire ! s'écria Charls en voyant Damen. Des hommes sont venus ici à votre recherche.

— Sont-ils toujours là ?

— Non. Toute l'auberge est en ébullition. Les rumeurs vont bon train. Est-il vrai que l'homme qui vous accompagnait était… (Charls baissa d'un ton) … le prince de Vère ? Déguisé en… (sa voix devint un murmure à peine audible) … prostitué ?

— Charls. Les hommes qui sont venus, qu'ont-ils fait ensuite ?

— Ils sont partis, puis deux d'entre eux sont revenus pour poser des questions. Ils ont dû obtenir l'information qu'ils cherchaient, car ils sont repartis à cheval. Il y a un quart d'heure environ.

— À cheval ?

— Oui, vers le sud-est. Messire, s'il y a quoi que ce soit que je puisse faire pour mon prince, je suis à vos ordres.

Vers le sud-est, en direction de la frontière entre Vère et Patras.

Damen demanda à Charls :

— Avez-vous un cheval ?

Et ainsi commença la troisième poursuite de cette interminable nuit.

Sauf qu'à présent, la nuit s'était muée en matin. Après deux semaines passées à étudier des cartes sous la tente de Laurent, Damen savait exactement quelle petite route de montagne le messager emprunterait ; et à quel point il serait facile, dans ce passage sinueux et désert, de le tuer. Ses deux poursuivants le savaient sans doute aussi, et tenteraient de l'arrêter sur la route.

Le cheval de Charls était excellent. Rattraper un cavalier sur une longue distance n'était pas très difficile, si on savait comment faire : il ne fallait surtout pas galoper ventre à terre. Il fallait choisir une allure raisonnable, que son cheval était capable de maintenir, et espérer que les cavaliers qu'on poursuivait épuiseraient leurs propres montures par excès de zèle, ou montaient des chevaux de moindre qualité. C'était plus facile lorsqu'on connaissait le cheval et ce dont il était capable. Damen ne possédait pas cet avantage, mais le bai de Charls le marchand s'élança avec ardeur et secoua son encolure musclée, laissant entendre qu'il était capable de tous les exploits.

Le terrain se fit plus rocailleux à l'approche des montagnes. Des protubérances granitiques de plus en plus énormes saillaient des deux côtés de la route, comme si la terre laissait apparaître son squelette ici et là. Mais la route – ou du moins ce tronçon proche de la ville – était bonne, dépourvue d'échardes rocheuses qui auraient pu blesser et faire tomber son cheval.

Il eut de la chance, d'abord. Le soleil n'était même pas à mi-chemin de son zénith lorsqu'il rattrapa les deux hommes. Il eut de la chance d'avoir choisi la bonne route. De la chance qu'ils n'aient pas ménagé leurs chevaux écumants, et que lorsqu'ils le virent, au lieu de se séparer ou d'éperonner leurs malheureuses montures, ils firent demi-tour, ayant décidé de se battre. Il eut de la chance qu'ils n'aient pas d'arcs.

Le hongre bai de Damen était un cheval de marchand, non entraîné au combat, et Damen n'attendait pas de lui qu'il coure en direction d'une paire d'épées menaçantes sans regimber, aussi dévia-t-il de sa trajectoire en s'approchant. Les deux hommes étaient des brutes, pas des soldats ; ils savaient monter, et savaient manier une épée, mais avaient du mal à faire les deux en même temps. Encore un coup de chance. Lorsque Damen jeta le premier homme à bas de sa monture, il ne se releva pas. Le deuxième perdit son épée mais conserva son assiette un moment. Assez longtemps pour talonner son cheval et s'enfuir.

Ou du moins, pour essayer. Damen avait bousculé sa monture, ce qui provoqua un léger accès de panique chez les deux chevaux ; Damen tint bon, mais pas son adversaire. Une fois tombé, il parvint, contrairement à son complice, à se relever et à tenter – de nouveau – de s'enfuir, cette fois à travers la campagne. Qui que soit son commanditaire, il ne le payait manifestement pas assez cher pour qu'il se batte jusqu'au bout, sauf, bien entendu, s'il était sûr de l'emporter.

Damen se trouva face à un choix. Il pouvait en rester là. Tout ce qu'il lui restait à faire était de chasser les chevaux. Le temps que les hommes les récupèrent – si même ils y parvenaient – le messager aurait pris une telle avance qu'ils ne réussiraient jamais à le rattraper. Mais Damen avait entre les mains le fil de l'intrigue, et la tentation de le remonter jusqu'à découvrir ce qui se tramait était trop grande.

Il choisit donc plutôt de continuer la poursuite. Puisqu'il ne pouvait faire courir son cheval sur ce terrain rocailleux et inégal sans lui rompre les antérieurs, il mit pied à terre. L'homme tenta tant bien que mal de le distancer, mais Damen le rattrapa sous l'un des rares arbres biscornus que comptait le paysage. Là, l'homme jeta une pierre à Damen, qui l'esquiva ; puis, en se tournant pour détaler de plus belle, il se tordit la cheville sur un morceau de granit et s'écroula.

Damen le souleva par le col.

— Qui t'envoie ?

L'homme garda le silence. La peur faisait blêmir son teint déjà terreux. Damen réfléchit à la meilleure manière de le faire parler.

Le coup envoya valser la tête de l'homme sur le côté, et du sang goutta de sa lèvre fendue.

— Qui t'envoie ? répéta Damen.

— Laisse-moi partir, dit l'homme. Laisse-moi partir, et tu arriveras peut-être à temps pour sauver ton prince.

— Il n'a pas besoin d'être sauvé de deux hommes, rétorqua Damen, surtout s'ils sont aussi incapables que ton ami et toi.

L'homme esquissa un petit sourire. Un instant plus tard, Damen le plaqua contre le tronc d'arbre si fort que ses dents s'entrechoquèrent.

— Qu'est-ce que tu sais ? rugit Damen.

C'est alors que l'homme se mit à parler, et que Damen comprit qu'il n'avait pas eu de chance du tout. Il leva les yeux pour évaluer la position du soleil, et balaya du regard l'étendue désolée qui l'entourait. Il se trouvait à une demi-journée de cheval de Nesson, et il n'avait plus de cheval frais.

« Je t'attendrai une journée à Nesson », avait dit Laurent. Il allait arriver trop tard.

Chapitre 8

Damen abandonna l'homme, qui n'était plus qu'une coquille vide, ayant craché tout ce qu'il savait. Il se remit en selle, tourna la bride et s'élança au galop vers le camp.

Il n'avait pas le choix. Il n'avait plus le temps d'aider Laurent en ville. Il devait se concentrer sur ce qu'il pouvait faire. Car il y avait davantage en jeu que la vie de Laurent.

L'homme faisait partie d'un groupe de mercenaires installé dans les collines de Nesson. Ils avaient prévu un assaut en trois temps : après l'attaque de Laurent, en ville, une révolte avait été organisée au sein même de la compagnie du prince. Puis, si par miracle la troupe et le prince survivaient et parvenaient, tant bien que mal, à reprendre leur route vers le sud, une embuscade leur serait tendue dans les collines.

Il n'avait pas été facile d'arracher toutes ces informations au mercenaire, mais Damen l'avait convaincu, longuement, méthodiquement et inexorablement, de parler.

Le soleil avait déjà atteint son zénith et commençait à décliner. Pour conserver une petite chance de regagner le camp avant que le soulèvement planifié ne décime la compagnie, Damen allait devoir quitter la route et chevaucher droit devant lui, comme à vol d'oiseau, à travers la campagne.

Il n'hésita pas, talonnant sa monture pour lui faire franchir la première côte.

Ce fut une course folle et périlleuse, sur les flancs inégaux des collines. Tout prit trop longtemps. Le sol raboteux ralentissait sa monture. Les rochers de granit étaient traîtres et acérés, et la fatigue de son cheval augmentait le risque de faux pas. Il emprunta toujours le chemin le plus sûr à la ronde ; lorsqu'il y était forcé, il lâchait la bride au cheval et le laissait choisir sa route sur le terrain bosselé.

Autour de lui s'étendait un paysage silencieux, moucheté de granit, jalonné de rocs et tapissé d'herbe sèche, et en lui dominait la pensée de cette triple menace.

Cette stratégie sentait le régent à plein nez. D'un bout à l'autre. Il n'y avait que lui pour imaginer ce piège complexe, tendu en travers de la région pour séparer le prince de sa troupe et de son messager, afin qu'en sauver un signifie sacrifier l'autre. Et Laurent l'avait prouvé. Laurent, pour sauver son messager, avait sacrifié sa propre sécurité, en renonçant à son unique protecteur.

Damen tenta, pendant un instant, de réfléchir à la situation de Laurent et de deviner comment il échapperait à ses poursuivants, quelles tactiques il emploierait. Et il s'aperçut qu'il l'ignorait. Il n'arrivait même pas à émettre une hypothèse. Laurent était imprévisible.

Laurent, cet insupportable obstiné, était impossible, tout simplement. Avait-il prévu cette attaque depuis le début ? Son arrogance était intolérable. S'il avait délibérément choisi de se mettre en danger, s'il était rattrapé par l'une de ses propres ruses... Damen jura, et se concentra sur son avancée en direction du camp.

Laurent était vivant. Laurent parvenait toujours à esquiver les conséquences de ses actes. Il était insaisissable et retors, et il avait échappé à ses poursuivants dans la ville avec roublardise et arrogance, comme à son habitude.

Maudit Laurent. L'homme qui s'était étendu près du feu semblait si lointain à présent ; alangui, détendu, bavard... Damen s'aperçut que ce souvenir était inextricablement lié à l'éclat de la boucle de saphir de Nicaise, au murmure de Laurent à son oreille, à la course merveilleuse et effrénée sur les toits, tout cela s'entrelaçant pour ne former qu'une seule folle et interminable nuit.

La voie se dégagea devant lui. Aussitôt, Damen talonna son cheval faiblissant et s'élança.

Il ne rencontra pas les guetteurs à son arrivée, et la peur lui étreignit le cœur. Il vit des colonnes de fumée, une fumée noire dont il sentit l'odeur, âcre et désagréable. Damen termina sa chevauchée jusqu'au camp.

Les belles rangées de tentes avaient été démolies, leurs poteaux cassés ne soutenant plus la toile qui s'écroulait. Le sol était noirci par le feu qui avait traversé le camp. Il vit des hommes vivants, mais maculés de terre, las et abattus. Il vit Aimeric, blême, l'épaule bandée; le pansement était imprégné de sang séché.

Il était manifeste que le combat était terminé. Les feux qui brûlaient encore étaient ceux des bûchers.

Damen mit pied à terre.

Près de lui, son cheval éreinté soufflait comme une forge, les flancs palpitants. Son encolure était sombre et luisante de sueur, zébrée par ses veines gonflées.

Il scruta les visages des hommes qui l'entouraient; son arrivée avait attiré l'attention. Aucun de ces hommes n'était un prince aux cheveux blonds coiffé d'un chapeau en laine.

Et juste au moment où il craignait le pire, juste au moment où tout ce qu'il avait refusé de croire durant sa longue course commençait à envahir son esprit, Damen le vit, sortant d'une tente à peu près intacte, à six pas de là. Il se figea en voyant Damen.

Il ne portait pas le chapeau de laine. Ses cheveux d'or étaient découverts, et il avait l'air aussi frais et dispos que lorsqu'il avait émergé du bain le soir précédent, que lorsqu'il s'était réveillé sous la main de Damen. Mais il avait recouvré sa froideur impassible. Sa veste était lacée et son expression odieuse, depuis le profil hautain jusqu'au regard antipathique.

—Vous êtes vivant, souffla Damen.

Ces mots s'accompagnèrent d'une bouffée de soulagement qui lui donna l'impression d'être faible.

—Je suis vivant, dit Laurent.

Ils se dévisagèrent mutuellement.

—Je n'étais pas sûr que tu reviendrais.

—Je suis revenu, dit Damen.

Quoi qu'ils auraient pu se dire d'autre, l'arrivée de Jord interrompit leur échange.

—Tu arrives trop tard pour la fête, déclara Jord. Mais à temps pour aider à nettoyer. C'est terminé.

—Ce n'est pas terminé, le contredit Damen.

Et il leur répéta tout ce qu'il savait.

—Nous ne sommes pas obligés de passer par le col, affirma Jord. Nous pouvons faire un détour et trouver un autre itinéraire. Ces mercenaires ont été engagés pour tendre une embuscade, d'accord, mais je ne pense pas qu'ils soient prêts à suivre une armée jusqu'au cœur de ses propres terres.

Ils étaient assis dans la tente de Laurent. Sachant qu'il avait encore les dégâts du soulèvement à régler, Jord avait réagi à l'annonce de l'embuscade prévue comme à un coup en pleine poitrine. Il avait tenté de le cacher, mais il était surpris, et démoralisé. Laurent, lui, n'avait pas réagi du tout. Damen s'efforça d'arrêter de l'observer. Il avait mille questions à lui poser. Comment avait-il échappé à ses poursuivants ? Cela avait-il été facile ? Difficile ? Avait-il été blessé ? Comment allait-il ?

Il ne pouvait en poser aucune. Damen s'obligea donc à reporter son regard sur la carte étalée sur la table. Le combat primait. Il se passa une main sur le visage, repoussant toute lassitude, et évalua la situation.

—Non, dit-il. Je ne pense pas qu'il faille faire un détour. Je pense que nous devons les affronter. Maintenant. Ce soir.

—Ce soir ? Nous sommes à peine remis du bain de sang de ce matin, s'exclama Jord.

—Je sais. Ils le savent aussi. Si tu veux avoir la moindre chance de les attaquer par surprise, il faut que ce soit ce soir.

Il avait entendu, de la bouche de Jord, l'histoire brève et sanglante du soulèvement au sein du camp. Le bilan n'était pas bon, mais pas aussi grave qu'il ne l'avait craint. Moins grave qu'il l'avait cru lors de son retour au camp.

Cela avait commencé en milieu de matinée, en l'absence de Laurent. La révolte provenait d'une petite poignée de soldats seulement. Aux yeux de Damen, il était évident que le soulèvement avait été planifié, que les instigateurs avaient été payés, et que tout leur plan reposait sur le fait que le reste des hommes du régent, des fauteurs de trouble, des vauriens et des mercenaires en quête d'un exutoire, saisiraient aussitôt le moindre prétexte pour s'attaquer aux hommes du prince, et se joindraient au massacre.

C'est ce qu'ils auraient fait, deux semaines auparavant.

Deux semaines auparavant, la troupe n'était qu'une meute divisée en deux factions. Ils n'avaient pas développé les liens de camaraderie qui les unissaient désormais ; ils n'avaient pas été envoyés se coucher fourbus tous les soirs, après s'être démenés pour se surpasser les uns les autres dans une épreuve à la difficulté inouïe ; ils n'avaient pas fini par s'apercevoir, lorsqu'ils avaient cessé de maudire le nom de leur prince, qu'ils s'étaient terriblement amusés.

Si Govart avait été leur capitaine, le chaos aurait régné en maître. Les deux factions auraient été en conflit permanent, la troupe divisée et agitée de rancœurs, et commandée par un homme qui ne souhaitait pas qu'elle survive.

Au lieu de cela, le soulèvement avait été promptement maîtrisé. Il avait été sanglant, mais bref. Une vingtaine d'hommes seulement étaient morts. Les tentes et les réserves avaient subi des dégâts mineurs. Cela aurait pu être bien, bien pire.

Damen pensa à toutes les façons dont la situation aurait pu tourner : Laurent mort, ou revenant pour découvrir sa troupe décimée, et son messager mort sur la route.

Laurent était vivant. La compagnie était intacte. Le messager avait survécu. Cette journée était un véritable succès, sauf que les hommes l'ignoraient. Il fallait qu'ils le comprennent. Il fallait qu'ils combattent, et qu'ils gagnent. Damen tenta de repousser la fatigue qui embrumait son esprit et de traduire ce sentiment en mots.

—Ces hommes savent se battre. Il faut juste… qu'ils s'en rendent compte. Tu n'es pas obligé de laisser cette menace te faire fuir à l'autre bout des montagnes. Tu peux tenir bon, et combattre, expliqua Damen. Ce n'est pas une armée, c'est un groupe de mercenaires assez petit pour se cacher dans les collines sans être découvert.

—Ce sont de grandes collines, rétorqua Jord. Si tu ne te trompes pas, ça veut dire qu'ils sont installés et qu'ils nous observent grâce à des éclaireurs. À la seconde où on quittera le camp, ils le sauront.

—C'est pour ça qu'il faut que nous agissions maintenant. Ils ne nous attendent pas, et la nuit dissimulera notre avancée.

Jord secoua la tête.

—Il vaut mieux éviter le combat.

Laurent, qui avait laissé le débat se poursuivre, indiqua d'un geste qu'il était terminé. Damen croisa le regard de Laurent, posé sur lui, un regard long et indéchiffrable.

—Je préfère me servir de mon intelligence pour éviter les pièges, déclara Laurent, plutôt que de m'y lancer tête baissée en comptant sur la force brute.

Il avait prononcé ces mots d'un ton sans réplique. Damen hocha la tête et commença à se lever, mais la voix tranquille de Laurent l'arrêta.

—C'est pourquoi je pense que nous devons combattre, reprit Laurent. C'est la dernière chose à laquelle je songerais, et la dernière chose à laquelle quelqu'un qui me connaît se préparerait.

—Votre Altesse…, amorça Jord.

—Non, l'interrompit Laurent. Ma décision est prise. Faites venir Lazar. Et Huet, il connaît ces collines. Nous allons planifier l'affrontement.

Jord obéit, et pendant un bref moment Damen et Laurent se retrouvèrent seuls.

—Je ne pensais pas que vous accepteriez, avoua Damen.

Laurent répliqua :

—J'ai récemment appris que parfois, il valait mieux frapper dans le mur jusqu'à ce qu'il cède.

Ils n'eurent donc le temps que de se préparer à attaquer.

Ils quitteraient le camp à la tombée de la nuit, comme l'avait annoncé Laurent aux hommes. S'ils voulaient avoir une chance de frapper juste, ils allaient devoir travailler vite, et plus dur que jamais. Ils devaient prouver leur valeur. Ils venaient de recevoir un coup de poing en plein visage, et le moment était venu de décider s'ils allaient s'enfuir en pleurnichant, ou s'ils étaient des hommes, capables de rendre le coup.

Ce fut un discours succinct, à peu près aussi stimulant qu'horripilant, mais il parvint en tout cas à mettre la troupe en branle. Il transforma l'atmosphère maussade et tendue qui planait sur le camp en une énergie exploitable, et dirigée vers l'extérieur.

Damen avait raison. Ils voulaient se battre. Nombre d'entre eux semblaient déterminés à présent, plutôt que las. Damen entendit l'un des hommes grommeler que les mercenaires n'auraient même pas le temps de voir venir l'assaut. Un autre jura qu'il frapperait en l'honneur de son camarade tombé au combat.

En travaillant, Damen apprit toute l'étendue des dégâts causés par le soulèvement, dont certains étaient surprenants. Lorsqu'il demanda où se trouvait Orlant, on lui répondit simplement :

— Orlant est mort.

— Mort ? répéta Damen. Il a été tué par un des rebelles ?

— Il faisait partie des rebelles, répliqua son interlocuteur. Il a attaqué le prince au moment où il revenait au camp. Aimeric était là. C'est lui qui a tué Orlant. Il s'est bien fait amocher, d'ailleurs.

Damen se remémora le visage d'Aimeric, blême et tendu. Il jugea préférable, avant de partir à l'assaut, d'aller voir comment se portait le jeune homme. Il s'inquiéta lorsqu'il apprit d'un des hommes du prince qu'Aimeric s'était éloigné du camp. Il suivit la direction qu'indiquait le soldat.

Il s'aventura parmi les arbres et découvrit Aimeric, qui s'appuyait sur une branche tordue, comme s'il avait du mal à tenir debout. Damen faillit l'interpeller. Mais il aperçut alors Jord qui avançait parmi les arbres en direction d'Aimeric. Damen se tut et ne révéla pas sa présence.

Jord posa une main sur le dos d'Aimeric.

— Au bout de plusieurs fois, on ne vomit plus, l'entendit-il dire.

— Je vais bien, assura Aimeric. Je vais bien. C'est juste que… je n'avais jamais tué personne auparavant. Mais cela ira.

— Ce n'est pas facile, dit Jord. Pour personne.

Il ajouta ensuite :

— C'était un traître. Il aurait tué le prince. Ou toi. Ou moi.

— Un traître, répéta Aimeric d'une voix lugubre. L'aurais-tu tué pour cela ? C'était ton ami.

Puis il reprit, d'un autre ton :

— C'était ton ami…

Jord murmura quelque chose, trop bas pour être entendu de Damen, et Aimeric le laissa l'entourer de ses bras. Ils demeurèrent ainsi un long moment, sous les branches remuées par le vent ; puis Damen vit Aimeric plonger les mains dans les cheveux de Jord, l'entendit dire :

— Embrasse-moi. S'il te plaît, je voudrais…

Et il s'éloigna pour leur laisser un peu d'intimité, tandis que Jord soulevait le menton d'Aimeric et que les branches ondulaient paisiblement autour d'eux, formant un voile mouvant qui les enveloppa.

Se battre la nuit n'avait rien d'idéal.

Dans l'obscurité, les amis et les ennemis se ressemblaient tous. Dans l'obscurité, la nature du terrain revêtait une importance cruciale ; les collines de Nesson étaient rocailleuses et fissurées, et Damen le savait mieux que quiconque, après ces longues heures passées à scruter chaque détail du paysage afin d'identifier le meilleur chemin pour son cheval.

Mais, d'une certaine manière, il s'agissait d'une mission de routine pour une petite compagnie. Les raids venus des montagnes vaskiennes étaient redoutés, non seulement à Vère, mais aussi à Patras et au nord d'Akielos. Il était assez courant qu'un commandant soit envoyé avec sa troupe pour chasser les brigands des contreforts. Nikandros, le kyros de Delpha, passait la moitié de son temps à le faire, et l'autre moitié à réclamer des fonds au roi, affirmant que les assaillants vaskiens qu'il affrontait étaient en réalité équipés et payés par Vère.

La manœuvre en elle-même était simple.

Les collines comptaient plus d'un emplacement favorable à l'installation d'un camp de mercenaires, et ils ignoraient lequel avait été choisi. Plutôt que de compter sur la chance pour les débusquer, ils allaient les inciter à se montrer d'eux-mêmes. Damen et le groupe de cinquante hommes qu'il commandait serviraient d'appât. Avec eux se trouvaient des chariots destinés à donner l'illusion d'une compagnie entière tentant de partir discrètement vers le sud, à la faveur de la nuit.

Lorsque l'ennemi attaquerait, ils feraient semblant de battre en retraite, et rejoindraient en réalité le reste de la troupe, commandée par Laurent. Les deux groupes prendraient l'ennemi en tenaille, les empêchant de s'échapper. Très simple.

Certains des hommes avaient déjà fait l'expérience de ce type de combat. Ils connaissaient aussi, au moins sommairement, les principes des missions de nuit. Ils avaient été tirés de leurs lits plus d'une fois durant leur séjour à Nesson, et sommés de travailler dans le noir. C'était la somme de leurs avantages, assortis de l'espoir de prendre les mercenaires par surprise, et ainsi d'affronter un groupe hagard et désorganisé.

Mais ils n'avaient pas eu le temps d'envoyer des éclaireurs en reconnaissance, et des hommes de la troupe, seul Huet connaissait – vaguement – la région. Leur mauvaise appréhension du terrain était leur principale inquiétude depuis le début. Et alors qu'ils chevauchaient, suivis des chariots qui prenaient soin de produire suffisamment de bruit pour annoncer leur présence à tout guetteur qui les attendrait, le paysage changea. Des falaises de granit s'élevèrent de part et d'autre du cortège, et la route se mua en une route de montagne, avec d'un côté une pente douce qui s'accentuait peu à peu, et de l'autre côté, un à-pic rocheux.

La réalité était suffisamment différente du terrain sommairement décrit par Huet pour que Damen se sente préoccupé. Il observa de nouveau les falaises et s'aperçut que sa concentration diminuait. Il secoua la tête pour s'éclaircir l'esprit.

Ce n'était pas le bon endroit pour une embuscade, ou du moins, pas pour le type d'embuscade à laquelle ils s'étaient préparés. Il n'y avait pas d'emplacement au-dessus d'eux pour qu'un groupe de taille respectable s'y installe avec des arcs, et les falaises ne permettaient pas non plus à des cavaliers de fondre par surprise sur l'ennemi. Et personne de sain d'esprit ne lancerait un assaut en partant du bas.

Il tira sur ses rênes, brusquement, comprenant d'un coup le danger que représentait leur situation.

—Arrêtez!

Il fit relayer son appel.

—Nous devons quitter cette route. Laissez les chariots et galopez jusqu'à l'orée des arbres, là-bas. Immédiatement.

Il vit la lueur d'incompréhension dans les yeux de Lazar, et craignit l'espace d'une terrible seconde que ses ordres ne soient pas suivis, en dépit de l'autorité que Laurent lui avait conférée pour cette mission, car il n'était qu'un esclave. Mais ses paroles furent relayées. Lazar fut le premier à s'élancer, et les autres le suivirent. D'abord la queue du cortège, contournant les chariots, puis le milieu, et enfin la tête. *Trop lentement*, pensa Damen tandis qu'ils s'efforçaient de dépasser les chariots abandonnés.

Un instant plus tard, ils entendirent le bruit.

Ce n'était pas le sifflement des flèches, ni le chuintement métallique des épées. C'était un grondement étouffé, un son que Damen connaissait bien. Il avait grandi sur les falaises de Ios, les immenses falaises blanches qui de temps en temps, durant son enfance, se fendaient, se brisaient et s'effondraient dans la mer.

C'était une chute de pierres.

—En avant! hurla-t-il.

Et les individus de la troupe se fondirent en une seule masse mouvante de muscles équins, galopant en direction des arbres.

Les premiers hommes atteignirent le bois quelques instants avant que le son ne se transforme en rugissement, en un fracas rocheux d'énormes blocs de granit, assez grands pour qu'en heurtant la paroi de la falaise, ils en détachent d'autres et les envoient s'écraser avec eux en contrebas. Ce bruit de tonnerre, qui se répercutait sur les montagnes, était terrifiant, et en l'entendant, les chevaux paniquèrent presque davantage qu'en sentant les rocs rouler derrière eux. C'était comme si toute paroi de la falaise s'était effritée, dissoute et transformée en liquide : une pluie de pierre, une déferlante de pierre.

Absorbé par leur galop déchaîné en direction des arbres, tous les soldats ne virent pas les pierres recouvrir la route où ils se trouvaient quelques instants auparavant, les coupant des chariots, mais s'arrêtant à l'orée du bois, comme Damen l'avait prédit.

Tandis que la poussière retombait, les hommes, en toussant, calmèrent leurs chevaux et retrouvèrent leurs étriers. Lorsqu'ils regardèrent autour d'eux, ils s'aperçurent qu'ils n'avaient perdu personne. Et bien qu'ils aient été séparés de leurs chariots, ils n'étaient pas coupés de leur prince et de l'autre partie de leur troupe, comme ils l'auraient été s'ils n'avaient pas galopé : les pierres bloquaient désormais la route.

Damen talonna son cheval et le ramena en bordure de la route, donnant l'ordre à la compagnie d'aller retrouver le prince.

Ce fut une chevauchée fiévreuse et effrénée. Ils atteignirent la crête couverte d'arbres noirs juste à temps pour voir un flot de silhouettes sombres fondre du surplomb et attaquer le convoi du prince, en une manœuvre destinée à couper la troupe du prince en deux ; mais Damen et les cinquante cavaliers qui le suivaient parvinrent à l'empêcher en avançant au moment où ils attaquaient, brisant leur formation et freinant leur élan.

Ils furent alors plongés dans le feu de l'action, et se mirent à combattre.

Au milieu de cette dense forêt de lames, Damen vit que leurs assaillants étaient bien des mercenaires, et qu'en dehors de leur assaut initial, ils ne possédaient presque aucune unité tactique.

Il ignorait si cette confusion était due à la vitesse à laquelle ils avaient été forcés de se réunir. En tout cas, il était visible que l'arrivée de Damen et ses hommes les avait surpris.

Leurs propres formations tinrent bon, ainsi que leur discipline. Damen prit la tête de la troupe et repéra Jord et Lazar non loin de là, sur le front. Il entraperçut Aimeric, le visage blême et les traits tirés, mais combattant avec la même détermination dont il avait fait montre au cours des exercices, lorsqu'il avait lutté presque jusqu'à s'effondrer pour ne pas prendre de retard sur les autres.

Leurs assaillants se retiraient, ou tombaient. En tirant son épée de l'homme qui avait tenté de le poignarder, Damen vit le mercenaire à sa droite succomber à une frappe précise.

— Je croyais que vous deviez servir d'appât, commenta Laurent.

— Changement de dernière minute, répondit Damen.

Il y eut une autre mêlée, brève. Il sentit le moment où le combat se décida, où il fut gagné.

— Formation, en rangs ! ordonnait Jord.

La plupart des mercenaires étaient morts. Certains s'étaient rendus.

C'était terminé ; perchés sur le flanc d'une montagne, ils avaient gagné.

Une joyeuse clameur retentit, et même Damen, dont le jugement n'était pas tendre en la matière, s'estima satisfait du résultat, au vu de la qualité de la troupe et des conditions de combat. C'était du bon travail.

Lorsque les rangs furent formés et les soldats dénombrés, il s'avéra qu'ils n'avaient perdu que deux hommes. Hormis cela, ils ne déploraient que quelques entailles ici et là. Cela donnerait une occupation à Paschal, déclarèrent les hommes. Même la révélation qu'ils devaient à présent aller tirer leurs provisions des débris et préparer le camp ne put doucher l'enthousiasme des soldats. Ceux qui avaient chevauché aux côtés de Damen étaient particulièrement fiers ; ils se congratulèrent à coups de claques dans le dos et se vantèrent auprès des autres d'avoir échappé à la chute de pierres, qui, lorsqu'ils retournèrent sur le site afin de dégager les chariots, fut déclarée très impressionnante à l'unanimité.

En fin de compte, un seul des chariots se révéla irrécupérable. Ce n'était pas celui qui contenait la nourriture, ni l'infâme piquette, ce qui déclencha de nouveaux hourras. Cette fois, ce fut Damen que les soldats congratulèrent. Il revêtait désormais un prestige nouveau à leurs yeux, en tant que celui dont les réflexes affûtés avaient sauvé la moitié des hommes et la totalité du vin. Ils dressèrent le camp en un temps record, et en contemplant les rangées de tentes bien droites, Damen se surprit à sourire.

La soirée ne fut pas que fête et délassement, car il fallait refaire l'inventaire, commencer les réparations, assigner les postes des guetteurs et ceux des sentinelles. Mais les feux de camp furent allumés, le vin fut partagé, et l'humeur demeura joviale.

Entre deux tâches, Damen aperçut Laurent qui parlait avec Jord de l'autre côté du camp, et lorsque leur discussion fut terminée, il se dirigea vers le prince.

— Vous n'avez pas l'air de vous réjouir, fit remarquer Damen.

Il s'adossa à l'arbre derrière Laurent. Les sons des réjouissances flottèrent jusqu'à eux. Les hommes étaient grisés par la victoire, le manque de sommeil et le mauvais vin. L'aube poindrait bientôt. De nouveau.

— Je ne suis pas habitué à ce que mon oncle commette des erreurs de calcul, admit Laurent après un silence.

— C'est parce qu'il dirige les choses de loin.

— C'est à cause de toi, corrigea Laurent.

— Quoi ?

— Il ne sait pas prévoir tes réactions, poursuivit-il. Après ce que je t'ai fait à Arles, il pensait que tu serais… un autre Govart. Un autre de ses hommes. Un autre des hommes de ce matin. Prêt à te rebeller dès que tu en aurais l'occasion. C'est ce qui devait se produire ce soir.

Laurent balaya lentement la troupe du regard, d'un œil critique, avant de se retourner vers Damen.

—Au lieu de cela, tu m'as sauvé la vie, plus d'une fois. Tu as transformé ces hommes en guerriers, tu les as entraînés, perfectionnés. Ce soir, tu m'as offert ma première victoire. Mon oncle n'aurait jamais imaginé que tu représenterais un tel atout dans ma manche. Sinon, il ne t'aurait jamais laissé sortir du palais.

Il lisait dans les yeux de Laurent, entendait dans ses mots, une question à laquelle il ne voulait pas répondre.

Il dit :

—Je devrais aller aider aux réparations.

D'une poussée, il s'écarta de l'arbre. Il ressentit un étrange vertige, une sensation d'incongruité, et à sa grande surprise, Laurent arrêta son mouvement en lui attrapant le bras. Damen baissa les yeux. Il crut, l'espace d'un instant, que c'était la toute première fois que Laurent le touchait, bien qu'évidemment, ce ne soit pas le cas. Ce geste était plus intime que la caresse fugace des lèvres de Laurent sur ses doigts, que la brûlure de sa gifle sur son visage, et que la pression de son corps contre le sien dans un espace confiné.

—Oublie les réparations, conseilla Laurent d'une voix douce. Va dormir.

—Je suis en pleine forme, protesta Damen.

—C'est un ordre, répliqua Laurent.

Il était effectivement en pleine forme, mais il n'avait pas d'autre choix que d'obéir ; et lorsqu'il s'effondra sur sa paillasse et ferma les yeux pour la première fois depuis deux longues journées et deux longues nuits, le sommeil l'étreignit aussitôt, pesant et immédiat, l'arrachant au sentiment étrange qui naissait dans sa poitrine.

Chapitre 9

Damen entendit Lazar demander à Jord :

— Alors, c'est comment de se faire sucer par un aristocrate ?

Il s'était écoulé un jour depuis la chute de pierres à Nesson, et ils l'avaient passé à chevaucher vers le sud. Ils étaient partis tôt, après avoir répertorié les dégâts et réparé les chariots. À présent, Damen, assis avec une poignée de soldats autour d'un feu de camp, savourait quelques instants de repos. Aimeric, dont l'arrivée avait provoqué la question de Lazar, s'était assis à côté de Jord.

— C'est merveilleux, répondit Aimeric à la place de Jord.

Tant mieux pour toi, pensa Damen. Jord esquissa un sourire, mais il leva son verre et but sans rien dire.

— Comment c'est de se faire sucer par un prince ? demanda Aimeric.

Et Damen s'aperçut que l'attention de tous était fixée sur lui.

— Je ne le baise pas, déclara-t-il avec une grossièreté délibérée.

C'était peut-être la centième fois qu'il répétait cette phrase, depuis qu'il avait rejoint la troupe de Laurent. Il l'avait assenée d'un ton ferme, afin de clore la conversation. Mais bien sûr, il n'en fut rien.

— Ça, reprit Lazar, c'est une bouche que j'aimerais bien fourrer. Il te donne des ordres toute la journée, mais à la fin, tu as le droit de le faire taire.

Jord ricana.

—Il te lancerait un seul regard, et tu te pisserais dessus.

Rochert renchérit :

—Ouais. Moi, je ne pourrais pas bander. Tu vois une panthère ouvrir la gueule, tu ne lui présentes pas ta queue.

Ces paroles recueillirent l'approbation générale, mais le débat s'orienta vers un autre point :

—S'il est frigide et qu'il ne baise pas, je ne vois pas l'intérêt. Un puceau au sang froid, c'est le pire coup possible.

—Si tu dis ça, c'est que tu n'en as pas connu. Ceux qui sont froids à l'extérieur sont les plus chauds une fois qu'on y est.

—C'est toi qui le connais depuis le plus longtemps, dit Aimeric à Jord. N'a-t-il vraiment jamais pris d'amant ? Il a dû avoir des prétendants. L'un d'eux a bien dû parler.

—Tu veux des potins de cour ? s'étonna Jord d'un ton amusé.

—Je ne suis monté au palais qu'en début d'année. J'ai vécu à Fortaine avant cela, toute ma vie. Nous n'entendons jamais rien, là-bas, si ce n'est des histoires de raids et de réparations de murs et du nombre d'enfants que font mes frères.

C'était sa manière de dire : « oui ».

—Il a eu des prétendants. Mais aucun n'a réussi à entrer dans son lit. Ce n'est pas faute d'avoir essayé. Si vous le trouvez mignon aujourd'hui, vous auriez dû le voir à quinze ans. Deux fois plus beau que Nicaise, et dix fois plus intelligent. Essayer de le tenter, c'était un jeu auquel tout le monde jouait. Si quelqu'un avait réussi à l'attraper, il l'aurait crié sur tous les toits, croyez-moi.

Lazar émit un bruit d'incrédulité rigolarde.

—Allez, en vrai, dit-il à Damen. Qui c'est qui va au-dessus, toi ou lui ?

—Ils ne baisent pas, insista Rochert. Pas alors que le prince lui a dépouillé le dos juste parce qu'il l'avait un peu tripoté dans les bains. J'ai pas raison ?

—Tu as raison, répondit Damen.

Alors, il se leva et les abandonna autour du feu de camp.

La compagnie était au mieux de sa forme, depuis Nesson. Les chariots étaient réparés, Paschal avait pansé les blessures, et Laurent n'avait pas été écrasé sous un rocher. Mieux encore, l'allégresse de la veille avait tenu toute la journée ; affronter ensemble l'adversité avait rapproché les hommes. Même Aimeric et Lazar s'entendaient bien. En quelque sorte.

Personne ne parlait d'Orlant, pas même Jord et Rochert, qui avaient été ses amis.

Tout était à sa place. Ils arriveraient indemnes à la frontière. Là-bas, il y aurait une attaque, un combat, qui ressemblerait sans doute à celui de Nesson en plus grand, plus terrible. Laurent survivrait, ou non. Et après cela, Damen, libéré de ses obligations, retournerait en Akielos.

C'était tout ce que Laurent avait souhaité.

Damen s'arrêta aux confins du camp. Il s'adossa au tronc d'un des arbres aux branches tordues. Il voyait toute l'étendue du camp, d'ici. Il voyait la tente de Laurent, éclairée par des lampes et couronnée de bannières ; elle ressemblait à une grenade mûre, dont toute la richesse se trouvait à l'intérieur.

Damen avait été tiré d'un sommeil aussi doux qu'un cocon, ce matin-là, par une voix amusée, paresseuse, disant :

— Bonjour. Non, je n'ai besoin de rien.

Puis :

— Habille-toi et va voir Jord. Nous partirons dès que les réparations seront terminées.

Après s'être redressé et s'être passé une main sur le visage, Damen s'était contenté de dire :

— Bonjour.

Puis il avait contemplé Laurent, déjà vêtu de sa tenue de cheval.

Laurent avait haussé les sourcils et demandé :

— Veux-tu que je te porte ? Il y a au moins cinq pas, d'ici à l'entrée de la tente.

Damen sentit le bloc solide du tronc d'arbre dans son dos. Les sons du camp étaient portés jusqu'à lui par la brise fraîche de la nuit, les coups de marteau et autres bruits des dernières réparations, les murmures des soldats, le choc occasionnel d'un sabot sur le sol. Les hommes faisaient l'expérience du sentiment de camaraderie qui naît face à un ennemi commun, et il était naturel que Damen l'éprouve aussi, après une nuit de poursuites, d'échappées et de combats aux côtés de Laurent. C'était un nectar étourdissant, mais il ne devait pas se laisser enivrer. Il était là pour Akielos, pas pour Laurent. Son devoir n'allait que jusque-là. Il avait sa propre guerre, son propre pays, son propre combat.

Le premier messager arriva le lendemain matin, élucidant au moins un mystère.

Depuis leur départ du palais, Laurent envoyait et recevait un flux continu de cavaliers. Certains apportaient des missives de la noblesse vérétienne locale, offrant leurs provisions ou leur hospitalité. D'autres étaient des éclaireurs ou des messagers porteurs d'informations précises. Ce matin-là, Laurent avait envoyé un homme à Nesson, avec de l'argent et des remerciements, pour rendre son cheval à Charls.

Mais ce cavalier-là était différent. Sa tenue de cheval était dénuée de tout blason ou livrée, sa monture était bonne sans être exceptionnelle, mais surtout, en repoussant le capuchon de sa lourde cape, elle révéla qu'elle était une femme.

— Faites-la amener dans ma tente, ordonna Laurent. L'esclave sera notre chaperon.

Chaperon. Il semblait peu probable que cette femme d'une quarantaine d'années, au visage dur et anguleux, soit venue faire des avances à Laurent. Mais le dégoût vérétien de la bâtardise et de l'acte qui l'engendrait était si puissant que Laurent ne pouvait parler à aucune femme en privé sans être surveillé.

Une fois entrée dans la tente, la femme fit la révérence, offrant un présent enveloppé de tissu. Laurent fit signe à Damen de prendre le paquet et de le poser sur la table.

— Relève-toi, dit-il dans un dialecte vaskien.

Ils se parlèrent brièvement, en un échange soutenu. Damen fit de son mieux pour suivre la conversation. Çà et là, il saisissait un mot. « Sécurité », « passage », « chef ». Damen maîtrisait et comprenait le langage formel parlé à la cour de l'impératrice, mais celui-ci était le dialecte commun de Ver-Vassel, mêlé par ailleurs d'argot des montagnes, et Damen ne parvint pas à mieux l'interpréter.

— Tu peux l'ouvrir, si tu veux, dit Laurent à Damen lorsqu'ils furent de nouveau seuls.

L'intrigant colis recouvert de tissu trônait au milieu la table.

« En souvenir de votre matinée en notre compagnie. Et pour la prochaine fois que vous avez besoin d'un déguisement. » Ces lignes étaient écrites sur un parchemin, tombé du colis lorsque Damen avait commencé à l'ouvrir.

Curieux, Damen écarta une deuxième couche de tissu, pour en révéler un autre : bleu, ornementé, celui-là se répandit sur ses mains comme de l'eau. La robe lui parut familière. La dernière fois que Damen l'avait vue, elle était ouverte, ses lacets défaits, et portée par une blonde ; il avait senti ces broderies sous ses doigts ; la femme était presque assise sur ses genoux.

— Vous êtes retourné au bordel, comprit Damen.

Puis les mots « la prochaine fois » le firent tiquer.

— Vous n'avez tout de même pas… porté… ?

Laurent se renfonça sur son siège. Son regard froid n'infirma ni ne confirma son hypothèse.

— C'était une matinée intéressante. Je n'ai pas souvent l'occasion de me trouver en pareille compagnie. Tu sais que mon oncle les a en horreur.

— Les prostituées ? demanda Damen.

— Les femmes, répondit Laurent.

— Il ne doit pas trouver facile de négocier avec l'empire.

— Vannes est notre ambassadrice. Il a besoin d'elle, il déteste avoir besoin d'elle, et elle le sait.

— Cela fait deux jours, dit Damen. La nouvelle de votre survie, à Nesson, n'a pas encore dû arriver aux oreilles de votre oncle.

— Ce n'était pas son assaut principal, déclara Laurent. Celui-là se jouera à la frontière.

— Vous savez ce qu'il va faire, dit Damen.

— Je sais ce que moi, je ferais, répliqua Laurent.

Autour d'eux, le paysage se transforma peu à peu.

Les villes et les villages qu'ils apercevaient, accrochés à flanc de colline, avaient changé : leurs toits bas et longs, associés à d'autres détails architecturaux, leur conféraient un air indéniablement vaskien. L'influence du commerce avec Vask était plus forte que Damen ne l'aurait cru. De plus, c'était l'été, lui rappela Jord. Le commerce était florissant durant les mois les plus doux, et s'interrompait en hiver.

— Et les clans des montagnes sillonnent ces collines, ajouta Jord. Eux aussi pratiquent le commerce. Parfois, ils se contentent de piller. Tous ceux qui empruntent cette route se font escorter d'un garde.

Les jours étaient de plus en plus chauds, et les nuits aussi. Ils progressèrent vers le sud, à un rythme régulier. Ils formaient une belle colonne à présent, les cavaliers de tête dégageant promptement la voie, écartant de temps en temps un chariot pour leur permettre de passer. Ils ne se trouvaient qu'à deux jours de cheval d'Acquitart, et les gens du pays connaissaient leur prince. Parfois, ils s'amassaient sur le côté de la route pour le saluer, l'air chaleureux et jovial, ce qui n'était pas la manière dont les gens qui connaissaient Laurent le saluaient habituellement.

Damen attendit de voir que Jord était seul pour s'approcher et s'asseoir à ses côtés sur l'une des bûches arrondies posées autour du feu.

— Est-ce vrai que tu fais partie de la garde princière depuis cinq ans ? lui demanda Damen.

— Oui.

— Et tu connaissais Orlant depuis tout ce temps-là ?

— Depuis plus longtemps, répondit Jord après un silence.

Damen crut qu'il allait s'arrêter là, mais Jord reprit :

— C'est déjà arrivé. Je veux dire, le prince a déjà renvoyé des hommes de sa garde, pour l'avoir espionné sur les ordres de son oncle. Je crois m'être habitué à l'idée que l'argent est plus puissant que la loyauté.

—Je suis désolé. C'est dur quand c'est quelqu'un qu'on connaît… un ami.

—Il a bien essayé de te tuer, une fois, rappela Jord. Il se disait sûrement qu'en se débarrassant de toi d'abord, ce serait plus facile d'arriver au prince.

—J'y ai songé, oui, dit Damen.

Il y eut un autre silence.

—Je crois que je n'avais pas vraiment compris, jusqu'à l'autre soir, que c'était une question de vie ou de mort, dit Jord. Je pense que la moitié des hommes ne l'ont pas encore compris. Lui, il savait, par contre, depuis tout ce temps.

Jord désigna du menton la tente de Laurent. C'était vrai. Damen contempla à son tour la tente.

—Il préfère ne pas trop en dire. Tu ne devrais pas lui en vouloir pour ça.

—Je ne lui en veux pas. Je ne voudrais pas me battre sous une autre bannière que la sienne. S'il y a quelqu'un au monde capable d'égratigner sérieusement le régent, c'est lui. Et s'il n'y arrive pas… Ça me mettra assez en colère pour que j'aie envie de me battre quand même, déclara Jord.

Une deuxième Vaskienne se présenta au camp le lendemain soir, et cette fois, ce n'était pas pour livrer une robe à Laurent.

Damen reçut une liste d'objets à retirer des chariots, à emballer dans du tissu et à placer dans les sacs de selle de la Vaskienne : trois bols en argent finement ciselé, un coffret rempli d'épices, des rouleaux de soie, un ensemble de bijoux pour femme et des peignes délicatement sculptés.

—Qu'est-ce que c'est ?

—Des cadeaux, répondit Laurent.

—Vous voulez dire des pots-de-vin, rétorqua Damen un peu plus tard en fronçant les sourcils.

Il savait que Vère était en meilleurs termes avec le peuple des montagnes qu'Akielos, ou même Patras. À en croire Nikandros, Vère maintenait ces bonnes relations à l'aide d'un système complexe de paiements et de pots-de-vin. En échange de quoi, les Vaskiens dirigeaient leurs raids là où les Vérétiens le souhaitaient. C'était sans doute l'exacte vérité, songea Damen en balayant les paquets du regard. En tout cas, si les cadeaux de l'oncle de Laurent étaient d'une générosité équivalente, il pourrait acheter assez de raids pour tourmenter Nikandros jusqu'à la fin des temps.

Damen regarda la femme accepter cette petite fortune en argent et en bijoux. « Sécurité », « passage », « chef ». Ces mêmes mots furent échangés de nouveau.

Damen commençait à comprendre que la première femme n'était pas venue pour livrer une robe, elle non plus.

Le soir suivant, alors qu'ils étaient seuls dans la tente, Laurent décréta :

— À l'approche de la frontière, je pense qu'il serait plus sûr – plus discret – que nous conversions dans ta langue plutôt que dans la mienne.

Il s'était exprimé en akielonien, énonçant soigneusement ses mots.

Damen le dévisagea, avec l'impression que le monde était soudain sens dessus dessous.

— Qu'y a-t-il ? demanda Laurent.

— Charmant accent, rétorqua Damen.

Car en dépit de tout le reste, il ne pouvait empêcher les coins de sa bouche de tressauter.

Laurent plissa les yeux.

— Vous voulez dire, en cas de mouchards, dit-il en grande partie pour savoir si Laurent connaissait le mot « mouchards ».

— Oui, acquiesça calmement Laurent.

Ils parlèrent donc. Le vocabulaire de Laurent atteignait ses limites lorsqu'il s'agissait de termes militaires et de manœuvres, mais Damen combla ses lacunes. Il ne fut bien sûr pas surpris de découvrir que Laurent connaissait une pléthore de phrases élégantes et de remarques cinglantes, mais ne pouvait parler en détail de choses un tant soit peu sérieuses.

Damen devait sans cesse se retenir de sourire. Il ignorait pourquoi écouter Laurent naviguer entre les écueils de la langue akielonienne le mettait d'aussi bonne humeur, mais c'était un fait indéniable. Laurent avait effectivement un accent vérétien prononcé, qui adoucissait les consonnes et ajoutait une inflexion mélodieuse à son discours, plaçant les accents sur des syllabes inattendues. Cela transformait les mots akieloniens, leur donnait un air exotique, luxuriant et très vérétien, quoique cet effet soit en partie compensé par les intonations précises de Laurent. Ce dernier parlait akielonien comme un homme délicat saisirait un mouchoir souillé, entre le pouce et l'index.

De son côté, l'occasion de s'exprimer librement dans sa langue soulagea Damen d'un poids dont, jusque-là, il ignorait l'existence. Il était tard lorsque Laurent mit un terme à la discussion, en repoussant son verre d'eau à demi bu et en s'étirant.

—Arrêtons-nous là pour ce soir. Viens ici et occupe-toi de moi.

Ces mots s'entrechoquèrent dans l'esprit de Damen. Il se leva, lentement. Obéir à un ordre prononcé dans sa propre langue lui procurait une sensation de servilité plus aiguë.

Il se trouva face à une vision familière: des épaules droites s'étrécissant en une taille fine. Il était habitué à débarrasser Laurent de son armure et de son habit. C'était devenu un rituel ordinaire du soir. Damen s'avança et posa les mains sur le tissu, au-dessus des omoplates de Laurent.

—Eh bien? Vas-y, s'impatienta Laurent.

—Je ne pense pas que nous ayons besoin d'un langage secret pour ces choses-là.

—Tu n'aimes pas cela? dit Laurent.

Damen savait qu'il valait mieux ne pas parler de ce qu'il aimait ou non. La voix de Laurent dénotait un intérêt dangereux à l'égard de son malaise. Ils parlaient toujours en akielonien.

—Peut-être serait-il préférable que je m'exprime de façon plus authentique, reprit Laurent. Comment un propriétaire commande-t-il un esclave de plaisir en Akielos? Apprends-moi.

Les doigts de Damen étaient enchevêtrés dans les lacets ; ils se figèrent au-dessus de la bande blanche de la chemise.

— Vous voulez que je vous apprenne à commander un esclave de plaisir ?

— Tu as dit à Nesson que tu en possédais, rappela Laurent. Ne penses-tu pas que je devrais connaître ce vocabulaire ?

Damen se força à reprendre sa tâche.

— Lorsqu'on possède un esclave, on peut lui donner les ordres que l'on souhaite, dit-il.

— Je me suis aperçu, en ce qui me concerne, que ce n'était pas toujours le cas.

— Je préférerais que vous vous adressiez à moi comme à un homme, s'entendit-il répliquer.

Laurent se tourna sous ses mains.

— Délace le devant, ordonna-t-il.

Il s'exécuta, et s'avança légèrement pour ôter sa veste à Laurent. Il glissa les mains sous le vêtement. Il sentit plutôt qu'il n'entendit sa voix changer, dans cette atmosphère intime.

— Mais si vous préférez…

— Recule, exigea Laurent.

Il recula. Laurent, en chemise, se ressemblait davantage ; élégant, maître de lui-même, dangereux.

Ils se scrutèrent mutuellement.

— À moins que vous ayez besoin d'autre chose, s'entendit dire Damen, je vais aller chercher du charbon pour le brasero.

— Vas-y, répondit Laurent.

Le matin se leva. Le ciel était d'un bleu éblouissant. Le soleil brillait, et tout le monde était en tenue de voyage, prêt à partir. C'était préférable aux armures, qui à midi les auraient fait cuire sous la chaleur. Damen portait une poignée de sangles et parlait à Lazar de l'itinéraire du jour, lorsqu'il aperçut Laurent de l'autre côté du camp. Sous ses yeux, Laurent se mit en selle et se tint bien droit, attrapant ses rênes d'une main gantée.

La veille au soir, il s'était occupé du brasero et avait accompli ses diverses tâches, puis il s'était rendu à la rivière voisine pour se laver. La rivière, dont les berges étaient tapissées de galets, était fraîche et limpide, mais ne coulait pas assez vite pour présenter un quelconque danger. Elle était plus profonde en son milieu. En dépit de la pénombre, deux serviteurs étaient encore occupés à battre des linges qui, par ce temps, seraient secs au matin. L'eau lui avait paru glacée, par contraste avec la chaleur de l'air. Il y avait plongé la tête et avait laissé l'eau ruisseler sur ses épaules et son torse, puis, s'étant frictionné, il avait regagné la rive et essoré ses cheveux.

Devant lui, Lazar disait :

— On n'est qu'à un jour d'Acquitart, et Jord dit que c'est notre dernière étape avant Ravenel. Tu sais si…

Laurent était bien fait et en tous points compétent, et Damen n'était qu'un homme, comme tous les autres. La moitié des soldats de ce camp rêvaient de coucher avec Laurent. Damen était capable de réprimer la réaction de son corps, comme il l'avait fait, avec détermination, dans l'auberge. N'importe quel homme aurait été excité si Laurent avait joué au mignon sur ses genoux. Même en sachant ce qui se cachait derrière la boucle d'oreille.

— D'accord, dit Lazar.

Damen avait oublié sa présence. Après un long silence, il détacha les yeux de Laurent pour regarder Lazar, qui l'observait avec un sourire un peu railleur, mais compréhensif.

— D'accord quoi ? dit Damen.

— D'accord, tu ne le baises pas, répondit Lazar.

Chapitre 10

— Bienvenue dans mon antique domaine, déclara Laurent d'un ton pince-sans-rire.

Damen lui lança un regard en biais, puis laissa ses yeux parcourir les murs usés d'Acquitart.

« Assorti d'aucune troupe et d'une importance stratégique presque négligeable » : voilà comment Laurent avait décrit Acquitart à la cour, le jour où le régent lui avait retiré tous ses domaines à l'exception de celui-ci.

Acquitart était petit et vieux, et le village qui lui était rattaché n'était qu'un hameau de taudis en pierre, blotti contre la base du fort en lui-même. L'endroit ne comportait pas de champs cultivables, et le gibier se limitait à une poignée de chamois perchés sur les rochers, qui disparaîtraient en bondissant dès qu'on tenterait de les approcher, se réfugiant là où un cheval serait incapable de les suivre.

Et cependant, lorsqu'ils se furent avancés, Damen découvrit que le domaine n'était pas trop mal entretenu. La caserne était en bon état, de même que la cour intérieure, et des réserves de nourriture, d'armes et de matériaux avaient été rassemblées pour pallier les dégâts causés par la chute de pierres. Partout où il posait les yeux, Damen distingua les signes d'une préparation minutieuse. Ces réserves ne provenaient pas d'Acquitart ou de ses environs ; elles avaient été transportées jusque-là en prévision de l'arrivée des soldats de Laurent.

L'intendant, Arnoul, était un vieil homme qui prit la direction des serviteurs et des chariots, et se mit à donner des instructions. Son visage ridé s'illumina lorsqu'il vit Laurent. Puis il se rembrunit en découvrant Damen.

—Je vous ai entendu dire que votre oncle ne pouvait pas vous retirer Acquitart, dit Damen à Laurent. Pourquoi?

—C'est une principauté indépendante. C'est grotesque, bien sûr. Sur la carte, ce n'est qu'un petit point sans importance. Mais je suis prince d'Acquitart, en plus d'être prince de Vère, et les lois d'Acquitart ne requièrent pas que j'atteigne l'âge de vingt et un ans pour hériter. Ce domaine m'appartient. Mon oncle ne peut rien faire pour me le prendre, affirma Laurent.

Puis il ajouta:

—Enfin, sauf l'envahir, bien sûr.

Et, après un silence:

—Ses hommes pourraient lancer un assaut sur Arnoul dans l'escalier.

—Arnoul ne semble pas ravi que nous couchions ici, fit remarquer Damen.

—Nous n'allons pas coucher ici. Pas ce soir. Tu vas me retrouver dans l'écurie à la tombée de la nuit, lorsque tu auras accompli toutes tes tâches habituelles. Discrètement, ajouta Laurent.

Il avait parlé akielonien.

Il faisait noir lorsque Damen termina son travail. Les hommes qui surveillaient habituellement les réserves, les chariots et les chevaux avaient reçu une soirée de congé, et les soldats, eux aussi, avaient été invités à s'amuser. Des tonneaux de vin avaient été mis en perce, et la caserne était particulièrement animée, ce soir-là. Aucune sentinelle n'avait été postée près de l'écurie, ni du côté est.

Damen contournait un coin du fort lorsqu'il entendit des voix. Laurent lui ayant ordonné de se montrer discret, il ne révéla pas sa présence.

—Je préférerais dormir dans la caserne, protesta Jord.

Il vit que Jord était tiré par le bras par un Aimeric à l'allure décidée. Jord semblait aussi mal à l'aise à l'idée de loger dans une chambre d'aristocrate qu'Aimeric quand il tentait de lancer des jurons.

—C'est parce que tu n'as jamais couché dans les appartements d'un fort royal, argua Aimeric. Je te promets que c'est beaucoup plus confortable qu'un sac de couchage ou qu'un vieux matelas d'auberge. Et puis…

Il baissa la voix et se rapprocha de Jord, mais ses paroles demeurèrent audibles.

—J'ai très envie que tu me baises dans un lit.

Jord répliqua :

—Viens ici, dans ce cas.

Et il l'embrassa, longuement, une main pressée à l'arrière de sa tête. Aimeric se plia volontiers à son étreinte, passant les bras autour du cou de Jord ; son esprit de contradiction n'était apparemment pas de mise lorsqu'il s'agissait des plaisirs de la chair. Jord, semblait-il, parvenait à mettre en évidence ses meilleurs côtés.

Ils étaient occupés, comme les domestiques, comme les soldats dans la caserne. Tout le monde, à Acquitart, était occupé.

Damen les dépassa à pas de loup et se dirigea vers l'écurie.

Leur excursion était plus discrète et mieux préparée que la précédente ; ils avaient appris à leurs dépens l'importance de ces détails. Damen n'était tout de même pas rassuré de s'éloigner de la troupe, mais il ne pouvait rien y faire. Il pénétra dans l'atmosphère paisible de l'écurie, ponctuée de hennissements assourdis et de bruissements de paille, et découvrit que Laurent, en l'attendant, avait sellé les chevaux. Ils se mirent en route en direction de l'est.

Le chant des cigales résonnait autour d'eux ; la nuit était tiède. Ils abandonnèrent derrière eux le tapage d'Acquitart, ainsi que sa lumière, et chevauchèrent sous le ciel sombre. Comme à Nesson, Laurent savait où il allait, même dans l'obscurité.

Il s'arrêta soudain. Ils se trouvaient dos aux montagnes, et entourés de gouffres pierreux.

—Tu vois ? Il existe un endroit en plus mauvais état qu'Acquitart, dit Laurent.

Cela ressemblait à une immense forteresse, mais dont les arches laissaient passer le clair de lune, dont les murs se dressaient à des hauteurs différentes et parfois, disparaissaient, s'émiettant dans le néant. C'était une ruine, une bâtisse autrefois remarquable, réduite à quelques pierres et, çà et là, une voûte. Tout ce qui en subsistait était couvert de lierre et de mousse. Le bâtiment était plus vieux qu'Acquitart, terriblement vieux, érigé par un souverain quelconque bien avant le début de la dynastie de Laurent, ou celle de Damen. Le sol était tapissé de fleurs nocturnes à cinq pétales, blanches, qui s'ouvraient tout juste, répandant leur senteur.

Laurent mit pied à terre, puis conduisit son cheval jusqu'à l'un des antiques blocs de pierre, où il l'attacha. Damen l'imita, puis suivit Laurent sous l'une des arches.

Cet endroit le mettait mal à l'aise. Il lui rappelait combien il était facile de perdre un royaume.

— Que faisons-nous ici ?

Laurent s'était éloigné de l'arche, écrasant les fleurs sous ses pas. À présent, il s'était adossé contre l'une des pierres brisées.

— Je venais ici, autrefois, lorsque j'étais plus jeune, dit Laurent. Avec mon frère.

Damen s'immobilisa, sentant son sang se glacer ; mais un instant plus tard, il se retourna et dégaina son épée, réagissant au bruit d'une cavalcade.

— Non, expliqua Laurent, je les attendais.

Il s'agissait de femmes.

Quelques hommes, aussi. Le dialecte vaskien était plus difficile encore à comprendre lorsqu'il était parlé par plus d'une voix en même temps, et à vive allure.

On retira son épée à Damen, ainsi que le couteau à sa ceinture. Il n'aima pas cela. Pas du tout. Laurent fut autorisé à conserver ses propres armes, peut-être en l'honneur de son rang. En regardant autour de lui, Damen vit que seules les femmes étaient armées.

Puis Laurent dit quelque chose qu'il apprécia encore moins :

— Il est interdit d'observer la route menant à leur camp. Nous allons y être conduits les yeux bandés.

Les yeux bandés. Damen eut à peine le temps de s'habituer à cette idée que déjà, Laurent hochait la tête à l'intention de la femme la plus proche. Damen la vit placer le bandeau sur les yeux de Laurent et l'attacher. Damen fut quelque peu interloqué par cette image. Le bandeau, en masquant le regard de Laurent, mettait en lumière le reste de ses traits : la ligne pure de sa mâchoire, ses mèches de cheveux pâles. Il était impossible de ne pas regarder sa bouche.

Un instant plus tard, il sentit qu'on plaçait un bandeau sur ses propres yeux, et qu'on l'attachait brusquement. Sa vue fut obscurcie.

Ils furent emmenés à pied. Ce ne fut pas un trajet complexe et tortueux, destiné à duper, comme celui qu'avait connu Damen dans le palais, à Arles. Ils marchaient tout simplement vers leur destination. Ils cheminèrent pendant une demi-heure environ, avant d'entendre le grondement des tambours, grave et constant, s'accentuant peu à peu. Le bandeau ressemblait davantage à une exigence de soumission qu'à une précaution, car ils auraient sans doute été capables de retracer leurs pas ; Damen, grâce à son entraînement de soldat, et Laurent, grâce à son esprit mathématique.

Le camp, lorsque le bandeau se souleva, apparut sous la forme de longues tentes en cuir tanné, de chevaux dans un enclos et de deux feux allumés. Des silhouettes se mouvaient à travers le camp, et Damen distingua les joueurs de tambour, dont le son résonnait dans la nuit. L'atmosphère semblait animée, et un peu sauvage.

Damen se tourna vers Laurent.

— C'est ici que nous allons passer la nuit ?

— C'est un signe de confiance, expliqua Laurent. Connais-tu leur culture ? Pour ce qui se mange et se boit, accepte tout ce qu'on t'offre. La femme à tes côtés s'appelle Kashel, elle a été assignée à ton service. La femme sur l'estrade se nomme Halvik. Lorsque tu lui seras présenté, agenouille-toi. Ensuite, tu pourras t'asseoir par terre. Ne me suis pas sur l'estrade.

Damen estimait qu'ils avaient fait preuve d'assez de confiance en acceptant de venir seuls, les yeux bandés et sans armes. L'estrade était une structure en bois drapée de fourrure, montée non loin du feu, qui ressemblait à un mélange de trône et de lit. Halvik y était assise, et observa leur approche d'un œil noir qui rappela Arnoul à Damen.

Laurent monta calmement sur l'estrade et s'étendit dans une posture languide aux côtés de Halvik.

Quant à Damen, on le poussa pour le mettre à genoux, et quelques instants plus tard, on l'entraîna à côté de l'estrade pour le faire asseoir au sol. Au moins, celui-ci était tapissé de fourrures. Puis Kashel vint s'asseoir près de lui. Elle lui offrit une coupe.

Damen était toujours agacé, mais il se souvint des recommandations de Laurent. Méfiant, il porta la coupe à ses lèvres. Le liquide était d'un blanc laiteux et avait le goût aigre de l'alcool ; une petite gorgée plus tard, et Damen sentit le feu couler de sa gorge jusque dans ses veines.

Sur l'estrade, il vit Laurent refuser d'un geste la même coupe, en dépit des conseils qu'il venait de prodiguer à Damen.

Bien sûr. Bien sûr, Laurent ne buvait pas. Laurent s'entourait des splendeurs excessives d'un courtisan, et y vivait comme un moine. Damen ne parvenait pas à comprendre comment les gens s'imaginaient qu'ils couchaient ensemble. Personne, connaissant Laurent, n'aurait dû le croire.

Damen vida sa coupe.

Ils assistèrent à un combat de démonstration, une lutte. La femme qui l'emporta était excellente, maîtrisant son adversaire d'une prise experte, et le combat s'avéra captivant à regarder.

Damen décida, au bout de la troisième coupe, qu'il appréciait cette boisson.

Elle était forte et stimulante, et il se surprit à poser un nouveau regard sur Kashel, qui remplissait sa coupe. Elle devait avoir à peu près l'âge de Laurent, et elle était belle, le corps pleinement épanoui.

Sous ses longs cils, ses yeux d'un brun chaud étaient posés sur Damen. Elle portait ses cheveux en une longue natte noire qui serpentait sur son épaule, et dont la pointe reposait sur la courbe ferme d'un sein.

Peut-être n'était-ce pas si terrible d'être venus ici, songea-t-il. Ces gens étaient d'une culture honnête, les femmes étaient directes, et la nourriture était simple mais consistante : du bon pain et de la viande rôtie.

Laurent et Halvik étaient en pleine conversation. Leur échange avait la cadence animée du marchandage. Le regard dur de Halvik affrontait les yeux bleus et impassibles de Laurent. Damen avait l'impression d'assister à une négociation entre deux rocs.

Il détourna son attention de l'estrade pour se consacrer pleinement à son dialogue avec Kashel, formé non pas de mots mais d'une série de regards, longs et intenses. Lorsqu'elle lui prit la coupe des mains, leurs doigts se mêlèrent brièvement.

Elle se leva et marcha jusqu'à l'estrade pour murmurer quelque chose à l'oreille de Halvik.

Halvik se pencha en arrière sur ses coudes et se mit à examiner Damen. Elle dit quelques mots à Laurent, qui se tourna à son tour vers Damen.

— Halvik demande, respectueusement, si tu accepterais de rendre service à ses filles, lui dit Laurent en vérétien.

— Quel service ?

— Le service traditionnel, expliqua Laurent, que les femmes vaskiennes demandent au mâle dominant.

— Je suis un esclave. Votre rang est supérieur au mien.

— Ce n'est pas une question de rang.

Halvik prit alors la parole, articulant le vérétien avec un accent prononcé :

— Il est plus petit, et il a une langue de cocotte. Sa semence ne donnera pas de femmes fortes.

Laurent parut ne pas se formaliser le moins du monde de cette description.

— En fait, ma lignée n'engendre pas de filles du tout, précisa-t-il.

Damen regarda Kashel s'éloigner de l'estrade et revenir vers lui. Il entendait le son des tambours, près de l'autre feu de camp, un roulement lourd et constant.

— Est-ce… Est-ce que c'est un ordre que vous me donnez ?

— Tu as besoin d'ordres ? répliqua Laurent. Je peux te diriger, si tu n'es pas sûr de savoir t'y prendre.

Kashel, rivant sur lui un regard franc et intense, revint s'asseoir près de lui. Sa tunique s'était légèrement ouverte et avait glissé sur son épaule, si bien qu'on aurait dit que seul le galbe de son sein retenait le tissu. Sa poitrine se soulevait au rythme de sa respiration.

— Embrasse-la, dit Laurent.

Il n'avait pas besoin que Laurent lui dise quoi faire ni comment s'y prendre, et il le prouva par un long baiser langoureux. Kashel, en s'abandonnant, émit un son adorable, et fit courir ses doigts là où couraient ses yeux quelques instants auparavant. Damen glissa les mains sous sa tunique et entoura presque entièrement sa taille fine.

— Vous pouvez dire à Halvik que je serais honoré de m'étendre avec l'une de ses filles, déclara Damen lorsqu'il s'écarta.

Sa voix était rauque de plaisir. Il passa un pouce sur la lèvre de Kashel, et celle-ci le lécha. Ils haletaient tous les deux, impatients.

— Le plus grand bonheur du mâle est de monter la meute.

Damen entendit la voix de Halvik parler ainsi à Laurent, en vérétien.

— Venez, nous allons continuer nos négociations loin du feu d'accouplement. Il vous sera amené lorsqu'il aura terminé.

Il vit que Laurent et Halvik s'éloignaient, comme il vit que d'autres couples se dirigeaient vers les fourrures étalées près du feu, mais ces pensées flottaient en marge de son esprit, occultées par son désir pour Kashel, tandis que leurs deux corps se tendaient l'un vers l'autre.

Ce fut une union brève et torride, la première fois. La jeune femme était belle et bien faite ; elle rit en lui arrachant ses vêtements, et sa fougue ne fit qu'augmenter, reflétant celle de Damen. Cela faisait longtemps qu'il n'avait pas pris et donné ainsi du plaisir, librement et sans tabou. Elle était plus douée que lui pour retirer les vêtements vérétiens. Ou plus déterminée. Elle était très déterminée. Elle le fit basculer sous elle tandis qu'un orgasme puissant déferlait sur lui, baissant la tête, et ses cheveux, libérés de leur natte, se balancèrent au rythme de ses mouvements, en un rideau qui les recouvrait tous les deux.

La deuxième fois, elle se révéla plus douce, plus docile et désireuse d'être explorée ; et il l'excita jusqu'à l'incandescence, jusqu'à ce qu'elle s'abandonne entièrement à lui, ce que, par-dessus tout, il adorait.

Ensuite, elle demeura étendue, comblée et pantelante, sur les fourrures. Allongé à ses côtés, il s'appuya sur un bras et admira son corps.

Peut-être avaient-ils versé quelque chose dans la boisson laiteuse. Il avait joui deux fois, mais il n'était pas encore las. Il était assez content de lui, et se disait que les femmes vaskiennes ne possédaient pas l'endurance légendaire qu'on leur prêtait, lorsqu'une autre fille vint adresser quelques mots à Kashel sur un ton mutin, et se glissa entre les bras surpris de Damen. Kashel s'assit, dans une position de spectatrice, et leur prodigua ce qui semblait être une exclamation d'encouragement.

Alors, tandis qu'il amorçait cette nouvelle aventure, et que le son des tambours résonnait à ses oreilles, Damen sentit la pression d'un autre corps dans son dos, et s'aperçut qu'une troisième fille les avait rejoints.

Il s'empêtra dans ses vêtements. Les lacets lui échappèrent. Il décida, au bout de plusieurs tentatives, qu'il n'était pas obligé de remettre sa chemise. Il avait besoin de toute son énergie pour retenir son pantalon.

Laurent dormait lorsque Damen finit par trouver la bonne tente, mais il bougea parmi les fourrures quand le pan de l'entrée se souleva. Ses cils dorés battirent, puis s'ouvrirent.

En apercevant Damen, il se redressa sur un coude et écarquilla les yeux.

Puis, sans bruit, en plaquant sa main sur sa bouche, il se mit à rire, irrépressiblement.

Damen lança :

— Arrêtez. Si je ris, je vais tomber.

Il distingua vaguement une pile de fourrures distincte de celle de Laurent, et prit son courage à deux mains. De quelques pas chancelants, il s'approcha, visa et s'écroula sur les fourrures. Il eut le sentiment d'avoir accompli un immense exploit. Il se tourna sur le dos, souriant.

— Halvik a beaucoup de filles, dit-il.

Il avait prononcé ces mots d'une voix qui reflétait parfaitement son état d'esprit, comblé, saturé de sexe, épuisé et heureux. Les fourrures étaient tièdes. Une somnolence béate l'envahit, et il était à deux doigts de glisser dans le sommeil.

Il dit :

— Arrêtez de rire.

Lorsque Damen tourna la tête vers lui, Laurent était allongé sur le côté, la tête appuyée sur une main, et il posait sur lui un regard malicieux.

— Tout ceci est très instructif. Je t'ai vu envoyer une demi-douzaine d'hommes mordre la poussière sans même transpirer.

— Eh bien, là, tout de suite, je ne pourrais pas.

— Je vois cela. Tu es dispensé d'effectuer tes tâches habituelles demain matin.

— C'est très gentil. Je ne peux pas me lever. Je vais rester là. Ou aviez-vous besoin de quelque chose ?

— Oh, comment as-tu deviné ? s'exclama Laurent. Emmène-moi à mon lit.

Damen grogna, puis se mit finalement à rire, juste avant de tirer les fourrures sur son visage. Il entendit un dernier soupir amusé de Laurent, et ce fut l'ultime chose qu'il perçut avant que le sommeil ne s'empare de lui.

Le retour au camp, à l'aube, fut paisible et agréable.

Le ciel était dénué de tout nuage, et le soleil levant était radieux ; la journée allait être superbe. Damen était de bonne humeur, et se contentait de chevaucher dans un silence serein. Ils avançaient côte à côte, et se trouvaient à mi-chemin d'Acquitart lorsqu'il pensa à demander :

— Vos négociations se sont bien passées ?

— Ils nous voient d'un bien meilleur œil aujourd'hui qu'hier, en tout cas.

— Vous devriez traiter plus souvent avec les Vaskiens.

L'enthousiasme de Damen perçait dans sa voix. Il y eut un silence. Puis, d'un ton étrangement hésitant, Laurent demanda :

— Est-ce différent, avec une femme ?

— Oui, répondit Damen.

C'était différent avec chaque personne. Il ne le précisa pas à voix haute ; c'était évident. L'espace d'un instant, il crut que Laurent allait ajouter autre chose, mais il continua simplement à regarder Damen, l'étudiant longuement et sans gêne, sans rien dire.

— Cela vous intrigue ? demanda Damen. N'est-ce pas censé être tabou ?

— C'est tabou, confirma Laurent.

Il y eut un autre silence.

— Les bâtards pourrissent la lignée, font tourner le lait, dessèchent les cultures et noircissent l'éclat du soleil. Mais ils ne me dérangent pas. Je ne m'attaque qu'aux fils légitimes. Tu devrais sans doute te laver, ajouta Laurent, à notre retour.

Damen, qui était bien d'accord, décida de le faire dès leur arrivée. Ils gagnèrent la chambre de Laurent grâce à un passage en partie caché, si étroit que Damen eut le plus grand mal à s'y glisser. Lorsqu'il poussa la porte de la chambre pour sortir dans le couloir, il se trouva nez à nez avec Aimeric.

Celui-ci tressaillit et dévisagea Damen. Puis il regarda la porte de la chambre. Puis Damen, de nouveau. Damen s'aperçut qu'il était toujours rayonnant de bonne humeur, et qu'il avait sans doute l'air de quelqu'un qui avait baisé toute la nuit, puis s'était faufilé dans un passage secret. C'était le cas.

— Nous avons frappé, mais il n'y a pas eu de réponse, dit Aimeric. Jord a envoyé des hommes à votre recherche.

— Y a-t-il un problème ? demanda Laurent en apparaissant dans l'embrasure.

Laurent était impeccable des pieds à la tête ; au contraire de Damen, il semblait frais, dispos, et parfaitement impassible. Aimeric le regarda fixement, lui aussi.

Puis, recouvrant ses esprits, il annonça :

— La nouvelle est arrivée il y a une heure. Il y a eu une attaque à la frontière.

Chapitre 11

Ravenel n'avait pas été bâti pour paraître accueillant aux étrangers. Tandis qu'ils franchissaient ses portes, Damen ressentit sa force et sa puissance. Lorsque l'étranger en question était un prince tire-au-flanc qui ne se montrait à la frontière que contraint et forcé par son oncle, le château se montrait moins hospitalier encore. Les courtisans qui s'étaient assemblés sur l'estrade, dans la grande cour intérieure de Ravenel, arboraient des expressions aussi dures et froides que les créneaux menaçants du fort. Et si, par malheur, l'étranger était akielonien, il était reçu de manière franchement hostile : au moment où Damen suivit Laurent jusque sur l'estrade, la vague de colère et de rancœur qui déferla sur lui était presque tangible.

Jamais, de toute sa vie, il n'avait imaginé qu'il se tiendrait un jour au cœur de Ravenel, que l'énorme herse se lèverait et que les grandes portes de bois seraient débloquées et ouvertes sur son passage, lui permettant de pénétrer dans son enceinte. Son père Théomède avait instillé en lui le respect des grands forts vérétiens. Théomède avait arrêté sa campagne à Marlas ; prendre Ravenel et s'aventurer plus au nord aurait nécessité un siège prolongé, et des ressources considérables. Théomède était trop sage pour se lancer dans une campagne interminable et ruineuse, qui aurait pu lui coûter le soutien des kyroi et déstabiliser ainsi son royaume.

Fortaine et Ravenel, demeurés intacts, constituaient les deux grandes puissances militaires de la région.

Ostentatoires, intimidants, ils forçaient leurs équivalents akieloniens à conserver un arsenal et des troupes de qualité équivalente. Le résultat, à la frontière, était un face-à-face permanent et tendu entre les garnisons, une foule de soldats qui n'étaient pas en guerre au sens strict du terme, mais qui n'avaient jamais vraiment connu la paix. Trop de soldats, pas assez de combats. L'agressivité croissante n'était pas satisfaite par les incursions et les échauffourées dont les deux pays niaient fermement être à l'origine. Elle n'était pas satisfaite par les défis officiels et les combats organisés, assortis de règles, de rafraîchissements et de spectateurs, qui permettaient aux deux camps de s'entre-tuer avec affabilité.

Face à une atmosphère aussi pesante, un souverain prudent aurait envoyé un diplomate expérimenté prendre la tête des opérations, et non Laurent, qui arrivait comme une guêpe à un pique-nique, irritant tout le monde.

— Votre Altesse. Nous vous attendions il y a deux semaines. Mais nous avons été ravis d'apprendre que les auberges de Nesson étaient à votre goût, déclara le seigneur Touars. Peut-être parviendrons-nous, nous aussi, à vous occuper de manière divertissante durant votre séjour.

Le seigneur Touars de Ravenel avait des épaules de soldat et une cicatrice courant du coin de son œil jusqu'à sa bouche. Il toisait Laurent d'un regard sévère. Près de lui, son fils aîné, Thévenin – un garçon pâle et replet d'environ neuf ans – l'imitait.

Derrière eux, le reste des nobles venus les accueillir restait immobile. Damen sentait leurs regards sur lui, pesants et pleins de haine. Il s'agissait d'hommes et de femmes de la frontière, qui avaient combattu Akielos toute leur vie. Et chacun d'eux avait à l'esprit la nouvelle apprise le matin même : un assaut akielonien avait détruit le village de Breteau. La menace de la guerre planait dans l'air.

— Je ne suis pas venu pour me divertir, mais pour écouter les comptes-rendus de l'assaut qui a traversé mes frontières ce matin, affirma Laurent. Rassemblez vos capitaines et vos conseillers dans la grande salle.

La coutume voulait que les invités qui arrivaient prennent d'abord le temps de se reposer et de retirer leurs tenues de voyage. Mais le seigneur Touars fit savoir d'un geste qu'il acceptait, et les courtisans se dirigèrent vers le château. Damen voulut partir avec les soldats, et fut surpris par l'ordre sec de Laurent :

— Non. Viens avec moi à l'intérieur.

Damen lança un nouveau regard sur les murs énormes du fort. Laurent avait mal choisi son moment pour faire de la provocation. À l'entrée de la grande salle, un serviteur en livrée leur barra le passage et, en inclinant légèrement la tête, annonça :

— Votre Altesse, le seigneur Touars préfère que l'esclave akielonien n'entre pas dans la salle.

— Et moi, je préfère qu'il y entre, dit seulement Laurent.

Il se remit en marche, et Damen n'eut pas d'autre choix que de le suivre.

L'entrée de Laurent dans la ville n'avait pas ressemblé à celles que faisaient en général les princes, avec une parade, des spectacles et des réjouissances organisées par le seigneur local durant plusieurs jours. Laurent était arrivé à la tête de sa troupe, sans cérémonie. Cela n'avait pas empêché le peuple de se presser dans les rues, espérant apercevoir l'éclat doré de ses cheveux. Si les roturiers avaient nourri la moindre antipathie à l'égard de Laurent, elle s'était envolée dès l'instant où ils l'avaient vu, se muant en adoration extatique. Il en avait été de même à Arles, ainsi que dans toutes les villes qu'ils avaient traversées. La meilleure manière d'apprécier le prince doré était de l'entrevoir à plus de cent cinquante pieds de distance, hors de portée de ses crocs.

Depuis leur arrivée, le regard de Damen avait à peine quitté les fortifications de Ravenel. À présent, il évaluait les dimensions de la grande salle. Elle était immense, et conçue pour être défendue, avec ses portes aussi hautes qu'une maison de deux étages. Toute la garnison pouvait s'y rassembler afin de recevoir les ordres, pour ensuite se disperser dans diverses directions afin de se poster tout au long de l'enceinte. La salle pouvait également servir de point de retrait, si l'ennemi parvenait à franchir les murailles. Quant à la troupe stationnée dans le fort, Damen l'estima à environ deux mille hommes. C'était plus qu'assez pour écraser la compagnie de Laurent, constituée de cent soixante-quinze cavaliers. S'il s'agissait d'un piège, ils étaient déjà morts.

Une nouvelle épaule vint lui barrer le passage, couverte d'une épaulière de métal à laquelle était fixée une cape. La cape était de qualité aristocratique. L'homme qui la portait décréta :

— Un Akielonien n'a pas sa place parmi les hommes. Je suis certain que Votre Altesse le comprend très bien.

— Mon esclave vous fait-il peur ? s'enquit Laurent. Je le comprends très bien. Il faut être un homme pour le maîtriser.

— Je suis tout à fait capable de maîtriser les Akieloniens. Mais je ne leur ouvre pas mes portes.

— Cet Akielonien est un membre de ma maison, assena Laurent. Reculez, capitaine.

L'homme recula. Laurent s'installa au bout de la longue table de bois. Le seigneur Touars prit la place de moindre importance, à sa droite. Damen connaissait certains de ces hommes, de réputation. L'homme à l'épaulière et à la cape était Enguerran, le commandant des troupes du seigneur. Assis un peu plus loin se trouvait l'administrateur Hestal. Le fils de neuf ans, Thévenin, se joignit également à eux.

Damen ne fut pas invité à s'asseoir. Il se posta derrière Laurent, et sur la gauche, il vit entrer un autre personnage ; un personnage qu'il connaissait très bien, quoique ce soit la première fois qu'il se tenait debout face à lui. Toutes les autres fois, il avait été ligoté.

Il s'agissait de l'ambassadeur de Vère en Akielos, qui était aussi le conseiller du régent, le seigneur de Fortaine, et le père d'Aimeric.

— Conseiller Guion, dit Laurent.

Guion ne salua pas Laurent, mais laissa simplement son visage se tordre de dégoût à la vue de Damen.

— Vous avez amené une bête à notre table. Où se trouve le capitaine que votre oncle vous avait assigné ?

—Je lui ai transpercé l'épaule de mon épée, puis je l'ai fait déshabiller et expulser de la compagnie, répondit Laurent.

Il y eut un silence. Le conseiller Guion recouvra ses esprits.

—Votre oncle est-il au courant ?

—Que j'ai châtré son chien ? Oui. Il me semble que nous avons des affaires plus importantes à régler ?

Lorsque le silence s'éternisa, ce fut le capitaine Enguerran qui répondit :

—C'est exact.

Ils commencèrent à s'entretenir de l'attaque.

Damen en avait entendu les premiers comptes-rendus, de même que Laurent, à Acquitart. Les Akieloniens avaient anéanti un village vérétien. Ce n'était pas ce qui avait mis Damen en colère. L'assaut akielonien avait été effectué en représailles. Le jour précédent, un village akielonien avait été victime d'un raid. Damen avait l'habitude d'en vouloir à Laurent, aussi avait-il été capable de se maîtriser face à lui, et de lui parler. Votre oncle a payé des brigands pour attaquer un village akielonien. « Oui ». Des gens sont morts. « Oui ». Saviez-vous qu'une telle chose était prévue ? « Oui ».

Laurent lui avait dit calmement : *« Tu savais que mon oncle souhaitait provoquer un conflit à la frontière. Comment croyais-tu qu'il allait s'y prendre ? »*

Au terme de ce dialogue, Damen n'avait pu que se mettre en selle et chevaucher jusqu'à Ravenel, le regard rivé sur l'arrière d'une tête blonde qui n'était pas responsable de ces attaques, bien qu'il ait furieusement envie de lui rejeter la faute.

Lors de ces premiers comptes-rendus, ils n'avaient pas appris l'ampleur de la vengeance des Akieloniens. L'assaut avait commencé avant l'aube. Ce n'était pas un petit groupe, et ils n'avaient pas tenté de déguiser leurs motivations. C'était une troupe akielonienne complète, armée et cuirassée, venue de son propre aveu venger le raid qui avait frappé le village akielonien. Au lever du soleil, ils avaient déjà massacré plusieurs centaines d'habitants du village de Breteau, parmi lesquels Adric et Charron, deux membres de la petite noblesse qui s'étaient portés, avec leur petite troupe stationnée non loin de là, au secours des villageois. Les Akieloniens avaient provoqué des incendies, ils avaient tué le bétail. Ils avaient tué des hommes et des femmes. Ils avaient tué des enfants.

Ce fut Laurent qui, au terme des premiers échanges, dit :

— Un village akielonien a donc été attaqué également ?

Damen le regarda, surpris.

— Oui. Ce n'était pas un assaut de cette ampleur, et nous n'en étions pas à l'origine.

— Qui l'était ?

— Des brigands, des membres d'un clan des montagnes, cela n'a pas d'importance. Les Akieloniens sont prêts à saisir le moindre prétexte pour faire couler le sang.

— Vous n'avez donc pas tenté d'identifier le commanditaire du premier assaut ? insista Laurent.

Le seigneur Touars répondit :

— Si je savais de qui il s'agissait, je lui serrerais la main et je le laisserais partir, en le remerciant d'avoir tué des Akieloniens.

Laurent pencha la tête en arrière et regarda le fils de Touars, Thévenin.

— Fait-il preuve d'une telle clémence envers toi ? lui demanda-t-il.

— Non, répondit étourdiment l'enfant.

Il rougit en découvrant le regard furieux que lui adressait son père.

— Le prince se montre bien léger, déclara le conseiller Guion en regardant Damen, et semble répugner à porter le moindre jugement défavorable sur Akielos.

— Je ne reproche pas aux insectes de bourdonner lorsque quelqu'un renverse leur ruche, répliqua Laurent. Je préfère me demander qui a souhaité me faire piquer.

Il y eut un nouveau silence. Le seigneur Touars lança un regard bref et glacial à Damen.

— Nous ne poursuivrons pas cette discussion en présence d'un Akielonien. Congédiez-le.

— Par respect envers le seigneur Touars, laisse-nous, ordonna Laurent sans se retourner.

Laurent avait déjà imposé sa présence. À présent, il avait encore plus à gagner en faisant montre de son autorité sur Damen. Cette réunion pouvait déclencher une guerre… ou l'empêcher, se dit Damen. C'était une réunion où pouvait se décider l'avenir d'Akielos. Damen s'inclina, et obéit.

À l'extérieur, il longea le fort, en s'ébrouant pour se débarrasser de la sensation poisseuse que lui laissait la toile complexe des intrigues vérétiennes.

Le seigneur Touars brûlait de se battre. Le conseiller Guion prônait ouvertement la guerre. Damen tenta de ne pas penser au fait que l'avenir de son pays reposait sur l'éloquence de Laurent.

Il savait que ces seigneurs, à la frontière, constituaient le noyau dur de la faction du régent. Ils étaient issus de la même génération que lui. Ils recevaient sans doute ses faveurs depuis six ans. Et possédant ces terres frontalières, ils étaient ceux qui avaient le plus à perdre en se soumettant à l'autorité d'un jeune prince inexpérimenté.

En marchant, il balaya du regard les murailles du fort. Le capitaine de Ravenel y avait posté des hommes selon une formation méticuleuse. Damen remarqua le placement judicieux des sentinelles et les défenses bien organisées.

— Toi ! Qu'est-ce que tu fais là ?

— Je fais partie de la garde princière. Je regagne la caserne, sur son ordre.

— Tu es du mauvais côté du fort.

Damen haussa les sourcils, ouvrant de grands yeux, et désigna une direction.

— L'ouest n'est pas par là ?

L'homme répondit :

— L'ouest, c'est par là.

Il fit signe à l'un des soldats postés non loin de là.

— Escorte cet homme à la caserne où sont stationnés les hommes du prince.

L'instant d'après, Damen se sentit empoigné par le bras.

Il fut personnellement conduit à travers le fort, jusque devant l'entrée de la caserne, où il fut déposé sous les yeux de Huet, qui montait la garde.

— Empêche-le de repartir se promener n'importe où.

Huet sourit :

— Tu t'es perdu ?

— Oui.

Son sourire s'accentua.

— Trop fatigué pour te concentrer ?

— On ne m'avait pas expliqué où aller.

— Je vois, répliqua Huet en souriant de plus belle.

Et bien sûr, il y avait cela. À partir du témoignage d'Aimeric, et grandissant à mesure qu'elle se répandait depuis le matin même, une fable bien particulière était née parmi les soldats. Damen avait reçu des sourires et des claques dans le dos toute la journée. Laurent, quant à lui, était la cible de nouveaux regards appréciateurs. Le prince avait encore grimpé d'un cran dans l'estime des hommes ; quoi qu'ils aient pu supposer auparavant sur ses habitudes nocturnes, il était désormais établi que le prince menait son esclave barbare à la baguette.

Damen n'y prêtait pas attention. L'heure n'était pas à ces sujets triviaux.

Jord parut surpris de le voir revenir si vite, mais déclara que Paschal avait demandé qu'il lui envoie quelqu'un. Cela devrait convenir à Damen, puisque le prince serait sans doute occupé toute la nuit à faire entrer un peu de bon sens dans les esprits entêtés des hommes de la frontière.

Damen aurait dû deviner, avant d'entrer dans la grande pièce, pourquoi Paschal avait demandé de l'aide.

— Jord t'a envoyé ? s'étonna Paschal. Il a le sens de l'ironie.

— Je peux partir, dit Damen.

— Non. J'avais demandé quelqu'un avec de bons bras. Fais bouillir de l'eau.

Il s'exécuta et apporta l'eau à Paschal, absorbé par la tâche délicate de recoller des hommes qui avaient été découpés.

Damen garda le silence et se contenta de faire ce que lui indiquait Paschal. Le vêtement de l'un des hommes avait été écarté pour découvrir une plaie à l'épaule, dangereusement proche du cou. Damen reconnut l'entaille diagonale, effectuée de haut en bas, que pratiquaient les Akieloniens pour exploiter les failles de l'armure vérétienne.

Paschal parlait en travaillant.

— Quelques roturiers survivants de l'entourage d'Adric ont été reconnus, et ramenés ici. Ils ont parcouru des lieues sur des litières bringuebalantes. Cela leur a permis d'être examinés par les médecins du fort qui, comme tu peux le voir, n'ont pas fait grand-chose. Les roturiers qui ne sont pas soldats sont les moins bien soignés. Apporte-moi ce couteau. As-tu l'estomac aussi bien accroché que tes bras ? Maintiens-le en place, comme ceci.

Damen avait déjà vu des médecins à l'œuvre. En tant que commandant, il avait fait l'inspection des blessés. Il possédait aussi quelques connaissances rudimentaires, qui lui avaient été transmises pour le cas où il serait touché et séparé de ses hommes, ce qui, lorsqu'il était enfant, représentait une perspective excitante. Mais à l'époque, il était très peu probable que cela se produise réellement. C'était la première fois qu'il assistait un médecin luttant pour sauver des vies. C'était une tâche sans répit, intense et physique.

Une fois ou deux, il lança un bref regard vers la civière poussée dans un coin sombre, et recouverte d'un drap. Au bout de quelques heures, la porte s'ouvrit et un groupe pénétra dans la pièce.

Ils étaient tous roturiers, trois hommes et une femme. L'homme qui leur avait ouvert la porte leur indiqua la civière. La femme s'assit pesamment près du brancard et émit un son étranglé.

C'était une servante, peut-être une lavandière à en juger par ses avant-bras et son bonnet. Elle était jeune, et Damen se demanda s'il s'agissait de son mari ou d'un membre de sa famille, son cousin, son frère.

Paschal dit doucement à Damen :

— Retourne voir ton capitaine.

— Je vais vous laisser, approuva Damen en hochant la tête.

La femme se retourna, les yeux brillants de larmes. Il comprit qu'elle avait entendu son accent. Il savait qu'il affichait aussi le teint caractéristique d'Akielos, et plus particulièrement des provinces du Sud. Cela n'aurait peut-être pas suffi à trahir sa nationalité, là, à la frontière ; sauf qu'il avait parlé.

— Qu'est-ce que l'un d'eux fait ici ? demanda-t-elle.

— Va-t'en, le pressa Paschal.

C'était trop tard.

— C'est vous qui avez fait ça. C'est ton peuple.

Elle contourna Paschal, qui lui barrait la route.

Ce ne fut pas de tout repos. Elle était forte, dans la fleur de l'âge, et s'était musclée en transportant de l'eau et en battant le linge. Damen dut lutter pour la repousser, l'attrapant par les poignets, et l'une des tables de Paschal se renversa. Les compagnons de la femme durent se mettre à deux pour l'arracher à Damen. Celui-ci porta une main à sa joue, qu'elle avait griffée, et ses doigts en revinrent tachés de sang.

Ils sortirent la femme de la pièce. Paschal ne fit pas de commentaire, et se mit à ramasser ses outils en silence. Les hommes revinrent quelques moments plus tard et emportèrent le corps, en équilibre sur une planche de bois. L'un d'eux s'arrêta devant Damen et le regarda fixement, sans rien dire. Puis l'homme cracha au sol à ses pieds. Ils partirent.

Damen sentit un goût amer dans sa bouche. Il revoyait, avec une clarté parfaite, le héraut qui avait craché aux pieds de son père, dans la tente de commandement, à Marlas. Il portait la même expression.

Il regarda Paschal. Il savait cela, sur les Vérétiens.

— Ils nous détestent.

— À quoi t'attendais-tu ? rétorqua Paschal. Les raids ne s'arrêtent jamais. Et cela ne fait que six ans que des Akieloniens ont chassé ces hommes de leurs maisons, de leurs champs. Ils ont vu leurs amis, leur famille mourir, leurs enfants volés pour servir d'esclaves.

—Ils nous tuent, eux aussi, protesta Damen. Delpha a été volée à Akielos du temps du roi Euandros. Il était naturel qu'elle redevienne akielonienne.

—Et elle l'est toujours, dit Paschal. Pour le moment.

Le regard bleu et froid de Laurent ne trahissait rien de la réunion, même pas qu'elle avait été longue: quatre heures de discussion. Il portait encore sa veste, et ses bottes de cheval. Il regarda Damen, dans l'expectative.

—Ton rapport?

—Je n'ai pas pu faire un tour complet de l'enceinte, j'ai été arrêté du côté ouest. Mais je dirais qu'il y a entre mille cinq cents et mille sept cents hommes stationnés ici. Il semble que ce soit le contingent de défense habituel de Ravenel. Les entrepôts sont bien remplis, mais pas à ras bord. Je n'ai pas vu le moindre signe qu'ils se préparaient à la guerre, à l'exception des guetteurs à cheval et de la garde doublée depuis ce matin. Je pense que cette attaque les a surpris.

—Même chose dans la grande salle. Le seigneur Touars n'a pas l'attitude d'un homme qui prévoyait de se battre, même s'il en a très envie.

Damen résuma:

—Donc, les seigneurs de la frontière ne coopèrent pas avec votre oncle pour déclencher cette guerre.

—Sans doute pas le seigneur Touars, en tout cas, précisa Laurent. Nous partons à Breteau. Je nous ai obtenu deux ou trois jours. Cela n'a pas été facile. Mais c'est le temps qu'il faudra pour qu'une missive de mon oncle arrive jusqu'ici, et le seigneur Touars n'irait pas jusqu'à déclarer la guerre à Akielos tout seul.

Deux ou trois jours.

Cela arrivait; la guerre pointait à l'horizon. Damen inspira profondément. Bien avant que des troupes s'amassent d'un côté ou de l'autre, il retournerait se battre pour Akielos. Damen regarda Laurent, et tenta de s'imaginer l'affrontant sur un champ de bataille.

Il s'était laissé entraîner par une sorte… d'énergie créatrice. La détermination de Laurent, son don pour remporter des victoires impossibles étaient contagieux. Mais tout ceci n'était pas une poursuite à travers la ville, ou une partie de cartes. Il faisait face aux seigneurs les plus puissants de Vère, hissant leurs étendards de guerre.

—Alors partons à Breteau, dit Damen.

Et il se leva, sans un autre regard pour Laurent, et entama les derniers préparatifs du coucher.

Ils n'étaient pas les premiers arrivés à Breteau.

Le seigneur Touars avait envoyé un contingent pour protéger les survivants, ainsi que pour enterrer ou brûler les corps, afin qu'ils n'attirent pas la maladie ou les charognards.

Il s'agissait d'un petit groupe d'hommes, qui avait travaillé dur. Toutes les granges, les masures et les dépendances avaient été fouillées en quête de survivants, et lorsqu'ils en avaient trouvé, ils les avaient amenés dans une tente afin qu'ils soient examinés par un médecin. L'air était imprégné de l'odeur du bois et de la paille brûlés, mais le sol ne fumait plus. Les feux avaient été éteints. Les fosses étaient déjà à demi creusées.

Damen balaya du regard une masure déserte, une lance brisée plantée dans un corps sans vie, les reliefs d'une petite fête de plein air, les coupes de vin renversées. Les villageois s'étaient battus. Çà et là, des Vérétiens morts serraient encore une bêche, une pierre, une paire de cisailles ou une autre arme grossière, de celles qu'un villageois peut se procurer en peu de temps.

Les hommes de Laurent travaillèrent respectueusement, en silence, déblayant méthodiquement, un peu plus doux lorsque le corps était celui d'un enfant. Ils ne semblaient pas se souvenir de qui était Damen, et de ce qu'il était. Ils lui confièrent les mêmes tâches et travaillèrent à ses côtés. Il se sentait mal à l'aise, conscient de l'incongruité de sa présence et de l'irrespect qu'elle représentait. Il vit Lazar recouvrir d'une cape le corps d'une femme et faire un petit geste d'adieu, comme le voulait la coutume dans le Sud.

Il sentit jusqu'au fond de lui-même à quel point cet endroit avait été vulnérable.

Il se répéta qu'il s'agissait d'une réponse à un raid en Akielos. Il comprenait même comment et pourquoi les choses s'étaient passées ainsi. L'attaque d'un village akielonien exigeait des représailles, mais les garnisons de la frontière vérétienne étaient des cibles trop redoutables. Même Théomède, avec toute la puissance des kyroi derrière lui, n'avait pas voulu s'attaquer à Ravenel. Mais une petite troupe de soldats akieloniens pouvait traverser la frontière entre les garnisons, s'aventurer dans la campagne vérétienne, trouver un village sans défense, et l'anéantir.

Laurent était venu se placer à côté de lui.

—Il y a des survivants, l'informa-t-il. Je voudrais que tu les interroges.

Il pensa à la femme, se débattant dans son emprise.

—Ce n'est pas à moi de…

—Des survivants akieloniens, précisa brusquement Laurent.

Damen inspira profondément. Il n'aimait pas cela du tout.

Il dit, prudemment :

—Si des Vérétiens avaient été capturés après une telle attaque en Akielos, ils auraient été exécutés.

—Ils le seront, affirma Laurent. Découvre ce qu'ils savent sur le raid en Akielos qui a provoqué cet assaut.

Il ne vit pas d'entraves, comme il l'avait imaginé, mais en se rapprochant de la paillasse, dans la masure sombre, il vit que le prisonnier akielonien n'en avait pas besoin. On l'entendait inspirer et respirer difficilement. Sa plaie au ventre avait été pansée. Ce n'était pas le genre de blessure qu'on pouvait guérir.

Damen s'assit près du grabat.

Il ne connaissait pas cet homme. Il avait d'épais cheveux, noirs et bouclés, et des yeux sombres frangés de longs cils ; ses boucles étaient emmêlées par la sueur, et son front moite et luisant. Ses yeux étaient ouverts, posés sur lui.

Dans sa langue, Damen demanda :

—Pouvez-vous parler ?

L'homme prit une inspiration rauque et pitoyable, puis dit :

— Vous êtes akielonien.

Sous tout ce sang, il était plus jeune que Damen ne l'avait cru. Dix-neuf ou vingt ans.

— Je suis akielonien, confirma Damen.

— Nous avons… repris le village ?

Il lui devait la franchise : c'était un compatriote, et il était mourant. Il dit :

— Je sers le prince vérétien.

— Tu déshonores ton sang, cracha l'homme d'une voix emplie de haine.

Il avait rassemblé toutes ses forces pour prononcer ces mots.

Damen attendit que le spasme de douleur et de fatigue qui avait étreint l'homme s'apaise, que sa respiration reprenne le même rythme laborieux qu'au moment où Damen était entré. Lorsque ce fut le cas, il dit :

— C'est un raid en Akielos qui a provoqué cette attaque ?

L'homme inspira, expira.

— C'est ton maître vérétien qui t'a envoyé poser cette question ?

— Oui.

— Dis-lui… que son attaque de lâche en Akielos a fait moins de morts que la nôtre, articula l'homme fièrement.

La colère ne lui servait à rien. Elle déferla sur Damen, et il se tut donc pendant un long moment, observant seulement le mourant, impassible.

— Où l'attaque a-t-elle eu lieu ?

L'homme eut comme un hoquet de rire amer, et ferma les yeux. Damen crut qu'il ne parlerait plus, mais…

— Tarasis.

— L'attaque venait d'un clan des montagnes ?

Tarasis se trouvait dans les contreforts.

— Ils les paient.

— Ils sont venus des montagnes ?

— Qu'est-ce que ton maître… en a à faire ?

— Il essaie d'arrêter l'homme qui a fait attaquer Tarasis.

— C'est ce qu'il t'a dit ? Il ment. C'est un Vérétien. Il va… t'utiliser pour servir ses intérêts… comme il t'utilise maintenant, contre ton propre peuple.

L'homme avait de plus en plus de mal à parler. Damen scruta son visage hagard, ses cheveux trempés de sueur. Il parla d'une voix différente.

— Comment t'appelles-tu ?

— Naos.

— Naos, tu combattais sous l'autorité de Makedon ?

Car Naos portait une ceinture à encoches.

— Autrefois, il rechignait à suivre les édits de Théomède, reprit Damen. Mais il a toujours été loyal envers son peuple. Il a dû penser qu'ils avaient subi une grande injustice, pour violer le traité de Kastor.

— Kastor, siffla Naos. Le faux roi. Damianos… aurait dû nous gouverner. C'était le tueur de prince. Il savait ce que sont les Vérétiens. Des menteurs. Des escrocs. Il ne se serait jamais… couché dans leurs… lits comme l'a fait Kastor.

— Tu as raison, dit Damen après un long silence. Eh bien, Naos… Vère rassemble ses troupes. Il n'y a pas grand-chose à faire pour éviter la guerre que tu désires.

— Qu'ils viennent… Ces lâches de Vérétiens se cachent dans leurs forts… Ils ont peur de se battre honnêtement… Qu'ils sortent… et nous les tuerons… comme ils le méritent.

Damen ne dit rien, pensant simplement à un village sans défense, désormais plongé dans l'immobilité et le silence, de l'autre côté de la porte. Il resta au chevet de Naos jusqu'à ce que ses râles se taisent. Puis il se leva, sortit de la masure et traversa le village pour retourner au camp vérétien.

Chapitre 12

Damen raconta l'histoire de Naos, brièvement et sans fioritures. Lorsqu'il eut terminé, Laurent déclara d'une voix monotone :

— La parole d'un Akielonien mort, malheureusement, ne vaut rien.

— Vous saviez avant de m'envoyer l'interroger que ses réponses mèneraient aux contreforts. On veut vous éloigner de Ravenel.

Laurent gratifia Damen d'un long regard pensif. Enfin, il dit :

— Oui. Le piège se referme, et il n'y a rien d'autre à faire pour l'éviter.

À l'extérieur de la tente de Laurent, le ménage macabre se poursuivait.

En partant seller les chevaux, Damen croisa Aimeric, qui traînait une toile de tente un peu trop lourde pour lui. Il scruta le visage fatigué d'Aimeric, et ses habits couverts de poussière. Il se trouvait bien loin du luxe de son milieu. Damen se demanda pour la première fois ce qu'éprouvait Aimeric, en se sachant dans le camp opposé à celui de son père.

— Tu quittes le camp ? demanda Aimeric en regardant les sacs que portait Damen. Où vas-tu ?

— Si je te le disais, déclara Damen, tu ne me croirais pas.

C'était l'une de ces situations où le nombre ne servait à rien. Seules importaient la vitesse, la discrétion et la connaissance du terrain. Lorsqu'on allait s'infiltrer dans les collines pour tenter de localiser une troupe cachée, il valait mieux ne pas annoncer son arrivée par un tonnerre de sabots et une kyrielle de casques étincelants.

La dernière fois que Laurent avait décidé de se séparer de sa troupe, Damen avait tenté de l'en dissuader. *« La manière la plus aisée pour votre oncle de se débarrasser de vous est de vous séparer de vos hommes, et vous le savez »*, avait-il dit à Nesson. Cette fois, Damen ne discuta pas, bien que l'excursion proposée par Laurent implique de traverser une région comptant un nombre impressionnant de garnisons.

L'itinéraire qu'ils suivraient les mènerait à un jour de cheval vers le sud, puis ils s'aventureraient dans les collines. Ils se mettraient à la recherche de tout signe révélateur d'un campement. S'ils n'en trouvaient pas, ils tenteraient de prendre contact avec les clans locaux. Ils avaient deux jours.

En une heure, ils s'étaient déjà éloignés de la troupe de plusieurs lieues, et c'est alors que Laurent tira sur une rêne et fit rapidement le tour du cheval de Damen ; il observait ce dernier comme s'il attendait quelque chose.

— Vous pensez que je vais vous vendre à la troupe akielonienne la plus proche ?

Laurent dit :

— Je suis plutôt bon cavalier.

Damen observa la distance qui séparait son cheval de celui de Laurent : environ trois longueurs. C'était une courte avance. Ils décrivaient tous deux des cercles, à présent, en s'affrontant du regard.

Il était prêt au moment où Laurent talonna son cheval. Le sol défila sous ses yeux, et ils chevauchèrent ainsi un moment, ventre à terre.

Ils ne purent maintenir cette allure ; ils n'avaient pas d'autres chevaux, et la première pente était légèrement boisée, ce qui les forçait à louvoyer et les empêchait de galoper. Ils ralentirent, et trouvèrent des passages tapissés de feuilles. C'était le milieu de l'après-midi, le soleil était haut dans le ciel, et ses rayons filtraient à travers les grands arbres, mouchetant le sol et illuminant les feuilles. Lorsque Damen avait effectué de longues chevauchées à travers la campagne, par le passé, il se trouvait toujours au milieu d'un groupe, jamais en mission en compagnie d'un seul homme.

C'était une sensation agréable, jugea-t-il tandis que Laurent filait devant lui, insouciant. Il était agréable de partir en sachant que l'issue de la mission dépendait de ses propres actes, plutôt que de devoir la déléguer à quelqu'un d'autre. Il savait que les seigneurs de la frontière, déjà convaincus de la conduite à adopter, trouveraient le moyen d'écarter ou de passer outre toute information qui ne correspondait pas à leurs projets. Mais il était là pour remonter la piste de Breteau jusqu'au bout, quoi qu'il arrive. Il était là pour découvrir la vérité. C'était une pensée gratifiante.

Au bout de quelques heures, Damen émergea des arbres dans une clairière au bord d'une rivière, où Laurent l'attendait, laissant reposer sa monture. La rivière était vive et limpide. Laurent permit à son cheval de tendre le cou, lui cédant cinq pouces de rênes, assis paresseusement sur sa selle. Le cheval baissa la tête et souffla à la surface de l'eau.

Détendu et baigné de soleil, Laurent le regarda s'approcher d'un air serein, comme on accueille une silhouette familière et bienvenue. Derrière lui, le soleil faisait étinceler la rivière. Damen laissa son cheval prendre le mors et s'avancer.

Le son d'un cor akielonien déchira le silence.

C'était un bruit violent, inattendu. Les oiseaux perchés dans les arbres alentour y répondirent de quelques notes affolées et s'envolèrent. Laurent fit tourner son cheval dans la direction du son. Il provenait de l'autre côté d'une pente ; c'était visible au mouvement des oiseaux. Avec un bref regard à Damen, Laurent fit traverser la rivière à sa monture, en direction du sommet de la colline.

Tandis qu'ils gravissaient le versant, un autre son se mêla au bruit de la rivière, évoquant de nombreux individus avançant à des vitesses différentes. C'était un son que Damen connaissait. Il n'était pas seulement produit par les pas de pieds bottés, mais par les sabots, les cliquetis des armures et le grincement des roues, et ce mélange lui conférait son rythme irrégulier.

Laurent tira sur ses rênes tandis qu'ils atteignaient ensemble le sommet de la colline, tout juste dissimulés à la vue par des rochers de granit saillants.

Damen observa la vue.

Les hommes s'étendaient sur toute la largeur de la vallée voisine. C'était une ligne de capes rouges en parfaite formation. À cette distance, Damen distinguait l'homme qui avait sonné le cor, la courbe d'ivoire qu'il avait portée à ses lèvres, l'éclat du bronze à l'embouchure. Les étendards qu'ils portaient étaient ceux du commandant Makedon.

Il connaissait Makedon. Il connaissait cette formation, le poids de cette armure, le contact de cette lance dans sa main ; tout lui était familier. Le sentiment du pays, le mal du pays faillit le submerger. Il aurait été si naturel, pour lui, de les rejoindre, de s'arracher au labyrinthe nébuleux des intrigues vérétiennes et de revenir à ce qu'il comprenait, à cette simplicité : connaître son ennemi, et l'affronter.

Il se retourna.

Laurent l'observait.

Il se remémora Laurent jaugeant la distance entre deux balcons et disant *« Probablement »*, ce qui, une fois décidé, avait suffi à le convaincre de sauter. Il regardait Damen avec la même expression.

Laurent dit :

— La troupe akielonienne la plus proche est moins éloignée que je l'avais cru.

— Je pourrais vous jeter en travers de mon cheval, déclara Damen.

Il n'aurait même pas besoin de faire cela. Juste d'attendre. Des éclaireurs allaient sillonner ces collines.

Le cor déchira l'air une nouvelle fois. Il sembla à Damen qu'il faisait vibrer chaque fibre de son corps. Son pays était si proche. Il pouvait se saisir de Laurent, dévaler la colline et en faire un prisonnier d'Akielos. L'envie d'exécuter ce projet tambourinait en lui. Rien ne l'en empêchait. Damen ferma brièvement les yeux.

— Vous devez vous mettre à couvert, dit-il. Nous sommes dans la zone que parcourent leurs éclaireurs. Je me charge de surveiller les alentours jusqu'à ce qu'ils soient partis.

— Très bien, dit Laurent après un court silence, les yeux toujours rivés sur lui.

Ils convinrent d'un point de rendez-vous, et Laurent s'éloigna, avec l'impatience contenue d'un homme qui va devoir cacher un énorme hongre bai derrière un buisson.

Le travail de Damen était plus difficile encore. Laurent n'avait pas disparu depuis dix minutes que déjà, Damen percevait la vibration caractéristique des sabots. Il eut à peine le temps de mettre pied à terre et de tenir son cheval, en silence, dans un enchevêtrement de broussailles, avant que deux cavaliers lui passent devant dans un bruit de tonnerre.

Il devait se montrer prudent; non seulement pour protéger Laurent, mais aussi pour lui-même. Il portait des vêtements vérétiens. Dans des circonstances ordinaires, une rencontre avec un éclaireur akielonien ne mettrait pas en danger la vie d'un Vérétien. Au pire, l'Akielonien formulerait quelques menaces dédaigneuses. Mais il s'agissait de Makedon, et parmi ses hommes se trouvaient ceux qui avaient détruit Breteau. Pour des hommes comme ceux-là, Laurent serait un trophée d'une valeur inestimable.

Cependant, Damen avait besoin de récolter certaines informations, aussi abandonna-t-il son cheval dans la meilleure cachette qu'il trouva – un espace sombre et calme entre deux grands rochers – et partit à pied. Il lui fallut environ une heure pour identifier le parcours que décrivaient les éclaireurs, ainsi que tout ce qu'il avait besoin de savoir sur la troupe principale : leur nombre, leurs projets et leur direction.

Il s'agissait d'au moins mille hommes, armés et transportant des réserves, se dirigeant vers l'ouest, ce qui signifiait qu'ils avaient été envoyés pour approvisionner une garnison. Tout ceci avait l'allure des préparatifs de guerre dont ils n'avaient pas décelé les signes à Ravenel : le remplissage des entrepôts, le recrutement d'hommes supplémentaires. C'était ainsi qu'on commençait une guerre, en renforçant ses défenses et en établissant ses stratégies. Kastor n'avait pas pu recevoir si vite la nouvelle des attaques à la frontière, mais les seigneurs des provinces septentrionales savaient très bien ce qu'ils devaient faire.

Makedon, qui par son assaut sur Breteau avait jeté le gant et déclenché ce conflit, amenait sans doute ces troupes à son kyros, Nikandros, qui devait résider à l'ouest, peut-être même à Marlas. D'autres soldats du Nord suivraient.

Damen retourna à son cheval, se mit en selle et chemina prudemment sur la berge rocailleuse de la rivière jusqu'à la petite grotte qui, sous son regard inquisiteur, parut d'abord vide. L'emplacement était bien choisi ; l'entrée était invisible hormis sous un certain angle, et le risque d'être découvert était très faible. Le travail d'un éclaireur était simplement de s'assurer que le terrain était dépourvu d'obstacles gênant l'avancée d'une armée. Ils n'étaient pas censés explorer chaque crevasse dans l'éventualité improbable qu'un prince s'y soit glissé.

Il entendit le raclement sourd des sabots sur la pierre, et Laurent émergea de la grotte sur son cheval, d'un air soigneusement désinvolte.

—Je pensais que vous seriez déjà à mi-chemin de Breteau, déclara Damen.

La posture nonchalante de Laurent ne changea pas, quoique Damen y distingue une nuance très bien cachée de lassitude, celle d'un homme sur la défensive, comme si Laurent se tenait prêt à fuir d'un moment à l'autre.

—Je pense que la probabilité que ces hommes me tuent est plutôt faible. J'aurais trop de valeur, en tant qu'enjeu politique. Même après que mon oncle m'aurait désavoué, ce qu'il ferait.

Cela dit, je paierais cher pour voir sa réaction à l'annonce de la nouvelle. La situation ne serait pas idéale pour lui, loin de là. Penses-tu que je m'entendrais bien avec Nikandros de Delpha ?

La pensée de Laurent, libre de semer la zizanie parmi les puissances politiques des provinces nord d'Akielos, ne disait rien qui vaille à Damen. Il fronça les sourcils.

— Je n'aurais pas besoin de leur dire que vous êtes un prince pour vous vendre à cette troupe.

Laurent lui tint tête.

— Ah, vraiment ? Je pensais qu'à vingt ans, j'étais déjà bien trop vieux. Tu dis cela à cause de mes cheveux blonds ?

— Non, de votre personnalité si attachante, répliqua Damen.

Et cependant, il ne pouvait s'empêcher de penser : *Si je l'emmenais avec moi en Akielos, il ne serait pas le prisonnier de Nikandros. Il serait le mien.*

— Avant de me livrer à la troupe, dit Laurent, parle-moi de Makedon. J'ai reconnu ses étendards. S'est-il mis en marche avec la bénédiction de Nikandros ? Ou a-t-il désobéi aux ordres en attaquant mon pays ?

— Je pense qu'il a désobéi aux ordres.

Au bout d'un moment, Damen décida de répondre franchement.

— Je pense qu'il était en colère, et a mené l'assaut de sa propre initiative. Nikandros n'aurait pas riposté ainsi, il aurait attendu les ordres de son roi. C'est son devoir de kyros. Mais à présent que c'est fait, vous pouvez être certain que Nikandros soutiendra Makedon. Nikandros est comme Touars. Il serait ravi de partir en guerre.

— Jusqu'à ce qu'il la perde. Les provinces septentrionales nuisent à l'autorité de Kastor. Il aurait tout intérêt à sacrifier Delpha.

— Kastor ne…

Damen s'interrompit. Cette stratégie, imaginée par Laurent, ne paraîtrait pas évidente à Kastor, puisqu'elle impliquait d'abandonner quelque chose qu'il avait gagné au prix de grands efforts.

Cependant, Jokaste, elle, y penserait certainement. Damen, bien sûr, savait depuis longtemps que son propre retour ébranlerait encore plus la région.

Laurent dit :

— Pour obtenir ce qu'on désire, il faut savoir exactement ce qu'on est disposé à sacrifier. (Il observait fixement Damen.) Tu crois que ta merveilleuse dame Jokaste l'ignore ?

Damen inspira profondément, puis expira.

— Vous n'avez plus besoin de poser des questions pour gagner du temps, dit-il. Les éclaireurs sont passés, à présent. La voie est libre.

La voie aurait dû être libre. Il s'était montré si prudent.

Il avait observé les mouvements des éclaireurs, et savait qu'ils allaient partir à la suite de l'armée. Mais il n'avait pas pris en compte les erreurs et les imprévus, n'avait pu deviner qu'un éclaireur était tombé de son cheval et rejoignait la troupe à pied.

Laurent avait atteint la rive opposée ; mais Damen n'était encore qu'au milieu de la rivière lorsqu'il aperçut un éclat rouge dans les broussailles, tout près du cheval de Laurent.

Ce fut le seul avertissement dont il disposa. Laurent n'en eut pas du tout.

L'homme leva son arbalète et tira droit sur le corps vulnérable de Laurent.

Dans le terrible instant de confusion qui s'ensuivit, plusieurs choses se produisirent simultanément. Le cheval de Laurent, percevant le mouvement soudain, le bruissement des hautes herbes et le sifflement dans l'air, fit un violent écart. Damen n'entendit pas le son d'un carreau d'arbalète s'enfonçant en vibrant dans un corps, mais il aurait de toute façon été couvert par le hennissement du cheval, dont le sabot avait glissé sur l'un des galets lisses et trempés de la berge, et qui s'écroulait.

Le cheval heurta le sol pierreux dans un grand fracas, pesant et effroyable. Par chance, ou parce qu'il savait tomber avec adresse, Laurent ne fut pas écrasé sous le corps de l'animal, ce qui aurait aisément pu se produire et lui aurait fracassé les jambes ou le dos. Mais il n'eut pas le temps de se relever.

Avant même qu'il touche le sol, l'homme avait tiré son épée.

Damen était trop loin. Il était trop loin pour s'interposer, il le savait, et pourtant il dégaina à son tour, et talonna sa monture, qu'il sentit bander ses muscles puissants. Il ne lui restait qu'une chose à faire. Tandis que l'eau jaillissait autour de son cheval, il leva son épée, modifia sa prise sur la garde, et la lança.

Le moins qu'on puisse dire est que ce n'était pas une arme de lancer ; c'était trois kilos d'acier vérétien, forgé pour être tenu à deux mains. Il se trouvait sur un cheval en mouvement, à plusieurs pieds de là, et l'homme bougeait aussi, en direction de Laurent.

L'épée fendit l'air et alla se planter dans le torse de l'homme, le faisant basculer en arrière et le clouant au sol.

Damen sauta à bas de sa monture, et atterrit sur un genou près de Laurent, sur les galets mouillés.

—Je vous ai vu tomber, dit-il.

Il entendit le son rauque de sa propre voix.

—Êtes-vous blessé ?

—Non, dit Laurent. Non, tu l'as eu. (Il s'était redressé en position assise.) Avant, ajouta-t-il.

Damen passait la main du creux de l'épaule de Laurent à son torse, le visage fermé. Mais il n'y avait pas de sang, pas de carreau ni d'empennage visible. Avait-il été blessé par sa chute ? Laurent semblait étourdi. L'attention de Damen était entièrement concentrée sur son corps. Préoccupé par le risque de blessure, il n'était que vaguement conscient de son regard rivé sur lui. Laurent était parfaitement immobile sous ses mains, l'eau de la rivière imprégnant lentement ses vêtements.

—Est-ce que vous pouvez vous lever ? Nous devons partir. C'est dangereux, ici. Trop de gens veulent vous tuer.

Au bout d'un moment, Laurent répondit :

—Tout le monde au sud, mais seulement une personne sur deux au nord.

Il observait toujours fixement Damen. Il avait empoigné l'avant-bras que celui-ci lui tendait, et s'y appuya pour se lever, ruisselant.

Autour d'eux, il n'y avait d'autre son que celui de la rivière, et des sabots sur les galets. Le hongre de Laurent, qui d'une puissante poussée de l'arrière-train s'était relevé quelques minutes auparavant, la selle de travers, s'éloignait à présent de quelques pas. Il s'appuyait dangereusement sur son antérieur gauche.

—Je suis désolé, dit Laurent.

Puis il ajouta :

—Nous ne pouvons pas le laisser ici.

Il ne parlait pas du cheval.

—Je m'en charge, dit Damen.

Lorsqu'il eut terminé, il sortit des broussailles et trouva un endroit où nettoyer son épée.

—Nous devons partir, dit-il simplement en revenant vers Laurent. Lorsqu'il ne viendra pas faire son rapport, ils s'en apercevront.

Ils allaient devoir chevaucher à deux.

Le hongre de Laurent boitait. Laurent, appuyé sur un genou, fit glisser doucement sa main le long de la jambe du cheval jusqu'à ce qu'il lève vivement le pied, et déclara qu'il s'agissait d'une entorse. Le cheval pouvait les suivre au licol et porter les sacs, dit-il. Il ne pouvait pas porter un cavalier. Damen alla chercher son propre cheval, et marqua un temps d'hésitation.

—Mes proportions sont plus adaptées à monter en croupe que les tiennes, affirma Laurent. Monte. Je te suivrai.

Damen se mit donc en selle. Un instant plus tard, il sentit la main de Laurent sur sa cuisse. Laurent mit le pied à l'étrier et se hissa derrière lui, puis se déhancha jusqu'à trouver la bonne position. Il plaqua sans gêne son bassin contre celui de Damen, et lui passa les bras autour de la taille. Damen savait qu'il avait raison : lorsqu'on montait en croupe, se coller à l'autre cavalier fatiguait moins le cheval.

La voix de Laurent retentit derrière lui, légèrement plus crispée que d'habitude :

— Ça y est, tu m'as jeté en travers de ton cheval.

— Cela ne vous ressemble pas d'abandonner les rênes, ne put s'empêcher de railler Damen.

— Tes épaules me cachent la route.

— Nous pourrions nous arranger autrement.

— C'est vrai : je devrais être à l'avant, et toi, tu devrais porter le cheval.

Damen ferma brièvement les yeux, puis talonna le cheval. Il sentait Laurent derrière lui, encore humide, ce qui ne devait pas être confortable. Heureusement, ils n'étaient vêtus que de leurs tenues de cheval en cuir : s'ils avaient porté leurs armures, ils auraient eu du mal à chevaucher ainsi sans se rouer mutuellement de coups. La démarche chaloupée du cheval les poussait l'un contre l'autre à intervalles réguliers.

Ils durent cheminer dans le lit de la rivière pour masquer leurs traces. Il s'écoulerait une heure, peut-être, avant que la troupe akielonienne ne remarque l'absence de l'éclaireur. Un peu plus longtemps avant qu'ils ne retrouvent son cheval. Ils ne retrouveraient pas l'homme. Ils n'auraient ni piste, ni point de départ. Ils réfléchiraient : fallait-il se lancer à sa recherche, ou poursuivre leur route ? Où chercher, et quoi ? Cette décision prendrait aussi du temps.

Même en montant à deux et en traînant l'autre cheval, ils pouvaient donc espérer leur échapper. En revanche, cela les forçait à rallonger considérablement leur itinéraire initial. Damen les conduisit hors du lit de la rivière plusieurs heures plus tard, à un endroit où les broussailles dissimuleraient leur passage.

Au crépuscule, ils furent certains de n'être pas suivis par une armée akielonienne, et ralentirent.

— Si nous nous arrêtons ici, nous pourrons faire du feu sans grand risque d'être découvert, annonça Damen.

— Allons-y, dans ce cas, décida Laurent.

Laurent s'occupa des chevaux. Damen se chargea du feu. Il vit que Laurent passait plus de temps auprès des chevaux que ne le dictait la nécessité ou l'habitude, mais détourna délibérément le regard. Il construisit le feu. Il déblaya la terre, ramassa des branches tombées et les brisa pour les réduire à la bonne taille. Puis il s'assit, et ne dit rien.

Il ne saurait jamais ce qui avait convaincu cet homme d'attaquer. Peut-être avait-il craint pour la sécurité de sa troupe. Peut-être ce qu'il avait vécu à Tarasis ou à Breteau l'avait-il rendu agressif. Peut-être avait-il seulement voulu voler le cheval.

C'était un piètre soldat, d'une troupe de province ; il ne pensait pas rencontrer son prince, un commandant d'armées, et devoir le combattre.

Un long moment s'écoula avant que Laurent ne rapporte les sacs et se mette à retirer ses vêtements mouillés. Il accrocha sa veste à une branche, ôta ses bottes, et délaça même en partie sa chemise et son pantalon, pour les desserrer. Enfin, il s'assit sur une des couvertures roulées que contenaient les sacs, assez près du feu pour finir de se sécher ; lacets défaits, dévêtu, et exhalant une légère vapeur. Il avait joint les mains en un geste indolent.

—Je pensais que tuer était facile pour toi, dit Laurent.

Il parlait d'une voix assez basse.

—Je pensais que tu le faisais sans réfléchir, ajouta-t-il.

—Je suis un soldat, répliqua Damen. Depuis bien longtemps. J'ai tué quand je le devais. J'ai tué sur le champ de bataille. Est-ce cela que vous entendez par « facile » ?

—Tu sais bien que non, répondit Laurent de la même voix basse.

Le feu brûlait bien, à présent. Les larges flammes avaient commencé à ronger la base de la grosse bûche centrale.

—Je connais vos sentiments à l'égard d'Akielos, dit Damen. Ce qui s'est passé à Breteau… Ça, c'était barbare. Je sais que cela ne doit pas signifier grand-chose pour vous de m'entendre dire que je suis désolé. Et je ne vous comprends pas, mais je sais que la guerre sera pire, et vous êtes la seule personne que j'aie vue travailler à l'empêcher. Je ne pouvais pas le laisser vous faire du mal.

—Dans ma culture, la tradition veut qu'on récompense les bons et loyaux services, dit Laurent après un long silence. Y a-t-il quelque chose que tu désires ?

—Vous savez ce que je veux, rétorqua Damen.

—Je ne vais pas te délivrer, dit Laurent. Demande-m'en un peu moins.

—Enlevez-moi juste un des bracelets, suggéra Damen.

Il apprenait peu à peu, songea-t-il à sa propre surprise, ce que Laurent aimait.

—Je te permets trop d'insolence, soupira Laurent.

Sa voix n'avait rien de mécontent, aussi Damen répliqua-t-il :

—Je pense que vous ne permettez ni plus ni moins que ce que vous êtes prêt à accepter, de la part de qui que ce soit.

Puis il baissa les yeux.

—Il y a quelque chose que je désire.

—Continue.

—Que vous n'essayiez pas de m'utiliser contre mon propre peuple, dit Damen. Si ça devait… Je ne peux pas refaire ce que j'ai fait aujourd'hui.

—Je ne t'aurais jamais demandé une chose pareille, affirma Laurent.

Puis, lorsque Damen lui lança un regard d'incrédulité pure et simple, Laurent précisa :

—Pas par gentillesse. Il est idiot de mettre une loyauté de moindre importance en conflit avec une loyauté plus grande. Aucun chef ne pourrait s'attendre à ce que la première tienne bon, dans ces circonstances.

Damen ne fit aucun commentaire, se contentant de contempler le feu.

—Je n'ai jamais vu un lancer pareil, dit Laurent. Je n'en ai jamais vu l'égal. Chaque fois que je te vois combattre, je me demande comment Kastor a réussi à t'enchaîner et à te faire monter sur un bateau pour t'envoyer dans mon pays.

—J'ai été…

Damen s'interrompit. Il avait failli dire qu'il avait été submergé par le nombre d'hommes envoyés pour le capturer. Mais la vérité était plus simple, et ce soir-là, il fut honnête avec lui-même.

—Je ne l'ai pas vu venir, dit-il.

Jamais, à l'époque, il n'avait tenté d'imaginer les rouages de l'esprit de Kastor, ou des hommes qui l'entouraient ; leurs ambitions, leurs motivations… Ceux qui n'étaient pas ses ennemis déclarés, croyait-il alors, fonctionnaient à peu près comme lui.

Il observa Laurent, sa posture maîtrisée, ses yeux froids et compliqués.

—Je suis sûr que vous, vous auriez esquivé le coup, dit Damen. Je me souviens de la première fois que les hommes de votre oncle vous ont attaqué. La première fois qu'il a essayé de vous tuer. Vous n'étiez même pas surpris.

Il y eut un silence. Damen perçut chez Laurent une sorte d'immobilité prudente, comme s'il se demandait s'il allait parler ou non. Autour d'eux, la nuit tombait, mais le feu les baignait d'une douce lumière.

—J'ai été surpris, révéla Laurent. La première fois.

—La première fois ? s'étonna Damen.

Nouveau silence.

—Il a empoisonné mon cheval. Tu l'as vue, le matin de la chasse. Elle le sentait déjà, avant même que nous nous mettions en route.

Damen se remémora la chasse. Il se souvint de la jument, rétive et couverte de sueur.

—C'était… l'œuvre de votre oncle ?

Le silence s'éternisa.

—C'était mon œuvre, rectifia Laurent. Je lui ai forcé la main en persuadant Torveld d'emmener les esclaves. Je savais, quand je l'ai fait… C'était dix mois avant mon ascension. Il n'avait plus beaucoup de temps pour agir contre moi. Je le savais. Je l'ai provoqué. Je voulais voir ce qu'il ferait. Mais…

Laurent s'interrompit. Il esquissa un petit sourire sans joie.

—Je ne pensais pas qu'il essaierait vraiment de me tuer. Après tout... Même après tout ce qui s'est passé. Tu vois, je peux être pris au dépourvu, moi aussi.

Damen répliqua :

—Ce n'est pas être naïf que de faire confiance à sa famille.

—Je te promets que si, dit Laurent. Mais je me demande si c'est moins naïf que de me laisser aller, parfois, à faire confiance à un étranger. Mon ennemi barbare, que je ne traite pas avec douceur.

Il soutint le regard de Damen, tandis que le moment se prolongeait.

—Je sais que tu prévois de partir lorsque le combat à la frontière sera terminé, reprit Laurent. Je me demande si tu as toujours l'intention d'utiliser ce couteau.

—Non, dit Damen.

—Nous verrons, dit Laurent.

Damen détourna le regard et scruta l'obscurité par-delà le feu de camp.

—Vous pensez vraiment qu'il est encore possible d'empêcher cette guerre ?

Lorsqu'il se retourna vers Laurent, celui-ci hocha la tête, en un mouvement discret mais calme et délibéré. La réponse était claire, indubitable, et impossible : « oui ».

—Pourquoi n'avez-vous pas fait arrêter la partie de chasse ? interrogea Damen. Pourquoi continuer, et dissimuler l'acte perfide de votre oncle, si vous saviez que votre cheval avait été empoisonné ?

—Je... me suis dit qu'il s'était certainement arrangé pour qu'un des esclaves soit accusé, répondit Laurent d'un air un peu perplexe.

Il semblait trouver cette réponse si évidente qu'il craignait d'avoir mal compris la question.

Damen baissa les yeux, et lâcha un soupir qui aurait aussi pu être un rire, sauf qu'il n'était pas sûr de l'émotion qui l'avait provoqué. Il pensa à Naos, si empli de certitudes. Il voulait rejeter la faute de ses sentiments sur Laurent, mais ses sentiments n'étaient pas aisément nommés, et finalement, il ne dit rien. Il couvrit le feu en silence, et lorsque l'heure vint de se coucher, il s'étendit sur sa couverture et dormit.

Il se réveilla nez à nez avec une arbalète.

Laurent – dont c'était le tour de monter la garde – se trouvait à quelques pas de là. Un cavalier des montagnes le tenait brutalement par le bras. Ses yeux bleus étaient plissés, mais il ne prononça aucune des remarques acerbes qui lui étaient coutumières. Dame connaissait désormais le nombre précis de flèches qu'il fallait pointer sur Laurent pour lui clouer le bec. C'était six.

L'homme qui surplombait Damen lui adressa un ordre sec dans son dialecte vaskien, ses doigts épais crispés sur l'arbalète. L'ordre ressemblait à : « Lève-toi ». Damen, voyant leur camp envahi par les hommes des montagnes et le carreau d'arbalète devant son visage, comprit qu'il allait devoir miser sa vie là-dessus.

Laurent articula clairement, en vérétien :

— Lève-toi.

Et il trébucha, alors que l'homme qui le maintenait lui tordait le bras derrière le dos, puis saisissait une poignée de ses cheveux dorés et lui basculait la tête en avant. Laurent ne lutta pas lorsqu'il lui attacha les mains à l'aide de lanières de cuir, puis plaça une autre bande plus large sur ses yeux. Il demeura immobile, tête baissée. Ses cheveux d'or tombaient sur son visage, à l'exception des mèches que l'homme serrait dans son poing. Il ne résista pas non plus lorsqu'il fut bâillonné, malgré sa surprise ; Damen le vit redresser légèrement la tête, par réflexe, au moment où on lui fourra la boule de tissu dans la bouche.

Damen, qui s'était levé, ne pouvait rien faire. Une arbalète était pointée sur lui. Plusieurs sur Laurent. Il avait tué pour éviter d'être capturé ainsi par son propre peuple. À présent, il était impuissant. Ses membres furent entravés, sa vue obscurcie.

Chapitre 13

Attaché sur un cheval à la robe hirsute, Damen endura une chevauchée interminable, dans le noir, mais entouré de sensations et de sons : les multiples chocs de sabots sur le sol, les soupirs bruyants des montures, les grincements des selles. La tension des muscles de l'animal lui apprit qu'ils voyageaient, presque en permanence, vers les hauteurs – s'éloignant d'Akielos, s'éloignant de Ravenel – à travers les montagnes, sur des sentiers flanqués des deux côtés d'à-pics vertigineux.

En réfléchissant à l'identité de ses ravisseurs, il cherchait désespérément une occasion de se libérer. Il tira sur ses liens jusqu'à les sentir mordre dans sa chair, mais il était trop bien attaché. Et ils ne s'arrêtaient jamais d'avancer. En dessous de lui, son cheval plongea en avant, puis se propulsa de l'arrière-train pour gravir une côte, et Damen dut se concentrer pour rester à califourchon sur sa monture et ne pas glisser le long de sa croupe. Il ne pouvait pas se libérer. S'il luttait ou se jetait à bas du cheval, il risquait de tomber dans le vide, chutant le long d'une immense falaise avant de s'écraser au sol, ou bien – ce qui était plus probable au vu des liens qui l'enserraient – d'être longuement traîné derrière l'animal, sur des rochers acérés. Et cela n'aiderait pas Laurent.

Après une période qui lui parut durer des heures, il sentit son cheval ralentir enfin, puis s'arrêter. Une seconde plus tard, Damen était arraché de sa monture et tombait brutalement. On lui retira son bâillon, ainsi que son bandeau. Les mains toujours liées derrière le dos, il se redressa sur les genoux.

En clignant des yeux, il distingua le camp. Loin à sa droite, les flammes d'un grand feu central montaient vivement dans la brise du début de soirée, teintant de rouge et d'or les visages qui l'entouraient. Plus près de lui, des hommes mettaient pied à terre, et l'air avait la fraîcheur de la montagne, en dehors du cercle de chaleur qui émanait du feu.

Ce qu'il voyait confirmait ses pires craintes.

Il savait que les clans des montagnes étaient apatrides et nomades, et qu'ils erraient en marge des collines. Ils étaient dirigés par des femmes et vivaient de gibier, des poissons des rivières, de racines au goût sucré ; pour le reste, ils pillaient les villages.

Ces hommes n'étaient pas de ceux-là. Il s'agissait d'une troupe entièrement masculine, qui chevauchait en bloc depuis longtemps, et savait se servir de ses armes.

Ces hommes étaient ceux qui avaient détruit Tarasis. Les hommes dont Laurent et lui s'étaient mis en quête, mais qui les avaient trouvés en premier.

Ils devaient s'échapper, le plus vite possible. Dans cet endroit, la mort de Laurent serait plus crédible que jamais. Et Damen connaissait les raisons écœurantes qui avaient pu pousser ces hommes à les ramener d'abord sur leur camp ; mais aucune des activités pratiquées au coin du feu de camp n'aurait d'autre issue que leur mort à tous les deux.

Il chercha instinctivement une tête pâle, et la trouva à sa gauche ; Laurent était traîné en avant par le même homme qui l'avait fait attacher, et il heurta le sol comme Damen quelques instants auparavant, l'épaule en premier.

Damen regarda Laurent se hisser en position assise, et de là, avec les mouvements précaires d'un homme dont les mains sont attachées dans son dos, se dresser à genoux. Ses yeux bleus glissèrent vers Damen à mi-chemin de ces efforts, et il vit le reflet de ses propres pensées dans ce regard, bref et dur.

— Cette fois, ne te lève pas, intima Laurent.

Le prince se mit debout et cria quelque chose au chef des nomades.

C'était une manœuvre risquée, désespérée, mais le temps leur était compté. Akielos déplaçait ses troupes le long de la frontière. Le messager du régent galopait vers Ravenel. Ils se trouvaient désormais à presque deux jours de cheval de tout cela, à la merci de ces hommes, tandis que les événements de la frontière échappaient de plus en plus à leur contrôle.

Le chef n'apprécia pas de voir Laurent debout, et s'avança à grands pas vers lui en aboyant un ordre.

Laurent ne céda pas. Il lui répliqua en vaskien, mais, pour une fois dans sa vie, Laurent ne put articuler que deux mots avant que l'homme ne fasse ce que la plupart des gens brûlaient de faire lorsque Laurent parlait : il le frappa.

C'était la sorte de coup qui avait envoyé Aimeric s'écraser contre un mur et glisser jusqu'au sol. Laurent recula d'un pas chancelant, se tut, puis reporta sur l'homme son regard étincelant et dit quelque chose dans ce dialecte vaskien incompréhensible, lentement, délibérément, imprimant à ses paroles une intonation moqueuse. À ses mots, plusieurs des hommes qui les entouraient se tordirent de rire en se tapant mutuellement sur l'épaule, tandis que l'homme qui avait frappé Laurent se retournait vers eux, furieux, et se mettait à vociférer.

Cela faillit marcher. Les autres hommes cessèrent de rire et lui répondirent du même ton. Leur vigilance baissa. Leurs arbalètes aussi.

Pas toutes, cependant : Damen était certain qu'en un jour ou deux, Laurent serait capable de retourner ces hommes les uns contre les autres. Mais ils n'avaient pas un jour ou deux devant eux.

Damen sentit le moment où la tension faillit se muer en violence physique, et soupçonna que l'énergie n'était pas tout à fait suffisante pour que cela se produise.

Ils n'avaient pas le temps de laisser passer leur chance. Le regard interrogateur de Damen accrocha celui de Laurent. Si c'était la seule opportunité dont ils disposaient, ils allaient devoir agir tout de suite, en dépit des risques. Mais Laurent, jaugeant la situation et arrivant à une autre conclusion que Damen, secoua très légèrement la tête.

Damen sentit la frustration lui nouer les entrailles, mais à ce stade, il était déjà trop tard. Le chef de clan s'était tu, et avait reporté toute son attention sur Laurent. Laurent, seul et vulnérable, avec ses cheveux pâles tranchant sur tout le reste ; et ce, malgré la pénombre de cet endroit près des chevaux, à l'écart de la majorité des hommes réunis autour du feu central.

Il n'y aurait pas qu'un seul coup, cette fois. Damen le vit à la manière dont le chef du clan s'avançait vers lui. Laurent allait être passé à tabac.

Un ordre sec retentit, et Laurent fut empoigné par deux hommes qui se placèrent de part et d'autre de lui et passèrent leurs bras sous les siens, toujours attachés dans son dos. Damen attendit l'inévitable, le corps crispé, tendu.

Le chef de clan s'approcha, trop près pour frapper Laurent, si près que ce dernier dut sentir son souffle sur sa peau tandis que l'homme, lentement, faisait glisser sa main le long de son corps.

Damen bougea avant de s'apercevoir qu'il bougeait, entendit des bruits de choc et de résistance, sentit son sang bouillonner. Ses sens étaient aveuglés par la fureur. Il ne pensait pas en termes de stratégie. Cet homme avait posé les mains sur Laurent, et Damen allait le tuer.

Lorsqu'il recouvra ses esprits, plusieurs hommes le maintenaient au sol. Ses mains étaient encore attachées dans son dos, mais autour de lui, le chaos régnait, et deux hommes étaient morts. L'un avait été empalé sur la lame d'un de ses compagnons. L'autre était tombé et avait eu la gorge écrasée sous le pied de Damen.

Plus personne ne faisait attention à Laurent, désormais.

Mais cela n'avait pas suffi. Damen était ligoté, et les hommes étaient trop nombreux. Il sentait leurs poignes sur lui, l'enserrant comme dans un étau, ainsi que la solidité de la corde qui liait ses poignets, résistant à la tension de ses bras et de ses épaules.

Dans l'instant qui suivit, alors qu'il haletait, muscles bandés, il comprit ce qu'il avait fait. Le régent voulait tuer Laurent. Ces hommes, non. Ils avaient sans doute l'intention de le garder en vie jusqu'à se désintéresser de lui. Si loin au sud, l'essentiel de sa valeur tenait–comme Laurent lui-même l'avait insouciamment deviné–à ses cheveux blonds, au moins en partie.

Rien de tout cela ne s'appliquait à Damen.

Il y eut un échange hargneux en vaskien, et Damen n'eut pas besoin de déchiffrer le dialecte pour comprendre l'ordre : « tuez-le ».

Damen était un imbécile. Il avait creusé sa propre tombe. Il allait mourir là, au milieu de nulle part, et le règne de Kastor serait incontesté. Il pensa à Akielos : à la vue du palais, en haut des grandes falaises blanches. Il avait vraiment cru, malgré toutes ces interminables complications à la frontière, qu'il allait parvenir à rentrer chez lui.

Il se débattit, ce qui ne changea pas grand-chose. Ses mains, après tout, étaient liées, et les hommes déployaient toutes leurs forces pour l'immobiliser. Il entendit le son d'une épée sortant de son fourreau. Le tranchant de la lame toucha son cou, puis se souleva...

Et la voix de Laurent interrompit la scène, parlant en vaskien.

L'espace d'un battement de cœur, Damen attendit que l'épée s'abaisse, mais rien ne se passa. Il semblait impossible, à ce stade, que des mots quels qu'ils soient améliorent sa situation ; et surtout qu'une poignée de mots suffisent à écarter l'épée de son cou, à convaincre le chef de retirer son ordre, et à diriger vers Laurent une vague d'approbation. Et pourtant, c'est bien ce qui se produisit.

Damen, confusément, se demanda ce que Laurent avait dit. Il ne mit pas longtemps à l'apprendre. Le chef du clan était si satisfait des paroles de Laurent qu'elles le poussèrent à se pencher sur Damen, et à les traduire.

Les mots émergèrent dans un vérétien guttural, prononcé avec un fort accent :

—Il dit : « une mort lente est plus douloureuse ».

Damen sentit un poing s'enfoncer dans son ventre.

Ce fut le côté gauche de Damen qui souffrit le plus : leurs coups furent brutaux, sans imagination. Il se débattit, ce qui lui valut d'être frappé à la tête avec un gourdin. Le camp devint flou. Il lutta de toutes ses forces pour ne pas perdre connaissance, et fut bien inspiré. Lorsque les hommes du camp commencèrent à négliger leurs tâches habituelles pour venir brutaliser le prisonnier, leur chef ordonna que le travail soit terminé ailleurs.

Quatre hommes hissèrent Damen sur ses pieds, puis le firent avancer sous la menace de leurs épées, jusqu'à ce que la lueur du feu de camp disparaisse au loin, et que le son des tambours s'évanouisse.

Ils n'avaient pas pris de précautions supplémentaires pour l'entraver. Ils pensaient que la corde qui lui liait les mains suffirait. Ils n'avaient pas pris en compte sa taille, ou le fait qu'il était désormais franchement irrité, ayant dépassé depuis longtemps la limite de ce qu'il était prêt à supporter. Or, cette limite, lorsqu'il se trouvait dans un camp de cinquante hommes en compagnie d'un autre prisonnier, était bien plus éloignée que lorsqu'il était seul, contre quatre individus.

Puisque Laurent avait décidé de ne pas agir suite à sa propre manœuvre insolente, Damen allait se faire un plaisir de s'échapper par la manière forte.

Pour se libérer, il lui suffit d'envoyer l'homme à sa gauche s'écraser contre la falaise, et de passer la corde sur son épée bloquée. Il empoigna la garde et enfonça le pommeau dans le ventre de l'homme, qui se courba en deux et se mit à tousser.

Alors, il fut libre et armé. De sa nouvelle épée, il désarma un autre homme, puis le transperça. Il sentit la lame pénétrer le cuir, la laine, puis le muscle ; sentit le poids de l'homme sur son arme. C'était une manière inefficace de tuer un homme, car on perdait ensuite de précieuses secondes à tirer son épée du corps. Mais il avait le temps. Les deux autres hommes restaient en arrière, à présent.

Il récupéra son arme.

S'il avait nourri le moindre doute concernant le rôle qu'avaient joué ces hommes dans l'attaque de Tarasis, ils se seraient dissipés lorsque ceux-ci adoptèrent une formation conçue pour déjouer le style akielonien de combat à l'épée. Damen plissa les yeux.

Il laissa à l'homme courbé en deux le temps de se redresser, afin que ses adversaires, à trois contre un, s'estiment confiants et l'attaquent plutôt que de fuir vers le camp. Puis il les tua, de quelques coups d'épée vifs et cruels, et il prit la meilleure épée et le meilleur poignard pour remplacer les siens.

Il prit le temps de les fouiller, d'examiner son environnement et d'étudier sa propre condition physique. Son côté gauche représenterait une faiblesse, mais ne devrait pas le pénaliser outre mesure. Il ne s'inquiétait pas trop pour Laurent, toujours prisonnier du camp. C'était lui qui avait voulu qu'ils adoptent cette stratégie. Il n'était pas un puceau apathique, tremblant à l'idée d'être défloré.

Il s'attendait plutôt à ce que Laurent, lorsqu'il arriverait, se soit déjà servi de son intelligence pour éliminer quelques-uns de leurs ravisseurs.

Il s'avéra que Damen avait raison.

Il arriva juste à temps pour assister au chaos.

C'est ce qui avait dû frapper les villageois de Tarasis, lors de l'attaque des montagnards : une pluie de mort surgissant des ténèbres, puis le tonnerre des sabots.

Les hommes ne reçurent aucun avertissement, mais c'était la règle des combats entre clans. L'un des hommes près du feu baissa les yeux et découvrit une flèche plantée dans sa poitrine. Un autre tomba à genoux, touché lui aussi. Puis, succédant aussitôt aux flèches, vinrent les cavaliers. Damen éprouva un agréable sentiment d'ironie en voyant ces hommes – ceux-là mêmes qui avaient pillé et tué de l'autre côté de la frontière – devenir les victimes de nomades d'un autre clan.

Sous les yeux de Damen, les nouveaux venus se divisèrent avec une symétrie parfaite : cinq cavaliers traversant le camp en son milieu, et dix passant de chaque côté. D'abord, ils ne furent que des silhouettes sombres, méconnaissables et mouvantes. Puis, il y eut un éclair de lumière : deux des cavaliers avaient tiré des branches enflammées du feu de camp et les avaient jetées sur des tentes, dont le cuir s'embrasa. Une fois la scène éclairée, les nouveaux venus se révélèrent être des femmes, les guerrières traditionnelles des clans. Les poneys qu'elles montaient étaient capables de bondir comme des chamois et de se mouvoir en un éclair sur le champ de bataille, tels des poissons dans l'eau limpide d'une rivière.

Mais les hommes connaissaient ces tactiques, étant eux-mêmes issus des clans. Au lieu de s'abandonner à la panique et à l'anarchie, ils reprirent bien vite leurs esprits. Plusieurs d'entre eux s'éloignèrent en courant vers les rochers et les ténèbres alentour, brandissant leurs épées pour tuer les archers. D'autres se dirigèrent vers leurs chevaux, et d'un bond, se mirent en selle.

C'était différent de tous les combats auxquels Damen avait pu assister auparavant ; les mouvements vicieux des lames, les manœuvres des cavaliers, le terrain inégal, les feintes sous le couvert de l'obscurité… Ces techniques étaient celles du combat nocturne entre clans. Dans les mêmes conditions, les hommes de Laurent auraient été vaincus en un instant. De même qu'une troupe akielonienne. Aucun être vivant ne connaissait l'art de se battre dans les montagnes comme ces nomades.

Mais il n'était pas là pour les admirer. Damen avait ses propres objectifs.

Avec sa chevelure pâle, Laurent était facile à repérer. Il s'était rendu en bordure du camp, et pendant que d'autres combattaient pour lui, il regardait calmement autour de lui, cherchant un moyen de se délier les mains.

Damen émergea de la pénombre, l'empoigna fermement et le retourna vers lui. Puis il sortit son poignard et coupa ses liens.

— Qu'est-ce qui t'a pris autant de temps ? demanda Laurent.

— Vous aviez planifié tout cela ? dit Damen.

Il ne savait pas pourquoi il avait parlé sur un ton interrogateur. Bien sûr que Laurent avait tout planifié. Lorsqu'il reprit la parole, ce fut du ton de l'affirmation.

— Vous avez négocié une contre-attaque avec ces femmes, puis vous nous avez conduits ici pour servir d'appât et faire sortir ces hommes de leur cachette.

Amer, il reprit :

— Si vous saviez que nous allions être sauvés...

— J'ai cru que fuir la troupe akielonienne nous avait trop éloignés, et que nous avions manqué notre rendez-vous avec les femmes. Il m'a frappé, moi aussi, rappela Laurent.

— Oui, une fois, rétorqua Damen.

Puis il brandit son épée pour parer le coup de l'homme qui s'approchait. Celui-ci, qui pensait les tuer facilement, fut surpris de voir sa lame arrêtée ; puis il fut mort. Laurent tira son poignard de la poitrine de l'homme et ne répondit pas à Damen, car à présent, la mêlée était sur eux.

Laurent, près de lui, se révéla un combattant perspicace. Après s'être emparé du glaive de l'homme qu'il venait de tuer, Laurent se plaça à gauche de Damen, ce qui, remarqua ce dernier, lui permettait de laisser Damen affronter le gros des ennemis. Jusqu'au moment où un montagnard attaqua de la gauche. Damen, qui se préparait à mobiliser les muscles de son flanc meurtri, s'aperçut que Laurent s'interposait pour parer le coup de l'homme et le tuer avec une précision gracieuse, protégeant ainsi le côté vulnérable de Damen. Celui-ci, déconcerté, le laissa faire.

À partir de ce moment, ils combattirent côte à côte. Laurent n'avait pas choisi cet emplacement au hasard, simplement pour se mettre en marge du combat : il s'agissait de la sortie nord du camp, le chemin que les hommes avaient emprunté pour éloigner Damen. S'il s'était agi de tout autre individu que Laurent, Damen aurait pensé qu'il avait eu l'intention de se mettre à sa recherche. Mais Laurent étant Laurent, il avait d'autres raisons.

En effet, c'était la seule issue qui n'était pas bloquée par les guerrières. Tentant de s'enfuir, des hommes couraient, seuls ou à deux, dans leur direction. Ni Laurent ni Damen ne souhaitaient qu'un montagnard s'échappe et révèle ce qu'il savait au régent ; aussi se battirent-ils de conserve, tuant avec une efficacité méthodique.

Cela fonctionna, jusqu'à ce qu'un homme à cheval se dirige vers eux au grand galop.

Il était difficile de tuer un cheval en pleine course à l'aide d'une épée. Il était encore plus difficile de tuer son cavalier, hors de portée. Damen, voyant Laurent sur le chemin du cheval, étudia la situation comme un problème mathématique. Il empoigna le dos de la veste de Laurent et le tira brusquement hors du passage. Le cavalier fut tué par une femme, montée également, qui le suivait. L'homme s'affaissa sur sa selle tandis que son cheval ralentissait, puis s'arrêtait.

Autour d'eux, les tentes avaient presque entièrement brûlé, mais le feu offrait encore assez de lumière pour voir que la victoire était proche. Des hommes du camp, la moitié étaient morts. L'autre moitié s'était rendue. « Rendue » n'était pas le mot : ils avaient été maîtrisés, un par un, et faits prisonniers.

À la lueur du clair de lune et des dernières braises incandescentes, une nouvelle femme arriva à cheval, flanquée de deux gardes, et fut conduite à travers le camp, jusqu'à eux.

— L'un de nous doit examiner les morts et les prisonniers, pour s'assurer que personne ne s'est échappé, dit Damen en la regardant s'approcher.

Laurent dit :

— Je m'en chargerai. Plus tard.

Il sentit que Laurent lui attrapait fermement le bras pour le tirer vers le bas.

— À genoux, ordonna-t-il.

Damen s'exécuta, et Laurent posa ses doigts sur son épaule pour le maintenir symboliquement à terre.

La femme sauta à bas de sa robuste monture. Son rang était visible à la grande cape de fourrure drapée sur ses épaules. Elle était plus âgée que les autres femmes, d'au moins trente ans. Damen reconnut ses yeux noirs et ses traits sévères. C'était Halvik.

La dernière fois qu'il l'avait vue, elle trônait sur une estrade couverte de fourrures, donnant des ordres. Sa voix rocailleuse était la même que dans ses souvenirs, sauf que cette fois, elle s'exprima en vérétien, avec un fort accent :

— Nous allons rallumer les feux. Nous campons ici ce soir. Les hommes seront surveillés. C'était un bon combat. Beaucoup de prisonniers.

— Le chef du clan est mort ? demanda Laurent.

— Il est mort.

Elle s'adressa à Laurent :

— Vous vous battez bien. Dommage que vous ne soyez pas assez grand pour engendrer de bonnes guerrières. Mais vous n'êtes pas mal formé. Votre femme ne sera pas malheureuse.

Elle ajouta, dans un accès de bienveillance :

— Votre visage est équilibré. (Elle le gratifia d'une claque encourageante dans le dos.) Vous avez de très longs cils. Comme une vache. Venez. Nous allons nous asseoir ensemble, boire, et manger de la viande. Votre esclave est viril. Plus tard, il rendra son service près du feu d'accouplement.

Damen sentait la faiblesse de son flanc gauche chaque fois qu'il inspirait ; et dans ses bras, lorsqu'il ne le réprimait pas, courait le tremblement des muscles qui ont été entravés trop longtemps par des liens, ou longuement sollicités par-delà leurs limites habituelles.

Laurent répliqua d'une voix dure et inflexible :

— L'esclave ne s'étend avec personne d'autre que moi.

— Vous vous accouplez avec des hommes, à la mode vérétienne ? dit Halvik. Alors nous allons le préparer pour vous ; nous lui donnerons de bons morceaux de viande, et du *hakesh*, pour que quand il vous montera, son endurance vous donne beaucoup de plaisir. Vous voyez ? C'est l'hospitalité vaskienne.

Damen se prépara, rassemblant ses dernières forces, à ce qui allait suivre. Mais il fut presque surpris de constater qu'on ne lui ouvrait pas aussitôt la bouche pour le gaver de *hakesh*. On ne l'obligea à rien. Il fut traité comme un invité, ou du moins, comme le bien personnel d'un invité, qu'il fallait récurer et polir avant de le présenter à son propriétaire pour qu'il en fasse ce qu'il désirait.

On l'emmena donc de l'autre côté du camp, pour le laver de la crasse dont un homme qui avait chevauché toute la journée, été jeté au sol plusieurs fois par ses ravisseurs, puis en avait tué un grand nombre était inévitablement recouvert.

Les femmes lui jetèrent des seaux d'eau, le frottèrent à l'aide de brosses, puis le séchèrent vigoureusement. Puis elles l'habillèrent d'un pagne d'homme vaskien, une simple bande de cuir nouée autour des hanches et entre les jambes, avec un pan tombant sur le devant qu'on pouvait commodément soulever au moment opportun, ainsi qu'une des femmes lui en fit la démonstration. Il endura ce moment, stoïque.

Dans l'intervalle, le camp avait été déblayé, et les tentes fraîchement montées ressemblaient à des globes luisant doucement, les lampes qu'elles contenaient teintant d'or leurs parois de cuir. Les prisonniers furent rassemblés sous bonne garde, le feu de camp rallumé, l'estrade érigée. On présenta de la nourriture à Damen, généreusement et courtoisement, ce qui le surprit de nouveau.

Il était parfaitement conscient qu'il n'allait pas être amené près du feu pour batifoler avec Laurent. Il était plus probable qu'il soit amené près du feu pour regarder Laurent faire un grand numéro d'esquive.

Cependant, on ne l'emmena pas près du feu, mais dans une tente au plafond bas. Le *hakesh* fut versé dans un pichet, puis posé avec une coupe sculptée à l'intérieur de la tente, pour qu'il le boive quand il le souhaiterait. La femme ouvrit le pan à l'entrée de la tente du même mouvement brusque que lorsqu'elle avait soulevé son pagne.

Laurent ne se trouvait pas à l'intérieur. On fit savoir à Damen qu'il le rejoindrait plus tard.

Laurent avait déjà effectué son esquive.

C'était une très petite tente, longue et basse, intime et tapissée de fourrures en couches successives, de chamois d'abord, puis de renard. Le traitement de ces peaux les avait rendues plus douce que le ventre d'un lapin. L'endroit était minutieusement équipé pour servir au plaisir des hommes. Au pied de la tente se trouvaient le pichet de *hakesh*, un autre pichet d'eau, une lampe, des linges, ainsi que trois flacons à bouchon contenant des huiles qui n'étaient pas destinées à la lampe.

Damen, une fois à l'intérieur, pouvait se tenir assis, mais n'avait alors que dix pouces d'espace entre sa tête et le plafond de la tente. S'il se levait, il emporterait la tente avec lui. N'ayant rien d'autre à faire, il s'étendit sur les fourrures, dans son minuscule vêtement.

La couche était tiède, et la tente aurait été un nid douillet pour deux amants. Mais seul, Damen eut du mal à ne pas penser à l'endroit où il se trouvait, et à ce qui aurait pu se passer ce jour-là, si les choses s'étaient déroulées différemment. Il laissa son corps endolori s'amollir, et s'étira.

Il toucha du pied la paroi en cuir de la tente, alors que son genou était encore plié. Il tenta de s'allonger en diagonale, sans obtenir de meilleur résultat. En se tournant sur le côté, il heurta le mât de la tente dans son dos. Il chercha du regard un endroit où poser sa jambe gauche, et lâcha un soupir amusé. Malgré sa lassitude, le comique de la situation ne lui échappait pas. Étant donné la taille de la tente, il avait de la chance que Laurent ne prévoie pas de le rejoindre avant le matin. Il se pelotonna, trouva le moyen d'arranger tous ses membres, et les laissa s'alourdir contre les fourrures et les coussins moelleux.

C'est alors que le pan de la tente s'ouvrit sur une tête dorée.

Laurent, dont la silhouette apparut dans l'embrasure, avait également été lavé, séché et habillé. Son teint était frais, et il était enveloppé dans une cape de fourrure vaskienne, semblable à celle de Halvik. À la lueur de la lampe, le vêtement ressemblait à celui dans lequel se draperait un prince, sur son trône.

Damen se redressa sur un coude et appuya sa tête sur sa main, plongeant les doigts dans ses cheveux. Il vit que Laurent le contemplait. Il ne l'observait pas, comme il le faisait parfois : il le contemplait, comme un homme regarde une sculpture qui retient son attention.

Croisant enfin le regard de Damen, Laurent dit :

— Vive l'hospitalité vaskienne.

— C'est un vêtement traditionnel. Tous les hommes le portent, déclara Damen en scrutant d'un air curieux la cape de Laurent.

Laurent dégagea ses épaules et retira la cape. En dessous, il portait une sorte de tenue de nuit vaskienne, une tunique et un pantalon de lin blanc très fin, avec un laçage peu serré sur le devant.

—Le mien est un peu plus couvrant. Es-tu déçu ?

—Je le serais, rétorqua Damen en repositionnant ses jambes, s'il n'y avait pas une lampe derrière vous.

Cela figea Laurent en plein mouvement, alors qu'il avait posé une main et un genou sur les fourrures. Un instant plus tard, il venait se placer auprès de Damen.

Contrairement à celui-ci, il ne s'allongea pas entièrement sur les fourrures, mais s'assit en s'appuyant sur ses mains.

—Merci de…, dit Damen.

Ne trouvant pas de manière élégante de le dire, il désigna vaguement l'intérieur de la tente.

—D'exercer mon droit de cuissage ?… Es-tu brûlant de désir ?

—Ça suffit, le gourmanda Damen. Je n'ai pas bu le *hakesh*.

—Ce n'est pas tout à fait ce que j'ai demandé, répliqua Laurent.

Sa voix avait la même nuance que son regard.

—C'est intime, cette tente, ajouta-t-il.

—Assez pour distinguer vos cils, dit Damen. Heureusement que vous n'êtes pas assez grand pour engendrer de bonnes guerrières.

Mais il s'interrompit. L'atmosphère était déplacée. Elle aurait convenu s'il s'était trouvé en compagnie d'un partenaire chaleureux et tendre, quelqu'un qu'il aurait pu taquiner et attirer à lui ; pas Laurent, chaste comme un glaçon.

—Je suis d'une taille parfaitement normale, affirma Laurent. Je ne suis pas une miniature. Le problème, c'est qu'on me compare à toi.

Damen avait l'impression d'être caressé par un buisson d'épines, et de savourer chaque piqûre. Si cela durait une seconde de plus, il allait dire quelque chose de ridicule dans cet esprit-là.

La douce fourrure avait réchauffé sa peau, et il contempla Laurent, envahi d'une langueur agréable. Il savait que les coins de sa propre bouche étaient légèrement relevés.

Après une courte pause, Laurent dit, avec une sorte de délicatesse dans la voix :

— Je sais qu'à mon service, tu n'as pas beaucoup l'occasion d'emprunter les… voies habituelles pour te soulager. Si tu as besoin de profiter du feu d'accouplement…

— Non, l'interrompit Damen. Je ne veux pas d'une femme.

Les tambours, à l'extérieur, résonnaient selon un rythme lancinant.

— Assieds-toi, dit Laurent.

Pour Damen, s'asseoir signifiait occuper tout l'espace disponible dans la tente. Surplombant Laurent, il laissa glisser ses yeux sur sa peau délicate, ses yeux bleus assombris par la pénombre, et la courbe pure de sa pommette, interrompue par une mèche égarée de cheveux blonds.

Il faillit ne pas remarquer que Laurent tirait un linge de sa cape, sauf que Laurent le tenait en boule dans sa main comme un cataplasme, et regardait le corps de Damen comme s'il prévoyait de le lui appliquer de ses propres mains.

— Qu'est-ce que…, commença-t-il.

— Ne bouge pas, dit Laurent en soulevant le linge.

Un frisson violent parcourut Damen lorsque Laurent pressa quelque chose de froid et d'humide contre sa cage thoracique, juste sous son muscle pectoral. Ses abdominaux se crispèrent à ce contact.

— T'attendais-tu à un onguent ? dit Laurent. Elles sont allées la chercher pour toi un peu plus haut dans la montagne.

De la glace. C'était de la glace, enveloppée de tissu et plaquée contre les ecchymoses de son côté gauche. La poitrine de Damen se souleva au rythme de sa respiration. Laurent tint fermement le linge. Le premier inconfort passé, Damen sentit que la glace apaisait peu à peu la brûlure de son corps meurtri, engourdissant la douleur. Ses muscles contractés se détendirent tandis que la glace fondait doucement.

— J'ai dit à ces hommes de te faire souffrir.

— C'est ce qui m'a sauvé la vie, répliqua Damen.

Au bout d'un moment, Laurent reprit :

— Puisque je ne peux pas lancer une épée.

Damen maintint lui-même le linge sur son flanc lorsque Laurent s'écarta.

— Tu as dû deviner que ce sont ces hommes qui ont attaqué Tarasis. Halvik et ses guerrières vont en escorter dix, avec nous, jusqu'à Breteau, et de là à Ravenel, où je vais les utiliser pour tenter de dénouer la situation à la frontière.

Il ajouta, presque sur le ton de l'excuse :

— Halvik va récupérer le reste des hommes, ainsi que toutes leurs armes.

Damen suivit cette pensée jusqu'à sa conclusion :

— Elle vous a promis de se servir de ces armes pour lancer des raids en Akielos, plutôt que dans votre pays.

— C'est à peu près cela.

— Et à Ravenel, vous allez dénoncer votre oncle comme étant le commanditaire de l'attaque.

— Oui, répondit Laurent. Je pense... que les choses s'apprêtent à devenir très dangereuses.

— « S'apprêtent à devenir » ? demanda Damen.

— C'est Touars qu'il va falloir convaincre. Si tu détestais Akielos, dit Laurent, plus que tout au monde, et qu'on t'offrait la chance de les frapper plus cruellement que jamais, qu'est-ce qui t'arrêterait ? Pourquoi baisserais-tu les armes ?

— Je ne le ferais pas, dit Damen. Ou alors, peut-être si j'étais encore plus en colère contre quelqu'un d'autre.

Laurent lâcha un étrange soupir, et détourna le regard. À l'extérieur, les tambours n'avaient pas cessé de résonner, mais leur son était comme étouffé, séparé de l'espace paisible de la tente.

— Ce n'est pas ainsi que je prévoyais de passer la veille d'une guerre, dit Laurent.

— À partager votre lit avec moi ?

— Ainsi que mes confidences.

Il avait parlé en reportant son regard sur Damen. Pendant un instant, il sembla près d'ajouter quelque chose, mais au lieu de parler il écarta sa cape, et s'étendit. Ce changement de position indiquait que la conversation était terminée, bien que Laurent ait posé son poignet sur son front, comme s'il était encore plongé dans ses pensées.

— Nous avons une longue journée devant nous, dit-il. Plus de vingt lieues de chevauchée à travers les montagnes, avec des prisonniers. Nous devrions dormir.

La glace avait fondu, ne laissant plus qu'un linge mouillé. Damen le détacha de son corps. Son torse était constellé de gouttelettes ; il les essuya, puis jeta le linge à l'autre bout de la tente. Il savait que Laurent le contemplait de nouveau, étendu indolemment, ses cheveux pâles mêlés à la fourrure soyeuse, une bande de peau parfaite visible tout au long de l'ouverture de sa chemise vaskienne. Mais après un moment, Laurent détourna le regard, ferma les yeux, et ils se laissèrent tous deux glisser dans le sommeil.

Chapitre 14

— Votre Altesse !

Jord, à cheval, les héla. Il était accompagné de deux autres cavaliers munis de torches, éclairant les ténèbres.

— Nous avions envoyé des éclaireurs à votre recherche.

— Rappelez-les, dit Laurent.

Jord tira sur ses rênes et hocha la tête.

Plus de vingt lieues à travers les montagnes, avec des prisonniers. Cela leur avait pris douze heures. Ils avaient cheminé lentement, pesamment. Les hommes s'agitaient et se débattaient sur leurs selles ; de temps en temps, les femmes leur assenaient un coup de gourdin pour les étourdir un peu. Damen se souvenait très bien de cette sensation.

La journée avait été longue, et avait commencé de manière très chaste. Le corps de Damen était raide à son réveil, et le faisait souffrir dès qu'il essayait de bouger. Près de lui, les fourrures étaient ostensiblement désertes. Pas de Laurent. Tous les signes d'une présence récente se trouvaient à plus d'une main du corps de Damen, suggérant une nuit passée dans une proximité relative, mais pas transgressive : l'instinct de survie avait apparemment empêché Damen de rouler vers l'intérieur pendant la nuit ; de passer son bras autour du torse de Laurent et de l'attirer à lui pour gagner un peu de place dans la petite tente.

Par conséquent, Damen était encore en possession de tous ses membres, et on lui restitua même ses habits. Merci, Laurent. Descendre à cheval des pentes escarpées n'était pas le genre d'activité qu'il souhaitait pratiquer en pagne.

Le voyage qui avait suivi avait été si peu mouvementé que c'en était presque inquiétant. Les descentes s'étaient adoucies vers le milieu d'après-midi, et – pour une fois – ils n'avaient pas rencontré d'embuscades ni de difficultés. Les collines s'étaient déroulées sous leurs yeux en un paysage paisible, s'étendant vers le sud et l'ouest, dont la sérénité n'était brisée que par l'étrangeté de leur cortège : Laurent chevauchant à la tête d'un clan de femmes vaskiennes sur des poneys hirsutes, escortant ses dix prisonniers, ligotés et attachés à leurs montures.

À présent, la nuit tombait. Les chevaux étaient épuisés, certains baissant pitoyablement la tête, et les prisonniers avaient cessé depuis longtemps de lutter pour se libérer. Jord vint se placer à leurs côtés.

— Breteau est nettoyé, annonça-t-il. Les hommes du seigneur Touars sont repartis à Ravenel ce matin. Nous avons choisi de rester et d'attendre. Nous n'avions aucune nouvelle de qui que ce soit… ni de la frontière, ni des forts, ni… de vous-même. Les hommes commençaient à s'agiter. Ils vont être heureux de vous voir revenir.

— Je veux qu'ils soient prêts à partir à l'aube, déclara Laurent.

Jord acquiesça, et ne parvint pas à s'empêcher de lancer un regard aux femmes du clan et aux prisonniers.

— Oui, ce sont les hommes qui ont provoqué ces attaques à la frontière, dit Laurent en réponse à la question qu'il n'avait pas posée.

— Ils n'ont pas l'air akieloniens, fit remarquer Jord.

— Non, dit Laurent.

Jord hocha la tête, le visage sombre. Ils atteignirent le sommet de la dernière côte, et distinguèrent, de l'autre côté, les ombres et les taches de lumière du camp au milieu des ténèbres.

Les fioritures se développèrent petit à petit, à mesure que l'histoire passait d'homme en homme, et acquérait une vie propre au fil du camp.

Le prince était parti à cheval, en compagnie d'un unique soldat. Au cœur des montagnes, il avait traqué les rats responsables de ce massacre. Il les avait traînés hors de leur trou et les avait affrontés, à trente contre un, au moins. Il les avait ramenés rossés, ligotés et soumis. C'était bien leur prince, ça, un démon tordu et cruel qu'il ne fallait jamais, jamais mettre en colère, sauf si tu voulais qu'il te présente ta propre gorge sur un plateau. D'ailleurs, une fois, il avait crevé son cheval sous lui rien que pour coiffer Torveld de Patras au poteau.

Dans le regard des hommes, cet exploit apparaissait comme la chose incroyable, inconcevable qu'elle était : leur prince se volatilisait deux jours, puis réapparaissait dans la nuit avec des prisonniers sur l'épaule, qu'il jetait aux pieds de sa troupe en disant : « Vous les vouliez ? Les voilà ».

— Tu as été passé à tabac, constata Paschal un peu plus tard.

— Trente contre un, au moins, dit Damen.

Paschal eut un petit rire. Puis il dit :

— C'est bien de ta part, de le soutenir. De rester à ses côtés, alors que tu ne portes pas ce pays dans ton cœur.

Au lieu d'accepter les invitations à s'asseoir près du feu, Damen se mit à longer la bordure du camp. Derrière lui, les voix s'atténuèrent peu à peu : Rochert parlait d'un lien entre les cheveux blonds et la personnalité. Lazar revivait le duel de Laurent contre Govart.

Breteau avait bien changé, depuis la dernière fois que Damen l'avait vu. Les tas de bois fumants avaient laissé place à une terre lisse. Les fosses à demi pleines avaient été comblées. Les lances brisées et les vestiges du combat avaient disparu. Les habitations trop abîmées pour être réparées avaient été soigneusement démolies pour en récupérer les matériaux.

Le camp lui-même était formé d'une série de tentes en rangs bien droits à l'ouest du village. Toutes les toiles étaient parfaitement tendues, dessinant des contours rigoureux, et de l'autre côté du camp trônait celle de Laurent, préparée pour lui en dépit de son absence. Entre ces colonnes sévères, les hommes décrivaient des lignes moins rigides, plus chaleureuses, en rejoignant et quittant les feux de camp.

La partie n'était pas gagnée. Pas encore. Ils se trouvaient encore à un jour de cheval de Ravenel. Cela signifiait que leur absence aurait duré quatre jours, au moins. S'il avait monté de bons chevaux sur de bonnes routes, le messager du régent serait arrivé, d'ici là, les précédant d'une journée.

Cela s'était sans doute passé le matin même, pendant que Damen se réveillait dans une tente vide : le messager avait tambouriné aux portes de l'immense cour du fort, avait été conduit en toute hâte dans la grande salle, et tous les seigneurs de Ravenel s'étaient rassemblés pour écouter son message. Tout cela en l'absence du prince fainéant, qui était parti gambader on ne sait où durant ces temps critiques, n'était pas revenu comme il l'avait promis et avait manqué le moment où il devait plus que jamais être pris au sérieux, afin d'influer sur les décisions et le cours des événements. D'une certaine manière, ils arrivaient déjà trop tard.

Mais l'étonnante procession qui venait de traverser les collines participait d'un degré de planification que Damen n'aurait jamais cru possible. Laurent avait obtenu de Halvik la promesse d'une contre-attaque avant même de recevoir la nouvelle des assauts à la frontière. L'échange de messages et de pots-de-vin entre Laurent et le clan de Halvik avait commencé plus tôt encore. Laurent avait dû deviner la manière dont son oncle déclencherait le conflit à la frontière, et amorcé à l'avance ses propres préparatifs pour le contrer.

Damen se remémora la première nuit à Chastillon, le travail bâclé, les bagarres, le manque de discipline. Le régent avait jeté à son neveu une troupe de vauriens désorganisés, et Laurent les avait forcés à se mettre au pas ; lui avait assigné un capitaine incontrôlable, et Laurent l'avait vaincu ; avait lâché de dangereux brigands sur les régions frontalières, et Laurent les avait ramenés, ligotés et inoffensifs. Fait, fait, et fait. Chaque élément désordonné avait été soumis à l'autorité redoutable de Laurent.

Le cœur, le corps et l'esprit de ses hommes appartenaient au prince. Leur travail acharné et leur discipline apparaissaient partout dans le camp et le village.

Damen laissa la fraîcheur de l'air vespéral caresser sa peau, et ressentit jusqu'au fond de lui-même la virtuosité de ce voyage auquel il avait pris part, et l'immensité du chemin parcouru.

Et sous cette brise, il se permit de regarder les choses en face, ce que jusque-là il ne s'était pas autorisé à faire.

Son pays.

Son pays se trouvait de l'autre côté de Ravenel. Le moment où il quitterait Vère approchait.

Il connaissait les étapes de son retour comme il connaissait le battement de son cœur. Sa fuite le conduirait de l'autre côté de la frontière, en Akielos, où n'importe quel forgeron serait ravi d'accepter l'or de ses poignets et de son cou. Cet or lui permettrait d'accéder à ses partisans du Nord, dont le plus puissant était Nikandros. Son animosité à l'égard de Kastor n'était pas nouvelle. Alors, Damen obtiendrait les troupes nécessaires pour marcher vers le sud.

Il contempla la tente de Laurent, ses bannières de soie qui volaient au vent, faisant onduler leurs étoiles. Les voix des hommes, au loin, s'élevèrent brièvement, puis s'estompèrent. Ce ne serait pas comme cela. Ce serait une campagne déterminée, filant droit vers le sud, vers Ios, bâtie sur le soutien des factions kyroi. Il ne se glisserait pas hors du camp, la nuit, pour élaborer des plans insensés, revêtir des vêtements étrangers et forger des alliances avec des clans nomades, ou se battre aux côtés de guerrières montées sur des poneys, pour capturer en toute improbabilité des brigands dans les montagnes.

Ce ne serait plus jamais comme cela.

Laurent était assis, un coude posé sur la table, et étudiait une carte lorsque Damen pénétra dans la tente. Les braseros réchauffaient l'atmosphère ; les lampes l'illuminaient de leur lueur vacillante.

— Plus qu'une nuit, dit Damen.

— Maintenir les prisonniers en vie, maintenir les femmes dans mon camp, maintenir mes hommes à l'écart des femmes, égrena Laurent comme s'il vérifiait une liste. Viens donc, parlons géographie.

Damen obéit, et s'assit en face de Laurent, devant la carte.

Laurent voulait aborder – une nouvelle fois, et en détail – chaque pouce de terrain entre le camp et Ravenel, ainsi que le long du segment nord-est de la frontière. Damen mobilisa toutes ses connaissances, et ils parlèrent ainsi pendant plusieurs heures, comparant la nature des reliefs et du sol à celle de la région qu'ils avaient traversée dans la journée.

Le camp, au-dehors, était plongé dans le silence profond de la nuit lorsque Laurent détourna enfin son attention de la carte, et déclara :

— Bon. Si nous ne nous arrêtons pas maintenant, nous allons y passer toute la nuit.

Damen le regarda se lever. Laurent n'arborait presque jamais les signes habituels de la fatigue. La maîtrise qu'il exerçait sur la troupe reflétait celle qu'il s'imposait à lui-même. On pouvait néanmoins déceler quelques indices. Ses paroles, peut-être. Une ecchymose marbrait sa joue, d'une empreinte couleur de sphalérite, là où le chef de clan l'avait frappé. Sa peau, fine et aristocratique, était aussi fragile qu'un fruit mûr. Baigné par la lueur des lampes, Laurent porta distraitement la main à son poignet pour desserrer les lacets de son habit.

— Attendez, dit Damen. Laissez-moi faire.

Par habitude, Damen se leva et se chargea de délacer le vêtement aux poignets, puis dans le dos. La veste s'ouvrit comme une cosse, et il la repoussa.

Débarrassé de ce poids, Laurent fit jouer son épaule, comme il le faisait parfois après une longue chevauchée. Instinctivement, Damen leva la main et pressa doucement l'épaule de Laurent... puis s'interrompit. Laurent se figea, tandis que Damen s'apercevait de ce qu'il venait de faire, et que sa main n'avait pas quitté l'épaule de Laurent. Il sentit les muscles noués, durs comme du bois, sous ses doigts.

— Un peu raide ? demanda Damen d'un ton désinvolte.

Un instant s'écoula, au long duquel le cœur de Damen tambourina deux fois dans sa poitrine.

— Un peu, répondit Laurent.

Damen posa son autre main sur l'autre épaule de Laurent, surtout pour empêcher celui-ci de se retourner sans crier gare, ou de se dégager. Il se tint là, derrière lui, et fit de son mieux pour maintenir le caractère impersonnel de son emprise.

— Les soldats de l'armée de Kastor sont entraînés à prodiguer les massages ? demanda Laurent.

— Non, répondit Damen. Mais je pense que les rudiments ne sont pas bien difficiles à maîtriser. Si vous voulez.

Il imprima à ses pouces une légère pression, et ajouta :

— Vous m'avez apporté de la glace, la nuit dernière.

— Ceci, dit Laurent, est un peu plus…

Le mot suivant était hérissé de pointes :

— Intime que la glace.

— Trop intime ? demanda Damen.

Lentement, il malaxait les épaules de Laurent.

Il ne se considérait pas, en général, comme doté de pulsions suicidaires. Laurent ne se détendit pas, demeurant simplement immobile.

Mais alors, au bout des pouces de Damen, un muscle bougea sous la pression, déclenchant une séquence qui descendit jusqu'en bas de son dos. Laurent dit, à contrecœur :

— Je… Là.

— Ici ?

— Oui.

Il sentit Laurent se laisser aller très légèrement sous ses mains ; et cependant, c'était l'acte d'un homme qui ferme les yeux devant un gouffre, une tension continuelle, et non une reddition. D'instinct, Damen continua à le masser de façon concentrée, fonctionnelle. Il osait à peine respirer. Il sentait toute l'ossature du dos de Laurent :

la courbe de ses omoplates, et entre elles, sous les mains de Damen, les muscles inflexibles qui, lorsque Laurent maniait une épée, devenaient mouvants.

Il continua de les pétrir lentement ; il y eut un nouveau spasme de Laurent, une nouvelle réaction discrète, à demi réprimée.

— Comme ceci ?

— Oui.

Laurent pencha légèrement la tête en avant. Damen n'avait aucune idée de ce qu'il était en train de faire. Il était vaguement conscient qu'il avait déjà posé les mains sur le corps de Laurent, une fois auparavant, et n'arrivait pas à y croire, car cela lui semblait à présent impossible ; et cependant, ce moment-là semblait lié à ce moment-ci, ne serait-ce que par contraste entre sa prudence actuelle et la manière irréfléchie dont il avait fait glisser ses mains sur la peau humide de Laurent.

Damen baissa les yeux et vit le tissu blanc bouger doucement sous ses doigts. La chemise de Laurent flottait autour de son corps, le dissimulait. Puis les yeux de Damen coururent le long de la nuque droite, jusqu'à une mèche de cheveux dorés accrochée à une oreille.

Damen ne se permettait de bouger les mains que pour chercher d'autres muscles à dénouer. Il sentait toujours, chez Laurent, cette tension frémissante.

— Vous est-il si difficile de vous détendre ? dit Damen d'une voix douce. Il vous suffirait de sortir de cette tente pour voir tout ce que vous avez accompli. Ces hommes vous appartiennent. (Il ne prêta pas attention aux indices, à l'accès de raideur.) Quoi qu'il arrive demain, vous avez fait tout ce que…

— Ça suffit, dit Laurent en s'écartant brusquement.

Lorsque le prince se retourna vers lui, ses yeux étaient sombres. Ses lèvres étaient entrouvertes, hésitantes. Il avait levé la main vers sa propre épaule, comme pour chasser l'écho de ce contact. Il n'avait pas vraiment l'air détendu, mais ses mouvements étaient un peu plus souples. Comme s'il venait de s'en apercevoir, il dit, d'un ton presque gêné :

— Merci.

Puis il ajouta, d'un ton empreint d'ironie :

— Être ligoté laisse des traces. J'ignorais qu'il était si inconfortable d'être capturé.

— Eh bien, ça l'est.

Damen avait parlé d'une voix presque normale.

— Je promets de ne jamais t'attacher sur le dos d'un cheval, déclara Laurent.

Il y eut un silence, durant lequel Laurent riva sur lui un regard acéré.

— C'est vrai, je suis toujours prisonnier, dit Damen.

— Tes yeux disent « pour l'instant », rétorqua Laurent. Tes yeux ont toujours dit « pour l'instant ».

Il ajouta :

— Si tu étais un mignon, je t'aurais offert assez de présents pour te permettre de racheter ton contrat, plusieurs fois.

— Je serais tout de même là, dit Damen. Avec vous. Je vous ai dit que je resterais jusqu'à la fin de ce conflit concernant la frontière. Me pensez-vous capable de revenir sur ma parole ?

— Non, dit Laurent.

On aurait dit qu'il venait juste de le comprendre.

— Non, je ne pense pas que tu en serais capable. Mais je sais que tu n'aimes pas cela. Je me souviens à quel point cela te rendait fou, au palais, d'être entravé et impuissant. J'ai senti, hier, à quel point tu avais envie de frapper quelqu'un.

Damen se rendit compte qu'il avait bougé sans réfléchir, levant la main pour effleurer la joue meurtrie de Laurent.

— L'homme qui vous a fait cela, dit-il.

Les mots étaient sortis tout seuls. La chaleur de cette peau sous ses doigts, à cet instant, captura toute son attention, avant qu'il ne s'aperçoive que Laurent avait reculé brusquement et le dévisageait, ses yeux bleus presque entièrement remplis par ses pupilles.

Damen fut soudain conscient qu'il avait perdu le contrôle de lui-même, et de ses émotions. Il en appela violemment à sa raison, pour tenter d'arrêter… tout cela.

— Je suis désolé. Je… n'aurais pas dû faire cela.

Il s'obligea à reculer à son tour, et ajouta :

— Je pense… que je ferais mieux d'aller voir les sentinelles. Je peux prendre un tour de garde, ce soir.

Il se tourna pour partir, et marcha jusqu'à l'entrée de la tente. La voix de Laurent l'arrêta alors qu'il poussait le pan de toile.

— Non. Attends. Je… Attends.

Damen s'arrêta, puis se retourna. Le regard de Laurent était teinté d'une émotion indéchiffrable, et l'angle de sa mâchoire n'était plus le même. Le silence s'éternisa si longtemps que les mots, lorsqu'ils s'élevèrent enfin, firent tressaillir Damen.

— Ce que Govart a dit sur mon frère et moi… Ce n'était pas vrai.

— Je ne l'ai jamais cru, dit Damen, mal à l'aise.

— Je veux dire que quelle que soit la… la souillure qui ternit ma famille, Auguste en était dépourvu.

— La souillure ?

— Je voulais te le dire, car tu… (Laurent semblait se forcer à prononcer ces mots) … tu me rappelles Auguste. C'était le meilleur homme que j'aie jamais connu. Tu mérites de le savoir, comme tu mérites au moins un juste… À Arles, je t'ai traité avec malveillance et cruauté. Je ne t'insulterai pas en essayant de racheter mes actes par des mots, mais je ne te traiterai plus ainsi, désormais. J'étais en colère. Non, en colère n'est pas le bon terme.

Il parut ravaler une parole ; un silence déchirant s'ensuivit.

Il poursuivit calmement :

— J'ai ta parole que tu resteras jusqu'à ce que le conflit à la frontière soit réglé ? Alors, tu as la mienne : reste à mes côtés jusqu'à ce moment-là, et je te retirerai tes bracelets et ton collier. Je te délivrerai de mon plein gré. Nous pourrons nous regarder face à face, en hommes libres. Quoi qu'il doive advenir entre nous, cela se jouera à ce moment-là.

Damen le dévisagea. Il sentit une étrange pression dans sa poitrine. La lueur des lampes parut vaciller brièvement.

— Ce n'est pas une ruse, dit Laurent.

— Vous me laisseriez partir.

Cette fois, ce fut Laurent qui le regarda en silence.

—Et… jusqu'à ce moment-là ? demanda Damen.

—Jusque-là, tu es mon esclave, et je suis ton prince, et rien de plus.

Il ajouta, en revenant à son ton habituel :

—Et tu n'as pas besoin de monter la garde. Tu ne dors que d'une oreille.

Damen scruta son visage, mais n'y trouva rien de lisible, ce qui – supposa-t-il en portant les mains aux lacets de sa propre veste – était typique.

Chapitre 15

Il se réveilla longtemps avant l'aurore.

Il avait des tâches à accomplir, à l'intérieur et à l'extérieur de la tente. Avant de se lever pour s'y atteler, il passa un long moment étendu, un bras sur son front, la chemise ouverte, les draps de sa paillasse étalés autour de lui, à contempler le plafond de soie suspendue.

À l'extérieur, lorsqu'il sortit, les signes d'activité qu'il vit n'étaient pas encore ceux de la journée, mais la fin des travaux qui occupaient un camp durant la nuit : les hommes se chargeant des torches et des feux de camp, la marche silencieuse des patrouilles, les éclaireurs mettant pied à terre et faisant leur rapport à leurs responsables de nuit, qui n'étaient pas non plus couchés.

Damen, quant à lui, commença son travail en préparant l'armure de Laurent, disposant chaque pièce, tirant fort sur chaque sangle, vérifiant chaque rivet. Le métal ciselé, avec ses bords cannelés et ses frises décoratives, lui était aussi familier que sa propre cuirasse. Il avait appris à manier les armures vérétiennes.

Il passa à l'inventaire des armes : il fallait vérifier que chaque lame était dénuée de fêlures ou de marques ; vérifier que les gardes et les pommeaux étaient dépourvus de quoi que ce soit qui puisse s'accrocher ou gêner ; vérifier qu'aucun changement d'équilibre ne pouvait, même pour un seul instant, désorienter l'homme qui manierait l'arme.

En revenant, il trouva la tente vide. Laurent était parti régler quelque affaire matinale. Le camp, toujours plongé dans l'obscurité, ses tentes encore fermées, dormait paisiblement. Les hommes, Damen le savait, pensaient recevoir à Ravenel le même accueil chaleureux qu'eux-mêmes avaient réservé à Laurent : des hourras pour les hommes qui amenaient les criminels enchaînés.

En toute honnêteté, Damen avait du mal à imaginer comment Laurent se servirait de ses prisonniers pour dissuader le seigneur Touars de partir en guerre. Laurent était éloquent, mais les hommes comme Touars n'étaient pas assez patients pour l'écouter. Même si les seigneurs de la frontière vérétienne se laissaient convaincre, les commandants de Nikandros aiguisaient leurs épées. Ils faisaient davantage que les aiguiser. Il y avait eu des attaques des deux côtés de la frontière, et Laurent avait vu le mouvement des troupes akielonienne de ses propres yeux, tout comme Damen.

Un mois auparavant, il aurait cru, tout comme les soldats de la troupe, que les prisonniers seraient traînés devant Touars, la vérité bruyamment proclamée, les machinations du régent dévoilées aux yeux de tous. Mais à présent… Damen imaginait tout aussi bien Laurent niant tout soupçon quant au commanditaire, laissant Touars remonter de lui-même jusqu'au régent ; Damen voyait déjà le regard bleu de Laurent feignant de rechercher ardemment la vérité, suivi de son regard bleu feignant la surprise lorsqu'elle était révélée.

Tromperie et duplicité : cela paraissait éminemment vérétien. Damen pensa même que si Laurent se débrouillait bien, cela pouvait fonctionner.

Et alors ? Le régent serait démasqué, et la soirée atteindrait son paroxysme lorsque Laurent viendrait le délivrer de ses propres mains ?

Damen erra jusqu'à dépasser les rangées de tentes. Breteau, à jamais silencieux, se trouvait derrière lui. Bientôt, l'aube se lèverait, accompagnée des tout premiers chants des oiseaux, le ciel s'éclaircirait, les étoiles s'estomperaient, et le soleil apparaîtrait. Il ferma les yeux, sentant sa poitrine se soulever au rythme de sa respiration.

Parce que c'était impossible, il s'autorisa à imaginer, rien qu'une fois, ce que ce serait de faire face à Laurent en tant qu'homme… S'il n'y avait eu aucune animosité entre leurs deux pays, que Laurent s'était rendu en Akielos en compagnie d'une délégation, et que Damen avait été captivé par l'attrait superficiel de ses cheveux blonds. Ils auraient assisté ensemble à des banquets, à des démonstrations sportives, et Laurent… Il avait vu Laurent avec ceux qu'il désirait séduire : charmant, cinglant sans être cruel ; et Damen était assez honnête pour reconnaître que s'il avait rencontré Laurent ainsi, tout étincelant de cils dorés et de remarques sarcastiques, il aurait bien pu se trouver en grand danger.

Il ouvrit les yeux, entendant des cavaliers.

Se dirigeant vers l'origine du bruit, il avança entre les arbres et se trouva soudain en marge du camp vaskien. Deux femmes venaient de revenir sur des chevaux écumants, et une autre partait à l'instant. Il se souvint que Laurent avait passé un certain temps à négocier avec les Vaskiennes, le soir précédent. Il se souvint aussi qu'aucun homme n'était autorisé à venir en ces lieux, juste au moment où la pointe d'une lance apparaissait devant lui, tenue d'une main calme.

Il leva les bras en signe de reddition. La femme ne le transperça pas de sa lance. Elle le gratifia plutôt d'un long regard curieux, puis lui fit signe d'avancer. La lance pointée sur le dos, il entra dans le camp.

Contrairement à celui de Laurent, le camp vaskien était très animé. Les femmes étaient déjà levées, et s'employaient à libérer leurs quatorze prisonniers de leurs entraves nocturnes, afin de les attacher de nouveau pour la journée. Quelque chose d'autre les occupait. Damen s'aperçut qu'on le conduisait à Laurent, en pleine conversation avec les deux femmes qui venaient de mettre pied à terre, et se tenaient près de leurs chevaux épuisés. Lorsque Laurent vit Damen, il conclut leur discussion et s'approcha. La femme portant la lance avait disparu.

— Je crains que tu n'en aies pas le temps, déclara Laurent.

Son ton était sans équivoque. Damen repartit :

— Je vous remercie, mais je suis venu parce que j'avais entendu les chevaux.

— Lazar, lui, s'était trompé de direction.

Il y eut un silence, au cours duquel Damen écarta plusieurs répliques. Finalement, imitant le ton de Laurent, il demanda :

— Je vois. Vous désirez un peu d'intimité ?

— Je ne pourrais pas faire cela, même si j'en avais envie. Une portée de petits Vaskiens blonds, voilà qui me ferait déshériter pour de bon. Je n'ai jamais…, dit Laurent. Avec une femme.

— C'est très agréable.

— C'est ce que tu préfères.

— En règle générale, oui.

— Auguste préférait les femmes. Il disait que cela viendrait pour moi aussi. Je lui ai dit qu'il pourrait se charger de faire des héritiers, et moi de lire des livres. J'avais… neuf ? Dix ans ? Je me croyais déjà adulte. Les affres de l'arrogance.

Damen, sur le point de rétorquer, se ravisa. Il savait que Laurent était capable de parler ainsi indéfiniment. Il ne réussissait pas toujours à distinguer ce que masquaient ses paroles, mais parfois, si.

— Vous n'avez pas à vous inquiéter, dit-il. Vous êtes prêt à affronter le seigneur Touars.

Il vit Laurent tressaillir. Le ciel était bleu sombre, à présent, plutôt que noir ; il distinguait les cheveux blonds de Laurent, mais pas les traits de son visage.

Damen s'aperçut qu'une question lui brûlait les lèvres, depuis très longtemps.

— Je ne comprends pas comment votre oncle est parvenu à vous mettre ainsi au pied du mur. Vous êtes plus fort que lui, à ce jeu-là. Je vous ai déjà vu lui damer le pion.

Laurent répondit :

— Peut-être est-ce l'impression que je donne aujourd'hui. Mais lorsque ce jeu a commencé, j'étais… plus jeune.

Ils regagnèrent leur camp. Les premiers appels retentirent parmi les tentes. La troupe, sous la lueur grise de l'aube, se réveillait.

Plus jeune. Laurent avait quatorze ans à Marlas. Ou alors… Damen fit le compte des mois. La bataille avait eu lieu au début du printemps, Laurent devait atteindre sa maturité à la fin du printemps. Donc, non. Plus jeune. Treize ans, presque quatorze.

Il tenta de se figurer Laurent à l'âge de treize ans, et fut confronté à un défaut total d'imagination. Il était tout aussi impossible de le visualiser se battant sur un champ de bataille, à cet âge, que de l'imaginer trottinant à la suite d'un grand frère qu'il adorait. Il était impossible de l'imaginer adorant qui que ce soit.

Les tentes furent pliées, et les hommes se mirent en selle. Damen avait sous les yeux un dos bien droit et une tête blonde, plus claire que la chevelure d'or chaud du prince qu'il avait affronté, bien des années auparavant.

Auguste. Le seul homme d'honneur sur un champ de bataille empoisonné.

Le père de Damen avait invité le héraut vérétien dans sa tente de bonne foi. Il avait proposé aux Vérétiens un accord équitable : ils pouvaient abandonner leurs terres, et vivre. Le héraut avait craché au sol et déclaré : *« Vère ne se rendra jamais à Akielos »*, tandis que les premiers sons d'un assaut vérétien retentissaient à l'extérieur. Une attaque déguisée en pourparlers : l'affront suprême aux règles de l'honneur, alors que des rois se trouvaient sur le champ de bataille.

« Combats-les », avait dit son père. *« Ne leur fais jamais confiance. »* Son père avait raison. Et son père avait été prêt.

Les Vérétiens étaient des lâches et des escrocs ; ils auraient dû se disperser lorsque leur attaque déloyale s'était heurtée à l'armée akielonienne dans toute sa puissance. Mais pour une raison mystérieuse, ils n'avaient pas fui au premier signe de combat véritable, ils avaient tenu bon, et riposté, et pendant des heures, la bataille avait fait rage, jusqu'à ce que les rangs akieloniens commencent à faiblir et tomber.

Et leur général n'était pas le roi, c'était leur prince de vingt-cinq ans, qui maintenait leur position.

« Père, je peux le battre », avait-il affirmé.

« Alors va », avait dit son père, *« et rapporte-nous la victoire »*.

On appelait ce champ Hellay, et Damen le connaissait sous la forme d'un quart de pouce au carré d'une carte familière, étudiée à la lueur d'une lampe, face à une tête penchée aux cheveux dorés. En parlant de la qualité du terrain avec Laurent, la veille au soir, Damen avait dit : *« L'été n'a pas été rude. Les champs seront verdoyants, doux pour les chevaux, au cas où nous devrions nous écarter de la route. »*

Il avait eu raison. L'herbe, des deux côtés de la route, était épaisse et moelleuse. Les collines s'élevaient devant eux, se fondant les unes dans les autres, et d'autres vallonnements s'étendaient à l'est.

Le soleil grimpa dans le ciel. Ils s'étaient mis en route aux premières lueurs de l'aube, mais lorsqu'ils atteignirent Hellay, la lumière était suffisamment forte pour différencier les reliefs et les plaines, l'herbe et le ciel... Le ciel, et ce qui poignait à l'horizon.

Le soleil était radieux quand le sommet de la colline, au sud, se détacha : c'était une ligne mouvante, qui s'épaissit et se mit à étinceler d'argent et de rouge.

Damen, qui chevauchait en tête de la colonne, fit s'arrêter et tourner son cheval. Près de lui, Laurent l'imita, les yeux rivés sur la colline. La ligne n'était plus une ligne mais des formes, des formes reconnaissables, et Jord ordonnait à la troupe de s'arrêter.

Rouge. Rouge, la couleur de la régence, bigarrée de l'iconographie des châteaux de la frontière, grandissante, flottante. Il s'agissait des bannières de Ravenel. Non seulement les bannières, mais les hommes et les cavaliers, débordant de la colline comme du vin d'une coupe trop pleine, maculant le versant d'une tache qui ne cessait de grandir.

À présent, ils distinguaient les colonnes. Il était possible d'estimer leur nombre : cinq ou six cents cavaliers, deux colonnes de cent cinquante soldats à pied. À en juger par ce que Damen avait pu voir des aménagements du fort, il s'agissait en fait de la cavalerie entière de Ravenel, et d'une partie non négligeable de son infanterie. Son propre cheval s'agita sous lui, nerveux.

À l'instant suivant, sembla-t-il, d'autres silhouettes apparurent sur la pente à leur droite, bien plus près ; assez près pour reconnaître les hommes et leur livrée. C'était le détachement que Touars avait envoyé à Breteau, et qui était reparti la veille. Ils n'étaient pas retournés à Ravenel, mais étaient restés là, à attendre. On pouvait ajouter deux cents hommes au compte précédent.

Damen sentit la tension nerveuse des hommes derrière lui. Pour la moitié d'entre eux, ces couleurs qui s'approchaient ne leur évoquaient qu'une profonde méfiance. Ils se savaient également en infériorité numérique. Dix contre un.

Les troupes de Ravenel, sur la colline, commencèrent à se diviser, formant un « V » de plus en plus large.

— Ils semblent vouloir nous encercler. Nous ont-ils confondus avec une troupe ennemie ? s'exclama Jord, déconcerté.

— Non, dit Laurent.

— Nous avons encore une issue, au nord, dit Damen.

— Non, dit Laurent.

Un petit groupe d'hommes se détacha de la colonne principale de Ravenel, et se dirigea droit vers eux.

— Vous deux, dit Laurent avant de talonner son cheval.

Damen et Jord le suivirent, et ils traversèrent le vaste champ herbeux pour rejoindre le seigneur Touars et ses hommes.

En termes de protocole, depuis le début, rien n'allait. Il arrivait parfois, entre deux troupes ennemies, que s'organisent des pourparlers entre messagers, ou un dernier entretien entre les commandants afin d'établir des termes d'un accord, ou se lancer des défis avant un combat. En galopant à travers le champ, Damen ressentit un profond malaise face à ces conditions qui évoquaient la guerre, aggravé par la taille du groupe qu'ils s'apprêtaient à rencontrer, et les hommes qui le composaient.

Laurent tira sur ses rênes. Le groupe était mené par le seigneur Touars, flanqué du conseiller Guion et d'Enguerran, le capitaine. Derrière eux se trouvaient douze soldats montés.

— Seigneur Touars, salua Laurent.

Il n'y eut pas de préambule.

— Vous avez vu nos troupes. Vous allez nous suivre.

Laurent dit :

— J'en déduis que depuis notre dernière entrevue, vous avez reçu une missive de mon oncle.

Le seigneur Touars ne répondit pas, aussi impassible que les cavaliers en cape et en armure derrière lui ; ce fut donc Laurent, contrairement à ses habitudes, qui dut briser le silence.

— Vous suivre dans quel but ? demanda Laurent.

Le visage balafré du seigneur Touars affichait un mépris glacial.

— Nous savons que vous avez soudoyé des pillards vaskiens. Nous savons que vous êtes l'esclave des Akieloniens, et que vous avez conspiré avec Vask pour affaiblir votre pays grâce à des raids et des attaques à la frontière. Le bon village de Breteau fut victime d'un de ces raids. À Ravenel, vous serez jugé et exécuté pour trahison.

— Trahison, répéta Laurent.

— Niez-vous avoir sous votre protection les hommes responsables de ces attaques, à qui vous avez fait répéter un faux témoignage destiné à rejeter la faute sur votre oncle ?

Les mots s'abattirent comme un coup de hache. *« Vous êtes plus fort que lui, à ce jeu-là »*, avait dit Damen, mais cela faisait de longues semaines qu'il n'avait pas affronté la puissance du régent. Il s'aperçut soudain, avec effroi, que les hommes capturés pouvaient bien avoir été manipulés, par un autre que Laurent. Laurent, qui venait par conséquent d'offrir à Touars la corde pour le pendre.

— Je peux nier tout ce que je désire, dit Laurent, en l'absence de preuves.

— Il a des preuves. Il a mon témoignage. J'ai tout vu.

Un cavalier s'avança hardiment, dépassant les autres, en repoussant le capuchon de sa cape. Il n'était pas le même en armure d'aristocrate, ses boucles brunes brossées et bien coiffées, mais sa jolie bouche était familière, de même que sa voix agressive et l'éclat belliqueux de son regard.

C'était Aimeric.

La réalité changea ; une centaine de moments innocents apparurent soudain sous une autre lumière. Alors que la compréhension s'abattait, glacée, sur les entrailles de Damen, Laurent bougeait déjà ; non pas pour lancer une réplique bien sentie, mais pour tourner son cheval, plantant sa monture face à Jord, et disant :

—Allez rejoindre la troupe. Immédiatement.

Jord avait blêmi, comme s'il venait de recevoir un coup d'épée. Aimeric observa la scène, la tête haute, mais n'accorda pas d'attention particulière à Jord. Le visage de ce dernier était déformé par le sentiment de trahison et le remords, lorsqu'il arracha son regard d'Aimeric et croisa celui, dur et inflexible, de Laurent.

Le remords… Car cette déloyauté frappait au cœur de leur troupe. Depuis combien de temps Aimeric avait-il disparu, et depuis combien de temps Jord, mû par un dévouement mal placé, dissimulait-il son absence ?

Damen avait toujours considéré Jord comme un bon capitaine, et il l'était, même en cet instant : pâle, Jord ne tenta pas de se justifier, ni ne demanda à Aimeric de le faire. Il obéit aux ordres, en silence.

Alors, Laurent se retrouva seul, sans autre compagnon que son esclave, et Damen sentit la présence de chaque épée tranchante, chaque pointe de flèche, chaque soldat aligné sur la colline ; et celle de Laurent, qui leva ses yeux bleus et froids sur Aimeric comme si aucune de ces choses n'existait.

—Vous venez de me désigner comme votre ennemi, lui dit-il. Vous verrez que ce n'est pas très agréable.

Aimeric lança :

—Vous couchez avec des Akieloniens. Vous les laissez vous baiser.

—Comme vous avez laissé Jord vous baiser ? rétorqua Laurent. Sauf que dans votre cas, c'est la vérité. Votre père vous a-t-il demandé de le faire, ou était-ce une touche personnelle de votre part ?

—Je ne trahis pas ma famille. Je ne suis pas comme vous, cracha Aimeric. Vous détestez votre oncle. Vous éprouviez des sentiments contre nature à l'égard de votre frère.

—À treize ans ?

Depuis ses yeux bleu glacé jusqu'au bout de ses bottes cirées, Laurent n'aurait pu sembler moins capable de sentiments à l'égard de quiconque.

—Apparemment, j'étais encore plus précoce que vous.

Cela sembla rendre Aimeric plus furieux encore.

—Vous pensiez que vous alliez vous en tirer sans une égratignure. J'avais envie de vous rire au visage. Je l'aurais fait, si je n'avais pas été si écœuré de servir sous vos ordres.

Le seigneur Touars déclara:

—Vous allez nous suivre de votre plein gré, ou après que nous aurons vaincu vos hommes. Vous avez le choix.

Laurent ne prit pas aussitôt la parole. Il balaya du regard les troupes alignées; les cavaliers qui le prenaient en tenaille, ainsi que l'infanterie, contre sa propre petite compagnie, dérisoire.

Un procès opposant sa parole à celle d'Aimeric ne serait qu'une parodie de justice, car aux yeux de ces hommes, Laurent était dépourvu d'honneur. Il était entre les mains de la faction de son oncle. À Arles, ce serait pire, le régent lui-même s'employant à salir sa réputation; il était un lâche, il n'avait jamais rien accompli, il n'était pas digne de monter sur le trône.

Il n'allait pas demander à ses hommes de mourir pour lui. Damen le savait, comme il savait, avec une sorte de douleur dans la poitrine, qu'ils l'auraient fait. Cette troupe de vauriens, naguère divisés, paresseux et déloyaux, se battraient jusqu'à la mort pour leur prince, s'il le leur demandait.

—Si je me soumets à vos soldats, et que je me rends à la justice de mon oncle, demanda Laurent, qu'arrivera-t-il à mes hommes?

—Vos crimes ne sont pas les leurs. N'ayant commis d'autre faute que de vous avoir été loyaux, ils recevront leur liberté, et leurs vies. La troupe sera dissoute, et les femmes seront escortées jusqu'à la frontière vaskienne. L'esclave sera exécuté, bien sûr.

—Bien sûr, dit Laurent.

Le conseiller Guion prit la parole.

—Votre oncle ne vous dira jamais ceci, commença-t-il en venant se placer auprès de son fils Aimeric. Je vais donc m'en charger.

Par loyauté envers votre père et votre frère, votre oncle vous a traité avec une clémence que vous n'avez jamais méritée. Vous ne lui avez rendu que du mépris et du dédain, en négligeant vos responsabilités, indifférent à la honte qui rejaillissait sur votre famille. Le fait que votre nature égoïste vous ait conduit à la trahison ne me surprend pas, mais comment avez-vous pu abuser de la confiance de votre oncle, lui qui s'est montré si magnanime envers vous ?

— L'infinie magnanimité de mon oncle, soupira Laurent. Je vous promets que cela ne m'a pas posé le moindre problème.

Guion conclut :

— Vous ne faites montre d'aucun remords.

— En parlant de négligence…, dit Laurent.

Il leva la main. Loin derrière lui, deux femmes vaskiennes se détachèrent de sa troupe et s'avancèrent pour les rejoindre. Enguerran eut un mouvement d'inquiétude, mais Touars lui fit signe de ne pas bouger : deux femmes ne feraient aucune différence. À mi-chemin de leur approche, ils distinguèrent une bosse sur la selle d'une des femmes, puis la forme de cette bosse.

— J'ai quelque chose qui vous appartient. Je vous reprocherais bien votre laisser-aller, mais je viens d'apprendre à mes dépens à quel point il était facile, pour les rebuts d'une troupe, de passer d'un camp à l'autre.

Laurent dit quelque chose en vaskien. La femme jeta le paquet de sa selle sur le sol, comme on se déleste d'un objet indésirable.

C'était un homme aux cheveux bruns, dont on avait attaché les chevilles et les poignets comme à un sanglier après la chasse. Son visage était couvert de terre, sauf à la tempe, où du sang séché collait ses cheveux.

Ce n'était pas un montagnard.

Damen se remémora le camp vaskien. Il y avait quatorze prisonniers, ce matin-là, alors que la veille, ils n'étaient que dix. Il lança un regard intense à Laurent.

— Si vous croyez, railla Guion, que cette tentative désespérée de sauver votre peau à l'aide d'un otage suffira à empêcher ou à retarder votre juste châtiment, vous vous trompez.

— C'est un de nos éclaireurs, dit Enguerran.

— Quatre de vos éclaireurs, rectifia Laurent.

L'un des soldats sauta à bas de sa monture et mit un genou à terre près du prisonnier, tandis que Touars, les sourcils froncés, demandait à Enguerran :

— Les rapports se sont fait attendre ?

— Ceux qui provenaient de l'est, oui. Rien d'inhabituel, quand le territoire est vaste, affirma Enguerran.

Le soldat coupa les liens qui retenaient le prisonnier, et lorsqu'il lui retira son bâillon, l'homme s'assit avec les gestes hagards d'un homme fraîchement délivré.

D'une voix pâteuse, il dit :

— Messire… Une troupe à l'est, chevauchant pour vous arrêter à Hellay…

— Nous sommes à Hellay, l'interrompit Guion d'un ton agacé.

Le capitaine Enguerran regardait Laurent avec une expression soudain troublée.

— Quelle troupe ? demanda brusquement Aimeric d'une voix étranglée.

Et Damen se remémora une poursuite sur les toits, du linge jeté sur les hommes en contrebas, sous un ciel constellé…

— Une poignée de brigands des montagnes, ou des mercenaires akieloniens, sans doute.

… un messager barbu s'agenouillant dans une chambre d'auberge…

— Cela vous arrangerait bien, n'est-ce pas ? dit Laurent.

… se souvint des murmures intimes de Laurent à Torveld sur un balcon parfumé, tandis qu'il lui offrait une véritable fortune en esclaves.

L'éclaireur disait :

— … portant les bannières du prince ainsi que le jaune de Patras…

Une note déchirante, provenant du cor d'une des femmes vaskiennes, reçut une réponse, comme un écho, une plainte lointaine qui retentit une fois, puis deux, puis trois, de l'est.

Et au sommet d'une grande colline, les bannières apparurent, de même que toutes les armes et les armures étincelantes d'une armée.

De tous les hommes, Laurent fut le seul à ne pas lever les yeux vers la colline, mais à observer fixement le seigneur Touars.

— J'ai donc le choix ?

« Vous aviez tout prévu ! » avait sifflé Nicaise à Laurent. *« Vous vouliez qu'il voie… »*

— Pensiez-vous, poursuivit Laurent, que si vous me mettiez au défi de me battre, je refuserais ?

Les troupes patrasiennes emplirent l'horizon, à l'est, luisant sous le soleil de midi.

— Mon mépris et mon dédain, ajouta Laurent, n'ont pas besoin de votre clémence. Seigneur Touars, vous me faites face dans mon propre royaume, vous vivez sur mes terres, et vous respirez selon mon bon plaisir. Faites votre choix, vous aussi.

— Attaquez !

Le regard d'Aimeric passait de Touars à son père ; ses doigts, crispés sur ses rênes, avaient blanchi.

— Attaquez-le ! Maintenant, avant que ces hommes arrivent, vous ne le connaissez pas, il passe son temps à… ruser pour se tirer d'affaire…

— Votre Altesse, dit le seigneur Touars. J'ai reçu mes ordres de votre oncle. Ils s'accompagnent de toute l'autorité de la régence.

— La régence n'existe que pour sauvegarder mon avenir, repartit Laurent. L'autorité que mon oncle exerce sur vous dépend de l'autorité que j'exerce subséquemment sur lui. Sans cela, votre devoir est de vous détourner de lui.

Le seigneur Touars dit :

— J'ai besoin de temps pour réfléchir, et de m'entretenir avec mes conseillers. Une heure.

— Allez-y, déclara Laurent.

Sur un ordre du seigneur Touars, le comité s'éloigna à travers le champ en direction de leurs propres rangs.

Laurent fit tourner son cheval pour se trouver face à Damen.

— J'ai besoin que tu diriges les hommes. Prends le commandement à Jord. Il t'appartient. Cela aurait dû être toi, ajouta Laurent, depuis le début.

D'une voix dure, il reprit, en parlant de Touars :

— Il va se battre.

— Il était en train de faiblir, objecta Damen.

— Il faiblissait, oui. Guion le forcera à tenir bon. Guion a misé son avenir sur celui de mon oncle, et il sait que toute décision qui me hissera sur le trône mettra sa tête sur le billot. Il ne laissera pas Touars abandonner la lutte, expliqua Laurent. Je viens de passer un mois à jouer à la guerre avec toi sur une carte. Tes stratégies, sur le champ de bataille, sont supérieures aux miennes. Sont-elles aussi meilleures que celles des seigneurs de mon pays ? Conseille-moi, capitaine.

Damen observa de nouveau les collines. L'espace d'un instant, entre deux armées, Laurent et lui étaient seuls.

Laurent, avec ses troupes patrasiennes arrivant à l'est, disposait d'un nombre d'hommes équivalent et d'un positionnement avantageux. Son triomphe dépendrait de sa capacité à maintenir ses positions, à ne pas se laisser aller à l'arrogance, et à déjouer diverses manœuvres de déstabilisation.

Mais le seigneur Touars était là, vulnérable sur le champ de bataille, et le sang akielonien de Damen bouillonnait dans ses veines. Des centaines de discours akieloniens sur l'impossibilité d'arracher les Vérétiens à leurs forts lui revinrent en mémoire.

— Je peux vous faire gagner cette bataille. Mais si vous voulez Ravenel…, dit Damen.

Il sentit ses instincts guerriers monter en lui face à une telle audace, à l'idée de prendre un des forts les plus inexpugnables de la frontière vérétienne. C'était quelque chose que son père lui-même n'avait pas osé faire, qu'il n'avait jamais cru possible.

— Si vous voulez prendre Ravenel, vous devez leur couper l'accès au fort, que personne n'y aille ni n'en vienne ; pas de messagers, pas de cavaliers, et une victoire rapide et efficace, sans leur laisser le temps de s'enfuir. Dès qu'on saura, à Ravenel, ce qui s'est passé ici, leurs défenses se mettront en place. Vous allez devoir utiliser certains des Patrasiens pour créer un périmètre, ce qui affaiblira le gros de la troupe, puis briser les lignes vérétiennes, de préférence les plus proches de Touars lui-même. Ce sera plus difficile.

— Tu as une heure, dit Laurent.

— Cela aurait été plus facile, fit remarquer Damen, si vous m'aviez dit plus tôt à quoi m'attendre. Dans les montagnes. Au camp vaskien.

— J'ignorais de qui il s'agissait, répliqua Laurent.

Comme une fleur ténébreuse, ces mots s'épanouirent dans l'esprit de Damen.

Laurent reprit :

— Tu avais raison, à son sujet. Il a passé une première semaine à déclencher des bagarres, et lorsque cela n'a pas suffi, il a couché avec mon capitaine. (Sa voix était dépourvue de toute inflexion.) À ton avis, qu'avait découvert Orlant, pour se retrouver empalé sur l'épée d'Aimeric ?

Orlant, pensa Damen avec une soudaine nausée.

Mais déjà, Laurent avait talonné son cheval et galopait en direction de sa troupe.

Chapitre 16

L'atmosphère était tendue, à leur retour. Les hommes étaient nerveux, entourés des bannières du régent. Une heure n'était pas suffisante pour effectuer tous les préparatifs. Personne n'aimait cela. Ils renvoyèrent les chariots, les domestiques, les chevaux de rechange. Ils s'armèrent et saisirent leurs boucliers. Les femmes vaskiennes, dont l'allégeance était fragile, s'éloignèrent avec les chariots… à l'exception de deux d'entre elles, qui restèrent se battre sur la promesse qu'elles recevraient les chevaux de tous les hommes qu'elles tueraient.

— La régence, déclara Laurent à la troupe, pensait nous trouver en infériorité numérique. Ils pensaient que nous fléchirions le genou sans combattre.

Damen dit :

— Nous n'allons pas les laisser nous intimider, nous dominer, nous soumettre. Chevauchez droit. Ne vous arrêtez pas pour combattre la première ligne. Nous allons les ouvrir en deux. Nous allons combattre pour notre prince !

Le cri s'éleva : « Pour le prince ! » Les hommes empoignèrent leurs épées, rabattirent leurs visières, et rugirent.

En galopant le long de la troupe, Damen cria un ordre, et la colonne se reforma aussitôt. Le temps de la paresse et du désordre était terminé. Les hommes étaient inexpérimentés, mais ils avaient derrière eux la moitié de l'été, passée à s'entraîner continuellement, tous ensemble.

Jord, en passant près de lui, dit :

— Quoi qu'il doive m'arriver par la suite, je voudrais me battre.

Damen hocha la tête. Puis il se tourna et balaya du regard les troupes de Touars.

Il connaissait le premier précepte de la guerre : les batailles étaient gagnées par les soldats. À défaut de supériorité numérique, il était essentiel de posséder les meilleures troupes. Les ordres donnés par le capitaine ne signifiaient rien si les hommes ne parvenaient pas à les mettre en œuvre.

Ils disposaient, c'était indéniable, de l'avantage tactique. Les troupes de Touars faisaient face à Laurent, mais elles devaient également affronter les Patrasiens de l'autre côté ; en avançant, elles devraient se tourner afin de former un second front dans la direction de l'armée patrasienne, ou elles seraient vite submergées.

Mais les hommes de Touars étaient des vétérans, entraînés à effectuer des manœuvres à grande échelle ; diviser leurs rangs en deux fronts, pour eux, n'avait rien d'insurmontable.

Les hommes de Laurent n'étaient pas capables d'exécuter des mouvements complexes sur le champ de bataille. Le secret n'était pas de les forcer à dépasser leurs limites, mais de se concentrer sur le travail en rangs, la chose à laquelle ils s'étaient entraînés inlassablement, la seule chose qu'ils savaient faire. Ils devaient briser les lignes de Touars, ou cette bataille serait perdue, et l'oncle de Laurent aurait gagné.

Damen voyait, en examinant ses propres pensées, qu'il était en colère, et que l'objet de sa colère n'était pas tant la trahison d'Aimeric que le régent, et les rumeurs malveillantes qu'il colportait ; déformant la vérité, pervertissant les êtres, tandis que le régent lui-même demeurait immaculé et indemne, envoyant ses hommes se battre contre leur propre prince.

Laurent vint placer sa monture à côté de Damen ; autour d'eux, l'air était embaumé par les fleurs et l'herbe écrasée, mais ce parfum serait bientôt supplanté par un autre. Laurent resta silencieux un long moment avant de prendre la parole.

— Les hommes de Touars ne seront pas aussi soudés qu'ils en ont l'air. Quelles que soient les rumeurs qu'a colportées mon oncle à mon sujet, la bannière étoilée signifie quelque chose, ici, à la frontière.

Il ne prononça pas le nom de son frère. Il était là pour prendre sa place sur le front, là où son frère avait toujours combattu, sauf qu'à la différence de son frère, il partait affronter son propre peuple.

— Je sais, dit Laurent, que le vrai travail d'un capitaine s'effectue avant la bataille. Et tu as été mon capitaine, durant les longues heures passées à planifier les manœuvres avec moi, à façonner les hommes. C'est sur tes conseils que nous en sommes restés à des exercices simples, et que nous leur avons appris à tenir une position et à briser des rangs.

— Les entrechats ne servent qu'à parader. Un socle inflexible, voilà ce qui gagne les batailles.

— Cela n'aurait pas été ma stratégie.

— Je sais. Vous compliquez tout.

— J'ai un ordre à te donner, dit Laurent.

De l'autre côté des vastes champs de Hellay, les hommes de Touars étaient alignés selon une formation immaculée, face à eux.

Laurent énonça clairement :

— « Une victoire efficace, sans leur laisser le temps de s'enfuir ». Ce que tu veux dire par là est que nous devons agir vite, et que je ne peux pas me permettre de perdre la moitié de mes hommes. Voici donc mon ordre. Lorsque nous aurons pénétré leurs rangs, toi et moi allons traquer leurs chefs. Je me charge de Guion, et si tu l'atteins avant moi, dit Laurent, tue le seigneur Touars.

— Quoi ? dit Damen.

Laurent articulait précisément chaque mot.

— C'est ainsi que les Akieloniens gagnent les batailles, n'est-ce pas ? Pourquoi combattre toute l'armée, alors qu'il suffit de lui trancher la tête ?

Au bout d'un long moment, Damen dit :

— Vous n'aurez pas besoin de les traquer. Ils viendront à vous, eux aussi.

— Dans ce cas, nous obtiendrons une victoire rapide. Je ne mentais pas : si nous dormons ce soir dans l'enceinte de Ravenel, demain matin, je te retirerai ton collier. Ceci est la bataille que tu es venu mener.

Ils n'eurent pas une heure. Ils en eurent à peine la moitié. Et pas le moindre avertissement : Touars espérait compenser leur positionnement avantageux par la surprise.

Mais Damen avait déjà vu les Vérétiens passer outre les règles des pourparlers, et s'y attendait ; quant à Laurent, il était bien sûr plus difficile à surprendre que ne l'imaginaient la plupart des gens.

La première avancée sur le champ fut ordonnée et symétrique, comme toujours. Les trompettes retentirent, et les premiers grands mouvements commencèrent : Touars, se mettant en branle, se trouva face à la cavalerie de Laurent, qui chevauchait droit vers lui. Damen lança son ordre : gardez le rythme, tenez les rangs. Tout reposait sur leur formation : leur ligne ne devait surtout pas se désunir dans l'élan de la charge. Les hommes de Laurent maintinrent leurs chevaux au petit galop, serrant les rênes. Leurs montures secouaient la tête et brûlaient de s'élancer pleinement, le tonnerre de leurs sabots résonnait à leurs oreilles, de plus en plus fort, leur sang s'échauffant, la charge s'embrasant comme un feu de forêt. Tenez les rangs.

La collision ressembla à la chute fracassante des rochers, dans les falaises de Nesson. Damen ressentit le frisson familier du choc, le changement soudain de perspective au moment où la vision panoramique de la charge laissait place à l'impact du muscle contre le métal, des chevaux et des hommes se rencontrant à pleine vitesse. Le fracas était assourdissant, mêlé des rugissements des hommes, tandis que les deux camps s'écrasaient et menaçaient de se briser, les rangs réguliers et les bannières bien droites remplacés par une masse mouvante et débridée. Certains chevaux glissèrent, puis recouvrèrent leur équilibre ; d'autres tombèrent, tranchés ou transpercés.

« *Ne vous arrêtez pas pour combattre la première ligne* », avait dit Damen. Il tua, fendant l'air de son épée. Formant un bélier de son cheval et de son bouclier, il s'enfonça dans les lignes ennemies, et une fois entré, ouvrit un passage aux hommes qui le suivaient. Près de lui, un homme tomba, la gorge transpercée d'une lance. À sa gauche, un hennissement déchirant retentit lorsque le cheval de Rochert s'effondra.

Devant Damen, sous ses coups méthodiques, les hommes tombaient, tombaient, tombaient encore.

Son attention était divisée. Il écarta une épée de son bouclier, tua un soldat, et durant tout ce temps, son esprit était ailleurs, attendant le moment où les rangs de Touars se fendraient. C'était le plus difficile, lorsqu'on commandait depuis le front : survivre instant après instant, tout en examinant, d'un œil critique, l'ensemble du combat. Et cependant, c'était un sentiment grisant, qui donnait l'impression de se battre avec deux corps différents, à deux échelles.

Il sentait l'armée de Touars commencer à faiblir, sentait ses rangs se déformer, la charge commençant tout juste à prendre l'ascendant, si bien que les hommes encore vivants devraient s'écarter ou mourir. Ils mourraient. Damen allait dépecer l'armée de Touars et la présenter, en lambeaux, à l'homme qu'il défiait.

Il entendit les hommes de Touars relayer l'ordre de se regrouper...

Briser les lignes. Il fallait briser les lignes.

Il lança son propre appel, intimant aux hommes de reprendre leur formation autour de lui. Un commandant, lorsqu'il criait, pouvait s'attendre à être entendu, dans le meilleur des cas, des hommes qui l'entouraient ; mais l'appel fut repris, par des voix, des cors, et les hommes, qui avaient répété cette manœuvre à Nesson un nombre incalculable de fois, le rejoignirent en une formation parfaite. Ils étaient encore presque au complet.

C'est alors que les troupes de Touars, qui continuaient de lutter pour les repousser, furent ébranlées par l'impact d'une deuxième charge patrasienne.

Une première rupture, un premier éclat de chaos. Damen était conscient de la présence de Laurent près de lui ; il ne pouvait que l'être. Il vit le cheval de Laurent chanceler, saignant d'une longue entaille à l'épaule, tandis que l'autre cheval, devant lui, s'écroulait ; il vit Laurent serrer les cuisses, modifier son assiette, et faire bondir sa monture par-dessus cet obstacle agonisant, atterrissant de l'autre côté en brandissant son épée, et dégageant l'espace autour de lui de deux coups d'épée précis, tout en faisant tournoyer sa monture. Ceci, il était impossible de ne pas s'en souvenir, était l'homme qui avait coiffé Torveld au poteau sur un cheval mourant.

Et Laurent, semblait-il, avait eu raison sur un point. Les hommes autour de lui avaient reculé légèrement. Car devant eux, étincelant dans son armure d'or, avec sa bannière étoilée, se tenait leur prince. Dans les villes, durant les processions, il avait toujours été une figure de proue impressionnante. Les soldats du rang répugnaient à le frapper directement.

Mais cela ne concernait que les soldats du rang. *« Il sait que toute décision qui me hissera sur le trône mettra sa tête sur le billot »*, avait dit Laurent à propos de Guion. Au moment où la bataille commençait à tourner en leur faveur, tuer Guion devenait la priorité de Laurent.

Damen vit la bannière de Laurent basculer d'abord, un mauvais présage. C'était le capitaine ennemi, Enguerran, qui avait engagé le combat contre Laurent, et qui, se dit Damen, apprendrait à ses dépens que le régent mentait quant aux facultés guerrières de son neveu.

—Au prince ! appela Damen en sentant la dynamique du combat changer autour de Laurent.

Les hommes se rassemblèrent… trop tard. Enguerran faisait partie d'un petit groupe parmi lequel se trouvait le seigneur Touars lui-même. Et la voie étant dégagée vers Laurent, Touars avait commencé à charger. Damen talonna son cheval.

L'impact de leurs montures fut un fracas pesant, chair contre chair, et les deux chevaux tombèrent, dans un enchevêtrement de jambes et de corps affolés.

Dans son armure, Damen tomba lourdement. Il roula sur lui-même pour éviter les coups de sabot de son cheval qui tentait de se relever ; puis, avec la sagesse qui lui venait de l'expérience, roula une deuxième fois.

Il sentit la lame de Touars s'enfoncer dans le sol, tranchant les sangles de son casque, et – à l'endroit où elle aurait dû toucher son cou – frottant dans un raclement métallique contre son collier d'or. Il se leva et fit face à son adversaire, son épée à la main. Après avoir abandonné son bouclier pour libérer son autre main, il arracha son casque, qui tournait dangereusement.

Son regard rencontra celui du seigneur Touars.

— L'esclave, cracha l'homme d'un ton dédaigneux.

Ayant récupéré son épée plantée dans le sol, il tenta d'en transpercer Damen.

Damen le repoussa d'une parade, puis, d'un coup d'épée, fracassa le bouclier de Touars.

Touars, qui savait se battre, ne fut pas déstabilisé par ce premier échange. Il n'était pas une nouvelle recrue, mais un héros de guerre expérimenté, et puisqu'il ne venait pas de combattre en tête d'une charge, il était plus frais que Damen. Il jeta son bouclier, affermit sa prise sur son épée, et attaqua. S'il avait eu quinze ans de moins, le combat aurait peut-être été équitable. Le deuxième échange prouva qu'il ne l'était pas. Mais au lieu de s'élancer de nouveau vers Damen, Touars recula. L'expression de son visage avait changé.

Ce n'était pas, comme on aurait pu le croire, une réaction à la compétence de son adversaire, ou le visage d'un homme qui craint d'avoir perdu une bataille. C'était un premier accès d'incrédulité, et de souvenir.

— Je te connais, dit le seigneur Touars d'une voix soudain étranglée.

Cette réminiscence semblait avoir été arrachée à son esprit. Il se rua en avant pour attaquer Damen. Celui-ci, bouleversé, réagit par réflexe, parant une fois, puis frappant de bas en haut, à l'endroit où Touars était vulnérable.

— Je te connais, répéta Touars.

Damen enfonça son épée, et son instinct le fit la plonger plus profondément encore.

— Damianos, dit Touars. Tueur de prince.

Ce furent ses derniers mots. Damen tira son épée de son corps. Il fit un pas en arrière.

Il s'aperçut soudain qu'un homme s'était arrêté près d'eux, figé, immobile au sein même de la bataille, et il sut que ce qui venait de se passer avait été vu, et entendu.

Il se tourna, portant la vérité sur son visage. Il était à vif, incapable de cacher ses véritables émotions. *Laurent*, pensa-t-il, et il leva les yeux pour rencontrer ceux de l'homme qui avait été témoin des derniers mots du seigneur Touars.

Ce n'était pas Laurent. C'était Jord.

Il regardait Damen, horrifié, tenant son épée d'une main lâche.

— Non, dit Damen. Ce n'est pas…

Les derniers instants de la bataille s'estompèrent autour de Damen, alors qu'il comprenait toute la portée de ce que voyait Jord. De ce que Jord voyait pour la deuxième fois, en une seule journée.

— Est-ce qu'il sait ? demanda Jord.

Damen n'eut pas le temps de répondre. Les hommes de Laurent piétinaient l'étendard de Touars, faisaient basculer les bannières de Ravenel. C'était fait : la reddition de Ravenel se répandit, partant de sa défaite centrale, et Damen fut entraîné par une marée d'hommes, leurs voix scandant, triomphantes : « Vive le prince ! », et, plus près de lui, son propre nom : « Damen ! Damen ! »

Au son des hourras, on lui donna un nouveau cheval, et il se mit en selle. Son corps luisait de la sueur du combat ; les flancs de son cheval étaient maculés de taches sombres. Il éprouvait, dans son cœur, le même sentiment qu'à l'instant précédant l'impact de la charge.

Laurent s'arrêta près de lui, montant toujours le même cheval, à l'épaule zébrée de sang séché.

— Eh bien, capitaine, dit-il. À présent, nous n'avons plus qu'à prendre une forteresse inexpugnable. (Ses yeux brillaient.) Ceux qui se sont rendus seront bien traités. Plus tard, je leur offrirai l'opportunité de me rejoindre. Prends les mesures que tu juges nécessaires à l'égard des blessés et des morts. Ensuite, viens me voir. Je veux que nous soyons prêts à partir pour Ravenel dans la demi-heure.

Il fallait s'occuper des vivants. Les blessés furent envoyés dans les tentes patrasiennes, avec Paschal et ses homologues patrasiens. Tous les hommes seraient soignés. Ce ne serait pas beau à voir. Les Vérétiens avaient envoyé neuf cents hommes et aucun médecin, ne s'attendant pas à combattre.

Puis, s'occuper des morts. Il était coutumier pour les vainqueurs d'emporter leurs morts, et, s'ils étaient magnanimes, d'autoriser également cette dignité au camp des vaincus. Mais ces hommes étaient tous vérétiens, et les morts des deux factions devaient être traités de la même manière.

Ils devaient ensuite chevaucher vers Ravenel, sans tarder ni hésiter. À Ravenel, au moins, ils retrouveraient les médecins que Touars n'avait pas jugé bon d'emmener avec lui. Il était également nécessaire de préserver l'élément de surprise, qu'ils avaient tant travaillé à garantir. Damen tourna bride, et se trouva tout près de l'homme qu'il cherchait, parti – sans doute mû par un désir d'isolement – à l'autre bout du champ. Damen mit pied à terre.

— Es-tu venu me tuer ? demanda Jord.

— Non, dit Damen.

Il y eut un silence. Ils se tenaient à deux pas l'un de l'autre. Jord avait sorti un poignard, et le tenait bas, le poing serré sur la garde, blanc aux jointures.

— Tu ne le lui as pas dit, fit remarquer Damen.

— Tu ne vas même pas nier ?

Jord eut un petit rire amer, lorsque Damen ne répondit pas.

— Tu nous détestais à ce point, depuis tout ce temps ? Ce n'était pas assez de nous envahir, de nous prendre nos terres ? Il fallait que tu joues un… un jeu pervers comme celui-là ?

Damen dit :

— Si tu le lui dis, je ne pourrai plus le servir.

— Le lui dire ? cracha Jord. Lui dire que l'homme en qui il a le plus confiance lui a menti, lui a menti sans cesse, l'a trompé jusqu'à l'humilier de la pire manière ?

— Je ne lui ferais jamais de mal, dit Damen.

Il entendit ses propres mots, aussi pesants que du plomb.

— Tu as tué son frère, puis tu lui es monté dessus au lit.

Dit comme cela, c'était monstrueux. *Il n'y a rien de ce genre entre nous*, aurait-il dû rétorquer, mais il ne le dit pas, n'y parvint pas. Il eut chaud, puis froid. Il pensa à la manière, délicate et provocatrice, que Laurent avait de discuter, qui se transformait en rebuffade glacée si Damen le brusquait, mais qui sinon – si Damen se pliait à son rythme subtil et à ses courants sous-jacents – se poursuivait, s'approfondissant doucement, jusqu'à ce que Damen ne puisse plus discerner s'il savait, si l'un des deux savait, ce qu'ils faisaient.

— Je vais partir, dit Damen. C'était prévu depuis le début. Je ne suis resté que pour…

— Oh oui, tu vas partir. Je ne vais pas te laisser nous détruire. Tu nous commanderas à Ravenel, tu ne lui diras rien du tout, et lorsque le fort sera gagné, tu prendras un cheval et tu partiras. Il pleurera ton absence, et il ne saura jamais.

C'était ce que Damen avait prévu. C'était ce qu'il voulait faire depuis le début. Dans sa poitrine, chaque battement de son cœur était un coup d'épée.

— Demain matin, dit Damen. Je vais lui offrir le fort, et le quitter au matin. C'est ce que j'ai promis.

— Tu seras parti quand le soleil sera au zénith, ou je le lui dirai, décida Jord. Et alors, ce qu'il t'a fait au palais ressemblera à un doux baiser, comparé à ce que tu endureras.

Jord était loyal. C'est ce que Damen avait toujours aimé chez lui, cette nature honnête qui lui rappelait son pays. Autour d'eux s'étendait la fin de la bataille, une victoire empreinte de silence et d'herbe écrasée.

— Il saura, s'entendit dire Damen. Lorsque la nouvelle de mon retour en Akielos parviendra jusqu'à lui. Il saura. J'aimerais que tu lui dises, à ce moment-là, que je…

— Tu me fais horreur, dit Jord.

Il avait les mains crispées sur son poignard. Les deux mains, à présent.

— Capitaine, héla une voix. Capitaine !
Les yeux de Damen étaient rivés sur Jord.
— C'est toi qu'on appelle, dit Jord.

Chapitre 17

Serrant le bras d'Enguerran, Damen traîna à sa suite le capitaine blessé des troupes de Ravenel. Il le conduisit à l'intérieur d'une des tentes patrasiennes rondes qui bordaient le champ de bataille, pour y attendre Laurent.

Si Damen avait fait preuve d'un peu plus de brutalité que nécessaire, c'était parce qu'il n'approuvait pas ce plan. En l'entendant décrire, il avait eu l'impression que son corps était soumis à un poids constant, une pression désagréable. Une fois entré, il lâcha Enguerran et le regarda se relever, sans l'aider. Le flanc d'Enguerran, blessé, saignait encore.

Laurent, en pénétrant dans la tente, retira son casque, et Damen vit ce que voyait Enguerran : un prince doré dans une armure sanguinolente, les cheveux humides de sueur, le regard implacable. La plaie d'Enguerran avait été infligée par la lame de Laurent ; le sang sur l'armure du prince était le sien.

Laurent dit :

— À genoux.

Enguerran s'exécuta dans un cliquetis d'armure.

— Votre Altesse, dit-il.

— Vous vous adressez à moi comme à votre prince ? s'étonna Laurent.

Rien n'avait changé. Laurent était toujours le même. Ses commentaires les plus innocents étaient les plus dangereux.

Enguerran parut le comprendre. Il demeura à genoux, sa cape étalée autour de lui ; un muscle de sa joue se crispa, mais il ne leva pas les yeux.

— Ma loyauté allait au seigneur Touars. Je le servais depuis dix ans. Et Guion avait l'autorité de sa charge, ainsi que celle de votre oncle.

— Guion n'a pas le pouvoir de m'évincer de la succession. D'ailleurs, comme nous l'avons vu, il n'en a pas non plus les moyens.

Laurent balaya Enguerran du regard, sa tête baissée, sa blessure, son armure vérétienne à l'épaulière ciselée.

— Nous chevauchons vers Ravenel. Vous êtes vivant car je désire votre loyauté. Lorsque les écailles vous tomberont des yeux, au sujet de mon oncle, je compte bien l'obtenir.

Enguerran regarda Damen. La dernière fois qu'ils s'étaient trouvés face à face, Enguerran avait essayé d'empêcher Damen de pénétrer dans la grande salle de Touars. *« Un Akielonien n'a pas sa place parmi les hommes. »*

Damen sentit son expression se durcir. Il ne voulait pas être mêlé à ce qui allait se passer. Enguerran lui rendit son regard hostile.

Laurent dit :

— Je me souviens. Vous ne l'aimez pas. Et, bien sûr, il s'est montré meilleur capitaine que vous sur le champ de bataille. J'imagine que cela vous plaît encore moins.

— Vous n'entrerez jamais à Ravenel, déclara Enguerran d'un ton catégorique. Guion a réussi à traverser vos rangs, avec son escorte. Il se rend à Ravenel en ce moment même, pour les avertir de votre arrivée.

— Je ne pense pas, non. Je pense qu'il se rend à Fortaine, afin de panser ses blessures en privé, sans mon oncle et moi pour le forcer à faire des choix difficiles.

— Vous mentez. Pourquoi se retirerait-il à Fortaine, alors qu'il a une chance de vous vaincre ici ?

— Parce que j'ai son fils, dit Laurent.

Enguerran leva brusquement les yeux vers Laurent.

— Oui. Aimeric. Pieds et poings liés, occupé à cracher son joli venin.

— Je vois. Vous avez donc besoin de moi pour vous ouvrir les portes de Ravenel. C'est pour cela, en vérité, que je suis en vie. Vous voulez que je trahisse les gens que j'ai servis durant dix ans.

— Pour entrer à Ravenel ? Mon cher Enguerran, j'ai bien peur que vous vous trompiez lourdement.

Laurent l'examina de nouveau des pieds à la tête, d'un regard bleu glacé.

— Je n'ai pas besoin de vous, dit-il. J'ai simplement besoin de vos vêtements.

C'est ainsi qu'ils pénétreraient l'enceinte de Ravenel : déguisés, dans des vêtements étrangers.

Dès le premier instant, tout parut irréel à Damen : soulever l'épaulière d'Enguerran, plier et déplier ses doigts dans son gantelet. Il se leva, et la cape tournoya autour de lui.

Tous les autres ne reçurent pas des armures à leur taille, mais ils avaient récupéré les bannières de Touars et les avaient redressées. Le tissu rouge flottait, les casques brillaient, et ils pouvaient passer pour la troupe de Touars à cinquante pieds de distance, ce qui était la hauteur des murailles de Ravenel.

Le casque de Rochert était piqué d'une plume. Lazar avait hérité du pantalon de soie et de la tunique criarde du porte-drapeau. Outre sa cape rouge et son armure, Damen reçut l'épée et le casque d'Enguerran, qui transforma le monde en une petite fente. On fit à Enguerran l'honneur relatif de le laisser chevaucher avec eux, non pas – comme il aurait pu l'être – en sous-vêtements, comme un poulet plumé, mais attaché à sa monture et paré de vêtements vérétiens passe-partout.

Les hommes venaient de se battre, mais leur épuisement s'était mué en une sorte de bonne humeur, issue d'un mélange grisant de triomphe, de fatigue et d'adrénaline. Cette aventure rocambolesque leur plaisait. Ou peut-être était-ce l'idée de remporter une nouvelle victoire, d'autant plus gratifiante qu'elle était d'un autre ordre.

D'abord, écraser le régent, puis lui faire prendre des vessies pour des lanternes.

Ces déguisements écœuraient Damen. Il avait tenté d'en dissuader Laurent. La tromperie, l'amitié feinte, tout cela était abject. Les formes traditionnelles de combat existaient parce qu'elles offraient à l'adversaire une chance de l'emporter.

« C'est à nous que tout ceci offre une chance », avait dit Laurent.

L'audace insolente de ce plan était caractéristique de Laurent, bien qu'il y ait un monde entre grimer l'intégralité de sa troupe et entrer dans une auberge de village, un saphir à l'oreille, en battant des cils. C'était une chose de se déguiser soi-même, et une autre de forcer son armée à le faire. Damen se sentait piégé par ce stratagème sophistiqué.

Il regarda Lazar revêtir à grand-peine sa tunique. Il regarda Rochert comparer la taille de sa plume avec celle d'un Patrasien.

Son père, pensa Damen, n'aurait pas considéré cette escapade comme une action militaire, mais comme un artifice déshonorant et méprisable, indigne de son fils.

Son père n'aurait jamais envisagé de prendre Ravenel ainsi. Déguisé. Sans faire couler le sang. Avant midi le lendemain.

Il empoigna ses rênes et talonna son cheval. Ils franchirent aisément la première enceinte, l'épaulière de Damen étincelant au soleil. Lorsqu'ils s'approchèrent de la deuxième, un soldat sur la muraille agita sa bannière d'un côté et de l'autre, indiquant l'ouverture de la herse. Sur l'ordre de Damen, Lazar agita sa propre bannière en réponse, tandis qu'Enguerran remuait, bâillonné, sur sa selle.

Il aurait dû se sentir euphorique, grisé par leur hardiesse, et il savait confusément que c'était ce que ressentaient les hommes ; qu'ils avaient apprécié la longue chevauchée jusqu'à Ravenel, alors que Damen l'avait à peine vue passer. Lorsqu'ils traversèrent la deuxième porte, les hommes parvinrent tout juste à contenir l'excitation qui sous-tendait leurs visages sérieux, dans le long silence entre chaque battement de cœur, attendant le sifflement et la vibration des arbalètes, qui ne vinrent jamais.

Tandis que la lourde grille de fer se soulevait pour les laisser passer, Damen s'aperçut qu'il espérait qu'ils soient arrêtés, qu'il désirait une complication, un cri d'indignation, ou de défi, quelque chose qui le débarrasserait de ce… sentiment. *Traîtres! Arrêtez!* Mais rien de tout cela ne se produisit.

Évidemment. Évidemment, les hommes de Ravenel les accueillirent à bras ouverts, les prenant pour leurs alliés. Évidemment, ils ne se méfièrent pas, prêtant le flanc à leurs ennemis.

Damen se força à accomplir sa tâche. Il n'était pas là pour hésiter. Il connaissait ce fort. Il connaissait ses défenses et ses pièges. Il voulait le neutraliser. Une fois les murailles franchies, il envoya des hommes sur les remparts, dans les entrepôts, dans les escaliers en colimaçon menant aux tours.

L'armée atteignit la cour intérieure. Laurent fit avancer son cheval et gravit l'estrade, sa tête dorée insolemment découverte, tandis que ses hommes allaient se placer au centre de la grande salle, derrière lui. Il n'y avait plus de doute, à présent, quant à leur identité : les bannières bleues furent déployées, et celles de Touars jetées à terre. Laurent fit tourner son cheval, et ses sabots claquèrent sur la pierre lisse. Il était parfaitement vulnérable, silhouette claire et isolée à la merci de toute flèche venue des remparts.

Il y eut un moment où un soldat de Ravenel aurait pu crier : « Félonie ! Sonnez le cor ! »

Mais lorsque ce moment arriva, Damen avait placé des hommes partout, et si l'un des gardes de Ravenel tendait la main vers sa lame ou son arbalète, la pointe d'une épée le dissuaderait d'achever son geste. Le bleu avait encerclé le rouge.

Damen s'entendit proclamer, d'une voix retentissante :

— Le seigneur Touars a été vaincu à Hellay. Ravenel est sous la protection du prince héritier.

Toute effusion de sang ne fut pas évitée. Ils rencontrèrent une franche résistance dans les quartiers des habitants, en particulier de la garde personnelle de l'administrateur de Touars, Hestal.

Celui-ci n'était pas assez vérétien, pensa Damen, pour feindre l'enthousiasme face à ce changement de maître.

C'était une victoire. Il tenta de s'en convaincre. Les hommes savouraient pleinement cette progression classique : la montée de tension durant les préparatifs, le paroxysme du combat, puis la domination, le sentiment grisant de la conquête. Pleins d'euphorie, ils étaient entrés en sautillant à Ravenel, la prise du fort s'inscrivant dans le prolongement de leur victoire à Hellay, les échauffourées dans le château ne représentant aucune difficulté réelle. Ils étaient invincibles.

Une bataille avait été gagnée, un fort conquis, une base solide installée ; Damen était vivant, et il entrevoyait sa liberté pour la première fois depuis de nombreux mois.

Autour de lui, les hommes faisaient la fête, laissant s'exprimer leur joie. Damen le leur permit, car ils en avaient besoin. Un jeune garçon jouait du pipeau, d'autres du tambour. On dansa. Les hommes étaient guillerets et heureux. Des tonneaux furent mis en perce et leur contenu déversé dans une fontaine de la cour, afin que les hommes puissent y puiser du vin dès qu'ils le désiraient. Lazar lui en tendit une chope pleine. Une mouche y flottait.

Damen posa la chope, après l'avoir vidée au sol d'un bref mouvement de la main. Il avait du travail.

Il envoya des hommes ouvrir les portes pour le reste de l'armée : les blessés d'abord, les Patrasiens à leur suite, les Vaskiennes et leur butin : neuf chevaux encordés. Il dépêcha des hommes aux entrepôts et à l'armurerie pour dresser des inventaires, et aux quartiers des habitants pour les rassurer.

Il en envoya d'autres s'assurer que le fils de Touars, Thévenin, ne quittait pas ses appartements. Laurent commençait à collectionner les fils.

Ravenel était le joyau de la frontière vérétienne, et s'il ne pouvait pas prendre part aux réjouissances, il pouvait faire en sorte que le château soit bien administré, et pourvu d'une bonne stratégie de défense. Il pouvait offrir à Laurent un bon quartier général. Il établit des postes de travail sur les remparts et dans les tours, répartissant les tâches selon les points forts de chacun. Il remit en place de nombreux éléments du système d'Enguerran et en modifia d'autres afin qu'ils correspondent à ses propres exigences, donnant des charges de commandement à deux hommes : Lazar, de leur troupe, et le meilleur des hommes d'Enguerran, Guymar. Il était déterminé à mettre en place une infrastructure sur laquelle Laurent pourrait compter.

Tout ce travail commençait à porter ses fruits, et il était occupé à donner ses ordres sur les remparts, lorsqu'il reçut l'instruction de rejoindre Laurent.

Le fort, à l'intérieur, était décoré dans un style ancien qui lui rappela Chastillon : les motifs vérétiens complexes étaient forgés dans le fer et sculptés dans le bois sombre, sans ornements supplémentaires d'or, d'ivoire ou de nacre. On le fit entrer dans les appartements que Laurent avait désignés comme les siens, éclairés de bougies et aussi somptueusement meublés que sa tente. Les antiques murs de pierre étouffaient les sons de la fête. Laurent se tenait au centre de la pièce principale, tournant presque le dos à la porte, et un serviteur soulevait une dernière pièce d'armure de ses épaules. Damen franchit la porte.

Et il s'arrêta. Depuis quelque temps, c'était à lui qu'il incombait de retirer et d'entretenir l'armure de Laurent. Sa poitrine se serra ; tout lui était familier, des sangles au poids de l'armure, et à la tiédeur de la chemise où elle avait été pressée, sous le rembourrage.

Puis Laurent se tourna et le vit, et la pression sur sa poitrine s'accentua douloureusement tandis que Laurent le saluait, à demi dévêtu, les yeux brillants.

— Comment trouves-tu mon fort ?

— Je l'aime bien. Je ne serais pas fâché que vous en preniez quelques-uns de plus, dit Damen. Au nord.

Il se força à s'avancer. Laurent le balaya d'un long regard étincelant.

— Si l'épaulière d'Enguerran n'avait pas été à ta taille, je voulais te suggérer d'essayer le caparaçon de son cheval.

— « Je me charge de Guion » ? dit Damen.

— Ne sois pas injuste. Tu as gagné la bataille avant que je ne puisse l'atteindre. Je pensais avoir au moins une petite chance. Toutes tes victoires sont-elles si écrasantes ?

— Les choses se passent-elles toujours comme vous l'avez prévu ?

— Cette fois, oui. Cette fois, tout s'est passé comme je le souhaitais. Nous venons de prendre une forteresse inexpugnable, tu sais.

Ils se contemplèrent l'un l'autre. Ravenel, le joyau de la frontière vérétienne : une mêlée épuisante à Hellay, et un stratagème délirant en costumes de bric et de broc.

— Je sais, dit Damen, désarmé.

— Il y a deux fois plus d'hommes que je ne m'y attendais. Et dix fois plus de réserves. Veux-tu que je sois honnête avec toi ? Je pensais que j'allais devoir soutenir un siège…

— À Acquitart, dit Damen. Vous y aviez fait entreposer assez de réserves pour ça. (Il s'entendait, de très loin, parler de sa voix habituelle.) Ravenel est un peu plus facile à défendre. Demandez simplement à vos hommes de regarder sous les casques avant d'ouvrir les portes.

— D'accord, dit Laurent. Tu vois ? J'apprends à suivre tes conseils.

Il parlait avec un petit sourire spontané que Damen n'avait jamais vu.

Damen s'obligea à détourner le regard. Il pensa aux tâches qui s'effectuaient, dehors. L'armurerie était bien approvisionnée, et même plus que bien : elle n'était que rangées méticuleuses de métal poli et de pointes aiguës. La plupart des hommes de Touars stationnés au fort avaient changé d'allégeance, rejoignant les troupes de Laurent.

Des hommes patrouillaient sur les murailles, et les dispositifs de défense avaient été mis en place. L'équipement était prêt à être utilisé. Les hommes connaissaient leurs tâches, et des entrepôts à la cour et à la grande salle, le fort était prêt. Damen s'en était assuré.

Il dit :

— Qu'allez-vous faire à présent ?

— Prendre un bain, annonça Laurent.

Son ton laissait entendre qu'il savait très bien ce qu'avait voulu dire Damen.

— Et revêtir quelque chose qui ne soit pas en métal. Tu devrais faire de même. J'ai demandé aux serviteurs de te préparer des vêtements seyant à ta nouvelle fonction. Ils sont très vérétiens, tu vas les détester. J'ai quelque chose d'autre pour toi.

Damen se retourna à temps pour voir Laurent ramasser un demi-cercle de métal sur une petite table, près du mur. Cela lui fit l'effet d'une lance transperçant lentement son corps, avec une inéluctabilité douloureuse, sous les yeux des serviteurs, dans cette petite pièce intime.

— Je n'ai pas eu le temps de te le donner avant la bataille.

Damen ferma les yeux, les rouvrit. Il dit :

— Jord a été votre capitaine durant la plus grande partie de notre marche vers la frontière.

— Et à présent, tu es mon capitaine. On dirait que ce n'est pas passé loin.

Le regard de Laurent s'était posé sur son cou, où le collier portait la marque de l'épée de Touars ; l'acier avait profondément entamé la surface tendre de l'or.

— Ce n'est pas passé loin, acquiesça Damen.

Il ravala avec effort ce qui lui coinçait la gorge, tournant la tête sur le côté. Laurent tenait l'insigne de capitaine. Damen l'avait déjà vu le transférer auparavant, de Govart à Jord. Laurent avait dû le reprendre à Jord.

Damen était toujours en armure complète, contrairement à Laurent, qui se tenait devant lui, ses cheveux blonds un peu hérissés par la sueur de la bataille. Il distinguait les légères marques rouges à l'endroit où l'armure de Laurent avait pressé, malgré les coussinets, sur sa peau fragile. Respirer lui faisait mal.

Laurent leva les mains sur son torse, là où sa cape rencontrait le métal. L'insigne, sous les doigts de Laurent, traversa le tissu, glissa et se referma.

La porte de la pièce s'ouvrit. Damen se tourna, pris au dépourvu.

Un flot de gens se déversa dans la pièce, apportant avec eux l'atmosphère joviale de la fête. Le changement était soudain. Le rythme du cœur de Damen ne correspondait plus à la situation. Cependant, l'humeur des nouveaux venus semblait en harmonie avec celle de Laurent, à défaut de la sienne. On fourra une nouvelle chope dans les mains de Damen.

Ne pouvant lutter contre cette marée d'allégresse, Damen fut entraîné par les serviteurs et par tous ceux qui souhaitaient le féliciter. La dernière chose qu'il entendit fut la voix de Laurent :

— Occupez-vous bien de mon capitaine. Ce soir, il doit obtenir tout ce qu'il désire.

La danse et la musique avaient transformé la grande salle du tout au tout.

Assemblés par petits groupes, les gens riaient et frappaient dans leurs mains à contretemps de la musique, les joues rosies par le vin qui avait précédé la nourriture ; celle-ci arrivait tout juste.

Les cuisines s'étaient mises en branle. Les cuisinières cuisinaient, les serviteurs servaient. D'abord inquiets de ce changement d'occupants, le personnel s'y était adapté, et le devoir se transformait peu à peu en enthousiasme. Le prince était un jeune héros, tout rutilant d'or ; regardez ces cils, regardez ce profil. Les gens du peuple avaient toujours aimé Laurent. Si le seigneur Touars avait espéré que les hommes et les femmes de son fort résistent à Laurent, il s'était nourri d'illusions. Les domestiques lui mangeaient déjà dans la main.

Damen entra, résistant à l'envie de tirer sur sa manche. Il ne s'était jamais senti si engoncé. Son nouveau statut exigeait une tenue d'aristocrate, difficile à enfiler et à retirer. Il lui avait fallu presque une heure pour s'habiller, sans compter le bain ainsi que les soins divers qui lui avaient été prodigués. On lui avait même coupé légèrement les cheveux. Il avait été contraint d'écouter les rapports et de donner les ordres par-dessus la tête des serviteurs, tandis qu'ils serraient minutieusement ses lacets. C'était en réponse au dernier rapport de Guymar qu'il scrutait à présent la foule.

On lui avait dit que le petit groupe arrivé avec les derniers patrasiens était la suite de Torveld, le prince de Patras. Torveld était venu accompagner ses hommes, bien qu'il n'ait pas participé au combat.

Damen traversa la salle, congratulé de tous les côtés par les hommes de Laurent, d'une tape dans le dos ou d'une main sur l'épaule. Son regard demeurant rivé sur la tête blonde au-dessus de la grande table, il fut presque surpris de repérer le groupe de Patrasiens ailleurs dans la pièce. La dernière fois que Damen avait vu Torveld, il murmurait des mots doux à Laurent dans la pénombre d'un balcon, tandis que les fleurs nocturnes du jasmin et du frangipanier s'épanouissaient dans les jardins en contrebas. Damen s'attendait un peu à le trouver de nouveau plongé dans une conversation intime avec Laurent, mais Torveld était en compagnie de sa suite, et lorsqu'il vit Damen, il s'approcha.

— Capitaine, dit Torveld. Voilà un titre bien mérité.

Ils parlèrent des soldats patrasiens, et des défenses de Ravenel. Finalement, Torveld n'aborda que brièvement le sujet de sa propre présence :

— Mon frère n'est pas content. Je suis là contre son avis, car j'ai mes propres raisons de soutenir votre campagne contre le régent. Je voulais m'entretenir d'homme à homme avec ton prince, pour le lui dire. Mais je repartirai pour Bazal demain, et vous ne recevrez plus l'aide de Patras. Je ne peux pas désobéir davantage aux ordres de mon frère. Je vous ai offert tout ce que je pouvais.

— Nous avons de la chance que le messager du prince ait réussi à repartir avec sa chevalière, fit remarquer Damen.

— Quel messager ? dit Torveld.

Damen crut qu'il répondait ainsi par prudence politique, mais Torveld ajouta alors :

— Le prince m'a demandé des hommes à Arles. Je n'ai accepté que six semaines plus tard. Quant à mes raisons, je pense que vous devez les connaître.

Il fit signe à l'un des membres de sa suite de s'avancer.

Mince et gracieux, l'un des Patrasiens se détacha du groupe près du mur, s'agenouilla face à Damen, et embrassa le sol près de ses pieds. Damen ne vit donc qu'une cascade de boucles, aux reflets de miel et d'or.

—Relève-toi, dit Damen en akielonien.

Erasmus leva la tête, mais demeura à genoux.

—Tant d'humilité ? Nous sommes du même rang.

—Cet esclave se prosterne face à un capitaine.

—Je suis capitaine grâce à toi. Je te dois beaucoup.

Timidement, après un silence, Erasmus répliqua :

—Je t'avais dit que je trouverais une manière de te récompenser. Tu m'as tant aidé, au palais. Et…

Erasmus hésita et regarda Torveld. Lorsque ce dernier hocha la tête pour l'encourager à parler, Erasmus releva le menton d'une manière qui ne lui ressemblait pas.

—Et je n'aimais pas le régent. Il m'a brûlé la jambe.

Torveld posa sur lui un regard empli de fierté. Erasmus rougit et fit une nouvelle révérence parfaite.

Damen réprima l'envie de lui répéter de se lever. Il était étrange que les coutumes de son propre pays lui semblent à présent si étrangères. Peut-être était-ce seulement dû à tous ces mois passés en compagnie de mignons arrogants et insolents, et de Vérétiens aussi libres qu'imprévisibles. Il contempla Erasmus, sa posture sage et ses cils baissés. Il avait couché avec des esclaves comme lui, aussi dociles au lit qu'en dehors. Il se souvenait d'avoir aimé cela, mais ce souvenir était lointain, comme appartenant à quelqu'un d'autre. Erasmus était beau, Damen le voyait bien. Erasmus, se souvint-il, avait été formé pour lui. Il obéirait à chaque ordre, devancerait chaque désir, de son plein gré.

Le regard de Damen se tourna vers Laurent.

Il découvrit une vision distante, froide et difficile. Assis, Laurent échangeait quelques mots avec quelqu'un, le poignet en équilibre au bord de la grande table, le bout des doigts posé sur le pied d'un verre. De sa posture droite et sévère à la grâce impersonnelle de sa tête blonde ; depuis ses yeux bleus au regard détaché jusqu'à l'arrogance de ses pommettes, Laurent était compliqué et contradictoire, et Damen ne pouvait regarder que lui.

Comme en réponse à une intuition, Laurent leva les yeux et rencontra ceux de Damen. Un instant plus tard, Laurent se levait et s'approchait de lui.

— Tu ne veux pas venir manger ?

— Je devrais retourner surveiller le travail, à l'extérieur. Les défenses de Ravenel doivent être irréprochables. Je veux… Je veux faire cela pour vous, dit-il.

— Cela peut attendre. Tu viens de m'offrir un fort, dit Laurent. Laisse-moi te gâter un peu.

Ils se tenaient près du mur, et en parlant, Laurent appuya une épaule contre les pierres arrondies. Il parlait d'une voix adaptée à l'espace réduit qui les séparait, intime et tranquille.

— Je me souviens. Vous êtes du genre à vous satisfaire de petites victoires, cita Damen.

— Celle-ci n'a rien de petit, répliqua Laurent. C'est la première fois que je gagne contre mon oncle.

Il l'avait dit simplement. La lueur des torches se reflétait sur son visage. La conversation, autour d'eux, était un concert assourdi qui enflait et redescendait, en harmonie avec le reste de l'ambiance adouci par la lumière des flammes.

— Vous savez que ce n'est pas vrai. Vous l'avez vaincu à Arles, lorsque vous avez réussi à faire emmener les esclaves à Patras.

— Je ne jouais pas contre mon oncle. Je jouais contre Nicaise. Les petits garçons sont faciles à battre. Lorsque j'avais treize ans, dit Laurent, tu aurais pu me mener par le bout du nez.

— Je ne peux pas croire que vous ayez jamais été facile à battre.

— Représente-toi l'ingénu le plus naïf que tu aies jamais sauté, dit Laurent.

Puis il ajouta, lorsque Damen ne répondit pas :

— J'avais oublié, tu ne baises pas les petits garçons.

De l'autre côté de la pièce, des éclats de rire, provoqués par une quelconque pitrerie, leur parvinrent en un son étouffé. La salle était un décor flou de bruits et de formes. La lumière était douce et feutrée.

Damen dit :

—Les hommes, parfois.

—En l'absence de femmes ?

—Quand je les désire.

—Si je l'avais su, j'aurais peut-être frémi d'effroi à l'idée de m'étendre près de toi.

—Vous le saviez, dit Damen.

Il y eut un silence. Laurent finit par s'écarter du mur.

—Viens manger, dit-il.

Damen se retrouva assis à table. Selon les critères vérétiens, c'était un banquet décontracté, où les convives mangeaient le pain avec les doigts et la viande à la pointe du couteau. Mais la table était couverte des meilleurs plats que les cuisines avaient pu concocter en un temps limité : viandes épicées, faisans aux pommes, volailles fourrées aux raisins et cuites au lait. Distraitement, Damen tendit la main vers un petit morceau de viande, mais Laurent saisit son poignet et l'éloigna de la table.

—Torveld m'a dit qu'en Akielos, c'est l'esclave qui donne à manger à son maître.

—En effet.

—Dans ce cas, ceci ne devrait pas te déranger, dit Laurent en ramassant le morceau et en le soulevant.

Le regard de Laurent était rivé sur lui, et non sagement baissé. Il n'avait absolument rien d'un esclave, même si Damen s'autorisait à imaginer qu'il l'était. Damen se souvint de Laurent, glissant le long du banc dans l'auberge de Nesson, pour manger avec mille caprices le pain qu'il tenait dans ses doigts.

—Cela ne me dérange pas, dit Damen.

Il resta immobile. Ce n'était pas au maître de se pencher pour atteindre une bouchée tenue hors de sa portée.

Les sourcils dorés s'arquèrent légèrement. Laurent se rapprocha, et porta le morceau aux lèvres de Damen.

Celui-ci mordit avec une lenteur délibérée. La viande était riche et tiède, un mets délicat aux influences méridionales, très semblable à la nourriture de son pays. Il mâcha sans se presser, conscient du regard de Laurent posé sur lui. Lorsque Laurent ramassa un autre morceau de viande, ce fut Damen qui se pencha.

Il prit la deuxième bouchée. Il ne regardait pas la nourriture, mais Laurent, et sa manière de se tenir, toujours si maîtrisée que ses réactions étaient subtiles, ses yeux bleus difficiles à déchiffrer, mais dénués de froideur. Il voyait que Laurent était satisfait, qu'il savourait son acte de soumission pour sa rareté, son exclusivité. Damen avait l'impression d'être tout près de le comprendre, comme si Laurent se présentait à son regard pour la première fois.

Damen se redressa, et c'était la bonne chose à faire, car cela permettait au moment de demeurer naturel : une brève intimité partagée à table, qui passa inaperçue aux yeux de la plupart des convives.

Autour d'eux, la conversation s'orienta sur d'autres sujets, les nouvelles de la frontière, certains moments de la bataille, les tactiques employées. Damen ne quitta pas Laurent des yeux.

Quelqu'un avait apporté une cithare, et Erasmus en jouait, doucement, discrètement. En musique akielonienne – comme en toutes choses, en Akielos – on attachait beaucoup de prix à la retenue. L'effet recherché était la simplicité. Dans le silence entre deux chansons, Damen s'entendit demander :

— Joue « La Conquête d'Arsace ».

Il avait formulé cette requête sans réfléchir. Un instant plus tard, il entendit les premières notes, familières et émouvantes.

La chanson était ancienne. Le jeune homme avait une voix superbe. Les notes résonnèrent, flottant dans la pièce, et bien qu'il sache que les paroles de son pays ne seraient pas comprises par les Vérétiens, Damen se souvint que Laurent, lui, connaissait sa langue.

Sans doute, les dieux lui parlent-ils
D'une voix sereine

D'un seul regard, il fait ployer les hommes
Son soupir fait s'écrouler les cités

Je me demande s'il rêve de s'abandonner
Sur un lit de fleurs blanches

Ou n'est-ce que le fol espoir
De tous ceux qui veulent le conquérir ?

Le monde n'est pas fait pour une beauté comme la sienne

La chanson s'acheva doucement. En dépit de la langue inconnue, l'interprétation pleine d'humilité de l'esclave avait changé légèrement l'atmosphère de la pièce. Quelques applaudissements retentirent. L'attention de Damen était rivée au visage d'ivoire et d'or de Laurent, à sa peau si fine, aux dernières traces marquant les endroits où il avait été attaché et frappé. Le regard de Damen dériva, lentement, petit à petit, sur la ligne fière de son menton, ses yeux inflexibles, la courbe de sa pommette, et descendit vers sa bouche. Sa bouche, belle et vicieuse.

L'élan de désir qui s'empara de lui fut un frisson puissant, donnant vie à son sang et sa chair, et dominant son esprit. Il se leva, incapable de réfléchir. Il quitta la salle et sortit dans la grande cour.

Le fort, autour de lui, était une masse sombre constellée de torches. Leurs propres hommes marchaient désormais sur les remparts, et de temps en temps, une sentinelle lançait un appel sonore ; mais ce soir-là, toutes les lanternes étaient allumées, et les bruits de la fête, rires et éclats de voix, résonnaient depuis la grande salle.

La distance aurait dû suffire à calmer Damen, mais sa douleur ne fit qu'augmenter, et il se retrouva finalement en haut de l'épais rempart, congédiant les soldats postés sur cette section, et s'appuyant des deux mains sur la pierre pour attendre que ce sentiment s'estompe.

Il partirait. C'était la meilleure chose à faire. Il se mettrait en route très tôt, et franchirait la frontière avant midi. Il n'aurait pas besoin de laisser un mot derrière lui : lorsque son absence serait remarquée, Jord annoncerait son départ à Laurent. Les Vérétiens reprendraient à leur compte les postes et les structures qu'il avait mises en place, là, au fort. C'était pour cette raison qu'il les avait créées.

Tout serait plus simple, le lendemain matin. Jord, pensa-t-il, lui laisserait le temps de dépasser les éclaireurs de Laurent avant de révéler au prince que son capitaine était parti, irrévocablement. Il se concentra sur les nécessités les plus triviales : un cheval, des provisions, un itinéraire à l'écart des guetteurs. Les subtilités de la défense de Ravenel étaient dorénavant entre les mains d'autres hommes que lui. Le combat qu'ils allaient mener, dans les mois à venir, n'était pas le sien. Il pouvait l'oublier.

Sa vie à Vère, l'homme qu'il était dans cet endroit, il pouvait oublier tout cela.

Entendant un bruit dans l'escalier de pierre, il leva la tête. Le rempart s'étendait jusqu'à la tour sud, en un chemin de pierre crénelé à sa gauche, et éclairé par des torches à intervalles réguliers. Damen avait intimé aux hommes de quitter cette section. Au sommet de l'escalier en colimaçon apparut la seule personne capable de désobéir à son ordre.

Damen regarda Laurent qui, seul, sans escorte, avait quitté son propre banquet pour le retrouver, pour le suivre jusque-là, en haut de l'escalier, sur le rempart. Laurent vint se placer près de lui, en une présence agréable et discrète qui vint se loger dans la poitrine de Damen. Ils se dressaient en haut du fort qu'ils avaient conquis ensemble. Damen tenta d'employer un ton de conversation.

—Vous savez, les esclaves que vous avez offerts à Torveld ont presque autant de valeur que les hommes qu'il vous a prêtés.

—Je dirais qu'ils ont exactement la même valeur.

—Je pensais que vous les aviez aidés par compassion.

—Non, tu ne pensais pas cela, dit Laurent.

Le soupir qui échappa à Damen n'était pas tout à fait un rire. Il scruta l'obscurité par-delà les torches, l'étendue invisible du sud.

—Mon père, dit-il, haïssait les Vérétiens. Il les traitait de lâches, d'escrocs. C'est ce qu'il m'a appris à penser. Il se serait comporté comme ces seigneurs de la frontière, Touars, Makedon, brûlant de faire la guerre. Je ne peux qu'imaginer ce qu'il aurait pensé de vous.

Il regarda Laurent. Il connaissait la personnalité de son père, ses valeurs. Il savait exactement la réaction qu'aurait eue Théomède, si Laurent s'était jamais présenté devant lui à Ios. Si Damen l'avait défendu, qu'il avait tenté de lui montrer que Laurent pouvait être… Son père n'aurait pas compris. « *Combats-les, ne leur fais jamais confiance.* » Damen n'avait jamais contredit son père, sur quelque sujet que ce soit. Il n'en avait jamais eu besoin, tant leurs valeurs étaient similaires.

— Votre père à vous aurait été fier, aujourd'hui.

— Que j'aie brandi une épée et revêtu les habits trop grands de mon frère ? J'en suis sûr, oui, rétorqua Laurent.

— Vous ne désirez pas le trône, dit Damen au bout d'un moment.

Il observait attentivement le visage de Laurent.

— Bien sûr que si, déclara Laurent. Crois-tu vraiment, après tout ce dont tu as été témoin, que je serais capable de refuser le pouvoir ou une chance de l'exercer ?

Damen sentit sa bouche s'incurver.

— Non.

— Non.

Son propre père avait régné par l'épée. Il avait forgé Akielos pour n'en faire qu'une nation, et employé la puissance nouvelle de ce pays à étendre ses frontières, avec un orgueil féroce. Il avait lancé sa campagne septentrionale pour ramener Delpha dans son royaume, après quatre-vingt-dix ans sous l'autorité vérétienne. Mais ce n'était plus son royaume, désormais. Son père, qui n'entrerait jamais à Ravenel, était mort.

— Je n'ai jamais remis en question la vision du monde de mon père. Il me suffisait d'être la sorte de fils dont il était fier. Je ne pourrais jamais déshonorer sa mémoire, mais pour la première fois, je m'aperçois que je ne veux pas être…

Un roi comme lui.

Damen aurait eu l'impression de cracher sur son père s'il avait prononcé ces mots. Et cependant, il avait vu le village de Breteau, qui n'avait jamais attaqué personne, massacré par les lames akieloniennes.

« Père, je peux le battre », avait-il dit, et il était parti, et il avait été accueilli en héros à son retour, les serviteurs lui retirant son armure, son père rayonnant de fierté. Il se souvint de ce soir-là, de tous ces soirs-là, la puissance galvanisante des victoires expansionnistes de son père, l'approbation alors que les triomphes se succédaient. Il n'avait pas pensé à la manière dont les choses se passaient de l'autre côté du champ de bataille. *« Lorsque ce jeu a commencé, j'étais plus jeune. »*

— Je suis désolé, dit Damen.

Laurent lui adressa un regard étrange.

— Pourquoi donc t'excuses-tu auprès de moi ?

Il ne pouvait pas répondre. Pas en disant la vérité. Il dit :

— Je n'avais pas compris ce qu'être roi signifiait pour vous.

— Et qu'est-ce que cela signifie pour moi ?

— La fin du combat.

L'expression de Laurent changea ; il ne parvint pas à réprimer parfaitement les indices subtils du choc qu'il ressentait, et Damen l'éprouva dans son propre corps, un nouveau tiraillement du cœur face aux yeux assombris de Laurent.

— Je regrette que les choses n'aient pu être différentes entre nous. Je regrette de ne pas m'être comporté de manière plus honorable envers vous. Je veux que vous sachiez que vous aurez un ami de l'autre côté de la frontière, quoi qu'il arrive demain, quoi qu'il nous arrive à l'un comme à l'autre.

— Des amis, dit Laurent. Est-ce ce que nous sommes ?

La voix de Laurent était tendue, crispée, comme si la réponse était évidente ; aussi évidente que ce qui se passait entre eux, l'air qui disparaissait, peu à peu.

Damen dit, avec une sincérité désespérée :

— Laurent, je suis votre esclave.

Ces paroles le mirent à nu, révélant la vérité. Il voulait le prouver, comme si, sans parler, il pouvait combler le fossé qui les séparait. Il entendait le souffle court de Laurent, identique au sien ; chacun respirait l'air de l'autre. Il tendit la main, scrutant les yeux de Laurent pour y déceler toute trace d'hésitation.

Son contact fut accepté, là où il ne l'avait pas été auparavant, ses doigts caressant doucement la joue de Laurent, son pouce courant sur sa pommette, tendre. Le corps de Laurent, que celui-ci maîtrisait si soigneusement, était durci par la tension, son pouls rapide appelant à la fuite, mais Laurent ferma les yeux dans les dernières secondes. Damen fit glisser sa paume sur sa nuque tiède ; lentement, très lentement, transformant sa haute stature en offrande et non en menace, Damen se pencha et embrassa Laurent sur la bouche.

Le baiser fut à peine un soupçon de baiser, et la raideur de Laurent ne faiblit pas. Mais le premier baiser se mua en un second, après un instant de séparation durant lequel Damen sentit une bouffée du souffle de Laurent contre ses propres lèvres.

Il avait l'impression qu'au milieu de tous leurs mensonges, ce baiser était le seul éclat de vérité. Le fait qu'il parte le lendemain n'avait aucune importance. Il se sentait renaître du désir de donner ceci à Laurent : de lui donner tout ce qu'il permettrait, et de ne rien demander, savourant ce seuil délicat, car il représentait tout ce que Laurent acceptait de recevoir.

— Votre Altesse…

Ils s'écartèrent en entendant cette voix, ces bruits soudains de pas tout proches. Une tête apparaissait en haut de l'escalier. Damen fit un pas en arrière, l'estomac noué.

C'était Jord.

Chapitre 18

Après cette séparation abrupte, Damen se tint face à Laurent dans l'une des flaques de lumière émises par les torches. Le rempart s'étendait de chaque côté et Jord, à quelques pas de là, s'immobilisa.

— J'ai ordonné que personne n'approche de cette section, dit Damen.

Jord était de trop. Chez lui, en Akielos, il n'aurait eu qu'à lever les yeux de ce qu'il était en train de faire pour ordonner « Laissez-nous », et l'intrus serait parti. Et il aurait pu retourner à ses activités.

Ses merveilleuses activités. Il était en train d'embrasser Laurent, et cet acte ne devait jamais être interrompu. Ses yeux revinrent, chaleureux et possessifs, à leur objet : Laurent ressemblait à n'importe quel jeune homme qui viendrait d'être pressé contre un rempart et embrassé. Le léger désordre des cheveux de Laurent, sur sa nuque, était sublime. Il avait posé la main à cet endroit.

— Ce n'est pas pour toi que je suis là, dit Jord.

— Alors dis ce que tu as à dire et va-t'en.

— Je dois parler au prince.

Il avait posé la main à cet endroit, et plongé les doigts dans ces cheveux dorés, doux et tièdes. Interrompu, le baiser flottait encore entre eux, dans leurs yeux et leurs battements de cœur. Il se retourna vers l'intrus. La menace que représentait Jord était galvanisante. Rien ni personne ne ferait obstacle à ce qui venait de se passer.

Laurent s'écarta du mur.

— Vous êtes venu m'avertir du danger qu'il y a à prendre des décisions de commandement au lit ? demanda Laurent.

Il y eut un silence, bref et spectaculaire. Le son produit par les torches et par le vent heurtant les remparts était assourdissant. Jord était figé.

— Vous avez quelque chose à dire ?

Jord gardait ses distances. La même répugnance obstinée gonflait toujours sa voix.

— Pas devant lui, dit-il.

— Il s'agit de votre capitaine.

— Il sait très bien qu'il devrait partir.

— Pendant que nous échangeons nos vues sur l'art d'écarter les cuisses pour un ennemi ? dit Laurent.

Le silence empira. Damen sentait la distance qui le séparait de Laurent par chaque fibre de son corps, quatre pas interminables.

— Eh bien ? insista Laurent.

Jord posait sur Damen un regard buté. Mais il ne dit pas : « C'est Damianos d'Akielos », quoiqu'il semblait plus écœuré que jamais par ce qu'il venait de voir, et le silence s'éternisa, lourd et gonflé d'émotions sous-jacentes.

Damen fit un pas en avant.

— Peut-être…, commença-t-il.

Il y eut un autre bruit dans l'escalier, un fracas de pas précipités. Jord se retourna. Guymar et un autre soldat entraient dans la section qu'il avait interdite à tous. Damen se passa une main sur le visage. Tous les hommes du fort avaient décidé de venir dans cette section.

— Capitaine. Je vous demande pardon de désobéir à vos ordres. Mais il y a un problème, en bas.

— Un problème ?

— Certains soldats se sont mis en tête de s'amuser avec un des prisonniers.

Le monde n'avait pas disparu. Le monde revenait sans y avoir été invité, avec ses soucis : les manquements à la discipline, les devoirs d'un capitaine.

—Les prisonniers doivent être bien traités, déclara Damen. Si certains des hommes ont trop bu, vous savez comment les maintenir à distance. Mes ordres étaient très clairs.

Il y eut un moment d'hésitation. Guymar était un des hommes d'Enguerran, un soldat de carrière, poli et professionnel. C'était pour ces qualités que Damen l'avait promu.

—Capitaine, vos ordres étaient très clairs, mais…, dit Guymar.

—Mais?

—Certains des hommes semblent croire que Son Altesse approuvera leurs actes.

Damen rassembla ses esprits. À la manière dont Guymar l'avait dit, il était aisé de deviner de quelle sorte d'amusement il s'agissait. Ils avaient passé des semaines sur la route sans prostitués. Et cependant, il avait cru que les hommes capables de tels écarts avaient tous été renvoyés de la troupe.

Le visage de Guymar était impassible, mais sa désapprobation était tangible: ces actes étaient ceux de mercenaires, vêtus de la livrée du prince. Les hommes du prince trahissaient leur infériorité.

Comme un archer visant sa cible, Laurent énonça d'un ton précis, assuré:

—Aimeric.

Damen se retourna. Le regard de Laurent était posé sur Jord, et Damen vit au changement d'expression du soldat que Laurent avait raison. Bien sûr, c'était pour sauver Aimeric que Jord était venu.

Sous ce regard calme et dangereux, Jord se mit à genoux.

—Votre Altesse, dit-il.

Il ne regardait personne, seulement les pierres sombres devant lui.

—Je sais que j'ai fauté. J'accepterai ma punition, quelle qu'elle soit. Mais Aimeric a agi par loyauté envers sa famille. Envers ce qu'il connaissait. Il ne mérite pas d'être abandonné aux hommes pour cela. (Jord avait la tête baissée, mais ses poings étaient serrés sur ses genoux.) Si mes années de service à vos côtés ont une quelconque valeur, alors offrez-moi cela en échange.

— Jord, dit Laurent. C'est pour cela qu'il vous a baisé. Pour ce moment.

— Je le sais, dit Jord.

— Orlant, reprit Laurent, ne méritait pas de mourir seul, empalé sur l'épée d'un aristocrate égoïste qu'il prenait pour un ami.

— Je le sais, martela Jord. Je ne vous demande pas de libérer Aimeric ou de lui pardonner ce qu'il a fait. C'est juste que je le connais, et ce soir-là, il était…

— Je devrais vous obliger à regarder, dit Laurent, pendant qu'il est déshabillé et offert à tous les hommes de la troupe.

Damen fit un pas en avant.

— Vous ne parlez pas sérieusement. Vous avez besoin de lui, en tant qu'otage.

— Mais je n'ai pas besoin qu'il soit chaste, rétorqua Laurent.

Son visage était parfaitement lisse, ses yeux bleus froids et distants. Damen se sentit tressaillir imperceptiblement, surpris, face à ce regard dur. Il comprit que sans le savoir, à un moment crucial, il s'était éloigné de Laurent. Il avait envie de renvoyer tout le monde, afin de retrouver son chemin.

Et cependant, tout ceci devait être réglé. La situation commençait à dégénérer.

Damen dit :

— Si Aimeric doit être châtié, alors il doit l'être avec justice, par une décision raisonnable suivie d'une sentence appliquée publiquement. Les hommes n'ont pas à agir de leur propre chef à ce sujet.

— Dans ce cas, très bien, dit Laurent. Rendons la justice, puisque vous êtes tous deux si empressés de le faire. Arrachez Aimeric à ses admirateurs. Amenez-le-moi dans la tour sud. Réglons cette affaire au grand jour.

— Oui, Votre Altesse.

Malgré lui, Damen fit un pas en avant, tandis que Guymar s'inclinait et partait, et que les autres le suivaient en direction de la tour sud. Il voulait toucher Laurent, sinon de la main, au moins de la voix.

— Qu'est-ce que vous faites ? demanda-t-il. Lorsque j'ai dit qu'Aimeric devait être châtié avec justice, je voulais dire plus tard. Pas maintenant, alors que vous... (il scruta le visage de Laurent) ... alors que nous...

Il se heurta à un regard infranchissable, et à un haussement indifférent de sourcils dorés.

Laurent dit :

— Si Jord est prêt à se mettre à genoux pour Aimeric, il faut qu'il sache exactement pour qui il rampe.

La tour sud était surmontée d'une plate-forme et d'un parapet percé, non pas de fentes rectangulaires, pragmatiques, mais de petites voûtes minces et pointues, car il s'agissait de Vère, où tout devait être décoré. Sous la plate-forme se trouvait la pièce où Damen, Laurent et Jord se réunirent, un petit espace rond relié au parapet par un escalier droit en pierre. Durant un combat – durant tout assaut sur le fort – la pièce serait un lieu de ralliement pour les archers et les fantassins, mais pour le moment, elle servait de corps de garde officieux. Elle était meublée d'une robuste table de bois, et de trois chaises. Les hommes qui auraient dû être postés là, dans la pièce et au-dessus, avaient été renvoyés sur l'ordre de Damen.

Laurent, dans sa puissance arrogante, avait ordonné qu'on lui amène, en plus d'Aimeric, des rafraîchissements. La collation arriva en premier. Les serviteurs se pressèrent jusqu'en haut de la tour, chargés de plats de viande, de pain, et de pichets de vin et d'eau. Les coupes qu'ils apportèrent étaient en or, et ciselées d'une scène de chasse représentant un cerf. Laurent s'assit dans la chaise à haut dossier, près de la table, et croisa les jambes. Damen ne pensait pas que Laurent allait affronter Aimeric les jambes croisées, et lui faire la conversation. Ou peut-être que si.

Il connaissait cette expression. Son sens du danger, rompu aux subtilités de l'humeur de Laurent, lui soufflait qu'Aimeric était plus en sécurité en bas, avec une demi-douzaine de soldats, que dans cette pièce avec Laurent. Celui-ci avait les paupières mi-closes sur un regard froid, le dos droit, les doigts posés sur le bord d'une coupe.

Je l'ai embrassé, se dit Damen. Cette pensée était irréelle, dans cette petite pièce circulaire. Le baiser, doux et chaud, avait été interrompu à un moment prometteur : les lèvres de Laurent, légèrement entrouvertes pour la première fois, indiquaient qu'il était sur le point de laisser le baiser s'approfondir, bien que son corps ait vibré de tension.

Lorsque Damen ferma les yeux, il vit ce qui aurait pu se passer alors : lentement, Laurent ouvrait la bouche, levait les mains d'un geste hésitant pour toucher son corps. Il aurait été prudent, si prudent.

Aimeric fut traîné dans la pièce par deux gardes. Il résistait, les mains liées dans le dos, et les deux gardes le maintenaient par les bras. On lui avait retiré son armure ; sa chemise était maculée de terre et de sueur, et en partie ouverte, les lacets en désordre. Ses boucles semblaient plus écrasées qu'élégantes, et il avait une coupure à la joue gauche.

Ses yeux brillaient encore de défi. Aimeric était doté d'une nature profondément agressive, Damen le savait. Il aimait se battre.

Lorsqu'il vit Jord, il blêmit et cracha :

— Non !

Un garde le poussa dans la pièce.

— Les amoureux enfin réunis, dit Laurent.

En entendant cela, Aimeric reprit son attitude hostile. Les gardes l'empoignèrent de nouveau, brutalement. Son visage était toujours pâle, mais il releva le menton.

— M'avez-vous fait amener ici pour me narguer ? Je suis heureux d'avoir fait ce que j'ai fait. Je l'ai fait pour ma famille, et pour le Sud. Je le referais sans hésiter.

— C'est très mignon, commenta Laurent. Maintenant, la vérité.

— C'est la vérité, dit Aimeric. Je n'ai pas peur de vous. Mon père va vous écraser.

— Votre père s'est enfui à Fortaine, la queue entre les jambes.

— Pour planifier son retour. Mon père ne tournerait jamais le dos à sa famille. Pas comme vous. Coucher avec son frère, ce n'est pas la même chose qu'être loyal envers sa famille.

Aimeric avait le souffle court.

— Oh, cela me rappelle, dit Laurent.

Il se leva, tenant négligemment sa coupe entre ses doigts. Il regarda Aimeric un moment. Puis il affermit sa prise sur la coupe, la leva, et s'en servit pour frapper Aimeric au visage avec une brutalité tranquille.

Aimeric cria. Le coup fit basculer sa tête sur le côté, la lourde coupe d'or heurtant sa pommette avec un bruit sec et écœurant. Il chancela entre les deux gardes. Jord s'élança en avant, et Damen le sentit lutter de toutes ses forces lorsqu'il bougea instinctivement pour l'arrêter.

— Ne parle plus jamais de mon frère, dit Laurent.

Quand Jord avait bondi, Damen l'avait repoussé sans douceur, puis l'avait maintenu en place d'une poigne solide. Jord s'était immobilisé, mais ses muscles étaient encore bandés, son souffle haché. Laurent reposa la coupe, avec une délicatesse exquise, sur la table.

Aimeric cligna des yeux, hagard ; le contenu de la coupe avait jailli, éclaboussant son visage stupéfait. Il avait du sang sur ses lèvres, qui avaient été mordues ou fendues, et une marque rouge sur la joue.

Damen entendit Aimeric dire, d'une voix pâteuse :

— Vous pouvez me frapper tant que vous voudrez.

— Vraiment ? Je crois que nous allons bien nous entendre, toi et moi. Dis-moi, que puis-je te faire d'autre ?

— Arrêtez, supplia Jord. Ce n'est qu'un jeune garçon. Ce n'est qu'un enfant, il est trop jeune pour tout cela, il a peur. Il pense que vous allez anéantir sa famille.

Aimeric tourna son visage meurtri et sanguinolent à ces mots, interloqué d'entendre Jord le défendre. Laurent se tourna vers Jord au même moment, arquant ses sourcils dorés. L'incrédulité se peignait aussi sur le visage de Laurent, mais elle était plus froide, plus profonde.

Il fallut un moment à Damen pour comprendre pourquoi. Un malaise le parcourut tandis qu'il regardait Laurent, puis Aimeric, et s'apercevait soudain, pour la première fois, qu'ils avaient presque le même âge. Il y avait six mois de différence entre eux, tout au plus.

—Je vais anéantir sa famille, confirma Laurent. Mais ce n'est pas pour sa famille qu'il se bat.

—Bien sûr que si, rétorqua Jord. Quelle autre raison aurait-il de trahir ses amis ?

—Vous n'en voyez pas une seule ?

Laurent reporta son attention sur Aimeric. Il se rapprocha de lui, jusqu'à ce qu'ils se tiennent face à face. Comme un amant, Laurent sourit et effleura une boucle rebelle, puis la coinça derrière l'oreille d'Aimeric. Aimeric tressaillit, violemment, puis réprima sa réaction, mais il ne parvint pas à contrôler sa respiration.

Tendrement, Laurent toucha du doigt le sang qui coulait de la lèvre d'Aimeric.

—Joli minois, dit Laurent.

Puis il caressa la joue d'Aimeric, et lui inclina le visage comme pour l'embrasser. Aimeric émit un bruit étranglé ; sa peau meurtrie, sous les doigts de Laurent, était blanche.

—Je suis sûr que tu étais un amour de petit garçon. Un joli petit amour. Quel âge avais-tu quand tu as baisé mon oncle ?

Damen se figea, de même que la tour tout entière, tandis que Laurent ajoutait :

—Étais-tu assez vieux pour jouir ?

—Taisez-vous, dit Aimeric.

—T'a-t-il promis qu'il te reviendrait, si tu faisais une seule petite chose pour lui ? T'a-t-il dit à quel point tu lui manquais ?

—Taisez-vous, siffla Aimeric.

—Il mentait. Il ne te reprendra pas. Tu es trop vieux.

—Vous n'en savez rien, dit Aimeric.

—Avec ta voix grave et ta joue râpeuse, tu le rendrais malade.

—Vous n'en savez RIEN…

—Avec ton corps d'adulte, tes désirs trop mûrs, tu n'es rien d'autre que…

— Vous vous trompez ! Il m'aime !

Aimeric avait voulu lancer ces mots comme un défi, mais ils résonnèrent comme un hurlement. Damen sentit son cœur chavirer, un sentiment de profond dégoût déferlant sur lui. Il s'aperçut qu'il avait lâché Jord, qui de son côté, avait reculé.

Laurent dévisageait Aimeric avec un mépris non dissimulé.

— Il t'aime ? Misérable petit parvenu. Je doute qu'il t'ait même préféré aux autres. Combien de temps as-tu retenu son attention ? L'espace de quelques coups, lorsqu'il s'ennuyait à la campagne ?

— Vous ne savez rien de nous, dit Aimeric.

— Je sais qu'il ne t'a pas amené à la cour. Il t'a laissé à Fortaine. Tu ne t'es jamais demandé pourquoi ?

— Il ne voulait pas me laisser. Il me l'a dit, protesta Aimeric.

— Je suis sûr que tu as été facile. Quelques compliments, un peu d'attention, et tu lui as offert tous les plaisirs naïfs d'un puceau campagnard dans son lit. Il a dû trouver cela divertissant. Au début. Qu'y a-t-il d'autre à faire à Fortaine ? Mais l'attrait de la nouveauté a fini par s'estomper.

— Non, dit Aimeric.

— Tu es plutôt joli, et manifestement, tu aimais cela. Mais les marchandises usagées ne sont plus attirantes, à moins d'être utiles. Et la piquette qu'on boit dans une auberge au milieu de nulle part n'est pas celle qu'on sert à sa propre table, lorsqu'on a le choix.

— Non !

— Mon oncle n'est pas facile à satisfaire. Contrairement à Jord, ajouta Laurent, qui est capable de ramasser le rebut abandonné par un homme de cinquante ans et de le traiter comme s'il valait quelque chose.

— Arrêtez ! cria Aimeric.

— Pourquoi crois-tu que mon oncle t'a demandé de t'offrir à un vulgaire soldat, promettant qu'il daignerait ensuite te toucher ? Il se disait que tu n'étais bon qu'à ça. Baiser mes soldats. Et tu n'as même pas réussi à le faire correctement.

Damen dit :

— Ça suffit.

Aimeric pleurait. Ses sanglots affreux, déchirants, secouaient son corps entier. Jord était livide. Avant que quelqu'un d'autre puisse agir ou parler, Damen dit :

— Faites sortir Aimeric.

— Espèce de salaud insensible, cracha Jord à Laurent d'une voix tremblante.

Laurent se tourna vers lui, lentement.

— Et puis bien sûr, dit-il, il y a vous.

— Non, dit Damen en s'interposant.

Il regardait Laurent. Sa voix était dure.

— Sors, dicta-t-il à Jord.

C'était un ordre sec. Il ne se retourna pas pour voir si Jord obéissait. À Laurent, de la même voix, il dit :

— Calmez-vous.

Laurent lui adressa le regard d'un guerrier qui hésite à couper en deux son ennemi désarmé.

— Allez-vous essayer de vous en prendre à moi, maintenant ? Ou ne prenez-vous plaisir qu'à attaquer ceux qui ne peuvent pas se défendre ?

Damen entendit la dureté de sa propre voix. Il ne céda pas. Autour d'eux, la tour s'était vidée. Il avait congédié tout le monde.

— Je me souviens de la dernière fois que je vous ai vu comme cela. Vous avez commis une telle bévue que vous avez donné à votre oncle l'excuse dont il avait besoin pour vous retirer vos terres.

Damen faillit mourir, pour avoir dit cela. Il le savait et ne bougea pas. L'atmosphère monta en intensité, brûlante, épaisse et létale.

Abruptement, Laurent se détourna. Il posa ses paumes sur la table, empoignant le bord, la tête baissée, les bras crispés, le dos tendu. Damen regarda son torse se soulever et se dégonfler, plusieurs fois.

Laurent demeura immobile un moment. Puis, violemment, il balaya la table de son avant-bras, en un mouvement subit qui envoya les assiettes dorées et leur contenu s'écraser au sol.

Une orange roula. L'eau du pichet ruissela de la table. Il entendait la respiration irrégulière de Laurent.

Damen laissa le silence s'éterniser. Il ne regarda pas la table, ni ses viandes éparpillées, ses assiettes dispersées, et son gros pichet renversé. Il regarda la ligne du dos de Laurent. Comme il avait su qu'il fallait renvoyer les autres, il savait qu'il ne devait pas parler. Il ignora combien de temps s'écoula. Pas assez longtemps pour que le dos de Laurent se dénoue.

Laurent parla sans se retourner. Sa voix était d'une précision désagréable.

— Ce que tu dis, c'est que quand je perds le contrôle de moi-même, je fais des erreurs. Mon oncle le sait, bien sûr. Cela a dû beaucoup l'amuser d'envoyer Aimeric travailler contre moi, tu as raison. Avec tes manières barbares, ton arrogance brutale et dominatrice… tu as toujours raison.

Les mains de Laurent, sur la table, étaient blêmes.

— Je me souviens de ce séjour à Fortaine. Il a quitté la capitale pour deux semaines, puis a fait dire qu'il restait une semaine de plus. Il a dit que ses affaires avec Guion prenaient plus longtemps que prévu.

Damen fit un pas en avant, poussé par la voix de Laurent.

Ce dernier dit :

— Si tu veux que je me calme, sors d'ici immédiatement.

Chapitre 19

— Capitaine.

Damen avait fait trois pas hors de la pièce lorsque Guymar le héla, prévoyant manifestement de retourner lui-même dans la salle de la tour.

—Aimeric est de nouveau sous bonne garde, et les hommes se sont calmés. Je vais faire mon rapport au prince et…

Damen s'aperçut qu'il bloquait physiquement le passage de Guymar.

—Non. Personne n'entre.

Une colère irrationnelle l'envahit. Derrière lui se trouvait la porte fermée de la pièce, le barrage empêchant le désastre. Guymar n'aurait pas dû se trouver là, à essayer d'entrer, d'aggraver l'humeur de Laurent. D'ailleurs, Guymar n'aurait pas dû provoquer la mauvaise humeur de Laurent, tout à l'heure.

—Quels sont les ordres, concernant le prisonnier ?

Jetez Aimeric des remparts.

—Assurez-vous qu'il ne sorte pas de sa chambre.

—Oui, capitaine.

—Que personne ne pénètre dans cette section. Et… Guymar ?

—Oui, capitaine ?

—Cette fois, je ne tolérerai aucun manquement à mes ordres. Je me fiche de qui s'apprête à être maltraité. Personne ne doit venir ici. Est-ce bien compris ?

— Oui, capitaine.

Guymar s'inclina et se retira.

Damen se rendit compte qu'il avait posé les mains sur les créneaux, en un écho inconscient de la posture de Laurent, la ligne de son dos étant la dernière chose qu'il avait vue avant de pousser la porte.

Son cœur battait la chamade. Il avait envie de dresser une barrière pour protéger Laurent de tous ceux qui souhaiteraient le déranger. Il s'assurerait que personne n'entrerait dans ce périmètre, même si cela impliquait de rester coincé sur ces remparts et de patrouiller lui-même.

Il connaissait ce trait de caractère de Laurent. Il savait qu'une fois qu'il se laissait le temps de réfléchir, seul, son sang-froid revenait, et sa raison gagnait.

La partie de lui qui ne voulait pas assommer Aimeric d'un coup de poing reconnaissait que Jord et lui venaient de passer un sale quart d'heure. Cette situation fâcheuse aurait pu être évitée. S'ils s'étaient juste… tenus à l'écart l'un de l'autre. *« Des amis »*, avait dit Laurent sur les remparts. *« Est-ce ce que nous sommes ? »* Damen serra les poings. Aimeric était un fauteur de troubles invétéré, et il avait l'art de se manifester au mauvais moment.

À la base de l'escalier, il donna le même ordre aux soldats qu'à Guymar, vidant la section.

Minuit était passé depuis longtemps. Un sentiment de fatigue, de lourdeur envahit Damen, et il fut soudain conscient qu'il ne s'écoulerait plus que quelques heures avant le matin. Les soldats s'en allaient, désertant l'endroit. L'idée de s'arrêter, de se donner le temps de réfléchir, était la pire qu'il puisse avoir. À l'extérieur, il n'y avait rien, rien que les dernières heures de la nuit, et la longue chevauchée à l'aube.

Il saisit l'un des soldats par le bras sans même s'apercevoir de ce qu'il faisait, l'empêchant de suivre les autres.

L'homme s'arrêta, immobilisé.

— Capitaine ?

— Surveillez le prince, s'entendit-il dire. Assurez-vous qu'il ne manque de rien. Prenez soin de lui.

Il était conscient de l'incongruité de ses paroles, de sa poigne serrée sur le bras du soldat. Lorsqu'il tenta de le lâcher, il ne fit que raffermir sa prise.

— Il mérite votre loyauté.

— Oui, capitaine.

L'homme hocha la tête, puis s'exécuta. Damen le regarda monter l'escalier à sa place.

Ses préparatifs lui prirent beaucoup de temps. Une fois qu'ils furent achevés, il trouva un domestique pour lui indiquer ses appartements. Il dut louvoyer entre les reliefs de la fête : des coupes de vin abandonnées, Rochert qui ronflait, quelques chaises renversées par une bagarre ou une danse un peu trop vigoureuse.

Ses quartiers étaient excessifs, car les Vérétiens l'étaient toujours : à travers les arches, il entrevit au moins deux autres pièces, avec des sols dallés et de longues méridiennes, typiques de Vère. Il laissa ses yeux dériver sur les fenêtres voûtées, la table chargée de vin et de fruits, et le lit, surmonté de soies roses suspendues, si longues qu'elles s'étalaient en flaques sur le sol.

Il congédia le serviteur. La porte se referma. Il se versa un verre de vin d'un pichet en argent, et le vida. Il reposa le verre. Il plaqua les mains sur la table, et laissa peser son poids sur ses mains.

Puis il porta la main à son épaule, et détacha son insigne de capitaine.

Les fenêtres étaient ouvertes. La nuit était douce et tiède, comme souvent dans le Sud. Les décorations vérétiennes étaient partout, depuis les grilles à motifs qui couvraient les fenêtres jusqu'au tressage complexe des soies du lit, mais ces forts frontaliers portaient quelques traces du Sud, dans la forme des arches, et les pièces spacieuses, ouvertes et sans paravents.

Il baissa les yeux sur l'insigne qu'il tenait. Il n'avait pas été longtemps le capitaine de Laurent. Un après-midi. Une soirée. Le temps de gagner une bataille et de prendre un fort. L'insigne semblait fou et improbable, petite pièce de métal dorée aux bords durs dans sa paume.

Guymar était bien choisi, le remplaçant idéal jusqu'à ce que Laurent rassemble des conseillers pour se trouver un nouveau capitaine. Ce serait son premier devoir : consolider son pouvoir là, à Ravenel. Laurent était encore un tout jeune commandant, mais il apprendrait à tenir ce rôle. Laurent trouverait son chemin, et le prince-commandant se transformerait en roi.

Damen posa l'insigne sur la table.

Il s'en éloigna pour aller se tenir face aux fenêtres. Il regarda à l'extérieur. Il distingua les petits points des torches sur les remparts, où le bleu et l'or avaient remplacé les bannières du seigneur Touars.

Touars, qui avait failli céder, mais qui avait été convaincu de se battre par Guion.

Dans son esprit défilaient des images qui, pour lui, demeureraient toujours liées à cette soirée. Le ciel criblé d'étoiles au-dessus des remparts. Les costumes, et l'armure d'Enguerran. Un casque orné d'une longue plume rouge. La terre piétinée, et la violence, et Touars, qui s'était battu, jusqu'à une réminiscence soudaine qui avait tout changé.

« Damianos. Tueur de prince. »

Derrière lui, il entendit la porte se fermer ; il se retourna, et découvrit Laurent.

Son estomac se noua, dans un instant de surprise hagarde. Il ne s'était pas attendu à voir Laurent dans cet endroit. Puis tout s'éclaira, la taille et l'opulence de ces appartements soudain expliquées : l'intrus, c'était lui, et non Laurent.

Ils se firent face. Laurent, qui s'était avancé de quatre pas dans la pièce, détonnait dans ses vêtements sévères, bien lacés, une unique épaulière signifiant son rang. Damen sentit son cœur s'affoler, saisi par la présence imprévue de Laurent.

— Je suis désolé, s'excusa Damen. Vos serviteurs m'ont indiqué les mauvais appartements.

— Non, réfuta Laurent.

Il y eut un bref silence.

—Aimeric est de retour dans sa chambre, sous bonne garde, annonça Damen d'un ton qu'il espérait naturel. Il ne causera plus de problèmes.

—Je ne veux pas parler d'Aimeric, dit Laurent. Ni de mon oncle.

Laurent s'avança vers lui. Damen sentait sa présence comme il sentait celle de l'insigne qu'il avait ôté, comme une pièce d'armure trop vite écartée.

Laurent dit :

—Je sais que tu prévois de partir demain. Tu vas franchir la frontière, et tu ne vas pas revenir. Dis-le.

—Je…

—Dis-le.

—Je vais partir demain, dit Damen d'une voix aussi ferme que possible. Je ne vais pas revenir. (Il prit une inspiration qui lui fit mal à la poitrine.) Laurent…

—Non, je ne veux pas le savoir. Demain, tu pars. Mais tu es à moi, pour l'instant. Tu es encore mon esclave, ce soir.

L'impact de ces mots fut bientôt surpassé par le choc qu'il éprouva lorsque Laurent posa la main sur lui, et le poussa en arrière. Les jambes de Damen heurtèrent le lit. Le monde bascula, devenant soies de lit et lumière rosée. Il sentit le genou de Laurent près de sa cuisse, la main de Laurent sur son torse.

—Je… ne…

—Je pense que si, dit Laurent.

Sa veste commença à s'ouvrir sous les doigts de Laurent. Il était habile, et tout au fond de son esprit, Damen assimila cette information : un prince doté de la dextérité d'un serviteur, meilleur que Damen ne l'avait été, comme s'il avait reçu un enseignement.

—Qu'est-ce que vous faites ?

La respiration de Damen était saccadée.

—Ce que je fais ? Tu n'es pas très observateur.

—Vous n'êtes pas dans votre état normal, dit Damen. Et même si vous l'étiez, vous ne faites jamais rien sans une dizaine de raisons cachées.

Laurent se figea brusquement, et parla d'une voix douce-amère :

— Ah ? Je dois vouloir quelque chose.

— Laurent…, dit-il.

— Tu prends des libertés, dit Laurent. Je ne t'ai jamais donné la permission de m'appeler par mon nom.

— Votre Altesse, dit Damen.

Les mots étaient comme déformés, incongrus dans sa bouche. Il aurait dû dire : « Ne faites pas cela. » Mais il ne parvenait pas à penser à autre chose qu'à Laurent, si terriblement près. Il ressentait chaque pouce qui le séparait de Laurent, sa proximité provoquant chez lui un frisson illicite. Il ferma les yeux pour s'en préserver, conscient du désir douloureux qui tendait son corps.

— Je ne pense pas que vous ayez envie de moi. Je pense que vous voulez simplement me faire ressentir tout cela.

— Alors, ressens-le, dit Laurent.

Et il glissa la main sous la veste ouverte de Damen, sous sa chemise, jusqu'à son ventre.

Damen ne put rien faire d'autre, en cet instant, que de savourer le contact de la main de Laurent contre sa peau. Il lâcha un souffle tremblant, sentant la caresse brûlante de Laurent sur son nombril, et plus bas encore. Il n'était qu'à demi conscient des draps froissés qui l'entouraient, du genou et de l'autre main de Laurent plantés dans la soie, l'empêchant de bouger. Sa veste fut jetée à terre, sa chemise relevée. Les lacets entre ses jambes s'ouvrirent, obéissant aux doigts de Laurent, et alors, il fut entièrement nu.

Ses yeux étaient rivés au visage de Laurent. Il vit, comme pour la première fois, l'éclat de son regard, son souffle légèrement troublé. Il observa la ligne tendue de son dos, sa posture empesée. Il se remémora la ligne de son dos, dans la tour, penché sur la table. Il entendit le ton de sa voix.

— Je vois que tu es bâti partout selon la même échelle.

Damen dit :

— Vous m'avez déjà vu excité, par le passé.

— Et je me souviens de ce que tu aimes.

Laurent referma son poing sur son gland, et fit glisser son pouce sur la fente, y appliquant une douce pression.

Le corps entier de Damen s'incurva. L'emprise de Laurent était plus possessive que caressante. Laurent se pencha, fit décrire à son pouce un petit cercle humide.

—Tu aimais cela, aussi, avec Ancel.

Damen ne put empêcher les mots de franchir ses lèvres, bruts et honnêtes.

—Ce n'était pas Ancel, dit Damen. Ce n'était que vous, et vous le savez.

Il ne voulait pas penser à Ancel. Son corps se tendit, comme une sangle trop serrée. Il eut un geste spontané, mais Laurent dit:

—Non.

Il ne put le toucher.

—Vous savez, Ancel avait utilisé sa bouche, lui rappela Damen.

Il disait n'importe quoi, tentant désespérément de distraire Laurent, de se distraire lui-même, luttant pour se maintenir en place contre les draps.

—Je ne pense pas en avoir besoin, dit Laurent.

Le va-et-vient de la main de Laurent ressemblait au glissement de ses paroles, à toutes les disputes irritantes qu'ils avaient connues, aux impasses, aux pièges de sa voix. Damen sentait la tension qui l'habitait, aussi aiguë que les battements de son cœur. Laurent portait toujours en lui sa mauvaise humeur de tout à l'heure, réprimée, et reconvertie.

Damen lutta, sentant la vague monter en lui. Il tenta d'attraper, pour résister, les soies au-dessus de sa tête. Mais de sa main libre, Laurent arrêta son geste, forçant sur son poignet en un ordre fiévreux et insistant. Soudain, Damen fut prisonnier des yeux de Laurent, et la vague le frappa, dans un éclat désordonné, Laurent tout habillé face à lui, un prince en grande tenue, ses bottes luisantes auprès des cuisses de Damen. Tandis que Damen sentait le premier tremblement parcourir son corps, l'instant se transforma, laissant passer trop de choses entre eux. Brusquement, il eut la sensation qu'il devait détourner les yeux, s'arrêter, faire demi-tour. Il en était incapable. Les yeux de Laurent étaient sombres, écarquillés, et en cet instant, ne regardaient que lui.

Il sentit Laurent reculer, s'éloigner de lui, redressant ses barrières, essayant tant bien que mal de le quitter froidement et brutalement.

Laurent dit :

— Passable.

Respirant par saccades, encore tremblant de son orgasme, Damen se redressait, poursuivant le regard de Laurent pour l'attraper avant qu'il ne disparaisse.

Il saisit le poignet de Laurent, sentit son ossature délicate, et son pouls, avant que Laurent n'ait pu se soulever du lit.

— Embrassez-moi, dit Damen.

Sa voix était rauque d'un plaisir qu'il brûlait de partager. Sa peau était envahie d'une douce chaleur. Il s'était redressé en s'appuyant sur ses bras, si bien que son corps formait une courbe, faisant jouer les muscles plats de son ventre. Le regard de Laurent balaya instinctivement Damen, puis se leva pour rencontrer le sien.

Il avait déjà attrapé le poignet de Laurent par le passé, pour retenir une gifle, un coup de poignard. Il le tenait, à présent. Il sentait son envie désespérée de battre en retraite. Il sentit autre chose, également : Laurent se tenait à distance, comme si, une fois cet acte terminé, il n'avait aucune idée de quoi faire.

— Embrassez-moi, répéta-t-il.

Le regard sombre, Laurent demeurait en place comme s'il se forçait à traverser un obstacle, la tension de son corps le poussant encore à fuir, et un choc parcourut Damen des pieds à la tête lorsque le regard de Laurent se posa sur sa bouche.

Ses propres paupières se fermèrent quand il comprit que Laurent allait se lancer, et il se tint parfaitement immobile. Laurent l'embrassa en entrouvrant légèrement les lèvres, comme s'il ne savait pas ce qu'il demandait, et Damen lui rendit son baiser avec prudence. L'idée que le baiser s'approfondirait lui donnait le vertige.

Il s'écarta avant cela, juste assez pour regarder s'ouvrir les yeux de Laurent. Son cœur battait la chamade. L'espace d'un instant, leur regard lui fit l'effet d'un baiser, un échange qui mêlait toutes les sortes d'intimité. Il s'avança et prit le menton de Laurent entre ses doigts, pour l'embrasser doucement dans le cou.

Laurent ne s'était pas attendu à cela. Damen ressentit son frémissement de surprise, et sa posture guindée, comme s'il n'était pas sûr de comprendre pourquoi Damen souhaitait faire cela, mais alors, sa surprise se mua en autre chose. Damen se nicha dans le creux de son cou, s'autorisant ce petit plaisir. Le pouls de Laurent s'affola un peu sous ses lèvres.

Cette fois, lorsqu'il redressa la tête, aucun d'eux ne s'écarta vraiment de l'autre. Il leva son autre main pour caresser la joue de Laurent, puis la plongea dans ses cheveux, et l'or coula entre ses doigts émerveillés. Puis il cueillit le visage de Laurent entre ses mains et lui donna le baiser qu'il rêvait de lui offrir, long, lent et passionné. Les lèvres de Laurent s'ouvrirent sous les siennes. Il ne put refouler la vague de chaleur qui l'envahit au contact de la langue de Laurent, et de la sienne, glissant dans sa bouche.

Ils s'embrassaient. Il le sentait dans son corps, comme un tremblement irrépressible. Il était secoué par l'ampleur de ses désirs, et ferma les yeux pour se calmer. Il laissa descendre sa main sur le corps de Laurent, sentit le relief des plis de sa veste. Lui-même était nu, tandis que Laurent était entièrement, inexorablement habillé.

Laurent avait pris garde, depuis ce fameux moment dans les bains du palais, à ne plus se déshabiller entièrement devant Damen. Mais celui-ci n'avait pas oublié, depuis les bains, à quoi il ressemblait ; la perfection arrogante de son corps, les gouttes d'eau translucides sur sa peau blanche.

Il ne l'avait pas vraiment savouré, à l'époque. Il ignorait, au palais, à quel point il était rare que Laurent apparaisse autrement qu'impeccablement vêtu, aux yeux de quiconque.

Il le savait à présent. Il repensa au serviteur qu'il avait vu aider Laurent à retirer son armure, au cours de l'après-midi, et à combien cela lui avait déplu.

Il porta les mains aux liens qui fermaient le col de Laurent. Il était habitué à ce geste, et connaissait toutes les complexités du laçage. L'ouverture s'élargit, et il fit courir ses doigts sur la clavicule de Laurent, la dévoilant. La peau du jeune homme était si pâle que les veines de son cou étaient bleues, comme des stries sur du marbre, et entre les soies et les tentes, les auvents ombragés et les cols sévères, sa pureté délicate avait été préservée, même au long d'un mois de voyage. Contre cette peau, la sienne, bronzée, semblait aussi brune qu'une noix.

Ils respiraient à l'unisson. Laurent se tenait parfaitement immobile. Lorsque Damen ouvrit plus largement la veste, le torse de Laurent se souleva et retomba sous la fine chemise blanche. Damen lissa le tissu sous ses paumes, puis l'ouvrit.

Les mamelons de Laurent, dévoilés, étaient durs et pointés, première preuve tangible de son désir, et Damen éprouva une violente bouffée de satisfaction. Il leva les yeux vers ceux de Laurent.

— Croyais-tu que j'étais fait de glace ?

Damen ne put refouler la vague de plaisir qu'il ressentit à ces mots, et dit :

— Je ne ferai rien que vous ne désiriez pas.

— Tu penses que je ne désire pas tout cela ?

En voyant le regard de Laurent, Damen le poussa sur le lit.

Ils s'observèrent mutuellement. Laurent était étendu sur le dos, un peu ébouriffé, une jambe pliée et légèrement écartée, portant toujours sa botte luisante. Il avait envie de caresser le ventre de Laurent, remontant sur son torse, de plaquer ses poignets sur le matelas, de s'emparer de sa bouche. Il ferma les yeux et fit un effort héroïque pour se maîtriser. Il les rouvrit.

Levant négligemment une main au-dessus de sa tête, à l'endroit exact où Damen aurait aimé la presser, Laurent le contempla à travers ses cils baissés.

— Tu aimes être au-dessus, on dirait.

— Oui.

En cet instant, plus que jamais. Sentir Laurent sous lui était grisant. Il ne put s'empêcher de faire descendre sa main le long du ventre ferme de Laurent, sentant le gonflement maîtrisé de sa respiration. Il atteignit le léger duvet, l'effleura de ses doigts. Sa main reposait désormais à l'endroit où cette toison disparaissait sous un laçage symétrique. Il releva les yeux.

Et il se retrouva poussé en arrière, sans crier gare ; il s'accroupit entre les jambes de Laurent, le souffle court. Laurent avait placé sa botte à plat contre le torse de Damen, et avait appuyé. Et il ne la retirait pas, maintenant Damen en place, la pression ferme de son pied l'avertissant de ne pas avancer.

La vague de désir que ressentit Damen dut apparaître dans ses yeux.

Laurent dit :

— Eh bien ?

C'était une directive, et non un avertissement : Damen comprit soudain ce que Laurent attendait. Il posa une main sur le mollet de Laurent, l'autre sur le talon de sa botte, et la retira.

Lorsque la botte heurta le sol à côté du lit, Laurent retira son pied et le remplaça par l'autre. Damen ôta la seconde botte avec la même lenteur délibérée.

Il voyait le souffle de Laurent gonfler sa peau, près de sa hanche. En dépit de la froideur de sa voix, Damen voyait les efforts que déployait Laurent pour rester en place, pour se laisser toucher. La tension étincelait encore tout au long de son corps, comme l'éclat d'une lame prête à trancher au moindre faux mouvement.

Damen frémit soudain en pensant à tout ce qu'il avait envie de faire. Ses pulsions contradictoires l'étourdissaient. Il voulait se montrer doux. Il voulait le serrer plus fort. Ils s'embrassaient de nouveau, et Damen ne parvenait pas à s'arrêter de le toucher, à cesser sa lente caresse sur la peau de Laurent. Il y eut un interlude où il ne fit que cela, puis Damen l'embrassa plus doucement, plus tendrement. Il sentait distinctement les coutures et le laçage sous ses doigts. Il en glissa un entre les liens et le tissu, sentit la lente traction des lacets, qui s'allongeaient sous sa main.

Mû par un désir impérieux, Damen s'écarta et descendit le long du corps de Laurent. Celui-ci le suivit à demi, se redressant sur un coude, les yeux dans le vague ; il se demandait, peut-être, ce que voulait faire Damen, jusqu'au moment où celui-ci plia les doigts et tira le tissu jusqu'au milieu de ses cuisses, puis plus bas.

Il lui ôta son pantalon et fit remonter sa main sur la cuisse de Laurent, dont le muscle se tendit à son contact. Atteignant l'endroit où sa jambe rejoignait sa hanche, il le caressa du pouce, sentant le pouls agité de Laurent sous la peau délicieusement fine. Damen savoura, avec un vertige, l'excitation qu'il ressentait en imaginant l'imperturbable Laurent trahissant son désir dans sa bouche, en une vague salée. Il le toucha de la main et découvrit une texture chaude et soyeuse.

Laurent s'était redressé, sa veste et sa chemise descendues jusqu'au coude entravant à demi ses bras derrière lui.

— Je ne vais pas te rendre la pareille.

Damen leva les yeux :

— Quoi ?

Laurent dit :

— Je ne vais pas te faire cela.

— Et alors ?

— Est-ce que tu veux que je te suce ? énonça clairement Laurent. Car je n'ai pas l'intention de le faire. Si tu agis dans l'attente d'un juste retour des choses, alors il vaut mieux que tu saches que…

Ce genre de discours alambiqué n'avait pas sa place au lit. Damen écouta, conclut que ce flot de paroles ne contenait pas de réelle objection, et appliqua simplement sa bouche.

En dépit de son expérience apparente, Laurent réagit à ce plaisir comme s'il était vierge. Il émit un petit son de surprise, et son corps se tendit à l'endroit où Damen avait concentré son attention. Damen maintint Laurent en place, les mains sur ses hanches, et savoura ses petits mouvements instinctifs, l'ampleur de sa surprise, et la dureté avec laquelle il tenta ensuite de se contenir, de calmer sa respiration haletante.

Damen voulait cela. Il désirait jusqu'à la moindre de ces réactions étouffées. Il sentait confusément sa propre érection, un peu oubliée, tendue contre les draps. Il remonta sur le gland et y fit tourner sa langue, appréciant tant l'expérience qu'il s'y attarda, suçant doucement, avant de redescendre.

Laurent était, de très loin, l'amant le plus stoïque que Damen ait jamais connu. Les mouvements fébriles de la tête, les cris, les appels débridés de ses partenaires passés devenaient, chez Laurent, un unique frisson, ou un petit soupir étranglé. Et cependant, Damen recueillait chacune de ses réactions, la tension de son ventre, le léger frémissement de ses cuisses. Sous son propre corps, il sentait chez Laurent ce cycle de la réponse suivie d'une répression, et l'ascension du plaisir qui contractait ses membres.

Et il sentit qu'il le muselait. Tandis que le rythme s'accélérait, Laurent se figea, bloquant ses réactions. En levant la tête, Damen vit qu'il avait serré les poings sur les draps, les yeux fermés, la tête tournée sur le côté. Laurent, perché tout en haut de son plaisir, se retenait de jouir par la seule force de son incroyable volonté.

Damen s'écarta et remonta sur le lit pour scruter le visage de Laurent. Son propre corps, éperdu de désir, fut relégué au dernier rang de ses pensées lorsque Laurent ouvrit les yeux.

Après un long moment, Laurent dit, avec une sincérité déchirante :

— J'éprouve… quelques difficultés à me laisser aller.

— Sans rire, rétorqua Damen.

Il y eut un autre long silence. Puis :

— Tu voudrais me prendre, comme un homme prend un garçon.

— Comme un homme prend un homme, dit Damen. Je veux prendre mon plaisir en vous, et vous donner du plaisir à mon tour.

Il ajouta, doucement et franchement :

— Je voudrais jouir en vous.

Les mots s'élevaient en même temps que ce sentiment au fond de lui.

— Je voudrais que vous jouissiez dans mes bras.

— À t'entendre, cela paraît simple.

— C'est simple.

Laurent serra les dents, et le pli de sa bouche changea.

— Il est plus simple de jouer les hommes que de s'aplatir sur le ventre, j'imagine.

— Alors dites-moi ce que vous désirez. Pensez-vous que je vais me contenter de vous retourner et de vous monter ?

Il sentit Laurent réagir à ses mots, et la compréhension naquit en lui, comme si, tangibles, les pensées de Laurent avaient flotté jusqu'à lui.

— Est-ce que c'est ça que vous voulez ? demanda-t-il.

Les mots retombèrent dans le silence qui les entourait. Laurent avait le souffle court, les joues roses, et il ferma les yeux, comme pour faire disparaître le monde.

— Je veux…, dit Laurent. Je veux que ce soit simple.

— Retournez-vous, dit Damen.

Ces paroles étaient montées du fond de son être, en un ordre bas et doux, plein d'assurance. Laurent ferma de nouveau les yeux, comme s'il prenait sa décision. Puis il bougea.

D'un mouvement souple et expert, Laurent se tourna sur le ventre, révélant aux yeux de Damen la ligne pure de son dos et de ses fesses, ces dernières se soulevant légèrement tandis qu'il écartait les cuisses.

Damen n'était pas préparé à cela. Le voir s'offrir à lui de cette manière, déployant son corps superbe, n'était pas quelque chose qu'il attendait de Laurent. C'était ce qu'il désirait, il espérait – il s'était à peine permis d'espérer – que Laurent le désirait aussi, mais les paroles qu'il avait prononcées en guise de prélude l'y avaient amené avant qu'il soit prêt. Il se sentit soudain nerveux, gauche, un sentiment qu'il n'avait pas éprouvé depuis qu'il avait treize ans ; il était incertain de ce qu'il trouverait de l'autre côté de cet instant, et désireux de s'en montrer digne.

Il passa la main, doucement, sur le flanc de Laurent, et celui-ci se mit à respirer difficilement. Il sentait le malaise déferler sur Laurent, par vagues.

— Vous êtes tellement tendu. Êtes-vous sûr que vous avez déjà fait cela ?

— Oui, répondit Laurent d'une voix étrange.

—Ceci, insista Damen en posant la main à l'endroit qui ne laissait pas de doute sur ce dont il parlait.

—Oui, dit Laurent.

—Mais… est-ce que c'était…

—Vas-tu arrêter d'en parler !

Il avait prononcé ces mots à travers des dents serrées. À ce moment-là, Damen avait remonté sa main le long du dos de Laurent ; il cajolait et embrassait sa nuque, la tête penchée sur lui. Il se redressa en entendant cela. Doucement mais fermement, il retourna Laurent vers lui, et le regarda.

Il découvrit les joues empourprées de Laurent, son souffle court, et ses yeux luisant d'une irritation qui cachait autre chose. Et cependant, la preuve de son désir était là, aussi chaude et dure qu'elle l'avait été dans sa bouche. Malgré la curieuse tension qui l'étreignait, Laurent était indéniablement enthousiaste, physiquement parlant. Damen scruta ses yeux bleus.

—Vous ne seriez pas un peu contrariant ? dit-il doucement, en passant son pouce sur la joue de Laurent.

—Baise-moi, dit Laurent.

—J'en ai envie, répliqua Damen. Allez-vous me le permettre ?

Il l'avait demandé tout bas, et attendit, tandis que Laurent refermait les yeux, un muscle roulant sur sa joue. Manifestement, l'idée d'être baisé rendait Laurent fou, son désir s'opposant à une sorte d'objection morale compliquée dont il fallait vraiment, pensa Damen, qu'ils soient débarrassés.

—Je suis en train de te le permettre, lâcha Laurent brusquement. Vas-tu t'y mettre, oui ou non ?

Il ouvrit les yeux, rencontrant le regard de Damen, et cette fois, ce fut Laurent qui attendit, les joues échauffées dans le silence qui naissait de ses paroles. Dans ses yeux, l'impatience et la tension recouvraient quelque chose d'étonnamment jeune et vulnérable. Damen avait l'impression que son cœur était à vif, hors de sa poitrine.

Il glissa la main le long du bras de Laurent, posé au-dessus de sa tête, et, attrapant sa main, il la pressa contre le matelas, plaquant leurs paumes l'une contre l'autre.

Leur baiser fut lent et tranquille. Il sentait frémir Laurent, tandis que celui-ci ouvrait la bouche sous la sienne. Ses propres mains tremblaient un peu. Damen s'écarta, juste assez pour accrocher une nouvelle fois le regard de Laurent, en quête d'assentiment. Il le trouva, de même qu'un nouvel accès de tension. La tension, comprit-il, faisait partie intégrante de sa décision. Puis il sentit Laurent presser un flacon de verre dans sa paume.

Il avait du mal à respirer. Il ne pouvait détacher son regard de Laurent, de leurs deux corps que rien ne séparait, car Laurent l'avait permis. Damen glissa un doigt à l'intérieur. Il était si étroit. Il exerça un lent va-et-vient, en observant le visage de Laurent, les joues rosies, les changements infimes de son expression, ses yeux écarquillés et assombris. C'était intensément intime. Damen avait chaud, et se sentait comme à l'étroit dans sa propre peau. Ses idées de ce qui pourrait se passer, au lit avec Laurent, s'étaient limitées à une tendresse lancinante, qui commençait seulement à s'exprimer de façon physique. La réalité était différente ; Laurent était différent. Damen n'avait jamais connu cela ; c'était doux, calme, et d'une intimité incroyable.

Il sentit le glissement de l'huile, les petits mouvements instinctifs de Laurent, et la sensation invraisemblable de son corps qui s'ouvrait. Laurent sentait sûrement les battements furieux de son cœur dans sa poitrine. Ils s'embrassèrent, lentement et tendrement, leurs corps parfaitement alignés, les bras de Laurent serrés autour du cou de Damen. Ce dernier glissa son bras libre derrière Laurent, passant sa paume sur les courbes en bas de son dos, qui se serraient. Il sentit Laurent lever une de ses jambes, sentit sur son corps la caresse de la cuisse de Laurent, et la pression de son talon contre son dos.

Il se dit qu'il pourrait le faire ainsi, cajoler Laurent de sa bouche et de ses mains, lui faire ce cadeau. Damen sentit la chaleur, moite et serrée, sous ses doigts. Il était impossible qu'il y fasse entrer son sexe, et cependant il n'arrivait pas à cesser de l'imaginer. Il ferma les yeux, touchant l'endroit où ils étaient destinés à s'emboîter, à s'unir.

—J'ai besoin d'être en vous, dit-il.

Le désir et les efforts qu'il déployait pour se maîtriser rendaient sa voix rauque.

La tension qui habitait Laurent grimpa, et il le sentit la réprimer, tout en disant :

— Oui.

Il perçut une bouffée de cette sensation qui gonflait sa poitrine. Il allait y être autorisé. Chaque contact de leurs corps, peau contre peau, paraissait d'une intimité indécente, et cependant, ils allaient se rapprocher encore. Laurent allait le laisser entrer. *En lui.* Cette pensée le frappa de nouveau. Puis cela commença, et il ne put penser à rien d'autre qu'à son entrée prudente dans le corps de Laurent.

Laurent poussa un gémissement, et Damen se mit à voir le monde sous la forme d'une série d'impressions fragmentées. Le bout de son sexe pénétrant sa chaleur moite, et le frisson qui agitait simultanément Laurent ; le muscle qui roulait sous la peau de son bras ; son visage empourpré ; ses mèches blondes tombant à demi sur son front.

Il eut la sensation qu'il devait s'accrocher à ce moment, l'étreindre et ne jamais le laisser s'échapper.

Tu m'appartiens, avait-il envie de dire, mais il ne le pouvait pas. Laurent ne lui appartenait pas ; il ne devait vivre cela qu'une seule fois.

Sa poitrine lui faisait mal. Il ferma les yeux et se força à savourer ces coups de reins lents et précautionneux, ce va-et-vient prudent, car c'était tout ce qu'il pouvait se permettre, sa seule défense contre l'instinct qui lui criait de s'enfoncer, plus profondément que jamais, de s'arrimer au corps de Laurent et de rester en lui pour toujours.

— Laurent, dit-il en perdant le contrôle.

« Pour obtenir ce qu'on désire, il faut savoir exactement ce qu'on est disposé à sacrifier. »

Jamais il n'avait désiré quelque chose à ce point, une chose qu'il tenait dans ses mains tout en sachant que le lendemain, elle aurait disparu, échangée contre les hautes falaises de Ios, et l'avenir incertain de l'autre côté de la frontière, l'occasion d'affronter son frère, d'exiger de lui des réponses qui ne semblaient plus si importantes. Un royaume, ou ce moment.

Plus profond, lui hurlait son corps, mais il lutta. Il lutta pour se contenir, et cependant son corps trouvait son propre rythme, ses bras enserrant le torse de Laurent, ses lèvres sur son cou, les yeux fermés par le désir brûlant de se trouver au plus près de lui.

— Laurent, dit-il encore.

Et il fut en lui, de tout son long, chaque coup de reins l'entraînant vers l'apothéose qui bouillonnait dans ses veines ; et pourtant, il voulait encore s'enfoncer davantage.

Il pesait de tout son poids sur Laurent, désormais, et bougeait en lui de toute sa longueur, et ses sens étaient saturés : par le cri étranglé de Laurent, inarticulé, inédit et délicieux, par le rose de ses joues, l'inclinaison de sa tête ; la vue et les sons se mêlaient à la sensation de l'étau brûlant du corps de Laurent, les palpitations de son pouls, le tremblement des muscles de Damen.

Soudain, son esprit lui présenta une autre vision, celle d'un monde où ils auraient tout leur temps. Il n'y aurait pas d'urgence, pas de point final, mais seulement une suite merveilleuse de jours passés ensemble, à faire l'amour longuement, langoureusement, des heures passées dans le corps de Laurent.

— *Je ne peux pas... Je dois...*, s'entendit-il dire.

Il avait lâché ces mots dans sa propre langue. Confusément, il entendit Laurent lui répondre en vérétien, et au même instant, il sentit le début de l'orgasme de Laurent, les spasmes de son corps, le jaillissement humide, aussi chaud que du sang. Laurent jouit sous son corps, et il tenta de savourer ce moment, tenta de se retenir, mais son propre orgasme était trop proche, et il obéit à l'ordre prononcé d'une voix étranglée par Laurent ; il se répandit en lui.

Chapitre 20

De temps en temps, Laurent bougeait contre lui, sans se réveiller.

Damen était étendu dans le lit tiède, près de lui, et sentait ses cheveux dorés et soyeux contre son cou, la douce pression de son corps partout où ils se touchaient.

À l'extérieur, les soldats se relayaient sur les remparts, et les serviteurs étaient debout, rallumant les feux et touillant les marmites. Au-dehors, la journée commençait, avec son cortège d'événements ; les sentinelles, les valets d'écurie, les soldats se levaient et s'armaient pour le combat. Il entendit une personne en héler une autre, au loin, dans une cour ; et plus près, le son d'une porte qu'on claquait.

Encore quelques minutes, pensa Damen. Cela aurait pu n'être qu'un désir trivial de paresser au lit, sans la douleur qui étreignait sa poitrine. Le passage du temps lui faisait l'effet d'un poids qui ne cessait d'augmenter. Chaque instant était un instant de moins.

Endormi près de Damen, Laurent apparaissait sous un nouveau jour, plus physique : la taille ferme, les muscles façonnés par le maniement de l'épée, l'angle de la pomme d'Adam. Laurent ressemblait alors à ce qu'il était : un jeune homme. Lorsqu'il était enveloppé dans ses vêtements lacés, la grâce menaçante de Laurent le faisait paraître presque androgyne. Ou peut-être était-il rare d'associer Laurent à un corps, tout simplement : on se trouvait toujours face à un esprit. Même lorsqu'il se battait, talonnant son cheval pour accomplir d'impossibles prouesses, son corps était assujetti à son intelligence.

Damen connaissait son corps, à présent. Il connaissait la surprise que faisaient naître en lui la douceur des caresses. Il connaissait son assurance indolente et dangereuse, ses instants d'hésitation… ses beaux, ses tendres instants d'hésitation. Il connaissait sa manière de faire l'amour, mélange de connaissances précises et de réticence presque timide.

Laurent remua dans son sommeil et se rapprocha légèrement de Damen, émettant sans s'en rendre compte un petit bruit de plaisir dont Damen se souviendrait toute sa vie.

Puis il battit des cils d'un air ensommeillé, et Damen le regarda prendre lentement conscience de ce qui l'entourait et se réveiller dans ses bras.

Damen n'était pas sûr de la manière dont il prendrait la situation, mais lorsque Laurent vit auprès de qui il était couché, il sourit, d'un air un peu timide mais parfaitement sincère. Damen, qui ne s'y attendait pas, sentit son cœur marteler douloureusement sa poitrine. Il ignorait que Laurent était capable de regarder qui que ce soit de cette manière.

— C'est le matin, dit Laurent. Nous avons dormi ?

— Nous avons dormi, confirma Damen.

Leurs regards étaient plongés l'un dans l'autre. Damen se figea lorsque Laurent tendit la main pour la poser sur son torse. Malgré le lever du soleil, ils s'embrassèrent, lentement, délicieusement, laissant courir leurs mains. Leurs jambes s'enchevêtrèrent. Damen écarta la sensation qui l'étreignait et ferma les yeux.

— Tes désirs semblent en tout point conformes à ce qu'ils étaient la nuit dernière.

Damen fit remarquer :

— Vous parlez de la même manière au lit qu'en dehors.

Le ton de ses mots était à son image : absolument charmé.

— Quelle autre manière y a-t-il de le dire ?

— J'ai envie de vous, dit Damen.

—Tu m'as eu, dit Laurent. Deux fois. La… sensation ne m'a pas quitté.

Laurent bougea, très légèrement. Damen enfouit sa tête dans son cou et gronda, en riant un peu aussi, tandis que quelque chose qui ressemblait au bonheur lui gonflait la poitrine, douloureusement.

—Arrêtez cela. Vous n'allez plus pouvoir marcher, dit Damen.

—Je serais ravi de n'avoir qu'à marcher, répliqua Laurent. Je vais devoir monter à cheval.

—Est-ce si… ? J'ai essayé de… Je ne voulais pas…

—J'aime cette sensation, dit Laurent. J'ai beaucoup aimé. Tu es un amant très généreux, et j'ai l'impression… (Laurent s'interrompit, et rit timidement de ses propres paroles) … j'ai l'impression d'être toute la tribu vaskienne, dans le corps d'une seule personne. Je suppose que cela arrive souvent ?

—Non, dit Damen. Non, ce n'est…

Ce n'est jamais comme ça. La pensée que Laurent puisse ressentir tout cela auprès de quelqu'un d'autre lui faisait mal.

—Ai-je trahi mon inexpérience ? Tu connais ma réputation. Une fois par décennie.

—Je ne peux pas, dit Damen. Je ne peux pas en rester à une seule nuit.

—Une nuit et une matinée, dit Laurent.

Et cette fois, ce fut Damen qui fut plaqué sur le lit.

Il s'assoupit, ensuite, sous les premiers rayons matinaux, et se réveilla dans un lit vide.

La surprise de s'être laissé glisser dans le sommeil, ainsi que l'angoisse à l'idée de l'heure qu'il ne devait pas franchir, le firent se lever. Les serviteurs entraient dans la chambre, ouvrant grand les portes et encombrant l'espace de leurs tâches impersonnelles, emportant les bougies consumées et les coupelles vides où avaient brûlé des huiles parfumées.

Par réflexe, Damen étudia la position du soleil par la fenêtre. C'était la fin de la matinée. Il avait dormi une heure. Plus longtemps, même. Il lui restait très peu de temps.

— Où est Laurent ?

Un serviteur s'approcha du lit.

— Vous allez quitter Ravenel et être escorté directement à la frontière.

— Escorté ?

— Vous allez vous lever et vous préparer. Votre collier et vos bracelets vous seront retirés. Ensuite, vous partirez.

— Où est Laurent ? répéta Damen.

— Le prince est occupé ailleurs. Vous devrez être parti lorsqu'il reviendra.

Damen était mal à l'aise. Il comprenait que ce qu'il avait manqué, en dormant, n'était pas l'heure limite, mais ses derniers moments auprès de Laurent, le dernier baiser, la séparation. Laurent était absent car il avait choisi de l'être. Et lorsque Damen pensa aux adieux, la seule chose qui lui vint fut un silence empreint de tout ce qu'il ne pouvait pas lui dire.

Il se leva donc. Il se lava et s'habilla. Ils le vêtirent d'une veste lacée, et lorsque ce fut terminé, les serviteurs avaient nettoyé la pièce, ramassant, sans rien oublier, les vêtements jetés sur le sol, les bottes, la chemise froissée, la veste, les lacets éparpillés ; ils avaient changé les draps.

Pour retirer le collier, il fallait un forgeron.

C'était un homme nommé Guérin, aux cheveux noirs et lisses qui lui faisaient comme un bonnet plat sur la tête. Il rejoignit Damen dans les communs, et ce fut fait sans spectateurs ni cérémonie.

Ils se trouvaient dans une remise poussiéreuse, avec un établi de pierre et un amas d'outils apportés de la forge. Damen balaya la petite pièce du regard et se dit que rien ne manquait. S'il était parti en secret, comme il l'avait prévu, cela se serait passé de la même manière : à l'abri des regards, chez un forgeron de l'autre côté de la frontière.

Guérin s'occupa d'abord du collier, et lorsque le forgeron l'écarta de son cou, il sentit son absence comme une légèreté nouvelle, dénouant son dos, libérant ses épaules.

Comme un mensonge, qu'on aurait fendu et détaché de lui.

Il contempla l'or étincelant, là où Guérin l'avait placé, en deux parties, sur l'établi. Les entraves vérétiennes. La courbure du métal portait toutes les humiliations subies dans ce pays, toute la frustration d'y être prisonnier, toute l'indignité d'un Akielonien servant un maître vérétien.

Sauf que c'était Kastor qui lui avait mis ce collier, et Laurent qui l'en délivrait.

L'or était akielonien. Damen s'avança pour le toucher. Le collier avait encore la tiédeur de sa peau, comme s'il faisait partie de lui. Sans qu'il sache pourquoi, cela irrita Damen. En faisant courir ses doigts sur le métal, il sentit l'ébréchure, la profonde entaille à l'endroit où le seigneur Touars, tentant de lui plonger son épée dans le cou, s'était heurté à ce cercle d'or.

Il s'arracha au collier et tendit son poignet droit à Guérin. Le collier, avec son fermoir, n'avait posé aucune difficulté au forgeron. Les bracelets, en revanche, devaient être ouverts au marteau et au burin.

Il était arrivé esclave dans ce fort. Il repartirait Damianos d'Akielos. C'était comme retirer une mue, et découvrir ce qui se cachait à l'intérieur. Le premier bracelet céda sous les frappes cadencées de Guérin, et Damen fit face à celui qu'il était devenu. Il n'était plus le prince impétueux qu'il avait été en Akielos. Cet homme-là n'aurait jamais servi un maître vérétien, ni ne se serait battu aux côtés de Vérétiens pour les aider dans leur cause.

Il n'aurait jamais appris à connaître Laurent ; il ne lui aurait jamais offert sa loyauté, ni n'aurait obtenu, l'espace d'un instant, sa confiance.

Guérin s'apprêtait à frapper le bracelet à son poignet gauche, mais Damen retira son bras.

—Non, s'entendit-il déclarer. Laissez celui-là.

Guérin haussa les épaules. Il se retourna, et avec des gestes impersonnels, plaça les segments du collier et du bracelet dans un linge, qu'il noua et présenta à Damen. Celui-ci saisit le sac improvisé. Son poids le surprit.

Guérin déclara :

— L'or est pour vous.

— Un cadeau ? dit-il, du ton sur lequel il l'aurait dit à Laurent.

— Le prince n'en a pas besoin, répondit Guérin.

Son escorte arriva.

Il s'agissait de six soldats, et l'un d'eux, déjà monté, était Jord, qui le regarda droit dans les yeux et dit :

— Tu as tenu parole.

On lui amena son cheval. En plus de sa monture, on lui fournit également un cheval de bât, une épée, des vêtements, des provisions. *« Y a-t-il quelque chose que tu désires ? »*, lui avait demandé Laurent, par le passé. Il se demanda si un cadeau d'adieu vérétien sophistiqué se cachait dans ces sacs et sut, instinctivement, que non. Il avait maintenu depuis le début qu'il ne voulait que sa liberté. Et c'était exactement ce qu'il avait reçu.

— J'ai toujours eu l'intention de partir, dit-il.

Damen se mit en selle. Il balaya du regard la vaste cour du fort, des grandes portes jusqu'à l'estrade et ses longues marches minces. Il se remémora leur arrivée, l'accueil glacial du seigneur Touars, la sensation qu'il avait éprouvée en pénétrant pour la première fois dans l'enceinte d'un fort vérétien. Il vit les sentinelles à leur poste, un soldat accomplissant ses tâches quotidiennes. Jord vint se placer à côté de lui.

— Il est parti se promener à cheval, dit Jord. C'était son habitude au palais, aussi, lorsqu'il voulait s'éclaircir les idées. Les adieux, ce n'est pas trop son genre.

— En effet, dit Damen.

Il s'apprêtait à avancer lorsque Jord posa une main sur ses rênes.

— Attends, dit Jord. Je voulais te dire… merci. D'avoir défendu Aimeric.

— Je ne l'ai pas fait pour Aimeric, répliqua Damen.

Jord hocha la tête, puis reprit :

— Quand les hommes ont appris que tu partais, ils ont voulu – nous avons voulu – te dire au revoir. Nous avons le temps, précisa-t-il.

Il fit un signe de la main, et des hommes s'engagèrent dans la cour gigantesque du fort. Il s'agissait des soldats du prince, et sous le soleil qui gravissait toujours le ciel, ils s'alignèrent devant l'estrade. Damen contempla leurs rangs impeccables et lâcha un soupir qui exprimait un peu la surprise, et un peu cette fameuse sensation dans sa poitrine. Chaque sangle était cirée, chaque pièce d'armure étincelante. Il laissa ses yeux parcourir chaque visage, puis balaya du regard le reste de la cour, où les hommes et les femmes du fort s'étaient assemblés, curieux. Laurent n'était pas là, et il tenta de s'imprégner de cette idée.

Lazar fit un pas en avant et dit :

— Capitaine. C'était un honneur de servir à vos côtés.

« C'était un honneur de servir à vos côtés. » Ces mots résonnèrent dans son esprit.

— Non, dit-il. Tout l'honneur est pour moi.

Il y eut alors un remue-ménage du côté de l'entrée secondaire du fort, et un cavalier entra dans la cour : Laurent.

Il n'était pas là parce qu'il avait changé d'avis à la dernière minute. Damen n'eut qu'à poser les yeux sur lui pour savoir qu'il avait prévu de rester à l'écart jusqu'à ce que Damen soit parti, et qu'il était très contrarié d'avoir dû rentrer plus tôt.

Il portait sa tenue de cheval. Les pièces de cuir avaient été serrées sur son corps comme les treuils de la herse de Ravenel ; aucune sangle n'avait bougé, même après une longue chevauchée. Il se tenait très droit. Son cheval, l'encolure courbée par les rênes, soufflait encore de sa course. Laurent lança à Damen un bref regard froid avant d'avancer vers le centre de la cour.

Et Damen découvrit la raison de sa présence.

Il entendit d'abord les hommes sur les remparts, les appels relayés le long de l'enceinte, puis, monté sur son cheval, il vit la bannière tournoyer. Damen ayant élaboré lui-même ces signaux, il sut ce qui se passait avant même que Laurent ne lève la main pour autoriser l'entrée des arrivants.

Le mécanisme énorme des portes se mit en branle. Des hommes aux muscles bandés actionnèrent les treuils qui donnaient vie aux rouages, faisant grincer le bois sombre et le métal dentelé, tandis que résonnait l'appel :

— Ouvrez les portes !

Laurent ne mit pas pied à terre, mais vint se placer à la base de l'estrade pour faire face à ses visiteurs.

Dans la cour se déversa une marée de rouge. Les bannières étaient rouges, la livrée était rouge ; les rubans, les décorations, les armures étaient dorés, blancs et rouges. Les cors retentirent comme autant de trompettes, et dans Ravenel, en tenue de cérémonie, entrèrent les émissaires de la régence.

Les soldats assemblés s'écartèrent devant eux, et un espace s'ouvrit entre Laurent et les hommes de son oncle. Ils se faisaient face de part et d'autre d'un long couloir dallé, bordé de spectateurs.

Un silence s'abattit sur Ravenel. Le cheval de Damen s'agita, puis s'immobilisa. Sur les visages des hommes de Laurent, on lisait l'hostilité que la régence avait toujours engendrée, et qu'elle venait de décupler. Les réactions des habitants du fort étaient plus variées : surprise, neutralité prudente, curiosité dévorante.

Les hommes du régent étaient vingt-cinq : un héraut et deux douzaines de soldats. Laurent, qui les affrontait sur son cheval, était seul.

Il avait dû voir arriver le cortège, et galoper pour les devancer au fort. Il avait choisi de les rencontrer ainsi, sous les traits d'un jeune homme à cheval, plutôt que debout en haut des marches, à la manière d'un seigneur. Il ne ressemblait pas au seigneur Touars, qui, pour accueillir Laurent, avait fait s'aligner sa suite en une rangée désapprobatrice sur l'estrade. Face au cérémonial fastueux des émissaires du régent, Laurent n'était qu'un cavalier en tenue informelle. Mais il n'avait jamais eu besoin que de ses cheveux pour être reconnu.

— Le roi de Vère envoie ce message, déclara le héraut.

La voix de l'homme, entraînée à cet usage, était audible dans toute l'enceinte de la cour, par tous ceux qui s'y trouvaient. Il poursuivit :

— Le prince prétendant au trône conspire avec Akielos, et a subséquemment permis le massacre de villages vérétiens, ainsi que la mort de seigneurs de la frontière vérétienne. Il est conséquemment exclu de la succession, et accusé de trahison envers son propre peuple. L'autorité à laquelle il prétendait jusqu'à présent, qu'elle s'exerce sur le territoire vérétien ou sur le protectorat d'Acquitart, est désormais nulle. La récompense, pour quiconque le remettra entre les mains de la justice, est généreuse et sera administrée avec la même promptitude que le châtiment de tout homme qui le protégera. Ainsi parle le roi.

La cour fut de nouveau plongée dans le silence. Personne ne parlait.

—Mais il n'y a pas de roi à Vère, affirma Laurent d'une voix qui portait tout autant. Le roi mon père est mort. Donnez-nous le nom de l'homme qui profane son titre.

—Le roi, dit le héraut, votre oncle.

—Mon oncle insulte sa famille. Il emploie un titre qui appartenait à mon père, qui aurait dû être transmis à mon frère, et qui coule désormais dans mes veines. Pensez-vous que je vais tolérer cet affront ?

Le héraut répondit, d'un ton mécanique :

—Le roi est un homme d'honneur. Il vous offre une chance de livrer un combat honnête. Si le sang de votre frère coule bien dans vos veines, vous l'affronterez sur le champ de Charcy, dans trois jours. Là, vous pourrez tenter de l'emporter grâce à vos troupes patrasiennes, contre de bons Vérétiens.

—Je le combattrai, mais pas à l'endroit ni au moment de son choix.

—Est-ce votre réponse définitive ?

—Oui.

—Dans ce cas, voici un message personnel, d'oncle à neveu.

Le héraut adressa un signe de tête au soldat à sa gauche, qui décrocha de sa selle un sac en tissu crasseux et taché de sang.

Damen eut un haut-le-cœur lorsque le soldat brandit le sac ensanglanté, et que le héraut déclara :

—Celui-ci a plaidé en votre faveur. Il s'est placé dans le mauvais camp. Il a subi le sort de tout homme qui se rangera aux côtés du prince déchu, contre le roi.

Le soldat sortit du sac la tête coupée.

C'était un voyage de deux semaines, par temps chaud. La peau avait perdu toute la fraîcheur que la jeunesse lui prêtait naguère. Ses yeux bleus, son plus grand atout, avaient disparu. Mais ses boucles brunes étaient constellées de perles, et à la forme de son visage, on voyait qu'il avait été beau.

Damen le revit lui planter une fourchette dans la cuisse, le revit insultant Laurent, ses yeux bleus pleins de mépris. Il le revit seul et hésitant dans un couloir, en chemise de nuit, un jeune garçon que son adolescence imminente emplissait d'effroi.

« Ne lui dis pas que je suis venu », avait-il dit.

Ils avaient toujours été liés, depuis le début, par une étrange affinité. *« Celui-ci a plaidé en votre faveur. »* Sacrifiant, peut-être, les derniers vestiges de sa faveur déclinante auprès du régent. Sans s'apercevoir qu'elle avait déjà trop décliné.

Personne ne saurait jamais si sa beauté aurait survécu à l'adolescence, car Nicaise n'aurait jamais quinze ans.

Sous le soleil éclatant qui baignait la cour, Damen vit Laurent réagir, et ne pas le montrer. Son cheval, sentant son trouble, s'agita nerveusement avant que Laurent ne le maîtrise durement, lui aussi.

Le soldat portait toujours son trophée macabre. Il ne savait pas qu'il valait mieux s'enfuir lorsqu'on voyait cet éclat dans les yeux de Laurent.

— Mon oncle a tué son giton, dit Laurent. Pour nous transmettre un message. Et que nous dit-il, ce message ? interrogea-t-il de sa voix tonnante. Que sa faveur n'est jamais que passagère ? Que même les garçons qui partagent son lit savent qu'il n'a aucunement le droit de prétendre au trône ? Ou que son pouvoir est si fragile que les paroles d'un enfant putain suffisent à le menacer ?

» Qu'il vienne à Charcy, avec ses « subséquemment » et ses « conséquemment » ; il m'y trouvera, et à l'aide de toute la puissance de mon royaume, je l'anéantirai.

» Et si vous voulez un message personnel, ajouta Laurent, vous pouvez dire à mon oncle, tueur de petits garçons, qu'il peut décapiter tous les enfants d'ici à la capitale. Cela ne fera pas de lui un roi ; cela signifiera simplement qu'il n'aura plus personne à baiser.

Laurent fit tourner son cheval, et Damen se trouva face à lui, tandis que les émissaires du régent, congédiés, s'en allaient. Les hommes et les femmes assemblés dans la cour se dispersèrent, ahuris par ce qu'ils venaient de voir et d'entendre.

Pendant un instant, ils demeurèrent ainsi. Le regard que Laurent dardait sur Damen était si glacial que s'il avait été à pied, il aurait peut-être reculé. Il vit les mains de Laurent, crispées sur les rênes, sans doute livides sous les gants. Son cœur se serra.

— Tu abuses de mon hospitalité, dit Laurent.

— Ne faites pas cela. Si vous allez affronter votre oncle sans vous y être préparé, vous perdrez tout ce que vous vous êtes battu pour obtenir.

— Mais je m'y serai préparé. Le joli petit Aimeric va me dire tout ce qu'il sait, et lorsque je lui aurai arraché jusqu'au dernier mot, j'enverrai peut-être ce qu'il en reste à mon oncle.

Damen ouvrit la bouche pour parler, mais Laurent l'interrompit d'un ordre cinglant à l'intention de son escorte :

— Je vous avais dit de l'emmener hors d'ici.

Puis il talonna son cheval, dépassa Damen et monta les marches de l'estrade, où il mit pied à terre d'un mouvement fluide, et prit la direction des appartements d'Aimeric.

Damen se trouva nez à nez avec Jord. Il n'eut pas besoin de lever la tête pour savoir où se situait désormais le soleil.

— Je vais l'arrêter, dit Damen. Et toi, qu'est-ce que tu vas faire ?

— Il est midi, dit Jord.

Il avait parlé d'une voix râpeuse, comme si ces mots lui brûlaient la gorge.

— Il a besoin de moi, répliqua Damen. Tu peux bien révéler la vérité au monde entier.

Et il dépassa Jord pour faire monter son cheval sur l'estrade.

Il mit pied à terre lui aussi, lança ses rênes à un soldat et suivit Laurent dans le fort, gravissant les marches quatre à quatre jusqu'au deuxième étage. Les gardes d'Aimeric s'écartèrent sans discuter pour le laisser passer. La porte était déjà ouverte.

Il se figea juste après le seuil.

Les appartements, bien sûr, étaient magnifiques. Aimeric n'était pas un soldat, mais un aristocrate. Il s'agissait du quatrième fils d'un des plus grands seigneurs de la frontière vérétienne, et ses quartiers étaient à la hauteur de son rang. La pièce était pourvue d'un lit, d'une méridienne, d'un carrelage à motifs et d'une grande fenêtre voûtée à deux étages, jonchée de coussins. Il y avait une table de l'autre côté de la pièce, où on avait posé pour Aimeric de la nourriture, du vin, du papier et de l'encre. On lui avait même procuré de nouveaux vêtements. Tout avait été minutieusement préparé. Assis à la table, il n'était plus vêtu de la chemise maculée de terre qu'il portait sous son armure. Il était habillé en courtisan. Il s'était lavé. Ses cheveux avaient l'air propres.

Laurent se tenait immobile, à deux pas devant lui, raide des pieds à la tête.

Damen s'avança jusqu'à se placer aux côtés de Laurent. Rien ni personne d'autre ne bougeait dans la pièce silencieuse. Du fond de son esprit, il remarqua de petites choses : la vitre brisée en bas à gauche de la fenêtre ; la viande de la veille, intacte dans l'assiette ; le lit où personne n'avait dormi.

Dans la tour, Laurent avait frappé Aimeric à la joue droite, mais celle-ci était masquée par sa posture : sa tête bouclée reposait sur son bras. Aussi, tout ce que voyait Damen était inaltéré. Ni œil gonflé, ni joue égratignée, ni bouche tachée, simplement la ligne pure du profil d'Aimeric, et un éclat de verre de la fenêtre cassée, gisant près de son bras pendant.

Le sang avait imbibé sa manche, puis s'était répandu sur la table et le sol carrelé, mais il n'était plus frais. Aimeric était demeuré ainsi des heures, assez longtemps pour que le sang noircisse, pour que ses spasmes cessent, pour que la pièce soit plongée dans l'immobilité ; la même immobilité que Laurent, qui rivait sur lui un regard vitreux.

Aimeric avait écrit ; le papier n'était pas loin de ses doigts crispés, et Damen distinguait les quatre mots qu'il avait notés. Il n'était pas étonnant qu'il ait une écriture si nette. Il s'était toujours efforcé de bien faire son travail. Durant la marche de la troupe, il s'était épuisé à tenter de rivaliser avec des hommes plus forts que lui.

Un quatrième fils, pensa Damen, qui voulait que quelqu'un le remarque. Lorsqu'il n'essayait pas de plaire, il provoquait l'autorité ; comme si l'attention, même négative, pouvait se substituer à l'approbation dont il rêvait… L'approbation que lui avait offerte, autrefois, l'oncle de Laurent.

« Je suis désolé, Jord. »

Ce seraient les derniers mots qu'il adresserait jamais, à quiconque. Il s'était tué.

Chapitre 21

La chambre où gisait Aimeric était silencieuse. Il avait été porté de sa suite jusqu'à une petite cellule et déposé sur la pierre, le corps couvert d'un drap fin. Âgé de dix-neuf ans, et paisible à jamais, pensa Damen.

Au-dehors, Ravenel se préparait à la guerre.

C'était un effort qui mobilisait tout le fort, de l'armurerie aux entrepôts. Il avait commencé au moment où Laurent s'était détourné de la table ensanglantée et avait dit : *« Sellez les chevaux. Nous partons à Charcy. »*

Il avait écarté la main de Damen de son épaule, lorsqu'il avait tenté de l'arrêter.

Damen avait essayé de le suivre, et avait échoué. Laurent avait passé une heure à donner des ordres brefs, et Damen n'avait pu s'approcher de lui. Après cela, Laurent s'était retiré dans ses appartements, fermant résolument les portes derrière lui.

Lorsqu'un serviteur avait voulu entrer, Damen s'était dressé sur son passage. *« Non*, avait-il dit. *Personne n'entre. »*

Il avait posté deux gardes à la porte, leur transmettant cet ordre, et avait fait vider cette section du fort, comme il l'avait fait par le passé, à la tour. Lorsqu'il avait été certain que la tranquillité de Laurent était assurée, il était parti apprendre tout ce qu'il pouvait au sujet de Charcy. Ce qu'il avait découvert lui avait noué l'estomac.

Situé entre Fortaine et les routes de commerce menant au nord, Charcy était le lieu idéal pour deux troupes prévoyant d'en acculer une troisième. Le régent avait une bonne raison de provoquer Laurent afin qu'il sorte de son fort : Charcy était un piège mortel.

Damen avait repoussé les cartes qu'il examinait, frustré. Deux heures s'étaient écoulées depuis.

À présent, il se tenait dans le silence de cette petite cellule de pierre, qui avait accueilli le corps d'Aimeric. Il leva les yeux vers Jord, qui l'avait convoqué là.

— Tu es son amant, dit Jord.

— Je l'ai été.

Il devait la vérité à Jord.

— Nous… C'était la première fois. Hier soir.

— Tu le lui as dit, alors.

Damen ne répondit pas, et son silence parla pour lui. Jord soupira, et Damen prit alors la parole :

— Je ne suis pas Aimeric.

— T'es-tu déjà demandé comment tu te sentirais, si tu découvrais que tu avais couché avec le meurtrier de ton frère ? (Jord balaya du regard la petite pièce, et scruta l'endroit où gisait Aimeric.) Je pense que ça doit ressembler à ça.

Sans le vouloir, Damen se remémora des mots prononcés la veille. *« Je ne veux pas le savoir. Tu es encore mon esclave, ce soir. »* Damen ferma les yeux, serrant les paupières.

— Je n'étais pas Damianos, hier soir. J'étais juste…

— Juste un homme ? l'interrompit Jord. Tu crois qu'Aimeric s'en était persuadé, lui aussi ? Qu'il était deux personnes à la fois ? Parce que ce n'était pas vrai. Il n'y a jamais eu qu'un seul Aimeric, et regarde ce qui lui est arrivé.

Damen garda le silence un moment. Puis il demanda :

— Qu'est-ce que tu vas faire ?

— Je ne sais pas, dit Jord.

— Est-ce que tu vas quitter son service ?

Cette fois, ce fut Jord qui se tut.

— Il faut que quelqu'un dise à Laurent de ne pas affronter les troupes de son oncle à Charcy.

— Tu crois qu'il m'écouterait ? demanda Jord d'un ton amer.

— Non, répondit Damen.

Il pensa à ces portes fermées, et ajouta avec franchise :

— Je pense qu'il n'écouterait personne.

Il se tint face aux doubles portes, flanquées des deux soldats, et observa les épais battants lambrissés, résolument clos.

Il avait posté ces soldats aux portes afin qu'ils arrêtent ceux qui chercheraient à voir Laurent pour des raisons triviales. Ou pour n'importe quelle raison, d'ailleurs, car quand Laurent désirait être laissé en paix, personne ne méritait de subir les conséquences d'une interruption.

Le plus grand des soldats déclara :

— Commandant, personne n'est entré en votre absence.

Damen scruta de nouveau les portes.

— Bien, dit-il.

Et il les ouvrit.

À l'intérieur, les appartements étaient conformes à ses souvenirs, rangés et impeccables. Même la table avait été regarnie de plateaux de fruits, et de pichets d'eau et de vin. Lorsque les portes se refermèrent derrière Damen, il entendait encore le bruit des préparatifs, dans la cour. Il s'arrêta au milieu de la pièce.

Laurent avait ôté sa tenue de cheval, revenant à l'austérité élégante de son habit de prince, de nouveau bien lacé du col jusqu'à la pointe des pieds. Il se tenait à la fenêtre, une main appuyée sur le mur de pierre, les doigts crispés comme s'il tenait quelque chose dans son poing. Son regard était rivé sur la cour, où le fort se préparait à la guerre sur son ordre. Il parla sans se retourner.

— Tu es venu me faire tes adieux ?

Il y eut un silence, durant lequel Laurent se tourna vers lui. Damen le regarda.

— Je suis désolé. Je sais ce que Nicaise représentait pour vous.

— C'était la putain de mon oncle, dit Laurent.

—Il était plus que cela. Vous le considériez comme…

—Un frère ? dit Laurent. Mais je n'ai pas eu beaucoup de chance, en matière de frères. J'espère que tu n'es pas venu étaler ta sensiblerie ridicule. Je n'hésiterai pas à te jeter dehors.

Il y eut un long silence. Ils s'affrontèrent du regard.

—De la sensiblerie ? Non. Je n'attendrais pas cela de vous, dit Damen.

À l'extérieur résonnaient des ordres et des bruits de métal.

—Puisque vous n'avez plus de capitaine pour vous conseiller, je suis venu vous dire que vous ne pouvez pas aller à Charcy.

—J'ai un capitaine. J'ai nommé Enguerran à ce poste. Est-ce tout ? Des renforts arrivent demain, et j'emmène mes hommes à Charcy.

Laurent s'approchait de la table, le ton de sa voix signifiant clairement que Damen était congédié.

—Alors vous allez les tuer comme vous avez tué Nicaise, dit Damen. En les entraînant dans votre tentative d'attirer l'attention de votre oncle, cette entreprise puérile et désespérée que vous appelez un combat.

—Sors d'ici, cracha Laurent.

Il avait blêmi.

—La vérité est-elle dure à entendre ?

—J'ai dit : sors d'ici.

—Ou prétendez-vous avoir d'autres raisons de vous rendre à Charcy ?

—Je me bats pour mon trône.

—Vraiment ? Vous avez réussi à en convaincre vos hommes. Mais vous ne m'avez pas convaincu. Parce que ce qu'il y a entre vous et votre oncle n'est pas un combat, n'est-ce pas ?

—Je t'assure que c'est bien un combat, déclara Laurent en serrant inconsciemment son poing droit.

—Lorsqu'on combat, on tente de l'emporter sur son adversaire. On ne s'empresse pas d'accéder à ses désirs. Je ne parle pas que de Charcy. Vous n'avez jamais agi de votre propre initiative contre votre oncle. Vous le laissez planter le décor. Vous le laissez établir les règles. Vous jouez le jeu, comme si vous vouliez lui montrer que vous en êtes capable. Comme si vous essayiez de l'impressionner. Est-ce que c'est cela ?

Damen se rapprocha.

— Vous avez besoin de le battre à son propre jeu ? Vous voulez qu'il vous regarde le faire ? Au prix de votre position et des vies de vos hommes ? Avez-vous besoin d'attirer son attention à ce point-là ?

Il balaya Laurent du regard.

— Eh bien, vous l'avez. Félicitations. Vous devez adorer que son obsession l'ait conduit à tuer ce garçon afin de vous faire peur. Bravo.

Laurent fit un pas en arrière, chancelant comme un homme pris de nausée. Il dévisagea Damen, livide.

— Tu ne sais rien, dit alors Laurent d'une voix froide et effroyable. Tu ne sais rien de moi. Ni de mon oncle. Tu es aveugle. Tu ne vois même pas… ce que tu as devant les yeux. (Laurent eut soudain un rire bas et moqueur.) Tu as envie de moi ? Tu es mon esclave ?

Damen rougit.

— Ça ne va pas marcher, prévint-il.

— Tu n'es rien, déclara Laurent, rien d'autre qu'un échec ambulant qui s'est laissé enchaîner par le bâtard d'un roi, parce qu'il n'arrivait pas à satisfaire sa maîtresse au lit.

— Ça ne va pas… marcher, répéta-t-il.

— Tu veux savoir la vérité au sujet de mon oncle ? La voici, dit Laurent, les yeux soudain brillants. Je vais te dire ce que tu n'as pas pu empêcher. Ce que tu as été trop aveugle pour découvrir. Tu étais enchaîné pendant que Kastor décimait ta famille royale… Kastor, et mon oncle.

Il l'entendit, et sut qu'il ne devait pas mordre à l'hameçon. Il le savait, et une partie de lui souffrait de voir Laurent s'attaquer ainsi à lui, et pourtant, il s'entendit dire :

— Qu'est-ce que votre oncle a à voir avec…

— Où penses-tu que Kastor a obtenu la puissance militaire nécessaire pour repousser la faction de son frère ? Pourquoi penses-tu que l'ambassadeur vérétien est arrivé, un traité à la main, juste après que Kastor s'est emparé du trône ?

Damen tenta d'inspirer profondément. Il s'entendit dire :

— Non.

— Croyais-tu que Théomède était vraiment mort de maladie ? Alors que toutes les visites des médecins ne faisaient qu'aggraver son état ?

— Non ! dit Damen.

Quelque chose tambourina dans sa tête, puis s'étendit à tout son corps, l'ébranlant avec une force que sa chair était incapable de contenir. Et Laurent continuait de parler.

— Tu n'avais pas deviné que c'était Kastor ? Pauvre petite brute imbécile. Kastor a tué le roi, puis a pris la ville à l'aide des troupes de mon père. Et tout ce que mon oncle a eu à faire, c'est de le regarder tranquillement depuis son fauteuil.

Damen pensa à son père, dans son lit entouré de médecins, les yeux et les joues creusées, dans cette chambre empestée par le suif et la mort. Il se souvint de son sentiment d'impuissance alors que la vie quittait son père sous ses yeux, et de Kastor, plein de sollicitude, agenouillé au chevet de son père.

— Est-ce que vous le saviez ?

— Si je le savais ? dit Laurent. Tout le monde le sait. J'étais heureux ! Je regrette juste de ne pas avoir pu y assister. Je regrette de ne pas avoir vu Damianos, le jour où les mercenaires de Kastor sont venus le chercher. Je lui aurais ri au nez. Son père n'a eu que ce qu'il méritait : il est mort comme le chien qu'il était, et aucun d'eux n'a rien pu faire pour l'empêcher. D'un autre côté, ajouta Laurent, peut-être que si Théomède s'était contenté de baiser sa femme au lieu de fourrer sa maîtresse…

Ce fut la dernière chose qu'il dit, car Damen le frappa. Il lui envoya son poing dans la mâchoire, y mettant tout son poids. Ses phalanges s'écrasèrent sur la chair et l'os, et la tête de Laurent bascula sur le côté tandis qu'il heurtait la table derrière lui, violemment, faisant valser ce qui s'y trouvait. Les plateaux de métal s'écrasèrent avec fracas sur le sol carrelé, en un fouillis de vin renversé et de nourriture éparpillée. Laurent avait la main crispée sur la table, qu'il avait empoignée d'instinct pour arrêter sa chute.

Damen haletait, les poings serrés. *Comment oses-tu parler ainsi de mon père ?* Les mots avaient presque franchi ses lèvres. La douleur lui martelait les tempes.

Laurent se redressa et lança à Damen un regard étincelant de triomphe, tout en essuyant du dos de sa main droite sa bouche maculée de sang.

Puis Damen vit quelque chose d'autre parmi les plateaux qui jonchaient le sol. Les éclats brillaient sur le carrelage, comme une constellation. C'était ce que Laurent tenait dans sa main droite lorsque Damen était entré. Les saphirs de la boucle d'oreille de Nicaise.

Derrière lui, les portes s'ouvrirent, et Damen sut sans se retourner que le vacarme avait attiré les gardes. Il ne détacha pas son regard de Laurent.

— Arrêtez-moi, dit Damen. J'ai levé la main sur le prince.

Les soldats hésitèrent. C'était la marche à suivre au vu de son acte, mais il était – ou avait été – leur capitaine. Il dut le répéter :

— Allez-y.

Le soldat aux cheveux noirs s'avança et Damen le sentit l'empoigner. Laurent serra les dents.

— Non, dit-il.

Puis il ajouta :

— Je l'ai provoqué.

Les deux soldats hésitèrent de nouveau. Il était clair qu'ils ne savaient pas quoi penser de la situation. La violence était encore palpable dans la pièce, où leur prince se tenait dos à une table en désordre, du sang gouttant de sa lèvre.

— Je vous ai dit de le lâcher.

C'était un ordre direct de leur prince, et cette fois, ils obéirent. Damen sentit que l'homme abandonnait sa prise. Laurent suivit les soldats du regard tandis qu'ils s'inclinaient, et partaient en fermant les portes derrière eux. Puis il regarda Damen.

— Maintenant, sors, dit Laurent.

Damen ferma les yeux, brièvement. Il était encore à vif, empli du souvenir de son père. Les paroles de Laurent lui brûlaient les paupières.

—Non, dit-il. Vous ne pouvez pas aller à Charcy. Je dois vous en convaincre.

Laurent eut un rire étrange, haletant.

—Tu n'as rien entendu de ce que je viens de te dire ?

—Si, répliqua Damen. Vous avez essayé de me blesser, et vous avez réussi. J'aimerais que vous compreniez que ce que vous venez de me faire, c'est ce que votre oncle vous fait subir, à vous.

Il vit Laurent accuser le coup comme un homme qui a atteint l'extrême limite de son endurance, et qu'on frappe encore.

—Pourquoi..., dit Laurent, est-ce que tu... tu es toujours...

Il s'interrompit. Sa poitrine se soulevait à peine au rythme de sa respiration.

—Je suis venu avec vous pour empêcher une guerre, dit Damen. Je suis venu parce que vous étiez la seule barrière entre Akielos et votre oncle. C'est vous qui avez perdu tout cela de vue. Vous devez imposer vos conditions à votre oncle, pas l'inverse.

—Je ne peux pas, avoua brutalement Laurent. Je n'arrive pas à réfléchir.

Il s'exprimait avec difficulté, comme forcé. Laurent écarquilla les yeux, et dans le silence, il répéta d'une voix changée, la vérité révélée assombrissant son regard bleu :

—Je n'arrive pas à réfléchir.

—Je sais, répliqua-t-il doucement.

Il y avait plus d'un seul aveu dans les paroles de Laurent. Il le savait aussi.

Il s'agenouilla, et ramassa dans sa paume les éclats scintillants de la boucle d'oreille de Nicaise.

Lorsqu'elle était encore intacte, c'était un bijou délicat, et bien fait, une poignée de saphirs. Damen se leva et déversa les éclats sur la table.

Au bout d'un moment, il s'écarta de l'endroit où Laurent était penché, les doigts crispés sur le bord de la table. Il inspira, et s'apprêta à reculer encore.

—Ne pars pas, dit Laurent à voix basse.

—Je vais juste m'éclaircir les idées. J'ai déjà dit à mon escorte que je n'aurais pas besoin d'eux avant demain matin, déclara Damen.

Il y eut un autre effroyable silence, lorsque Damen comprit ce que Laurent lui demandait.

—Non. Je veux dire… pas pour toujours… mais juste… (Laurent s'interrompit) … trois jours.

Laurent semblait tirer des tréfonds de lui-même la réponse à une question minutieusement étudiée.

—Je peux continuer seul. Je sais que j'en suis capable. Simplement, pour le moment, je n'arrive pas à… réfléchir… et je ne peux… faire confiance à personne d'autre pour me tenir tête quand je suis… dans cet état. Si tu pouvais me donner trois jours, je…

Il s'obligea à se taire.

—Je vais rester, dit Damen. Vous savez que je resterai aussi longtemps que vous…

—Non, dit Laurent. Ne me mens pas. Pas toi.

—Je vais rester, dit Damen. Trois jours. Après cela, je me mets en route vers le sud.

Laurent hocha la tête. Au bout d'un moment, Damen revint s'adosser contre le bord de la table, auprès de Laurent. Il regarda Laurent redevenir lui-même.

Enfin, Laurent se mit à parler, d'une voix précise et presque assurée.

—Tu as raison. J'ai tué Nicaise en faisant les choses à moitié. J'aurais dû garder mes distances, ou alors briser sa foi en mon oncle. Je n'ai rien planifié, j'ai tout abandonné au hasard. Je n'y ai pas réfléchi. Je ne réfléchissais pas à lui en ces termes. Je… Je l'aimais bien, c'est tout.

Sous ses paroles, froides et analytiques, il y avait aussi une sorte de stupéfaction.

C'était affreux.

—Je n'aurais jamais dû… dire cela. Nicaise a fait un choix. Il a parlé en votre faveur parce que vous étiez son ami, et ce n'est pas quelque chose que vous devriez regretter.

— Il a parlé en ma faveur parce qu'il ne pensait pas que mon oncle lui ferait le moindre mal. Ils sont tous comme cela. Ils pensent qu'il les aime. De l'extérieur, cela a les apparences de l'amour. Mais ce n'en est pas. C'est… un fétichisme. Cela ne survit pas à l'adolescence. Les garçons eux-mêmes n'ont aucune importance. (La voix de Laurent ne trembla pas.) Il le savait, au fond de lui. Il a toujours été plus malin que les autres. Il savait que lorsqu'il serait trop vieux, il serait remplacé.

— Comme Aimeric, dit Damen.

Dans le long silence qui s'installa entre eux, Laurent dit :

— Comme Aimeric.

Damen se souvint des paroles cuisantes de Nicaise. Il contempla le profil de Laurent et tenta de comprendre l'étrange affinité entre l'homme et l'enfant.

— Vous l'aimiez bien.

— Mon oncle cultivait ses pires penchants. Mais il avait tout de même de bons instincts, parfois. Lorsque les enfants sont influencés dans leur jeune âge, il faut bien du temps pour réparer les dégâts. Je pensais…

— Vous pensiez que vous pouviez l'aider, dit doucement Damen.

Il observa le visage de Laurent, et y vit passer une vérité profonde sous le masque d'impassibilité.

— Il était de mon côté, dit Laurent. Mais en fin de compte, de son côté, il n'y avait personne d'autre que lui.

Damen savait qu'il ne devait pas tendre la main, essayer de le toucher. Le carrelage, autour de la table, était jonché de détritus : les plateaux d'étain retournés, une pomme qui avait roulé quelques pieds plus loin, un pichet de vin dont le contenu avait jailli et formait une flaque rouge sur le sol. Le silence s'éternisa.

Damen tressaillit en sentant le contact des doigts de Laurent sur son poignet. Il crut qu'il s'agissait d'un geste de réconfort, d'une caresse, puis s'aperçut que Laurent relevait le tissu de sa manche, la retroussant légèrement pour révéler l'or qu'elle cachait. Le bracelet qu'il avait demandé au forgeron de lui laisser apparut entre eux.

— Sensiblerie ? demanda Laurent.

— Quelque chose comme cela.

Leurs yeux se rencontrèrent, et Damen sentit chaque battement de son cœur contre sa poitrine. Il y eut quelques secondes de silence, une pause qui se prolongeait, avant que Laurent ne prenne la parole.

— Tu devrais me donner l'autre.

Damen rougit lentement, la chaleur partant de sa poitrine jusqu'à son visage. Ses battements de cœur lui parurent déplacés. Il tenta de répliquer d'une voix normale :

— J'ai du mal à vous imaginer avec.

— En souvenir. Je ne le porterais pas, protesta Laurent, bien que je ne pense pas que cette idée pose un quelconque problème à ton imagination.

Damen lâcha un petit rire étranglé, car il avait raison. Pendant un instant, ils demeurèrent assis ensemble dans un silence agréable. Laurent était presque entièrement redevenu lui-même ; dans une posture plus désinvolte, s'appuyant en arrière sur ses mains, il contemplait Damen comme il le faisait parfois. Mais c'était une nouvelle version de lui-même, plus naturelle, plus jeune, un peu plus silencieuse. Damen comprit alors qu'il avait baissé sa garde et qu'il le voyait sans ses barrières habituelles… ou du moins, sans toutes ses barrières. Cela semblait inédit, et fragile.

— Je n'aurais pas dû te le dire de cette façon, pour Kastor, dit Laurent à voix basse.

Le vin rouge s'infiltrait entre les dalles du carrelage. Damen s'entendit demander :

— Étiez-vous sincère ? Quand vous disiez que cela vous rendait heureux ?

— Oui, répondit Laurent. Ils ont tué ma famille.

Damen crispa les doigts sur le bois de la table. La vérité était si proche, autour d'eux, qu'il crut pendant un instant qu'il allait la révéler, donner son nom à Laurent, et il se sentit écrasé par cette proximité, car ils avaient tous deux perdu des membres de leur famille.

Il se dit que c'était ce qui avait lié Laurent et le régent, à Marlas : ils avaient tous deux perdu un frère aîné.

Mais c'était le régent qui avait forgé des alliances par-delà la frontière. C'était le régent qui avait apporté à Kastor le soutien dont il avait besoin pour s'emparer du trône d'Akielos. Et alors, Théomède était mort, et Damianos avait été envoyé à...

L'idée, lorsqu'elle lui vint, lui donna l'impression que le sol glissait sous ses pieds, que tout changeait.

Il n'avait jamais compris pourquoi Kastor l'avait laissé en vie. Kastor avait si minutieusement éliminé toutes les preuves de sa traîtrise. Il avait fait tuer tous les témoins, des esclaves aux hommes de haut rang comme Adrastus. Épargner la vie de Damen était fou, dangereux. La possibilité existait toujours que Damen s'échappe et retourne affronter Kastor pour lui prendre le trône.

Mais Kastor s'était allié au régent. Et en échange des troupes, il lui avait offert des esclaves.

Un esclave en particulier. Damen eut chaud, puis froid. Était-il possible qu'il ait été le prix du régent ? Qu'en échange de ses troupes, le régent ait dit : « Je veux que Damianos soit envoyé à mon neveu comme esclave de plaisir » ?

Car s'il forçait Laurent et Damianos à se fréquenter, soit l'un des deux tuerait l'autre, soit, si Damen cachait son identité et qu'ils parvenaient à former une sorte d'alliance... S'il aidait Laurent au lieu de lui faire du mal, et que Laurent, mû par le sens de la justice profondément enfoui en lui, l'aidait à son tour... S'ils développaient une relation de confiance et qu'ils devenaient amis, ou plus qu'amis... Si Laurent décidait un jour de faire usage de son esclave de plaisir...

Il repensa aux suggestions que le régent lui avait faites, sournoises, subtiles. *« Laurent aurait bien besoin d'être poussé dans la bonne direction, de quelqu'un dans son entourage qui aurait ses intérêts à cœur. Un homme plein de bon sens, capable de le guider sans se laisser influencer. »* Et l'insinuation constante, déplacée : *« As-tu pris mon neveu ? »*

« Quand je perds le contrôle de moi-même, je fais des erreurs. Mon oncle le sait, bien sûr. Cela a dû beaucoup l'amuser d'envoyer Aimeric travailler contre moi », avait dit Laurent.

Leur situation ne lui procurerait-elle pas un plaisir pervers encore bien supérieur ?

— J'ai écouté tout ce que tu m'as dit, reprenait Laurent. Je ne vais pas me précipiter à Charcy avec une armée. Mais je veux tout de même me battre. Pas parce que mon oncle m'a lancé un défi, mais selon mes propres conditions, car ce pays m'appartient. Je sais qu'ensemble, nous trouverons un moyen de tourner Charcy à notre avantage. Ensemble, nous pouvons faire ce que nous ne pouvons pas faire individuellement.

Cet acte n'avait jamais ressemblé à Kastor. Kastor était capable de colère, de brutalité, mais il agissait simplement. Cette sorte de cruauté inventive était la marque d'un autre.

— Mon oncle planifie tout, dit Laurent comme s'il lisait dans les pensées de Damen. Il planifie la victoire, et il planifie la défaite. C'est toi qu'il n'a jamais vraiment su aborder... Tu as toujours été à l'écart de ses machinations. Mon oncle et Kastor ont eu beau tout planifier... (Damen sentit son sang se glacer.) Ils n'avaient aucune idée de ce qu'ils faisaient lorsqu'ils t'ont offert à moi.

À l'extérieur, quand il sortit, il entendit les voix des hommes, et le cliquetis des brides et des éperons, le raclement des roues sur la pierre. Il avait le souffle court. Il posa une main sur le mur pour se reposer un peu.

Au milieu du fort grouillant d'activité, il savait qu'il n'était qu'un pion, et commençait seulement à entrevoir l'ampleur du plateau.

Le régent avait fait cela, et cependant, Damen aussi. Il était aussi responsable. Jord avait raison. Il devait la vérité à Laurent, et il ne la lui avait pas révélée. Et à présent, il comprenait les conséquences possibles de ce choix. Malgré tout, il ne parvenait pas à regretter ce qu'il avait fait : la nuit précédente avait été d'une clarté impossible à ternir.

Ce qu'ils avaient fait était... vrai. Son cœur lui disait que l'autre réalité devait changer pour permettre à cette vérité-là d'exister, et il savait que cela n'arriverait pas.

Il s'imagina avoir de nouveau dix-neuf ans, sachant ce qu'il savait à présent, et il se demanda s'il aurait laissé les Vérétiens remporter cette bataille ; s'il aurait épargné Auguste. S'il aurait refusé l'appel aux armes de son père, et se serait faufilé jusqu'aux tentes vérétiennes pour s'entretenir avec Auguste et trouver un terrain d'entente. Laurent aurait eu treize ans, mais dans l'imagination de Damen, il était un peu plus vieux ; seize ou dix-sept ans, assez vieux pour permettre au Damen de dix-neuf ans de commencer, avec toute la fougue de sa jeunesse, à lui faire la cour.

Il ne pouvait rien faire de tout cela. Mais s'il y avait quelque chose que Laurent désirait, il pouvait le lui donner. Il pouvait infliger au régent un coup dont il ne se remettrait jamais.

Si le régent voulait Damianos d'Akielos aux côtés de son neveu, il l'aurait. Et s'il ne pouvait pas offrir à Laurent la vérité, il pouvait utiliser tout le reste pour lui garantir une victoire décisive dans le Sud.

Il allait faire bon usage de ces trois jours.

Le calme était de nouveau à sa place, fermement arrimé au cœur des yeux bleus, lorsque Laurent sortit sur l'estrade de la cour, armé, en armure et prêt à se mettre en selle.

Dans la cour, les hommes de Laurent, montés, l'attendaient. Damen regarda les cent vingt cavaliers, les hommes avec qui il avait chevauché du palais jusqu'à la frontière, les hommes avec qui il avait travaillé et partagé du pain et du vin, le soir, près du feu. Quelques absences se faisaient sentir. Orlant. Aimeric. Jord.

Le plan avait pris forme au-dessus de la carte. Il avait simplement expliqué à Laurent :

— Regardez l'emplacement de Charcy. Fortaine sera le point de départ des troupes. Charcy sera la bataille de Guion.

— Guion, et tous ses autres fils, avait dit Laurent.

— La meilleure chose que vous puissiez faire, à présent, c'est de prendre Fortaine. Il vous conférera le contrôle total du Sud. Avec Ravenel, Fortaine et Acquitart, vous tiendrez les routes de commerce méridionales vers Akielos, ainsi que vers Patras. Vous tenez déjà les routes de Vask, et Fortaine vous donnera accès à un port. Vous aurez tout ce dont vous avez besoin pour lancer une campagne au nord.

Il y avait eu un silence, jusqu'à ce que Laurent dise :

— Tu avais raison. Je n'y réfléchissais pas comme cela.

— Comme quoi ? avait demandé Damen.

— Comme à une guerre, avait répondu Laurent.

À présent, ils étaient face à face sur l'estrade, et des mots montaient aux lèvres de Damen, des mots très personnels.

Mais il ne dit que :

— Êtes-vous sûr de vouloir confier votre fort à votre ennemi ?

— Oui, dit Laurent.

Ils se regardèrent. Les adieux étaient publics, au vu et au su de toute la troupe. Laurent tendit la main. Ce n'était pas le geste d'un prince, exigeant que Damen s'agenouille pour l'embrasser, mais celui d'un ami. Il y avait du respect dans ce geste, et lorsque Damen saisit sa main, devant les hommes, Laurent soutint son regard.

Ce dernier dit :

— Prends bien soin de mon fort, commandant.

En public, il ne pouvait rien dire d'autre. Damen sentit la main de Laurent serrer un peu plus la sienne. Il songea à faire un pas en avant, à prendre le visage de Laurent entre ses mains. Puis il pensa à celui qu'il était, et tout ce qu'il savait désormais. Il se força à lâcher sa main.

Laurent hochait la tête à l'intention de son valet, se mettait en selle. Damen dit :

— Beaucoup de choses reposent sur la synchronisation. Nous avons rendez-vous dans deux jours. Je… Ne soyez pas en retard.

— Fais-moi confiance, dit Laurent avec un petit regard brillant.

Il fit se redresser son cheval d'un coup de rêne à l'instant précédant l'ordre du départ, et lui et ses hommes se mirent en route.

Sans Laurent, le fort semblait vide. Cependant, la troupe minimale qui y demeurait était suffisante pour repousser toute menace sérieuse de l'extérieur. Les murs de Ravenel tenaient bon depuis deux cents ans. D'autre part, leur plan était basé sur la séparation des troupes, Laurent partant le premier tandis que Damen restait au fort, attendait les renforts de Laurent, puis quittait Ravenel un jour plus tard.

Parce qu'il était impossible, quoi qu'il dise, de faire entièrement confiance à Laurent, la matinée s'écoula dans une atmosphère tendue. Les hommes se préparèrent sous un soleil typiquement méridional. Le ciel bleu, immense, n'était interrompu que par la ligne des créneaux.

Damen monta sur les remparts. La vue s'étendait, par-delà les collines, vers l'horizon. Large et baigné de soleil, le paysage était dénué de troupes, et Damen s'émerveilla une nouvelle fois qu'ils aient réussi à prendre ce fort sans les effusions de sang et le long piétinement d'un siège.

Il était agréable de contempler ce qu'ils avaient accompli, et de savoir que ce n'était que le début. Le régent avait exercé sa domination trop longtemps. Fortaine allait tomber, et Laurent allait tenir le Sud.

Puis il vit la brume à l'horizon.

Rouge. Et elle s'assombrissait. Alors, il distingua, traversant le paysage, six cavaliers, galopant ventre à terre devant la marée rouge ; leurs propres éclaireurs, rentrant au fort.

La scène se déroulait en miniature sous ses yeux : l'armée encore assez lointaine pour que son approche soit silencieuse, et les éclaireurs, petits points à l'extrémité de six lignes qui convergeaient vers le fort.

Le rouge avait toujours été la couleur de la régence, mais ce n'est pas ce qui fit s'accélérer le pouls de Damen. Il n'eut même pas besoin d'entendre le son lointain du cor, une note d'ivoire qui fendit l'air.

Ils marchaient, en un rang de capes rouges parfaitement alignées, et le cœur de Damen tambourinait dans sa poitrine. Il les connaissait. Il se souvint de la dernière fois qu'il les avait vus, dissimulé derrière des rochers de granit. Il avait chevauché des heures durant dans une rivière pour les éviter, Laurent dégoulinant sur la selle derrière lui. *« La troupe akielonienne la plus proche est moins éloignée que je l'avais cru »*, avait dit Laurent.

Il ne s'agissait pas des troupes du régent.

C'était l'armée de Nikandros, le kyros de Delpha, et de son commandant, Makedon.

Il y eut un remue-ménage dans la cour, un fracas de sabots, des voix alarmées…

Damen distinguait tout cela confusément, comme s'il se trouvait très loin. Il se tourna, à demi aveuglé par ses pensées, lorsqu'un homme surgit en courant des marches, qu'il avait montées quatre à quatre. Il se jeta à terre, un genou plié, aux pieds de Damen, et donna son message d'une voix haletante.

« Des Akieloniens marchent sur le fort », s'attendait-il à entendre, et ce fut le cas. Mais ensuite, le soldat ajouta :

— On m'a dit de donner ceci au commandant du fort.

Et d'un geste fébrile, il pressa quelque chose dans la main de Damen.

Damen regarda sa paume. Derrière lui, l'armée akielonienne s'approchait. Dans sa main se trouvait un anneau de métal orné d'une gemme gravée. La gravure représentait une étoile.

Il avait sous les yeux la chevalière de Laurent.

Il sentit se dresser tous les poils de son corps. La dernière fois qu'il avait vu cette bague, c'était dans l'auberge de Nesson, et Laurent l'avait confiée à un messager. *« Donnez-lui ceci, et dites-lui que je l'attendrai à Ravenel »*, avait-il ordonné.

Il était vaguement conscient que Guymar était monté sur les remparts avec un groupe d'hommes, et qu'il lui parlait, disant :

— Commandant, des Akieloniens marchent sur le fort.

Il se tourna pour faire face à Guymar, refermant le poing sur la chevalière. Guymar parut tressaillir en prenant conscience de la personne qui se tenait devant lui. Damen le lut sur son visage : une troupe akielonienne se massait à leurs portes, et un Akielonien commandait le fort.

Guymar surmonta son hésitation pour dire :

— Nos murs peuvent tout endurer, mais ils vont bloquer l'arrivée de nos renforts.

Il se souvint du soir où Laurent lui avait parlé akielonien pour la première fois, se souvint des longues nuits passées à parler akielonien, Laurent complétant son vocabulaire, améliorant son aisance. Il se remémora le choix des sujets: géographie de la frontière, traités, mouvements de troupes.

Il le dit au moment où cette idée naissait en lui:

— Ce sont nos renforts.

La vérité venait à lui. Son passé s'approchait de Ravenel à un pas régulier, inexorable. Damen et Damianos. Et Jord avait raison. Il n'avait jamais été qu'une seule personne.

Il dit:

— Ouvrez les portes.

L'armée akielonienne se déversa dans le fort comme une rivière rouge, sauf qu'une rivière tournoie et se gonfle, tandis que l'armée était droite et inflexible.

Leurs bras et leurs jambes étaient grossièrement découverts, comme si la guerre ne se faisait que par l'impact de la chair contre la chair. Leurs armes n'étaient pas décorées, leur donnant l'air de n'avoir apporté que le strict nécessaire pour tuer. Ils s'alignaient, rangée après rangée, avec une précision mathématique. La discipline parfaite qui leur permettait de marcher à l'unisson était une démonstration de pouvoir, de violence, et de force.

Damen, sur l'estrade, balaya toute l'armée du regard. Avaient-ils toujours été ainsi ? Si dépouillés de tout ce qui n'était pas strictement utilitaire ? Si belliqueux ?

Les hommes et les femmes de Ravenel étaient agglutinés contre l'enceinte de la cour, et Damen avait déployé ses hommes pour les empêcher de s'approcher. La foule se pressait, se gonflait contre eux. La nouvelle de l'entrée des Akieloniens s'était répandue. La foule murmurait, les soldats étaient mécontents de leurs ordres. Le régent avait raison, disaient les gens: Laurent était de mèche avec Akielos depuis le début. Damen fut parcouru d'une étrange sensation en s'apercevant que ce qu'ils disaient, finalement, était vrai.

Damen regarda les visages des hommes et des femmes vérétiens, les flèches pointées depuis les remparts. Dans l'un des coins de la vaste cour, une femme étreignait son fils qui se serrait sur sa jambe, une main autour de la tête de l'enfant.

Il savait ce qu'il y avait au fond de leurs yeux, à présent visible sous l'hostilité initiale. C'était la terreur.

Il sentait également la tension des Akieloniens, savait qu'ils s'attendaient à une ruse quelconque. La première épée dégainée, la première flèche tirée, déclencherait un bain de sang.

Le son strident du cor retentit, trop fort. Il se répercuta sur toutes les pierres de l'enceinte. C'était le signal ordonnant de cesser la marche. La halte fut soudaine. Elle laissa un silence derrière elle, là où les sons du métal et des pas avaient empli l'espace. L'écho du cor faiblit, jusqu'à ce qu'on puisse presque entendre le grincement d'une corde d'arc.

— Je n'aime pas ça, dit Guymar. Nous devrions…

Damen tendit la main pour l'arrêter.

Car un Akielonien mettait pied à terre, sous le grand étendard, et le cœur de Damen battait la chamade. Il s'avança presque malgré lui, vers les marches minces de l'estrade, abandonnant Guymar et les autres derrière lui.

Il sentit chaque paire d'yeux rivée sur lui, dans la cour silencieuse, tandis qu'il descendait, marche après marche. Ce n'était pas ainsi qu'on faisait. Les Vérétiens se tenaient en haut de leurs estrades et obligeaient leurs hôtes à les rejoindre. Rien de tout cela n'importait à Damen. Ses propres yeux étaient rivés sur l'homme, qui à son tour le regarda approcher.

Damen portait des vêtements vérétiens. Il les sentait sur lui, le col haut, le tissu lacé pour épouser les lignes de son corps, les manches longues, les hautes bottes luisantes. Même ses cheveux avaient été coupés dans le style vérétien.

Il vit l'homme voir tout cela d'abord, puis il le vit le voir, lui.

— La dernière fois que nous nous sommes parlé, c'était durant la saison des abricots, dit Damen en akielonien. Nous avons marché ensemble dans le jardin, la nuit. Tu as pris mon bras et tu m'as offert tes conseils, mais je ne t'ai pas écouté.

Nikandros de Delpha lui rendit son regard. D'une voix stupéfaite, parlant comme pour lui-même, il dit :

— Ce n'est pas possible.

— Mon vieil ami, tu arrives dans un pays où rien n'est comme nous le pensions.

Nikandros ne réagit pas. Il le regarda en silence, aussi blanc que s'il avait reçu un coup. Puis, comme si ses jambes se dérobaient sous lui l'une après l'autre, il s'agenouilla lentement, commandant akielonien se prosternant sur les pierres rudes et usées d'un fort vérétien.

Il dit :

— Damianos.

Avant que Damen n'ait pu dire à Nikandros de se relever, il entendit une autre voix répéter son nom. Puis une autre encore. Son nom parcourait les hommes assemblés dans la cour, prononcé d'un ton de stupeur respectueuse. L'intendant, près de Nikandros, s'agenouillait. Puis quatre hommes parmi les premiers rangs. Puis d'autres, par dizaines, rangée après rangée de soldats.

Sous les yeux de Damen, l'armée tomba à genoux, jusqu'à ce que la cour ne soit plus qu'un océan de têtes baissées, et que le silence ait remplacé les murmures, les mots répétés tant et tant de fois :

— Il est vivant. Le fils du roi est vivant. Damianos !

En exclusivité

Découvrez le chapitre bonus « 19 ½» du tome 2 de
Prince Captif : Le Guerrier

Chapitre 19 ½

Damen était heureux. Il rayonnait de bonheur, et son corps était pesant, comblé. Il sentit Laurent se glisser hors du lit, mais la sensation de complicité ensommeillée qu'éprouvait Damen perdura.

Lorsqu'il entendit Laurent traverser la pièce, Damen se redressa, nu, pour profiter un peu de la vue. Mais Laurent avait déjà disparu derrière une arche, dans l'une des pièces attenantes à celle-ci.

Damen se contenta d'attendre, laissant son corps nu peser sur les draps, orné seulement de son collier et de ses bracelets dorés d'esclave. Sa situation lui apparut, tiède, merveilleuse et impossible : *esclave de plaisir.* Il ferma les yeux et ressentit de nouveau cette première longue entrée dans le corps de Laurent, entendit le premier de ses petits gémissements.

Puisqu'ils le dérangeaient, il tira sur les lacets de sa chemise qui s'était coincée dans son dos. Puis il en fit une boule qu'il utilisa, sans réfléchir, pour se nettoyer. Il la jeta ensuite hors du lit. Lorsqu'il releva les yeux, Laurent était réapparu sous l'arche.

Il avait remis sa propre chemise blanche, mais ne portait rien d'autre. Il avait dû la ramasser au sol ; Damen avait le souvenir, vague et délicieux, d'en avoir libéré les poignets de Laurent qui y étaient empêtrés. La chemise s'arrêtait en haut de ses cuisses. Ce tissu blanc et fin lui allait bien. Il y avait quelque chose de fabuleux à le voir ainsi, à peine habillé, les lacets défaits. Damen appuya la tête sur sa main et le regarda approcher.

—Je t'avais apporté une serviette, mais je vois que tu as improvisé, fit remarquer Laurent.

Il s'arrêta près de la table pour verser un verre d'eau, qu'il posa sur le banc près du lit.

—Revenez au lit, dit Damen.

—Je…, commença Laurent avant de s'interrompre.

Damen avait attrapé sa main, mêlant aux siens les doigts fins de Laurent. Celui-ci laissa son regard courir le long de leurs bras.

Damen était surpris de ce qu'il éprouvait: une sensation d'inédit, chaque battement de cœur résonnant comme le premier, Laurent prenant sous ses yeux une forme nouvelle.

Ce dernier avait revêtu, en même temps que sa chemise, un ersatz fragile de sa froideur habituelle. Mais il ne s'était pas sanglé dans ses habits, n'était pas revenu dans sa veste à haut col et ses bottes luisantes, comme il aurait pu le faire. Il était là, hésitant, incertain. Damen tira sur sa main.

Laurent résista à moitié, et finit avec un genou sur la soie et une main appuyée gauchement près de l'épaule de Damen. Damen leva les yeux sur lui et contempla l'or de ses cheveux, sa chemise qui bâillait sur sa poitrine. La raideur de la posture de Laurent s'accentua lorsqu'il bougea pour conserver son équilibre, maladroitement, comme s'il ignorait quoi faire. Il ressemblait à un jeune homme comme il faut qui, pour la première fois, avait été persuadé de s'engager dans une bagarre puérile, et se retrouvait tiré au-dessus de son adversaire dans la sciure. La serviette était serrée dans son poing, contre le lit.

—Tu prends des libertés.

—Revenez au lit, Votre Altesse.

Ces mots lui valurent un long regard froid, à bout portant. Damen se sentit grisé de sa propre audace. Il jeta un regard bref sur la serviette.

—Vous avez apporté cela pour moi?

Au bout d'un moment, Laurent répondit:

— Je… pensais t'essuyer.

Ses paroles étaient d'une douceur étonnante. Le cœur de Damen fit un petit bond lorsqu'il s'aperçut que Laurent était sincère. Damen était habitué aux attentions des esclaves, mais jamais, dans ses rêves les plus décadents, ne se serait-il permis d'imaginer Laurent le servant ainsi. L'impossibilité de cette situation lui fit esquisser un sourire.

— Quoi ?

— C'est donc ainsi que vous êtes, au lit, dit Damen.

— C'est-à-dire ? interrogea Laurent en se raidissant.

— Attentif, répondit Damen que cette idée charmait. Insaisissable. (Il leva les yeux vers Laurent.) C'est moi qui devrais m'occuper de vous.

— J'ai… déjà fait le nécessaire, dit Laurent après un silence.

Ses joues s'étaient légèrement empourprées, bien que sa voix, comme toujours, soit demeurée égale. Damen mit un moment à comprendre que Laurent parlait de nécessités prosaïques.

Laurent avait resserré son emprise sur la serviette. Il semblait presque emprunté, à présent, comme s'il s'était soudain rendu compte de l'étrangeté de ses gestes. Un prince servant un esclave. Damen reporta son regard sur le verre d'eau, que Laurent avait apporté… pour lui, comprit-il.

Laurent rougit de plus belle. Damen bougea pour l'observer plus attentivement. Il examina l'angle de sa mâchoire, la tension de ses épaules.

— Allez-vous m'envoyer dormir au pied de votre lit ? Je ne préférerais pas, c'est un peu loin.

Après un silence, Laurent répliqua :

— Est-ce ainsi que l'on procède en Akielos ? Je pourrais te réveiller d'un coup de talon si j'ai de nouveau besoin de tes services avant l'aurore.

— Mes services ? releva Damen.

— Est-ce le bon terme ?

— Nous ne sommes pas en Akielos. Pourquoi ne me montreriez-vous pas comment l'on procède à Vère ?

— Nous ne possédons pas d'esclaves, à Vère.

— Je me vois obligé de vous contredire, rétorqua Damen.

Il était étendu sur le flanc, décontracté, sous le regard de Laurent. Son sexe reposait, tiède, contre sa cuisse.

Il fut frappé une nouvelle fois par leur situation, et par ce qui venait de se passer entre eux. Laurent avait retiré au moins une couche de son armure, et il était vulnérable, simple jeune homme nu sous une chemise. Le vêtement était délacé, ouvert et lâche, en contraste avec la tension qui l'habitait.

Délibérément, Damen se contenta de l'observer sans rien faire. Laurent s'était effectivement occupé de tout, effaçant jusqu'au moindre indice de leurs activités. Il ne ressemblait pas à quelqu'un qui venait d'être baisé. Les instincts post-coïtaux de Laurent étaient étrangement désintéressés. Damen attendit.

— Il m'est difficile d'adopter les manières spontanées, dit Laurent, qui s'emploient communément auprès… (Damen le voyait lutter pour prononcer ces mots.) Auprès d'un amant.

— Il vous est difficile d'adopter des manières spontanées envers qui que ce soit, répliqua Damen.

Ils n'étaient séparés que d'un pouce. Le genou de Damen touchait presque celui de Laurent, à l'endroit où celui-ci avait plié la jambe sur les draps. Il vit le jeune homme fermer brièvement les yeux, comme pour recouvrer son sang-froid.

— Tu n'es pas… comme je l'imaginais, non plus, avoua Laurent à voix basse.

La pièce était silencieuse, animée seulement par la flamme vacillante des bougies.

— Vous y aviez pensé ?

— Tu m'as embrassé, rappela Laurent. Sur les remparts. Oui, j'y ai pensé.

Damen ne put réprimer la vague de plaisir qui l'envahit.

— C'était à peine un vrai baiser, protesta-t-il.

— Il a duré un certain temps.

— Et vous y avez pensé.

— Es-tu en train d'essayer de me faire parler ?

— Oui, répondit Damen.

Il ne parvint pas davantage à retenir son sourire plein de chaleur.

Laurent se tut, comme en proie à une lutte intérieure. Damen sentait chaque nuance de son immobilité, et vit venir l'instant où il se força à parler.

— Tu as été différent, dit Laurent.

Il n'ajouta rien d'autre. Ces mots semblaient venir des tréfonds de son être, surgissant d'un noyau de sincérité ancré en lui.

— Dois-je souffler les bougies, Votre Altesse ?

— Non, laisse-les.

Damen ressentait la prudence de la posture de Laurent, jusqu'à sa respiration circonspecte.

— Tu peux m'appeler par mon nom, dit Laurent. Si tu veux.

— Laurent, dit Damen.

Il aurait aimé le dire en plongeant les doigts dans les cheveux de Laurent, lui inclinant la tête pour effleurer ses lèvres. Lorsqu'ils s'étaient embrassés auparavant, la vulnérabilité qu'impliquait cet acte avait fait courir la tension le long du corps de Laurent, en un flot doux et brûlant. Comme en cet instant.

Damen se redressa pour s'asseoir près de lui.

Ce mouvement produisit son effet, raccourcissant le souffle de Laurent, quoique Damen n'ait pas tenté de le toucher. Il était plus grand, et prenait plus de place sur le lit.

— Je n'ai pas peur du sexe, dit Laurent.

— Alors, vous pouvez faire ce qui vous plaît.

Et c'était bien là toute la question, comprit Damen en scrutant le regard de Laurent. Ce fut au tour de Damen de se tenir immobile. Laurent le contemplait comme il le faisait depuis son entrée dans la chambre, les yeux assombris, sur le fil du rasoir.

— Ne me touche pas, dit Laurent.

Damen s'attendait… Il ne savait pas à quoi. Le premier frôlement timide des doigts de Laurent sur sa peau le surprit. Une sorte d'inexpérience émanait de celui-ci, comme si ce rôle était aussi nouveau pour lui que pour Damen. Comme si tout ceci lui était étranger, ce qui n'avait aucun sens.

Laurent s'aventura à caresser son biceps, d'un geste hésitant, comme s'il s'agissait d'un objet nouveau dont il fallait tracer les contours, délimitant la taille et la forme incurvée du muscle.

Le regard de Laurent courait sur son corps, et il le contemplait de la même manière qu'il le touchait, donnant à Damen l'impression d'être un territoire inconnu et inexploré, sur lequel Laurent régnait sans parvenir à le croire.

Lorsqu'il sentit sa main sur ses cheveux, Damen inclina la tête et s'abandonna à sa caresse, tel un cheval de trait ployant sous le joug. Il sentit la paume de Laurent épouser la courbe de sa tête, ses doigts plonger dans l'épaisseur de sa chevelure avec la gestuelle d'un jeune homme qui ferait l'expérience de cette sensation pour la première fois.

Peut-être était-ce la première fois. Il n'avait pas saisi ainsi la tête de Damen, en écartant les doigts, lorsque Damen s'était servi de sa bouche. Il avait gardé les poings serrés sur les draps. Damen rougit à l'idée de Laurent lui empoignant la tête tandis qu'il lui donnait du plaisir. Laurent n'était pas désinhibé à ce point. Il ne s'était pas abandonné aux sensations : il les avait capturées dans l'entrelacs de son conflit intérieur.

Il était encore aux prises avec ce conflit. Son regard était dur, comme si le contact physique était pour lui un acte dangereux.

La poitrine de Damen se soulevait à un rythme pondéré. Il lui semblait qu'un seul souffle un peu trop fort pourrait troubler Laurent. Celui-ci avait les lèvres légèrement entrouvertes, les doigts glissant sur les lignes du torse de Damen. Il ne faisait pas montre de la même détermination possessive que lorsqu'il avait poussé Damen sur le dos et l'avait pris dans sa main.

Sa conscience aiguë de la présence de Laurent faisait bouillonner le sang de Damen. La chaleur de son corps tout proche était inattendue, de même que le chatouillis délicat de sa chemise blanche. Il n'aurait jamais pu imaginer de tels détails.

Laurent effleura sa cicatrice.

Son regard l'atteignit le premier. Ses doigts suivirent, mus par une étrange fascination, presque déférents. Damen fut parcouru d'un frisson lorsque Laurent suivit la mince ligne blanche, là où une épée lui avait transpercé l'épaule.

Les yeux de Laurent étaient très sombres, à la lueur des bougies. Pour la première fois, Damen se raidit sous ses doigts, et son cœur tambourina douloureusement dans sa poitrine.

— Je ne pensais pas qu'il existait quelqu'un d'assez bon pour franchir ta garde.

— Une seule personne, dit Damen.

Laurent se passa la langue sur les lèvres, en suivant du doigt, lentement, le fantôme d'un lointain combat. C'était comme un écho insolite, un frère en remplaçant un autre. Laurent était aussi proche qu'Auguste l'avait été, et Damen encore plus vulnérable, la main de Laurent reposant à l'endroit où il avait été blessé.

Le passé fit irruption entre eux, trop proche, sauf que le coup d'épée avait été vif et précis, tandis que la caresse de Laurent sur la peau meurtrie était lente et ténébreuse.

Puis Laurent leva les yeux, non pas vers ceux de Damen, mais vers son collier. Il tendit la main pour toucher le métal jaune, pressant le pouce sur l'entaille.

— Je n'ai pas oublié ma promesse. De te retirer ton collier.

— Au matin, avez-vous dit.

— Au matin. Si tu veux, tu peux considérer que cela revient à offrir ton cou à la lame.

Leurs yeux se rencontrèrent. Le cœur de Damen battait à coups désordonnés.

— Je le porte encore, pour l'instant.

— Je sais.

Damen se retrouva capturé, pris au piège de ce regard. Laurent l'avait laissé entrer. C'était une idée inconcevable, et pourtant il se sentait encore en lui, comme s'il avait franchi une frontière cruciale : devant lui se trouvaient le creux du cou de Laurent, où ses propres lèvres s'étaient posées, et sa bouche, qu'il avait embrassée.

Il sentit le genou de Laurent glisser près du sien, sentit Laurent se rapprocher, et son cœur lui martela violemment les côtes quand, un instant plus tard, Laurent l'embrassa.

Il s'attendait un peu à une démonstration de pouvoir, mais le baiser de Laurent fut chaste, doux et incertain, semblant explorer les plus simples des sensations. Damen lutta pour demeurer passif, les mains crispées sur les draps, et laissa Laurent s'emparer de sa bouche.

Laurent bougea au-dessus de lui, et Damen sentit sa cuisse contre la sienne, son genou dans les draps. Le tissu de la chemise de Laurent frôla son érection. Laurent haletait, comme perché au bord d'une haute falaise.

Laurent effleura le ventre de Damen, se révélant curieux de ce contact, et Damen sentit tout l'air quitter ses poumons lorsque la curiosité de Laurent le mena un peu plus bas.

Une fois là, la découverte était inévitable.

—Un peu trop sûr de toi ? dit Laurent.

—Ce n'est pas… dans un but précis.

—Il me semble me souvenir du contraire.

Damen était à deux doigts de se voir poussé sur le dos, Laurent agenouillé entre ses cuisses.

—Que de sang-froid, commenta Laurent.

Lorsque Laurent se pencha, Damen posa sans y penser une main sur sa hanche pour l'aider à trouver son équilibre. Puis il s'aperçut de ce qu'il avait fait.

Il sentit que Laurent s'en apercevait aussi. La main de Damen vibrait de sa tension. Damen se savait à la frontière de ce qui était autorisé, et entendait le souffle court de Laurent. Mais celui-ci, au lieu de s'écarter, inclina la tête. Damen se pencha lentement vers lui et, puisqu'il ne reculait pas, déposa un léger baiser sur le cou de Laurent. Puis un autre.

Son cou était tiède, de même que le creux de sa clavicule, et l'espace caché sous son menton. Damen le caressa très légèrement du bout du nez. Laurent poussa un soupir saccadé. Damen sentit ses infimes mouvements, et comprit à quel point la peau si fine de Laurent était sensible. La lenteur des gestes de Damen ne faisait qu'accentuer les réactions de Laurent, la soie s'embrasant au moindre frôlement de ses lèvres. Damen recommença, plus lentement. Laurent frissonna.

Il voulait laisser courir ses mains sur cette étendue délicate. Il aurait aimé voir ce qui se passerait s'il prodiguait ces tendres attentions à toutes les parties de son corps, une par une, voir s'il se détendrait peu à peu, s'il entamerait une longue ascension vers le plaisir, s'il s'abandonnerait, comme il ne s'était pas autorisé à le faire auparavant… sauf peut-être lorsqu'il avait joui, les joues empourprées, sous les coups de reins de Damen.

Il n'osait pas déplacer sa main. Le monde tout entier semblait s'être ralenti, au rythme des respirations délicatement hachées de Laurent, des palpitations de son pouls, du rose qui envahissait son visage et son cou.

— C'est… agréable, dit Laurent.

Leurs torses se frôlèrent. Il entendait le souffle de Laurent à son oreille. Sa propre érection, dressée entre leurs deux corps, était doucement caressée par les petits mouvements inconscients de Laurent contre lui. Damen posa son autre main sur l'autre hanche de Laurent, pour sentir cette ondulation sans la guider. Laurent s'était suffisamment oublié pour se presser contre lui. Cela n'avait rien d'étudié : les yeux fermés, Laurent cherchait simplement son plaisir.

Damen, stupéfait, s'aperçut que ses légers tremblements et sa respiration saccadée indiquaient que Laurent était près de l'orgasme, tout près même ; que ces baisers, et ce lent va-et-vient, pourraient suffire à le faire jouir. Damen le sentait glisser contre lui, faisant jaillir des étincelles de plaisir, comme celles d'un silex.

Damen n'aurait jamais pu atteindre l'orgasme de cette manière, mais plus il ralentissait ses baisers tandis qu'ils se mouvaient l'un contre l'autre, plus Laurent semblait près de s'abandonner.

Peut-être Laurent avait-il toujours été si sensible à la tendresse. Les paupières mi-closes, il laissa échapper un petit gémissement. Ses joues étaient roses, ses lèvres entrouvertes et sa tête légèrement tournée sur le côté. Un trouble subtil était venu déranger la froideur habituelle de son visage.

C'est ça, aurait aimé l'encourager Damen, mais il ignorait si ces mots lui sembleraient condescendants. Son propre corps s'était envolé plus haut qu'il ne l'aurait cru possible, rien qu'au contact de Laurent contre lui. Puis le monde devint plus flou encore. Damen fit remonter sa main sur le flanc de Laurent, sous sa chemise, et Laurent lui agrippa l'épaule.

Il le vit sur le visage de Laurent, lorsque son corps tremblant abandonna toute résistance. *Oui*, pensa Damen, et Laurent, enfin, se laissa aller. Damen sentit son spasme contre lui, et vit Laurent ouvrir des yeux presque interloqués, tandis que ses barrières intérieures laissaient place à l'orgasme. Ils étaient plaqués l'un contre l'autre. Laurent, par ses mouvements impérieux dans les derniers instants, avait poussé Damen sur le lit.

Damen ne put retenir un grand sourire.

— C'était passable, déclara-t-il.

— Tu attendais l'occasion de dire cela, rétorqua Laurent d'une voix légèrement voilée.

— Si vous permettez…

Damen le fit s'étendre sur les draps et le nettoya, avec douceur. Enchanté de pouvoir faire ce geste, il déposa un baiser sur l'épaule de Laurent. Il sentit l'incertitude ébranler ce dernier une nouvelle fois, mais elle n'était pas assez forte pour s'exprimer au grand jour ; elle s'apaisa, et Laurent ne s'écarta pas de lui. Lorsqu'il eut terminé sa tâche, Damen s'allongea de tout son long, satisfait, aux côtés de Laurent.

— Tu peux, dit Laurent au bout d'un moment.

Ces mots signifiaient bien davantage encore.

— Vous êtes à moitié endormi.

— Pas du tout.

— Nous avons toute la nuit, dit Damen.

Et cependant, la nuit était presque terminée.

— Nous avons jusqu'au matin, dit-il encore.

Il sentit la silhouette svelte de Laurent près de lui, sur le lit. Les bougies agonisantes projetaient une lueur tamisée. *Ordonnez-moi de rester*, aurait-il voulu dire, mais il ne le pouvait pas.

Il avait vingt ans, il était le prince d'un pays rival, et même si leurs deux nations avaient été amies, cela serait demeuré impossible.

— Jusqu'au matin, répéta Laurent.

Après un instant, Damen sentit que Laurent levait la main pour la poser sur son bras, refermant légèrement les doigts.

Remerciements

Ce livre est né d'une série de conversations téléphoniques du lundi soir avec Kate Ramsay, qui a dit un jour : « Je crois que cette histoire va s'avérer plus importante que tu ne l'imagines ». Merci, Kate, d'avoir été une formidable amie quand j'en avais le plus besoin. Je me souviendrai toujours de la sonnerie de ce vieux téléphone déglingué, dans mon petit appartement de Tokyo.

Je suis infiniment redevable à Kirstie Innes-Will, ma merveilleuse amie et éditrice, qui a lu je ne sais combien de versions de l'histoire et passé d'innombrables heures à l'améliorer. Je ne trouve pas les mots pour exprimer ma reconnaissance.

Anna Cowan est l'un de mes écrivains préférés, et m'a apporté une aide précieuse en discutant avec moi et en m'offrant ses observations très pertinentes. Merci du fond du cœur, Anna ; cette histoire ne serait pas ce qu'elle est aujourd'hui, sans ton aide.

Tous mes remerciements aux membres de mon groupe d'écriture : Isilya, Kaneko et Tevere, pour vos idées, vos remarques, vos suggestions et votre soutien. J'ai une chance incroyable d'avoir de merveilleux amis auteurs comme vous.

Enfin, à tous ceux qui ont participé à faire vivre *Prince captif* sur Internet, merci pour votre générosité et votre enthousiasme, et pour m'avoir permis de publier un livre comme celui-ci.

Achevé d'imprimer en août 2022
Par CPI Brodard & Taupin à La Flèche
N° d'impression : 3049572
Dépôt légal : juillet 2022
Imprimé en France
2812056-2